中原泉 全

医の小説集

テーミス

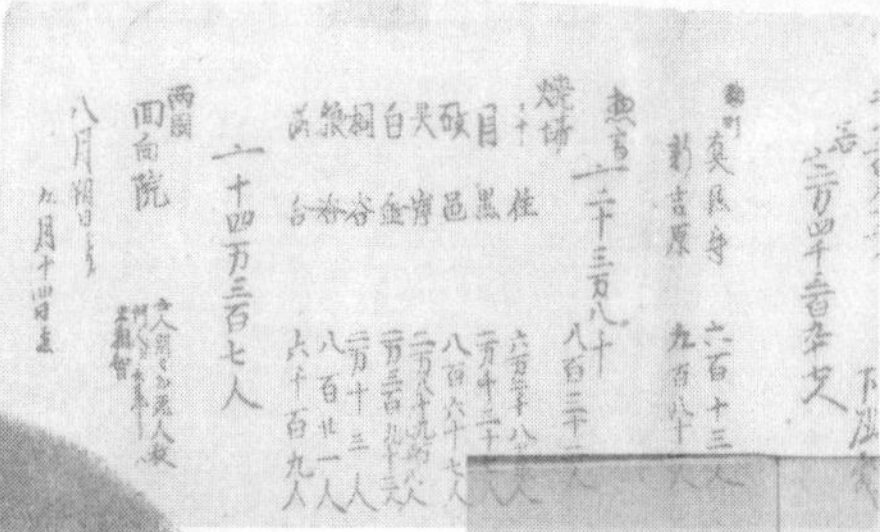

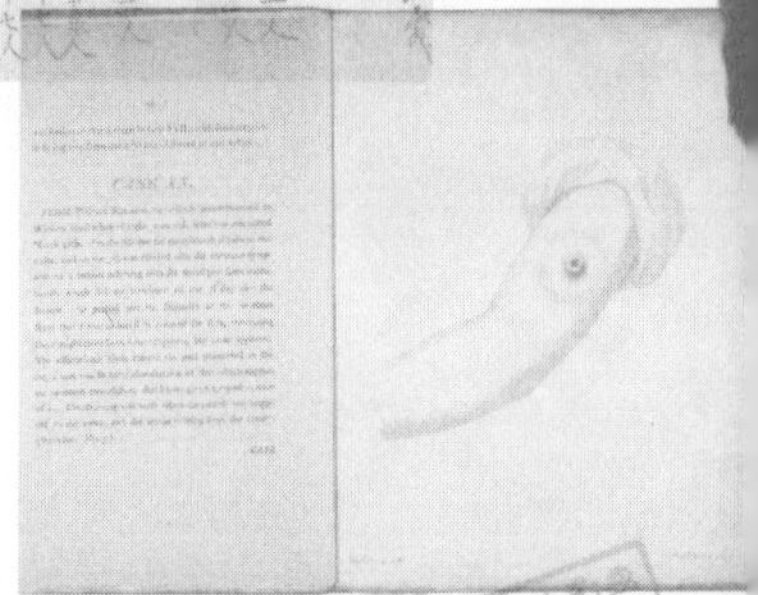
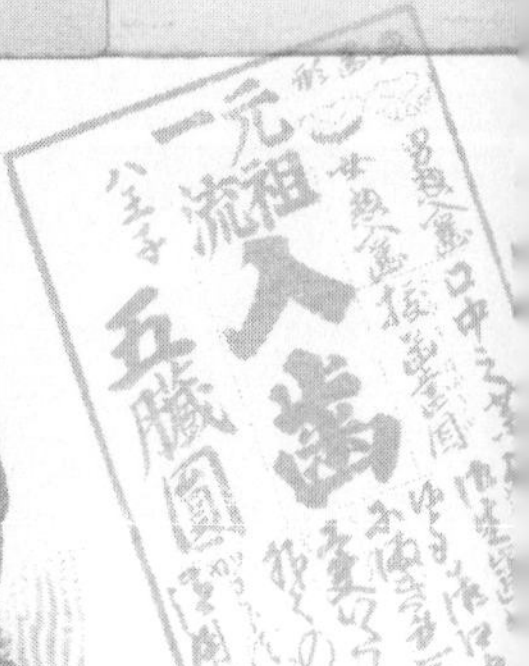

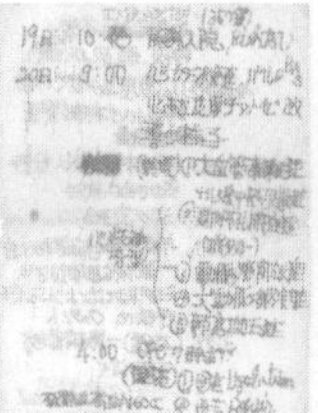

中原泉　全医の小説集

既刊　医の小説第一集『生きて還る』　五篇　株式会社テーミス（二〇〇八年七月）

既刊　医の小説第二集『リンダの跫音』四篇　株式会社テーミス（二〇一一年一〇月）

既刊　医の小説第三集『一口坂下る』　五篇　株式会社テーミス（二〇一四年七月）

中原　泉　全医の小説集

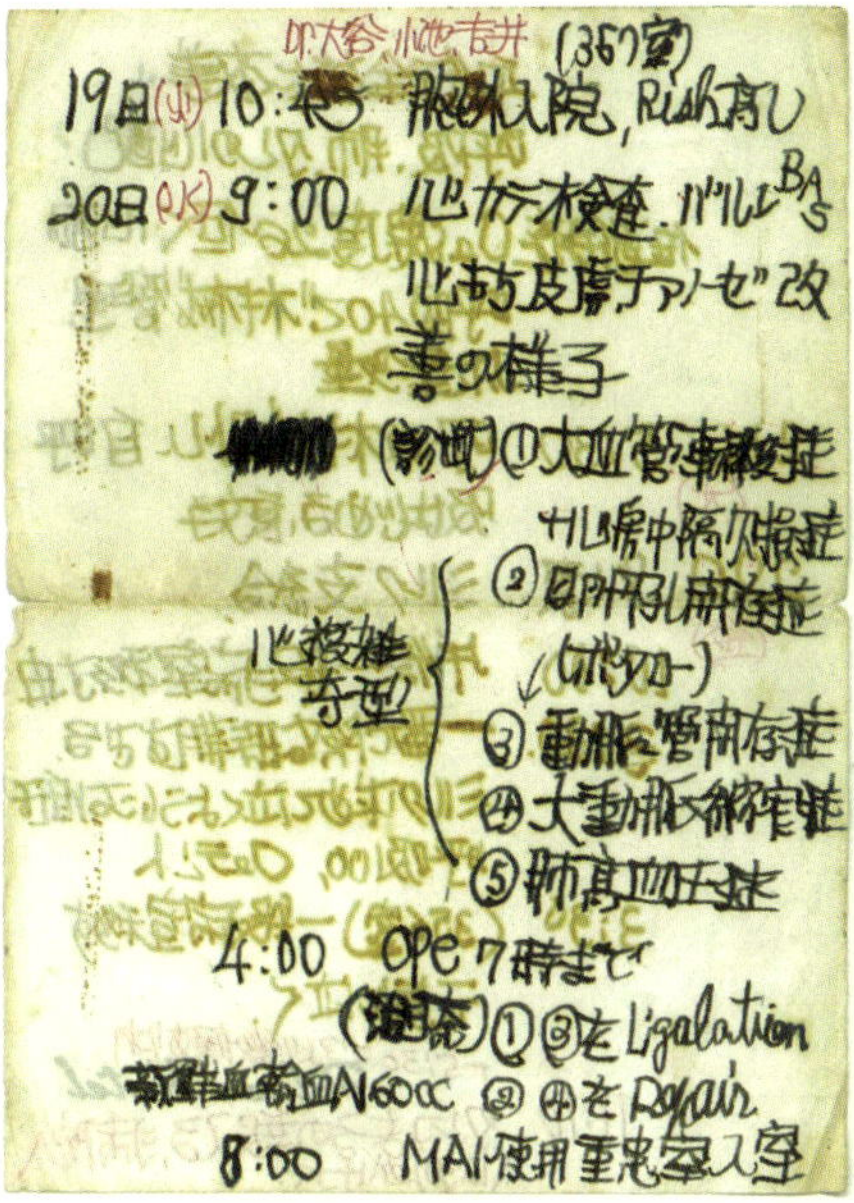

胸部外科病棟の夏

私の次男、高《こう》の誕生日は、昭和五二年七月二日である。死児の歳をかぞえるというが、生きていれば今年二八になる。

彼が生まれたその日の夜、私は、仕事で東京の吉祥寺の生家にいた。妻優子《ひろこ》の長岡の実家に電話し、産気づいて、午後六時に長岡赤十字病院に入院したことを確認する。落ち着かない気分で、母ひさえに散髪してもらう。

午後八時、妻の母小池光子から受話器ごしに、第一声、「男の子ですよ」とはずんだ声を聞いた。三五三〇グラム、母子ともに健康という。優ちゃん偉かったと、母、父實、妹のリザ子、レチ子が歓声をあげた。私はテレくさくて鼻をすすった。

三六歳にして、二人目の男児であった。

中原ベイビー

翌三日、空路で新潟へもどる。

四日の朝、優子より深刻な声で、坊やの呼吸が浅く、保育器に入っている、と言う。一瞬、嫌な予感が走った。

午後六時、酸素欠乏のため、酸素吸入の承諾書にサインをもとめられた、と優子。電話口でささやくように、大丈夫ね？　とくりかえした。保育器にはいっている赤ン坊の姿がうかび、未熟児なのかな、と自問していた。胸さわぎはなかった、というより、まだ事態が呑みこめていなかったのだ。

医学部もでた兄の爽《そう》が、大量羊水吸引症か中隔弁が締まらぬのか、あまり心配ないよ、となぐさめた。

夜、日記に「坊やがんばれ」と記した。

五日、容態が気がかりで、午前八時まえから電話のまえで待つ。一二時まえ、昨夜から酸素を入れるが、原因はわからない、と受話器から優子のしずんだ遠い声…。

そのころ、三〇歳の優子は、身をきられる辛さを耐えていた。

出産後、丸一日近く乳児の情報がなかった。看護婦にたずねると、チアノーゼがでたので保育器にいれてある、という生返事である。あふれでる母乳を哺乳瓶にいれて、渡したあとで看護婦にきくと、ウン、飲んでるよ、と素気ない声音だった。

カーテン一枚で仕切った大部屋を、医師たちは母親にだかれた新生児と母親を順々に回診した。優子のベッドにくると、新生児がいないのでサッサと迂回して、母親にには見向きもせずに隣のベッドにうつった。担当医からも、何の報告も説明もない。回診時は、我が子の様子をたずねられる雰囲気ではなかった。何がどうなっているのか、わからない。

優子は、シーツの裾をにぎりしめて身をふるわせていた。

同じ五日、私は仕事をすませて、車で長岡の妻の実家へいった。あずけていた長男貴《たか》を、十日ぶりにだきあげた。三歳が、一まわり大きく重くなっていた。

市内の日赤病院は、中越のふるびた大きな基幹病院である。一一病棟にある産科は、寝床のように長い大病棟であった。カーテン一枚の仕切りの内と外に、母親と新生児があふれていた。私は、強制収容所さながらの光景に息をのんだ。その一隅で、優子は囚人服のような着衣で伏せっていた。

私は、担当医に容態をたずねた。呼吸が浅いが、酸素吸入で良くなっている、と言う。私は、まだ異変を受容できずに、心配しすぎか、と自らを安堵させた。

夕方でなおして、優子、光子、貴と、新生児室のガラス窓ごしに次男を見た。保育器が窮屈にみえるほど大きな子で、目鼻立ちの大きいのが目立った。マジックでナカハラと書かれた足裏を、元気そうにつっぱらせていた。貴をだきあげて保育器をさした。初めて会う弟だよ。

新生児担当医によばれた。棚からとりだした診療録のはいった大きな封筒に、赤マジックで「中原ベイビー」と走り書きされていた。そのとき私は、まだ彼の名前を付けていなかったことに気がついた。

まだチアノーゼがあり、呼吸が少し速いが、心電図は異常ない、と説明をうけた。心電図に異常がないのなら……と私は期待をよせた。

病室にもどると、貴が、母のベッドの脇でうまそうに西瓜を頬ばっていた。

小千谷そばを食って、新潟に帰宅した。

気をはって、医歯薬出版からだす専門書の原稿のつづきを執筆した。

翌六日、優子から電話はなく、何事もなしと安んじる。夕方、小池光子に電話すると、坊やは酸素がとれてだいぶ良くなった、と明るい声だ。

七日、優子は担当医から退院の許可をうけた。その夜、私は出生届に、「髙」と記載した。

明けて八日、優子はわが子を残して、心をのこして退院した。その翌日から、新生児室へ母乳をとどける日がつづく。

九日に小児科医の診察をうけ、小児科にうつすことになるが、理由なくモタつき、十三日になった。明日、くわしい説明をすると、小児科医よりつげられる。重苦しい、苛だちの時間を余儀なくされる。

十四日朝、妻の父小池誠治より、坊やは生まれた時より悪化している、チアノーゼがとれず呼吸が苦しくて、検査ができず原因がつかめない、と電話があった。全力でやっているが、万一の場合を覚悟しておいてほしい、と担当医の通告をつたえ、誠治は、あんなに大きな子なのに勿体ない、と涙声になった。暗然となる。

午後、新潟駅にむかう途中、東京から衛生学助教授の末高武彦が着任することを知る。昨夏、急逝した教授の後任である。長岡行きを一便おくらせて、改札口にでむかえる。末高夫妻の両手に、愛くるしい姉妹がまつわりついていた。

夕方、誠治とともに担当医に会う。心肥大、呼吸数一二〇、酸素欠乏の状態で、ポピュラーな心臓病ではない、と遠まわしながら最終通告をしたあと、検査は心臓カテーテルがのこっているが、ここではできない、もうしばらく検討したい、と口ごもる。

つぎに会った小児科部長に、予後は悪いですよ、とアッサリ引導をわたされた。

そのあと、小児科病室の髙をガラス越しにのぞいた。せまくなった保育器の内側に、頭と両足をつけた髙の胸が、ふいごのように大きく波うっていた。素人の私にも、ただならぬ病状であることがわかった。私は、ここの医師たちにはお手上げなのだ、と覚った。そのとき、はじめて覚悟した。私は動揺をおさえ、やれるだけのことはやろう、と腹に決めた。

病院をでると、土砂ぶりの雨だった。

私は、長岡の実家から、新潟歯学部口腔外科教授の加藤譲治に電話した。手短かに状況を説明し、新潟大学附属病院に転院させたい、と手配を依頼した。

夜、貴と風呂にはいり、いやがる彼の頭をシャンプーで泡だらけにした。そのときはまだ、私には余裕があったのだ。

十六日、長岡からの途中、加藤とおちあい、新潟大学医学部に直行した。じつは、私たちは、外科学第一講座の武藤輝一教授と、新潟歯学部内に附属医科病院を建設する計画をすすめていた。その話し合いにいったのだが、転院の手配は加藤が万端すませていた。

翌十七日の朝、優子より、担当医から二、三日中に新潟大学へ転院するという話があった、と連絡がはいった。事のテンポは速かった。

その夕刻、私は上京して帝国ホテルにかけつけた。上越新幹線は建設中で、上越線「とき」は四時間余かかった。末妹のレチ子の結婚披露宴があったのだ。にぎやかな宴のなかで、私は気もそぞろだった。転院の話をすると爽は、手術可能と不可能がある、前者なら助かる見込みはある、と私に教えた。私は、手術可能を祈るのみだった。

夜、優子より明後日に転院が決まった、と電話がはいった。

十八日昼、「とき」で長岡下車。優子より、明日午前中に救急車で、外科学第二講座の胸部外科に入院する、と知らされた。まだ心臓外科は、独立していなかった。一瞬、私の胸に不安がよぎった。

日赤に出発時間を確認し、加藤に報告し、次の手配をたのむ。のちに、長岡日赤からの転院はきわめて稀なことだ、と聞かされた。終末病院として患児を見限り、そのまま放置していたのか。私は、日赤から退院できたことが幸運とは情けない、とおもった。この日赤で先天性の病因もわからぬままに、一六日間の貴重な時間をいたずらに費やしてしまったのではないか。

先天性心奇型

入院初日。

翌十九日午前九時、優子より、看護婦と誠治が同乗して、救急車が出発したと連絡がはいる。十一時前、誠治より胸部外科の三五七号室へ入院したと電話がある。

仕事途中で、三階の病棟へかけつける。担当の看護婦が私をみるなり、「××製のミルクを買ってきてください！」と金切声をあげた。彼女は、親のくるのが遅いと腹をたてていたらしい。××製というのがわからずに、オロオロしていると、妊婦の一人が、一階の売店にいけばわかりますよ、と耳うちしてくれた。

私はふるい階段をかけおりながら、突如、自分が非日常的な事態に投げこまれたことを実感した。指定されたミルク缶と哺乳瓶を買うと、夢中で階段をかけもどった。これ以上、あのナースのご機嫌をそこねてはいけない、という一心だった。私は瞬時にして、従順な付添いを強いられ、それに逆らえなかった。

昼すぎ、加藤と武藤教授室を再訪し、二年後に五〇床を有する内外科病院を開設するプランを説明し、全面的な協力を要請した。

　そのあと、胸部外科の江口昭一教授に口添えを依頼する。武藤教授はすぐに事態を察っし、名前を教えてください、と私のまえにメモ用紙をさしだした。私は、出生届をだしたあと、初めて髙の名前を書いた。

　優子より、江口教授の自宅は二軒隣で、ご近所の仲という電話がはいった。私は、せまい土地柄をありがたいと思った。

　午後六時すぎ、加藤の案内で江口教授室を訪れる。江口教授は、パイプをくわえ足をくみながら、弱ったなあ、という表情をみせた。明日から学会出張とのことで、私たちは懇望して早々に辞した。

　明日の午後、心臓カテーテルの検査がくまれた。加藤は医局員を総動員して、輸血用のB型の確保を手配した。

　夜半、江口教授より電話がなる。双肺静脈還流症の模様、きわめて危険、心カテで死亡する恐れもあるので、緊急手術もありうる。朝九時に心カテ検査をくりあげ、出張は取りやめて夕方より手術をおこなう、と。感謝の言葉がみつからなかった。そこまで病状が切迫していたことに、愕然とした。長岡日赤での一六日間……。

　入院二日目。

眠りはあさかった。翌朝八時半、主治医の大谷信一助手から病因の説明をうける。大血管転移症か双肺だが、双肺の可能性が強い、リスクはきわめて高い。

口は重いが、三〇代前半、みるからに頭脳明晰な医師だった。患者を信頼させる術《すべ》を心得ていた。

担当医の小池輝明医員、吉井新平医員を紹介された。小池医員は額は広いが三〇代前半、一目、頼りになる沈着な医師だ。吉井医員は、研修医のように若い潑溂とした医師であった。私はじきに、このトリオに巡りあわせた幸運を感謝することになる。

予定どおり午前九時、心カテ検査。病室の廊下で待つが、検査中のトラブルがないことに安堵する。一時間半後、大谷助手より大血管転移症と診断結果を告げられる。午後、手術へ。

昼、大谷助手より再度、先天性の心複雑奇型で、五つの病名がならべられた。（1）大血管転移症＋心房中隔欠損症、（2）卵円孔開存症（ボタロー）、（3）動脈管開存症、（4）大動脈縮窄症、（5）肺高血圧症。私には知識はなかったが、とにかく心臓の配線がメチャクチャになっていることは理解できた。私は、とても助からないな、と高の死を覚悟した。

重患室の高に面会する。心カテの効果で心持ちチアノーゼが改善され、楽そうにみえた。

加藤の手配により、口腔外科助手と職員三名が、血液の交叉試験を受けた。二名から採血、二名は待機となった。

献血の要請に十数人が手をあげた、と聞いた……。

午後四時、手術がはじまる。

昨年は、全国的に風疹がはやった。優子は、東京まで風疹の検査にいき、抗体はプラスだったのだ。不運としか言いようがない。そんな思いをかみしめながら、待った。

三時間後、手術終了。大谷助手より（1）から（4）の開存と縮窄を処置した、いちおう落ち着いている、と説明をうける。新鮮血一六〇立方センチメートルを輸血したが、まだ必要かもしれない。八時すぎ、重患室にもどる。

私は、加藤、交代で待機してくれた口腔外科助手、職員と病院近くの寿司屋に飛びこみ、せわしく寿司を頬ばると病院へかけもどった。味も何もなかった。ここで、誠治が職員の石田定吉と交代する。

夜半、大谷助手から、加藤譲治と術後の説明をきく。開存と縮窄の措置により血行全体に改善がみられる、あとは呼吸、肺、痰が心配される。O_2濃度二六と低く、呼吸四〇で機械管理している、尿は多量だ。

大谷助手らの高度の専門性は理解するが、じっさいは、私には彼らの心臓外科医としての力量はしりえない。いつも一方的な病状報告をうけて、一喜一憂するのみである。結局、彼らを信頼するしかないのだ。

大谷助手らは重患室につめ、徹夜のかまえであった。加藤が、手ぬかりなく医局員室に寿司の差入れをとどけた。

午後十二時、病棟の廊下のベンチに誠治と寝る。寝苦しい。

入院三日目。

朝、牛乳を一本のむ。

一夜の容態が、脳全体にべったりと張りついてはなれない。術後管理は、大丈夫だったようだ。病棟のベンチに座って、待機する。大谷助手から声がかかったときに、すぐに応じなければならない。私が教授であることを聞いたらしく、彼は、私を先生とよびはじめる。

許可をえて、重患室のドアの隙間ごしに髙をのぞく。酸素テントにさえぎられて、よく見えない。

夕方までベンチにいると、病院内の一日の動きがわかる。いまさらながら、病院が地獄・極楽の館《やかた》であると実感する。もう自分は、そのなかに頭まで溶けこんでしまっている。ここから脱けだせるのは、いつなのか?

午後五時すぎ、大谷助手に重患室によばれる。呼吸器械ははずし自呼吸をはじめた、と彼の声は明るかった。朗報だ。テント越しの髙は、マスクとチューブの蔦にうまっていた。

高の鳩胸が、ゆるやかに息づいている。私は、テントの隙間に手をさしいれ、丸い小さな拳に私の人差し指をにぎらせた。彼は、ときおり泣き声をもらしたが、いかにも弱々しかった。

「赤ちゃん、先生にそっくりですよ」と、大谷助手はいたずらっぽく笑顔をみせた。私は、助かるかもしれないと、一縷《いちる》の望みをいだいた。

公衆電話で優子に、いまのところは良好だ、とつたえた。気休めは言わなかった、それは、彼女もわかっている。ベンチに丸まって寝た。

入院四日目。

午前八時、担当看護婦から、高にミルクを飲ませはじめた、と聞く。私は看護婦たちの視線から、私が一日中ベンチに座っているのを迷惑がっている、と感じていた。彼女たちには、大の男が目ざわりなのだ。家族や付添いの控室はなく、付添いはだれも病室の患者のベッドの横で、床に毛布を敷いて眠っていた。私は、人間扱いされていない、とひそかに憤っていた。それはともかく、高は重患室だったので、勝手に入室できない。

私は、高の命が短いと覚悟したとき、彼が逝くときには傍にいてやろう、と心に決めていた。だから、私が占めているベンチの端をはなれる気はなかった。しかし私は、この夏が十数年来の酷暑になることを知らなかった。

午前十時、大谷助手より、本日一般病室へうつす、とつたえられた。彼も嬉しそうであった。私は、素直に順調の証しと喜んだ。江口教授が立ち話で、一番危険な時期はすぎましたよ、と手短に去った。自活呼吸一〇〇、ミルクをもとめて泣くようになった。

午後三時、三五六号室にうつされた。元気に泣いて、元気ですね、と看護婦にはげまされる。

六時すぎ、私はいったん、シャワーを浴びに帰宅した。真向かいの家は、葬儀であった。そのまま死んだように眠りこけた。……私は、高の回復ぶりに油断したのだ。

夜、十一時すぎ、電話がなりひびいた。待機中の職員から、すぐきてください！　痰がつまった、と急報だ。私は虚をつかれ、病院をはなれたことを悔やんだ。長岡の優子に容態急変をしらせ、タクシーでかけつける。

さいわい、小康状態をたもっていた。拍子ぬけするゆとりもなかった。大谷助手は、痰を吸引した、気管支炎様のX線像がある、まえのように吸収管理をしている、と冷静につげ、まだ期待は捨てていません、となぐさめた。

優子に電話。無用な心配をさせて可哀想だったが、刻々の事実は知らせねばならない。

病院泊まり、三日目。気がたかぶって眠れない。

入院五日目。

朝、病院の食堂で和定食。

病院での廊下生活に慣れる。私の指定席となったベンチにもなじむ。

昨夜の状態よりやや改善された、という。しげく病室をのぞく。午前十一時、呼吸器械がはずれて、元のよい状態に回復し、X線も改善している、呼吸も楽に、皮膚色も良い。

午後一時、看護の都合で一時、重患室にもどる。


そのあと、あわただしく帰宅する。光子に付きそわれて、優子が貴と長岡から帰宅した。

優子は、長い髪を肩上までバッサリ切っていた。彼女の決意を共感した。

土曜日で、ちょうど家族と海水浴にでかける江口教授に、玄関口から挨拶した。

貴が、ながおかがすき、と泣きべそをかいた。ここが、君の家だよ。

二時間でベンチにもどった。呼吸は順調だが、ミルクはまだ飲まない。週刊誌をみたり居眠りをしたり……持参した枕で寝た。蒸し暑く、汗びっしょりで幾度も覚めた。

三度目の心停止

入院六日目。

日曜日にかかわらず、江口教授が回診。まだ痰がでている。大谷助手に優子を紹介する。

心もち、彼の表情がやわらいだ。私は、やはり母親のほうが話しやすいのだろう、と思った。

入院時から高の病状を逐一、走り書きしていた帝国ホテルのメモ用紙をみなおす。汗で、インクがにじんで読みにくい。

昼、休日だったので空きがあったらしく、大谷助手が私のベンチによった。

激務なので、病棟担当の三名のトリオは二ヶ月毎に交替する。この間は、ほとんど休めないという。いまのトリオはいつ交替するのか、と喉まででかかった。せめて高の結果がでるまで担当してほしいと、ひそかに願った。

私たちはすっかり打ちとけて、病院時間を忘れて談笑した。気さくな人柄だ。

午後、一時帰宅。優子が、貴をまた長岡にあずけて、高の付添いにいくと言いだす。産後だからと説きふせるのに、往生する。高の名前を連発していると、貴が私たちをみあげて、「こうちゃん、かあいそうね」と大粒の涙をこぼした。私たちは、言いあうのをやめた。

午後七時半、大谷助手と重患室にはいる。粘稠な痰がでて、ほぼ一五分毎に吸引している。呼吸は最高一四〇いくが、ふつう一二〇前後。顔色は良く、楽そうにみえた。

夜半、ベンチで大谷助手が加藤に、経過がよければ一週間ほどで退院できますよ、頑健な子です、と話すのをかたわらで聞く。二人で、口腔外科の専門的な会話になる。

看護婦は三交代制で、準夜勤は夜の零時に交代する。顔なじみになった看護婦が、職務を解放されて、着がえたスカートを踊らせながら足どり軽く階段をおりていく。彼女は、日常的な世界にもどっていくのだ。私は感謝をこめて、その背にむけて黙礼した。汗が、ベンチの上に滴りおちた。サウナ風呂のような暑さに、音《ね》をあげる。

入院七日目。

食堂の和定食に飽きがくる。

午後八時、痰がつまり酸素吸入、くりかえしだ。十時半、痰を吸引し、ブドウ糖をのませる。小さな白い手袋をしている。爪にチアノーゼ、手に冷感があるのだという。

午後、一時帰宅。夜、大谷助手が、あと四日間は重患であずかります、と言う。やはり駄目かと瞼をおとす。呼吸は八〇〜九〇になった、痰は退院まででる、四日以内に退院できるかも知れない、と思いがけず明るい見通しをしめされた。入院して幾日たったのか、今日は何日で何曜日なのか、日にちの感覚がなくなっている。昨夜にまして、息苦しくなるような暑さだ。

午前一時すぎ、重患室のほうから、心発作！という看護婦の声に覚める。にわかに廊下の奥がさわがしくなる。五分ほどで大谷助手がかけつける。移動用の大きなX線装置が、ゴトゴトと目のまえをとおる。

朦朧としたまま、髙ちゃんかな？　と自分に問う。二時ごろ、治まったらしく廊下は静かになる。汗まみれのシャツを着がえて、三時まで待つ。他の患者さんかもしれない……

抗しがたい睡魔におそわれる。

入院八日目。

午前十時、やはり昨夜のトラブルは、高だった。心停止し、電気ショックを施した。大谷助手は、心室細動と不整脈がある、脳に異常はない模様、原因は不明、という。病状は、一日半前に後退した。やはり危険な状態はかわらない。

午前中、小池光子が重患室で孫と面会する。その小さな高を取りまく病室内の様相に青ざめ、優子には見せないで……と私に訴える。

蒸し暑くて眠れず、ベンチの反対側に置いてあった患者搬送車をけとばす。私のベンチのエリアに邪魔くさい、と八ツ当たり。ベンチ泊も、そろそろ限界か。

入院九日目。

昨日、大学に有給休暇届をだしたので、事務部長の小田島三郎が職員に決裁書類ケースを託した。ベンチの端で、書類を片手にかくしながら決裁印をおした。

午前十一時、呼吸一〇〇に下がり、ミルクをのませる。

一時帰宅するも、貴が風邪で小児科につれていく、と連絡板にメモがある。

午後六時、冷えが治ったらしく、高の手袋がはずされていた。痰はつづいているが、私の声に敏感に反応するので、安心する。元気そうだ。

午後十一時、辛抱がきれ、ガクガクしながら帰宅してベッドに崩れこむ。高ちゃん許せよ、八日ぶりの外泊だ。

入院十日目。

朝、早々にベンチにもどる。午前九時、江口教授が、まだ相当に粘稠な痰がでるので咽頭鏡でとっている、いまは痰だけが問題だ、注意を要する、と私に言いきかせる。

午後二時前、六日ぶりに重患室をでて、三五六号室にもどる。

テントの中で、手足を動かし、泣き、咳をする。看護婦に、咳をするほど元気なのよ、と教えられる。一般病室なので、付添いができる。とにかく、高のそばにいてやれるのはありがたい。うごくので、ミルクをのませるのに手間がかかる。

一時帰宅。光子が、高ちゃんの生命線は長いから……と、優子と私をはげます。昨日、重患室で高の手相をみたらしい。

午後七時、ミルクのあと、看護婦と一緒に、首をかるく叩きながら痰の吸引をくりかえす。熱がある。明け方、咳をしはじめ、顔色が良くなり、安らぐ。慣れぬ徹夜は、身にこたえる。

入院十一日目。

江口教授の回診。調子よさそうですね。たしかに、昨夜より良さそうだ。

昼前に帰宅、冷麦をすすって眠る。覚めると、貴が、隣室で独りレコーダーを聴いている。もう自分でスイッチをおしている。風邪は治ったようだ。

あせっていた医歯薬出版の原稿を、なんとかまとめおえる。

午後六時帰院。理工学講座助教授の小倉英夫がきて、ミシガン大学留学を相談する。帰りぎわ、私のゴルフの指南役である彼に、ゴルフは当分いけないな、と笑った。

夜十時半、大谷助手より、前胸部の抜糸をした、と聞く。あいかわらず痰はつまるが、手足をバタつかせて元気だ。泣き声も強くなる。三時間おきにミルクをのませる。

小池光子、依頼した付添いと交代で、検温、おむつ代え、顔拭き、体位変え、呼吸や尿をみる。

一人になると、病室が急にひっそりとする。心電図の画面が、波を画きながらかがやいている。ベッドの脇に椅子をよせて、高に指をにぎらせる。高の顔はできるだけみないように、目をそらす。あとが辛いので、なるべく情がうつらないように、心を鬼にする。

気がつくと、正体なくベッドのアームにもたれていた。徹夜がつづく。

入院十二日目。

午前十時半から、ミルクは三時間おきにつづける。ブドウ糖を加えたミルク三五立方センチメートル、飲ませ方も要領よくなれてきた。

昼前、帰宅し二時間眠る。脱稿した医歯薬出版の原稿を郵送する、これで締切に間にあう。

午後六時帰院。体温がおちついたので、検温は必要時のみとなる。呼吸もゆるやかになり、泣き声が力強くなる。

午後九時すぎ、手足をバタつかせ、いままでにない勢いで泣く。助かるかもしれない、という淡い期待が、こんなに元気なのだからと、一気にふくらむ。徹夜も苦ではなくなる思いだ。

ベンチでトロトロ眠る。二時間おきに付添いと交代する。午前一時すぎ、検温三七・九度、心電図正常、暗くて顔色がわからないが、眠っている様子。消えいるような、かぼそい声で泣く。

ミルクを一回ぬかしたので、哺乳瓶につくってナースセンターに許可をうけにいく。もどって、ミルクをあたえようとするが、反応がない。スーと、長く髙の息が引いていくような感覚がした。担当の看護婦が、ミルクの様子を見にはいってきた。

髙ちゃん、と呼ぶが……目の前の心電図のラインが、アッという間にフラットになった。反射的に、「看護婦さん！　心停止だッ」と、ベッドの上の緊急ボタンをおしながら叫んだ。

廊下から、小池医員、看護婦数人が阿修羅のようにワッととびこんできた。ベッドの反対側にいた私は、はねとばされた。彼らは、敏捷におのおのの役目にとりついた。ベッドに片足をのせて、小池医員が高の胸に心臓マッサージをしながら、沈着に看護婦に指示をとばした。

数分もたたぬうちに、大谷助手、吉井医員がかけこんできた。首にかけた聴診器がおどっていた。大谷助手が除細動器だ、と早口で看護婦に命じた。それが、電気ショックであることはわかった。

高の小さな胸がはだけられ、手ばやく電脈が両側に貼られた。大谷助手が両手に極板をかまえながら、さがって、さがって、と皆を遠去けると、高の胸に極板を圧した。瞬間、バシッと電気がショートする烈しい音がひびき、激しく火花がとびちった。病室内に、閃光が交錯した。

私は、その凄まじい通電に度肝をぬかれた。心電図の画面のラインが、ゆらゆら揺れうごいていた。心電図を確認すると、もう一度いきます、と大谷助手は事なげに指示した。

もう一度?!　と私は目をむいた。電気ショックで死んでしまう、と肌が粟たった。それを察知した看護婦の一人に、お父さんは外にでてください、と否応もなしに廊下へ追いだされた。オレが邪魔だというのか。

廊下の壁にむいたまま、私は言いようのない激情におそわれていた。小さな心臓に、あんな痛撃をあたえられては、助かりっこない。両腕を胸にくんで、断続する身震いをおさえていた。

せわしげに出入りする看護婦の一人が、心臓うごきましたよ、と声をかけていった。ありがたかった。にわかに、脳障害の心配が暗雲のようにひろがった。もっと早く気がついていたら、と悔やみきれない。それから一時間近くたって、重患室にうつされた。

午前三時、びっくりしたでしょ、と大谷助手。あのような光景を目にした親を、どう納得させたらよいのか、医師も困惑しているだろう。

たいしたことありませんよ、と彼は逆手にでた。さいわい、脳障害はないようです、目も手もうごかします、二四時間以内にまた起きる可能性はありますが、まあ、大丈夫でしょう。だれの罪でもない、私は、現実を受容するほかなかった。

明け方、ベンチで一時間余、まどろむ。高の寝顔が、悪夢のように浮かんでは消えた。

二、三日がヤマ

入院十三日目。

朝、優子に昨夜の顛末をつたえる。彼女は、居ても立ってもいられずに駆けつけた。病院にきても変わりはないのだが、一歩でも高に近い所にいてやりたい。

昼前に帰宅、二時間やすむが、鉄兜をかぶったように頭がおもく火照《ほて》って眠れない。

夕方、優子は、貴を小池両親と一緒に長岡へもどした。彼は無邪気に、ながおかにかえる、とトントンはねた。

私は、優子が貴を両親にゆだねた理由は問わなかった。これまで、誠治はじめ、大学職員が交代で待機してくれていた。こんな有りがたいことはなかったが、これ以上、甘えて迷惑はかけられない。

午後五時前、大谷助手より、朝から無尿で、腎臓がやられている、このままだと駄目です、と彼の口から初めて絶望的な所見がでた。頭や胸は問題ないのに尿がでない。原因は不明というが、やはり昨夜のアタックが災いしたか。

めずらしく小池医員が、むくみ、出血があり、状態は悪い、と別の言い方で病状をつげる。すぐに優子をよぶ。七時前、大谷助手が、無尿は治らない、老廃物の処理が必要なので、特殊利尿剤をやるが、効果はあらわれない、浮腫がでている、尿毒症が心配される、このままでは呼吸も悪化する、とかさねて踏みこむ。

優子とベンチで待つ。彼女は、他愛ないおしゃべりをしている。私は、無言だった。話が途ぎれると、「もう諦めていますから……」と一言。優子の健気を知る。

午後七時、江口教授が、このままではむずかしい、尿毒症まではいかないだろう、循環器系は良いんですがねえ、と残念そうにもらす。

午後八時、腎臓の状態はわからないが、腎不全の処置をしている、午前中よりはしっかりしてきた、これで数週間もてばよいのだが……暗い沈黙がただよう。江口教授は、昨夜はビックリしたでしょう、といたわり、嫌な気分をひとまず払った。

午後九時、廊下を看護婦、医師たちが小走りにいく。また重患室で発作らしい。優子と声なく顔を見あわせる。髙だろう、これで入院後四度目の発作だ。まもなく重患室のまえは、静かになる。

加藤譲治が、熱い茶をそえて、折詰の寿司を差し入れた。私と優子は、ベンチの端の闇の下で膝をよせて食べた。こんな美味しい寿司は、食ったことがないとおもった。

夜半、優子をかえす。今夜は、心もち涼しい。

入院十四日目。

案の定、私と交代するために、優子は九時まえにはきていた。いつまで続くかわからないのに、私がダウンする訳にはいかないのだ。昼間は優子、夜間は私の番とするほかない。

やはり昨日は、髙が徐脈になり心臓マッサージをした。心室細動があったが、十〜十五分で回復したという。

午前九時半、江口教授より、やはり尿がでない、老廃物を腸から取る処置をやっている、と。

優子と交代して帰宅途中、紀伊國屋で文庫本二冊買った。どうせベンチでは、読むどころではないのだが……。目玉焼きを食らって、二時間ねむる。

優子から、大谷先生につれられて高に面会した、と電話。入院後、初めての面会だ。腎機能が回復するのに一ヶ月かかった例もある、その場合は長期戦になります、と聞かされた。

どんなに高度な適切な治療を施こしても、患者の抵抗力の衰えが超えていれば、その効果はおよばない。私は、親の切なる期待にこたえられない、彼の苛だちと無念さを感じた。そんな気休めをいうようでは、大谷助手も相当に参っている。

高の闘病を正視して、優子はショックをかくしきれない。急いでもどると、彼女は借りてきた猫のように、私のベンチの端にチョコンと座っていた。彼女は切り替えがはやい、立ちなおっている。

夕方、看護婦が例の搬送車をおしてきて、またベンチの反対側に置いていった。あれに寝てないの？　と優子がたずねた。私が怪訝《けげん》な面もちでいると、あなたに使ってくださいということなのよ、と説く。

そういえば、搬送車のベッドの上に毛布がたたんである……ベンチ生活者への心遣いだったのか。それに気づかぬ間ぬけ。私は自分の鈍さに呆れながら、それに甘えては厚かましすぎると思った。

優子をかえす。午後六時、肝肥大し、無尿が一日半つづいている。テント越しに、ときどき、手が痙攣するように反射する。

吉井医員が、脳障害があるかわからない、目を開いてくれるのが心強い、と言う。私は、不気味な手の痙攣をみて、脳障害の不安が恐怖に一変し、足がすくんでいた。吉井医員は、いとおしそうに患児の胸に聴診器をあてる……一心に治療に没頭している。

彼は良い医者になるだろうな、とおもいながら、今までの張りが一挙に崩れおちていくのを感じた。吉井医員との間にある落差に、暗澹となる。

ベンチをはなれたくて、病院前のそば屋にはいる。ざるそばを食う。

四度も心発作をおこして、器械づけ薬づけになっている息子。植物人間となった姿がうかび、にわかに三トリオに疑心がわく。無理矢理に生かしてほしい、とは思わない。救命が親の気持もわからない非人間的な行為にみえてきて、やりきれない。

夜半、加藤譲治が前橋からもどり、欠員となっている解剖学講座の後任教授の交渉の報告をうける。群馬大学医学部の小林寛助教授の名前がうかぶ。

高の脳障害の不安を打ちあけると、胸底にストーンとおちる。痩せましたね、と聞き役の加藤。

今夜も、いくらか過ごしやすい。

入院十五日目。

午前九時すぎ、優子と交代する。産後一ヶ月なのに、大丈夫？　大丈夫？　と私の身体を気づかう。

午前十時半、高の体重は、四〇〇〇グラムになっている。一ヶ月でおよそ五〇〇グラムふえた。

優子からの電話だ。尿はでず、むくみがつづく。昨夜より痙攣があり、筋注でおさえる、体液の不均衡か脳障害かわからない、おそらく前者だろう、しかし、浮腫が脳におよんでいる可能性もある。病状も、病状判断も、シーソーのようにアップ・ダウンする。問いかえすこともなく、いつもの二時間、泥のように眠る。

午後五時前、大谷助手が、腹部がパンパンに膨満し、穿孔して通管し水分をとり栄養を注入する、と優子に伝う。五時すぎ病室にかけつけると、大谷助手は、腹膜管理中です、とかすれた声。長期戦になりそうだ、と言う。

彼が病室をでると、担当の看護婦が独り言のように、二、三日がヤマですよ、とつぶやいた。死亡までの時間は、たいてい担当看護婦の予見のほうが的を射ているという。

医師たちは、親は子が生きてさえいればよいと思っている、とおもいこんでいる節がある。私の場合、それはちがう――ひたすら延命を願ってはいない。延命措置はやめてほしい、と喉まで出かかっているのだが、声にならないのだ。

それを、大谷助手に話す機会はなくなった。

午後六時半、彼から、明日、自分と小池の二人が担当を交代する、と告げられた。医局と病棟のルールに、我ままはいえない。私が言葉なくうなだれていると、後任は検討会で承知しているから大丈夫ですよ、と力づけられる。私は、「先生には十分にやっていただきました」と深々と頭をさげた。

そのあと、付添いから、大谷助手より、先生は病院に毎日居る必要はないですよ、と帰宅をすすめられた、と聞かされる。私は、彼の別れの言葉を素直にうけとめたが、大谷助手に去られて意気消沈していた。

夜、久方ぶりに家のベッドで寝た。

入院十六日目。

午前八時半、優子は病院、夕方もどる。たがいに言葉少ない。私は鬱して、たえず悪寒のような震えがやまない。

午後七時、二人で新しい主治医に挨拶にいくが、まだみえていない。吉井医員によびこまれた。腹膜管理でのりきれば、多少脳障害がのこっても助かる可能性はある、と彼は切々と得々と説く。〝脳障害〟が脳内に刃のように飛び交い、私は声もでない。彼に問いかえすのも、恐ろしい。

一時間半ほどで無言の帰宅、そのまま畳にうずくまる。

心電図の細波

入院十七日目。

鳴りひびく電話のベル、朝方四時。

病院の付添いから、父親だけくるように、と伝言がはいる。優子も、もう事態はわかっている。

着がえながら石田定吉の車をよぶ。彼を待てず、夜道を小走る。途中で石田車にのると、念のため、いそいで走らせなくてもいいからね、と息をつぐ。彼はハイと律儀に、深夜の赤信号にとまる。十五分後、重患室のドアにたつ。

吉井医員らが、心マをつづけている。新しい主治医が近づき、三時に心停止した、一時間処置するが効果がない、と心電図のほうに目をむけた。

見ると、ラインが細波《さざ》のように流れている。私は、家族への、せめてものゼスチァーなのだと解した。もう止めていいですか、という主治医の念おしに、結構です、と首がたれた。心マの手がはなれ、四時二三分、お亡くなりです、と吉井医員が告げた。私は胸の奥で、もう死んでいたんだ、と思った。

器械をはずしはじめた看護婦らの背に、ありがとうございました、と頭をさげた。薄闇のなかで、優子に電話した。いきなり、すべてが止まってしまったようだった。窓の外が、白みはじめていた。

優子がタクシーできた。

私は、彼らは切りだしにくいだろうと、主治医に病理解剖をしてもよいことを伝えた。家族のほうから剖検を切りだされて、彼は目を見ひらいた。そのリアクションに、私は、オレは格好のつけすぎだ、と自己嫌悪におちいった。

高は、ひとまず個室にうつされた。顔に白布をかぶった小さな身体が、大きなベッドの中央に置かれていた。両手をキチンと胸にくんでいた。その姿に、私は、呆然と立ちつくした。ようやく顔をみると、看護婦が注《さ》してくれたのだろう、うすく口紅と頬紅がしてあった。「眠っているよう」……優子がつぶやいた。

数えれば、わずか三四日の生命であった。

高、生まれかわってこいよ、と私は、胸中、幾度もさけんでいた。剖検を督促すると、病理医がまだ出勤していない。吉井医員から、死亡診断書を手わたされた。

午前九時、剖検室へ、私たちは地階の霊安室で待つ。私は、椅子にも座らず、ただうろうろと歩きまわっていた。椅子にかけた優子が、おもいだしたように、「大谷先生が、風格のある立派な子だ、と誉めてくださった」と顔をあげた。喉に熱いものが込みあげてきた。

高は大谷助手の去った翌朝、力尽きた。大谷助手らとともに闘った十七日間だった。苦しかったろう、痛かったろう、辛かったろう。私は、息をひきとる時に居てやれなかった。

午前十時すぎ、主治医が剖検の報告にみえた。診断どおりだったと、心臓の所見をのべた。私は死因は腎不全かどうかを確認したかったので、腎臓はどうでしたか?と問うた。

心臓以外には関心がなかったのだろう、主治医は狼狽した。私は、憮然としていた。

まもなく高が、霊安室にはこばれてきた。私にとって初めての肉親の死であった。不意に、職員の大場憲栄が僧籍にあることを思いだした。

午前十時半、高の初めての帰宅になった。

優子が、厚い産着にくるまれた高をだいて石田車にのった。

沈鬱の車中、アッと優子が声をあげ、「わたし、この子を初めて抱いた……」とつぶやいて、冷たくなった高をひしと抱きしめた。

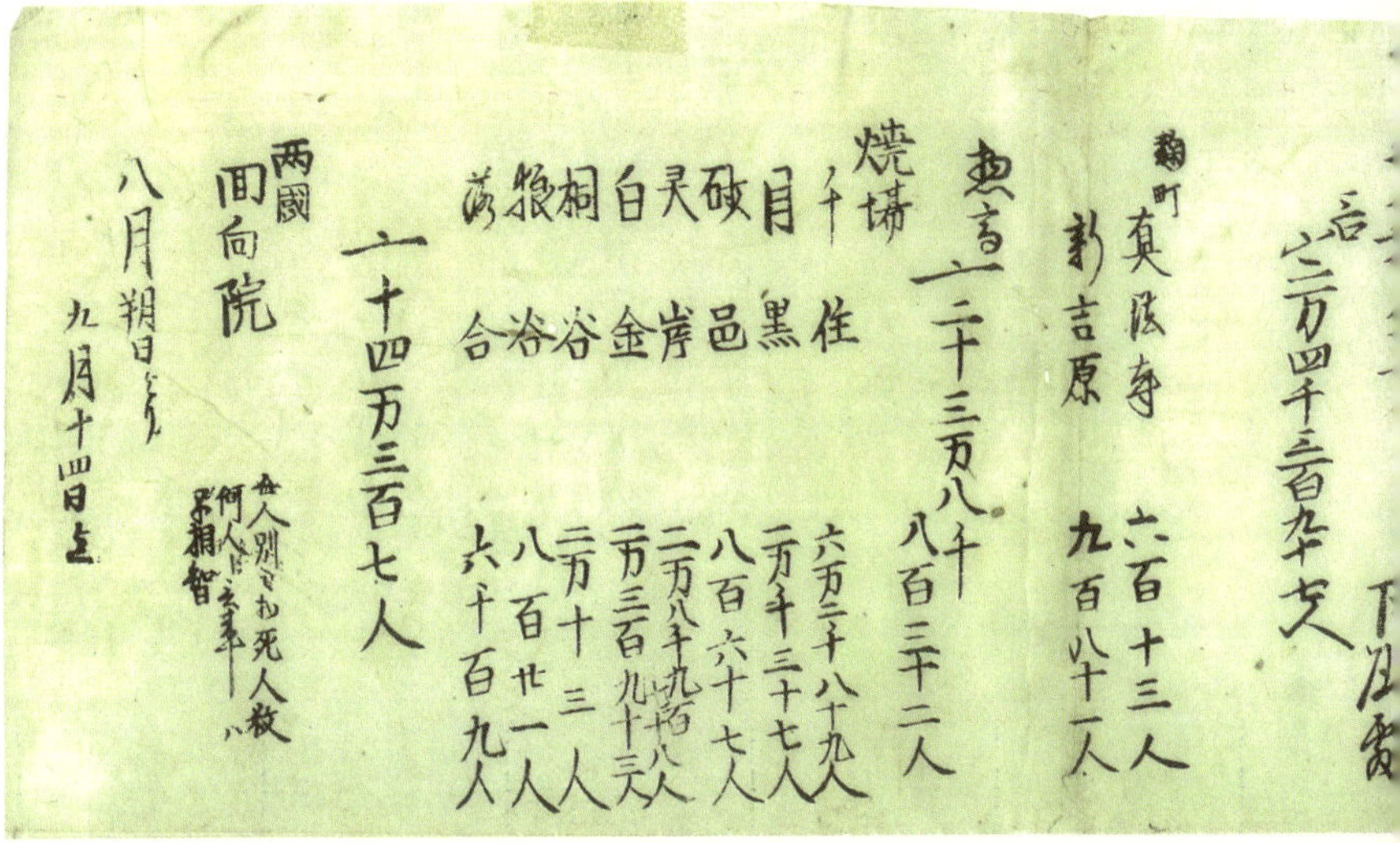
合〆二万四千三百九十七人
麹町 真成寺 六百十三人
新吉原 九百八十一人
惣高 二十三万八千八百三十二人
焼場
千住 六万二千八百九十九人
目黒 二万千三十七人
砂村 八百六十七人
[illegible]岸 二万八千九百八人
白金 二万三百九十三人
桐谷 二万十三人
[illegible]谷 八百廿一人
落合 六千百九人
両国 回向院 一十四万三百七人
無人別ニて死人数何人ニ候哉不相知
八月朔日より 九月十四日迄

逃げる

「あッちだァ・・・・」

宿主《あるじ》の黒い指が、邪険に奥をさした。キクは、旅籠の裏手によろめきでた。草鞋はすりきれ、膝上まで泥にまみれていた。

昨日の昼下がり、行商人が言伝てをもたらした。夫のゲンが、山越えの地蔵宿で病いに伏せている、と。キクの頬に、おびえが走った。母親のヨネに、ヒデとタマをあずけた。三歳と十ヶ月の赤子である。

昼夜をおかず、山間いの街道をかけた。

ふるびた納屋の板戸が、キイキイとゆれている。息をつめて、半開きをおした。乾いた藁と糞尿が、鼻をついた。

「・・・・あンた」

板壁に射しこむ夕陽の縞に、ゲンが海老のように臥していた。キクの両膝がくずれて、「あンた！」と肩先をだいた。頭がグラリとゆれ、兎のような両目をひらいた。唇をふるわすが、口内や喉がただれて声にならない。喉をさく咳、よごれた蓙《ござ》に黄痰がとびちった。

流行病《はやりやまい》だ——戦慄がはしり、キクは、凍りついた。顔、首、耳うしろ一面が、暗紅色の斑におおい尽されていた。はだけた胸から、手も、足までおびただしい紅斑に彩られている。ただならぬ様相であった。

あえぎながら、ゲンは、莚の裏に爪をたてて、布袋をひきずりだした。ふるえる手をキクの膝におしつけると、精根つきて折れるように首をたれた。「銭ッこだね、銭ッこだね」キクは、その巾着を胸ににぎりしめた。女房に、出稼ぎの労銀をわたしたかったのだ。キクは、宿主に粒銀をにぎらせた。彼の頬がゆるんだ。納屋にはよりつかないので、ゲンの病状を知らないようだ。水桶を借りた。拭こうにも、額まで紅斑に腫れている。手拭の水を唇にしぼると、ふきだすように吐いた。はじめて目にする凄まじい病状……手の施しようがない。

　暗闇のなか、裏の井戸でどろどろの手拭をすすぐ。一昼夜かけたキクは、その場に眠りこけた。一刻（約三〇分）もたったか、ふと、母屋の壁ごしに声がもれてきた。西方から魔物が、つぎつぎに村々をおそっている。すでに、大小の村里に人影が絶えた。東進は一向にやまず、今、十里先の大宿場町に猛威をふるっている。「あれは、麻疹だなァ」
ましん！　キクは、慄然となった。

　二〇年前、麻疹が西から山越村に襲来した。旬日のうちに、兄、姉、祖父、祖母が死に、近所の叔母、叔父、従兄、従妹も死んだ。ヨネと、抱かれていた乳呑み子キクが、生きのこった。出稼ぎにでていた父は、かろうじて免れた。

　まさしく、ゲンの容態は、ヨネがきびしく説ききかせた麻疹の病状であった。まちがいなく、あの恐ろしい死病だ。夫は、助からない……。

ふるえながら、井戸端から納屋へ這った。麻疹の病人には触れるな、近よるな、と痛く戒められた。だが、ヨネはくりかえした―キクは、もう二度と罹らない、と。免疫の知識はなかったが、人々は恐怖体験から、麻疹は一度かかると、二度は罹らないと知っていた。板戸をならしながら、キクは、「あたしは罹らね」とつぶやいた。

ゲンの病状は、悪化していた。やけるような発熱、断続する悪寒、かきむしる胸痛、ゼイゼイとなる呼吸、怪鳥のような乾咳。その苦悶のかたわらに坐したまま、為す術《すべ》もない。病勢は、刻一刻と険悪になる。喉から胸が激しく波うち、ヒューヒューと喉笛がなり、呼吸困難におちいった。悪霊に取り憑かれている。ぬれ手拭をにぎりしめ、キクは、月明りに迫る死相を凝視していた。

未明、ゲンは息絶えた。苦悶の消えた酸鼻。彼の身体から、悪霊が去った。悪霊がたわむれた全身の吹き出物は、消えない。じつに、死因は発疹ではなく、併発した肺炎などの合併症であった。麻疹いわゆるはしかは、麻疹ウイルスによる小児の代表的な発疹性の急性伝染病である。ウイルスの伝染力が強いので、感染すると九五パーセント以上に発病するが、ふつう七～九日で回復する。現代では、小児の罹る軽度の感染症の一つである。

変わりはてた二四歳。ただ呆然と、キクは、枕辺に坐していた。泣きもせず、涙もながさず……世帯をもって四年だった。

江戸の時世、死は現代よりはるかに身近にあった。人々は常に、死と隣りあわせに暮らしていた。公方様のお世継でさえ、流行病でコロリと逝った。大人も子供もだれかれなく、紅い発疹におそわれてバタバタ倒れ、コロコロ死んだ。

「疱瘡《ほうそう》は美面《みめ》定め、麻疹は命定め」と風評した。疱瘡は、いまでいう天然痘である。疱瘡は容貌を奪うにとどまるが、麻疹は生命をうばうと恐れられた。疱瘡は毎年、各地に散発して醜い痘痕《あばた》の子をのこした。麻疹は、ひとたび発生すると、山をこえ村をかけて大流行し、死屍累々と惨状を呈した。

文久二年（一八六二）の麻疹禍は、猖獗《しょうけつ》をきわめた。その夏にでた死亡人調書によれば、江戸府内だけで七万六千人弱であった。実際には、各寺がとどけでた墓穴数は二四万弱にのぼった。当時、府内の人口は一〇〇万人たらずであったから、じつに、四分の一が死亡したことになる。

麻疹にかぎらず、死は至るところにあった。麻疹後に生まれた妹は、十年前に脚気を患って急死した。麻疹を免れた父は三年前、卒中にたおれて半身不随のまま悶死した。だから、キクには、二一歳なりの死生観があった。

板壁の隙間から、仄白い縞がうかんでいた。キクは、バネのように立ちあがった。編笠をむすび、脚絆を巻く。納屋を走りでると、母屋の軒下につるされた草鞋をつかみとった。せわしく一足を履き、もう一足を腰帯にむすんだ。

納屋の脇、竹矢来にたれた尚早の胡瓜《きゆうり》。夜霧にぬれた一本を折ると、鷲づかみにかぶりついた。苦い汁が、飢えた口内にあふれた。頬ばったまま、まきついた巻鬚ごと五、六本をひきちぎって、帯の前うしろにはさみこんだ。それから、納屋にふかく合掌し、母屋に一礼した。

踵をかえして、朝靄《もや》のなかを脱兎のようにかけだした。後ろ髪を引かれるが、夫を埋葬している暇はない。死んだ者は、還らない。事態は切迫している。一刻も早く、山越村にもどらねばならない。キクの足音が、冷気ののこる淡墨の街道をひた走る。

三都（江戸・京都・大坂）では、悪疫をもたらす魔物を鬼に見立てた。疱瘡は痘鬼、麻疹は疫鬼とよんだ。キクには、そんな俗耳はない。彼女を追いたてるのは、圧倒的な鬼気である。目にみえない悪霊が、西方から刻々と迫ってくる。一瀉千里に伝播する恐ろしさ、その兇暴に抗《あらが》える者はいない。

はしかは、麻疹ウイルスという病原菌の飛沫感染である。当時、病原菌や感染という認識はないが、悪霊は人から人へ乗り移るらしい、という経験則はあった。すでに、キクは、悪霊のはしる速さを計算していた。地蔵宿の一〇里先にある大宿場町が、悪霊の本陣だ。

そこで取り憑かれたゲンは、地蔵宿まできて倒れた。おそらく、地蔵宿では初めての発病者だろう。悪霊は、ゲンのつぎに乗りうつる人間を物色している。

地蔵宿が、悪霊の先陣だ。ここから山越村までは、おおよそ十里ある。歩けば、日速五里（約二〇キロメートル）として二日で着く。丸二日後には、山越村がおそわれる。本陣が襲来するのは、四日後だ。キクは、悪霊の速度は旅人のあるく速さ、と察していた。駈けもどれば一昼夜、明朝には山越村である。魔の手に追いつかれることはない。

実際には、麻疹には十日ほどの潜伏期間がある。キクは知る由もないが、それでも彼女の計算は、けっして的外れではなかった。

山腹が朝焼けに染まり、日差しが赫々と街道を射した。にわかに、汗がふきだす。胡瓜を食したので、とまっていた母乳が胸元をぬらした。娘のタマがほしがる乳……。

早立ちの旅人が、ゆっくり近づいてくる。すれ違いざまに、キクは、甲高いさけびをあげていた。「ましんがくるよッ！」なにも知らずに、地獄にむかっていく人―知らせてあげねばならない。一瞬、彼は足をとめたが、あわてずさわがず歩きだした。キクには、麻疹情報をつたえるのが精一杯だった。

深編笠をかぶった虚無僧の一団。「ましんがくるよッ！　ましんだよォ！」と、わめきながらかけぬけた。左右に割れた一団が、乱れてざわめいた。

とおく山裾をゆるやかに蛇行する街道に、旅人の影が目立ってきた。土ぼこりをたてながら、キクは、声を嗄らしてさけびつづけた。彼女の剣幕に後退りする者もいた。血相をかえて立ちすくむ者。オロオロと行きつ戻りつする者。キクの袖をつかんで、場所を問いただす者もいた。山むこうをさし、地蔵宿まできていると教えた。彼女の先触れを、悪戯などと疑う者はいない。

往きに難渋した峠越え。息せききって、キクは、道端にペタンとへたりこんだ。草鞋が、どす黒く染まっている。汗と乳と血の垂れながしだ。荷をかついだ五〇近い行商人が、竹筒にいれた水をさしだした。ぬるいが、うまかった。

麻疹が流行る街を行商して歩いた、と言う。幼いころに罹った麻疹が軽くて、生きのびた。幼い娘も罹ったが、生きのこった。十二年後、彼女が孫娘を生んだとき、ふたたび麻疹におそわれたが、孫娘は助かった。みな、生まれつき丈夫なのだと、彼は、呵々と笑った。赤子が死なない……キクは、上の空だった。

じつは、母親が麻疹に罹患していれば、赤子には、母体から免疫体が受け継がれる。そのため、生後三〜四ヶ月までは罹患しない。いわゆる母子免疫である。この免疫体は少しずつ減少し、七ヶ月後には消失する。

草鞋の紐をしめなおして、キクは、ころがるように峠をくだった。行商人の一家は、二度の麻疹下を生きぬいた。「悪魔は二十年たったら、またくるからなッ」ヨネは、まなじりを吊りあげて語りついだ。ちょうど二〇年目——母親の予言どおりだ。

麻疹は、江戸時代には、頻度の少ない流行病であった。しかし、周期的に流行をくりかえした。養生書は、「麻疹は二二、三年廻りに、一度づつ流行して、漫《みだ》りに流行せざるは、頗《すこぶ》る奇と謂ふべし」と記し、その習性を不可解至極とした。麻疹よけのはしか絵（浮世絵）には、流行年と周期をつらねた麻疹年表がかかげられた。流行歴は、享保十五年（一七三〇）以降は二十数年にちぢまった。

麻疹は、ひとたび流行すると、その地域の住民はことごとく罹患した。不衛生のうえ栄養不良だったので、大半は麻疹肺炎で死亡した。わずかの生きのこりに免疫ができると、蔓延していた麻疹は嘘のように沈静した。その後、免疫のない世代が成人する頃に、ふたたび来襲する。このパターンを繰りかえしたのだ。

夜は、月明りを頼りに、暗い街道を足早に歩きとおした。仏山《ほとけ》を迂回すれば、すぐ山越村だ。ここまでくると、キクは、躊躇なく街道脇の細い山道におれた。腰高に生いしげる都笹を、かきわけふみわけ猛進した。仏山は低い里山だが、崖あり谷あり、幼いころの遊び場だった。日の暮れるのを忘れて、ゲンとひそやかに淡い春情にたわむれた。

キクは、谷間につたいおり、清冽な渓流沿いに岩から岩へとんでわたった。流れのゆるむ浅瀬に足をとめた。終日、ゲンと岩魚捕りをした穴場だ。辺りをみまわしながら、首につるしたゲンの巾着を引っぱりだした。棒切で穴をほり、巾着をうめ、目印に四角い石を置いた。

やぶれた編笠をぬぎすてた。それから、キクは、やにわに、よじれた帯を解いた。ぬいだ小袖を、おもいきり波だつ流れに放った。谷風にあおられて、水面にういたまま幾度も旋回した。ついで、両の脚絆をはぎとって捨てた。おわりに、赤い腰巻をとおくに投げると、そのままザブンと浅瀬に身をおどらせた。谷間を映す陽に、白い裸体が凛々とかがやいた。

爽快！　頭の芯までしびれて、一瞬、三日間を忘れた。おもわず奇声を発し、両手で水面を叩いて、顔や胸に冷水をはねた。とびちる飛沫が、燦々、彼女の頭上にはなやかな虹の輪を掃いた。

キクに、ウイルスを洗いおとす知恵があったわけではない。ひたすら、醜い悪霊にふれた肉体を清めたかったのだ。清流に顔をあらい、鼻と口をすすいだ。流れに両肩まで沈むと、川底の砂を一ににぎりし、腕から手へはげしく擦りはじめた。よごれた爪も、真砂でみがいた。やぶれた草鞋を履きすてると、川底の砂利に傷だらけの足裏をすりつづけた。ふやけた両手で、足も腿も尻も腹も胸も、赤くなるまで砂ずりした。

六月（新暦七月）初めだが、さすがに山の水は冷たい。つぎに、たばねた髪を無造作にほどいて、前屈みに水面にたらした。髪は、急流に曳かれて黒々とひろがり、つややかに流れた。その髪に砂をまぶして、荒々しくすすいだ。キクには、病原菌の有無など思いもおよばない。悪霊の霊気が取り憑いている、とおびえ恐れたのだ。それが、人の手で払いおとせるのか、わからない。ただ、動物的な勘が、彼女をつきうごかしていた。

仕上げに、砂を一つかみ、口に放りこんだ。ゲンの口内の爛れが、瞼にやきついている。歯から喉まで幾度も幾度もすすいだあと、泡をふく砂を吐きだした。

浅瀬からあがると、はりつめた肌に水滴が滴り、乾いた岩にまばゆく撥ねた。冷えきった肩や腿がふるえ、歯の根があわない。ぬれた髪をしぼり、うしろに結びなおした。霊気は、渓流に流れさった……これで村に入れる。

さあ、キク、素ッ裸をどうする？　夏草や灌木にうまった山道をもどりながら、思案する。枝葉をしげる樹々が、まぶしく陽射しをさえぎる。目ざとく、無数の葉におおわれた樹をみつけた。春先、この樹をまく色濃い蔓を切って、あふれる甘い汁をゲンと啜った。修行中の行者が喉をうるおしたことから、〝行者の水〟とよばれる。

樹皮にからみついた蔓を、両手でずるずるひきはがした。樹に片足をふんばって、蔓の先を勢いよくひきちぎった。青葉をかさねた蔓を、幾重にも太い腰に巻きつけた。素肌に食いこむ蔓が、痛い。彼女の腰まわりに、深緑の精霊が群れた。

「ヨッシィ」頬をひきつらせて、キクは、元の街道にかけおりた。そのまま、村へかかる万力川の橋をわたった。三間の木造りの橋である。昔、欄干からおちた赤子が、橋杭にひっかかったことから、幸橋《さち》とよぶ。裸足が、ピタピタとせわしく土をける。薪を背にした老人の脇を、一気にかけぬけた。里に山姥《うば》（深山に住む鬼女）が現れたか。顔なじみの小母が、呆気にとられて見送った。「キクちゃん。気が狂《ふ》れたかのゥ」

「おッ母ぁ！」開けはなした戸口から、土間に走りこんだ。独楽《こま》をいじっていたヒデが、ギョッと後退りした。「ヒデ！」と、蔓巻きのままだきよせた。腰の枝葉に顔がうまって、あばれた。板の間にうたた寝していたヨネが、仰天した。「キク。どうしたァ!?」

母親をみて、キクの痛苦が爆《は》ぜた。ゲンは死んだ、麻疹がくる――ヨネは、へなへなと腰をぬかした。婿の死と二〇年目の麻疹。キクは、腰にむすんだ蔓を苛だたしく解いて、土間に投げすてた。押入から柳行李をひきずりだすと、洗い晒しの小袖をうばいとるように着こんだ。綾柄の帯をしめた瞬間、山姥が女人にもどった。

飛び交う家蝿をはらって、土間の竈《かまど》の釜をあけた。釜の底に、三葉をきざんだ稗飯。杓子で、ボロボロと頬ばった。三日ぶりの飯粒だった。むせながら、呆然自失のヨネを一喝した。

「おッ母ぁ。山さ逃げる！」

草履をひっかけると、二軒先のクメの家に小走った。クメは、縁あって、とおい西方の漁師村から嫁にきた。キクの知らない海を懐かしんだ。団扇《うちわ》で家蝿を追いながら、三ヶ月の娘フクに乳首をあたえていた。さきに貰い乳をしたタマが、煎餅布団に眠っている。満腹だ。「クメちゃん。ありがとォ」だきあげると、タマは泡の乳をふいた。

起こさないように、すり足でもどる。嗚咽しながらヨネが、籠に当座しのぎの物を詰めていた。竹をあんだ中型の背負い籠である。痛風の足をひきずって、木櫛や手拭を放りこんだ。キクは、おぶい紐を胸元にまわし、タマを前抱きにした。ヨネは、おもたい籠を娘の背に負わせ、乳臭い孫娘に幾度も頬ずりした。「さあ、おッ母あ。行こォ」とせくキク。だが、ヨネは、「この足では駄目だのォ」と両手で拒んだ。「あたしは大丈夫だァ。あたしは罹らないよォ」

一刻も早く村をはなれたい。母親は、ここにのこっても助かるだろう。タマとヒデを守らねばならない。縁先に干したおしめ二枚を籠におしこむヨネ。予備の脚絆などおいていない。野良用の笠をかたくむすんだ。下ろしたての草鞋をきつくしめると、キクは、無言でヒデの手をにぎった。ヨネがもたせたのだろう、麦藁であんだ団扇をふっている。「ヒデ。行くよッ」

母親をふりきって、キクは、土間をとびだした。勢いのあまり、ヒデの両足が宙にういた。鶏が数羽、さわがしく飛びはねて逃げた。幸橋をわたると、村の共同墓地を横目に、仏山のすぐの間道にはいった。ここなら、地蔵村からの旅人には出会わない。じつに、彼女は、山越村には半刻（約十五分）もいなかった。

母子連れの逃避行がはじまった。

山越村には、街道をはさんで、三〇戸足らずの藁葺き農家が散在する。貧しいが、平穏で、飢えることはない。彼らは、土着の民なのだ。だから、麻疹が迫っても、避難するという発想はわかない。一時的にもはなれることは、村を捨てると同じだった。もともと山里には、麻疹情報はつたわりにくい。たとえ耳にしても、麻疹除けの呪《まじな》いや護符にすがり、ひたすら悪疫退散を祈願するばかりである。だから、坐して死を待つという結末になる。

パニックにおちいってから、まだ発病しない者たちが、逃散する例はあった。そのため、病原菌が四散し、いたずらに惨害をひろげた。

しかし、夫の惨死をみたキクは、事前に逃げると決断した。タマとヒデは、救わねばならない。ヨネは、キクの意図を迷いなく後おしした。とにかく、人のいない所へ、人のこない所へ逃げる。そして悪霊がとおりすぎるまで、隠れている。

一昼夜をかけもどって、山越村からタマとヒデをつれだした。悪霊の先陣が村に着くのは、明日の夜半だ。十分に逃げきれる、とキクは安堵した。もう急ぐことはない。まがりくねる山道をたどる足は、重い。脚絆もない。背負い籠とタマが、前後から両肩に食いこむ。ヒデをひく腕が、ぬけそうだ。急坂では、小脇にかかえて登った。籠にむすんだ竹筒が、やかましくゆれる。

浅い山頂を越えて、くだる途中に岩清水がある。その近くに、かしいだ掘っ建て小屋がたつ。板葺の木樵《きこり》小屋である。辺りには、薪炭材になる櫟《くぬぎ》や小楢《こなら》が自生している。秋になるまで、木樵はこない。勝手知ったる仏山の、そこが目的地だった。

とうに昼をすぎていた。「着いたよ！」キクは、おもわず歓声をあげた。おどろいて、タマが泣きだした。閂《かんぬき》をはずすと、乾いたおが屑の臭いが舞いあがった。人気のないせまい小屋の奥半分に、板敷きの莚が敷いてあった。うしろに坐りこむと、笠を放りすて、ようよう背負い籠をふりおろした。蚤が宙にはねとび、莚のほこりが浮遊した。あわてて、キクは、両手をはって四散した蚤をパタパタ叩きつぶした。

只借りするのだから、贅沢はいえない。ここなら、雨露はしのげる。おぶい紐をといて、泣きやまないタマを寝かせた。紐と縄の跡が、両肩に黒々と染みている。あやしながら、おしめをとりかえた。

とにかく、タマは、呑む、眠る、泣くの三拍子なのだ。莚に寝そべると、むずかる口に乳首をしゃぶらせた。生えた乳歯が、加減なしに噛む。痛さも四日ぶりの授乳だった。片手をのばしてヒデをだきよせ、小さな背中を幾度もなでた。そのまま、莚に伏した。

冥暗のなか、ゲン、ヨネ、父、妹の顔が哀しく明滅する。全身、金縛りになっている。逃した蚤か、ふくらはぎが痒い。チッ、間をおいてチッと、朦朧としたキクの耳朶をうつ。ヒデが、団扇でタマをあおいでいる。ヨネのわたした団扇だ。チッと団扇を叩く。薮蚊……妹をねらう薮蚊を追いはらっていたのだ。丸い両拳をふって、タマは喜声をあげている。ご機嫌だ。

ヒデは、片手に鯣《するめ》をしゃぶる。行商から買う鯣烏賊《いか》を干した海の幸。「どうしたのぅ？」と素頓狂に問うた。彼は、片隅に置いた背負い籠をさした。空腹をみたす糧《かて》のありかを心得ている。鯣の匂いに、キクは、飢えた。「おッ母ぁにも、おくれッ」

もう夕暮だった。至近にミンミン蝉が、翅をふりしぼって鳴いている。鯣の長い足を噛みくだきながら、竹筒をさげて小屋をでた。タマの子守は、ヒデの役割でもある。三歳になるのに、彼は口がおそい動作もにぶい。知恵遅れではないか？　ゲンと思いわずらった。ところが、じつに呑みこみは早く、物分かりが良い。放っておいても、独り遊びできる子だった。

岩の裂け目から、ほそい清水がわく。喉をならし、顔をあらい、胸元をぬぐった。木櫛で乱れた髪を梳いた。冷水を竹筒にながしこんだ。そのあと、おしめ二枚をすすいだ。暮れゆく木立の間に、数十四の蝙蝠《こうもり》が飛翔し、キクの頭上を刃のようにかすめた。幼いころは、蝙蝠を恐がった。小屋にのびた枝木に、おしめをつるした。チッ、ヒデは、むずかりはじめた妹をあおいでいる。竹筒をわたすと、うまそうに飲んだ。タマは、袖元にむしゃぶりついて乳首をさがす。

夏だが、山の夜は深々と冷える。籠から、産衣と腹掛をだした。タマに産衣をかさね、ヒデに腹掛を巻いた。両脇に、二人をしかとだきかかえた。ヨネをのこして、ここまで逃げてきた。悪霊は、人々のすむ下界を蹂躙《じゅうりん》する。山中は、魔の手から隔絶した隠れ家《が》だ。もう安心……。耳ざわりな羽音に、おもいきり平手を打った。とおく梟《ふくろう》がないている。その含み声は、悠々として夜半までやまない。

朝靄に沈んだ小屋をしのびでた。近くを一まわりして、紅葉苺《もみじいちご》の赤い実を摘んだ。山柿や葡萄は、秋にならなければ食べられない。高い枝をしなわせて、群生した山桑の実を摘みとった。黒紫色に熟した旬の味だ。ゲンと競って顔中を紫にした。手拭一杯の実を清水にあらった。

「ヒデ。七ッは?・」莚にひろげた手拭をさした。彼はうなづくと、苺と桑の実の山盛りから、一つ一つつまんで並べた。寺子屋などなかったが、キクたちは、村長《むらおさ》から和算と仮名文字を習った。「よくできたのォ。食べていいよ」許しのでたヒデは、唇からたれる紫の汁に口をすぼめた。

朝の授乳の時間だ。一六歳のクメには敵わないが、乳の出はよい。タマをだきながら、キクも熟れた実をつまんだ。乳をすいながら、タマは、黒い瞳で無心にキクをみつめている。むろん、環境が一変したことはわからない。彼女には、乳が呑めればよいのだから――。食い物や寝る所がちがっても、ヒデは平気だ。彼には、キクやヨネが居ればよいのだから――。激変に周章狼狽《しゅうしょうろうばい》するのは、大人たちである。「九ッは?」

朝飯がすむと、岩清水にそろった。

そこで手折った猫柳の小枝。その折れ口を石で叩いて、一寸ほどのささくれにした。皮付きのまま楊枝（歯ブラシ）につかう。ささくれが房状になるから、房楊枝とよぶ。もう一端の小口も房に叩いた。キクは、大口の房を器用にふるわせて、虫歯のない歯並みを磨いた。途ぎれていた朝の日課だ。

朝風が、山腹に傾斜した樹林の間をふきぬける。狂気の四日間、憑き物がおちたように静穏だった。だが、危難は去っていない。

産衣と腹掛をだした籠の中には、腹巻がたたんであった。もちあげると、小さな銭袋がおちた。虫下しの薬袋があった。色褪せした達磨《だるま》の玩具。麻の合切袋をほどくと、乾した唐黍《とうきび》（玉蜀黍《とうもろこし》）の実、切干し大根、乾葉《ひば》（干した大根の葉）、唐芋《からいも》（薩摩芋）の日干し、干し梅が、ザラザラ混ざっていた。母親が、手当たり次第に放りこんだのだ。みな、非常用の備荒作物だ。キクには、有難涙のでる宝の籠だった。

ズシリとするその合切袋をとりだすと、黒い干し昆布がならべてあった。クメの訛りがつたえた潮騒の匂いがした。その干し昆布をのぞいたとき、はりつめていた琴線がきれた。「おッ母ぁ！」キクは、顔をおおって号泣した。籠の底に、繭《まゆ》の莢《さや》にはいった南京豆（落花生）が、ザクザク敷いてあったのだ……。

小屋の表には、角石でかこんだ荒い竈《かまど》があった。あいにく、火を点ける火打石と火打金がない。苺や桑の実だけでは、心ぼそい。少々の山菜採りはできたが、煮炊きする鍋もない。それに日夜、炊煙をあげて、在りかを知られるのが恐かった。だから、乾物《ひ》はありがたい。これだけあれば、当分、食いつなげる。ヒデは、真下から心配気にキクをみあげていた。たれおちる涙が、幾滴も彼の小さな額にちった。

不意に、あらたな難題がキクを痛打した。死物狂いの逃走中、考える余裕もなかった。ヨネに問うべきだった。何日間、潜んでいればよいのか？

発病後、七日間が生死の分かれ目、と聞いていた。麻疹の本陣が来襲するのは、あと三日だ。山越村に猛威をふるうのは、それから十日ほどだろう。十数日後には、村をとおりすぎる。それならば、十五日間かくれていれば大丈夫か。母子三人、山中での十五日間は辛い。備荒食は、とても十五日分はない。いや、悪霊は、半月では去らぬかもしれない。

キクは、麻疹の潜伏期間を知らない。感染しても十日ほど潜伏しているので、村人が発病するのは半月後になる。それから消退するまで、七日あまりを要する。したがって、少なくとも二〇日間は、隔絶していなければならない。

キクは、小屋の壁板に竈ののこり炭で、三、と墨した。逃避三日が経った印だ。無謀な決行を悔やみはしないが、目がくらむほど先は長い。

潜伏中の食糧計画をたてた。タマは母乳なので、キクとヒデの一人前《ひとりまえ》半だ。早朝につんだ紅葉苺と桑の実、唐黍の実、切干し大根を、少量ずつ笹折にのせた。翌日は、果実は同じだが、唐芋、干し梅、乾葉にかえる。南京豆はヒデのお八つで、一日五箇とした。鯣と干し昆布は窮迫の非常食なので、手をつけない。

戸口にぶらさげた両房付の楊枝。小屋のまえ、ヒデは、腹掛のまま独楽をまわしている。目のとどかない所へは、行かない。飽きると小石を一列にならべて、数えながら一つ一つ蹴る。ときおり、石ころのかわりに、踵のでた小さな草履がとぶ。

キクは、壁板に四と引いた。

四日目になると、山小屋の暮らしになじむ。単調だが、自然の懐にだかれて、昼も眠り夜も眠る。終日、ひたすら余分な音をたてぬように過ごす。ただし、機嫌斜めの泣き声は、あやしても子守歌でもとめようがない。悪霊は、可愛い赤子を好むのではないか。タマが泣きつかれるまで、身がちぢむ。「よ～い、よ～い。寝んね寝んねえ、ころころ寝んねぇのゥ」

ヒデには、顔を一閃する蜻蛉《とんぼ》は追えない。甲虫の大きな角をしばった細い蔓。それを力一杯にふりまわす、加減をしらない。捕ったのは、昼間に闊歩する深山《みやま》鍬形である。お八つを食べると、ヒデは、キクによりそって昼寝する。手首にむすんだ鍬形が、逃げようと、蔓をひっぱって莚をかきむしっている。

壁板の日読みは、六になった。毎日、同じくりかえしだが、変化のないことは有りがたい。平穏無事に、時がすぎているのだから――。

小昼になると、ヒデは籠から南京豆を五箇とりだし、一つ一つ殻をわる。豆をかみながら、手元の達磨を小づく。底に重りのある起きあがり小法師なので、倒れてもすぐに起きあがる。その格好が面白い。

夕暮れ刻、ヒデの鋭い悲鳴がした。蜂だ！　小便をとばしていて、たくしあげた腿を刺された。泣きさけぶ身体をおさえこんで、キクは、赤くはれた傷口を吸った。蜂針は、大人でも痛い。彼をかかえると、岩清水へ走った。苔むす水際に生えたどくだみの葉をむしった。傷口に汁をなすりつけた。父親が教えた薬草だった。「もう痛くないなッ」とどやしつけた。タマが刺されたら大変だ。キクは、韋駄天《いだてん》走りにかけもどった。親指をしゃぶっているタマ……。

手先に、どくだみの悪臭がしみていた。蜘蛛の巣をはらいながら、闇にしずむ小屋の辺りをさがした。かすかに蜂の翅音がする。裏の庇のしたに、両拳大の巣がつりさがっていた。まだ小さい。六角の白い育房を、継ぎたしていく足長蜂だ。ゲンが人頭大の巣を棒で叩いて、蜂の逆襲に二人して逃げまどったものだ。

腰巻をはずすと、及び腰に巣の下に近づいた。まだ五、六匹が、せわしなく巣の上をとんでいる。静かに腰巻をひろげ、いきなり巣にかぶせた。両手で袋にしぼった腰巻のなかで、蜂の群れがあばれ狂っている。蔓で袋の首を幾重にもしばると、そのまま近くの窪みにうめた。手さぐりに、暗がりの土をもって山盛りにした。腰巻を失くした小袖が、汗まみれの両腿にまつわりついた。ヒデが顔をよせてあやすのだが、タマは泣きべそをかいて、キクをさがしていた。鼻息をあらげて、キクは、言いはなった。「ヒデ。ハチ、やっつけてやったからなッ」

翌朝、土盛りに山蟻がよっている。そろそろと棒切で土をくずした。泥まみれの袋をかざすが、蜂の翅音はしない。思いきって腰巻をはぐと、赤布からパラパラと死んだ蜂が落ちた。ふりおとしてから、つぶれた灰色の巣をとりあげた。喜色満面、キクは、鼻唄まじりである。甘い蜂蜜は、めったにない馳走だ。母子は、育房の蜜を啜り、たれる蜜をなめ、舌をならした。

日読みは、八。ヒデは、しきりに蜂蜜をせがむが、二日しか持たなかった。キクの舌も、蜜の甘さを忘れない。いささか食傷気味の乾物が、味気ない。

日読み九。昼前、タマがぐずついて泣きやまない。

「オーイ」

キクの耳が、野猫のようにふるえた。人声だ！　反射的に、タマの口をおおっていた。

「オーイ、誰かいるんかァ？」野太い声が、樹木にはねながらかけ下りてくる。山中、赤子の泣き声に驚いたのだろう。人が来る！　キクは動転した。安穏としていて、虚をつかれた。あばれるタマを前抱きにし、籠に合切袋や産衣を放りこんだ。「ヒデ！」彼は、団扇を襟首にさし、両手に達磨と独楽をにぎりしめていた。機敏に、逃走の態勢に入っている。七日間の山暮らしで、ヒデの動作は一変していた。

キクは、板戸をけたてた。枝のおしめをひったくると、うしろ手に籠に投げいれた。

「オーイ。どうしたァ、誰かいるんかァ？」邪気なく、大声が近づいてくる。みあげる樹林の間に、陽射しを背にした人影がゆれた。

「こないで！　こないでよ！」ヒデを小脇に、ころがるように小屋下の山腹をすべりおりた。「こっちサ来るな！」キクの絶叫が、タマの泣き声を引きさいた。人影は、一瞬、棒立ちになった。「こないでよ！　こないで！」彼の接近を激して拒みながら、樹木をぬってこけつまろびつ逃げた。半むすびだった笠が、飛んだ。

　悪霊は、人から人へ乗り移る。だから、決して人に近づいてはいけない。キクの危機感は、徹底していた。万一、人に出会ってしまったら、一目散に姿のみえない所まで逃げる。それだけはなれてしまえば、魔の手はとどかないだろう。彼女には、悪霊から逃げきる強い意志があった。

　いわゆる飛沫感染は、咳によりウイルスをふくんだ飛沫が飛びちる。天然痘ウイルスなど大きいウイルスは、ふつう一メートル以内におちる。麻疹ウイルスは小さいので、飛沫粉が空中を舞ってとおくまで飛散する。落下したウイルスはほどなく感染力を失うが、飛沫粉をあびると感染は免れない。

　タマの泣き声が、はるか樹林に木霊している。人影は、小屋に着いたらしいが、もう深追いはしない。「オーイ」とよぶ声が、しだいに遠ざかっていく。

　声は、ハタとやんだ。キクは、樹陰にへたりこんだ。助かった……。産衣のなかのタマは、さすがに泣きつかれ、眠りながら乳房を夢中で吸う。ヒデは、足のひっかき傷に半べそをかいている。キクの手足も、小枝や笹で傷だらけだ。籠の南京豆を一握り、ヒデの両掌ににぎらせた。ご機嫌になった。キクは、やけくそに竹筒をあおった。

われにかえれば、一難去って又一難であった。七日間、住みなれた小屋を追われたのだ。もうもどれない。どこへ行ったらよいのか……茫然としていた。けれども、キクにとって、悪霊よりも恐い苦境はない。その悪霊から逃げられればよいのだ。切りかえが速いので、立ちなおりは早い。そういえば、山むこうに小涌谷とよぶ湯治場があった。

男山《おのこ》の山腹にわく小さな出湯だ。農閑になると、周辺の山里から三々五々、湯治にでかける。食料持参で、キクも、幾たびか鄙《ひな》びた宿に泊った。村人たちの一番の贅沢であった。それが、春先に岩崩れで湯元が埋まってしまった。宿は閉めたが、賄いの老夫婦が留守居をしていると聞いた。彼らは、久しく村には下りていないはずだ。

二度目の逃避行だ。

山越村からは、男山の山裾を迂回して、山路のある反対側から登った。ここからでは、まっすぐ山越えするほかない。母子の足では、半日はかかる。だが、キクの糞度胸は、優柔しない。

山人《やまうど》のかよう切れぎれの道をたどった。険しくはないが、子連れには難所だ。便の汚れにタマが、むずかる。ヒデは、ころんだまま起きあがれない。キクも、限界だった。

山頂に陽がおち、山中が一斉にかげっていく。枯れた大きな根株の窪みに、手折った枝葉をしきつめた。ヒデは、暗い風音におののく。夜間は、山頂から山腹をふきおろす山風である。手さぐりで、籠の乾物を彼の口におしこんだ。もぐもぐさせる両頬を、腕《かいな》にだきすくめた。「……温《ぬく》いやろゥ」

はじめての野宿だった。

夜半、夜気に身ぶるいして覚めた。辺りがみょうに明るい。あおいで、キクは、息をのんだ。満天が、星の傘におおわれていた。里にはないおびただしい星群が、鮮烈にまたたき輝いている。流れ星が、つぎつぎに光彩をはなって消えていく……。

夜露にしめった小袖に、朝風が冷たい。ヒデの足は腫れて、とても歩けない。迷ったが、置石にのって籠を一樹の高みの枝につるした。かわりにヒデを背負うと、未練がましくふりかえりつつ尾根をくだった。宝の籠は、あとで取りにくる。

一時《とき》（約二時間）後、山腹に割れた小涌谷にたどりついた。草むらにタマを寝かせ、ヒデにみはらせた。足音を忍ばせて、キクは、灌木の間から中腰に遠見した。目性は良い。棚のようなせまい平地《ひら》に、茅葺き屋根が赫い陽をあびていた。四囲を石垣にかこんだ堅牢な造りだ。老夫婦はいるのか？　人気はない。

灌木に額をよせたまま、キクは、しばし思案した。無人ならば、木樵小屋と同じに只借りすればよい。留守居がいれば、宿銭をはらえばよい。ただし、その留守居が、この七日ほどの間に下山したか否か。おもいきると、キクは、茂みをかきわけて平地におよぎでた。及び腰で石垣にしのびよる。だしぬけに板戸があいて、老婆と鉢合わせした。

「ありゃあ！」仰天したババは、手にした笊《ざる》を放りだした。息をふいてから、「……キクちゃんじゃないのォ」と吃驚した。名を覚えていた。背中ごしに「何しにきたァ？」ふるい痘痕面の老爺が、甲高い声をあげた。もどかしく、キクは、下山していないかとたずねた。「下りてねッ」ジジは素気なく言いすてると、カアと青痰をとばした。

喜声をあげて、キクは、茂みにかけもどった。眠るタマをグイとだきあげ、「ヒデ、泊まれるよッ」と拳の達磨を叩いた。

「キクちゃん。あンた、女の子生んだかァ」山宿の老夫婦は、おもいがけないキク母子に歓喜した。ババは、「あンた。大きゥなったのゥ」と、ヒデの真赤な両頬をなでまわした。ジジが、皺だらけの目尻をほそめた。「おォ。大きゥなったァ、大きゥなったァ」その耳とおい大声に、タマが泣きだした。静かな小涌谷が、にわかににぎやかになった。

キクは、ジジに宿銭をわたした。囲炉裏の灰が、仄白く燃えている。一〇日ぶり、温かい稗飯を頬ばった。ヒデには熱くて、舌をおどらせている。ぬるま湯で尻をあらったタマ。

親指をしゃぶりながら、ババの影を追っている。「めんこいのゥ」

五臓六腑にしみた夕飯のあと、キクは、にわかに睡魔におそわれた。雨戸を閉めきっているので、宿内は薄暗い。襖はあるが、ぶちぬきの四部屋つづきである。三〇人ほどの湯治客が雑魚寝《ざこね》する。ささくれているが、うすい畳が敷いてある。莚や野宿にくらべれば、極楽であった。安心しきって、眠りこけた。

夢うつつ、キクは、幻想から這いでるように醒めた。子守歌を唄いながら、ババが、背負ったタマをあやしている。ヒデは、ジジと独楽回しに興じている。父親代わりだ。痘痕持ちは地蔵村に二十数人いるので、恐がらない。湯治宿も老夫婦も、白昼夢ではなかった。

日没まで一時はある。キクは、宝を取りにかけた。目印は、高木の楢だった。根元の樹皮に、みずみずしい楢茸が群生していた。極上の食用茸だーおもわず歓声をあげた。淡褐色に重なりあった大小の傘を、夢中ではぎとった。籠が満杯になると、キクは、意気揚々とひきあげた。夕飯は楢茸だ。帰りの足は速い。

行燈《あんどん》の灯が明るい。稗飯に、湯気のたつ楢茸の味噌汁、茹でた楢茸。ババの漬けた山独活《うど》もでた。暮れた囲炉裏端が、にぎにぎしい。

深閑とした朝の小涌谷。近くに、せせらぎにながれる小さな滝がある。キクは、清澄な山水を小桶にくんだ。宿の裏にまわると、はげた壁の漆喰に十一と印した。あと四日、ここに居ればよい。そのあと、男山の山裾を迂回して山越村に帰る……。

ババがかがんで、竈に火をいれる。「キクちゃん。早ョから働きもンだのゥ」老夫婦は、嫁と孫がきたように喜々としている。もう、なんの用事?とも、いつまで居る?とも聞かない。キクも、黙っている。

ジジは、ヒデをつれて、樹林を一巡りする。新芽や若茎はすぎたので、山菜は採れない。ヒデは、楓の枝葉をかぶってはねている。葉の大きい羽団扇楓《はうちわかえで》なので、日除けによい。陽射しは暑いが、湿気がないので下界よりしのぎやすい。

キクは、棚の外れにある湯元をみにいく。露天の湯場が、乾いた砂利底を晒していた。老いも若きも、青天井の混浴を楽しんだ。湯をおくる長い竹樋が、途中から土砂にうまった。ちょうど、湯元の上の岩がくずれたのだ。土砂の間にしみだした湯が、熱い湯気をけむらせている。この岩崩れのお陰で、人の往来が途絶えた。キクたちには、天の助けだった。日読み十三。朝日に覚め、夕暮に寝る。三度の温かい食事。タマもヒデも、老夫婦に預けぱなしだ。乳がはって、痛くて仕様がない。心身を安んじて三日、ありあまる乳汁が矢のようにとぶ。「キクちゃん、乳の出がいいのゥ」椀にしぼって、ヒデにわたした。「タマちゃんのだよォ」と口にしない。妹の乳と、自制している。頭をなでて、「ヒデもいいんだよ」

ジジがさがしてきたのか、毬投げをしている。布の芯を糸で巻いた手毬である。球を追って、ヒデが、キャアキャア笑いころげる。口数が、やたら多くなった。彼は、父親の死亡を知らない。もう半月もみないから、忘れてしまったのか。遺骸は、納屋に置き去りにした。あの宿主の仏心にすがるしかなかった。腐乱死体になっていくゲン、わが子に忘れられたゲン……あまりに可哀想だ。キクの心を錐が刺す。しかし、受容せねばならない現実だった。

日読み十四。明日は、村をはなれて十五日になる。当初の目算では、危機はすぎている。もう安全なはずだ。男山を迂回すれば、子連れでも一日で村にもどれる。だが、キクは、不安をぬぐいきれない。まちがいなく、悪霊は去っているのだろうか？　それを調べる術はない。山裾の枝道には、少ないけれども人が往来する。下界には、まだ悪霊が跋扈《ばっこ》しているかもしれない。

ヨネの路銀はのこっている。老夫婦は、タマとヒデを猫可愛がる。夕飯に、野薊《あざみ》の煮つけがでた。両手一杯に茎をにぎってかけてきたヒデ。戸口にステンところんだが、野薊ははなさなかった。蕩《とろ》けるような滋味だった。宿の居心地に、キクの決心がにぶった。下界にもどるのは、二、三日先にしよう……。

日読み十五日。昼すぎ、閉めきった雨戸をあけ、ババが部屋を掃きはじめた。明日、人夫が湯元の修復にくると言う。キクの全身に鳥肌が走った。その瞬間、小涌谷をはなれる時が決まった。男山の村里から、三人くるらしい。彼らに、悪霊が乗り移っていたら……。

暗々のうち、ヒデをゆりおこした。すでにキクは、逃亡準備をととのえていた。瞼をこすりこすり、ヒデは、枕元の達磨と独楽をつかんだ。囲炉裏端に、粒銀を置いた。ヒデも、ボロボロの毬をおいた。「またくるからな」と、キクは、彼の耳元にささやいた。奥の闇から、ジジの高鼾が聞こえる。しずかに戸をあけると、満ちた月明かりが煌々と射しこんだ。ヒデの両頬から、大粒の涙がかがやきながら滴った。キクは、宿に三礼した。ヒデも真似て、ペコリと頭をさげた。

三度目の逃避行だった。

行くさきは、男山の山路とは逆の仏山だ。尾根づたいに、やってきた山人道をたどる。子連れでは、山越村まで丸二日かかる。木樵小屋には、あの男が居るかもしれない。そこは避けるので、今夜は野宿になる。

難渋した道のりを追うのは、辛い。籠は軽くなったので、腰につるした。ヒデを背負い、タマをだいて、一歩一歩ふみしめる。ここまで逃げとおしたのだ。あとは、急がず焦らずいけばよい。今日は、十六日目である。二日たてば、まこと、悪霊は山越村を去ったあとだ。安心して村にかえれる。キクは、隔離した十八日間の時間を信じた。

昼間は、谷から山腹をふきあげる谷風である。夜は逆になるので、早目に野宿の穴場をさがす。男山の尾根をくだった谷間いに、風避けの岩陰をみつけた。

蒸し暑い夕暮。唐突に、油蝉が一匹ジージーとなきだした。それに呼応して、方々の樹木に競いあうような鳴き声。じきに、おびただしい大合唱が、樹林をふるわせて谷間いにふりそそいだ。蝉時雨《しぐれ》だ。耳を痛打するひびきに、キクのしずまった肌に油汗がにじんだ。ヒデは、平気で籠の南京豆を数えている。ずいぶんと減ってしまった。タマも、産衣にうまって眠っている。もう月の二〇日をすぎていた。夏の真ッ盛りになっていた。だから、野宿ができるのだ。

蝉時雨は、暗夜までやまなかった。

十七日。今日は、勝手しったる仏山の裏側に登る。昼すぎ、谷間いに群飛する黄蝶の一団にでくわした。あおぐと、無数の翅を閃かせ、黄色い雲霞《うんか》のように乱舞している。ヒデが、両手をふりまわして小さい黄蝶を追った。キクは、腰をかがめて黄蝶のトンネルをくぐった。

にわかに、山頂から蒼い霧が、樹上を刷くように下ってきた。頭上に、灰色の天幕がひろがった。冷気が肌にふきつけた。ふりむくと、黄蝶の群れはかき消えていた。夕立だ――蓑も笠もない。辺りに雨避けをさがし、とっさに手近の岩穴にとびこんだ。

途端、眩むような閃光がひらめき、耳を聾する雷鳴がつんざいた。産衣でタマの顔をおおう。両耳をふさぐヒデ。烈しい残響が、暗い山中にとどろいた。天が抜けたか、という鳴動だった。次の瞬間、豪雨が山鳴りとなって落ちてきた。天上の水桶がやぶれた勢いだ。雨粒が、槍のように黒い樹林にふりそそいだ。

車軸をながす雨水が樹根をすべり、せまい穴へながれこんできた。キクたちは、あと退りして奥の壁棚に逃げた。籠が……、手放した籠が濁水に呑まれた。水は、穴の底を騒然と渦巻きながら、岩の裂け目からながれでた。帯にしがみつくヒデ。「かか。ない、ない！」と泣きさけぶ。達磨と独楽を、濁水にうばわれたのだ。

雷は消えても、どしゃぶる雨は、一晩中、やまなかった。キクは、足首までつかったまま、両抱きにして壁棚にへばりついていた。村まであと一日、突然の雷雨に足止めをくらった。生来、彼女は、ふりかかった災厄を嘆かない、恨まない。どう切りぬけるか、それが先決だった。これまでの逃避行にくらべれば、雨などたやすい……。

朝方、雨足は弱ったものの、雨粒は蒼然と樹木をゆらし、山中、薄雲のようにけむっている。水はひいて、穴には泥水がたまる。裂け目の流れ口に、籠がひっかかっていた。南京豆は流出し、ぬれたおしめの下に、鯣と干し昆布がはりついていた。キクは、足で泥水をかきだした。両手で泥水をさぐって、玩具をさがすヒデ。雨水でおしめを手洗いし、タマの尻をふいた。痛々しく、赤く腫れている。

じきにやむとおもった雨脚は、終日、衰えずにふりつづけた。穴には雨の簾《すだれ》がたれさがり、降りこめられたままだ。「あッ、あったァ」泥まみれのヒデの片手が、達磨をつかんだ。「ヒデ。よかったのゥ」彼は、なおも片手を泥水におよがせる。しぶとい子だ。独楽をあきらめていない。

なんで、こんなに降るのか。さすがに、キクは不貞腐れて、雨簾に小石を投げた。いくつも簾をやぶると、気が晴れた。干し昆布を割いて、ヒデとクチャクチャしゃぶった。塩っぽくて唾があふれ、かたくて顎がつかれる。けれども、ありがたい非常食だ。

十九日早朝、ようよう雨はやみ、簾が雨垂れになっていた。穴から這いでると、樹上から玉の滴が、絶えまなくおちてきた。しげった葉の間から木洩れ日が、霧の中にまぶしく放射した。鳥のさえずりが、遠く近く樹間にさざめいている。晴れたものの、山はぬかるみだ。すべりやすくて危険なので、もう一日、辛抱するほかない。雨に、三日間の足止めを余儀なくされた。

じつに、この三日間は、山越村での麻疹の回復期だった。病勢が、消息する時期にあたっていた。潜伏期間を数えないキクの計算は、少し早すぎたのだ。彼女は知る由もないが、夏の雨が母子に幸運をもたらした。

穴での食事は、鯣と干し昆布だけだった。もう食べつくした。翌二〇日朝、やぶれた空の籠は、穴にすてた。処々に、陽炎が燃えている。泥のながれた山道を登り、それから、落枝を杖にして下った。

暮色迫る頃、山越村への間道にたどりついた。キクの足は、そこで釘づけになった。二〇日もたったのに、悪霊の恐怖は褪せていない。もう大丈夫だろうか？　よみがえる悪夢をおさえきれない。はたして、村がどうなっているか――それを知るのも恐かった。村を目と鼻の先にして、ふるえながら深い叢に野宿した。

翌朝、恐るおそる村に近よる。ヒデも、忍び足でついてくる。タマを背負い、灌木の隙間から遠見した。朝靄の下に、家々の藁葺き屋根がしんと沈んでいる。生まれ育った村だ。家をかこむじゃが芋畑に、人影がない。だれも、朝の野良にでていない。青い畑から十数羽の雀が、一斉にとびたち乱れて四方にちった。

どの屋根にも、竈の煙がみえない。灌木をにぎったまま、キクは、立ちすくんだ。足元から恐怖が、鳥肌となって迫《せ》りあがってきた。農家の朝は早い。朝餉《げ》の支度の時刻だ。いつもなら、屋根の煙突に白い煙がたなびいている。

どのぐらいたったか、キクは、恐れをふっきった。間道をくだると、山ぎわに共同墓地がのぞめる。父も妹も、ここに埋葬した。キクの目がひきつり、血の気がひいた。万力川沿いの空き地に、黒い土饅頭が二列に延々とならんでいた。雨で盛り土がくずれて、隣りあった土饅頭がつながって、数珠のように連なっている。辺り一面に、白濁した湯気がただよう。三十数個はあった。村人はみな、顔見知りだ……。

両膝が、ガクガクふるえてとまらない。杖を片手にヒデをひいて、幸橋の袂にでた。泥にまみれた乞食さながらの姿であった。二一日ぶりに橋板をふむ。野辺送りの葬列は、ここをわたって墓地へいった。家々をわける街道には、真夏の陽射しが照り映える。ジリジリと暑い。深閑として人影はない。どこか、犬の遠吠えがする。

閉まった雨戸に、蘆《あし》の簾がはずれている。門口につるした稲の束が、空しくゆれている。藁をもすがる村人の厄除けの呪いだ。どの家の中も、人の気配はない。屋根には数羽の烏《からす》が、奇怪な喉声をあげてとび跳ねている。

無人、村が全滅した。山越村には三十戸、およそ一二〇人が住んでいた。

キクの家は、開けはなしだった。軒下におしめが一枚、朝風にはためいている。キクは、惚けて、継ぎ接《は》ぎのおしめをみつめた。なぜ、おしめが干してあるのだろう……。ヨネが知らせる目印とは、察しない。

不意に、かすかな人声がした。「よ～い、よ～い。寝んね寝んねえ」絶々に、哀切な子守歌……仲好しのクメが唄っている。「～ころころ寝んねえのゥ」

キクは、杖にすがって二軒先に足をひきずる。鶏の羽毛が、足元の土ぼこりに舞いちった。半死半生、幽鬼のように戸口にたつ。一瞬の静寂……「キクゥ！」板の間から、ヨネの絶叫がした。朽ちるようにうつ伏し、号泣した。彼女によりそって、クメが坐っていた。赤子に乳をふくませたまま、単調に子守歌を繰りかえしている。抑揚がない。彼女は、夫も、二親も亡くした。地獄をみて、気が狂れていた。

杖をすてて、キクは、土間によろけた。そのまま、呆然と立ちつくした。ヨネは、やはり罹らなかった。潮育ちのクメも、生きのこった。信じがたいことに、生後三ヶ月のフクが、元気に乳を吸っている。玉のような赤子……タマを背負ったまま、キクは、菩薩に見まがうクメ母子に合掌していた。

ふと、われにかえると、ヒデが袖口をひっぱっている。泥まみれの顔をあげて、キクに問うた。

「かか。お父ゥは、どこ?」

一掬の影

還暦をすぎて、齢《よわい》は、万有引力の仕業とさとる。顔貌の老いも肢体の変わりも、わが肉体の弛みであり垂れである。外形がそうであれば、見えない内臓も同じ現象を呈すると知る。はかない抵抗としりつつ、私は、万有引力にさからってきた。

仕事上、毎週、新幹線で東京と新潟を往復する。

東京では、早朝、ジョギングを欠かさない。大学の公舎が、千代田区九段の二松学舎大学の裏手にある。一〇階建のマンションの一室に居る。

この辺りは学生時代、体育の実技で、皇居一周のマラソンにはげんだエリアである。休日には、内堀通りをわたると、右手に皇居をながめながら、代官町の美しい並木道をとおり、北の丸公園をぬけて内濠をかける。日本一贅沢なジョギング・コースである。

新潟では、夕方、筋トレに精をだす。自宅から車で七分、市の西新潟スポーツセンターがある。自己流だが、ランニングマシーンやエアロバイクに汗をながす。ここに通うのは、ダイエットやジョギングでは、リバウンドを繰りかえすだけ、とさとった五年前からだ。食事は一日二食だが、仕事が不規則なので、体重六八キログラムを保つのが精一杯。要は、筋肉づくりなのだ。

肥りやすい体質に、運動をしないと気分がわるい、という習性が身について久しい。

平成十七年四月初旬、半蔵門に近い裏通り。前方をゆく老婦人が、車道を蛇行しながら歩いている。前のめりで異様に小走る。朝まだきとはいえ、車が往来しはじめている。「あぶないですよ」とかけよって、抱きかかえた。目が血走り、白髪が額一面に汗にまみれていた。両手の指に靴紐をからませ、ぬいだズックが左右に踊る。「おばあさん、大丈夫ですか？」胸をはずませながら、彼女は、みょうに落ち着いていた。

七〇代の身奇麗な徘徊老人である。腕をとって、一番町の袖摺坂近くの交番につれていく。「おばあちゃん、またですかあ」若い警官が、事無げにひきとった。どうやら一度や二度ではないらしい。家族に電話する間、彼女は大人しく椅子に座っている。厚手の白い靴下に、ぬれた桜の花びらが散乱していた。

終日、憂鬱だった。あの老婦人は、どのぐらい歩いていたのだろう。家族もお手上げなのだろう。車に撥ねられなければよいが……。

翌朝、同じ時刻、同じコースだったが、老婦人には出会わなかった。内心、安堵する。

その日の昼休み、渋谷の渋谷中央病院を訪れた。三〇〇床の総合病院である。

病院長の近藤秀一は、高校時代の同級生、誕生日が同じことから顔なじみになった。十数年前、学習院同窓会の主催で彼の講演があった。腹腔鏡をもちいた腹部手術が、テーマだった。腹部に数カ所あけた小孔から光スコープを挿入し、開腹せずに手術する方法である。その数年前、胆嚢摘出の開腹手術をうけたので、私には関心があった。

久しぶりに会った近藤は、五〇を越えて脂ののりきった外科医だった。専門は、消化器外科。彼もまた、メスをにぎる〝神の手〟をもつ。そのプライドと自信に満ちていた。しかし、生来の誠実さと責任感が、自らを〝神〟とは錯覚させていない。

講演後、取りかこまれて質問攻めにあっていた。その夜、目白の居酒屋。数人の仲間と彼をかこんで痛飲した。

近藤は、十年前に墨田区の聖駒形病院から、渋谷中央病院の外科部長にうつり、五年前に病院長に就いていた。

院長室から、渋谷の春の街なみを見晴らす。

元ナースらしい年配の秘書が、茶をはこぶ。私が日本歯科大学の教授と聞くと、にこやかに「小林です」と自己紹介した。「弟が日歯の卒業なんです。今は、江古田で開業しています」

「そうですかあ」と、私は相好を崩した。見知らぬ方から、親しく声をかけられる——自分の職業をありがたいと思う。

私のつとめる日本歯科大学は、来年、創立100周年をむかえる。その記念行事の一つとして、近藤の特別講演を企画した。来意をつげると、応諾がはねかえってきた。テーマは、腹腔鏡下の外科手術とした。

「最近、内視鏡流行《ばや》りで、若い医者の開腹手術の腕が、落ちているんですよ」彼は白衣の袖をたくしあげながら、裏話を吐露した。恰幅のいい姿態、闊達な話しぶり、謙虚な物腰は、患者を〝信者〟にかえるオーラがある。

不意に、ノックもなしに、院長室の扉があいた。ふりむく近藤に、七〇歳前後の女性が半びらきのまま、「先生、見ていただきたいものがあるんです」とつげた。「ああ、山下さん」と彼の表情がやわらいだ。なじみの患者らしいが、不躾だ。

彼女は、両手で胸に大きな封筒をおさえていた。両目が、釣りあがっている。その背中をおして、夫らしい同年代の男性がついてきた。有無をいわせぬ厚顔が、垣間みえた。

近藤は、「ちょっと待っててください」と私に断わり、突然の来客を隣の応接室にみちびいた。

応接室のドアは、開けぱなしだった。

三人が、ソファにむきあう気配がする。「どうなさいました？」と問う近藤をさえぎって、「近藤先生、これを見てください」と女性の甲高い声。カサカサと、大封筒をあける音がする。どうやら、X線フィルムらしい。

それをうけとった近藤が、ソファの横のシャーカステン（射光器）の明りを点けた。フィルムの画像が、浮かびあがったようだ。

私は、嫌な予感におそわれた。「近藤先生、これは何でしょうか？」女性が、フィルムの一隅を指したらしい。

「ガーゼですねえ」彼は、落ち着いていた。「ガーゼをのこしたようですね」

私の肌が粟立った。近藤君……。

彼はまだ、患者夫妻が、セカンド・オピニオン（第二の見解）の相談にきたとおもっている。悠々迫らない。女性の声が裏がえった。「これは、十三年前に、聖駒形病院で、先生が手術した私のお腹です」

一瞬、声にならない呻きがした。

それっきり、応接室は沈黙した。私は、あせった。聞いてはならないことを、聞いてしまった。いまさら、逃げるわけにもいかない。沈黙は、十分余、つづいたろうか。その険しい時間は、近藤のうけた衝撃を語っている。

沈黙をやぶったのは、患者の夫であった。「あのときの手術を手伝ったのは、平井先生でした。担当の看護婦は、高田さんと今さんでした。皆さん、ミスを認めています」

彼らはすでに、弁護士を同行して事実関係を調査している。そのうえで、乗りこんできたのだ。

近藤は、答えない。

夫は、勝ち誇ったようにつづけた。「平井先生は、害にはならないといってました。でも先生、そういう問題ではありませんよね」慇懃だが、容赦ない物言いだ。その一方的な攻撃に、近藤は為す術《すべ》もない。

だんまりに苛だったのか、夫は威丈高になった。「近藤先生、ミスをお認めになりますね?」

返事はない。険悪な空気がはりつめた。彼は、かさねて迫った。「認めるんですね!?」

患者夫妻は、近藤が認めるまで梃子《てこ》でもうごかない。逃げ場のない尋問。調べる時間を欲しいともいえない。近藤は、沈黙したまま、首を垂れてうなずいたらしい。こらえていたのだろう、患者の啜り泣きがもれた。

「今日のところは、これで帰ります」夫は、精一杯、捨てゼリフを吐いた。応接室の扉があく音がして、二人の足音が廊下を遠去かっていく。

それから十分ほど、私は、近藤を待っていた。医療ミスを自認する現場に立ち会ってしまった、間のわるさが悔やまれる。意を決して、ドアに足をしのばせた。

応接室には、シャーカステンがかがやいていた。フィルムに映った粗織りの綿布が、私の眼球を射た。腹膜と腹壁の間だろう、細長い十センチほどのガーゼ。一摘みできる大きさだが、もはや、消しようのない陰影であった。

近藤は、ソファに沈んでいた。悪夢のような一刻。恰幅のいい背が、小さくみえた。彼はユラリとたちあがって、青ざめた顔をむけた。

「ああ、君、いたのか……」

ふつう外科手術は、執刀医には、むかい側に補助医、脇に第一看護師、補助の第二看護師がつく。第一看護師は、執刀医の指示により、使用する手術器具を手わたす。準備したメス、針、ガーゼなど、器具類をこまかく点検するのは、第二看護師である。

手術がおわると、執刀医は、手術部位とその周辺を念入りに診る。腹部手術では、術後に腸捻転を併発しやすいので、ゴム手袋の手をつっこみ、わさわさとゆらして腸の屈曲をととのえる。

腹腔内の確認がすめば、切開部を縫合する。看護師は、針やガーゼにいたるまで、術前との数を合わせる。血液体液にまみれたガーゼ類のチェックは、厄介である。しかし、数え間違いは許されない。術後、X線撮影をすれば、体内の置き忘れはすぐにみつかる。けれども、ふつう術後の撮影は必要としない。

ある火葬場の骨揚げ（骨拾い）。焼けた骨のなかから錆びたペアン鉗子（持針器）がでてきて、大さわぎになったことがある。執刀医は、とうに死亡していた。遺族の遣り場のない憤りがのこされた。

いずれにせよ。数え間違いというミスの実行者は、担当看護師である。執刀医は術後、一々、使用した器具をチェックしたりしない。しかし、置き忘れを見逃したのは、執刀医である。

そうである以上、けっして責任転嫁できない。どう弁明しても、執刀医の責任は免れない。

十三年前といえば、私が同窓会での講演を聴いたころだ。彼が、外科医としてもっとも円熟した時期である。自らの腕を、寸毫も疑わなかったろう。年間一五〇件としても、三十数年間、彼は五千人近い手術を手がけたはずだ。大方の患者と家族から恩人と感謝され、彼もそれを存分に享受したことだろう。

無残にも、外科医としての完結期に、五千分の一のミスが知らされた。予想だにしなかった無念の凡ミスである。その事実は、一瞬にして、彼の外科医人生を粉砕した。奈落の底へ突きおとされた思いだったろう。誇りたかい謹厳な近藤だけに、その心痛は察して余りある。

一方、一枚のX線フィルムが、患者を悲劇の被害者におとしいれた。一片のガーゼだが、不当にも、それは体内に存在しているのだ。悪さはしていないとはいえ、彼女にとっては、たえがたい異物である。その暴状が、信頼しきっていた医師によってなされた。故意でも、悪意からでもない単純なエラー。だが、患者にとっては、理不尽な過誤だ。彼女の憤り、不信、おぞましい不安は、察して余りある。

私は、なんとか気持に整理をつけたかった。第三者なのに、どうにも割りきれない、吹っきれないのだ。人は、ミスを犯すもの。五千分の一にあたった彼女が、不運だった……。医療には、運不運が付きものだ。

大学の公用車の車中。

「最近、調子はどう?」運転手の千葉博志にたずねた。「ピンピンしてます」と、嬉々とした声がかえってきた。

じつは、彼は昨年十月、夜半、意識朦朧となった。救急車で病院に担ぎこまれたが、記憶にない。即、手術室へはこばれた。当直医は、「すぐに楽になりますよ」と付きそう家族をなぐさめた。頭部の開頭手術だった。

数日後、私は、府中の都立府中病院を見舞った。ペットボトルを片手に、千葉が廊下をトコトコ歩いている。えエッ、もう起きてるの!

聞けば――一ヶ月ほどまえ、頭を打ったが、痛みもなく忘れていた。その打撲部から、ジワジワと血液が滲みだしていったのだ。たまたま当直医が、脳外科医だった。一発で、クモ膜下出血と診断した。頭蓋骨に小さな孔をうがち、クモ膜下腔にひろがった血腫を除去した。二〇分ほどの手術だったという。

「ほんとうに、運が良かったねえ」私は、彼の強運を三嘆した。その夜の当直医が、消化器医や循環器医だったら、診断に時間を要したろう。一刻をあらそう病状だったに相違ない。当直医が、眼科専門ということもある。

四月下旬の連休前、近藤がアポなしで大学を訪ねてきた。「やあ」と、片手をあげて笑顔をみせた。依頼した講演の断わりだった。やむをえない、そんな心境ではないだろう。私は、話題に窮してもごもごしていた。同業ではないので気安かったのか、彼は意外に饒舌だった。

あの山下幾代は、初期のガンだった。当然ながら、手術の経緯は記憶にない。近藤が渋谷にうつったあとも、毎年、遠方から、定期検診にかよっていた。信じられ、頼られ、慕われていたのだ。

三月下旬、食痛におそわれた山下は、近くの開業医に罹った。腹部をX線撮影した。ここで、両者の関係は一変した。医師は、十数年も診てきた患者の信頼を一夜にして失った。信頼が厚かった分、患者の反動は強い。

近藤を訴えるつもりはない、と言う。「公になると、先生もお困りでしょうから」夫が、横柄に口をそえた。

ガーゼを摘出する手術は、身震いして拒否した。もう二度と近藤のメスはうけたくない、と。他の医師でも、再手術は嫌だという。慰謝料を要求することもない。

そのかわりに、近藤の喉に刃をつきつけた。「これからは、責任もって検診してください」

私は内心、ホッとした。大事《おおごと》にはならない。

つらいだろうが、検診は近藤の役目だ。「それが……」と彼は苦笑いした。「毎週、検診にくると言うんだよ！」

毎週！　それはたまらない。なぐさめの言葉は白々しい。玄関まで送りながら、彼が快活をよそおっていると感じた。むろん、この一件で彼の五千余が否定されるわけではない。しかし、堤防の一穴、彼のなかではすべてが崩れ去ったのだろう。まだ虚脱感をぬけきっていない。


大学公舎から靖国神社の境内をよこぎって、九段高校にでる。そこから早稲田通りを飯田橋駅にくだる途中に、日本歯科大学がある。

五月下旬、朝方、九段高校の正門前の交差点。

私は、所在なく信号待ちをしている。横にいた肥った男性が、突然、地響きをうって背後に転倒した。ふりむくと、肉塊が腹部から頭部へ激しく痙攣し、土ぼこりをあげて地面をふるわせている。

てんかんの発作だ！　とっさにポケットのハンカチを、ガチガチ噛みあう前歯の隙間におしこんだ。指を噛みちぎる勢いだった。かたわらに立ちすくむ女性に、消防署へ電話をたのむ。

凄まじい痙攣がつづく間は、手の施しようがない。私は、三五年ほどまえ、入学試験の受験生が廊下に昏倒し、病院にはこんだ体験があった。彼は薬を飲むのを忘れたか、過労だろう。さいわい厚手のスキー帽をかぶっていたので、頭部の打撲は免れたようだ。

麹町消防署の出張所が、靖国神社むかいのインド大使館の横にある。救急車は、数分もたたないうちに着いた。痙攣は治まっていたが、まだ全身が波うっている。救急隊員を手伝って、担架にのせた。

大学の会議におくれた。

七月初旬、モンゴルのウランバートルにいた。

帝政ロシアの名残りのある美しい首都だ。モンゴル健康科学大学（旧、医科大学）歯学部と、姉妹校提携の調印をした。モンゴル人の四人に一人は、Ｂ型肝炎ウイルス保有者と聞く。横綱の朝青龍が、同医学部の病院にＣＴ（コンピュータ断層撮影装置）を寄付したが、とうに故障したままだという。

先発していたモンゴル大学・日本歯科大学の合同研究プロジェクトのチーム五人と合流した。私どもは、同大学の考古学・人類学講座と共同して、東アジア人の人類学的ルーツを追っている。

翌日、歯学部長のＢ・アマルサイハンに招かれて、郊外にある同大学のゲルに泊まった。遊牧民のすむ円筒の移動式住居である。

夜半、はるか丘陵から満天の夜空をみあげた。おびただしい星が、日本の数倍にもかがやいている。チーム仲間が、「宇宙船です！」と指した。「ほんとにサテライトですね」かたわらのアマルが、星影の一点を私に教えた。たしかに、四角い人工衛星が、天空を健気にコトコトと飛んでいる。私は、「野口さん、乗ってますねえ？」とはしゃいだ。おりよく、日本人宇宙飛行士の野口紘一氏が地球をまわっている日だった。

異国では、気分が高揚する。いそがしさにまぎれて、この二ヶ月、近藤とは無沙汰だった。なぜか、モンゴル発の一報をいれたくなった。ホテルから電話をならすと、秘書の小林良子がでた。携帯なのに、まるで隣家の声だ。

「近藤先生は、いかがですか？」

彼女の返事がかすれた。通信が途ぎれたか、私は繰りかえした。「お元気ですか？」

口ごもりながら、小林は声をひそめた。「じつは、先生は、先月、病院をお辞めになりました」おもわず、声高に聞きかえした。「病院を辞めたんですか？」

「はい……」彼女のトーンが、さらにさがった。受話器を両手でおおっている。「それが、五月の連休に、あの患者さんが亡くなったんです」

私は、息をのんだ。急きこんで、「山下さんですか!?」あのガーゼが脳裡をかすめた。

「ハイ、でも急性の心筋梗塞で、アレとは関係ありません」いまさら、あの場所のガーゼが死因になるはずはない。私は、電話口で相槌をうった。

連休明け、妻を失った山下高男が、外科外来に怒鳴りこんできた。「お前が殺したんだ！」

「お前のミスで死んだんだ！」

外来や待合室は、騒然となった。かけつけた職員数人が、荒れ狂う彼を羽交いじめに院外へつれだした。診察中、罵声をあびた近藤は、呆然自失、立ちつくしていたという。

その夜、近藤は山下宅に霊前を乞うたが、門前払いを食らった。彼は、砂利道に悄然とたたずんでいた。

「人殺し！」それから三日にあげず、山下のわめき声が、長い外来の廊下にひびきわたった。「ヘボ医者！」「何が院長様だ！」

職員に追いだされても、所かまわず「近藤、でてこい！」と怒鳴りちらした。ミスは、病院中に知れた。警察沙汰にするわけにもいかない。待合室の患者は眉をひそめ、ヒソヒソと額をよせる。反感と同情が相半ばした。

ミスが発覚してから、一ヶ月余の急死である。寝ても覚めても、異物の存在が彼女を苛んだ。その過度なストレスが、引き金となったのか。しかし、人のストレスの度合いは計れないから、置忘れガーゼと死因との因果関係は立証できない。

おわりに、小林が涙声でつたえた凶報に、私は度を失った。

近藤は、罵声がはじまると、うろたえて外来をはなれ、院長室にひきこもった。仮借ない波状攻撃に硬直し、ふさぎこんだ。プライドは粉々にうちくだかれ、自責の念に苛まれた。一ヶ月もたつと沈鬱が昂じて、抑鬱状態におちいった。病院にでなくなった。もう病院長の職務も、外科医の役目もつとまらない。彼は、突発的に人生のクレバスに落ちこんでしまったのだ。

近藤の妻が、先月末に彼の退職届を持参したという。

鬱病は、幾人も知っている。

新卒の女子事務員が、初出勤の日から、机にひろげた書類をにらんだまま微動だにしない。昼になると、可愛らしい手弁当を食べる。それから、夕方まで彫像のように固まったままだ。

構内で二度、三度、人気のない所にボヤがおきた。犯人は、十年もつとめていた三〇代の女性だった。鬱から躁になるとき、マッチを擦るらしい。

定年退職後、老人性鬱病に罹り、十年余、部屋に閉じこもっている男性もいた。かように、奇異奇矯な振る舞い、常軌を逸した深刻な病気だ。

モンゴルから帰国して、数日後。

抑鬱気分は、午前中に強いという知識はあった。夕方、電話口の近藤保子は、朗らかだった。

私の生家は、吉祥寺南口の井の頭公園ぎわにある。近藤は、その公園の反対側の下連雀に住んでいたのを知った。

十数年ぶりに、公園の池にかかる七井橋をわたった。池の両畔から鬱蒼たる緑が、水面に色濃くたれ、スワンやボートをこぐ音がさざめいている。欄干下には、大小の鯉があざやかな銀鱗を乱舞させていた。終戦後、皆でバケツ一杯ずつの稚魚を放流した記憶がよみがえる。いまほどにぎやかではなかったが、子供時代、暗くなるまで興じた遊び場だ。

近藤宅は、昔ながらの面影をのこす閑静な住宅街にあった。玄関のベルに指をのばした途端、内からスーッとドアがあいた。保子が、扉の隙間をすりぬけると、すばやく後ろ手に閉めた。私は、おもわず後退りした。まずいときに来たらしい……。

彼女は、声をひそめながら、「申しわけありません。主人、具合がよくないようで……」と、幾度も両手をあわせた。「せっかく、お越しいただいたのに……」相当にわるいようだ。不調法を詫びて、私は、足早に玄関口をはなれた。ズシーンと、おもりが胸底におちた。あの近藤が、只事ではない。

水の枯れた玉川上水ぞいに、御殿山の井の頭動物園まえを遠まわりする。暮れゆく樹林の中を黙々と歩いた。闇が惻々と樹陰からおり、地をはう根元から迫《せ》りあがっていく。

今日は気分一新、コースを変更した。期せずして、一番町の交番前にでた。奥の椅子に、あの老婦人が両膝にズックをたらして座っていた。年配の警官が、電話中だ。けさも徘徊していたらしい。顔を伏せて、私は、一気にかけぬけた。

十二月下旬、うすれはしたものの、おりおりに近藤の激変に胸が痛む。彼の自宅ははばかられるので、渋谷の小林に電話をいれた。この半年間、彼女にも音信はない。病院では、もう忘れさられている。

平成十八年二月中旬、井の頭公園をのぞむ洒落たプチ・レストラン。妹のリザ子、レチ子と夕食をしていた。

カラカラと銅鈴をならして、五、六人の家族連れがはいってきた。親子らしい男女が、年配の男性をかこむようにして、私たちのテーブル脇をとおっていく。男性は摺り足をしていて、歩みがおそい。

何気なく視線をあげると、サッと片手で顔をかくした。彼だ！　驚愕が私の喉元をつきあげた。黒ずみ痩せておびえきった近藤の異相だ。落ちくぼんだ両目の異様な暗さ。忌わしく顔を背けたまま、奥の個室に誘導されていく。彼は、私に気づいていた。腫れものに触るような妻と家族。そこには、以前の近藤秀一はいない。

店員が、ローソクをならべた丸いケーキを奥へはこんでいった。今日は二月十二日、私と彼の六五歳の誕生日だった。誕生日祝いに、彼を下連雀からつれだしたのだろう。家族の切ない心情。ローソクを吹き消したらしく、しばし拍手と笑い声がもれてきた。

私は、彼の病状が切迫しているのを感じた。救いがたい深淵を眼にして、抗せずして観念していた。

昼休み、大学食堂。

同僚の斉藤治一の妻が、進行性の乳ガンの手術をした。術後の抗ガン剤の投与がはじまった。彼は、はじめて経験する副作用の激甚を切々と語る。

「たいへんだね」斉藤は、胃潰瘍を患い、食物が摂れず、みるみる瘦せほそった。本人にも家族にも、病いはつらい。

近藤の訃報がとどいたのは、誕生日祝いから五〇日たらずであった。電話口に涙する小林。来るべきものが来た。あのときから、私は、予感していた。遠からず彼の死に対面するだろう、と。

「急に……急に……お亡くなりになって……」とおく小林は口をにごした。私は、問うまでもなく、自死と察した。暗然と、電話をきった。

川端康成は、ガスを吸ってみずから命を絶った。あるアイドル歌手が、ビルの窓からダイビングした。世は、自殺者を悼みつつ、家族をのこして、将来があるのに、と悲憤する。その死に方を、勇気を欠いた弱志とみなす傾向にある。しかし、意志が強い弱いの問題ではない。カソリックでは自殺を禁じるが、善悪の問題でもない。

鬱病は、ガン細胞が組織を破壊すると同じに、情動性の精神障害が神経を侵蝕し、ときに命まで奪う。神経が冒されるから、自分の意志でみずからを律することができなくなる。したがって、自死の大半は病死の一型とみるべきなのだ。無念だが、病気であれば受容せざるをえないだろう。

三月末日、目白のカテドラル聖マリア大聖堂。

十字架をかたどったユニークな大教会である。大聖堂内には、むきだしのコンクリート壁が、四〇メートル高の天井へむけて斜線に切りたつ。壁の照明が闇に消えゆく大空間。延々と甲板のようにつらなる礼拝席の後方に、座った。すりへったふるびた木製の席は、ヒヤリとする。

私は知らなかったのだが、近藤はクリスチャンであった。小林が近より、たがいに黙礼した。目を泣きはらしている。家族、親類、一にぎりの友人たちが、はるか前列の端に肩をよせていた。

近藤秀一の通夜ミサである。

葬祭の盛大を愛《め》でるのではないが、近藤を鎮魂するには、あまりに寂しい。自殺を秘し、弔いも告知しなかったのだろう。がいして家族は自殺をひた隠すが、病死を恥じることはないのだ。一隅に歌うミサ曲が、ひそやかに仄暗いコンクリートの斜面にすわれていった。


帰りの車を、渋滞の九段坂上でおりた。

煌々とライトアップされた千鳥ヶ淵。インド大使館から九段坂病院うらへ歩く。

堀の手前の桜樹ははなやかな紅ピンクに染まり、堀のむこう斜面の樹帯は満幅の純白にかがやいている。その妖艶な対比、処々に花見客の歓声が爆《は》ぜる。沿道の桜並木は、大きな傘を幾重にもかさねたように途ぎれず、その下をにぎにぎしい雑踏が長蛇となってつづく。

まさに春爛漫、いまが年に一度の満開の時季だ。

私は、元フェアモントホテルまえで足をとめ、携帯を耳におしあてた。「いま、千鳥ヶ淵だよ」と、公舎の妻優子につたえた。おそい夕飯の支度中だ。「ハイ、待ってますよ」彼女の明るい声が、人波の雑音にのまれた。

今朝は、靖国通りにルートをかえた。桜並木が冷たい風にあおられて、花びらが吹雪のようにビル街に舞いちっている。落ちた無数の花びらが、いくつにも渦を巻いて、アスファルトのうえを疾走する。

花冷えである。

私は、手をさしのべて、散りゆく一掬《ひとすく》いの花びらを両の平にうけた。一掬《いっきく》の桜……。

脇道にそれると、はるか前方。両脇にズックをふりながら、車道をよこぎる老婦人の背がみえた。あのおばあさんだ。急ごうとしたとき、一陣の風圧にうたれた。視野の隅に、血相をかえた男性の横顔がすぎた。息子さんだな、と直感した。自転車で、徘徊する母親を捜しまわっていたのだろう。

彼は、うすいペダルを右に左に渾身にこぎながら、老婦人を追う。車道をうめた花びらが、水飛沫《しぶき》のように左右に蹴ちらされた。

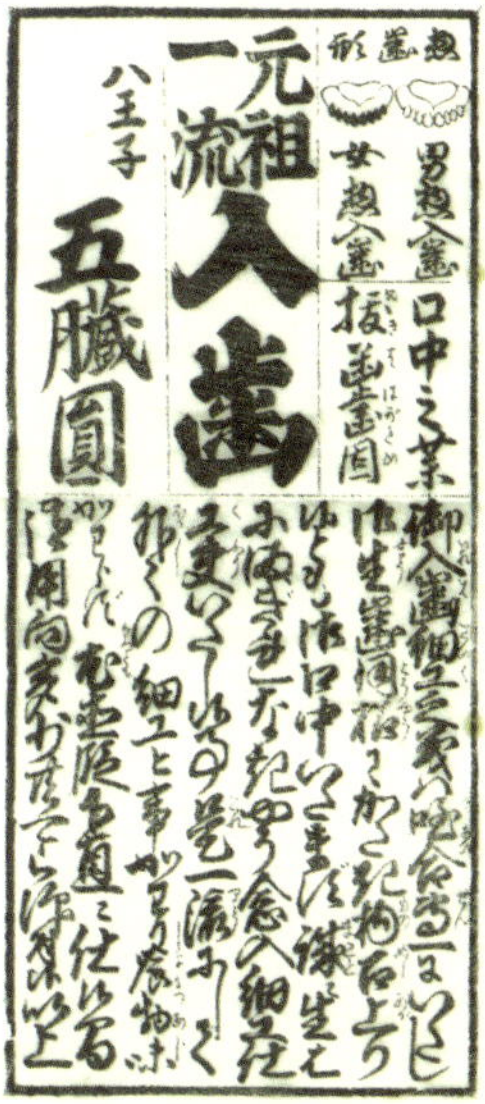

空蝉の馬琴

「行くぜぇ」

末娘のクワに、一声かけた。我ながら腑ぬけた音速だった。文政十年閏六月五日、五ツ(午前八時半)、馬琴は、草履をつっかけて玄関をでた。痛癪持ちの妻百《ひゃく》は、この朝も一階の奥に伏せったままだ。

彼は先月、数え六一を機に、剃髪して蓑笠《さりつ》と号した。むきだしになった両耳が、草鞋のように異様に大きい。体軀は大柄にして頑健、坊主頭は憎体《にくてい》で、とうてい還暦にはみえない。すでに、二〇年前に読本《よみほん》『椿説弓張月』を上梓し、四〇歳にして戯作者として一世を風靡した。一〇六冊で完結する大作『南総里見八犬伝』は、半ば最盛期にさしかかっていた。功なり名遂げて、暮らしむきは質素だが裕福であった。

その彼が、渋い紬《つむぎ》羽織の襟をたてて、梅雨明けの水溜りをふむ。ふかい神田川をまたぐ昌平橋をわたり、神田の大通りを九段下にむけて、トボトボと歩く。じつに、飯田町までの道筋が大儀なのだ。飯田町は、三〇年あまり住んだ所なので懐かしい。同町の中坂下には、長女サキと婿の清右衛門が商う下駄の伊勢屋がある。内濠の牛ヶ淵を左前方にしながら、九段下の四ツ辻を神楽坂方角にまがる。さすがに、江戸城をあおぐ九段の辺り、朝から行商や職人がせわしく行き交う。

馬琴の足が重いのは、行き先にあった。これから、牛込神楽坂へ療治にいくのだ。だれでも医者嫌いだが、とりわけ彼の弱点は歯にあった。酒もやらず煙草もやらず、唯一、甘いものに目がなかった。砂糖を欠かした日はなく、始終、金平糖、饅頭、牡丹餅がとどけられた。九段下には、有平糖を売る店もあった。暑中の見舞には、版元から白砂糖二斤が贈られる。

当然、壮年より口中を患い、著述にはげむも、日毎、歯と歯茎の疼痛にくるしむ羽目におちいった。むし歯呪《まじな》いを貼り、お百度参りをし、本所歯神に参詣するが、昼夜、一睡も眠れず、水をそそぐような下痢に悩まされた。

彼は、三五年前、『解体新書』を翻訳した医家の大御所、杉田玄白が、六〇歳の耳順に至り、「初めて歯に数かずの悩み出で来たりしに、それより後は今年は一本、一本と数へ、つひには去月は一本、今月は二本と欠け始めて、今ははや一本も残りなく落尽した」のを知らない。

かくして三二、三歳から歯が欠けはじめ、五七、八歳には上下ともことごとく抜けおちた。博覧強記の馬琴であったが、十六年前、小林一茶が四八歳にして、哀しくも、「歯がぬけてあなた頼むもあもあみだ」と詠んだのを知らない。

馬琴は、たった一本のこった糸切り歯と称する犬歯に、木床入歯をつないだ。そのおり、「総入歯と云ふものを用ひしより、ものいふ声も洩れず、堅きものも喰ふに少壮の時に異なるなし」と三嘆した。

一ヶ月前、その唯一無二の柱であった犬歯が脱落し、入歯が固着できなくなってしまった。三年間、なんとか噛む咬む嚼むことに耐えた入歯が、口惜しい。以前の飯田町の入歯師は、廃業していた。近頃、牛込神楽坂に木床入歯の名人がいる、と仄聞した。変わり者だが、腕は滅法にいいという評判だ。そこで、飯田町の清右衛門に託して、その入歯師、吉田源八に予約をとった。

九段の大通りの両側は二階建の商家が建ちならび、周辺には大小の黒い瓦屋根が雑多に建てこんで、はるか樹海のようにひろがる。途中、大通りを左へまがり、牛込見附にでる。青緑にしずむ外濠の牛込堀、その土手の左右に若い桜と柳の並木がならぶ。堀にかかる牛込橋をわたると、むこう、神楽坂の細く長く天にかけあがるような急坂に、赫々と陽が映えていた。歩き慣れない登り坂は、息がはずむ。

坂の半ばの路地に折れ、せまく入りくんだ小路をまわる。存外に、小心で用心ぶかい馬琴は、じつは数日前に下見していた。すぐに、裏長屋の端にゆれる「いれば」の板看板をみつけた。一刻(約三〇分)あまりの道のりに、脇や胸元が汗ばんでいた。約束の時刻に間に合った。

「ごめん」

どんな入歯師なのか、一瞬、不安がよぎった。ガラリと板戸をあけると、間口九尺奥行二間（六畳）の裏へふきぬける割長屋だ。土間の左側に台所、あとは畳部屋という間取りである。

中年増の女房が、ひとり内職の縫い物をしていた。一心に縫い針を追っていて、顔をあげない。彼女の奥は、半双の枕屛風に仕切られていた。その陰から、高鼾がきこえる。朝っぱらから白川夜船か――田舎者め。江戸深川生まれの馬琴は、少なからずプライドを傷つけられた。そのまま踵をかえそうとすると、女房が素頓狂な声をあげた。藍染め木綿の裾をからげて、彼女は、ころがるように土間にかけおりた。羽織の袖を引っぱられて、馬琴は、渋々足をふみいれた。裸足のまま、彼女は、米搗《こめつき》バッタのように低頭をくりかえす。

渋面をくずさず、馬琴は、畳に坐って両腕をくんだ。ところが、隣の高鼾はやまない。そわそわするばかりで、女房は、一向に起こそうとしない。彼は、つやっぽい裸足に釣られた、とくやんだ。入歯師が、女房持ちとはおもわなかった。というのは、ふつう九尺二間は独り身の借家で、ここでは嫁取りはむずかしいのだ。

「フン、北斎か」

馬琴は、憮然とつぶやいた。枕屛風には、葛飾北斎の錦絵春画が三枚、秘所をかくして斜かいに貼ってある。写楽の役者絵でも飾っておけばよいのに、趣味がわるい。

枕屏風の手前は、中央に莚《ござ》が敷かれ、壁際に黒光りする作業机がよせてある。机上には、カンナ、ノミ、彫刻刀、ヤスリなど製作道具がキチンとならべてあった。簡素だが、几帳面な性格をうかがわせる。彼は、道具を大切にしている、と見とおした。いちおう、支度はととのえてあるようだ。

ふと、壁の柱に煙草入れがつるしてある。そこにむすんだ根付に吸いよせられた。象牙に鼠を彫った精巧な細工だ。彼は元は根付師、と馬琴は直感した。どうやら、腕がいいというのは本当らしい。感じいって、馬琴は、根太い腕組みを組みかえていた。

ここが、吉田源八の入歯療治所であった。

腕ぐみした片手で大耳をなでながら、馬琴は、辛抱づよく待った。女房のだした渋茶が冷めるころ。寝耳に咳払いがきこえたのか、源八は、枕屏風からもそもそと這いだしてきた。いかにも約束の時刻がきた、といいたげだ。彼は、作務衣《さむい》に似た麻の仕事着をまとっていた。上衣は筒袖、下衣はもんぺである。禅僧が作業にきる作務衣は、当時はまだ着られていない。その奇抜な身なりに、馬琴は、度肝をぬかれた。飯田町の入歯師は、総髪の羽織姿で薬師《くすし》然としていた。

馬琴のまえに胡坐《あぐら》をかくと、源八は、曲亭さん？　と顎をしゃくった。江戸のひとびとは、馬琴の名をしっていても、顔は知らない。虫の居所がわるいのか、初手から、有名人滝沢馬琴を喰っていた。

かたわらから、女房が、煙草入れと火種の器をさしだした。煙管《キセル》の雁首に刻みをつめると、吸い口をくわえ、一服、煙を吐いた。おもわず堪忍袋の緒がきれ、馬琴は、唾をとばして叱声をあびせた。ところが、歯無しなので、フガフガと息がぬけて言葉にならない。彼は、空鉄砲をうつに似た情けなさにとらわれた。源八は、そんな馬琴に目もくれない。三〇代半ばの脂ののった太々しい面構えだ。口中の療治を乞う分、老成した馬琴の尊大は、旺盛な源八の横柄と互角には渡り合えない。

このときから、入歯をめぐる馬琴と源八の攻防がはじまった。

「あーン」

小馬鹿にしたように、口を開けろという。首をかしげて、源八は、馬琴の洞穴をのぞきこんだ。酒臭い吐息がただよった。浅ましくも、上下顎ともに痩せた肉の土手が、馬蹄形にまがっている。一本も無いなとつぶやくと、彼は、ニンマリとした。一番あとに抜けたのは、右上の糸切歯といいあてた。顎の土手を診てわかるのか、馬琴は、あがあがとうなずいた。抜けたのはいつか、と問う。忘れもしない先の五月五日だ。

「総入歯だな」

にべもなく、源八は、引導をわたした。そんなことはわかっていると、馬琴は、腹立しい。初診をおえて、源八は、油紙を敷いた小さな盥《たらい》で悠々と手をあらった。みるからに、器用そうな指だ。心得ているのだろう、女房が、台所から温湯をいれた銅鍋を置いた。手をのばして、作業机の引出しをあけ、彼は、型取り材をとりだした。使いならした煎餅大の丸い蜜蝋が二個。その一個を銅鍋につけると、指先でゆるゆると軟化させ、空泡をぬきながら一塊の玉にした。手慣れていて、手ばやい。

「曲亭、歯は何本あるか知ってるかい？」

おもわず喉がつまって、馬琴は、バカにするなと押しだまっていた。うしろから、女房が、彼の首に前掛けをむすぶ。掌に玉をころがしながら、源八は、軟らか具合をたしかめている。頃合いよし、あーンと、玉を馬琴の上顎におしあてた。口中の型を採るのだ。生温かい膠《にかわ》のような触感が、気色わるい。五指を巧みにあやつって、唇の裏から頬の凹み、土手の奥まで丁寧に力をこめて押しつけ、等しく均《なら》して密着させていく。細ながく白い、女が惚れぼれする指だ。

そのまま指三本にささえて、暫時、蜜蝋が硬くなるのを待つ。作業中は、精魂こめて無言である。彼のだんまりにも物言いにも、馬琴は、馬耳東風をきめこんだ。ほどなく、土手にはりついた蜜蝋をスコンとはずした。一挙に、唾液があふれて唇にこぼれた。源八は、蝋型を盥の水につけて冷やす。

ついで、下顎も同じ手順で採得する。下向きなのでやりやすいが、舌が大いに邪魔するのだ。馬琴には上も下も苦しいが、型取りは土台なので辛抱するほかない。

「総入歯は、むずかしいんだなあ」

源八は、溜息まじりにつぶやいた。半円形の上顎と馬蹄形の下顎と、異なる顎体をした蝋型が作業机にならんでいる。噛み合わせに苦心するのは、素人の馬琴にも理解できる。本音は値上げ交渉か、と邪推した。御蔵島の本黄楊《つげ》だと、源八は、ぞんざいに言う。伊豆の御蔵島か？　どうやら、そこの黄楊が極上らしい。

古来、木床入歯は歯と床からなる。ふつう床材には、適度な堅さと粘りと重さがあって、顎の粘膜によく吸着する黄楊をもちいる。歯は、蝋石や象牙を彫刻する。

「曲亭の顎は、つむじ曲がりだからなあ」

まことに、源八は、しゃあしゃあとのたまう。さすがに、馬琴は、苦笑いした。精一杯、虚勢をはる彼の負けず嫌いを垣間みた。前口上はさておいて、いくら？　と単刀直入にたずねた。貧乏ゆすりをしながら、彼は、台所の女房フクに目配せを送った。あんがい、照れ屋で勘定にうといらしい。意を決して、彼女は、むずかしいので一両と二分では……と値を釣りあげた。

「今日は一両、できてから二分」

否応なしに、馬琴は、即座に腰の巾着をひいた。貧乏ゆすりをしたまま、源八は、そっぽをむいている。かわりに、フクが、三拝して大枚を頂戴した。金一両は四分、一分は四朱にあたる。九尺二間の店賃は月二朱ほどであったから、彼らには店賃一年分の報酬だった。大金を胸ににぎりしめ、彼女は、小おどりしている。入歯師は金持ち相手の商売、食うには困らないだろうに——馬琴は、彼女の守銭に合点がいかない。

「紅合わせは、何日だね？」

馬琴の問いに、源八は、プイと壁をむいた。素人の知ったかぶりが、勘にさわったのだ。これからの入歯師の作業は、面倒で煩労なのだ。まず、模型用の蜜蝋を軟化し、これを先に採得した蜜蝋に圧接して模型用の陽型を作る。一方、この陽型に合う黄楊を大小十数本のノミで削って、顎の概型を作る。つぎに、食紅を塗った陽型をこの概型に当てて、紅のついた部分を彫刻刀で丹念に削っていく。

まことに、根気のいる手間仕事である。こうして、荒削りの黄楊の入歯が仕上がると、患者と紅合わせをするという段取りだ。曲亭も、これだけの骨折りはしるまい。

五日後だな。さすがに上客なので、源八は、矛をおさめた。一日も早く仕上げてほしかったが、馬琴は、長居は無用と早々に草履をつっかけた。平手で軒下の板看板を叩いて、鬱憤をはらす。噂どおりの偏屈者だが、馬琴は、世を拗《す》ねていたころの己れと重ねあわせていた。単純で、裏表のない男だ。フクが、小走りに追ってきた。年は三〇すぎ、つとめて明るく振る舞うが、どこか愁色がただよう。若いのに、耳がとおいらしい。

彼女は、神楽坂の通りまで送ってきた。馬琴は、十日に来ると念をおした。半時（約一時間）ほど居たろうか、彼は、人疲れを覚えた。気晴らしに、右に下らず左を上った。昆沙門天をとおりすぎると、しばらくして神楽坂上に立った。内藤新宿方面へ敷きつめたように瓦屋根がひろがり、その向こうに茫々と畑野がかすんでいる。しばし、裾下をふきすぎる薫風に陶然となる。

にわかに、八犬伝の面々が、眼中に騒然と乱舞しはじめた。当時、江戸人は黄表紙に飽きて、雅俗を折衷した血わき肉おどる馬琴の伝奇小説が、時代の波にのっていた。下りはのめるような急勾配で、フツフツとにえたぎる想念を半歩、半歩ふみしめた。爪先立ちにのぼってきた女と、袖を摺った。フクだ―両手に酒壷をかかえて、気がせくらしく脇目もふらない。あの代金で、さっそく亭主の酒を買いに行ったのだろう。源八は、よっぽどの酒好きらしい。まあ、職人に酔いどれは付き物か。

神楽坂下から、娘夫婦のすむ中坂下をとおりすぎた。清右衛門は、齢四〇にとどく元呉服屋の手代で、その実直さゆえに入婿となった。三年前に下駄の伊勢屋を婿夫婦にゆずって、馬琴は、百とクワをつれて、神田明神下の同朋町に転居した。脳裡の狂騒がやまぬので、中坂下には立ちよらない。

玄関をあけると、クワの声涙が部屋中にとびちっていた。下女がたったいま、止めたという。母親の癇癪《かんしゃく》に、暇乞いというより悪態をついてでていった。奥の襖ごしに、不貞腐れた百の罵詈雑言がとぎれない。当時は病気扱いされなかったが、彼女は、気分が険しく上下する躁鬱病であった。両手でクワをなだめながら、馬琴は、早々に二階へ逃げた。彼は、暖簾《のれん》に腕おしだ。彼女は、三日ももたなかった、と悔し泣きする。年が明けて幾人目になるか、やめた下女の顔は一向にうかばない。

戯作では食えず、二七歳のとき、師事した山東京伝の勧めで、馬琴は、伊勢屋に養子縁組みした。いやしくも、武家の出であった彼が、下駄屋の主《あるじ》になったのは、著述に没頭するためにほかならない。七歳年上の妻は、愛敬もなく見目もなく、口やかましい癇癖な女であった。

それでも、一男三女をもうけたが、一男の鎮五郎は、生来の病弱であった。なんとか医者にして宗伯と改め、親がかりで同朋町に開業させた。医者が病人では患者はこず、開店休業の有様だった。その宗伯は、二階の奥の三畳間に病身を臥せていた。潔癖症で、おのれの部屋だけはピカピカだ。いつのぞいても、あおむいて天井の節穴を数えている。この八年後、彼は三八歳で逆縁し、馬琴が供養することになる。

馬琴の書斎は、二階の大部分を占めるが、書物にあふれて足の踏み場もない。和本は嵩ばる。横積みにかさねていくうち、窓の障子をうめて陽が射しこまなくなる。だから、部屋は昼間でも薄暗く湿気っている。地震がくると崩れる、と百は、断じて二階にはあがらない。寒くなると、火鉢の場席がない。稿本をとりにくる版元たちは、廊下に胡坐をかいて冷えた手をあぶる。

窓際の古机にたどりつくと、馬琴は、硯石にたっぷりと墨を磨る。筆の穂先からつたう墨汁が、八犬伝の雄姿を手漉き和紙に躍動させる。そこには、独創あふれる馬琴の世界が描出される。

急坂をあえぎながらのぼる。背に初夏の陽が暑い。袖を摺って、女が急ぎ足で追いこしていく。藍染めの木綿だ。両手にかかえた酒壷が映えた。五ツ半（午前九時半）に、亭主の酒を買いに行く……声をかけるのも気がひけて、馬琴の歩幅がゆるんだ。

嫌な予感が消えぬまま、ガラリとあけると、部屋をゆるがす高鼾だった。酔いつぶれての爆睡である。ほつれ髪をかきあげながら、フクは、申し訳なさにうなだれている。明け方まで一心不乱だったが、仕上がりが気にいらず、無性に酒を食らって泥酔した。たしかに、作業机の辺りには、黄楊の削り屑が花弁のように散乱していた。「夏草や兵どもが夢の跡」。ポカンと、唐突に松尾芭蕉の名句が浮かんだ。机上、作製中の入歯には手拭がかけてある。

声をひそめながら、フクは、真剣に言い開きをする。源八は、曲亭様の入歯は半端にはできない、と繰りかえしていたと。そんなお体裁をいう奴ではない。彼女の嘘を見ぬくなど、造作もない。よっぽど亭主の癇癖が恐いのか、よっぽど亭主に惚れているのか。彼女の懸想だろうと、馬琴は、愚問愚答していた。とことん女に惚れられたことなどない―彼は、源八を妬んでいる己れに愕然とした。この滝沢馬琴が、入歯師風情をやっかむとは！

業をにやして、馬琴は、傲然と畳に腕ぐみをした。約束は約束だ、と意地になっていた。わしだっていそがしい身、稿本の締切に追われているのだ。仕事師がこの体たらくかと一喝し、一言わびさせねば腹の虫がおさまらない。フクは、部屋と台所をうろうろ行きつ戻りつしている。彼がいつ醒めるか当てはないし、起きぬけはきまって不機嫌なのだ。

小半刻も待つうち、馬琴は、意地をはっている自分に白けてきた。みず、水！　と、枕屏風のむこうに源八のかすれ声がした。ハイ、ハイ。いそいそと、フクが、酔い醒めの水をはこぶ。馬琴の芯に、妬み心がうごめいた。なに？　曲亭がきていると、うとましげな源八の声。約束の日と教える彼女をさえぎって、約束は明日だと強弁する。できあがるのは明日だ。ハイ、ハイと、彼女は、けっして逆らわない。彼らの戯れ合いに呆れて、馬琴は、とびたつように座をけった。屏風ごしに、源八の慇懃無礼な一声が追ってきた。

「曲亭、あすは一日がかりだなあ」

　フクが、小走りで追ってくる。馬琴の機嫌を取りむすぼうと懸命だ。貸本屋から『椿説弓張月』一巻を借りてきて、源八は、仕事の合間合間に読んでいる。それは本当だろうなと、馬琴は、素直にうけとめた。あんがい、繊細な男だ。二巻目もよみたい、と言っている。それはウソだな、馬琴は、笑い目でフクをにらんだ。

　帰りがけ、中坂下の伊勢屋にたちよった。路地奥の仕舞屋《しもたや》風の二階家である。細々とした商売だが、婿夫婦の身の丈には合う。どうにもくさくさして、昼餉《げ》を馳走になった。歯無しの不具を心得ていて、サキは、木綿豆腐をだした。胡麻をまぜた湯漬けを、一口ずつ啜りこんだ。

　腹が癒えると、清右衛門に無駄足の一部始終を口説いた。彼は憤慨して、にわかに饒舌になった。フクは、酔っ払った源八に殴打されて、片耳を聾し音を失った。それはひでえなあ—憤然と、馬琴は、彼女を傷つけた源八に怒気した。それでも別れないのかと、清右衛門に食ってかかっていた。所帯を持って、十年あまりになるらしい。大仰に馬琴ににじりよると、彼は、フクは丙午生まれ、とささやいた。

「ひのえうま・・・」

馬琴は、肺腑をつかれた。干支《えと》が丙午に当たる年で、古来、火性がかさなることから厄難の年とされた。この年に生まれた女は、気性が烈しく男を食い殺すと忌み嫌われた。女の嬰児は間引されて闇に葬られるので、この年の女の数はきまって少なかった。丙午ときいては、馬琴でさえ後退りする。源八は酔うと、丙午の女をもらってやったんだと喚くので、井戸端をにぎわした。

すると四一歳……二重の驚きだった。丙午であれば、彼女は、四一年前の天明六年生まれになる。とても、四十路にはみえない器量であった。

退屈しのぎに、清右衛門は、他人の下世話に駄弁を弄した。不憫な女だと、馬琴は、憐れむ。源八は、生まれついて不運な彼女が、齢三〇の大年増になってつかんだ千載一遇の男だ。殴られても、蹴られても、殺されても、はなすまい。それにつけても、丙午の年嵩の女を娶った源八は、男気がある。みょうなところで、馬琴は、彼の甲斐性を見なおしていた。

源八夫婦の妄想をふりきって、馬琴は、足早に明神下にもどった。昼餉は中坂下でとったのかと、クワは、黙っている。陽はまだ高いが、鬱々と、冬眠する熊のように本の谷間に眠りこんだ。

夕餉をしらせる階下の声に覚めた。宗伯がこないので、クワは、カリカリしていた。父、母、兄の三人、勝気な彼女が面倒をみている。下女がいない分、負担がおもい。心ならずも、婚期を逸して、中年増の〝行かず後家〟になってしまった。芯は強いが、ときおりヒステリーをおこす。

頭痛がすると、百は、食膳にでない。宗伯が、幽霊のようにおりてきた。蒼白くむくんだ顔、けだるそうな五体。竹製の水筒を手放さない。口が渇いて口臭がつよい。クワは、父と兄には白粥をまかなう。それに砂糖をかけて啜るのが、宗伯である。面妖なことに、納豆にも砂糖をまぶす。病いや養生の知識がないから、身体に毒とだれもとめない。彼は、古く、多飲多尿を呈し死病とされた糖尿病であった。糖を多分にふくんだ小便をするので、厠の汲取り口には蟻がたかる。

夜は暗いので、ふつう五ツ（午後八時）には寝る。本の穴蔵のなか、馬琴は、行燈《あんどん》の薄明かりに読本をよせて明け方までよみふける。あおそこひ（緑内障）だろう、七年後に右眼が欠け、八犬伝が完結する一四年後には失明する。書く、読む、その途ぎれに日記をしたためて、終日をすごす。散歩や遊山の習慣はないので、入歯療治でもなければ滅多に外出しない。

板戸が半びらきになっている。今日こそ紅合わせだと、馬琴は勢いこんだ。枕屏風のむこうに、クスクスとフクの含み笑いがする。源八の腰をもんでいるらしい。うらやむほどに、情のこまやかな女だ。彼が冗談口を叩いて、フクをからかう。仲睦まやかな夫婦だ。業腹だが、入るのに二の足をふむ。腰痛病みのときでも、百は知らんぷりだった—馬琴のひがみ根性が、また首をもたげる。

曲亭さん、と源八は、上機嫌ででてきた。酒はぬけているらしく、動作がキビキビしている。それでも、仕事前の一服は、職人の縁起担ぎなのか。作業机の手拭をはずすと、嬉々として荒削りした入歯をとりあげた。仕上がりに御満悦らしい。あらまし、顎の土手に嵌まる床の形体になっている。おもわず、馬琴は、両肩をピクンとそらした。入歯のありがたさは、身にしみている。

「あーン」

まず、源八は、二本指で唇をめくると、荒削り入歯をおしあてて、上顎の床の嵌まり具合を試みた。積木をあてたような、粗忽で不届きな感触だった。こんなにガタついていて大丈夫か？　一とおり顎の当たりを点検すると、源八は、いとおしげに入歯をなでて悦にいる。紅合わせにはベンガラの顔料をつかうが、彼は、紅花を採った小町紅を好む。丸い白陶の手塩皿にいれた濃い紅である。

綿切れで、上顎の土手をぬらす唾をふきとる。それから、人差指にすくった紅を、まんべんなく土手の粘膜にぬりつける。そこへ上顎の荒彫り入歯をゆるやかに押しあてる。外すと入歯の内側には、あちこちに大小の紅が付着していた。黄楊が凸張っている部分だ。

前垂れをむすんで、源八は、作業机に正座した。おもむろに、彫刻刀で紅く染まった部分を削りはじめる。削りすぎては取りかえしがつかないので、慎重に丁寧に削除する。紅の大きさに応じて、削り具合をこまかく調整する。その微妙な厚みは、職人の勘だ。

入歯師の手作業の間は、患者は暇をもてあます。退屈まぎれに、馬琴は、畳になげてある煙草入れを手にした。しげしげと、根付の鼠をながめた。鼠は、口元に小さな両手をすりあわせている。その秀逸なポーズに、彼は感嘆しきりだ。思いがけず源八が、彫刻刀をにぎったまま微苦笑した。

「根付は、生きてないからなあ」

なるほど、入歯は生きているのか。面白い見方をする男だ。だから、根付師から入歯師に転職したのか。

一とおり紅の個所を削りおとすと、ふたたび顎をぬぐい、紅をぬり、入歯をあてる。今度は、おおよそ土手にはまり、異物感が少ない。暫時、取りはずすと、紅の数がだいぶ減っている。再度、紅を丹念に削る。作業は、このくりかえしである。

さすがに、馬琴は、半端でない源八の根気に舌を巻いた。その集中力と粘りは、以前の入歯師とは格段に異なる。かたい木材を、やわらかな生体に合致させようというのだ。じつに、神業に近い妙技である。作業に没頭して休みなく、源八は、患者の疲れなど頓着しない。

一方、再三再四の紅合わせに、馬琴は、顎がくたびれ飽きあきしている。ここで、滝沢馬琴が弱音を吐いては沽券にかかわる。我慢を強いられる分、つまらぬ意地をはる。

「疲れたかい?」

ニヤニヤしながら、源八は、手を休めていた。首筋の汗をぬぐいながら、馬琴は、見栄をすてて安堵した。そこへ、フクが、温かい蕎麦碗をのせて据え膳をだした。もう昼餉の時刻だった。白胡麻をちらして、ぶつ切りの葱《ねぎ》をそえた生蕎麦である。アガアガと喉をならして、馬琴は、箸をふるわせた。ほどよい固さの蕎麦が、上下の土手に噛まれくずされて、汁にまかれて喉の奥へ熱々に呑みこまれていった。

「うまい!」

思わず、馬琴は、随喜した。口元を舐めなめ、一口、二口と吸いあげるように啜った。空き腹だったとはいえ、久方ぶりに素朴な味わいを食した。旨いだろうと、源八は、鼻息があらい。蕎麦を啜りすすり、彼は、しきりに台所に眼《がん》をとばす。おどおどしながら、フクが、茶碗酒一杯をさしだした。遅いぞとしかめ面する源八。茶碗をひったくると、一気にあおった。呑んべえは、食うより一合の酒なのだ。

汁一滴のこさず、馬琴は、美味の余韻にひたっていた。その間に、のこした蕎麦碗を遠ざけて、源八は、二杯目を飲み干していた。仕事前にひかえた分、飢えていたので、酒量はウワバミだった。寸時にして、気違い水は彼の性根を豹変させた。壁をむいたまま、源八は、檻の狒狒《ひひ》のように茶碗酒を食らっている。もう目が座っていて、相当に酒癖がわるい。とてもフクには止められない。馬琴も口だしできない。まだ、下顎の紅合わせは済んでいない。

「曲亭、あさってだな」

その濁声に、馬琴は、早々に畳をけった。くどくど申し訳ないと、フクは精々、通りまで見送った。男盛りの源八は、おのれが彼女のひたむきな情火にささえられて生きているのに気づかない。夫婦の機微にはふれないから、馬琴は、いたずらにフクを慰めようとはしない。源八との生活は苦ではなく、苦楽を悟って彼女には楽天なのだろう。

帰り途、牛込橋の袂にたった。牛込堀の土手下に、数人の子供たちの歓声がする。まくりあげた裾下にチンコをゆらし、水面に手製のみじかい釣竿をたらしている。たがいに隣の竿下を叩いて邪魔をする。白い飛沫が濃い水面に燦々とかがやいている。源八夫婦を忘れて、馬琴は、しばし子供たちの興奮に見蕩れていた。

翌日の昼すぎ、ようよう筆がすべりだした時だった。北斎翁がみえたと、クワがよぶ。北斎が何用かと、折角の筆をなげだした。彼ら両人は、同時代に生きた。北斎は七歳年長だが、共に長生し、馬琴は嘉永元年に八一歳で、北斎は翌年に八九歳で逝った。

葛飾北斎は、稀代の浮世絵師として一世を風靡した。馬琴の『新編水滸伝』や『椿説弓張月』の挿絵を画いて、名コンビと囃《はや》された。じつは、双方とも我がつよく意固地で、絵柄をめぐって衝突が絶えなかった。徹底して、馬琴は、北斎を嫌っていた。とにかく、反りが合わないのだ。

おっくうだが、居留守を使うわけにもいかない。お体裁屋の百が、愛想好くお喋りをしている。北斎は、今年にはいって『富嶽三十六景』を刊行した。絵心もない百が、彼の最高傑作となる三十六景を誉めちぎっている。馬琴は黙って、北斎とはなれて脇に坐った。たがいに目を合わさない、言葉を交わさない。気を利かしたつもりで、百は、奥へひっこんだ。茶を啜りながら、馬琴は、富嶽三十六景の自慢にきたかと、啖呵のひとつも切ってやりたい。けれども、北斎が口をきらないかぎり、彼のほうには話柄はない。

六八歳の北斎は、小柄で貧相な男である。身なりをかまわないので、余計に萎びてみえる。彼は、生涯に画名を二〇回改め、九三回転居し、奇人と風評された。だから馬琴はいま、彼がどこに住んでいるか知らない。近くに引越したので、フラリと立ちよったのか。

無尽の浪費癖があるが、金の無心にくるわけはない。とにかく、独楽鼠《こま》のような男だと、彼は、北斎を軽んじていた。黙止したまま、馬琴は、腕ぐみをした片手で大耳をなでる。彼の不機嫌なときのポーズである。もじもじと、北斎は、五体をゆすって落ち着きがない。

そのまま一刻ほどたったろうか、北斎は、孤蝶のようにたって、飄々と玄関をでていった。べつに、馬琴の無礼を怒っている風もない。滑稽にも結局、二人の間には一言の会話もなかった。馬琴は、肩をおとして安堵した。奴は一体、何しに来たんだ?

翌日、源八は、悪びれるでもなく、詫びるでもない。下顎の紅合わせがはじまった。今日は、鼻唄混じりに機嫌がよい。手は休めずに、患者と作業机の間を往復する。気をぬかず、馬琴は、大人しく指図にしたがう。気分屋だから、いつ雲行きが変わるかわからない。下顎は、昼前におわった。

このあと、源八は、半身をのりだした。上顎の入歯を嵌め、それから、おもむろに仕上がったばかりの下顎をはめた。上下とも顎の粘膜に吸着して、ピッタリと土手に適合している。当たりもなく違和感もなく、具合がよい。カチカチと、彼は、歯を獅子舞のように噛み合わせてみせた。白い丈夫そうな歯並びだ。まだ一本も抜けていないらしい。自慢の歯か!と、馬琴は、胸のうちで歯噛みした。まだ歯が植わっていないので、試適しても、上下はカチカチとは噛み合わない。その隙間に小指をさしいれて、源八は、しきりに上下の開き具合を診ている。

馬琴は、俎板の上の鯉だ。両手で彼の口元を四角にあけ、源八は、下顎を左右にうごかせと指図する。堅めの毛筆に紅をつけると、彼は、入歯の正中に、一筆、上下をそろえて縦に朱線をひいた。ここが、歯を植える基点となるのだ。乾坤一擲《けんこんいってき》と、馬琴も、職人技にのめりこんでいた。歯のない上下の床を見はからって、上下の歯の位置決めをする。まさに、職人の腕である。

入歯をはずしながら、源八は、ひとり微笑《えみ》をもらしている。あとは、入歯の前面に歯が植わるのを待つばかりだ。内心、馬琴は、八割方は済んだと安んじた。

「曲亭は、地黒だからなあ」

からかい半分に、源八は、あいかわらず口はばったい。おのれの顔色とくらべてか、たしかに馬琴のほうが色黒である。職人の分際で色白自慢か、と胸糞がわるい。莚の上に歯材の蝋石が、五個ほどならべてあった。いずれも、四角い印材用の桜石という最上の材である。緻密で光沢と触感が、天然歯に近い。彼は、人工の歯の色合わせをするのだ。白、淡褐色、淡緑色の見本を、代わるがわる口元にあてた。

歯は白いのがよいに決まっていると、自慢の鼻をへし折ってやりたい……。これだなとうなずくと、源八は、馬琴にはみせずに小意地悪く引出しに仕舞った。どの色を選んだんだ？　明眸皓歯《めいぼうこうし》というだろうと、馬琴は、顔貌の回復に執着を覚えはじめていた。

版元との約束があったので、入歯を装着する日は三日後とした。できるなら、約束を反古にしてでも、明後日にかけつけたかった。

あとは、歯の配列である。入歯の前面の正中の一線から、左右に五本ずつ、前歯二本、犬歯、臼歯二本を嵌めこむ窪みをうがつ。おのおのの歯に合わせた大きさに刻む。このような工程は、馬琴にも、多少の知識はある。歯の窪みができると、十本あまりのヤスリを取っかえ引っかえして、蝋石を歯の形に削っていく。ヤスリを、六本目の指のように巧みにあやつる。蝋石は固いので、ヤスリの刃がゴリゴリと虫酸《むしず》が走るひびきをまきちらす。こまかい力仕事である。

歯の概形ができると、窪みに嵌めこんで具合を診る。ひとつひとつ、それを繰りかえして、上下左右二十本が入歯の前面にそろっておさまる。机上は、だれも立ちいれない職人の小世界だ。物を書くより、造るほうが難儀かもしれない。情にほだされて、馬琴は、源八の労をなぐめてやりたくなった。

ありがたいことに、フクが、今日も蕎麦をきった。柚子《ゆず》の実がきざんである。彼女は、甲斐がいしく源八に箸をわたす。料理上手の女房をもって、幸せ者だ。丙午だろうと男冥利に尽きると、馬琴は、妬《ねた》ましい。

「きのう、北斎が遊びにきたよ」

枕屏風の絵が、おもいださせたのだ。馬琴の声は、自慢たらしく聞こえたらしい。蕎麦を啜っていた源八の箸が、ピクリととまった。おもわず馬琴は、マズイとあせった。源八の切れ長の目が、三白眼になった。その目は、葛飾北斎と知り合いなのか？　と聞いている。彼は、北斎が弓張月の挿絵を画いたのを知らないのだ。本当に一巻を読んだのか、疑わしい。

北斎は偉い男だと、源八は、柄になく褒めちぎる。その口吻に、馬琴は、鼻白んだ。奥の行李から和本をとりだすと、源八は、手垢に汚れた頁をパラパラとめくってみせた。全ページ、おびただしい禽獣虫魚や花鳥草木がスケッチしてある。北斎が、十数年前に上梓した絵手本『北斎漫画初編』である。軽妄洒脱な戯画が、根付のヒントになったのだろう。

源八は、北斎は粗衣粗食に甘んじてひたすら精進する画狂人、と賞賛してやまない。彼は、北斎の画集と生き様に惚れこんでいる。一言もなく追いかえしたとも言えず、馬琴は、藪蛇だったとくやんでいた。斯様に北斎に肩入れされては、はしなくも、馬琴の面目は丸つぶれだ。

ムシャクシャして、馬琴は内心、どうにも腹の虫がおさまらない。気分晴らしに、久しぶりに清右衛門と将棋をさす。彼の対局は、舅の顔色次第である。詰め将棋になるころ、サキが、香ばしい蒲焼をだした。九段坂にある老舗のうなぎ屋で、長年かよった懐かしい味である。串をぬいて、身をほぐして、歯のない口中にホクホクと食した。鰻は、じつに食べやすい。

寒くなると、うなぎ屋の向かいにある志やも屋にでかけた。まだ歯はあったので、鍋に煮た歯応えのある軍鶏《しやも》の肉を頬ばった。いまでは噛めないが、忘れがたい味だ。最近、伝法肌の女将《おかみ》が亡くなったと聞く。

朝から、どうにも落ち着かなかった。今日は、待ちにまった入歯を装着する日だ。源八は、日にちがかかった。近くに投宿させて、数日で仕上げる入歯師もいると耳にする。神楽坂は長すぎるねと、クワが、ぶつぶつ不平をこぼした。源八は、酒が災いしてながびいたのだ──それも、もう許せる。彼の入歯なら極上、天然の歯とかわらないだろう。とはいえ、軽いステップをふみながらも、馬琴は、一抹の不安をすてきれない。

やはり、嫌な予感が的中した。板看板のまえに、フクが、身も世もない風体で立ちつくしていた。髪は崩れ、胸元や裾は乱れ、素足のままである。左手に空の酒壷をたらし、右手には草履を握りしめている。亭主の暴力から逃げたのだろう、白い裸足が痛々しい。散々、わめきちらしていたらしく、喉を嗄らした怒声が、うすい板戸をふるわせている。

取りつく島もなく、馬琴が、フクの袖にふれると驚怖してすくみあがった。あわてて、曲亭だよ曲亭だよと、彼女をなだめた。一瞬、フクの瞳に、振り子のように生気がふれた。馬琴との約束の日は、この暴飲で度忘れしていたらしい。

昨夜から酒浸りで、源八は、もう一升あまり呑んでいる。酒がなくなったから、買ってこいとさけぶ。泥酔して、部屋中を這いずりまわる。ときどき、呂律のまわらない声が、歯ぬけ爺い、曲亭の疫病神、と悪態をつく。亭主の酔態にたえきれず、フクは、草履の鼻緒をキリキリと噛んだ。

彼女は一銭もないのだと、馬琴は、いちはやく察した。あの一両は、たまった酒代を清算したあと、日々の飲み代に湯水のように消えたのだろう。酒は高価で、一升が安くて銀八匁ほどした。大工・左官の一日の稼ぎは、銀四匁二分（金一朱強）なので、江戸のひとびとには、一杯酒や立呑み酒さえも贅沢であった。源八は一晩で、裏長屋の一ケ月の店賃にあたる酒を牛飲していた。

当時、アルコール中毒の知識はなかったが、酒呑みは酒を断つのが唯一の策、と知っていた。だが、止めれば暴れる、あたえれば又あばれるで、痛し痒しだった。フクに草履をはかせると、馬琴は、その掌に一分金を二粒にぎらせた。彼女が、後払い分の金と察するには、寸時を要した。そのあと、酒壷を小脇にかかえて、フクは、一目散にかけだしていた。

その後姿に、馬琴は、哀傷の情に囚われた。丙午の女、酒狂の男、彼らの底なしの交情。源八、お前は長生きできないぞ—彼は、ひとりつぶやいていた。源八が死ねば、フクは生きていないだろう。馬琴の目には、後追い心中する彼女の哀切が、走馬燈のように映った。とおからず、冥々、そういう時がくるだろうと、彼は、暗い予感に背筋が冷えた。

滅入って、馬琴は、重い足どりで坂を下った。坂下からおもたい酒壷をだいて、ハアハアと上ってくるフク。この急坂でフクと遭うのは、三度目だ。我にかえったのか、彼女は、路上に紅涙をしぼった。人目をはねのけながら、馬琴は、フクをなだめて涙をぬぐわせた。彼女を怒っても詮方ない。中坂下の清右衛門に、次の日時を知らせるようつたえた。まだ舞錐《まいきり》が済んでいないと、フクは、かさねて詫びた。

今日は、源八の酒乱を目の当たりにした。肝心の用向きは、無駄足だった。まだ歯なしねえと、クワが、からかった。彼女も、約束を違える入歯師に腹をたて、みょうに大人しい父親が歯痒いのだ。むかっ腹もたたず、馬琴は、無性にわびしく寂しかった。積みかさなった本を退ける気力もなく、そのうえに、そのまま坐りこんだ。

フクのいう舞錐とは、腕木を手動で回転させて穴をうがつ回し錐のことである。床に嵌めこむ蝋石の歯が仕上がると、おわりの作業になる。この舞錐で、歯の両側にほそい穴を貫く。そこに三味線糸をとおして、配列した十本の歯を連結したまま窪み内にキッチリと固定する。三味線糸の両端は、両側の奥の床にうった竹の目釘にむすぶ。あと一息と、馬琴は、待ちどおしい。それもこれも、源八の気分次第、酒量次第だ。

清右衛門からの伝言は、早かった。さすがに、源八も、非礼をくやんだのだろう。翌々日の昼下がり、源八は、神妙に馬琴をむかえた。フクは、台所で喜色満面だ。

机上の手拭をひっぱると、上下顎の木床入歯がならんでいた。おもわず、馬琴は、嘆声をあげた。一瞬、巧緻な骨董のようにみえたのだ。彼が目をむいたのは、床の噛み咬み嚼む面だった。その平らな面にいかめしい丸鋲が、双方、二列に十五本ほど整然と打ちこまれていた。黄楊の床では磨耗するが、ケンピンとよぶ鋲は銅製で、強固に耐久する。曲線を描いた赤銅色のラインが、優美なのだ。この頑強で佳麗な入歯で噛むのか——馬琴は、心底、驚喜していた

こけ威しもなく、源八は、上顎の入歯をはめて装着の具合をたしかめた。かすかに木目の香りがただよい、馬琴は、蝋石のなめらかな舌触りにしびれた。下顎の入歯の嵌まり具合を診てから、源八は、お得意のカチカチをうながした。いわれるままに、馬琴は、幾度も上下顎を噛み合わせた。裏表に紅をぬった細ながい和紙をかませる。歯も床の鋲も、紅

の付き具合に不揃いはない。源八の声を追いながら、不覚にも彼の顔がぼやけていく。馬琴は、おのれの目がうるんでいるのを知った。

今、口中にセットした入歯は、ピッタリ顎に適合し、入歯をはめている感覚がない。口を開けても、おちない、はずれない。しゃべっても声はもれず音はぬけず、往年の明瞭な錆声がよみがえった。歯ぬけ歯なしのトラウマ、その不便と不都合と醜怪。その惨めさ情けなさに、馬琴は、内実、どれほど傷つけられたか。どれだけ自信を喪失し、おのれを卑下したことか。

天井をあおぐと、源八は、唐突に口笛をならした。馬琴にも、吹けと合図する。恐るおそる彼は、唇をすぼめて口中をふるわせた。数十年ぶりにふきならした、なつかしい口笛だった。感きわまって、馬琴の目尻に涙がにじんだ。

源八は、馬琴に丸い黄銅の手鏡を手わたした。おのれの老境が、鏡面にゆがんだ。ニッと、源八は、作り笑いをした。馬琴も真似ると、おのれの肌色にあった自然な歯ならびが映った。以前の真白な平坦な入歯は、獅子頭の歯であった。鏡のなかの歯は、おのおの個性に応じて、微妙な曲面を呈して列んでいる。蝋色は肌になじんで、齢を映して馬琴の見栄えに調和していた。なによりも、深い皺を刻んですぼんだ口元は、無惨だった。新しい入歯は、その老醜を瞬時に追放していた。

額をそらしながら、馬琴は、一心に手鏡をのぞきこんで離さない。彼は、鏡のなかの己れに見惚れていた。フクと顔を見合わせて、源八は、照れくさそうに笑った。未練たらしく手鏡を置くと、馬琴は、ちり紙で勢いよく鼻をかんだ。そのあと、源八は、彼にいくつかの注意をあたえた。一、寝る時ははずして水皿につけておくこと、一、三味線がゆるんだら緩ミ止メにくること等々。

馬琴はつくづく、神楽坂にかよいつめた甲斐があった、と自得した。源八は木床入歯の名人、と絶賛したかった。しかし、それを言葉にすると、一瞬にして色あせてしまう。その白々しさは耐えがたい。畳の縁に両手をつくと、馬琴は、深々と額をさげた。顔をあげると、源八が、衒《てら》いなく言った。

「曲亭、あんたの耳は、お釈迦さんの耳だなあ」

源八にして、精一杯の世辞であった。古来、耳たぶの大きい耳は福相と賞された。その福耳をなでながら、馬琴は、口べたな源八の最大限の褒め言葉とうけとった。無言のまま、彼は、席をたった。

これで、馬琴と源八の半月にわたる攻防はおわった。引き分けといいたいところだが、最後の源八の一言に、馬琴はうっちゃりを食らった。

フクの清艶な笑顔に送られて、馬琴は、おどるように坂を下っていく。おもいきり、万歳をとなえたい衝動にかられていた。望外の入歯をえて、いまだ夢心地の気分だ。この喜びは、歯を失った者にしかわからない。砂走りをくだるように大股にのめり、彼は、勢いあまって牛込橋をふんでいた。土手下の、子供たちの歓声を聞きながした。中坂下にはよらず、息切れし息継ぎして帰路をいそいだ。一刻もはやく、クワに自慢したかったのだ。これが、わしの眼鏡にかなった源八の入歯だ、と。

「もう粥はいらないぞ」

夕餉では、馬琴ひとりはしゃいでいた。心得ていて、クワは、山盛りの白飯をだした。もうトロトロの病人食を啜らなくてよい。一口、二口と頬ばると、勢いこんで噛み、噛みしめた。米粒が舌にまかれて、上下顎の間に噛みくだかれ、口中に豊潤な味がにじみでる。何杯でも食えるぞと、彼は、箸をふりまわして奇声をあげた。

父親の錆声がもどってきたと、クワは、涙ぐんでいた。以前の悠揚迫らぬ貫禄がよみがえって、往年の天下の馬琴が、ここに居た。二膳目をよそいながら、彼女は、神楽坂は名人だね、と目をしばたいた。それに答えず、馬琴は、前歯で沢庵をバリバリかじってみせた。クワ、するめ烏賊《いか》でも食えるぞ！　金平糖もカリカリだ。

砂糖いり粥を啜りながら、宗伯は、父親の入歯には無関心だ。百も、亭主の入歯を一見しようともしない。二人とも、おのれの病いで精一杯なのだ。

それから、十日後であった。

天井に油蟬の鳴き声がやかましい。盛夏である。昼餉のあと、厠からでた馬琴は立ち暗み、そのまま廊下に崩れ伏した。クワと宗伯が、肥体を一階の離れにひきずった。顔中が火照って高熱を発し、間断なくおそう寒気に入歯がガチガチなった。宗伯は、おろおろするばかりで役にたたない。暑気中《あた》りだよ、と百は、冷淡にとりあわない。しかし、クワは、父親の初めての大患と青ざめていた。

五体が、蕩けるようにけだるい。氷を欠きわって、クワは、冷たい手拭を額にあてた。ふるえる指で、馬琴は、源八入歯をはずして水皿につけさせた。松前侯のお抱え医師淳庵に往診を頼め、と清右衛門につたえる。一時ほどのち、方々走りまわってさがしていると、サキが、清右衛門をかばう。苛だって、クワは、彼女に八つ当たりした。夕刻ようように、玄関先に黒ぬりの駕籠が横づけになった。御典医淳庵が、パタパタ大扇子をあおぎながら、悠々とおりてきた。彼の下男が、框《かまち》に大きな薬箱を置いた。畳をけたてて、百が、淳庵のまえに平伏した。

曲亭さん、と淳庵は、いかにも親しげに枕元に座した。クワの病状説明を余所に、黙って手首の脈をとった。胸元をひらくと、赤い発疹が胸から腹へ、バラを咲かせたようにひろがっていた。

「こりゃ、傷寒だね」

淳庵は、ケロリとのたまうた。古来、傷寒とは急性の熱病を総称するが、狭義には腸チフスをさした。当時はだれも、チフス菌が腸を冒す伝染病とは知らない。どうせ気休めなのに、彼は、煎じ薬を調合するとのたまうた。べつに匙を投げたのではないらしい。いわずもがな、快癒は病人の運と体力次第というわけだ。帰りぎわ、百がすりよって、淳庵の袂に包み金をすべらせた。鷹揚にうなずくと、彼は、待たせた駕籠にのった。

大丈夫、大丈夫と、清右衛門がクワをはげます。よほど走りまわったのだろう、汗まみれだ。彼は、渋る淳庵を三拝九拝してつれてきたのだ。その清右衛門は、馬琴より二桁も若いのに、十一年後に五一歳で病没する。

あの藪医者！　三両もとられた、と百は、淳庵を口ぎたなく罵る。幸か不幸か、彼女の癇声は馬琴の耳には入らない。腹立ちまぎれに、筍《たけのこ》医者！　と宗伯に当たりちらす。筍医者とは、藪にもなれないへボ医者という蔑称である。その百は、病弱を愚痴りながら、しぶとく七八歳まで生きて、十四年後に亡くなる。馬琴が逝く七年前である。

翌朝、版元たちがかけつけ、額をよせて善後策を講じた。取りいそぎ、八犬伝の連載は休止とし、通いの下女を世話すると決めた。

病魔は、仮借なく五体をむしばんでいた。馬琴は、昼夜、高熱にうかされ、激烈な下痢と下血におそわれ、激甚な苦悶に責め苛まれた。業界には、馬琴重患から死亡説まで飛び交い、北斎から病中見舞に白砂糖がとどけられた。ありがたがって、百は、神棚に献ずる。

我が身をはって、クワは、老いた父親を介抱した。その甲斐あって、猛暑をぬけて病勢が衰えたのは、半月後であった。しばらくの間、倒れたときに聞いたあの油蟬の音が、耳の奥深くに執拗に鳴りひびいていた。古く、ひとびとの死生観には、病いと戦う〝闘病〟という認識はない。ただただ、得体の知れない病魔に、理不尽に一方的に攻めたてられた。その圧倒的な威力のまえに、為す術《すべ》もなかったのである。

さいわい、気まぐれな病苦が消えると、命冥加《みようが》であったと、ひたすら神仏に合掌した。

「……哀れな空蟬だ」

両耳が、うっとうしい蟬の音に痺れている。天井をあおいだまま、馬琴は、悄然とつぶやいた。「空蟬の命を惜しみ　波に濡れ　伊良湖の島の玉藻苅り食む」。ひさしく、忘れていた万葉集の哀歌がうかんだ。古来、この世の人を現身《うつしみ》と称し、命・世・人・身の枕詞として詠んだ。のちに、空蟬《うつせみ》と当て字し、現世をみじかい蟬の生滅にたとえて、人の身のはかなさを哀調した。業病地獄を這いまわって、彼は、まさしく一匹の空蟬にすぎない己れを思いしった。

かろうじて命拾いはしたものの、馬琴は、それから一ケ月半余も病臥した。重湯から粥に代わり、軟らかい飯になった。ようよう床上げしたときには、九月（平年の十月）にはいっていた。自慢の御釈迦の耳が、犬の舌のようにたれさがった。頬がこけ落ち、五体は痩せて一回りも二まわりも小さくなっていた。

「入歯をだしておくれ」

病中はまったく忘れさり、老残の身にはめる気力もなかった源八入歯。二ヶ月ぶりに装着して、サキがさしいれた蒲焼を菜に、白飯を食した。九段坂の味だ。入歯で噛みしめる歯応えが再来し、病みあがりの身にふつふつと生気がよみがえってきた。胸がおどるように喜悦が込みあげて、熱い涙が滂沱《ぼうだ》として頬をつたった。

病躯をよこたえた離れには、明神下から秋風がふきよせていた。いつのまにか、五月蝿《うるさ》い蝿や蚊が去り、遠く近くコオロギがないている。窓一面に、鱗のような鰯雲があざやかにひろがっていた。

まだ筆をとる意欲はでず、もう寝る時刻だった。源八入歯をはずしかけたとき、馬琴の慣れた手先に異変が生じた。なにが起こったのかと、狼狽した。上顎の前歯が窪みからはずれて、歯がバラけてぐらぐらゆれている！　三味線糸がゆるんだ、とわかった。あわてて入歯をはずすと、奥の床の目釘が折れて、むすんだ糸がほどけていた。歯が緊縛から放免され、一〇本の配列がもろくも崩れた。しばし呆然と、馬琴は、こわれた入歯を両手にしていた。そうだ、源八に緩ミ止メしてもらえばよいのだ。無性に心細くて切なくて、彼は、一刻も早く修理をあせった。あした朝一番で、神楽坂にいく！

朝餉は、入歯のない舌で粥を啜った。代わりに使いにいくという、クワの気遣いを一蹴した。下顎入歯ははめたまま、馬琴は、上顎を丁寧に袱紗《ふくさ》につつんで懐深くにいれた。六ツ（午前六時）、口元をおさえながら、彼は、せかせかと玄関をでた。病後、初めての外出だったので、クワが、ぶつぶつこぼしながら付き添った。とにかく、早く源八に直してほしい――馬琴は、その一途だった。病みあがりにしては足が速く、クワは、小走りにあとを追った。飯田町辺りになると、さすがに彼の歩速も遅くなった。息が途ぎれる。

牛込橋をふんだとき、向こう側の袂に人だかりがみえた。あとから数人が、バラバラと寄っていって、恐いものみたさに土手下を見おろしている。ちょうど、子供たちが釣に興じていた所だ。事故らしい、近づくと辺りは騒然としている。気がせくものの、見すごすには気がかりだった。足をとめて、馬琴は、うしろから背のびして土手下をのぞきこんだ。そこには、高い清涼な芒《すすき》の茂みが、堀にむけて一斉に白い穂をたれていた。なぜか、みずおちがモヤとし、彼は、両肘で人込みをかきわけて橋の欄干にでた。そのあとから、クワも、なんとか欄干にとりすがった。

水面を掃くような堀風に波うつ芒の中、女がひとり、放心して能面のように立っていた。あの、フクであった。芒を踏みたおして白い裸足が、踝まで冷たい細波《さざ》にひたっている。

その足元に、作務衣がうつ伏せに倒れていた。芒を左右にわって、土手の斜面に逆さのまま、頭から肩まで水面下に沈んでいた。土手の途中で芒の茎が、太い毛深い両足に幾重にもからまっている。暗夜、泥酔して、逆様に土手をすべりおちて溺死したのだ。源八のかたわらで、フクは、魂を失ったように虚脱していた。

欄干上から呆然と、馬琴は、源八の屍体を見おろしていた。片手を懐にして、源八入歯をしっかりと握りしめている。痛恨の極み、あの木床入歯の名人が横死した。通りすがりの溺死人……クワは、土手下の男女が入歯師の源八夫婦とは知らない。不意に、馬琴が呆けたようにふりかえると、彼女に真顔で問うた。

「わしの入歯、誰が直してくれるんだい？」

生きて還る

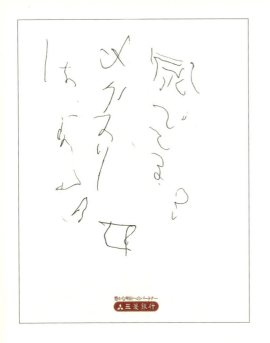

不意に、額にポッと仄暗い明りが灯り、私は静謐の湖底から漆黒の闇を、スーと一直線に浮上していった。はるか湖面にむけてダイバーのように、息苦しさも水音もしない上昇だった。

突然、パカンと水面が花輪のように飛び散り、眩しい視界が満天に開けた。

「大丈夫……大丈夫だ！」頭上に険しい声が響いた。見ると、白衣の顔が映った。アレ、柴さんじゃないか、と朧に思った。内科教授の柴田一夫が、檻の熊のように歩き回っている。柴さん、何してるの？ 視野の隅に彼を追った。

私の顔――顔だけが、水晶体のように水面に浮かんでいた。首から下は浮いているのか、沈んでいるのか、奇妙にも感覚がない。まことに、不可思議な気分だった。実は、そのとき私は、病室のベッドに寝ていたのだ……。

「あなた！」だしぬけに、白い顔が視界一杯に迫った。妻の優子《ひろこ》ではないか。思わず、どうしたんだい？ と問いかけた。それが、なぜか声にならない。彼女が、何か叫んでいる。その声が、はるか遠くに聞こえる。何を言っているんだろう……静かな、穏やかな気分だ。顔の浮かんだ丸い空間が、人影でにわかに騒がしくなった。

あとで知ったことだが、私が死の淵から生還した瞬間であった。

ひどく疲れていた。じきに重たい眠りに落ちた。それから、ゆるやかに覚めた。時間の感覚はない。目の前に、優子の顔があった。私が眠っている間中、枕元に張り付いていたらしい。身体中がびしょ濡れで、しきりに悪寒がする。入院していた、という記憶が蘇った。

仰ぎ見る優子は、別人のようだった。蒼ざめて、引き攣って、表情は鬼気迫っていた。それが切なくて、私は、どうしたの？　と繰り返した。喉が棒のようで、声がでない。顔面がマスクに覆われているらしい。もどかしく苛立って、嫌々と首を振った。固いチューブが、両の鼻孔を貫いていた。動けない……一体、どうしたんだ？

優子が顔を寄せて、訴えかけるように語気を強めた。「わたしが、心臓マッサージをしたのよ」

私は、怪訝な表情をしたらしい。自分の身に不測の事態が起こった、という自覚はない。彼女は、抑揚をおさえて繰り返した。

昨日、私は胆石の手術をした。それなのに、なぜ、妻が私の心臓マッサージを……脈絡なく自問していた。私のおぼつかない視線に、優子は、拙速に伝えたと悔やんだ。皮を切るように唇を噛んだ。疑問が、槍のように私の喉元を突き上げた。

なぜ、お前が……私は、チューブの垂れた首をもたげ、優子にむけて掠れた声を振り絞った。「だって……ここは病院じゃないか!?」

因縁の医科病院

「やあ！」朝靄《あさもや》のなか、名は知らないが、私たちはすれ違いに声を交わす。新潟市の信濃川関屋分水路の河岸である。私は、持病の胃痛が、今年の正月明けからぶり返していた。四〇代初めに十二指腸潰瘍を患い、その後も胃痛を繰り返した。その一方、五〇代を前に体重が七〇キロに達した。

三月中旬から健胃と減量を兼ねて、朝方か夕刻に一時間、ジョギングを始めた。むろん、食事制限も併行した。

三カ月経っても、二キロしか減らない。それから徐々に減りはじめ、五カ月を過ぎると、六五キロ、腹がペソとなった。

十月二一日、寒風の海岸ロード。「お久しぶりですね」顔馴染みのすれ違い仲間に、初めて声を掛けられた。「父親が病気で……」と返すと、彼は頷いてそのまま走り去った。実は、私は、三週間ほどブランクだったのだ。

父實が、東京板橋の日本大学板橋病院に入院した。九月二八日から十月十五日まで、妹のリザ子、レチ子と交代で看病した。

實は、強烈な個性で俗物根性を排し、自由奔放に生きたリベラリストである。病気一つせず歯は一本も欠けず、六〇年間毎朝、吉祥寺の井の頭公園一周をランニングした。九〇歳までランニングを続け、九五歳まで街の本屋を漁った。九九歳で初めての大病、初めての入院であった。

彼は、大正アヴァンギャルドを興した、洋画家としても知られていた。「ヴィンチのように死んでやる」というのが、口癖だった。イタリアでは、ダ・ヴィンチとは言わないらしい。私からすれば、まさに超人であった。

池袋のホテルと病院前のウィークリィ・マンションから、病室に通いつめた。ある晩、夢にうなされて、狭いベッドからもんどり打って転げ落ちた。入院十八日目の十月一五日、實を看取った。

十月下旬の新潟は寒くて、ジョギングは凍える。看病疲れもあり、体重は六二・五キロに落ちていたが、胃痛は治らなかった。毎度の持病なので、優子には黙っていた。

二三日、クインテッセンス出版社長から、「中原實先生の伝記を書いてみませんか」と誘いの電話が入る。私は、「原稿はできてますよ」と答えた。彼は、半信半疑であった。この十年、中原實に関して大学の会報に連載を重ね、書き溜めた生原稿もまとまっていた。

二五日、上越新幹線「あさひ」で上京した。まだ上野止まりで、JRに乗り換えた。社長に重たい原稿の束を手渡し、書名は『伝説の中原實』と伝えた。

十二月中旬から、胃焼け、ゲップ、吐き気が強まる。下旬には、頬がこけて六一キログラムになっていた。八カ月余で九キロ、一カ月で一キロずつ減らしたことになる。

一二月初め、みぞおちに痛みがつづく。痛み止めをもらうが、効かない。

一二月十日、胃部から左肩へかけて、激しい痛みに襲われる。優子が、言葉少なく背中をさすする。苦しくて、朝方まで一睡もできない。今までにない痛み。私は、実に往生際の悪い病人だ。病気から逃げ回っている。

翌日、外せない仕事に夕刻までかかる。次の日は痛み疲れで、終日、伏せる。スープを飲んでも痛む。尿が妙に濃い。便が白っぽく見えた。

十三日、気力はあるので、一仕事済ませる。昼前に渋々、附属医科病院の内科外来にいく。

「黄疸がでてる!」

内科教授の柴田が、私の両目を診るなり声を上げた。次の言葉は、「入院しましょ」であった。私の身体は、あわただしく検査室を巡った。エコーでは肝臓に問題はないが、胆嚢に石がある。CTでも、同じ結果であった。

私は帰宅し、優子に「胆石らしい」と伝えた。「原因が分かって良かったわね」と励ます。悪性じゃないかな……弱音が喉まで出かかった。鏡を覗くと、確かに白目が黄色い。気味悪いようなイエローだ。顔も微妙に黄ばんでいる。

自宅から、事務部長の大場憲栄に指示する。今月のスケジュールは、すべて取り消した。夕方、忙しく医科病院二階の個室二〇二号室に入院した。すぐに、抗菌剤の点滴注射だ。現病歴を聞く柴田。「我慢強い人ですねえ」と、呆れたように優子の方を見た。彼一流の世辞か激励か、その両方だろう。

内科助教授の曽根秀二が、「閉塞性黄疸でしょう」と説く。彼が主治医だ。「便が白くなかったですか?」と問う。内心、アッと合点した。光の加減かと思ったが、胆汁が便に流れていなかったのだ。それにしても、あの白い便は奇麗だった。石が、胆管に落ちるたびに痛みを発した。それを持病の胃痛と勘違いしていた。胆嚢内が膿だらけになっているので、激痛を生じたらしい。

アレヨアレヨという間の、我が身の異変である。人生、一寸先は闇だ。附属病院長(歯科病院)を併任する口腔外科教授の加藤譲治が、押っ取り刀で駈けつけた。開口一番、「切れば治りますよ」と外科医らしい励まし方だ。でも、譲治さん、切るのは嫌だよ。

夜、優子が、二回目の点滴が終わるまで付き添う。抗菌剤が効いて、久しぶりに数時間、熟睡した。窓辺に飾った一輪挿しに、和む。赤い薔薇。

「あなたの性格は?・」翌日、私は、入院患者への質問書に困惑した。自分の性格を特筆するのは難しい。嫌々ながら、「真面目」と記した。努力家、と書こうとして止めた。欠点は、挙げれば切りがない。

深夜、寝たまま、暗い天井を見詰めていた。この病室に入院するのは、二度目である。十年前の昭和五五年。母ひさえが、九月初旬に日大板橋病院に入院した。手術をしたが、胆嚢ガンが進行し手遅れだった。サイレント・ストーンが、病因であった。年末に一時退院したが、三月中旬に再入院となった。

ひさえが逝くまでの数カ月間、私は仕事を兼ねながら毎週、夜行の「天の川」で上京した。上野駅から病床に駆けつけた。三九歳の体力であったが、さすがに夜行の七時間の揺れは、辛かった。

ひさえの死の二日後、五月二八日に自宅で葬儀と決まった。その日は、新潟歯学部附属医科病院の開院披露宴と重なっていた。

二年の工期を経て、附属病院(歯科)に隣接して四階建を新築した。診療科は、内科、外科、耳鼻咽喉科の三科で、ベッド数五〇床、医師十名、看護婦三五名の小規模な大学病院である。その開院披露宴に、歯学部長の私の名前で、県内病院の病院長等を招待していた。やむなく、新潟に欠礼を伝える。折り返し、加藤と事務部長の小田島三郎に、電話口で説得された。

その夜、私は、ひさえの棺の横で寝た。

早朝、ひさえの白い冷たい額に手を添えて、別れを告げた。奔放な夫に尽くし、四人の子供を育んだ六七年であった。優子を残し、ひさえを振り切った。

走行途中、上越線「とき」が停車した。そのまま動かない。パンタグラフにビニールが引っ掛かった、と車掌。思わず私は、「走るんでしょうね！」と声を荒げていた。葬儀も、披露宴も出席できなかったら……開宴一時間前に新潟駅に着いた。開院披露宴を終えると、飛び乗りでとんぼ返りした。夜八時、吉祥寺の家は、線香の漂う中に静まり返っていた。

翌六月の二日に、附属医科病院は開院した。

六日、私は、第七四回日本歯科保存学会学術大会の特別講演に立っていた。新潟歯学部講堂の演壇上、三九度を越える発熱に、声はワナワナと戦き、両肩から両手へ震えが止まらない。一時間もの穴を開ける訳にはいかなかったのだ。

そのあと週末明けの九日朝、廊下の隅々まで輝く医科病院に、即刻、入院となった。忙しく点滴五〇〇立方センチメートル、精根尽きた過労である。なんと、内科入院患者の第一号であった。

その一〇年後、病室は同じ二〇二号室。私は、皮肉な因縁、とベッドの上で長嘆息した。

病室と接するナースステーションの壁から、私の背中に蛇口を流れる水音が響いてきた。

絶対的手術適応症

翌朝、病院食だが、久しぶりに米の飯を口にした。婦長の金子和子が見えた。院内を見回る彼女の端正な姿には、威風があった。遅延した薬剤師を一喝する厳しい婦長、と聞いていた。私は患者の身、看護責任者に丁寧に挨拶した。「何でもおっしゃってください」と、彼女は鷹揚に応えた。

体裁屋の私は、良い患者に徹すると密かに決めていた。とにかく面倒を掛けず、大人しい患者でいよう。その姿勢が、裏目にでるとは思わなかった。

内科での治療は、抗菌剤を投与して、とにかく炎症を消退させることだ。あわせて、胆嚢の入口や胆管に詰まる石を流す。そして外科へ回す。ただし、主治医は悪性の疑いを捨てず、念入りに診察しているようだ。

次の朝、次男の賢《けん》が、ランドセルを踊らせながら、息せき切って飛び込んできた。登校前、着替えを届けにきたのだ。小学校五年の十歳である。新潟歯学部の左隣に、彼の通う浜浦小学校がある。身体を起こして、「パパの室、すぐ分かったかい？」と聞いた。「ウン、僕の泊まった室の前だもん」得意気に、向かいの病室を指した。彼は、二年前、虫垂炎の手術で入院したことがある。そうだったね。

実は、私たちは、一三年前の昭和五二年に次男の高《こう》を亡くした。そのショックから、優子は不妊症になった。一年余り、県立がんセンターの不妊外来に通った。三年後の昭和五五年に生まれたのが、賢である。だから、彼は三男になるのだが、便宜上、次男としている。高を消し去ったようで、胸が痛む。風の子のようなサッカー少年、賢が高の分も生きている。

入院六日目。黄疸が半減して顔の黄ばみが消え、便が黒々と戻り、紅茶色だった尿も薄くなった。曽根は、予想以上に早い改善に頬を綻ばせた。「この調子なら、正月はお宅で過ごせますよ」と喜ばせる。内心、年内の退院は無理なのか、と消沈する私。

翌一九日、柴田が、再検査の結果を告げた。診断は、胆囊結石症と総胆管結石症。悪性ではない。黄疸が消退するのは、進行性ではない証明だ。

入れ代わりに、曽根が入ってきた。彼は、手術の必要性を懇々と説く。噛んで含めるように、「絶対的手術適応症です」と繰り返した。主治医の言葉には逆らえない、と腹を決める。

「百パーセント悪性じゃないってサ」と、優子に知らせる。受話器から、弾んだ声が跳ね返ってきた。手術のことは、黙っていた。

その日の夕方、長男の貴《たか》がフラリと顔を出した。入院一週間目だぞ。期末試験のあと、友達と東京ディズニーランドに遊んだ帰りだ。新潟高校二年の一六歳である。少しは、親父の病気を心配しろ。電気ストーブの薬罐が、盛んに蒸気を吹いている。彼は、その湯を紅茶パックに注ぐと、独り旨そうに啜った。とにかく、マイペースののんびり屋なのだ。

　翌日、貴に付き添いをさせた。嫌がりもせず、朝から夜の点滴が終わるまで付き合った。病室は終日、春風駘蕩の趣だった。次の日、彼は流感でダウンした。

　金子が、今夕、院内のクリスマス・パーティに誘う。二一日なのにクリスマス？　彼女は、「そう、スペシャル・イヴなんです」とはしゃいだ。

　夕刻、場違いのジングルベルが、病棟に鳴り響いた。寝巻やパジャマ姿の患者、看護婦、付添いが、廊下にあふれていた。電燈が消されると、医師の扮する三人のサンタクロースが登場した。燃えるキャンドルを捧げながら、ぎこちない足取りで静々と進む。割れていく人波の先に、薄闇の中、車椅子に座った少女が見えた。彼女が、早過ぎる聖夜の主役なのだと知った。サンタが、少女の前の燭台のキャンドルに点火した。揺らぐ燈火のもとに、点滴と経鼻カテーテルを離せない青ざめた小さな顔が浮かぶ。

　サンタが、少女の膝にプレゼントを置く。金子が、か細い両手を導いて、リボンの小箱を握らせた。一斉に拍手が沸いた。聖歌が病棟の廊下に木霊し、院外の闇に消えた。

一時間遅い夕食に、ケーキが付いた。

寒いが、快晴である。味のない病院食も、ペロリと平らげる。痛みがなく、黄疸が消えると、（現金なもので）ベッドが鬱陶しくなる。二回の点滴以外は、付添い用のソファに座る。『麻酔法の父ウェルズ』の再校ゲラに目を通す。来年一月に、デンタル・フォーラム社から出版する歯科医人の評伝である。

そこへ、『伝説の中原實』の初校ゲラがドサリと届いた。四月には、油彩画写真入りのA4変型判三三〇ページの大冊となる予定だ。代わる代わる校正する。

昼過ぎ、廊下にコツコツと高い靴音が聞こえる。優子が、一輪挿しの花を挿し替えた。無性に、甘いものが欲しくなる。塩分も糖分もない病院食に飢えたのか。福が来るからと、優子が白い大福餅を差し入れた。二個を頬張って、残りを引出しに隠す。約一時間半の点滴は、腕が強ばって辛い。看護婦の足音に、あわてて唇についた白い粉を拭う。患者の品行は、とうにお見通しだろう。

見回りにきた金子が、両肩を落としていた。クリスマスの少女が、今朝、亡くなった。やはり彼女には、残された時間がなかったのだ。ナースもまた、生と死の境に働いている。今日は十二月二五日であった。人生の不条理に、行き場のない憤りが込み上げてきた。

一晩中、激しい風が吹き荒れた。

二七日朝、カーテンを開けると、一望の雪景色であった。どうりで、辺りがシーンとしていた。歳晩の初雪である。

午後、肺活量の検査。気張らずに深呼吸を吹き込むと、一瞬、ビーンと針が振り切れた。アレ？　と、女性の臨床検査技師が戸惑った。器械の故障と思ったらしい。「もう一度、お願いします」力んで吹き込むと、四五〇〇ミリリットルまでいった。私の年齢なら、ふつう三五〇〇程度である。筋肉体質になった。ジョギングの成果と、私は内心、得意満面だった。

体重は六〇・一キログラム、病院食で一キロ減った。十キロ減量の目標は達成した。胆汁色素ビリルビンも、正常値になった。朝食のあとに大福餅一個、夕食後一個を間食する食欲である。足馴らしに、病室内をグルグルと歩き回る。手術に備えて、体力づくりだ。私は、気分屋なのだ。

夕方、柴田が笑みを浮かべながら、「三〇日に退院です」と告げた。思わず相好を崩すと、「四日に戻ってきてください」と否応もない。仮釈放ですか、と冗談も萎んでいた。入れ代わりに、曽根が、「七日に造影剤の検査をします」と、スケジュールを伝える。

二九日、曽根は私の点滴中、優子に一月十日が手術日と念を押している。看護婦が、優子に準備するリストを渡す。手術の手配が、私の心情に関わりなく、ヒタヒタと進んでいる。不安、焦心、憂鬱……。

その夜、ナースステーションの電話に呼び出される。電話は、大場軍勝が亡くなったと告げた。東京の附属歯科専門学校の元事務長である。元陸軍大佐の彼は四〇歳も年長であったが、同校の創設から二〇年間、仕事を共にした。受話器を握る指が、白くなった。これでは、葬送に駆け付けられない。

外科の担当医たち

三〇日、朝の点滴の最中、『伝説の中原實』の初校の続きがドサリと届く。貴に荷物を持たせて、先に帰す。いつもより点滴の落ち方が遅い。優子とナースステーションに寄り、いそいそと退院する。

その足で、半月ぶりに歯学部長室にいく。秘書の中栄美栄子の温顔が、懐かしい。机上に書類が山積みだ。手つかずの封書を開けているうちに、留めが利かなくなる。気遣う中栄をよそに、片付けに没頭する。気がつくと一時間、さすがに疲れた。

次いで、校庭の芝生を踏みしめて、構内にある「医の博物館」に立ち寄る。非常勤講師と共に、展示品の模様替えに熱中する。そこで二時間、主治医には内緒だ。

昼過ぎ、十八日ぶりに帰宅する。真向かいの新築工事が、二階まで延びていた。あんぱん、ざるそば、焼いた帆立貝を食らう。そのままソファに爆睡する。醒めると、白米に卵納豆を二杯食する。胃にもたれるが、痛みはない。まるで娑婆《しゃば》にでた囚人である。

年末は、『伝説の中原實』の校正に費やした。難儀だが、手術を忘れる作業だった。平成三年元旦。優子は賢を連れて、近くの護国神社へ初詣にいく。私の御神籤は小吉だったが、「病気は治る」とあった。

時折、鋭いバックペインに襲われ、ソファにのけ反る。親父が腹を切るというのに、貴も賢もテレビに大笑いだ。ブツブツと優子に愚痴ると、「貴も、賢も、心配していますよ」と軽くいなされた。まあ、そうだろうな。

優子に散髪してもらう。サッパリして四日夜、再入院。待ち兼ねたように、さっそく点滴である。めげずに、グルグルと室内歩行を再開する。

週末明けの七日、予定どおり造影検査なので、朝食抜きだった。所在なく窓辺に立つ。職員駐車場から、馴染みの教授が大股で校庭を横切っていく。学生時代より三〇年の付き合いだ。奴は、元気だなあ。カーテンの陰で、己れのひがみ根性が腹立たしい。

一階の外科外来に行く。初めて外科教授の池田仁の診察を受ける。彼は、内臓を図示して丁寧に説明した。「私の経験では、総胆管も手術する必要があると思います」胆嚢だけでは済まないのか、とガックリくる。十五分ほどで終わった。

病室に戻ると、背広に着替えた。十二時過ぎ、構内のレストランに教職員があふれていた。恒例の賀詞交歓会に、年頭所感を述べる。口が乾いて、舌が滑らない。A・S・リチャードソンが、「オメデトーゴザイマス」と乾杯の発声をした。カナダのブリティシュ・コロンビア大学の客員教授である。

誰も、私の病気は問わない。一時間、テーブルのバイキング料理に指をくわえていた。散会の流れのなか、五、六人のナースから明るい声が飛んできた。「センセー、私たちに任せてくださーい」嬉しくて、「ハーイ、よろしくね」と跳ね返した。もう、俎の上の鯉という心境だった。

そのあと、X線室で胆嚢の造影撮影に入る。曽根、柴田があわただしい。胃カメラを通して、腹腔の奥まで圧迫される。苦しくて脂汗がでる。十分で終わったが、これが苦行の始まりか。曽根が、「やり易かったですよ。ふつう三〇分は掛かります」と慰める。本当かなあ。

車椅子にグッタリして病室に戻る。待っていた優子が、ソファから跳ね上がった。休む間もなく、曽根が大封筒をもって滑り込んできた。私の顔に瑞々しいX線フィルムをかざし、訥々と解説する。肥大した胆嚢が縮小した。石は残っているが、胆嚢内には見えない。二週間の点滴漬けで、石が流れたのだ。「この分なら、胆嚢摘出だけで済みそうですよ」彼は、我が事のように嬉しそうだ。

次いで、柴田がフィルムの画像を確認し、内科の責任は果たしたと満足気だ。期せずして、右から左から繰り出す柴田・曽根の連係プレーは、巧みだった。「これなら、今すぐ手術をやってもらってもいいね」優子に軽口を叩いた。私は、お調子者なのだ。

そのあと、池田が大きな外科図譜をひろげた。分かり易く手術の方法を説明する。「胆嚢だけで済みそうですが、開けてみた状況で判断します」と。その状況判断が、外科医の力量なのだろう。胆嚢のみの摘出と総胆管も摘出とでは、どう違うのか？「池田先生」と私が問う前に、彼はパタンと本を閉じた。

点滴をしながら、遅い夕食を摂る。

翌朝、寒風を突く賢の足音がする。届け物を置くと、網入りのサッカーボールを振り振り走り去った。話をする暇もない。あとで優子に訴えた。「賢は、なんで、あんなに走るんだ？」「恥ずかしいんでしょ」と彼女は笑った。ふーん。

「今日から外科に代わります」金子が、ベッドのアームに取り付けたプレートを替えた。点滴のまま頭上を見ると、池田仁、岡村勝彦、森健次の三名が、上から順に並んでいた。教授が主治医なのか、と訝しく思った。責任者が定まらないのではないか？

附属医科病院長と外科科長を併任する池田は、五〇歳を越えた旺盛な外科医である。誇り高く、何事にもアクティブであった。それだけに自己主張が強い。癇性で、時に「事務屋の分際で生意気を言うな！」と一喝し、満座をシーンとさせることもあった。私は、彼に執刀してもらうことに迷いはなかった。

概して、外科系の医師は、手術の腕を〝神の手〟と自負する嫌いがある。その至上の自信が、個々の資性により、鬼手母心となる者と自らを神と錯覚する者に分かつ。誇りと驕りは、紙一重なのである。

午後は、手術前の準備に追われる。メニューは、出血時間測定のために採血、訓練器を用いて呼吸の練習、明朝のＰＳＰ尿テストの説明等々である。

担当医の助教授の岡村、助手の森が来室した。「胆嚢だけなら、十日で退院です」岡村は、落着いた口調で説く。「胆管でも、チューブを入れて活動できますから」と励ます。彼が、実質の主治医なのだろう。傍らから、森が朗らかに口を添える。

岡村は、三〇代後半のベテラン外科医である。のちに、当時、注目されはじめた腹腔鏡を用いた穴開け手術法を習得していたことを知った。症例によるが、開腹手術より侵襲が小さいので、患者の負担が少なく回復も早い。しかし、池田からは、腹腔鏡下手術の勧めはなかった。

三〇前後の森は、新潟大学医学部からの半年交代の出向であった。

来合わせた池田が、「彼は優秀ですから」と岡村を持ち上げた。「森君も将来を嘱望される人材です」と誉めそやした。岡村は無表情であったが、森はテレ笑いした。私は（十年の付き合いなので）、邪気のない池田の大仰には慣れていた。

夕方、看護婦が夕食を運んできた。見知らない顔だった。彼女は背を向けたまま、「先生、手術おやりになるんですか？」と聞く。「ええ、します」と答えた。沈黙があって、「ここでなされるんですか？」と問い返す。私は、妙なことを聞くと思いながら、他意なく「ええ、ここでやりますよ」と答えた。

「そうですか……」小さく、吐息が洩れたような気がした。彼女は、軽く黙礼して出ていった。

歯学部長の私が、他の病院で手術をうける訳にはいかない、転院など考えたこともなかった。振り返れば、それは驚怖する質問だった。彼女は間違いなく、何か言いたげであった。私に、深意を伝えたかったのだ。しかし、手術を前に高揚していたのだろう、私は、聞き流してしまった。

胆石開腹手術

翌日は六時過ぎから、ＰＳＰ尿テストに二時間かかる。朝食の最中、賢がつむじ風のように来て、去った。

外科助教授の池田美紀子が来室した。五〇歳前後の麻酔科専門医である。三年前、彼女が勤める時、夫婦で同じ講座勤務を懸念する声があった。小病院に専任の麻酔科医を置けるのは有りがたい、と私は押し切った。沈着なベテラン麻酔科医、との評価があった。彼女は、当たり障りない口数ながら、念入りに患者の状態を診ている。手術する患者には、麻酔科医は心強い。

午後、剃毛。私の手術は、刻々と迫っていた。入浴、洗髪。一カ月ぶりの風呂に、全身が火照る。手術承諾書にサインすると、ようやく諦めの境地か、腹をくくる。

夜、高圧浣腸のあと、下剤と眠剤を飲んで寝る。明日は開腹手術、準備万端整ったか。

十日（木曜日）。早朝、熟眠から覚める。体調は十分だ。窓に、小雪が舞っている。昨夜から降ったり、止んだり……。二回目の浣腸をした。賢は、手術日であることを知っている。テレながら握手を交わした。頑張れよ、サッカー少年。

午後一時、患者搬送車に乗せられて、一階の手術室に向かう。廊下で、独り見送る優子に片手を振る。ベッドに主のいない病室は、妙に落着かない、彼女は一階に下りて、奥の手術室前で待っていた。金子が通りかかり、「こんな所にいないで、病室に行っててください」、と威丈高に咎めた。その剣幕に、居合わせた看護婦が顔を伏せた。

手術は、四〇分ほどで終わった。優子は、三階の外科教授室に呼ばれた。「奥さん、胆嚢、うまく取れましたよ」池田が甲高い声で、ニューとトレーを差し出した。切り開かれた赤い肉塊が、ヌルヌルと揺れていた。ホラと彼は、ピンセットで血膿を落とした嚢壁を広げた。勝ち誇ったように、高揚した物言いだった。嚢壁に数カ所、小さな四角い凹みがクッキリと見えた。優子は、思わず目を背けた。食い込んだ胆石の跡だった。

池田の熱っぽい口吻が終わると、「わたし、付き添った方が良いでしょうか？」と尋ねた。彼は白けて、「どっちでもいいですよ」とにべもない……。

優子は、病室のソファに沈んでいた。今みた胆石の跡と、「我慢強い人ですね」と言った柴田の言葉を重ね合わせていた。その一方で、池田の昂ぶりに戸惑っていた。彼女は、彼のキャラクターを知らない。「奥さん、盲腸みたいなもんですから」手術前、たやすいオペを大言していた池田だった。彼なりの緊張があって、中原の執刀を済ませて、安堵したのだろう。

私が意識を回復したのは、病室のベッドの上であった。あとで、三時頃だったと聞く。枕元の優子は、慌てる素振りもない。意識回復の前から、彼女の声に反応していたようだ。麻酔の覚醒と意識の回復には、タイムラグがある。声が出ない。手指を泳がせて筆談を知らせた。優子の支えるメモ用紙に、「尿でてる?」と書きなぐった。彼女は一瞥して、「ちゃんと出てますよ」と声を寄せた。のちに見たが、みみずがのたくったような字だった。なぜ尿の出を問うたのか、分からない。

優子は、ベッドの脇に椅子を寄せた。「胆嚢を取るだけで済んだそうですよ」と力づける。私は、ウンウンと頷いた。しかし、手術後の患者とは、哀れなものである。轢かれた蛙のように、平らに仰臥したまま身動きもできない。それも、焼けたアスファルトの上の蛙だ。

夕方、コーン、コーン、高い金属音に朦朧と覚める。ベッドの下から断続して、苛立たしく耳朶を打つ。優子が這いつくばって、ベッド下を捜し回る。別に、何も見つからない。絶え絶えに呻きつつ眠り込む。

深夜、悪夢に苦悶する。鬼が吼えるのだ。若い頃、パリのセーヌ河沿いに建つノートルダム大寺院を訪れた。その塔の屋根の八方に、大聖堂を守護する邪鬼の石像が、眼下遥かに美しく広がるパリ市街を睥睨《へいげい》していた。その邪鬼が、シャアーと炎を吹くように、次々と咆哮するのである。熱にうかされているのだ、という自覚はあった。優子は、夜通し、私の悪夢を追い払っていた。

翌朝、覚めると、熱も痛みも嘘のように去っていた。彼女は、私の回復に安じている。

薬罐が、チンチンと鳴っていた。間もなくして、私は、心底から苦笑いした。チンチンのあと、薬罐が勢いよくシュー、シューと吹き出したのだ。何のことはない——昨夜の金属音も咆哮も、薬罐の発する蒸気の音だった……。病いとは、恐ろしい。

十一日（金曜日）。午前十時、担当看護婦の小川むつみが、点滴を交換したあと、体温と脈を看た。体温三六・二度、脈拍六六。私は、「動くと傷口が痛みます」と、当たり前のことを訴えた。彼女は、相槌を打つと、胸から腹の脇に聴診器を当てた。万事に雑だが、術後は順調らしい。

午前十時半、池田（美）、岡村、森、担当看護婦の斉藤千春が、揃ってやって来た。池田（美）は術後状態を診て、麻酔が切れていることを確認した。傷口の疼痛は、少なかった。彼女は、念のため「痛み止めを打っておきましょう」と、独り言のように私に言い聞かせた。このあと痛くなるからか？　私は、従順な患者を守り通す。

入れ違いに、金子が上機嫌で現れた。優子は、洗濯室に出ていた。私を見下ろしながら、「いいことを教えて差しあげましょう」と慇懃《いんぎん》に説く。どうやら、起きる練習をさせるらしい。欧米では、手術の翌日に歩かせると聞いていた。

金子は、おもむろにベッドの足元に腰かけた。私の両方の二の腕を摑むと、いきなり強引に引き起こした。思わず、イタタタと悲鳴をあげた。抵抗する私を引き寄せながら、彼女は、「さあさあ、いい子でちゅねえ。いい子でちゅねえ」と幼児語であやしはじめた。一瞬、耳を疑った。「痛くないでちゅよお。ハイハイ、大丈夫でちゅよお」彼女は、平然と繰り返した。な、な、何なんだ！　私は、幼児でも痴呆でもない。怒るより薄気味悪かった。

「無理です無理です」腹が裂けるような衝撃波に、金子の手を振り払った。「まだ無理ですよ」こんな乱暴が、術後の看護なのか。彼女は諦めて、だらしないと言いたげに出て行った。息も絶え絶えな患者に、優越感を覚えているようだった。私はしばらく、身をよじって呻吟していた。優子が、洗濯から戻ってきた。話しても、信じないだろう。私自身、五分前の場景が信じがたい……。

優子は、病室から自宅に電話した。留守を預かる母小池光子が出る。「もう大丈夫だから、わたし、これから帰ろうと思うんだけど……」

私は、トロトロ寝入ったらしく、ふと目を開けると、もう電話は切れていた。優子は、ソファに深々と座っている。「手術のあとが一番大切だから、泉さんに付いていなさいって」と伝えた。

この世慣れた光子の一言で、優子は、病室に留まった。私たちの知らないところで、事態は、坦々と進行していた。

モルヒネ投与

私の記憶は、この辺から途切れている。

前後する。中原の術後診察をしたあと、池田（美）は、隣室のナースステーションに寄った。二〇二号室の担当看護婦のリーダーは、鈴木久美子である。池田（美）は、彼女に、「十一時に、キシロカイン四ミリリットルと、塩酸モルヒネ三ミリグラムを投与してください」、と口頭で指示した。そして同室から去った。

いつもどおり、術後の除痛をする投薬指示である。仕事が立て込んでいたが、鈴木は、その指示を忘れなかった。定刻の十一時近くなって、池田（美）の指示を担当の小川に口頭で伝達した。（この時、鈴木が、モルヒネ三㎎と伝えたかどうかは分からない）

小川は、卒業後に研修一年、医科病院一年の臨床経験二年足らずである。又聞きによる口頭指示をうけた彼女は、金庫から麻薬ケースを取り出した。麻薬ケースは、朝に薬剤科から運ばれ、ナースステーションの金庫に入れ、夕方に薬剤科に戻される。

塩酸モルヒネは、鎮痛・麻酔補助薬として用いる麻薬である。腹部等の術後鎮痛のための硬膜外投与では、ふつう一回二〜三ミリグラムが用いられる。

小川は、十一時に間に合わせるために急いだ。別に、慣れない作業ではない。いつもどおり一人で、塩酸モルヒネのアンプル三本を注射器に吸入した。

そして彼女は、ケースに備えてある麻薬使用簿に、「中原泉、平成3年1月11日11：00、3㎖」と記載した。どう使用簿は、塩酸モルヒネ専用のノートである。一ページ三〇行の使用量の欄には、「A」と「㎖」の二つの略語が記されている。Aはアンプルの略で、1Aは1㎖である。奇妙なことに、麻酔科医が指示した㎎という単位は、麻薬使用簿にはない。

午前十一時、小川は二〇二号室へ行った。苦もなく、中原の持続硬膜外カテーテルに、キシロカイン四ミリリットルとモルヒネ三ミリリットルを注入した。

ナースステーションに戻ると、彼女は看護記録に記した。「11時、EP注入、1％キシロカイン4㎖、〇麻塩酸モルヒネ3㎖」。㎖という用量の略語を、少しも疑っていない。

そのあと、同僚の看護婦坂井とも子が指摘した。「モルヒネの量が多すぎるんじゃないの？」小川は、書き間違いかと、いったん訂正線を引いた。しかし、やはり注射量に間違いはないと、その下段に再び三㎖と記入した。彼女は、あくまで㎖という認識だった。しかし坂井は、㎎と認識していたのだ。同じナースの間で、二つの略語が混用されていた。

十一時三〇分、小川は見回る。彼女を見て、中原は病状を伝えた。「傷口の痛みはなくなりました。やっと楽になりました」不快な気分は、無いようだった。大人しい患者だ。

十二時一〇分、優子は、薬剤科に勤める姉の下村景子と、手弁当を共にしていた。「顔色が白いわね」と、景子は顔を曇らせた。優子が声を掛けると、中原は目をつぶったまま、オーと応えた。心持ち手が震え、呼吸が浅いようだった。

十二時一五分、岡村が来た。「奥さん、いかがですか?」と尋ねながら、患者の方を診ていた。二、三言話しかけると、中原らしくない鈍い応答だった。あきらかに、呼吸数が減っている。だが、岡村は、そのまま急ぎ足で出ていった。彼は、患者の初期の異常を見落とした。これが医療者側の第一のミスであった。

「泉さん、具合悪そう」景子は、早々に弁当を仕舞った。優子は、呼吸の浅いのが気になっていた。「あなた、深呼吸してください」耳に寄せて、幾度も繰り返した。中原は、促されると、素直に息を継いだ。

午後一時五〇分、小川が見回る。中原は眠っていたが、呼吸が弱々しい。深呼吸を促すと、吸気の入りは良い。爪は白っぽいが、冷感やチアノーゼはない。

午後二時十五分、眠っているが、小川が名を呼ぶと、薄目を開く。「吐き気がします」と訴える。爪は白いが、手指や足背に冷感はない。優子は、ベッド脇に両膝をついて、深呼吸を促し続ける……彼の肺活量は、四五〇〇だ。

午後二時三〇分、まだ吐き気がすると訴えるので、優子は小川を呼ぶ。ウトウトしている。問うと、「すこし吐き気がします」と弱々しい。創痛はなく、腹部膨満はなく、腹部は柔らかい。小川は、嘔吐を用心して、左側臥位にする。

にわかに爪が紫色になり、手の平にチアノーゼがでた。とくに、左の手の平に強い。優子は、両手に中原の左手を包んで、皮膚マッサージをする。深呼吸の声も掛け続けた。

胃管チューブを抜去したため、吐き気を催すのではないか。小川は、その判断を鈴木に報告したが、彼女は患者を看ていない。小川は、ナースステーションから、医局の森に病状を説明した。森は電話口で、吐き気があるなら「ナウゼリン一Pをやっておけよ」と指示した。吐き気止めである。彼は、ベッドサイドで患者を診ずに、電話指示で済ませるという禁を破った。

午後三時十分、体温三七・三度、脈拍八四。明らかに、午前中より体調は悪くなっている。ここで、妙だと誰も気付かない。「座薬を入れます」と告げると、中原は目を開けハイと答えた。自分から横向きになった。小川は、ナウゼリン六〇ミリグラムを挿入する。

午後三時十五分、賢が、室をでる小川と鉢合わせした。彼女は、上の空だった。手術明けを止められていた賢は、午後三時に下校するや一目散に走ってきた。いつもの朝ではなく、午後のこの時間だった。

賢を見るなり優子は、「パパ、賢ですよ！」と腕を揺すって呼び起こした。中原は顔面蒼白、グラリと上半身がベッド際に揺らいだ。

その異様を見て、「起こさなくていいよ！　いいよ！」と、賢が悲鳴をあげた。「パパ、変だよ！　変だよ！」泣き出しそうに、優子に訴えた。彼は、子供が居てはいけないと直感した。「ボク、帰る！」と、ドアから飛び出した。

優子は、ハッと我に返った。パパが、賢に関心を示さない！　血の気が引いた。ナースコールを押して、叫んだ。「変なんです！　すぐ来てください！」体内を侵しつづけた毒素が、猛々しく体表に牙を剥いた。彼女の目の前で、はだけた皮膚がみるみる青黒く変色した。両目がドロンと垂れた。全身チアノーゼだ。

修羅場の病室

ナースコールは、鈴木が受けた。彼女は、小川を呼び、様子見を指示した。付き添う妻の急報を、空騒ぎとみたのだ。医療者側の第二のミスであった。

しかし、看ていた小川は、不安に捕われていた。オロオロして、上位の斉藤に同行を求めた。そして小走りで病室に急いだ。斉藤は、急きもせずに従いていく。彼女らには、到底ありえない、信じがたい瞬間が待っていた。

病室は、恐ろしい事態に陥っていた。

患者は全身、真黒になっていた。小川は仰天し、ベッドの端に竦み上がった。斉藤は、身を泳がせてベッド脇に膝をついた。ベッドから垂れた腕を取って、ノロノロと脈を診た。血圧計のマンシェットを巻こうとするが、震えて計れない。そんな脈や血圧は、救命にならない。

そこへ、森がセカセカと入ってきた。途端、電気に打たれたようにのけ反り、脳内が真白に飛び散った。

それでも、斉藤は、必死に中原を横向かせて、痰を吸引しようとしていた。痰は出ない。泥のように重い。その身体は、彼女の両腕からダラリとずれ落ちた。瞳孔は散大し、夥しい紫藍の斑点が皮膚を被い尽くしている。呼吸は、停止していた。死んでいる……斉藤は、へなへなと床に崩れた。

優子は、息を呑んで凝視していた。「いいですね！」と斉藤に叫ぶなり、ガバッとベッドに身を躍らせ、スカートのまま、包帯した中原の腹部に片膝乗りになった。両手を重ねて、胸元を力一杯、マッサージした。

「先生を呼びなさい！」看護婦に叫んだ。二人とも動けない。優子は、両腕を上下させ、胸骨が折れんばかりに心マを繰り返した。森は、戸口に棒立ちだ。

「先生を呼びなさい！」振り向きざまに、硬直した小川を怒鳴りつけた。その時、廊下に、修羅場を眺めている金子が見えた。「婦長!何をしているんですか!」優子は、張り裂けんばかりに絶叫した。「教授はどうしたんですか! すぐ呼びなさい!」

金子は、木偶《でく》のように立ち尽くしたままだ。廊下から遠見しただけで、死んでいると速断したのだ。「教授を呼びなさい!」あの婦長が、驚愕のあまり正気を失っていた。

「教授を呼べ!」

三度、怒鳴られて、金子は、腑抜けたように歩いていった。婦長が救命の現場を離れて、自ら池田を呼びに行ったのだ。付添いに命じられるまま、ヨロヨロと階段を上った。

この婦長の対応が、事態を極限に落とし入れた。これが医療者側の第三のミスであった。外科教授室は、閉まっていた。そのあとも、常軌を逸した金子の奇行はつづく。不在と知ると、三階の廊下を意味なくウロウロと捜した。そのままナースステーションに戻る。二〇二号室には、瀕死の患者を前に、動転した役立たずの三人がいるだけだ。金子は、控えのナースたちに、応援を指示することもしない。彼女たちには、何が起こったのか分からない。肝心の司令塔が、壊れてしまったのだ。

しばらく思案後、金子は、大場事務部長に電話した。あいにく席を外していた。彼女は、彼に教授の所在を尋ねようとしたのだ。ボーと受話器を置くと、思い直したように出ていった。

「先生ッ、何してるんですか！」病室では、優子が髪を振り乱し、森を叱咤していた。彼は、両手を前に揺らしながら、操り人形のように歩き回っている。優子には、信じがたい外科医の姿態だった。「先生ッ、助けてください！」彼女は、絶望に声を嗄らした。

さすがに、異状を察したナースたちは、手分けして医師を捜す。折り悪しく、主治医、担当医、麻酔科医の三人とも不在であった（のちに知るが、池田と岡村は、他の病院に手術のアルバイトに出掛けていた）

外科の秘書に行先を聞いて、大学近くの郵便局に電話した。ようやく、池田（美）に繋がった。

金子は、再び三階へ上っていた。今度は、外科教授室の手前の内科助教授室のドアを開けた。焦点は、定まっていない。振り返る曽根に、「患者の呼吸が止まっています」と告げた。

この間、優子は凄絶、独り死物狂いで救命を続けていた。「生きて！　生きて！」と口走った。夜叉さながらに片膝を乗せたまま上半身をのけ反り、その勢いで激しく俯せ、細腕を胸部に圧し続けた。仰向いた中原の首は、ガクン、ガクンと右、左に揺れた。

主婦の優子は、心肺蘇生法など習ったこともない。いつか、テレビで見たような気がする。そんな見様見真似の心臓マッサージであった。

中原は、五〇にあと一ケ月の、戦中派とは言えない四九歳。その肉体は、四時間かけて、ゆるゆると死の淵に引き寄せられていた。もはや、死の寸前であった。夫の死を前に、優子の絶望の時間は長かった。

その時、二本の太い腕が、汗に塗れた優子の脇に滑り込んできた。内科の曽根だった。彼女は、胸部の上からベッドの外へ、ズルズルと滑り落ちた。この時、初めて医師による救命処置が始まった。午後三時三〇分、賢の叫びから一五分後であった。だが、優子の恐ろしい時間は、終わらない。

交代した曽根は、力強い心マを反復する。低酸素血症は、全身が静脈血の状態になる。しかし、中原の死相は、悪化していなかった。肺への換気が途絶えた時間が、短ったのだ。優子の胸郭圧迫により、僅かながら酸素の供給が保たれていたのだ。

まず、気道確保と酸素投与だ。

途中、曽根が指示したのだろう、鈴木らが救急カートを持ち込む。彼は、下顎を挙上させて気道を開くと、迅速にアンビューバッグを取った。再呼吸防止弁付きの自動膨張式バッグである。マスクで鼻口を覆うと、片手でバッグをゆっくり加圧した。空気が、気道から肺へ吹き込まれていく。空気には、二一パーセントの酸素が含まれている。肺内が、急速に換気されていく。彼は、加圧を反復する。呼名に、反応はない。

「あなた、気力ですよ！　あなたは、中原實の息子でしょ！　気力ですよ！」優子は、蘇生マスクの耳元に叫び続けた。中原は、父親の背を見て育った。彼女は、それを知っていた。「中原實の息子ですよ！　あなた！」

曽根は、アンビュー加圧から気管挿管に代える。もっとも確実な気道確保法で、調節呼吸が容易にできる。気管挿管により気道（喉頭）と食道（消化器）を分離できるので、挿管後は逆流する胃内容物の誤嚥を防止できる。中原の紫色の口をこじ開けて、鳶口《とび》のような喉頭鏡の照明ブレードを口腔内に挿入する。

「オイ、手伝えよ！」と森を叱責した。ビクンと跳ね、彼は、辛うじて患者に手を添えた。気管挿管は、熟練を要する。とくに緊急時、誤って食道挿管すれば、進行する低酸素血症は、数十秒から数分で患者を死に至らしめる。

曽根は、喉頭鏡を巧みに操作して喉頭を延べ広げ、声門を直視して、気管内へ注意深くチューブを挿入する。そのチューブにバッグを繋いで加圧し、左右の肺野を聴診して挿管が片側になっていないことを確認する。そしてカフに適度の空気を入れる。テープでチューブを口角部に固定したあと、レスピレーター（人工呼吸器）に繋ぐ。純酸素が、気流となってサーッと両肺に送り込まれていった。

生死のせめぎ合い

ここに、池田（美）が、息せき切って走り込んできた。外出着のままだった。郵便局から戻るにしては、遅かった。患者を一目して、血相が変わった。ありえない危機が迫っていた。

「ナロキソン！」と叫びながら、上腕に圧迫ゴムを締める。前腕に静脈路を捜すが、血圧が低下して確保できない。一刻を争う。前腕をバシバシと叩いて、静脈路を見い出す。ようようナロキソン一アンプルを静脈内注射した。

塩酸ナロキソンは、麻薬拮抗薬である。塩酸モルヒネによる呼吸抑制を改善する。ふつう一回一アンプル〇・二ミリグラムを緩徐に静注する。彼女は、この時点で、アクシデントの原因が塩酸モルヒネである、と認識していたのだ。

ベッドから離れた優子は、うわ言のように呟いていた。「こんなに早く別れがくるとは思わなかった……もっと、もっと大切にしてあげれば良かった……」こんな死に方をされては、悔やんでも悔やみ切れない。彼女は、団塊の世代の四三歳、結婚二〇年足らずであった。

静注では、ふつう二〇秒ほどで薬効がでる。再度、池田（美）は、ナロキソンを静注した。まだ足りない。焦って、彼女は、次々に三アンプルを打った。一度に、通常の四倍を打ったのだ。

午後三時五〇分、ナロキソンを静注して数分、全身の体色はまだ不良だ。呼び声に開眼した。「気持悪いですか？」問い掛けに頷いた。吐気が止まぬようで、少し嘔吐した。ようやく斉藤、小川がモソモソと手伝いはじめた。左鼻腔にチューブを通し、多量の分泌物を吸引した。悪寒に身震いしている。「寒いですか？」軽く頷く。全身を電気毛布に包んだ。

優子は、独り呟きながら、彼らの所作から目を離さない。先刻より救命に伴うリスクに、恐怖していた。両拳を握りしめて詰問した。「そんなに注射して、大丈夫なんですか？」池田（美）は、背を向けたまま答えない。ひるまず、優子は、食い下がる。

「これぐらいの量では、七〇の年寄りでも何でもないですよ」正気に返った森が、うるさげに代弁した。副作用より救命が優先だろう、と言下に斥けていた。優子は、彼の無神経に寒心した。素人にも、ふつうの何倍も注射したことは分かる。副作用に恐怖するのは、当然だ。

彼女は、正気を失ってはいない。パニックの中にあって、心の底は、冷静に客観していた。

柴田が、アタフタと駈け込んできた。信じがたい事態に、愕然となる。一目して、医療事故と察知した。ベッドを囲む池田（美）、曽根らの後から覗き込み、首を振って痛嘆した。彼は、焦燥を抑えかね、病室内を熊のように歩き回る。

午後四時、人為に吹き込まれた酸素が、中原の停止した呼吸機能を蘇生させた。だが、彼の肉体では、モルヒネとナロキソンが拮抗し、生と死のせめぎ合いを続けていた。死線をさ迷っている。

午後四時十分、心持ち、体色が和らぎ、チアノーゼが褐色しつつあるように見えた。すると、全身の皮膚から一斉に冷たい汗が滲み出て、あふれるように体表を滴り落ちた。濡れた布や包帯に、みるみる染みが広がった。尿道に繋げた尿管カテーテル内に、色濃い尿が勢いよく通る。チューブの先端から、床の尿瓶に絶え間なく流れ落ちた。解毒された排水である。

この時、私は幽明の境から、闇の中を急進して、現世に浮上したらしい。場面は、冒頭にフラッシュ・バックする。

「あッ、大丈夫……大丈夫だ！」

覗き込んだ柴田が叫んだ。ワッと全員の眼が、患者の顔に注がれた。彼は、自ら確信するように、「大丈夫だ！」と喉を震わせた。危機は脱した——病室内に、言葉にならない声が響いた。

「あなた！」優子が絶叫し、中原の腕に取り縋った。彼は、ゆったり、汗塗れの顔を向け、落ち窪んだ目で彼女を見上げた。その両眼に、ゆるゆると生気が甦えっていた。「賢と貴を、呼びますか？」優子の悲痛に、朦朧とする。「呼びますか？」いつもの優しい声と違う。なぜ、子供たちを呼ぶんだろう？　私は、否々と首を振ったらしい。「ハイ、分かりました」と優子の声が、上下に揺れた。

病室内は、しばし虚脱状態であった。

そこへ、池田がセカセカと入ってきた。突発から、約一時間経っていた。事は、終わっていた。彼は、白けた空気を振り切って、患者を診ようとした。

「池田先生、どこへ行ってたんですか！」枕元から、優子の激しい叱責が飛んだ。その険悪に、池田はたじろいだ。心外そうに胸の聴診器を握り締め、主治医の面目を保とうとした。彼は、何が起こったのか、知らない。どうしたんだ？と妻に目配せするが、池田（美）は目を合わさない。その両眼は、まだ宙を浮いていた。

「婦長はどこですか！」

優子は、全員に問い質した。夫の死の瀬戸際にあって、彼女は、憤怒を抑え切れなかった。「なぜ、婦長がいないんですか？」誰も、答えられない。その時、ベッドから中原の片手が揺れ、彼女を制しようとしていた。そんな悪口を言っては、いけないよ。

それを見た池田（美）の瞳に、光明が走った。脳にダメージはない！　呼吸停止して、脳への血流が五分間途絶えると、脳細胞は不可逆的に障害される。酸素は、かろうじて送られていたのだ。

「奥さん、あちらで事情を聞かせてください」柴田が気を利かせて、優子を連れ出した。患者の妻の逆上を宥めようとしたのだ。三階の内科教授室のソファに座らせた。二、三言問いかけたあと、彼女を残して病室に引き返した。数分して、優子も戻る。途中、ナースステーションに待機していた大場が、駆け寄った。もう駄目かもしれない、と告げた。以前の健在は望めない――彼女の恐怖と疑心は、安んじることはなかった。

午後四時三〇分、中原は、気管チューブを入れたまま、眠っていた。脈拍八四、血圧一四二／九四、自発呼吸をしている。チアノーゼはかなり薄れ、明色が戻る。爪は、まだ暗紫色だ。病室には、池田、池田（美）、森、柴田、加藤、鈴木、斉藤、小川が集まっていた。岡村、金子はいない。

「奥さん」池田が、「大事を取って、ＩＣＵに移しますから」と、鈴木に指示した。患者の妻が、意表に出た。「どなたも信用できませんから、わたしがここで看ます」思いがけない反抗に、池田は紅潮した。「奥さん、集中治療室の方が安心ですから」彼は、有無を言わせぬ口調で圧伏しようとした。「いいえ、私が看ます」優子は、頑として譲らない。皆、困惑し沈黙していた。彼女は、病室内の孤独に冷えた。

「主人のためです。よろしいでしょ?」優子の気迫が、池田(美)に向いた。今、中原の傍らを離れる訳にはいかない。気圧されて、池田(美)は、やむなく「ここでやれるでしょう」と折れた。池田は、渋々、素人の無謀を認めた。鈴木は、不服に眉を吊り上げた。夫を守りたい——優子の思いは、それだけだった。そのために病院内で孤立するとは、思いも及ばなかった。

「それじゃあ、奥さん」池田は、寛容に「一番いい看護婦を付けますから」と約した。そのあと、緊張が解けたのだろう、彼はニヤニヤ顔を崩しながら出ていった。優子には、理解しがたい表情だった。

鈴木らは、ナースステーションに戻った。「あの奥さんが、看病するんですって」鈴木が、皆に不平を洩らした。彼女は、患者の妻が抵抗した理由を知らない。居合わせた二、三人が、「どうして?」と怪訝そうに振り向いた。斉藤、小川は気まずく、顔を伏せたままだ。室内には、冷ややかな空気が流れた。少なからず、ナースの自尊心を傷つけたのだ。

金子は、一階の婦長室にこもった切り、出てこない。

麻酔科医と外科科長

日勤明けの小川は、ヨレヨレのまま帰宅した。彼女には、初めて体験したパニックだったろう。

斉藤は、休む間もなく「看護記録」に向かった。午後三時十分までは、小川が記載していた。

観察欄「15：20、N－C、妻より様子がおかしいと……顔面、口唇色そう白、半開眼。BP154／90㎜Hg、R抑制→R停止（？）、全身冷感、爪色ややチアノーゼ。呼名にて半開眼をみひらくが、焦点が定まらず」N－Cはナースコール、BPは血圧、Rは呼吸である。

午後三時二〇分の時点では、患者はまだ危機的容態ではなかったのか。チアノーゼは、爪に少し見られる程度だったのか。呼吸停止には、？が付けてある。血圧はキチンと計られているのに、呼吸の状態は確認できなかったのか？

処置欄には、次のとおり記した。「ヘッドギャッヂdown、肩枕挿入、吸引。Dr連絡依頼、（妻、しきりに心マッサージ始める）、救急カート用意」医師をナースコールして、呼ばれたのが先着した森であった。処置は機敏に行われ、救急カートも早々に用意されている。だが、記載にもあるように、病室で付添いが心マする、という前代未聞の事態に陥っていたのだ。

観察欄は、「再度の呼名にて反応なし。口腔鼻腔吸引にて、サラサラしたもの少量㊉」

と続く。その一方、処置欄には「アンビュー加圧」とある。観察欄と処置欄が、明らかに整合しない。バッグによる人工呼吸は、看護婦が当たったように読める。

「観察欄15：40、意識⊕、挿管時体動⊕、自発R㊀、閉眼状態、四肢冷感⊕、爪色チアノーゼ⊕。BP160／110㎜Hg、P90台（緊張良好）」Pは脈拍。

処置欄「挿管（Dr森）（挿管チューブ8Fr）」Frはサイズ。

観察欄を読む限り、患者が瀕死の容態にあるとは見えない。一方では、気管挿管という切迫した救命処置が為されている。その挿管は、森がしたという。両欄の間には、著しい矛盾と乖離がある。錯乱覚めやらぬ事後、書き落としや思い違いもあったろう。しかし、看護記録には、忘れるはずのない曽根の存在は、一行も記されていない。

その看護婦は、投げ遣りであった。

急遽、二〇二号室を命じられて、不満と反感を隠そうとしなかった。大事な私用があったらしい。優子は、枕元に添ったまま、「お帰りになっても、いいですよ」と臆断した。

池田の保証した〝一番いい看護婦〟は、不貞腐れて出ていった。しばらくして斉藤。あたふたと「私がやります」と言いに来た。看護は、放棄できない。婦長のいないナースステーションで、相当の遣り取りがあったのだろう。責任を感じたとはいえ、斉藤にとっては、心身ともに辛い夜の勤めである。

午後五時一五分、全身のチアノーゼは、ほぼ回復した。身体が温かくなってきた。気管挿管が外され、酸素マスクに代わった。「頭は痛くありませんか?」池田(美)の問い掛けに開眼し、頭痛と耳鳴りがすると応答した。彼女は、優子に向けて、「眠っていないせいでしょう」と訴えを逸らした。

これから後、中原は、外科の四人組に巡り合わせた不運を、思い知らされることになる。患者が目を閉じると、池田(美)は、ベッド脇の優子をソファに導いた。「奥さんがいてくださって、本当に良かった」と吐露した。手術中にはしばしばあることだが、病室で起こったのが問題だと説明した。「でも、チアノーゼという状態ではなかったんですよ」

優子は、その言葉に不審を直感した。チアノーゼとは、低酸素症で皮膚が紫藍調を呈した状態を言う。池田(美)が駆けつけた時、酸素吸入はされていたが、中原はまだ真黒だった。彼女は、優子を諭して、できるだけ事態を穏便に収めようとしている。患者の妻の受けた衝撃を推し量る心情に欠けていた。

高揚覚めやらぬまま、池田(美)は、衒《てら》いもなく自賛した。「こういう時には、麻酔科医が一番役に立つんですよ」結局、私が助けた、という自負が言わせたのだろう。先行の内科医の功を退ける意図が、透けて見えた。彼女には、患者の救命を誇示する愚かを自覚する心情に欠けていた。

帰り際、池田（美）は、「頭痛はどうですか？」と重ねて問うた。優子は、彼女が低酸素による脳障害を懸念している、と察した。

午後五時半、私は、再び眠りから覚めた。あの覚醒後の記憶は、明瞭だった。優子が心マをした――一体、私の身に何が起こったのか。それを知りたい。喉が苦しくて、筆談を急かした。「ようす話せ」

私の主導に、優子は、事実を伝えられる、と安堵した。枕元に顔を寄せ、耳元で囁くように、私の知らない顚末を諄々と話し始めた。全身に発汗が続いて、悪寒がやまない。途中、私は、耳を疑った。唖然として、しばし思考回路を見失った。平日の、確か金曜日の午後、病院内……再度、憤怒が喉を痛撃した。「ここは海水浴場ではない、病院じゃないか！」

優子は、絶え間なく流れでる汗を拭っていた。タオルが、じきに重くなった。私が落ち着くのを待って、「パパが変だよって、賢が教えてくれたのよ」と告げた。エッ、賢が来ていたのか。私は、自分の病気を恨んだ。恐かったろう、可哀想な目に会わせてしまった。

そこへ、疲れ切った斉藤が入ってきた。私の顔の酸素マスクを外し、鼻孔チューブを抜く。ナロキソン二アンプルを追加静注した。マスクが取れた分、楽になった。

中断された会話は、賢への電話である。

六時の夕食の最中であった。「賢、パパは大丈夫よ。すぐに元気になるからね」両手で受話器を覆った優子の声が、止まった。受話器の向こうで、咽び泣いている。病院から走り帰って、貴や光子にも言わず、独りじっと耐えていたらしい。「パパは元気だからね……まだ電話には出られないけれど、パパは大丈夫よ。パパは元気よ」優子は賢に、優しく繰り返した。

私は、甲高い声に覚めた。

「奥さん、死には三段階あるんです。そんなに危ない状態には、いってなかったんですよ」池田が、優子に熱弁を振るっていた。彼が駆けつけた時には、私は意識を回復していた。優子が、私の懐疑を代弁した。「でも先生は、一番ひどい時を見ていないではありませんか」

反問に池田は、タジタジとなった。患者がどんな容態に陥ったか、素人とはいえ現場にいた者が詳しい。プロが、素人を騙してはいけない。

私が寝入っている、と気を許したのだろう。池田は苦笑いしながら、「いやあ、周りがあまり騒いだので、患者が恐がって、酸素不足になったんでしょう」と言い抜ける。彼は、ぬけぬけと厚顔を現していた。オイ、池田さん、それはないだろう！　彼は、患者の最悪の容態を認識していない。主治医として事態を把握していない。ひたすら、素人を言いくくるめようとしている。

詭弁だ。私は、痛憤のあまり息が途切れた。患者は哀れなものである。自己主張もできない。池田さん、オレは聞こえているんだよ！

ベッドの気配を感じたらしい。「もう心配ありません。二度とこんなことは起きませんから」そう言い残して、池田は、ソサクサと出ていった。当り前だ！　私は、その品性の卑しさに震えた。彼は、私という患者の信望を失ったことに気付かない。

指でメモ用紙を促した。優子は、スイと私の左利きの手にボールペンを握らせた。数カ月後、改めてメモを見たのだが、正真、揺れる字で「今こそ人の魂が試されるとき」と記してあった。出来過ぎか。

耳慣れない音に覚めた。誰かが、鼾をかいている。ソファに転《うた》た寝した優子だ。初めて聞く激しい鼾だった。気丈に振る舞っていた彼女だが、疲労困憊《こんぱい》していた。斉藤が様子見にきたので、起こそうとしたが、止めた。優子、眠ってくれ。

ふと覚めると、ソファの辺りが妙に白々している。短い眠りだったようで、優子は、もう起きていた。彼女の周りに、大小の星がキラキラと点滅している。まるで後光のようだ。思わず、優子、どうしたの？　と顔を上げた。彼女自身が、美しい輝きの中にいた。全身からピカピカと神気が放射されていた。自分の身体の変化には気付かず、彼女は、音をたてぬように片付けをしている。

あの極限を超えたストレスが、生体に異常にアドレナリンを放出したのだ。アドレナリンは副腎髄質で生合成されるホルモンで、ストレスなどにより過剰に分泌される。夢現《ゆめうつつ》ではない――こういう現象があるのだ、と驚嘆した。初めて見る優子の姿だった。ベッドから仰ぐ彼女は、真実、女神のように神々しかった。

ピンク色の爪

午後七時、頭痛、耳鳴りと目眩が強まってきた。頸部から顔面に浮腫がある。体温三七・四度。悪寒は止まず、夥しい汗が流れる。池田（美）の指示で、さらにナロキソン三アンプルが静注される。まだ毒素が残っているのか。これで、九アンプルも注入したことになる。ナロキソンの持続時間が短いのだろう。

午後八時、耳鳴りと目眩は、だいぶ消えた。頭痛は止まず、体温は下がらず、悪寒と発汗が続く。水枕に加えて、両脇の下にクリーニング（氷嚢）を差し入れる。

午後九時、悪寒が強まり、歯のかち合う音が止まない。優子が斉藤を手伝って、タオルで全身を拭き、再び電気毛布にくるむ。彼女が光輪のように眩しい。

このころ、両池田は、揃って帰宅した。のちに、曽根が、万一に備えて遅くまで待機していたと聞いた。

午後十時、悪寒は去ったが、熱が三七・五度にあがる。多量の汗が、電気毛布まで濡らす。

午後十一時、トロトロと寝、トロンと覚め、知らぬ間に眠る。醒めても、すぐに抗し切れない眠気を催す。音もなく無数の星を爆《は》ぜる優子。明るいと訴える。消灯する。

午前零時、一時間ほど眠ったらしい。暗闇に輝くソファの優子を眺める。眠れたよ。動くと、首筋から汗が滴る。悪寒は軽くなるが、発汗は変わらない。ナロキソン一アンプルが、追加静注される。電気毛布を外す。水枕とクーリングを交換する。私は、準夜勤の斉藤が、別の看護婦と交代したことに気付かない。

暗中、聞き慣れぬ物音に覚める。誰かが、ベッドの手摺を指で探りながら、徐々に枕元へ辿ってくる。ゴソゴソと手摺から、暗闇に私の手を捜す。指先に触れると、今度は手から腕へ、柔い指がピアノの鍵盤を叩くように移動してくる。優子だ。肩までくると小休止、方向を見定めている様子だ。

次に手探りは、首から頬へ這いのぼってきた。優ちゃん、くすぐったいよ。私は、思わず笑ってしまった。見えない彼女の動作が、可笑しかったのだ。

彼女の指が、私の鼻口を探り当てた。「大丈夫ね?」真剣な息遣いが聞こえた。私の息が、止まっているのではないか。闇のソファに居て、忍び寄る恐怖に襲われたのだろう。私は、幾度も頷いて、生きている、と知らせた。

午前二時半、一時間ほど眠ったらしい。看護婦の見回りに、「楽になりました」と伝える。まだ、斉藤さん、と思っている。

不意に、覚める。顔を照らされていた。優子が、懐中電燈をかざしている。指で蓋して加減しているのだが、やたら眩しい。どうやら、私の顔色を確認したかったらしい。瞼をしばたくと、パチンと電燈を消した。私は寝たふりをしていた。優子、もう大丈夫だよ、休んでおくれ。

今度は、足元のベッド下に点る小さな燈りで尿管チューブを照らし、一心に尿の出を見ているらしい。術後、メモ用紙に躍らせた私の質問を思い出したのか。その作業は、三〇分ほどの間隔で、明け方まで続いた。

まだ仄暗い午前五時、「いかがですか?」と看護婦の声。喉を挙げて「まああです」と応えた。鈍い痛みが、頭頂部に残っている。「担当になりました高橋です」物静かに自己紹介されて、私は、ナースが交代していたことに気付く。あとで、高橋文子と聞く。「よろしくお願いします」と丁寧に返す。まだ、良い患者を気取っている。

入れ代わりに、優子の屈託ない笑顔が覗いた。アレ! 元の優子に戻っている。発光体の優子は、消えていた。一夜のうちに、アドレナリンは消退したのだ。そうか……。ゆうべの女神の出現は、誰にも言うまい。どうせ惚気《のろけ》話、と誰も信じないだろう。しかし、私の瞼には、極彩色の彼女が鮮やかに残っている。

片手を挙げて、優子に、Vサインを見せた。

十二日（土曜日）午前八時。朝食を運ぶカートが、カタカタと鳴る。廊下がにぎやかになってきた。体温三七度、血圧一一〇／七二。頭頂部の鈍痛は残り、時々、左耳に雑音が過ぎる。「今朝、おなかのガスがでました」と、高橋に伝えた。彼女は、優子に術後のガスの意味を説き、親しく会話を交わす。

そのあと、優子が、ベッド脇に両膝をついて、私の手を握った。指をさすりながら、しみじみと呟いた。

「爪がピンク色になっている……」

賢の叫び以来、彼女が心底から安堵できた瞬間であった。

午前九時過ぎ、池田（美）は、普段と変わりなく平静である。昨日のことには、触れない。一通り診たあと、高橋に「EP、もう取りましょう」と促した。彼女は、横になりますから、と私をゆっくり横向かせた。その背中から、池田（美）は、カテーテルを抜いた。手術時から、持続硬膜外注射用の細いカテーテルが、留置してあったのだ。丸二日間、背には何の違和感も感じなかった。私は、何か騙されたような気分になった。

夜勤明けで、高橋は交代した。

午前十時過ぎ。「いかがですかあ」池田は、快活に振る舞うが、どこか芝居がかっている。腹部の創傷を診ながら、気が引けていたのか、「昨夜は、心配ないので帰って寝ました」と言い訳した。昨日のことには、触れない。私は、夫婦で申し合わせているのか、と邪推する。天井を仰いだまま憮然としていた。ひとたび点じた医師への不信と疑心は、消しようがない。

交代の看護婦は、口数少なく、どこかよそよそしい。優子を避けている。指で合図して、「高橋さんは?」と聞いた。優子は小声で、月曜日の朝から来ます、と彼女の言伝てを教えた。高橋さんは、日勤なのだ。昨夜の夜勤は、見兼ねて、彼女から申し出たのだろう。

夕方、妙な気配を感じた。優子が、ベッド脇に凝立している。

廊下に、金子が悄然と立っていた。

か細く、「申し訳ありませんでした」と首を垂れた。あの気位高い婦長が、憔悴していた。彼女の人生で、初めて知った己れの不様であったに違いない。

優子に支えられて、上半身を起こした。「あなたは、今、ここへ来たんですか?」と問うた。オウム返しに「ハイ、おっしゃるとおりです」と答えた。ベッドの掠れた声は、廊下の金子の耳には届いていない。彼女が二〇二号室に戻ってきたのは、二四時間後であった。私は、力が抜けてベッドに崩れた。金子は、病室に一歩も踏み入ることなく、去った。黙って、優子は、私のよれた薄い枕を直した。

肩に触れる手に、覚める。優子が一刻、帰宅すると言う。「交代の看護婦さんに、よくお願いしときましたから。すぐ戻ります」ウン。日勤と準夜勤の交代は、午後五時だ。

小走りで帰った。呆気に取られる母光子をよそに、忙しく電話番号を回す。

知人の耳鼻咽喉科の女医。優子は、薬の後遺症を尋ねたかったのだ。心配ないでしょうと答えたあと、女医は、仲間意識で庇い合うから、「医者は、本当のことは言いませんよ」とグサリと教えた。次に、友人の内科医の妻は、驚き震えた。折り返し、専門ではないが「脳障害はでないでしょう」と、安んじる伝言が入った。

夕食の仕度中、光子に賢の様子を聞く。小走りで、暗い冷えた道を戻った。点滴のチューブがずれて、胸元がびしょ濡れになっていた。覚めると、優子が重ねたタオルで拭いている。「あんなに頼んでおいたのに……」肩先で、悔し涙を拭っていた。どうしたの?

十三日（日曜日）。院内は静穏だ。午前十一時過ぎ、森の声に覚める。ラフな普段着姿だ。先刻から、曖昧な一般論に終始している。優子が疑問を質しても、「チアノーゼには、なっていなかったんですよ」と噛み合わない。

彼は、パニックに陥った自分を記憶していないのか。心マする優子から怒鳴られたことも、忘失しているようだ。それともめげない性格なのか、とにかくケロリとしている。

呼吸は停止していなかった、と言う。「奥さん、心マッサージというのは、呼吸が停止した場合に行うもんなんです」彼は、心マの医学上の条件を揚々と説明する。優子の取った行動は的外れであった、と言外に退ける。しかし、最悪時に正気を失っていた彼が、現場の状況を語れるのか。とにかく、院内で素人に救命をやられては、医師の面目が立たないのだろう。

優子は、口を噤んでしまった。担当医にも拘わらず、森も、患者のアクシデントの事実関係を確認していない。彼もまた、事態を軽度に収めようと腐心している。それが逆に、患者側の不信を増幅させると気付かない。

ようやく、森は、自分の失言に黙り込む。気まずい雰囲気を払おうと、私が口を切った。

「前のことが、よく思い出せないんですよ」

「それは逆行性健忘症です」気負って、森は断言した。得々と、脳に衝撃を受けた時より以前の出来事を忘れる、と講釈をはじめた。途中、ご存知ですよね、と臆したように口を閉じた。婦長の術後強要のあと、三〇分ほどの記憶喪失である。訊ねはしたが、私は、さして気に留めていなかった。一週間もすれば、思い出すだろう。

麻酔科医の投薬ミス

鬱屈して、私は、幾度もベッドを軋らせた。事後、二日も経つのに、両池田から何の説明もない。患者に、事実を速やかに説明すべきではないか。彼らに通底しているのは、自分の責任ではないという意識である。一刻一刻、不信が深まっていく。今日は日曜日だ、明日にはキチンと説明があるだろう。私は、自ら慰撫する他なかった。

夕方、看護婦に、胃管チューブを抜いて欲しい、と訴えた。体調が回復してくると、身体にまとわりつく器具が、辛くなる。もう良い患者でいるのは、止めた。彼女は、「看護婦では外せないんです」と、困惑した。外科は誰もいないらしい。明日まで待つんですか！

私は、非もない彼女に痛言を浴びせていた。

手術時より導尿のため膀胱まで、尿管カテーテルが繋がっている。ピリピリ痛いが、これは我慢できる。鼻腔から胃まで侵入した経鼻胃管カテーテルは、辛い。その存在を意識すると、辛苦が募る。本来ならば（アクシデントがなければ）、こんな苦行を味わう必要はなかったのだ。それが、無性に腹立たしい。

十四日（月曜日）。午前九時を待ち焦がれた。高橋さん、と喘ぎ喘ぎ訴えた。暫時、彼女に従いて岡村の渋い顔が見えた。あ、この人もいたんだ……実質主治医いや第一担当医が現れたのは、事後、三日目であった。それも、患者に呼ばれて、来た。

岡村は元来、無愛想なのか。チューブを握ったまま、「抜いていいんですね？」と念を押した。逆流による誤嚥を防ぐため、吸引しているカテーテルである。責任は負いませんよ、という言い様だ。ためらいながら頷いた途端、彼の片腕がギューンと一気に天井に振られた。鼻口から二本の長いチューブが蛇のように跳ね、胃液がベッド上に飛び散った。鼻がもげるような勢いだった。ユルユルとは抜けないのか、まるで大道芸だ。

責め具を解かれて、私は、息を吹いた。高橋と優子が、手分けして顔や胸を拭った。もう岡村の姿はなかった。両池田との確執があったのか、事故には我関せずだ。彼は、患者との接触を避け、担当医の責務を省みない。それは筋違いだろう、岡村さん、患者には何の罪もないのだ。彼の来室によって、私の疑心が色濃く滲みていく。事故の原因は何か？

午前十時過ぎ、森が来た。胃管カテーテルが外れたので、だいぶ話しやすい。「何があったんですか？　説明してください」掠れた声が、私の心情を増幅した。「ちゃんと、説明してください」

私の気色ばんだ声音に、森は喉が詰まった。今さら、患者が怒っている、と覚ったのだ。

「ハイ、教授に話します」彼は、慌てて出ていった。

池田は、じきに来るだろう。優子に支えられて、ソロソロと上半身を起こした。寝たまま、彼の話を聞きたくなかった。寝たままの患者は、一人前扱いされないからだ。腹部の傷口が、ジーンと痛んだ。恐くて、途中で止めた。

私は、やっぱりお人好しだった。昼になっても、池田は来なかった。森は、すぐに伝えたのか!?

再度、身体を起こした。ビリビリ痛んだが、手術以来初めてベッドに起きた。萎えていた気力が、湧いてくるようだ。毛布を持ってきた高橋が、私の背中にあてがった。

丁度、昼休みに義姉景子が見えた。「賢ちゃんから……」と、小さな封筒を差し出した。彼女の目は、潤んでいた。不覚にも、読む前から熱いものが込み上げてきた。

折り畳んだメモ用紙に、鉛筆で「父さんへ」とあった。開くと、表裏に金釘文字が焼付いた。「がんばれ→うら」、裏を見ると、「父さん、がんばれ。おうえんしてるぞ!!! 賢より」とあった。私は上京の折、時々、皇居前のパレスホテルに泊まった。そこのメモ用紙であった。黙って、優子に手渡した。

午後、誰もやって来ない。一輪挿しの薔薇が、萎びて垂れていた。

午後五時過ぎ、池田（美）が来た。顔面蒼白だった。うろたえて、脅えを抑え切れない。「悪いことも、良いことも、お話しします」毛布を背に、私は、何事かと身構えた。

池田（美）は、一気に吐露した。私どもに全面的な非がある。奥さんがいなければ、二、三分で死亡していた。まだ脳障害の心配がある。実は、「モルヒネの量を間違え、三ミリグラムのところを三〇ミリグラム入れました」と告げた。

心臓が止まりそうになった。思わず、「十倍ですか⁉」と問い返した。池田（美）の目が、点になった。私は、慄然とした。ベッド脇の優子は、身じろぎもしない。病室内が凍りついた。

池田（美）は、誠心、自らのミスの驚愕と呵責をさらけ出した。単なる事故ではなく、過誤だったのだ。

長い沈黙を破ったのは、優子であった。「でも、森先生は、私のやったことは、役に立っていないとおっしゃいました……」さえぎって、池田（美）は、言下に否定した。「奥さんが居てくださったお陰です。奥さんが、深呼吸をやってくださったお陰です」彼女は幾度も首を振って、森発言を重ねて否定した。「奥さんのマッサージで、酸素が途切れなかったんです」

胸骨への圧迫は、心臓を圧するに留まらない。加圧は胸腔全体に及ぶので、肺から空気を押し出し、胸郭の弾性が吸気を確保する。彼女は、素人の初動の重みを痛感していた。呼吸停止し酸素が途絶えてから、優子が身を躍らせるまで、一分足らずであったろう。それから十数分間、辛うじて換気と血流が保たれた。それが、生死を分けたのだ。

優子は、（私は忘れていたが）森の言った逆行性健忘症を尋ねた。池田（美）は、又も色をなして否定した。森の軽率さに、怒りを隠そうとしない。正直に脳障害のリスクを伝えたものの、実際、障害が出たとは認めたくなかったのか。

常用の十倍──私は、この衝撃を脱け切っていない。麻酔科医が、こんな初歩的なミスを犯した……それが二重のショックだった。つぶさに吐き出した池田（美）は、しばし安んじる。それから、拝むように私に目を向けた。

幽霊を見るような面持ちだった。「よくここに居てくださいます」奥底から絞り出す声音であった。「先生には、守護神がついていたのです」

彼女には、私の生存が奇跡に思えたのだ。ベッドに坐っている存在自体、信じがたい光景だったのだろう。粟立つような恐怖が、私を襲った。骨の髄から身震いした。よく助かった……確率一パーセントの生還だったのだ。不意に、何も知らずに、三途の川を渡っていた。その途中、私は、引き戻され、辛くも頓死を免れた。

麻酔科医の投薬ミス。ふつう医療者側は、ミスを嫌ってエラーと言う。夜通し、私の脳内に恐怖と不信が渦巻いていた。量を十倍も誤認した。断続して、戦きが止まない。ミスを告白した医師の苦悩など、卑小なものだ。なぜ、私がこんな目に遭わねばならないのか。ババを引いた──不運と割り切るには、あまりに不条理だ。その不条理が暴発した時、立ち向かったのは私ではない。そのとき私は、意識を喪失していた。

誤認は担当看護婦

十五日（火曜日）。朝焼けは、心安らぐ。院内の動きに気が紛れる。「声が治らないんですよね」高橋には、何でも話せる。気管挿管で喉が傷ついたのだろう、声帯が心配になった。

昼過ぎ、手術以来、繋がれていた尿管カテーテルが抜かれた。ああ、これでションベンができる。

優子と高橋に支えられて、ようようベッドから下りた。両足が、情けないほどガクガクして立てない。三階の耳鼻咽喉科処置室まで、車椅子に乗る。「私も胆石があるんですよ」耳鼻咽喉科教授の白井智夫は、額帯鏡を覗きながら、いつもどおり温和だ。「でも、手術は嫌なので、しないんです」アワアワ喉を鳴らしながら、声帯は問題ないと聞く。それでも青息吐息だ。

帰り際、白井は、手を拭きながら私に真顔で問うた。「先生、手術、痛かったですか？」呆然と、車椅子に揺られていた。白井は、私を襲った不慮の災難を知らない。彼は、私の手術が平穏に済んだと思っている。医科病院の三教授の一人が、五日前の医療過誤の情報を得ていないのだ。院内に箝《かん》口令が敷かれている、と感じた。口外を憚る不祥事であろうが、院内職員にも情報を隔離したに相違ない。病院長が、妻の過失を庇おうとしている。ベッドに戻ると、壁を向いたまま黙り込んだ。高橋は余分なことは言わないし、私も聞かない。ナースステーションでは今、「中原」や「ミス」は禁句に違いない。

私は疑心暗鬼に陥っていた。

午後、森は、彼に似ず塞ぎ込んでいる。ここに至って、ようやく事態を認識したようだ。彼は、患者の怒りの程度を計りかねていた。医療ミスを被った患者の心境は、彼の埒外だろう。私は、鬱した疑念を森にぶつけた。「池田助教授は、最初からミスに気付いていたんですよねえ？」直撃に、森は、目を白黒させた。「それを、三日間も黙っていたんですか……」どうにも、釈然としない。

あの晩、池田（美）は、自分の過失を夫に告げなかったのか。池田も、妻に真因を尋ねなかったのか。医師同士、暗黙に了解していたのか。何を了解していたというのか？

森には、答えようがない。わだかまりを口にすると、疑点が晴れてきた。私が死んでいたら、池田（美）は過失致死罪を免れない事件だ。病院長の強権を振るっても、所詮、隠しおおせることではない。どう考えても、三日間は長過ぎる……。

その日、池田は来なかった。

十六日（水曜日）。終日、池田は見えなかった。出張なのか、来にくいのか、理由は高橋にも尋ねない。彼女の看護は、淡々と過不足ない。とにかく、病人に温かい、心がこもっているのだ。接していて、それが自然に伝わってくる。ナースにも、向き不向きがある。

十七日（木曜日）。久しぶりに、テレビをスイッチした。この日、二〇二号室が、荒涼たる情況になるとは予想もしなかった。

午前十時、池田が回診に見えた。高橋に指示して、腹部のガーゼを外す。手術部位の治り具合を診る。湾岸戦争勃発のニュースが、画面に映し出されていた。会話の糸口を得て、彼は、「いよいよ始まりましたねえ」と話しかける。天井を見詰めたまま、そうですね、と応じた。病室内に、同時進行する空爆の閃光と爆音が飛び交う。

私には、テレビより自分の腹である。恐る恐る見ると、縦に二〇センチほど真一文字の凄惨な傷口だった。ケロイド体質なので、醜い傷跡が残るだろう。白井さんのように、手術をしない方が良かったか。一抹の悔やみが、脳裡をよぎる。

池田は、「あさって退院できますよ」と快活を装う。退院？　意外だった。退院を考える余裕もなかった。「明後日ですね」と返しながら、術後の日にちを数えていた。過誤で遅らせず、予定どおり十日目にしたか。被害者の邪推は、止め様がない。

私の視界から、テレビを切って、高橋が消えた。

池田は、助教授のミスを避けて通れる立場にはない。沈痛な表情になって、気重に切り出した。「どうも……思いがけないことが起こりまして……」不本意極まりない、という言い様である。今回の失態は自分の責任ではないと、精一杯、虚勢を張る。謝罪の言葉はでない。患者に言質《げんち》を取られぬよう、用心しているのか。

私は、無言でいた……。堪え性がないのだろう、彼の緊張が切れた。「先生、モルヒネで良かったんですよ。拮抗剤のない劇薬だったら、手の施しようがなかったですから」

耳を疑うとは、こういう放言を指すのだろう。むろん、池田に被害者の感情を逆撫でする意図はない。夫婦間で交わした内密が、つい舌頭を滑ったのだ。私の鬱積が、憤怒に変じた。「池田さん、その言い方はないだろう！」

知る人は少ないが、私は怒ると、べらんめえ調に豹変する。もう声は出る。「オイ、モルヒネで良かっただと！　私の家内のお陰で、あんたの女房は監獄に行かないで済んだんだぞ。ふざけたことを吐《ぬ》かすな！」

温厚なはずの患者の怒号に、池田は仰天した。自ら招いた舌禍を悔やむが、痼癖は制御できない。「モルヒネはモルヒネなんですよ」と、意味不明を口走った。患者の舌鋒が、言葉尻を叩いた。「そのモルヒネを間違えたのは、あんたの女房じゃないか！」

池田は絶句し、冷水を浴びたように引いた。「そうじゃないんです！」泡を食って、「そうじゃないんですよ」と言い捨て、脱兎のごとく出ていった。

な、何なんだ？　私は、思いきりはぐらかされた。彼は、錯乱している。優子と顔を見合わせ、やり場のない怒りを抑えた。腹の傷が、両脇まで火照っていた。

一〇分も経たぬうち、池田（美）がアタフタと来た。池田の注進をうけて、急き込んでいる。「間違えたのは、私ではないんです。モルヒネの量を間違えたのは、私ではないんです」

エエッ。今度は、私が絶句する番だった。あなたではないんですか⁉　私たちが早とちりし、彼女のミスと勘違いしたのか。いや、誤認を告白したのは、池田（美）本人ではないか。ほかの者がミスした、とは聞いていない。

起き上がる私の目の前に、池田（美）は、一通のコピーを差し出した。「外科指示表」とある。「ホラ、ここに……」と指しながら、「塩酸モルヒネ三㎎と書いてあります」と釈明する。確かに、外科指示表の余白に、「ＥＤ注入、11時、１％キシロカイン４㎖＋塩酸モルヒネ３㎎」と記されていた。読みやすい女性の文字だ。三〇㎎を指示したのではない、という証明らしい。

「このとおり、正しい指示がされています」池田（美）は息を継いで、「これは、私が書いたんですよ」と納得を迫った。藪から棒で、私は、半信半疑だった。一応、「書いてありますね」と頷いた。自らの潔白を確認させて、彼女は、力が脱けたように両肩を下ろした。

だが、私は、納得していない。それならば、あの時、なぜハッキリ言わないのだ。誤認した事柄だけを告げ、肝心の誰が誤認したかは黙っている。それで事足りる、と考えたのか。

（退院後、外科指示表に記載したのは、別人であることが判明する。池田（美）ではなく、誤認した人物の筆跡であった。実に稚拙な、しかし、麻薬投与の指示のやり方に偽りを述べた悪質な虚言であった。彼女は、口頭による指示を隠そうとしたのだろう）

「では、誰が間違ったのですか？」

当然の疑問であり、至当な質問である。ところが、池田（美）は、顔を背けて答えない。重ねて尋ねた……彼女は、頑なに口を噤んで、拒絶している。私は、憫然《ぼうぜん》とした。被害者本人が尋ねているのに、なぜ言わないのか。麻酔科医でなければ、ナースに決まっている。ここに至って、隠しおおせることではない。どこまで患者の心を踏みにじるのか。

辛うじて、私は、暴言を堪えた。池田（美）は、実行者を庇うことで、ナースステーションの信望を保とうとしている。私は、最後まで名前を言わなかったのよ——それは、彼女の偽善であり、ジェスチャアに過ぎない。看護婦を楯にして、自分への波及を阻止しようとした――そう勘ぐられても、仕方あるまい。池田さん、あんたは心得違いをしているよ。実行者を明かさずに、患者を退院させる気なのか。

私は、矛先を緩めた。「池田さんは拮抗剤のあるモルヒネで良かったと言うし、あなたは石みたいに黙っているし……一体、どうなっているんですかねえ」彼女は、たやすく私の誘導に乗った。「あの人は口下手で……いつも誤解されるんです」涙ぐんで、夫を庇う妻になっていた。医師夫妻の私情が、医行為に迷入していた。彼らも夫婦して、この難局と闘っている。しかし、死を懸けた私と優子の闘いとは、雲泥の差だ。

周章狼狽

午後、術後初めて、私は、ベッドに腰掛け、萎えた両足を垂らした。ようやく人並みになった。

一時過ぎ、池田、池田、池田（美）、金子が揃って並んだ。皆、平身低頭であった。両池田は、こもごも陳謝した。私は、これほど卑屈な顔を見たことがない、と思った。正視するに耐えなかった。患者の信頼を失った医者ほど、哀れなものはない。

池田が、恐る恐る池田（美）の不届きを詫びた。彼女に代わって、「間違えたのは、看護婦の小川むつみです」と告げた。事後六日経って、実行者の姓名が被害者に明かされた。

私には、看護婦の名前と顔が一致しなかった。小川むつみ……どの看護婦か、分からない。池田（美）は、黙秘を押し通した。それが彼女の意気地なのだろうが、独り善がりな片意地に過ぎない。池田は、小心翼々、保身が見え透いていた。私が上司だから、白状せざるを得なかった。一見《いちげん》の患者であったら、彼らは、真相を伝えただろうか。

「ミスした者が分かったのは、いつですか？」池田は、私の糾明を覚悟していた。抵抗もせず、森から私の伝言を聞いた後、と答えた。実に、彼らが調査を始めたのは、一四日月曜日である。患者が死に瀕した医療過誤の究明を、三日間放置していたのだ。なぜ、三日間も放っておいたのか？

両池田は、初手からモルヒネの誤認を認識していた。誤ったのは、看護婦であることも分かっていた。しかし、誰が間違えたのか、何ぜ間違えたのか、調べようともしなかった。患者が督促しなければ、そのままウヤムヤに済ませるつもりだったのか。

ここで再び、池田が、不実をさらけ出した。調査が遅れた弁解である。「いろいろ調べようと思ったんですが、看護婦を問い詰めたりすると、すぐに辞めてしまうので……」池田（美）が慌てて遮ったが、もう遅い。臨死体験をさせた患者より、加害者の庇護を優先した――信じがたい薄情、無神経、軽視、そして侮蔑、背信。池田（美）は、観念していた。

それはないだろう、池田！　私は、面罵できなかった。激して、胸苦しさにベッドの手摺にしがみついた。「大丈夫ですか?」と、池田（美）が手早く手首を取った。思わず、その手を払おうとしたが、できなかった。患者は、哀れなものである。嫌悪する医者に、我が身を委ねざるを得なかった。悔しさに、優子の手に爪をたてていた。ベッドを蹴って、近くの病院に駆け込みたかった。そんな手負いの患者を受け入れる所などない。

患者は肉体に侵襲を受ける身、医者は常に優位にあり、患者は弱い立場にある。医者と患者は対等であるなど、幻想に過ぎない。

私は、心悸の治まるのを待った。池田（美）は、なんとか、私を鎮めようとした。「先生は、お優しい方です」優子が婦長を責めた時、私が制止したと説く。彼女にとっては、印象的な仕草だったのだ。しかし、婦長の失態を知っていれば、止めたりはしなかった。お人好しにも程がある。

「すべて、小川看護婦の責任ですか?」私の問いは、責任の糾明に及んでいた。「あなたに責任はないんですか?」池田（美）は、オウム返しに答えた。「はい、私の責任は免れません」

池田の頬が引き攣った。その目は、そこまで言うな、と止めていた。彼女の方は、もう隠すことはないと開き直っていた。目を瞠って、「正義は、先生にあります」と言った。

正義？　私は、この場にそぐわない言葉に戸惑った。彼女が事態を、正邪・善悪で捉えているのを知った。正義が私にあるから、抵抗できないと言うのか。そんなことを論じているのではないと、私は失速した。彼女のいう正義が空言と知るのに、時間は要しない。振り返れば、予期しないトラブルに、池田と池田（美）は、困惑し葛藤した。池田は、池田（美）を守ることを第一義に考えた。次は、外科科長としての保身である。池田（美）の思いも同じだった。彼らが夫婦でなかったら、別の展開があったかもしれない。

両池田は、習い性で自分に都合好く解釈した。ともかく、患者は助かったのだから、それで良いではないか。それに、中原が医科病院の不祥事を騒ぎ立てることはないだろう。何も詮索せず、不問に付すに違いない。命を救ったのは池田（美）なのだから、彼は、感謝こそすれ、糾弾することはないだろう、と。だから、事態を患者に知らせる必要はない。患者には、黙っていよう。

まことに、身勝手で浅薄で安易で独り善がりな思い込みである。事態を甘く見、人心を軽く見、高を括っていたのだ。そこには、不誠実、利己、責任感の欠如しかない。意識下に住むのは、医師は何でも許されるという驕りである。

患者をバカにしてはいけない。十四日午前一〇時過ぎ、両池田の思い込みは、脆くも打ち砕かれた。中原は、怒っている。説明責任を求めている。

彼らは、周章狼狽した。

目を背け触れず避け通した三日間、その付けが回ってきたのだ。今さら、ナースステーションに動揺が走り、ナースたちに疑心が渦巻いた。池田らは、遅滞した取り調べと患者への対応策に半日を費やす。調査の結果は厳酷で、両池田の対応は混迷した。池田（美）が、二〇二号室に重い足を運んだのは、午後五時を過ぎていた。

（退院後、散乱した断片的な情報を継ぐと、次のことが判明した。

リーダーの鈴木に投薬指示した池田（美）は、調査するまで実行者が誰かを関知していない。むろん、すぐに確認できたが、彼女は逃避していた。実行者が十倍量を誤認した事実を知ったのも、調査時であった。

小川に口頭伝達した鈴木、小川に応援を乞われた斉藤は、実行者を知っていた。小川に記載間違いを指摘した坂井も、分かっていた。しかし、彼女らは、部下や同僚のミスを口外するのが恐くて黙っていた。

驚くべきは、小川である。彼女は、三〇㎎の投与量を信じて疑わなかった。モルヒネとアクシデントの因果にも気付いていない。その迂闊、無識。彼女は月曜日も、変わりなく勤務していた。看護婦への尋問が絞られて、用量を問い質され、初めて自分のミスを知って、驚愕する）

廊下に、若い看護婦が立っていた。黙然としている。「小川さんですね」と、優子が声をかけた。

私は、頭の芯が痺れた。小川は、異様に突っ立ったままだ。優子に支えられて数歩、摺り足した。何を言ったらよいか、思い浮かばない。「あなたが、小川さんですね？」と念を押した。

彼女の顔は、能面のようだった。

「こういうときは……」と、私は途切れた。「偉い人は、これに懲りずに頑張ってくださいと言うのでしょうが……」次の言葉をためらった。「でも、私は偉くないので、そんなことは言いません」その途端、小川は、「申し訳ありませんでした」と、両手で顔を覆って泣き崩れた。今まで必死に堪えていたのだ。

私は、にわかに気力が喪失していくのを感じた。ミスは直截に謝罪されれば、それ以上咎め立てても詮方ない。腹立ちまぎれの打擲《ちょうちゃく》は、報復になるだけだ。許せはしないが、心に終止符を打つ他ない。

両手で頬を拭いながら、小川は、「すべて私の責任です」と池田（美）を庇った。「私が、美紀子先生の指示どおりにやらなかったんです」

私は、声もなくベッドに戻った。庇い合いは、決して麗しいものではない。私の怒りは、行き先を見失っていた。「彼女が間違ったんだ……」と、惚けた。優子は、小川に狙いを定めてぶれない。実に、私は、担当だったという小川を覚えていなかった。彼女に会っても、私を陥れた憎き加害者という実感が湧かないのだ。彼女に許しを与えなかったのが、せめてもの慰めであった。私は、決してお人好しではない。

変節と食言

私は、被害妄想に陥っていた。

実行者は、知らされた。小川には、塩酸モルヒネの取扱いは、通常の業務であった筈だ。それでは、なぜ今回に限ってミスをしたのか。その原因は、糺されていない。小川が独りミスを犯した——彼女に全責任を負わせて収束するのか。いや、ミスを起こした原因は、究明されなければならない。

私は、池田(美)の示した外科指示表を確認したいと思った。疑いを持った訳ではなく、一瞥しただけだったからだ。摺り足でテーブルの電話まで歩いて、金子に外科指示表の写しを求めた。受話器から、彼女の動揺が伝わってきた。まだダメージから立ち直っていない。

麻薬処方箋も、確認する必要がある。大場にダイヤルし、薬剤科からコピーを貰うよう依頼した。診療録（カルテ）も見たくなった。（まだ、カルテは医者のものか患者のものか、と論議する時代ではなかったので）、医師のプライドを踏みにじると、さすがに諦めた。

廊下に、夕食のプレートを抱えて、看護婦がウロウロしている。優子が受け取ると、彼女は私を向いて、「申し訳ありませんでした」と、遠くから二度三度白帽を下げた。

腹部の傷がズキンと痛み、思わず顔をしかめた。私には、初めて見る看護婦だった。「だれ?」と問うと、優子は「主任の鈴木さんですよ」と教えた。斉藤、小川の上位看護婦と知ったが、見覚えてはいなかった。病人は、視野狭窄になっているのだ。

十分ほど経って、鈴木が再び来た。今度は入室して、「先ほどは失礼いたしました」と詫びた。夕食を運ぶついでに謝罪した彼女に、私が不快感を示したと誤解したらしい。（彼女がモルヒネ投与を小川に口頭伝達し、かつ第三のミスを犯したリーダーであることを知らなかったので）、私は、改めて深々と謝罪する主任に戸惑っていた。

夕食を終えても、金子は持って来ない。もう退勤時間は過ぎている。先刻、私の要請に動揺したのは、池田への懸念だったのだ。池田（美）が私に示した書類であるが、金子は外科科長の許可を得ねば動けないのだろう。

いつも迅速な大場なのだが、電話は午後八時を過ぎていた。彼にしては、不得要領であった。要するに、コピーは渡せないらしい。気心の知れていた薬局長の顔が、よぎった。歯学部長の権限を行使している――それは、承知の上だ。一見の患者なら、一言に撥ね付けられる。私の立場だから、また死線をさ迷った被害者だから、無理強いしたのだ。しかし、病室の患者からの要求には応じられない。それはそれで、妥当な対応と言えるだろう。

今さらながら、私は、彼らが恐懼する医師の実相を知った。病院では、医師は常にオールマイティである。ましてや病院長は、絶対的存在であろう。それも相手は、池田仁という特異な個性である。

夜は深ける……惨憺たる一日だった。

十八日（金曜日）。私は、腹を据えていた。午前九時、金子に再度、関係書類の提出を求めた。麻薬処方箋と、看護日誌も追加した。私の強硬に、狼狽する婦長を度外視した。闘う相手は、彼女ではない。

両池田に、手隙の時に来室を乞うた。

昼過ぎ、二人は揃って見えた。昨夕の私の要求は承知しているが、それには触れない。神妙だが、ガチガチに警戒している。

私は、麻薬施用の手順を問い質した。小川は、どのようにミスを犯したのか、真因を究明したかった。池田（美）は、開き直っていて、案外、スラスラと語った。

麻薬投与は、麻酔科医がリーダー看護婦に口頭で指示する――リーダーは、下位看護婦に口頭で指示を伝達する――下位看護婦は一人で、麻薬の準備と注射を行う。このやり方は、池田（美）が昭和六三年四月に着任する前から実施されていた。「前から行っていた方法です」医科病院の麻薬取扱いの慣行であると、彼女は強弁した。「私は、それに従ったまでです」

「そんなやり方でいいんですか？」

私は、憮然として問責した。信じがたい麻酔科医の過信、軽挙、甘さ、怠慢、侮り。医科病院初の麻酔科専門医なのだから、医療安全体制を整備する立場にある。彼女は、慣行の危うさを十分に予見できた筈だ。

（隠し事は、ポロポロと露見する。退院後、現行の麻薬施用システムは、池田（美）が着任した後に実施された、と判明する。彼女自身が作った簡略な、手抜き方式であった。池田（美）が前職にあった医学部の大学病院では、医師の口頭による指示は、原則として緊急時に限られていた。

医師は、緊急時に麻薬を投与する場合、薬用量は二種類以上の規格（㎎とA、㎎と㎖）で伝える――速やかに指示票に、口頭指示の内容を記載する。一方、医師の口頭指示は、原則として担当看護婦が受ける――その際、薬品名と指示内容をメモする―再度、復唱して医師とダブル・チェックする――メモに日時を記し、サインする。

この医学部の口頭指示は、あくまで緊急時である。池田（美）は、平常時にありながら、平然と口頭指示をし、厳守すべき幾つものルールも無視した。彼女は、あたかも、ビタミン剤でも与えるように、モルヒネを取り扱った。

同大学病院では、担当看護婦は、薬剤を保管庫から取り出す時、薬剤を注射器に吸入する時、空アンプルや残余液を捨てる・戻す時の三回、確認する。この時、注射箋を確認しながら、他の看護婦とのダブル・チェックを行う。――ベッドサイドで患者を確認し、注射箋を確認しながら注射する。抗がん剤や麻薬の場合には、注射時までに医師とのダブル・チェックを行う。

麻薬施用にも拘わらず、池田（美）は、医療安全の管理体制を敷いていなかった。人間がやる限り、必ずミスは起こる。それをいかに予見し予防するか、である）

「池田さんの指示の仕方に、問題があったのではありませんか？」

私は、仮借なく問い詰めた。池田（美）は、リーダーを介して担当看護婦に指示した。口頭かつ間接的な指示では、当然、誤認しやすい、またそれをチェックできない。医療上、もっとも杜撰《ずさん》で危険な指示方法である。あくまで、直接の監督・指示をすべき麻薬施用者の監督責任を欠いていた。麻酔科専門医池田（美）の過信、惰性、油断、甘さ、軽率、怠慢、責任感の欠如。

傍らから、池田が抗弁した。「彼女は正しい指示をしました。指示は、正しかったんです」三㎎と指示したのに、三〇㎎も投与したのは小川看護婦だ。被害者は、自分たちだと言いたげだ。彼は、妻を守ろうと、必死に論点を擦り替える。池田！　その正しい指示が、どのように実行されたか、を検証しているのだ。

（中原の退院後、リーダー看護婦の一人が、自責の念からだろう、麻薬施用のシステムを改めるよう進言した。池田（美）は、金切声をあげて一蹴した。「そんなことしたら、前のやり方が間違っていたと認めることになるじゃないの！」）

池田は厚顔、「責任はすべて実行した看護婦にあります」と断言した。実行者の看護婦一人に、責任を転嫁して憚らない。看護婦を楯にした保身を、恬《てん》として恥じない。

申し合わせたように、池田（美）も、前言を翻した。「道義的な責任を感じています。私に非があるとすれば、モルヒネの投与を決めたことです」

道義的な責任とは何か？　そんな曖昧なレベルの問題を糺しているのではない。今さら、術後の鎮痛にモルヒネは不用だった、と言うのか。臆面もなく、彼女は、あれほど庇った看護婦をアッサリ見放した。

手の平を返す食言——私は、彼らの浅ましい変節に鳥肌が立った。人間、ミスは避けられない。問題は、事後の対応である。彼らのそれは、許せない。

〈退院後、麻薬施用を指示する麻薬処方箋も、投与後に記載する麻薬施用票も、署名と捺印は、リーダー看護婦が代行したと分かった。印鑑は、預け放しだった。

本来、麻薬施用者は、麻薬処方時には、麻薬処方箋を作成し、署名・捺印のうえ、診療録に記載し、○麻割印を押さなければならない。また麻薬施用者は、施用後、すみやかに麻薬施用票に署名・捺印し、使用後のアンプルを添えて、薬剤科に施用票を返却しなければならない。しかし、両書類とも、看護婦が、施用後まとめて代筆し代印していた。

これも池田〈美〉のいう医科病院の医療慣行であった。彼女は、麻薬施用者としての業務上の責任を欠いていた〉

甦った記憶

午後六時過ぎ、看護婦が、黙って金子の封筒を届けた。外科指示表はじめ、看護記録、看護チャート、麻薬使用簿、麻薬処方箋、麻薬施用票、入院注射伝票等のコピーが、雑多に入っていた。医療者側が、面子《メンツ》を懸けて抵抗した書類である。虚しくて、見る気もしなかった。オレだから、無理矢理、入手できたのだ——私は、自己嫌悪に陥った。

〈退院後みた麻薬処方箋。注射液の記載方法は、使用量はmℓ、請求数はアンプル数で表すと明記してある。十一日の麻薬処方箋は、モルヒネの請求数三A、使用量は未記入であった。同じく麻薬施用票も同様で、下段の施用欄には、小川の字体で、「数量3㎖、使用残液0㎖」とある。㎖は、印刷された活字だ。

つまり、処方箋も施用票も、三アンプルという請求数しか記していない。ただし、施用欄の㎖と印刷された施用量と使用残液欄には、小川は三と〇と記入した。彼女は、疑いもなく、三㎖という認識に立っていた。すでに、彼女は、麻薬使用簿にも「3㎖」と記載し、また看護記録にも「3㎖」と記載した。1A（アンプル）は1㎖、1㎖は10㎎に当たる。㎎という単位は、「㊒塩酸モルヒネ3㎎」と、外科指示表に見られるのみである。施用票、麻薬使用簿、看護記録、外科指示表は、いずれも午前十一時以降、短い時間内に書かれた。投与後、看護記録に3㎖と記した小川は、坂井に注意された。それでも、3㎖は正しいと確信した彼女が、外科指示表に3㎎と書き間違える筈はない。なぜ、ここにだけ㎎を使ったのか？　どうにも釈然としない。果たして、小川はいつ記載したのだろうか？

「あれ……バラが……」

窓辺の一輪挿しに、薔薇が差してあった。いつ買いに行ったのだろう？　「高橋さんよ」と優子が教えた。

あの日の夜以来、私は高橋の看護に慰められた。荒みささくれだった心が、どれだけ癒されたことか。私は、彼女に巡り合わせた幸運に感謝した。ひとたび崩れたナース観も、彼女によって救われた。

（一年後、高橋文子が退職した。看護大学に編入して、看護教員を目指すという。私は、彼女のような人にナースを育てて欲しい、と素直に喜んだ。

「あ……」、私の中に唐突に閃いた。手術の二日前、私に何かを伝えようとした、あの看護婦は、高橋だ。迂闊《うかつ》にも、今頃、あの看護婦と高橋が結びついた。彼女は、〝この病院で手術するのは、お止めになった方が良いです〟と私に伝えたかったのだ。不幸にして彼女の懸念は、最悪に的中した。彼女も予想だにしなかった、まさか、の惨劇に至った。ナースステーションのナースには、病院の内側は隅々まで見える。その現場の看護婦が、実際を告白するには相当の勇気がいる。本来、黙っていれば済むことなのだ。それにも拘らず、彼女は、勇を鼓して二〇二号室を訪れた。言葉にできない忠言を、私に態度で伝えようとした。それは、驚怖する意中であった。彼女は、高橋さんだ――私は、そう確信した。私は、それを彼女に尋ねはしなかった。質しても、明かすことはないだろうから）

午後九時、消灯。

「退院だね……」暗い天井を見詰めながら、私はソファの優子に呟いた。「……そうね」と眠たそうな声が返ってきた。彼女は、用意万端、退院の準備を済ませていた。一刻も早く帰りたいのは、私より優子の方だ。生きて、この病室を出られる。二度と、ここには入らない。

（十一日の麻薬使用簿。五件の塩酸モルヒネ施用が記載されている。そのうち、四件を小川が取り扱った。「10：00、桜○広○、1㎖。10：00、木○新○、1㎖。10：00、青○正○、3㎖。11：00、中原泉、3㎖」。この使用簿では、薬用量はAと㎖が使われ、㎎という記載は見られない。したがって、ナースは㎖を㎎に読み替えていたのだろう。これも、池田（美）のいう医療慣行なのか。それにしても、腑に落ちない。

小川は、午前十時に三人に投与した。そのうち一人は、私と同じ3㎖である。時差は、一時間に過ぎない。同じ3㎖なのに、なぜ、私だけにトラブルを生じたのか？

私の前の患者の3㎖では3㎎を吸入し、一時間後の私の3㎖では30㎎を吸入した。3㎎は、一アンプルの十分の三を計る。一方、30㎎では、アンプル三本を空ける。3㎎と30㎎では、注射器に吸入する行為に懸隔した違いがあるのだ。それなのに、彼女は、勘違いしたのか？　錯覚したのか？　真因は、小川の不注意、散漫、未熟と結論づけるには、あまりに不可解なのである。未だ、私の懐疑は晴れない）

十九日（土曜日）。未明、私は、ゆるやかに目覚めた。脳裡に、十日前の記憶が安らかに、切れ目なく甦っているのを知った。あの逆行性健忘症を否定された、短い記憶である。

あー、想い出した……。

「お注射ですよォ」

若い看護婦の華やいだ声がした。術後の痛み止めのモルヒネだ。「はい」と私。ベッドに注射器を入れたトレーを無造作に置くと、彼女は、私を横向きにして背を出した。その時、自分の背中に、注射用のカテーテルが留置されていたのを知った。トリックに掛けられたような気がした。（以前に、同じ思いをしたことがある……甘い既視感に捉われた）

注射液がカテーテルに注入された途端、胸下から下腹部へ、冷たい水が一斉に細波《さざ》のように広がっていった。術後の痛みが、スーと魔法のように消えていく。爽快な気分だった。何か異変が起こったと、思う間もない。一方的に、抗しがたい現象が矢継ぎ早に展開する。私の意志に関わりなく、まっしぐらに死の淵へ滑り落ちていく。私は、それを知る由もない。

瞼一面に、多彩な原色の幾何学模様が、万華鏡のようにグルグルと円を画き、みるみるスピードをあげて回転する。意識を失うまで、十秒もなかったろう。眼前に、オレンジ色と黒色の列した鮮やかなすだれが、ザーザーと鼓膜を響かせて急速に落下する。

次の瞬間、視界は、幕が下りたようにパタンと閉じた。

市振関所趾

江戸時代初期徳川幕府は、重要な政策の一環として全国に五十一の関所を設け、街道往来の人々を取り締まった。「市振の関」はその五十一関中東の、十二関の一つであった。現不知火不知の難関の地北東方に控え、北陸道に於ける越中との国境の高田城主松平光長に命じて寛永(一六二四)年代のはじめ幕府は高田城主松平光長に命じて、ここに関所を設けた。

関所関所で夜召める
萩十七夜の
今に伝えられる。

この関所の特徴は行振の人々の検問のための番所と、海上監視の遠見番所から成っていたことである。その敷地は集落の西方、東西に延びる街道を挟み、東西二一間、南北九十五間で面積は六反八畝十五歩であった。その中に番所、土役長屋、足軽長屋、遠見番所、井戸等があり、また西門に近く男、女、足洗井戸があった。現存する市振小学校校庭内の榎は関所敷地内にあったもので、昭和四十九年四月十六日「関所榎」として青海町文化財に指定する。

糸魚川市教育委員会

市振の芭蕉

一

「松がみえたぞィ」

泥まみれの竹杖を遠く指しながら、芭蕉は野太い声をあげた。遅れて、曽良の喘ぎ声が海風に千ぎれた。

元禄二年（一六八九）七月十二日申《さる》の下刻（午後四時すぎ）、ようように親不知《おやしらず》を越えて、市振《いちぶり》の村里にたどりついた。北陸道《ほくろくどう》の越後と越中の外れ、天下の険の西の入口。街道ぎわにそびえる〝海道の松〟が旅人の目印であった。樹齢二五〇年、幹の目高の太さは八尺余り（二・五メートル）の大樹である。日々、東からの疲労困憊《こんぱい》した旅人を悦ばせ安んじる。

青海から四里（十六キロ弱）が、親不知・子不知とよばれた北国一の難所である。青海川を徒歩《かち》渡りして半里の間、断崖から海岸にくずれおちた巨岩大石を伝いとぶ。ここで馬をかえしたところから駒返し、さらには犬も尻尾を巻いたことから犬戻りと恐れられた。そのあと、絶壁下の潮のひいた波打ぎわを、恐るおそる寸退尺進の歩みをすすめる。

陽暦八月二六日の引き潮の時刻であったから、彼らは荒波にさらわれることなく、寒さにも凍えずに難路をとおりぬけた。
それでも、芭蕉の墨染めの僧衣はずぶぬれで、黒い宗匠頭巾は汗にまみれていた。同じく僧体の曽良もぬれ鼠で、首に吊した頭陀袋《ずだぶくろ》をゆらし、足元もおぼつかぬままに師を逐《お》う。小肥りの芭蕉は健脚だが、お伴にもかかわらず痩せぎすの曽良は鈍足であった。芭蕉数え四六歳、曽良四一歳。

のちに、『奥の細道』と題される松尾芭蕉の俳諧の旅は、三月二七日に江戸深川を出立し、奥州から出羽をへて市振まで三ヶ月半をすぎていた。随行する弟子の河合曽良《かわいそら》は、行《あん》脚《ぎゃ》の日々を丹念に書き留めた。そののち、細道の記を照応する『曽良旅日記』をのこす。

市振は、浜辺に迫る山裾にへばりついた鄙《ひな》びた漁村である。海道の松をあおぎみると、すぐ先に瓦屋根の井戸がある。その昔、弘法大師（空海）が杖で三度叩くとわきだした、という清水である。我しらず芭蕉は、手にした竹を編んだ網代笠《あじろかさ》と細い竹杖を放りすてた。口内に塩が吹き喉が干からびていた。よろめいて、井戸にたれさがる太縄にしがみついた。

頭上の井戸車がカラカラとまわり、勢いよくぬれた釣瓶《つるべ》（桶）が上がってきた。両手でひきよせると、釣瓶をかたむけて冷い水をあおった。短い口髭が黒々となびいた。曽良もあらそって、もったいなくもこぼれる水を両手にすくった。

そのあと、彼らは脚絆《きゃはん》をほどき足袋草鞋《たびわらじ》をぬいだ。〝弘法の井戸〟の玉石をふんで、泥砂によごれた両足をあらう。今朝、越後の能生を立ち、昼頃、糸魚川《いといがわ》に足を休め、青海から親不知を越えた。連日、およそ七・五里（三〇キロ）を歩いてきた。その旅慣れたはずの膝が笑っている。

今宵の宿は、井戸の斜向いにあった。草鞋と竹杖を両手に、爪先だちに小走って路を横ぎった。酷暑に焼けたつちぼこりが、裸足に舞った。

村一軒の宿「桔梗屋《ききょうや》」は、観音山を背にした茅葺《かやぶ》きのふるびた二階家である。彼らは、土間の上がり框《かまち》に尻餅をついた。せまい屋《おく》なのに誰もでてこない。客あしらいは雑で、足元の簀子《すのこ》に盥《たらい》が置いてある。一息つくと不承不承、盥に裸足をすすいで、ふやけた足裏をぬぐった。

曽良は役目柄、土間の奥をさがす。右手は勝手（台所）、左手はすり減った階段のある寝間兼用の居間である。裏手の簾戸《すだれど》をおすと、鋭角にのびた杉木立から油蝉が騒然と鼓膜をふるわせた。

踏み石伝いにすすむと、母屋の向いに藁《わら》ぶきの厠《かわや》（便所）と風呂場がならぶ。

風呂の竹囲いから若い女たちの嬌声が、湯音にまじった竹の隙間にはねちっている。襷《たすき》掛けした老婆が、五右衛門風呂（鉄の釜風呂）の竈《かまど》に手折った焚木《たきぎ》を放りこむ。曽良が合図すると、かがんだまま幾度も白髪頭をさげた。

彼女は階段上をホイと指して、右の部屋、と御歯黒の歯をむいた。言われるままに二階に上がると、左側は入浴中の女たちの部屋らしく、すすけた障子が閉っている。開けはなした右側の部屋には、海に映える夕陽がむんむんと射しこんでいた。窓に仕切られた浜は、凪《な》いでいて微風もない。彼らは欲も得もなく荷物を放って、日焼けた畳に倒れこんだ。潮気まじりの残暑は酷しい。

つかのまの昏睡であった。芭蕉は、階段をふみならす音に醒めた。姦《かしま》しい笑い声が、隣の障子をあけてバタバタと坐りこんだ。木綿の僧衣に寝汗がべとついて、ひどく寝覚めがわるい。「暑チェ、暑チェ」昼中の湯上がりにはしゃぐ女二人。団扇《うちわ》を叩きながら、さえずるようなお喋りは途ぎれない。

この十日間、耳に慣れた越後弁である。当時、入り鉄砲と出女《でおんな》の取締りは厳しく、女の旅行はめずらしかった。とりわけ、親不知を越える女連れはいぶかしい。

かたわらに眠りこけた曽良が、先刻からうめいて苦しげに身をよじる。五日前、越後今町で地元の門人や後援者をあつめて句会を催した。名の知れた俳諧師芭蕉の、いわば地方興業である。その連句の席上、曽良は疝気《せんき》(下腹の痛む病い)におそわれた。それから痛みは日々につのって、彼を脅かした。

出羽の鼠ヶ関から市振までの九日間、細道の記は「この間九日、暑湿の労に神をなやまし、病おこりて事をしるさず」と綴った。蒸し暑さにうだる旅先、芭蕉は持病の欝症をぶりかえし、曽良は突発の腹痛を病んだ。彼の病状を気遣う一方、芭蕉は眉間に皺をよせて苛立ちをおさえていた。日頃、門人たちに気むずかしいと敬遠された険しい表情である。じつは、彼は曽良の疝気の因果を知っていたので、よけいに腹立たしかったのだ。

寝苦しむ曽良を放って、風呂場におりた。まだ湯は熱かったが、桶の水を剃頭《ていとう》から浴びる。ぬくい水が肢体の汗をながして、簀子板に白い飛沫《しぶき》をはねた。その爽快さにおもわず嘆声がもれた。簀子板の陰、飛沫にぬれた蔓草《つるくさ》に、蝶模様を咲かせた花房が紅紫を映して仄かにゆれている。秋の七草の一つ、葛《くず》であった。

葛の花影を愛《め》でるまもなく、翅をふるわせて藪蚊《やぶか》の群れが、肉付きのよい裸体に来襲した。叩きもせず芭蕉は、湯帷子《ゆかたびら》を引っかけて一目散に母屋へ逃げる。およそ一三〇年後、文化時代に俳諧師小林一茶は、〈我宿は口で吹ても出る蚊哉〉と詠む。

簾戸にとびこむと、夕餉《ゆうげ》の匂いがただよう。しっかり者の老婆と巻髪の下女が、湯気のけむるなか忙しく賄いの最中だ。旅宿の据え膳には、空きっ腹がなる。

男部屋には、旅商《たびあきな》いの若い男が坐っていた。一軒宿なので、投宿する客は追込みの相部屋になる。下腹をかかえた曽良が、ばつ悪そうに口をつぐんだ。なにやら、ひそひそ話をしていたようだ。越中の薬売りらしい。柳行李《やなぎこうり》をあけて、幾つもの薬袋をならべていた。

世にいう越中富山の薬売りがでまわるのは、元禄四年以降になる。だから、彼は配置売薬人ではなく、渡りの薬売りである。旅商らしからぬ蚊の鳴くような声がもれてくる。

芭蕉はそ知らぬ顔で素通りし、窓の手摺りにぬれた手拭をたらした。

一望、東西一筋につづく街道の向うに、市振の浜が茫々とひろがる。落ちゆく夕陽がべた凪の海面にギラギラと映える。赫い天空高く海猫がないている。

西方を見わたすと、山裾から浜辺まで、南北に九五間（一七一メートル）の竹の矢来（柵）が物々しく街道を立ちふさぐ。およそ、この小村には不釣合いな佇まいだ。北陸道の越中（今の富山県）と越後（今の新潟県）の国境いを守護する高田藩の関所である。二〇〇余坪の敷地内に番所や長屋が散在し、旅人を検問し遠見に海上を監視する。

暮六つ（午後六時）の閉門の刻限らしく、門番の足軽たちが厳《いかめ》しい大門をゆるゆると閉めている。往来手形（証文）は持参しているが、それにしても関所の通行はうっとうしい。

ふりむくと、曽良が気忙しく巾着《きんちゃく》（財布）と薬袋を懐にねじこんでいた。目をそらしたまま彼は、手拭を首にまいてころがるように階段をおりる。師に醜態を晒したくないのだが、芭蕉はめざとく薬袋の意匠を一見していた。「紫雪《しせつ》」─加州（加賀、今の石川県南部）金沢の御用薬種商が専売する万病薬である。暑気中《あた》り、毒消し、糞詰り（便秘）、瘡《そう》（皮膚病）、瘡毒（梅毒）など、諸々の病いに効能があるという。「烏犀円《うさいえん》」という万病薬ものぞいた。

おりよく薬売りに出合ったと、芭蕉は弟子の好運に安堵していた。薬売りは柳行李を手元によせて、相客の下座の障子際に正坐した。世慣れた行商人のあざとい趣はない。奇妙にも、耳まで隠れた長髪を背中にたばねている。端正な面立ちだが、どこか暗い翳がある。二五、六歳かと、芭蕉の好奇心がうごめく。あらためて相部屋の会釈をしても、無言で顔を伏せた。

しばらくして宿主の老爺が、大儀そうに分厚い宿帳をさげてきた。耳がとおく一々、片手で耳をそばだてて用談する。薬売りはなじみらしく、手形も手判（番所の通行札）もたしかめない。芭蕉は、僧侶、と仮初《かりそ》めの生業《なりわい》を墨筆した。旅僧の身分は、関所通行や旅籠《はたご》泊りに便宜なのだ。芭蕉も曽良も、旅行中だけの生臭坊主であった。

老爺が襖ごしに、「銀蔵さん！」と素っ頓狂に薬売りをよぶ。彼は、無表情に芭蕉の不審顔を無視した。用向きはわかっているらしく、黙って重い腰をあげた。女二人は文盲《もんもう》なので宿帳の代筆を頼むと、老爺はくどくどと代弁する。もったいぶることなく黙って応じる銀蔵。こもごも礼を繰りかえす女たちには、玄人筋の臭みがある。

二

夕餉の時刻になっても、曽良はもどらない。芭蕉は、痺れをきらして一階におりた。膳をまえに、女二人は藍染《あいぞ》めの浴衣の裾を乱している。剃頭の彼をみると、いそいで居住いを正した。やはり、新潟の廓《くるわ》の遊女であった。彼女らにはさまれて、銀蔵は亀の子のように首をちぢめている。どうみても、暗い過去のある若者だ。芭蕉は、胸奥に刃を秘めた顔相とみた。

まだ膳が一つ空いている。連れは便所に入ったきり出てこないと、老爺はしきりに首をかしげる。下女が若布《わかめ》の味噌汁椀をはこぶ。安塗りの四つ足の宗和膳には、浅葱《あさつき》と菜の和《あ》え物、里芋の煮転がし、鮒の煮浸し、沢庵に粟稗を混ぜた玄米飯がならぶ。せっかくなのに海の幸《さち》はでない。

不意打ちに、年増《としま》の遊女が団扇で家蝿を叩きつぶした。一瞬、芭蕉の頬が強ばって彼女を睨《ね》めた。じつにこの年、将軍綱吉の生類憐令がでて、江戸府内は上から下まで戦々恐々としていた。犬猫はもとより、蝿蚊の類の殺生も禁じられた。江戸から遠去かるにつれて、この御法度はうすれていった。それでも禁令破りは、謹厳な芭蕉を恐れおののかせた。のちに小林一茶は、〈やれ打つな蝿が手をすり足をする〉と詠んだ。

みな、膳に飛び交う蝿を追いはらいながら飯を頬ばる。食膳に蝿は付きものなので、五月蝿《うるさ》いが別に不潔ともおもわない。当時、黴菌《ばいきん》の存在はもとより、蝿が細菌を媒介するという知識はない。

たまたま、泊りあわせた同宿人たちの夕餉の座は、気詰りもなく勝手次第に箸を上げ下ろす。芭蕉の猫舌には汁が熱い。遊女たちは色男を間にして、白い歯をみせて愛想をふりまく。あらためて芭蕉は、苦々しく隣の空席を一瞥《いちべつ》した。恥かしながら曽良は、雪隠《せっちん》(便所)詰めになったままだ。

じつは市振までの旅程で、お伴の曽良が一遍だけ芭蕉のかたわらを離れたことがあった。半月ほどまえ、庄内の酒田から大山をへて、小雨降る浜温海《はまあつみ》に着く。ここで、弟子ははじめて師と別行動をとった。

芭蕉は海道を三里ほど(十二キロ)馬にゆられ、庄内藩の守護する鼠ヶ関の関所を越えた。一方、曽良は温海川の奥へ半里余り(二キロ)、四〇軒ほどの湯屋があつまる湯温海《ゆあつみ》に泊まる。曽良の旅日記は、「雨止。温海立。翁ハ馬ニテ直ニ鼠ヶ関被趣。予ハ湯本へ立寄、見物シテ行。半道計ノ山ノ奥也」と記す。

もともと、曽良は深川芭蕉庵の風下《かざしも》に住み、師の家事一切を世話していた。蕉門から選ばれて、吟行の旅に随行を命じられる。感奮した彼は、師のごとく剃髪して僧衣にあらためた。実直で従順な弟子であったが、難は、女に目がないことだった。彼は〝見物〟と称したが、息ぬきに寄り道して、庄内の温泉街に羽根をのばしたのだ。

それから五日ほどのち、新潟の弥彦神社を参拝したあと、男根の先から嫌な分泌物がではじめた。「やられた！」と曽良は慨嘆した。湯屋の女房という触れ込みだったが、白塗りの十人並みの娼婦だった。幾度か手痛い目に遭っているので用心したのだが、彼は「だまされた」と地団駄《じたんだ》をふんだ。いまさら悔んでも、あとの祭りだった。

要するに、性交によって細菌感染する淋疾《りんしつ》（淋病）である。淋菌が尿道粘膜に炎症をおこし、外尿道口から膿をだし、排尿時に灼熱感と疼痛におそわれる。いわゆる淋菌性尿道炎で、平成の世ならばペニシリン剤の服用一発で治る。元禄時代では因果応報を恨むしかない。女性では半数が無症状なので、敵娼《あいかた》（遊客の相手女郎）に悪意はない。

鼠ヶ関からつづく酷暑は、芭蕉の神経を疲弊させ、暗い抑鬱の波がよせていた。そこへ、師の目を盗んだ曽良の天罰覿面《てきめん》の行状だ。そのふしだらに、堪忍袋の緒が切れかかっていたのだ。かろうじて弟子可愛さが、芭蕉の禁欲的で謹厳な気性をなだめていた。

早飯をすますと、銀蔵はそそくさと座をたった。まだ誰も、彼のまともな声音を聞いていない。遊女たちの素足が、鴨のように畳をけって彼のあとを追った。またまた頼み事があるようだ、と芭蕉の勘は鋭い。独りのこされた彼は渋茶を啜りすすり、浮かぬ顔で思案をめぐらしていた。ふと、膳を片づける下女に言いつけた。「水をおくれ」

げっぷをのこして芭蕉は、土間の客用の下駄をつっかけた。夕餉をぬいた曽良を捨ておけず、裏手の厠の板戸を叩く。返事がない…母屋の老爺が、さっき表の枝折戸《しおりど》をあけて浜へ走っていった、と迷惑そうに吃った。淋疾の痛みは知らないが、芭蕉はひとり苦しむ曽良に哀れを催した。ためらったものの、病いの手助けはできないので浜辺に捜しにはいかない。

もう部屋は仄暗く、窓には黒い帳帷《とばり》が下りてきていた。行灯《あんどん》は暑苦しいので灯さず、窓辺にドタリと坐りこんだ。遠く細波がではじめていたが、残暑はおもたく淀んでいる。芭蕉はふさぎこんだまま、茫然と暗い天井をみあげた。脳内は墨を染めたようで、発句のヒントもうかばない。一句詠めれば、立ち所に鬱は晴れるのだが…。

芭蕉は、和歌という平安貴族の雅《みやび》に興醒めし、俳句という江戸庶民の俗の世界を拓いた。後世、元禄時代の前衛詩人と持て囃される。五七五の十七音に独自の流儀を凝縮して、蕉風と謳われる余情を詠みあげた。彼は、細道の旅の五年後に五一歳で病没する。

息をきりながら老爺が、たたんだ薄布団と木枕を廊下ぎわに置いた。黙って隣の障子をあけると、キャア、遊女たちの奇声に行灯の火がゆれた。「酒はいいねえ」と、彼の皮肉っぽいつぶやきがもれた。引っぱりこんだ銀蔵に両側からしなだれて、竹筒の濁酒《どぶろく》を回し呑みしていたらしい。さすがの芭蕉もむかっ腹をたてた。斗酒なお辞さぬ酒豪だが、道中、名士の門人宅で馳走になるのが精々であった。

ところで、酒の酔いにも甘い囁きにも、銀蔵の寡黙はかわらない。芭蕉は襖ごしに遊女の口説きと早合点したが、どうやら年増が彼に文《ふみ》の代筆を乞うていたようだ。彼女たちは、遠い勢州（伊勢国、今の三重県）の伊勢参りの道中らしい。江戸の時代、庶民は全国からはるばる巡礼して、伊勢の皇大神宮へ参詣した。京・大阪の見物をかねて伊勢参りをするのが、大方の人々の今生の夢であった。それは奉公人や遊女にも叶えられたので、彼らは、親や主人の許しなくひそかに家をぬけだした。そこには、参宮をおえて帰ればお咎めなし、という暗黙の了解があった。これをお蔭参り、抜け参りとよぶ。

数日前、彼女たちは夜陰に乗じて、新潟古町の泊茶屋《とまりちゃや》（娼家）を出奔した。親不知を越えて安堵したところで、ホームシックにかられて不始末を悔んだ。穏便にもどりたいという打算もあったが、泊茶屋の主人に迷惑を謝りたいと切ない心情にせかされていた。その厄介な詫び状の代書を、銀蔵に頼みこんでいたのだ。

おとなしやかに付けこまれても、彼は怒りもせずに微かにうなずいた。若い遊女が華奢《きやしゃ》な両手を叩いて喜んだ。すかさず年増は、「お礼はするョ」と筆と硯《すずり》をさしだした。銀蔵は、けっして商売道具の柳行李ははなさない。黙って、薬包につかう上等の越前和紙を一枚とりだした。年増は膝をのりだすと、けっして脱廓ではないと、文の趣意を一気にしゃべった。「お伊勢参りにいきますテ。休みくだされや。ちゃんと戻りますテ。ごめんなさい」

銀蔵は、ゆっくり墨をすりながら、黒い横髪をさり気なくなぜる。彼の顔色をうかがいつつ年増は、指をまげて「あたしはウメ、この娘《こ》はスズョ」とおどけてみせた。とにかく、彼女は陽気で開けっぴろげだ。釣られて、繊弱なスズも精一杯に愛想をふりまく。遊女の意地なのか、文には源氏名ではなく本名を明かす。彼はいわれるままに筆をすべらせる。その墨痕あざやかな筆遣いに、二人は目を点にして見蕩《みと》れていた。

襖ごしのやりとりが、耳にとおい。うつらうつらしながら、芭蕉は感心していた―泊茶屋の主人に詫び状を送る律儀な遊女、すれっからしではない。大欠伸《おおあくび》をして窓の外をあおいだ。いつのまにか、はるか夜空に澄んだ月が凛《りん》としてかがやいている。白波が泡だって打ちよせるが、浜には人影はみえない。曽良は露天に宿るつもりか…旅宿の夜半《よわ》はうら寂しい。

彼は布団を一枚ひきよせて、煌《こう》々たる窓辺に敷いた。木枕に首をあてると、無数の蚤《のみ》が威勢よくとびはねた。蚤の跡をかきながら、睡魔に抗せず泥沼のような眠りに沈んだ。

三

銀蔵は、丁寧に和紙を折りたたむとウメにさしだした。彼女は、拝むように文をうけとった。そのあと、「銭、払えないョ」と素気なく言いすてた。「あたしたち、すっからかんなのョ」まだ路銀が尽きるはずはないから、初手から払う気はなかったのだ。銀蔵は、仏頂面もせず黙りこんでいる。そのだんまりに、ウメは内心イラッときた。

襖ごしに貧乏僧の高鼾がする。一間先、話は筒ぬけだったが、もう気兼ねはいらない。彼の無口は歯痒いが、そのぶん、ウメには御《ぎょ》しやすい相手だ。「銀ちゃん」となれなれしく呼ぶと、「只とは云わないョ」ともったいつけて後出しした。

銀蔵は、喜色を見せず尻込みもせず拒みもしない。その無表情は何を考えているのか、ウメは苛だたしい。彼は、遊女の意味深な言葉を解しないほど純情ではない。ウメは、いきなり胡座《あぐら》をかいた銀蔵の股間をまさぐった。驚きも嫌がりもせず、彼は切れ長の笑い目をむけた。あわてて手をひっこめ、彼女は「いいんだネ」と赤面した。齢三〇、春をひさぐ彼女にも男の好みはある。

それから三人は、のこりの濁酒を回し呑みした。越後の女は酒に強い。スズが見はからって、部屋の真ん中に布団を敷いた。布団と枕を一つずつ胸にかかえると、彼女は高鼾にさらわぬように足を忍ばせる。一階で、主人夫婦と雑魚寝《ざこね》するのだ。妹分の所作に、ウメはクスッと照れ笑いした。酔いはまわっていたが、男女二人になると妙に気詰りになる。彼女は商売上手、酔いにまかせて大仰に戯言《たわごと》をもてあそぶ。

「スズちゃんは、可哀相な娘なのョ」口減らしに苦界に身を沈め、じきに孕《はら》んで、すぐに堕《おろ》した。産婆の未熟から枕もあがらず、臥ったまま泣き暮らした。枕がとれてからは、水子《みずこ》（流産した胎児）供養に通いつめる毎日であった。「まだ十九なのよォ」と、姉代わりのウメは彼女の不憫《ふびん》に涙ぐむ。痩せほそったスズをみかねて、おもいきって伊勢参りに誘ったのだという。

そんな遊女の幸うすい身の上話…銀蔵は嫌がりもせず憐みもせず聞いている。一しきりしゃべると、ウメは胸のつかえが下りたらしい。けろっと話頭を転じて、色目遣いに厚かましく頼みこんだ。「銀ちゃん。古町の玉屋、お願いョ」代筆してもらった詫び状を銀蔵に託して、泊茶屋の主人にとどけてもらう算段だ。どうせ行商のついでだからと、まことに図々しい。彼の無言は合点承知之助と、ウメは勝手に決めこんでいる。それでも、さすがに気がひけたのか、わざと卑猥《ひわい》に茶化してみせた。「銀ちゃん。金玉の玉屋だからねッ」

そこでウメは、スイと立って後ろむきになった。帯下に手をいれて腰巻の結びを解く。

浴衣の裾まわりに赤い湯文字がずれおちた。代わるかわる素足をあげて拾うと、まるめて部屋の片隅に放った。解けた帯が腰回りをすべり、朽縄《くちなわ》（蛇）のように足元を巻いた。

両手で浴衣のまえを合わせたまま、ウメは色めいて銀蔵をふりむいた。彼は布団に坐ったまま、眉ひとつうごかさない。その胸にしなだれるや、彼女は両手で手荒に彼の帯をほどく。白い指が、しなやかにT字の下帯をさぐる。細紐をとくと、太ももの間からずるずるとひっぱりだす。すると銀蔵は上半身をかしげて、行灯の灯を下から一息に吹き消した。ウメはクスッと含み笑いし、初《うぶ》ね、という冷やかしを呑みこんだ。

射しこむ月明りの下、彼女は浴衣を大きくはだけると、そのまま崩れるように豊満な素肌を浅黒い男の肌身にかさねあわせた。ほつれた髷《まげ》がゆれ、銀の簪《かんざし》が畳におちて、汗ばんだ同体に熱い息遣いが乱れた。

一階では、通いの下女を帰すと、主人夫婦は早々に宵寝《よいね》する。もう客はほったらかしだ。老爺が歯軋りするので、彼らは長い部屋の両端に臥す。スズは、その真ん中に孫娘のように寝息をたてる。新潟をはなれて七日、変わりゆく旅の空を眺めるうち、彼女は徐々に生気をとりもどしていた。

曽良は？といえば、海道の松を背にして浜辺にへたりこんでいた。月明りが大樹にかげって砂浜を黒々と掃く。海上から関所抜け、とみなされぬように矢来からはなれている。裸のまま下半身を海水につけたあと、下腹部に熱い砂をかぶせる。それを繰りかえすと、気安めながら熱淋（尿道の焼ける痛み）がまぎれる。

かく「桔梗屋」の同宿人たちは皆、ばらばらに炎夏の一夜をすごす。

ウメと銀蔵は、あふれでる汗を拭いぬぐい、盛りがついたように欲情をたぎらせて抱きあう。旅すがら遊びなれた銀蔵、商売気ぬきで色欲に耽るウメ…。半時（一時間）ののち、彼らは肉をふるわせて左右にはなれ、気息奄々《えんえん》、低いくらい天井をあおいだ。そのままゆるい寝息をたててまどろむ。

しばし銀蔵は、寝返りをうちながら喉の渇きに覚めた。枕元の土瓶の蔓《つる》をつかむと、注《つぎ》口《くち》をかたむけて喉をうるおした。そのあと、うしろ手に乱れた長髪の束をむすびなおし、強《こわ》い鬢《びん》の辺りを幾度もなでつけた。かたわらにウメの蕩《とろ》けた寝顔が、冴え冴えと月明りに照らされている。銀蔵は笑い目になって、ふくんだ水を彼女の厚い唇にたらした。ウメは、朦朧《もうろう》として口移しの水を啜る。手の甲でぬれた唇をぬぐいながら、猫のように目を細めた。

彼は、そろりと白い太り肉《じし》に手をのばす。その手はピシャと、蚊をはらうように叩かれた。「銀ちゃん。四〇〇文だョ」打たれた手をひっこめると、彼は女の邪険にしょげかえった。せっかくの茶目っ気も、ウメには通用しない。「あたし、古町なら五〇〇文だョ」揚げ代を負けてやったと、ウメは鼻息があらい。そんな言い草はないだろう！と、銀蔵は怒らない。たしかに、親不知に近い越後高田では、二〜三〇〇文が相場だった。古町娼妓の啖呵《たんか》に気圧《けお》されたか、彼はウンとうなずいていた。ウメは艶っぽく身をくねらせて、汗臭い男の首に両手をからませた。

それから小半時（三〇分）、彼らはふたたび交合した。そのまま、五体かさなりあって眠りこんだ。市振の夜は沈々と更けていく。

ウメは、枝折戸のひらく乾いた音に醒めた。寝穢い廓にはない心地好い目覚めだった。朝まだき、窓から潮曇りの嗅いが這入る。部屋は、闇と光がまざって淡い早暁《そうぎよう》の静かさにつつまれていた。まだ「桔梗屋」は眠りに沈んでいる。かたわらの銀蔵も深い寝息をふるわせる。

けだるく片手をたらすと、畳のうえの簪にふれた。ウメはひろって髪に刺そうとして、ふと寡黙な銀蔵の男気にほだされた。簪をもちかえると、膝小僧をすすめて男盛りの背ににじり寄った。横むいた彼の長い鬢が、むさくるしく頬に乱れていた。彼女は、一見《いちげん》の男の黒い髪をやさしくなでた。簪は二股の髪掻きで、その先は丸い耳掻きになっていた。

ウメは、指先でそうっと耳をおおった髪をわけ、悪戯っぽく杓子形《しやくしがた》の耳掻きを近づけた。そのとき、海面に迫《せ》りだした旭《あさひ》が、放たれた矢のように畳に射しこんだ。刺々《とげとげ》しい陽光は、銀蔵の耳元を隈なくてらしだした。鳩尾《みぞおち》に一撃を食らったように、女の呻きがもれた。銀簪が映えて畳にとび、ウメは度肝をぬかれて、裸のまま うしろに腰ぬけていた。

左側の髪のわれた耳元が、あらわに浮かんでいる。そこの膚は真っ平らで、大豆大の黒い穴が不気味にくぼんでいた。そこに、あるべきものがない…耳がない！。総毛たつような気味わるさに、ウメの身震いはとまらない。

彼女を仰天させたのは、耳介奇型の一つである先天性の耳介欠損（無耳症）である。耳介は軟骨の外耳と鼓膜につながる外耳道からなり、外耳は前方と側方の音を共鳴させて外耳道に伝達する。銀蔵は生まれついて、耳介軟骨の形成不全により耳介を欠損した。集音機能はわずかなものだが、耳介の形態欠損は顔貌を無残に失わせる。

にわかに、窓の明け雲が茜色《あかね》に染まった。銀蔵がゆっくり半身をおこして、はれぼったい目蓋をまたたいた。左の束髪がばらけたまま、耳無しをかくそうとはしない。肉体の極所を見られたのに、怒りもせず不貞腐れもせず、ウメの凝視を拒むでもない。耳無しに驚怖する目には慣れているのだろう。むしろ物寂しげな眼差しを据えていた。

「こっちもみるかい…」

若盛りの冴えた声音が問うた。ウメが耳にした初めての地声だった。すくみあがった彼女に頓着せず、銀蔵は右側をおおう長髪を無造作にたくしあげた。左側もむき出して、両手で束髪をうしろににぎったまま、左右の耳元を晒した。右の側面も、削いだように平坦であった。その異様な面相は正視に耐えず、彼女はおもわず顔を背けた。

のちに、明治時代の小泉八雲の『怪談』には、平家物語を奏でる盲目の琵琶法師芳一が登場する。壇の浦に没した平家の怨霊《おんりょう》にさそわれた彼は、全身に般若心経《はんにゃしんきょう》を書きしるして悪霊《あくりょう》退散を祈るが、書き忘れた両耳を怨霊に引き千切られる。この耳無し芳一の物語は、むろん銀蔵やウメの知るところではない。

〝耳無し銀蔵〟は、じつに奇怪で醜悪な異形であった。当時、不具の赤子が間引かれずに生かされることは、まず無い。産まれでたとき、ひそかに取上げ婆の手でぬれた和紙を顔に当てられる。なぜか、それを免れた彼が幸運であったか悲運であったか。

行灯は消したので月明りは暗かったとはいえ、ウメは片端《かたわ》をみぬけなかった迂闊《うかつ》を悔んだ。けれども、泥水稼業にひたった彼女は、化け物と囃されて育った苦悩、忌み嫌われる日陰者の孤独を察していた。銀蔵は物心ついたころには、前世の悪行の報い──業《ごう》と思いきっていた。

「四〇〇文は、駄賃でいいョ」憐憫をみせずウメは、ぶっきら棒に言いすてた。しばらくれて礼金をごまかす腹だったのだが、欲得ずくの遊女が情にほだされた。二回目の揚代は、詫び状をとどける駄賃と帳消しにするというのだ。銀蔵が言われたとおり届けると、ウメのお人好しは毫《ごう》も疑っていない。彼は、爪先で足元におちた簪を女のまえにすべらせた。

颯《さつ》と、壁にかけた衣紋竹《えもんだけ》の着物をひっぱると、ウメは、合財袋《がっさいぶくろ》（携帯用の物入れ）を胸にかかえて部屋を小走りでた。

四

隣の部屋では、先刻から芭蕉が、襖ごしの人声に夢路をさ迷っていた。障子をあけはなつ音がして廊下に足音…残暑の朝焼けを切って、白い裸身が朦朧とした半眼をよぎった。打たれたように醒め、首をあげて開けぱなしの廊下をみた。安宿の階段の手摺が、陽射しに焼けていた。彼の網膜には、ふくよかな女体が残像となっておどっていた。

ようやく芭蕉は、隣に遊女がいたことを思いだす。布団はたたんだままなので、薬売りは彼女たちと一夜を戯れたと察する。ひとつ屋根の下に一間《ひとま》をへだてて、春をひさぐ女と欲情を捌《は》ける男がいた。おのれが惰眠《だみん》をむさぼる間に、枕を交わした彼らが業腹《ごうはら》であった。その一方では、知らぬ男女の交情は、これぞ浮世の盛り、と納得する気分にさそわれていた。彼は、あおむいたまま明るむ天井に目をおよがせた。

とおく浜に、地曳網《じびきあみ》をひく威勢のよい掛声がする。ボンヤリと、天井にちらばる大小の節穴を数えていた。

ふと、芭蕉の目遣いが一変した。いそいで旅嚢《りょのう》（携帯用の物入れ袋）から、銅製の矢立（携帯用の筆記用具）をとりだす。筒をかたむけて内の筆をすべらせると、柄の墨壷に筆先をひたす。いつもなら、口伝えして曽良に書き留めさせるのだが、外泊した彼はまだもどっていない。一見、悠々迫らぬ風情《ふぜい》ながら、彼は急きたてられるように懐紙に墨筆を走らせた。

〈一家に遊女とねたり葛と月〉

襖一枚へだてて遊女と寝た一家《ひとつや》を舞台に、夕べの初秋の名月と五右衛門風呂の陰に咲く葛の花が、唐突に脈絡なく浮かんだ。その一夜の情景を織りこんで、一気に憂き世を十七音に凝縮した。

心のざわめきが止まらないが、ひとまず筆を筒に仕舞う。口髭をなでながら芭蕉は、ひとりブツブツと発句を復唱する。おもいがけず、北国の鄙びた漁村で佳句をひねった。日差しも忘れて窓辺にもたれたまま、彼は十七音を牛のように反芻《はんすう》した。ねたり…は寝たりと漢字にしたかったが、それでは文調が固すぎる。ふたたび筆をにぎると、句の一字に×《ばってん》をはねて、遊女と…を遊女も、と書きそえた。おのれが遊女を買色したと誤読されては、彼の潔癖が許さない。

〈一家に遊女もねたり葛と月〉

味噌汁の匂いが、階段伝いにただよってくる。宿の朝餉《あさげ》ははやい。ふつう関所は明六つ（午前六時）に開門する。出立もはやい。僧衣に着がえると階段をきしませる。居間の片隅に、憔悴《しょうすい》した曽良が石臼《いしうす》のように正座していた。師をあおぐや、「粗相をしました」と平蜘蛛《ひらぐも》のように伏した。どうやら、一睡もしていないようだった。両手でよれよれの肩をなで、芭蕉は「大丈夫かね？」となぐさめはげました。曽良は感極まって畳に落涙した。だらしない役立たずの弟子――情なさ、申訳なさ、面目なさ。

芭蕉はつとめて鷹揚《おうよう》に、彼を隣の座に手まねいた。尿道の痛みは消えていないが、ここで寝こむわけにはいかない。両手両膝で畳を這いずって、曽良は師の隣に坐った。夕餉をぬいたので、無理矢理にでも腹ごしらえをしなければ師について歩けない。

ウメとスズが、じゃれ合いながら下りてくる。まわりに愛想をふりまいて、膳のまえに裾をからめた。下女が切干大根の味噌汁椀をはこぶ。宗和膳には、ぜんまいとわらびのおひたし、豆腐の固まりかけた朧豆腐、烏賊《いか》の作り、野菜の炊き込み御飯がならぶ。今朝、地引網にあげた烏賊は生きがよい。昨夕より膳がひとつ足りない。

薬売りはどうしたのか？と、芭蕉は問うた。耳のとおい老爺にかわって、下女が朝立ちしたとつたえる。竹皮につつんだ握り飯を腰にさげて、彼は早々に親不知にむかったという。海道は薬がぬれて台無しになるので、山越えをする。山道は一里余り遠回りになるうえ、海抜二〇〇丈（六〇〇メートル）を上り下りする峻険な難路である。

今ごろ、重い柳行李をかついで猛暑の登り道をたどっているだろう。一風変わった若者……ここ市振ですれちがった彼が、妙に芭蕉の心象に尾をひいていた。彼は、〝耳なし銀蔵〟のことなど知る由もない。下種《げす》の勘繰りと知りつつ、曰くありげなウメを一瞥した。

彼女は、銀蔵の話題に素知らぬ顔をして、烏賊の作りを器用につまむ。過ぎた遊客にうしろ髪を引かれても詮方ない。そのあっけらかんとした素振りに、芭蕉は、男女一見《いちげん》の交わりと得心するほかない。飯を頬ばりながらスズは、無邪気に下女とふざけている。添い寝した老婆に叱られて、ペロンと赤い舌をだした。

曽良は下腹に拳をあてたまま、空いた手で膳の皿を食いちらかす。急所の痛みにたえかねて、飯粒をこぼしながらころがるように裏手に走った。その見苦しい所作に、ウメとスズは顔を見あわせて笑いを噛み殺す。芭蕉は眉をひそめながらも、知らんぷりしてぬるい渋茶を啜る。おもむろに、「水をおくれ」と咳払いした。

スズが台所をふりむいて、「お水」と下女に口伝えする。すると、ウメは唐突に膳をのけると、両膝を競《せ》って僧侶ににじりよった。さっきから、ひそかに機会をうかがっていたのだ。彼女の動作にキョトンとするスズ。

色目遣いに芭蕉をみあげ、ウメは「お坊さま」と単刀直入にきりだす。「女二人の旅は心ぼそいので、ご一緒させてくだされ」、つづけて「お伊勢参りの身、お坊さまのお情《なさけ》にすがってお頼みしますテ」と、両手を合わせて伏し拝んだ。あわててスズも、うしろから畳の縁《へり》に小さな額をすりつける。

だしぬけの頼み事に芭蕉はドン引きした。茶碗の水を呑みながら、なんとかしかめ面をとりつくろう。じつは彼は、勢州に近い伊州（伊賀国、今の三重県北西部）伊賀の出だったが、それにしても、しごく迷惑な頼まれ事であった。宗匠たる身が、遊女風情を道連れにしては沽券《こけん》にかかわる。それに、病いの弟子をかかえて女二人は足手纏《まと》いであった。

芭蕉は、高僧然として嫌々と首をふった。もとよりウメは臆せず、彼のまえに迫りよって哀願する。「見えかくれして跡《あと》をついていくので、けっしてご迷惑はかけませんテ」彼女は、つやっぽい声をふるわせ泪《なみだ》をうかべて訴える。おねだりは御手のモノだった。女好きの曽良なら、この色仕掛に手もなく参っていたろう。けれど、芭蕉の気位は泣き落としにはかからない。

「わたしらは、あちこちに立ちよるので、お伊勢参りの皆さんとご一緒なさい」断わるのにも、芭蕉は話をはぐらかさない。遊女たちの不安は、まず関所の通行にある。高田城主の往来手形があれば、面倒なく市振の関をとおれる。伊勢参詣にいくと袖元金（心付け）を忍ばせれば、役人は目こぼしをしてくれるはずだ。

ウメは、「これは仏様のご縁ですテ」となおも食いさがる。芭蕉は、口はばったいと冷たくあしらえない。不憫ではあったが、彼はやんわりと引導をわたした。「お二人には、かならずや大神宮様のご加護がありましょう」

ウメは気落ちして、片袖に涙をぬぐってみせた。駄目で元々だったが、それでも未練をのこした。スズは、おろおろして姉貴分のうしろ帯にすがる。

階段を踏む二人を見送りながら、芭蕉は気忙しく懐をさぐっていた。今朝したためた懐紙をひらくと、葛と月…の葛に×印をつけた。くずでは、いかにも音色の切れがわるい。せっつかれるように、秋の七草を順なしに数えあげた。薄《すすき》、女郎花《おみなえし》、撫子《なでしこ》、藤袴《ふじばかま》、萩《はぎ》、桔《き》梗《きょう》…。

彼の才知は、六草の間を諸刃《もろは》のように飛び交った。当然、作句の定型にはきびしい。このうち、葛と同じに音数が二字なのは、萩のみである。世にしられた佳麗な秋草で、音韻はまことに歯切れよい。彼は、ためらいなく一文字を書きかえた。

〈一家に遊女もねたり萩と月〉

いつもの癖で口髭をなでながら、ブツブツと句を詠みなおす。肺腑《はいふ》にふつふつと泡だつものを覚えて、芭蕉はおもわず武者ぶるいした。萩の一字が一瞬にして情感を高め、市振宿の一夜のイメージを焼きつけて、句を完結させていた。もはや推敲の余地はない。筆を筒に仕舞いながら、彼はうわずった声をあげていた。「オーイ。水をおくれ」

一〇〇余年後、越後の禅僧良寛は、この宿に投宿した折、俳聖を偲んで〈市振や芭蕉も寝たりおぼろ月〉と詠む。

小半時後、芭蕉は上がり框に坐って、宿で買いもとめた草鞋の紐をむすんでいた。新句を懐深くおさめて満悦の体《てい》だ。奥で、曽良が老爺に二人分の宿賃三〇〇文を払っている。ウメとスズが、かたい面持ちのままそろって下りてきた。二人とも、日焼け除けの頬かぶりをしている。畳に巻き脚絆の両脚をなげだすと、ウメは所在なげに髷の簪をいじる。遠慮して、芭蕉たちが先立ちするのを待っているのだ。同行を断わった手前、芭蕉は、かがんだまま彼女たちに気づかぬふりをしていた。

曽良が太めの杖にすがって、摺り足ででてきた。頬がこけて顔面蒼白…とたんに、芭蕉の恵比須顔《えびすがお》が曇った。励ましも気休めも言わず、憮然《ぶぜん》と草鞋の紐をきつく締めなおす。加賀の金沢までもちこたえるか、と思案投げ首…。越中と加賀を境する倶利伽羅峠《くりからとうげ》は、馬にのせて越えねばならない羽目になった。

それから二十数日後、病いが嵩じて曽良は、加賀の山中《やまなか》で師と別れることになる。随行する役目をはたせず、断腸の思いで師を見送る。のちに、彼は蕉門七哲に数えられ、二一年後に六一歳で没する。

『曽良旅日記』は、ここ市振の出入りを記すにとどまる。「十二日　申ノ中尅　市振ニ着、宿。十三日　市振立。虹立。」

さあ、大きく息むと、芭蕉は土間に立ちあがった。網代笠に指をかけて、部屋にのこる遊女たちに会釈しながら一声かけた。

「そンじゃあ、お先に…」

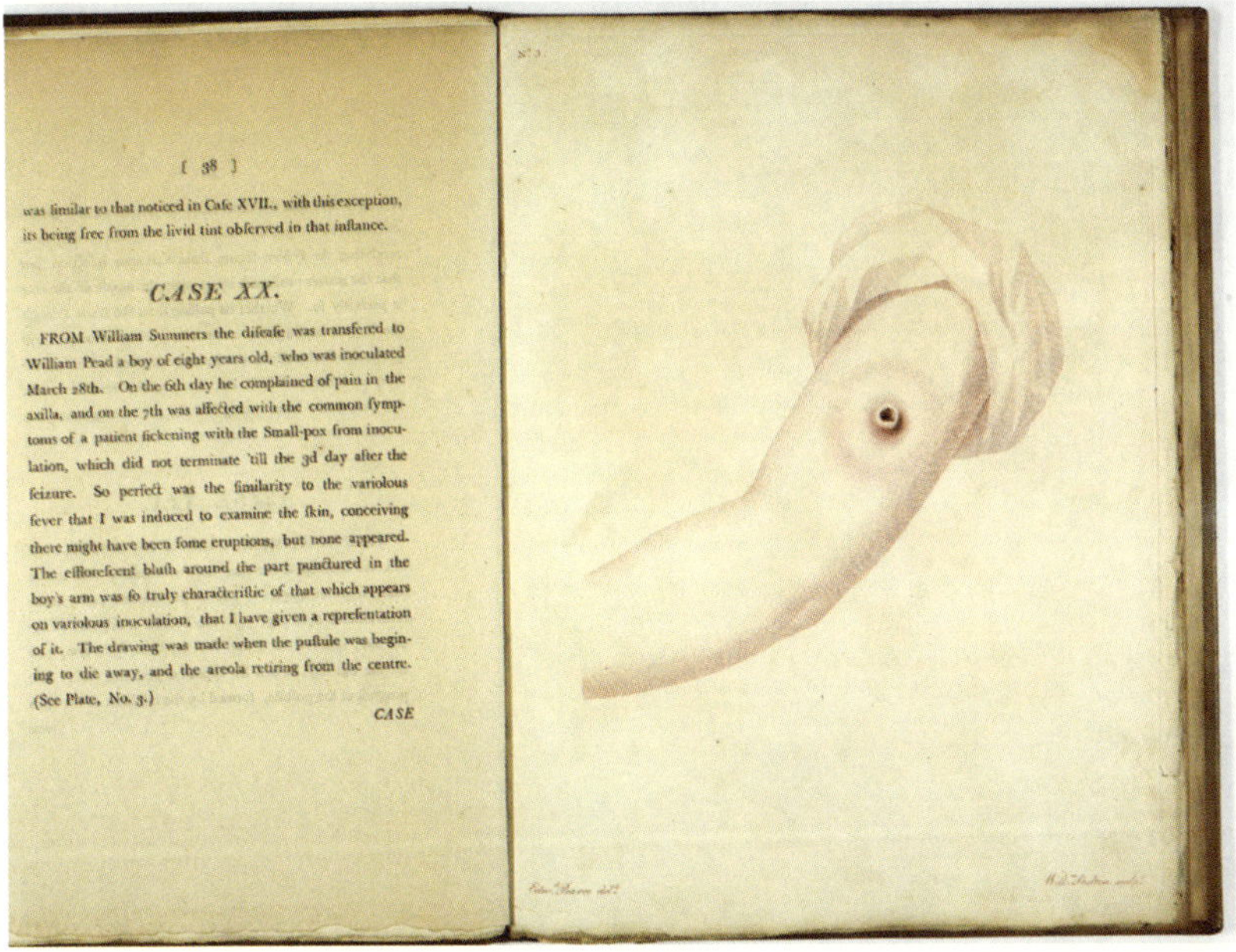

[38]

was ſimilar to that noticed in Caſe XVII., with this exception, its being free from the livid tint obſerved in that inſtance.

CASE XX.

FROM William Summers the diſeaſe was transfered to William Pead a boy of eight years old, who was inoculated March 28th. On the 6th day he complained of pain in the axilla, and on the 7th was affected with the common ſymptoms of a patient ſickening with the Small-pox from inoculation, which did not terminate 'till the 3d day after the ſeizure. So perfect was the ſimilarity to the variolous fever that I was induced to examine the ſkin, conceiving there might have been ſome eruptions, but none appeared. The efflореſcent bluſh around the part punctured in the boy's arm was ſo truly characteriſtic of that which appears on variolous inoculation, that I have given a repreſentation of it. The drawing was made when the puſtule was beginning to die away, and the areola retiring from the centre. (See Plate, No. 3.)

CASE

金木犀の咲く頃

一

ベンチに座ると、朝刊をひろげる。

飯田橋駅ちかい牛込濠をのぞむ土手堤。土手下から秋風にのって、快いレール音がひびく。朝の散歩の途中、新聞をよむのは定年退職後の彼の日課である。

目をおとした紙面に、ポタンと滴《しずく》がちった。一瞬みあげると、山桜のとがった枝々に陽射しが燦《さん》々とそそぐ。そのまぶしい額に、もう一滴、撥ねた。鳥のフンか…面食らってまたたくと、赤い一筋が墨色の紙面をまっすぐに垂れていく…血だ！

おもわずベンチにのけぞって、桜樹にかげる空をあおいだ。外濠沿いの牛込堤には、蒼然とした桜並木が市ヶ谷駅前までつづく。古色の大樹は、身の丈あたりで二又か三つ又に枝分れする。ベンチ上にのびた三つ又の枝に、白い足が大根のように垂れさがっていた。

「どうした!?」彼は仰天してさけんだ。三又の丸い底に、女がハンモック状に仰臥する。たじろいで、「どうした!?」とくりかえす。うろたえながらも、ベンチにのって太い樹の瘤《こぶ》にとりすがる。絣《かすり》の着物をきた若い女だ。血がむきだしの腿《もも》から脛《すね》をつたって、親指の先から空いたベンチの板にとびちった。

腹が異様にふくれて、険しく波うつ。妊娠している…それも陣痛と察した。精一杯に背のびして、「大丈夫ですか！」とよびかける。喘ぎあえぎ、女は能面の顔をよこむけて、あおざめた唇をふるわせた。

「た、す、け、て…」

バネのように弾けて、彼は「救急車！」とわめいていた。土手ぎわに、青いジャージの女学生が立ちすくむ。「あンた！一一九番してください」彼女は硬直して、のろのろとポケットをまさぐる。樹肌にしがみついたまま、「はやく一一九番！」とせかす。ストラップの束をかきわける動作が、もどかしい。だまって女学生は、とりだした赤い携帯を彼にさしだす。苛だってベンチを飛びおり、露出した根に手痛く足をとられる。

みょうに落着いた低音が、「どうしました？」と耳元に問う。うわずりながら、かいつまんで事態をつげる。女性が木に引っかかっている、とは説明しにくい。「妊娠さんです。産まれそうなんです！」

携帯をきると、よろけながら樹の上をみあげる。気を失っているのか、女は身じろぎもしない。血は、ベンチの木肌に花弁《はなびら》のように染む。通りをへだてた向い側に、十階建の東都逓信病院がある。そこへ運んだほうが早かったと悔むが、一人では、とても枝から下ろせない。いったい誰が上げたんだ、と疑問が渦まく。なんのために、樹の上に妊婦をかつぎあげたのか。悪戯《いたずら》にしては度がすぎる。奇々怪々…憤りをおさえつつ彼は、信じがたい事件に巻きこまれたと知る。

五分たらず、救急車がサイレンをならす。携帯をにぎった手をふると、救急隊員三人が低い土手をかけあがってきた。彼の指さす樹枝をみあげて、一瞬、唖然となる。どうしたんだ?、その詰問をさえぎって、「おろしてください」と訴える。気をとりなおして若い隊員が、猿《ましら》のように一気に樹の幹にはいのぼる。三又に仁王立ちにまたがると、「生きてます」と下の隊長につたえる。

うしろから女の両脇に腕をさしいれ、三又の底からかかえだす。下の二人が、ずれ落ちる身重をうけとめる。あとは手慣れて、すばやく毛布にくるむと、担架にのせて車にはこぶ。毛布からはみだす両の裸足が、小さくて白い。手つだう彼の胃の腑に憤りがこみあげた。

「奥さんですか?」とさび声で問いながら、隊長は、彼の二の腕をつかんだ。「違いますよ」あわてて否定するが、彼は、額が朱に染まっているのを知らない。あきらかに犯罪を疑っていて、隊長は不審げににらみすえる。「旦那さんが、最初に見つけたんだね?」苦笑いして、「旦那じゃあ、ありませんよ」と茶化した。「あなたが、第一発見者ですね」といいかえるが、腕ははなさない。仕方なく、彼女も一緒でした、と女学生をさす。

「あなたも見てたのね?」とたずねながら、彼の手から赤の携帯をとりあげる。土手には、遠まきに人だかりができて、野次馬がよってくる。「とにかく、一緒にきてください」否応なく腕をひっぱられて、救急車におしこまれた。まるで犯人扱いだ…。

はじめて乗った救急車、バックのせまい椅子にちぢこまる。かたわらには、酸素マスクをかけた女がうめく。車外では、「双子です。もう破水がはじまってますよ」と、救急搬送先の病院と交信中だ。やはり双子か…彼は、みょうに納得する。

若い隊員は、バウンドして運転席に座る。隊長は担架の脇に坐ると、「大丈夫、大丈夫ですよ」と女をはげます。ジロリとふりむくと、「芸者?」と彼に問う。頭上に、サイレン音がけたたましい。「丸髷をしてるよ」ととげとげしい声。丸髷?、日本髪を結っているのか…ひたすら首をかしげる。丸髷は、嫁いだ婦人がゆう髪型だが、今では日本髪じたいが廃れてしまった。そういえば、夢中でおろすとき、嗅ぎなれない髪油の匂いがした。だしぬけに、後部扉がひらいた。もう病院に着いたらしい。白衣の数人が、台車をならしてかけよってくる。あわてて車をおりると、そこは、見慣れた虎の門の産婦人科病院だった。気ぬけしたまま、あわただしく通りすぎる台車を見送る。病院の玄関から、警官がゆっくり近づいてくる。「この小林さんが」と、隊長が彼を指さした。「第一発見者です」

唐突に、助けをもとめる女の口元が、黒々と彼の瞼によみがえった。

あれは、御歯黒だ…。

二

マンション一階の扉をあけると、電話がなりひびく。ふるいビルなので、アパートというほうが合う。右足をひきずり受話器に手をのばすが、止んだ。昨日、桜の気根にぶつけて捻挫した。九段の整形外科で湿布して、もどったところだ。半年前にリタイアしてから、携帯はもたない。

医者疲れか、ソファにうたた寝する。ふたたび電話のベル。「小林さァん」と産婦人科の看護師長谷の甲高い声だ。彼女は、毎週かよう区の俳句教室の顔なじみであった。ナースとは聞いていたが、虎の門の師長とは知らなかった。「サクラさんがあ」と、ほがらかに現代ばなれした産婦をよぶ。名前がわからないので、発見された木を仮名にする。彼女は、まだ一言もしゃべらないらしい。谷は彼に頼るが、そんな呼びだしは迷惑至極だ。

「いやあ、彼女は、私の顔なんか見てませんよ」

あのあと、廊下の片隅で、警官から根掘り葉掘り事情を聴取された。ほどなく、手術室から赤ん坊の泣き声がもれてきた。「あッ、産まれた」と、彼はおもわず両手を叩いた。

容疑がとけたか、警官も相好をくずす。師長が、帝王切開して元気な双子が産まれた、とつたえる。難産のとき、妊婦の子宮壁を切開して胎児を娩出する手術で、ローマ皇帝のシーザーが、この手術で産まれたという。「男の子と女の子ですよ。二卵性ね」

谷の強情に根負けして、小林は渋々、自転車を片足こぎした。ゆきがかり上、若い産婦が気がかりでもあった。まだ双子は新生児治療室の保育器にいるが、母親には窓ごしに見せたという。彼は谷の耳元に、「彼女、唖ではありませんよ」とささやいた。

すべりのよい扉をあけて、小林は病室に片足をふみいれる。不意に、むせかえるように甘い花の香りが薫った。一度嗅いだら忘れない金木犀《きんもくせい》の強い芳香だ。とまどう彼に、谷が声をひそめる。「両方の袂《たもと》のなかに、小枝がギッシリ！」窓辺の陶皿にもられた枝葉。そこに黄金色の満開の小花があふれる。両の袂を満たした金木犀…安産祈願か、摩訶《まか》不思議な所業。

目元まで毛布をかぶって、つややかな黒髪しかみえない。そろりと近よって、「いかがですか？」とかすれ声になる。毛布の縁の両手でにぎりしめ、彼女は、ひたすら人を怖れこばむ。半身をひいて小林は、口元をほころばせた。「赤ちゃん、おめでとう」

毛布にのぞく切れ長の目が、泳いだ。黒い瞳が心もちやわらいだ。すかさず、「わたし、わかりますか？」と問う。彼女は、毛布の下からかすかにうなずいた。うしろから背のびした谷が、ようやく安堵の溜息をもらす。ベッド脇に折り畳み椅子をよせるが、せかずに声はかけない。そのうしろを谷が、気ぜわしく行きつ戻りつする。はやくサクラの氏素性《うじすじょう》を知りたいのだ。

小林は、おだやかにゆっくりと話しかける。「私の名前は、こ、ば、や、し、き、よ、し、です。年は、六、十、四、です」一息ついて、「近くに住んでるんですよ」と自己紹介した。サクラとよばれても嫌がらないが、期待した返答はない。本名も、住所も、なぜ樹の上にいたのかも、謎のままだ。

彼は、無理強いせず口をつぐむ。所在なく室内をみまわし、窓辺の金木犀の香りにさそわれる。陶皿には、花を咲かせた手折りの枝がたばねてある。その小枝を一本つまみながら、「金木犀、好きですか?」と問う。その声に毛布がはだけて、小さな白い顔がのぞいた。未成年、それも十五、六歳か…小林は、その余りの幼さに胸をつかれた。

手にした小枝から、百花が香気をはなって一斉に舞いちった。

三

毎日が日曜日なので、曜日がにぶる。やもめ暮しは気楽だが、甲斐性がなくなる。鎌倉に嫁いだ一人娘の京子が毎週、冷蔵庫に手作りの五日分を蓄える。あとの二日は、近くの定食屋ですませる。

翌々日の午後、足首の痛みがおさまったので、小林は自転車をこぐ。個室のまえには、もう警官の姿はない。事件性はなかったのだ、と得心する。ベッドに坐ってサクラは、丸髷の黒髪に櫛《くし》を梳《と》かす。忍ばせてきたのだろう、古風な黄楊《つげ》の櫛だった。その何気ない仕草は、凛《りん》としてつやっぽい。

ベッドの脇の子供寝台には、産衣にくるまって双子がならぶ。初産と聞くが、一どきに瓜《うり》二つの赤ん坊をだけるとは羨ましい。それも男児と女児…彼は男の子が欲しかったが、妻は若くして病弱だった。孫のようなサクラと双子の天命《いのち》がまぶしい。

一昨日と打ってかわって、彼女はなごんでいて、小林をみる面持ちも屈託ない。「サクラさん、なんでも食べるのよ」アラフォーの谷は、娘をみるように目を細めた。「お乳がまだでないの」と、はにかむ彼女をからかう。窓辺をみると、残り香をただよわせて金木犀の陶皿がない。警官がすててもよい、と言ったらしい。

眠っていた男児がむずかりはじめ、釣られて女児もぐずりだす。ベッドから身をのりだして、サクラは、双子の小さな頭を代わる代わるなでる。その細い指には、あかぎれが切れていた。いまでは死語だが、昔は、寒さで手足の皮膚が亀の甲羅のようにヒビ割れた。

幼な顔に母性があふれて、ほおえむ口元に白い歯が光る。

サクラは、二人の会話をさりげなく聞き耳する。廊下にでると谷は、「まだしゃべらないのよ」と訴えた。彼は浮の空で、「歯、白いですね」と問う。歯科の先生が口腔ケアしたという。小林は遠慮がちに、「あれは御歯黒でしたよね?」とたずねた。「そォなの」と一オクターブあがって、「先生も御歯黒を塗っているって…」と途ぎれた。いまでは御歯黒は、舞台にたつ歌舞伎役者ぐらいしかつけない。あどけない産婦とはいえ、彼らは気色わるさをぬぐいきれない。おもいきって彼は、面妖な疑問を口にした。

「谷さん。彼女、江戸時代からやってきた人みたいですね」院内では眉をひそめて、江戸という言葉は禁句になっていたようだ。彼の問いに、谷はふっきれたように吐露した。

「サクラさん、湯文字を穿《は》いていたんですよ」ゆもじ?と一瞬、小林は喉につまった。湯文字は、着物の下にまきつける女性用の赤い腰巻である。今では、湯文字をつけるのは、玄人《くろうと》の芸妓や日舞の師匠ぐらいだろう。

丸髷を結って、着物をきて、湯文字を巻いて、御歯黒を染めて、黄楊櫛を梳く…この時代色は、まぎれもない江戸の女であった。帰り道、靖国神社の境内に茶屋がある。空腹に熱いラーメンを啜る。「江戸時代だったら、母子とも助からなかったですよ」そうだろうなあ…先刻の谷の寸言をおもいだす。江戸時代と平成時代の医療…その落差が小林の胸に迫る。いつのまにか夕闇がおり、神社神門の大扉がガチン、ガチンと閉まる。

きまって五時半に覚める。六時にテレビのニュースをみる。いきなり、女子アナの金切り声。「教会の十字架に、男性が突き刺さっていました！」彼女の背後には、急傾斜した教会堂の屋根がみえる。十字架が朝明けに黒々とそびえる。屋根の斜面が、バケツをぶちまけたように赤々と染まる。眼を凝らすまで、それが血とはわからない。見覚えのある教会…小林は画面に釘づけになる。

「けさ、ここ九段の教会の屋根の十字架に」昂奮をおさえきれない女子アナ。「中年の男性が、あおむけに突き刺さっているのが発見されました」やはり、散歩道にある富士見教会だ。九段坂の靖国神社の大鳥居のまえに建つ旧い教会堂である。生中継の喧騒を切って、スニーカーをつっかける。走れば、アパートから二分たらずだ。

早稲田通りから大鳥居の辺りには、早出の通行人が群がる。皆一様に顔をあおむけて、高い教会堂の屋根を凝視する。小林は、野次馬のうしろから背のびした。海鼠《なまこ》屋根を毒々しく染めた血糊が、茜《あかね》の空にあざやかに映える。「ドスン、ギャアって、すごい音がしたんですよ」近所の主婦らしい、「落ちてきたんです」と興奮はさめない。

「どこから、おちてきたんでしょう？」得心しない低い声に、主婦は口ごもったまま黙りこむ。教会堂の三方は通りで、あとの一方には低いビルが建つ。四隣には、教会堂より高所はない。

　別のご近所が、興味津々に声をひそめる。「侍の格好をしていたらしいですよ」小林の背筋に身震いが走った。丸腰で袴をはいて丁髷《ちょんまげ》をしていた、とみてきたように言う。「ちんどん屋ですかぁ」と半信半疑に茶化した声。別の通行人が目撃情報をつたえる。「よく時代劇なんかで、髪を剃らない貧乏な侍がでてきますよね」かたわらの年寄りが、「月代《さかやき》ですね」と口をそえた。「そう！その月代が伸び放題でした」

　目撃談が真に迫っているので、野次馬たちは気味わるそうに黙りこむ。本物の侍かと、ふたたび小林の背筋に冷水がつたう。消防団員たちが、梯子車から屋根にブルーシートをかけはじめる。額に陽をあびて、小走りにアパートへもどる。五日前の牛込堤のサクラについで、二人目はサムライ…それも、一キロメートルもはなれていない場所である。まばゆいテレビ画面から、奇怪無残におののく女子アナの声高がひびく。

「明け方、大きな音と悲鳴がして、中年の男性がおちてきて…鉄の十字架の先端に背中を貫かれて…十字架の左右の腕で止まりました…即死だったとおもわれます。屋根には、血がペンキのように飛びちっています」

　天からサムライが落ちてきて、運悪く槍のような十字架に串刺しになった。あおむけに四肢をひろげた怪鳥のような姿。凄惨な猟奇的殺人事件――マイクをふるわせながら、女子アナは、息つぐまもなく声をふりしぼる。十字架の上方から落ちないかぎり、あんな刺さり方はしない。クレーンにのせて落としたのか、まさか、そんな酔狂な殺し方はしない。

電話の音に我にかえる。ここしばらく、電話をかけてくるのは谷ぐらいだ。「小林さァん！」

四

母乳がではじめたらしい、ナースに贈られたのだろう、サクラは、赤いセーターを両肩にかけてソファに坐る。花柄のスリッパの両足をそろえる。やさしく男児をだいて、ためらうことなく乳をふくませる。彼はブルー、女児はピンクの産衣だ。小林があけかけた扉を閉めると、谷が待ちかねたように袖をひく。

今朝、刑事たちの目は釣りあがっていたという。十字架の丸腰のサムライは、ただちに監察医務院にはこばれて司法解剖された。胸部に、血のにじんだ木綿の晒《さら》しを幾重にも巻いていた。解剖医がほどくと、肩口から胸下へ大きな切り傷があった。膏薬をぬった木綿が、合わせた傷口をふさぐ。どうみても、ヤクザの刃傷沙汰にはみえない。月代ののびた貧乏侍が、斬り合いをして負傷した…新鮮創だが、死因は、胸部を貫通した鉄棒の一刺しであった。

　声をひそめて谷は、一部始終を口にする。警察は、サムライ姿にカモフラージュした偽装殺人とみる。むろん、天空から落ちてきたとは信じない。だが、あの時刻に近くを飛んだ飛行機もヘリコプターもないという。刑事たちは、ソファのサクラに問いただす。院内衣の襟をあわせて、彼らの威勢に物怖じしない。サムライの屍体写真をみせられても、幼い瞳はどうじない。明け方に落下してきた江戸時代？の人、という共通点しかない。関連性はないと、刑事たちは早々にひきあげた。

「気丈な子なのよォ」目を細めて谷は、我が娘のように褒めそやす。「あの子の手みた？働いていた手よ」寒中、素手で洗濯や炊事をしていたらしい。荒れた手指にクリームをぬると、小さな手で合掌したという。その健気に、勝気な谷が涙ぐむ。小林は目をそらして、「あかぎれって冬ですよねえ」とつぶやいた。今は涼秋の候、江戸は真冬か、どうも時季がずれている。申しあわせたように、「金木犀は、今ですよねえ」と顔を見合わす。彼らは、金木犀が秋の季語と知る。

　サムライの出現によって、小林は非現実的な信憑《しんぴょう》がふかまる。谷も、同様の思い入れを共有する。「江戸時代では、とても外科手術はムリだわ」そこで、彼女は言いよどんだ。

「お気の毒に、落ちた所がわるかったのね」

サクラもサムライも、出産や怪我の治療をするために、時空を超えてきた──もはや小林も谷も、その仮説を打ち消せなかった。それは、二人が現世の人ではないというに等しい。だが現実には、江戸時代からタイムスリップして現代へ送られてきたと、その恐ろしい不条理を自得するほかない。これからも、江戸の病人が落ちてくるかもしれない…。

乳くさいソファに坐る。サクラは、人なつっこい黒目で小林をみあげた。うなずくか、わずかに首をふるだけで、いまだに一言もしゃべらない。その一途な頑強さに感服した。

昼まえ、虎の門の千代女子大学を半年ぶりに訪れた。長年、そこで図書館主事をつとめた。ネット情報は好まず、事典で金木犀をしらべる。常緑小高木樹で銀木犀の変種。原産は中国南部で、十七世紀に渡来したという。秋十月に、香しい橙黄色の小花を咲かす。江戸時代からの花、十月の花と知る。金木犀の咲く頃、若い夫が旅立ちに満開の花枝を手折って、身重の妻の袖に一本一本つめたのだろう。その夫婦の情愛が瞼に浮かび、小林は、幼妻の可憐さに胸うたれる。

借りだした写真集を、彼女の膝にひろげる。「ここ、知ってる?」と、皇居二重橋のカラー写真をさす。桜田門や半蔵濠の旧江戸城の景色をみても、なんら興味をしめさない。江戸府内に住んでいたのではないようだ。江戸からはなれた在か、と思いめぐらす。タイムスリップした彼女の時間と空間は、江戸と東京がつながっているとは限らない。じつはタイムスリップは、時代も場所も選ばないのかもしれない…サクラは偶然、平成時代の飯田橋に到達したのではないか。

ふだんより前や後に人影が多い。両手にデジカメをかまえて、みな空を見あげながら歩く。あらたに、落ちてくる江戸人を目撃したいのだ。数日ぶりに、牛込堤のベンチに座る。板の血糊は、すっかり拭きとられた。新聞をひろげると、「小林さんですね」と左右から刑事が見おろす。そこで、サクラを発見した状況を現場検証する。「おちてきたところは、見ていないんですね?」どうやら、落下という事象を否定したいらしい。舌鋒鋭いが、彼らは自らの愚問に苦笑いする。

サクラ母子は院内の人気者だ。ナースたちが、入れかわり立ちかわり双子をながめにくる。勝手にだいてあやして、師長に叱られる。男児はサクラくん、女児はサクラちゃんとよぶ。甘い乳の匂いをただよわせて、母親サクラは淡い微笑みをうかべる。

『小林　聖』小林は、持参した大学ノートに筆ペンで書く。「あなたの、な、ま、え、は?」と口伝えするが、やはり反応はない。サクラの世智からみて、文盲とは思えない。こんどは、『江戸』と太書きする。「え、ど」と音読するが、彼女がしばらくれているとは思えない。谷は黙っているが、病院では身元不明の患者は思案に余る。入院費ははらわず、引取り先もさだかでない。しゃべれば方言がでるかもしれない、と彼はさすがに焦り気味だ。

夜半、唐突に赤いセーターがおもい浮かぶ。起きて小林は、別室の洋服箪笥をあける。つるした婦人服を無造作にたぐると、樟脳の香がかすかにただよう。闘病のすえ、五年前に病没した妻の洋服である。どれも地味すぎて、とてもサクラには似合わない。見覚えのあるベージュのワンピース…妻の好んだ一着だった。おもわず薄い袖をにぎりしめ、彼はひそかに嗚咽《おえつ》した。

五

「こんどは、子供が落ちてきました！」

久しぶりに朝寝坊して七時、テレビ画面の男声がさけぶ。三人目がでた…さわがず、小林は画面に釘付けになる。「明け方六時ごろ、東京市ヶ谷濠の釣堀に、五歳くらいの男の子が落ちてきました。男の子は、釣堀の管理人に助けあげられて、無事です」

第一発見者の老管理人が、生中継に訥《とつ》々と語る。「朝の掃除しようとしたら…小雨がふってたけど、目の前にスーと子供が降ってきたんだよ。そこにボチャンと沈んで、すぐに浮かんで、自分で泳いでた…とんがった髪の毛をにぎって、引きあげたんだ。あの坊や、赤い着物きてチンチンだしてたよ。…空から、降ってきたんだよォ」

中継を受け売りして、男子アナが声高にくりかえす。「子供が空から降ってきました。時代劇の子役のような格好をしていました。助けあげた釣堀の方が、坊や大丈夫かい?と聞くと、小さな片手をひろげて、五つという仕草をしたそうです」

空から降ってきた江戸時代の子供―なんの病気だったんだろう?。テレビをきると、脱兎のようにとびだした。サクラが落ちた所から釣堀まで五分たらずだ。釣堀は、市ヶ谷橋の手前の濠を区切った一角にある。息せききって小林は、市ヶ谷駅のホームごしに釣堀を見おろす。昼間、釣人ににぎわう釣場は閑散としている。今し方、テレビ中継は終わったらしい。我しらず、一連の椿事にのめり込んでいる…戦後の団塊の世代と自嘲しながら、彼は、かたわらのベンチにへたりこんだ。

この八日間に、三人が落下してきた。一人目は牛込堤、二人目は九段坂、三人目は市ヶ谷濠…いずれも旧江戸城、皇居北西側の内濠と外濠の間である。三ヶ所の落下地点をむすぶと、せいぜい二キロメートルのせまいエリアに限定する。ここの天空に、江戸時代につうじる裂け目―タイムホールがあるのか。もはや、江戸時代からのタイムスリップを疑う余地はない。

「やっぱり、三人目がでましたねえ」と、第一声は異口同音である。「坊や、水におちて良かったわねえ」谷は子供の身を安んじたが、彼は病気が気がかりであった。「元気な子らしいけど、なんの病気でしょうね?」子供は、救急車で内堀通りの九段上病院にはこばれたという。玄関前に檜の老樹のある旧い病院だ。あそこの師長は親しいから聞いてみる、と電話は気ぜわしく切れた。彼女も、なんの疾病か気にしている。まだ見ぬ子供の病状を気遣いながら、小林は、ふっと「…赤い着物って?」とつぶやいた。

その頃、九段上病院の外来は修羅場だった。

三階個室の佐藤は、ひとり歯を磨いていた。髪をみだして、小柄な師長金子が小走ってきた。「先生、患者さんお願いします」彼は七〇歳、昨年この病院を退職した。今は患者として狭心症の治療をうける身だった。首をふるが、早朝の救急なので否応もない。「空から降ってきたって…」とぼやきながら、パジャマに長い白衣をひっかける。一階外来におりる間に、五歳児、体温三九度、顔に発疹、感染症の疑いと聞く。子供は、救急外来の治療台でタオルにくるまる。強《こわ》い髪を頭頂に徳利《とくり》結びにした髪型だ。衰弱しているものの、しきりに手足をばたつかせる。両頬がリンゴのように赤い…霜焼《しもや》けだ。

ゴム手袋をはめながら、「坊や、どこからきたの?」と問う。勢いよく「あっち」と外を指した。「元気だねえ。お名前は?」腹部をさわられて身をよじり、「ごろォ」と熱っぽい息をはずませる。「へえ〜。おじさんも吾郎っていうんだよ。同じ名前だねえ」つぎは年齢を聞かれると、ゴローは、威勢よく五本指をひろげてみせた。「五つなのかあ」と応じながら、利発な子と知る。この時節に、小さな指も赤黒く腫れている。霜焼けなど久しく見ていない…どうみても現代っ子らしくない。

生えぎわから顔面に、ポツンポツンと赤紫の小さな発疹がある。丘疹（少し盛りあがった発疹）だが、みょうな吹き出物だ。嫌な予感がして、佐藤の目は患児のうえをおよぐ。

治療台の脇、脱衣籠にぬれた着物が丸めてある。ムラのある赤染めの粗織《あらおり》であった。短い帯紐も赤い。なんで、赤い着物をきているのか？。首につるしていたのだろう、守り袋がある。若いナースが気色わるそうにあけると、幾重にも折りたたんだ奇妙な絵がでてきた。「赤い絵です…」と、彼女は当惑して佐藤にむけてひろげる。にじんだ折り目から滴がたれた。

一色刷りの赤絵…奇しくも、彼の趣味は浮世絵の収集だった。美麗な錦絵にかぎらず、魔除けや呪《まじな》い用に刷った麻疹絵《はしかえ》、虎列刺絵《これらえ》、疱瘡絵《ほうそうえ》も蒐める。疱瘡絵は、事後に川にながしたので現物は数少ない。古来、疱瘡（痘瘡）の痘鬼は赤色を忌《い》むとされた。ぬれた絵は、赤すぐめの金太郎が痘鬼を討つ疱瘡退治の図であった。ゴローに守り袋をもたせた親は、息子がはやり病いであることを知っていた。汚れた一枚の赤絵が、子供の病いを教えている…佐藤の赤ら顔から血の気が失せた。

怪訝《けげん》そうにうながす金子。目蓋をしばたくと、彼は、抑制をきかせて口早に指示した。

「救急車、留めておいてください。感染症患者を運ぶとつたえてください」師長はナースの一人に合図し、ガーゼを水にひたす佐藤を手つだう。「ゴロー君、冷いけど我慢してね」患児の口元にぬれガーゼをはる。「マスクもするからね」そのうえから、防護マスクを二重にかける。そのあと、室内にいる全員にマスクの着用を命じた。ふだん温和で駄じゃれ好きな彼の険相。異様な成りゆきに動揺するナース二人を廊下へだす。

佐藤は、のこった師長に矢つぎ早に指示をとばす。「玄関を閉めて、一般外来に人をいれない。入院患者がおりてこないようにエレベーターを止める。だれも入れない、だれも出さない。それから、院内消毒の準備を頼みます。とりあえず急いで！」金子は一昨年、新型の豚インフルエンザ騒動の経験がある。そのとき、陣頭指揮にたったのが佐藤だった。黙って彼女はいそいで室をでる。

ひとりになると彼は受話器をとり、「戸山の国立感染症病院」と交換手につげた。ゴローは一変して悪寒にふるえ、息苦しそうにうなされる。額の発疹がひろがっている。鼻口をふさいだマスクの裏でかるく咳こむ。受話器をにぎるゴムの手がこわばる。佐藤は、マスクの奥でつぶやいた…「私には、免疫がある」

電話をきると、金子が滑りこんできた。「先生、外来のはじまる前でよかったです」長い経験から彼女には、患児の感染症の見当はつく。痩身をかたむけて佐藤は、金子の耳にささやいた。

「先生…まさか」と、彼をみあげたまま師長は絶句した。

六

郵便受の乾いた音に覚める。

きのうの夕方、九段上の師長と連絡がとれない、と谷から電話があった。西東三鬼の句集を詠みながらまどろむ。新興俳句の旗手、三鬼は好きな俳人である。代表作の〈水枕ガバリと寒い海がある〉には、意表をつかれた。朝刊をひろうと、眼底に黒地に白の大見出しがおどった。

『根絶した天然痘が発病』

食いいるように紙面を追う。『東京市ヶ谷の5歳児　WHOに衝撃走る』あの子は、醜いあばたをのこす天然痘に罹っていたのか…ソファにおちこむと、小林は受話器をとった。赤い着物は魔除けか、と疑問が脳裏をかすめる。とにかく谷と、二人だけにつうじる会話を交わしたかった。「谷さん。たいへんな病人が送られてきましたねえ」

「信じられないのよォ」受話器のむこうに、谷の悲鳴に近い第一声だ。WHO（世界保健機関）は一九八〇年、天然痘は地球上から根絶したと高らかに宣言した。Ｅ・ジェンナーの種痘により、人種史上もっとも恐れられた流行病は、歴史に記される過去の病気となった。予防接種は不要となりワクチン製造は終止し、小学校の教科書から人類の恩人ジェンナーが消えた。きょうは、二〇一一年（平成二三年）十月八日である。

「小林さん。この三〇年、だれも予防接種していないの。ワクチンは、世界中どこにもないのよ。みんな免疫がないから、感染拡大する恐れがあるわ」江戸時代にはめずらしくない伝染病であったが、平成の世ではパニックだった。にわかに、彼女は涙声になった。「九段上の金子さん、どこかに隔離されてる…きっと感染しているわ」彼女たちは、種痘の針痕のない世代にはいっていた。

天然痘ウイルスは、咳や声の飛沫により気道粘膜に感染する。二週間ほどの潜伏期間をおいて、激しい頭痛をともなう高熱を発する。じきに全身に発疹が生じ、それが膿疱にかわり、およそ四〇パーセントが死亡する。治癒しても、顔面などに醜悪な痘痕《あばた》をのこす。「治療法はないのよ」と、谷は鼻水をすする。専用の抗ウイルス薬はないので、通常の全身療法と対症療法しかないという。

彼女が落ちつくと、小林は恐るおそるたずねた。「わたし昨日の朝、釣堀まで行ったんだけど…大丈夫ですか？」息をのむ谷に、一〇〇メートル先だったと話す。驚かさないでよ！と、叱責がはねかえった。「一〇〇メートルもはなれてれば心配ないわよ。それに、小林さんの腕には、種痘の跡があるでしょ！生涯免疫だから大丈夫よ」

天然痘ウイルスの感染力は、きわめて強い。患者に接触した者、二メートル以内に近づいた者は、強制的に隔離される。「あの坊やを助けた釣堀のおじさん、救急隊員、診察した医者とナースもアウトよ」谷の声が途ぎれる。「金子さん、お気の毒に…」

彼女は、医学書を拾い読みしたようだ。「安永二年に江戸で大流行して、十九万人が死んだそうよ。当時の江戸の人口の三分の一も…二百数十年前ね」そのあと、神妙なひとり言になった。「あの坊や、安永時代からきたのかしら？…」今さら喉がつまって、小林は沈黙した。疱瘡は、江戸時代をつうじて各地に頻発し、老若男女を蹂躙《じゅうりん》した。あの子が、いつ、どこの流行におそわれたのか、特定できない。二人とも、タイムスリップ問答は空まわりと覚る。

とにかく、どのような方法かは不明だが、江戸時代のだれかが、疱瘡患者と知りつつ送りとどけてきた―おそらく両親が、我が子の発病に為す術《すべ》なく、藁《わら》をもすがる思いで、未知の危険なタイムトラベルを決断したのだろう。二度と会えなくても、我が子の存命に賭けた親心は切ない。見知らぬ彼らの心痛が、小林の胸を刺す。彼らは、医療の先進した時世に狙いをさだめた。送り先は、平成時代と識っていたのか。

サクラもサムライも疱瘡とは関わりないから、子供とは時代も場所も異なる。そうすると、三人は、前世からバラバラにタイムスリップしてきたことになる。はたして人は、いつでも前世と現世の間を往き来しているのか。

小林はつかれきって、長電話をきる。テレビは、どの局も天然痘報道一色だ。画面は、「天然痘は、バイオテロの恐れがあります」と物々しく警告する。そんなバカな、と彼は舌うちした。テロリスト集団が炭疽菌を生物兵器に使用すると、なにかで読んだ記憶がある。それにしても、天然痘に感染させた五歳児のウイルス爆弾を投下したというのか?。

小林は、腹だたしくテレビをきった。

昼すぎ、予約していた歯科にいく。飯田橋駅西口前の日本歯科大学病院で治療をうける。帰り途、喫茶店ルノアールで野菜サンドをつまむ。昨日、京子にたのんで産衣を買った。「男女おそろいよ」と、彼女は父親の物好きを冷やかした。その言いようにムッときて、今日は虎の門にはでむかない。じつは、サクラの病室にしげしげ通うのに気がひけていたのだ。

夜のテレビが、「バイオテロの危険はない」と報じる。聞けば、WHOは天然痘根絶後、アメリカ、イギリス、ロシア、南アフリカの協力研究所に、研究用としてウイルス株を保管した。その四ヶ所とも、盗難も略奪もないと確認されたという。「ホラ、ホラ!」と、小林は指をならした。ご機嫌で、冷蔵庫のグラタンを温める。猫舌を休めやすめ食べる。料理好きだった女房と同じ味だ。

もはや、天然痘の病原体ウイルスは、自然界には存在しない。しかし、それは現世での直近の三〇年間にかぎる。子供は、前世で自然界に発生したウイルスに感染した。彼は、そのままタイムスリップしたから、現世は、存在するはずのないウイルスに恐慌をきたした。だが、その不可思議に周章狼狽《しゅうしょうろうばい》しても、子供のタイムスリップを信じる者はいない。……そこから、論理はかぎりなく堂々巡りする。

七

でがけに、けたたましく電話のベル。天然痘の新情報かと、スニーカーをぬぎすてる。

「サクラさんが、いなくなったの！」

病院から黙って消えたという。折角の産衣を忘れて、小林は自転車にとびのる。彼女は病院を外出したことはないから、どこも行く所はないはずだ。力みながら赤信号を横ぎる。

病室まえに、谷がピンクの赤子をあやしていた。ナースたちは、院外に散っているらしい。谷は師長のきつい表情をゆるめ、小林さん、とだいた赤ん坊を彼にむけた。「サクラちゃんを残しているのよ」オウム返しに、「それなら戻ってきますね」と声がはずむ。母親が乳飲み子を置いていくはずはない。谷は女児をだきなおしながら、悲しげに白んだ顔を伏せた。

病室は、裳抜《もぬけ》の殻だった。整ったベッドの上…キチンとたたんだ院内衣、赤いセーター、白い靴下、大学ノートと筆ペンがならべてある。そのあとをにごさない跡形に、小林は、感謝をこめた彼女の心情を察した。自前の着物に着がえたと気づくと、彼は端《はし》なく狼狽した。早朝、ひそかに病院をぬけだして、サクラは、ここへはもどってこない。ついに、身分を明かさずあっぱれな去り方だ。

今日は、彼女の入院十日目であった。うかつにも、江戸時代へ帰るなんて…かえれるなんて…小林は想像だにしなかった。出産にきたのだから、ぶじ産まれれば産院を去る…サクラは退院したと考えればよい。彼女の帰る所は、夫と家族のいる故里《ふるさと》しかない。だが、ほんとうにサクラと男児は、無事に江戸時代へフィードバックできるのか。

背中ごしに、「どこへ行ったか、わかりませんか?」と谷の沈んだ声がする。意に反して小林は、行く所なんてないでしょ!と逆上していた。彼女は、女児をだいたまま悄然としている。その失意をはげまそうと、「どうして、連れていかなかったのかなあ」と口走る。彼はあきらめきれず、サクラは、かならず女児のもとにもどると言いたかったのだ。

「サクラは、江戸の人よ」谷は、自ら諭すように小林を見すえた。「昔は、獣腹《けものばら》っていわれていたわ」獣腹?、むかし歴史本を積ん読したことがある。古来、双子や三つ子の複数児は、獣と同じ卑しい腹と嫌忌された。堕胎《だたい》もうけもった産婆が、産まれるとすぐに間引した。嬰児《えいじ》殺しができないと、ひそかに遠く里子にだした。獣腹は、貧しい世帯の口減らしの口実でもあったのだ。「そんなのひどい…」とつぶやいて、彼は、サクラの行為は口減らしに符合すると覚る。

昔時は、男子と女子であれば、家を継ぐ男児がのこすべき命に選ばれた。双子を連れかえれば、女児が間引かれるとサクラは悟る。それは、善意を超えた生き死にの選択であった。ここに残せば捨て子になるが、生きられる—娘が存命するためには、幼い母親は如何様にも非情になりえた。サクラの強靭さは、小林の常軌をこえて彼を圧倒した。彼には、江戸の母親の決行を制止できない。

不意に、サクラちゃんが火がついたように泣きだす。母乳を欲しがっていると、谷はつらそうに彼女をあやす。否、置いていかないで!と母親をよんでいる—その泣きように、小林はハッと我にかえった。サクラは、来た所に行ったのではないか。ブルーの赤子をひしとだいて、引きよせられるように不案内な暗い道をたどった。そこは平成時代への着地点、あの牛込堤の桜樹の下である。帰路につく場所は、あそこしかない。

「電話します！」と谷にさけぶと、彼は、ふたたび自転車にまたがり向きをかえた。ただ短絡に、あの落下地点からタイムホールに昇天する、と小林は確信した。今なら間にあうかもしれない…追いついたら、どうすると考える余裕はない。この時刻、一帯には天然痘を恐れて道ゆく人影はない。深閑と冴えわたる通りを力み力みひた走る。サクラに別れをいいたい…サクラちゃんは私たちが育てる…サクラくんを連れて、ぶじ家族のもとに帰れ。そんな思いが入り交じり、小林の蒼い心中をかきみだす。

土手上にサクラの姿はない。かけあがって、無人のベンチに倒れこむ。桜樹にかげる暁天をみあげた瞬間、天空が割れたようにおびただしい金木犀の花弁が、満腔に芳香を吹きあげながら、彼の頭上に金色《こんじき》の吹雪となって降りそそいだ。

リンダの跫音

一

リンダ・シンプソンは、汽船と岸壁の間にゆれる狭い桟橋をゆっくり下りていく。吹きぬける春の潮風……外套の裾に泡だつ飛沫をはねながら、彼女の長い革靴がぬれた石畳を踏んだ。

一瞬、よろめくような目眩《めまい》におそわれる。

一八八七年（明治二〇年）四月三日、四千トンのシティ・オブ・トーキヨー号。サンフランシスコから乗って、十八日ぶりの地面の感触であった。

淡い陽射しをあびて、横浜埠頭《ふとう》は雑踏だった。下船する客と出迎えがあふれ、異邦の言葉がやかましく飛び交う。弁髪をたらした支那服の男、アメリカ人宣教師、和服をよそおった婦女、はなやいだドレスの英国婦人、後髪にたばねた和服の男たち、不揃いで不似合いな洋装の男たち。人波は、雑多な屋台の列の間をズルズルと蛇行する。下駄の音が、騒々しくみだれて敷石をうつ。胃袋をそそる火食の匂いが、ごった煮となって猥雑《わいざつ》にただよう。その波間に、長身のリンダの丸い帽子がおよいでいる。革トランクを背に、両手のバッグをはなさず、よろめきながらゲートをでた。

前方、リンダの碧い瞳に、灰色の殺風景な広場がかすんでいた。ここにも、騒音と蛮声が渦巻く。乳母車に似た大型の人力車が、さらうように客をひろって、つぎつぎに土ぼこりをあげて走り去る。およそ百台はならんでいたろう。この喧騒《けんそう》に彼女は茫然とたちつくした。

そこへ、短軀《たんく》の車夫が走りよってきた。印半纏《しるしばんてん》に青の股引を穿《は》いて、じつにすばしこい。車体の座席をたたいて、乗れ！とリンダをうながす。バッグ二個を膝にかかえて、夢中で行先をつげた。オーケーオーケー、外人慣れした車夫は軽く片手をふった。とたんに、大きな車輪が車軸をきしらせて回転し、泥をはねて舗装された海岸通りにすべりでた。座席の背にのけぞりながら、リンダは再度、甲高いさけび声をあげた。

「オリエンタル・ホテル！」

二

リンダののった車は、端麗《たんれい》な鋳鋼《ちゆうこう》のアーチ門にとまった。

横浜駅から、陸《おか》蒸気とよばれる汽車で四五分。英国人技師たちが建設した最初の鉄道である。終点の新橋駅には、四輪の箱馬車が待っていた。馬丁のひく一頭立ては、優美な江戸城の新緑の内壕《うちぼり》をめぐって、麴町区五番町の英国公使館に着いた。車窓から彼女は、煉《れん》瓦《が》壁に飾る王室の紋章をあおぎみた。

「イザベラ・バードを知っていますか？」

リンダは、性急にたずねた。公使館の書記官エドワード・スミスは、藍色の目尻に微苦笑をうかべた。バードは、九年前に公使館を訪れていた。彼は官吏らしく慇懃《いんぎん》に答えた。

「私は五年前に着任したので、彼女には会っていません」当り障りなく、リンダの質問をはぐらかしていた。

イザベラ・L・バードは、一八七八年（明治十一年）、東北・北海道を踏破する三カ月の大旅行を敢行した英国人旅行家である。二年後、彼女が故国で出版した『日本の未踏の地』は、英国人のジパング熱をあおった。日本に憧れて毎年、彼女の足跡をたどる〝追っかけ〟が来日する。おだやかな口調ながら、スミスは、皮肉まじりに肩をすくめた。「一週間で、泣きながら帰った人もいましたよ」

「わたしは、観光旅行に来たのではありません」彼の片言にリンダは、気色ばんで語気を強めていた。「わたしは、ナースです」

彼女は、ロンドンのナイチンゲール看護婦養成所に学んだ。その後、同校を併設する聖トーマス病院で十年間はたらいた。若くしてシニア婦長をつとめたが、F・ナイチンゲールに反抗して病院を辞めた。貧しい出の女性を生徒にえらぶ、彼女の差別主義を指弾したのだ。クリミヤ戦争で〝白衣の天使〟と賞賛されたが、実際にはナースは、苛酷な労働を強いられていた。失意のおり、彼女は、退屈まぎれにバード旅行記を拾い読みした。

その一行に衝撃をうけた。

「村人たちのじつに三〇パーセントは、天然痘のひどい痕をのこしている」

ロンドンでは久しく、醜い痘痕《あばた》の顔を見ることはない。一七九八年（寛政十年）、英国人E・ジェンナーが牛痘《ぎゅうとう》接種法を発見した。この天然痘の予防法は、またたくまに欧州全域にひろがり、英国のはるか植民地に先行した。わずか七、八年にして、東南アジアや支那大陸にゆきわたった。だが、鎖国していた極東の島国は、不幸にしてとりのこされた。ジェンナーから九〇年間、疱瘡《ほうそう》は毎年、日本各地に跋扈《ばっこ》して惨状を呈した。

三三歳のリンダの白い二の腕には、クッキリと種痘の跡がある。それなのに未だ、この業病から救済されない人々がいる。だれかが、神にみはなされた彼らを助けねばならない
―私財をなげうって、彼女は単身、霧にけむるロンドンを発った。

「この国では、天然痘の予防接種をしていないの？」

その声音は、スミスを難詰していた。彼はリンダの気迫に気圧《けお》された。バードの追っかけではない、と得心がいくと知らずに口調があらたまった。この国では牛痘法は一八四九年（嘉永二年）に試行されていた。しかし、種痘規則が布達されたのは、二一年後の一八

七〇年（明治七年）である。種痘医の免状をうけた洋方医たちが、予防接種に街々から山野へとかけめぐった。

「ですから、今では予防は徹底しています。安心していいですよ」スミスの要を得た説明に、リンダは胸をなでおろした。「それは、よかったわ」安堵しながら彼女は内心、気ぬけしていた。日本行きを決行させた目的が、呆気なく失われてしまったのだ。ひとりポツンと、「…よかったわ」と繰りかえした。

じつは、スミスは情報不足だった。たしかに、天然痘は東京府内では終息したが、地方では依然と散発をくりかえしていた。種痘医が足りないうえ、急ごしらえの種痘医には、技に劣る者も少なくなかった。彼らを恐れて逃げかくれる人々もいた。そのため、前年の明治十九年には、まだ全国で七万三千人強が罹患していた。一九〇八年（明治四一年）になっても、一万八千人弱が罹り四千三百人弱が死亡した。予防接種が義務化されるのは、その翌年になる。

「ミス・シンプソン。天然痘よりコレラですよ！」

あおざめて、唐突にスミスが口走った。一瞬、リンダの瞳におびえが走った。コレラは幾たびも欧州各地を蹂躙《じゅうりん》し、その凶暴性は知っている。昨夏、〝三日ころり〟と恐れられた虎列刺《これら》が大流行した。唇をふるわせながら、彼は恐怖体験を語った。

「…地獄のようでした」

八月の早朝、十数個の早桶（粗末な棺桶）をつんだ荷馬車が数台、東京芝の大通りをゴロゴロと列なる。辺りにははげしい悪臭がただよい、通行人は鼻をおおって逃げまどう。コレラ患者を隔離する避病院（伝染病患者を収容する病院）をでて、桐ヶ谷の火葬場にはこばれるおびただしい屍体。ふつう土葬だが、コレラ患者は火葬にした。都内には、八ヵ所の火葬場があった。

酷暑の富山や大阪など各地に、同じく凄惨《せいさん》な荷馬車が濛《もう》々と土ぼこりをたてて往来した。その葬列に合掌《がっしょう》する者はいない。この年のコレラ災禍《さいか》は史上最悪で、死者は全国十万八千人におよんだ。あなたはラッキーでしたよ…と言いかけて、スミスは口をつぐんだ。一年おくれて罹災を免れた、と喜ぶリンダではない。

当時、伝染病は急性では、天然痘、コレラ、発疹チフス、腸チフス、ジフテリアが指定されていた。コレラは、この明治十九年の流行が終わりであった。天然痘の発病は、途絶えることなく延々と昭和の時代までつづいた。リンダを衝きうごかした伝染病は、まだ消滅していなかったのだ。けれども、その情報は彼女の耳にはとどかない。

リンダは、奮然と彼にたたみかけた。「見るも痛々しいのは、かいせん、やけど、しらくも、ただれ目、不衛生な吹き出物など、嫌悪な病気が蔓延《まんえん》していることである」バードは、仮借なく痛ましい病人の群れを書き記していた。リンダは、それを諳《そら》んじた。天然痘にかさねて、彼女の胸を切りさいた一文であった。「この国には、不衛生な病気がはびこっているの？」聞きなれない病名もあり、スミスは口ごもった。慢性の伝染病は、圧倒的に結核と梅毒が占めていた。「イングランドも同じね」と、リンダは乾いた声でつぶやいた。隔離しきれずロンドン市街には、梅毒患者や結核患者が幽鬼のように放浪していた。だれも手の施しようがなかった。結核と梅毒をのぞけば、少なくとも東京は衛生的だ。この国は今、怒《ど》涛《とう》のように文明を開花している。医療も西洋医術を模倣して、日《にち》々、病いの様相をぬりかえていた。時勢を強調して、彼は、気負いたつリンダをなだめた。「バードが見た十年前とは、なにもかも変わっていますよ」

そんな曖昧《あいまい》な見方では、彼女は納得しない。この十年間で、医療はどのように変貌したのか。「わたしはイザベラの道をたどって、たしかめるわ」そして視線をそらさず、衒《てら》いなく言いきった。「わたしは、病人を病いの苦しみから救いたいの」

スミスの胸に、彼女の一念が閃いた。深々とうなずくと、修道会ですね？と出所をたずねた。シスターではないが、英国国教会の派遣と解したのだ。高い鼻をさして、リンダは眉をよせた。布教ではなく、単独のボランティアだ。バードの一文に触発されて、ひとり使命感に取り憑かれている――彼は、一抹の危うさをおぼえて目を据えた。

ナースがケアするのは問題ありませんが・・・スミスは言い渋った。この国の人たちが、彼女の仕事を理解するだろうか。「なにしろ、ナースという職業はありませんから」リンダは一瞬、耳を疑った。ナースがいないの!?、とオウム返した。そのとがった詰問に答えず、彼は口をむすんだ。「それでは、だれが看護をしているの?」

返答に窮して、スミスは裏声になった。「まあ、家族でしょうか・・・」家族!?、おもわずリンダは金切声をあげていた。バード旅行記が唯一のガイドなので、彼女の調査不足はとがめられない。両手をひろげて、彼はリンダの興奮を制した。この国では、病院は都市部にしか建てられていない。もともと病人は皆、自宅で介護され自宅で看取られる。スミスの言葉尻に、彼女は八ツ当たりした。「それは看護ではなく、ハウス・ヘルパーね!」

リンダは、頬をうたれたような思いだった。・・・ナースを知らない日本人が、西洋看護を受け容れてくれるだろうか?。だれに、西洋看護のノウハウをつたえればよいのか?

すると、資料をさぐるスミスが、念入りに訂正した。二年前の一八八五年(明治十八年)に、看護婦養成所が東京新橋に開校していた。のちの東京慈恵医院看護婦教育所である。

「ナイチンゲール方式の看護を模範にしています」と、彼は、リンダのキャリアに同調した。ここでも英国が、この遅れた国を先導していると誇らし気だ。反して彼女は、ナイチンゲールはここまで侵出していると腹立たしい。「それでは役に立たないわね」にべもなくはねつけると、リンダは、刺々しい記憶をふりはらった。

「医師は、どの位いますか?」ぶ厚い資料をめくりながら、スミスはよどみない。明治初めには漢方医八割、洋方医二割であった。一八七五年(明治八年)より、新規の医術開業免状は洋方医にかぎられた。現在、医師の総数は四万人あまり、そのうち近代医術を修めた洋方医は七千五百人余で、日本の人口は三八五〇万人余である。「西洋医は五千人に一人ね」と、リンダの回転は速い。「でも、都市部に片よっていますよ」まだ発展途上なので、都市偏在はやむをえない。

「漢方医は、どんな治療をするの?」日本古来の漢方医術に、いたく興味をそそられていた。彼らは、漢方薬と鍼灸《しんきゅう》療法を専業とする。「灸ってなに?」鍼《はり》acupuncture はなんとか理解できたが、灸 moxa のほうはスミスにもわからない。「温熱療法のようですね。漢方医たちは、西洋の薬品には偏見をいだいていて使いません。外科手術にも強硬に反対していますす」リンダはふかい溜息をついた、「それでは、患者は助かりませんね」漢方医への関心が、引き潮のように失せた。

「平均寿命はいくつぐらい?」

スミスは、日本の諸事万端を調べあげ、几帳面に整理していた。三〇歳の実直な能吏だ。男子は三二・七歳、女子三三・二歳。小児の死亡率が異常に高く、平均寿命を引き下げていた。新生児百人中、十五人以上が死亡した。リンダが日本人だったら、もう余命いくばくもない。「イングランドでは五〇歳ぐらい……ここの人たちは短命なのね」

ちなみに、現代人の平均寿命は、平成二十一年（二〇〇九年）では、女子は八六・〇五歳で世界第一位、男子は七九・二九歳で世界第四位である。百二〇年たらずで、男女とも半世紀あまりも長生きしている。

リンダの脳裡をはなれないのは、日本人の体格にふれたバードの辛辣《しんらつ》な記述だった。「小柄で、醜くしなびて、O脚で、猫背で、胸は凹み、貧相」と。彼女は、ためらいもなく問うた。「この国の人は皆、醜くしなびているの？」

不躾《ぶしつけ》な質問にスミスは顔をしかめた。江戸末期、欧米の列強は競って、この島国の支配を企てた。日本が属国におちていたら、スミスは大英帝国の尖兵となっていたはずだ。幸か不幸か友好国の外交官として在日五年、彼は、すっかり日本贔屓《びいき》になっていた。日本人の体格は、世辞にも良いとはいえない。彼は素気なく反問した。「彼らは、醜くしなびていますか？」

言いかえされて、リンダは心外だった。「エディ。わたしは、日本人をバカにしたのではないのよ」巧まずして、エドワードの愛称をよんでいた。「わかってますよ。リンダ」彼も、すかさずファーストネームでかえした。直言直行の人だから、有りのままをつたえればよい。「ながらく貧困で栄養不足でしたから、体格は劣っています」男子の身長は、平均五フィート（一五三センチメートル）、女子は四・七フィート（一四六センチ）。数字でしめされて、リンダはいまさらながら絶句した。「……女性は、わたしより一フィート（三〇センチ）も低いのね」

彼女は、粛として沈みがちだ。「エディ。食べ物の違いなの？」古来、主食は米、麦、粟《あわ》、稗《ひえ》、豆など穀類であった。秋刀魚《さんま》、鰯《いわし》、鱈《たら》などは干物が多く、魚の味も庶民の口には縁どおかった。十年ほど前から肉類が奨励され、ようやく牛乳や牛肉を食するようになった。「エエッ。肉を食べなかったの!?」ふたたび、リンダは平手うちを食らった。それでは血肉にはならない――彼女は言葉を呑みこんだ。生半可《なまはんか》にエディを刺激してはいけない。

彼は、栗色の髪を無造作にかきあげた。久しぶりに手応えのある客人だった。苦労して、諸々の情報を収集した甲斐があった。彼は、にわかに話題を転じた。「リンダ。ロンドンの識字率は、二〇パーセントを越えています。私たちは世界一と誇っていました」識字率？と、彼女は首をかしげる。「ところが、この国の人々は、半数が読み書きができるんですよ。親たちはみな、子供の教育に熱心なんです」

「五〇パーセント……本当なの？　エディ」一瞬、背筋をなでられたような気色が走った。ロンドンの病院では、名前も書けない文盲の患者が過半だった。「スゴイでしょ」と、彼は無邪気にうかれている。それから得々と、江戸時代の寺子屋システムを語りはじめた。その熱弁はリンダの耳を素通りする。何に事にも見下ろしていた目線―意識下に、哀れみや慢心が潜んでいたのではないか。施し気分は捨てねばならないと心中、リンダは自戒した。夕刻である。

提供された二階の客室の窓はひろい。高台にある公使館から、大通りの向うにみずみずしい緑をたたえる濠を一望する。かつては将軍の居城、今は天皇《みかど》の東京城。美事に石垣をつみかさねた城壁のカーブに沿って、満開の桜樹がはなやかに夕陽に映える。チェリーは、イングランドには観られない。翌明治二一年に宮城とよばれる城郭を、省庁、公邸、病院、兵営など明治政府の中枢が十重《とえ》二十重《はたえ》にとりかこむ。

大通りの両側に高く青白いガス燈が点り、赤い煉瓦造りの家並みをあわく染める。その舗装路を、人力車が丸い提灯《ちょうちん》をゆらして忙しく行き交う。

玄関のスロープに、正装したエディがつややかな夫人を伴ってでてきた。レクチャアのあと彼は、鹿鳴館《ろくめいかん》の舞踏会にゆく、と浮きうきしていた。鹿鳴館は、明治政府が一八八三年（明治十六年）にもうけた洋式の社交場で、欧化思想の猿真似と嘲笑をあびていた。夫妻をのせた黒塗りの人力車が、両びらきの門をあけて滑りでていく。もちろんリンダは知る由もないが、鹿鳴館は麹町区山下町（現在の日比谷公園付近）にあるので下り坂を一走りで着く。貧しい出のリンダには、ロンドンでもはなやかな舞踏会など無縁であった。

「…東京は、わたしを必要としていない」

彼女は、勢いよく窓のカーテンを引いた。

三

翌日昼をすぎて、エディは、テーブルに大きな地図をひろげていた。バードが依拠したブラントン日本大地図だ。地図上には太い赤ペンで、バードのたどったルートがジグザグに走る。彼女の追っかけに教えたのだろう、処々に距離や宿泊地が書きこまれていた。リンダは、しばし沈思した。まがりくねる赤線は、バードの飽くなき探究心と勇気をしめす証しだった。十年後、彼女の足跡を追う…ドライな彼女にも、一沫の感懐があった。

バードは、六月十日、公使館を発って六時間、二三マイル（三七キロメートル弱）先の粕壁《かすかべ》についた。現在の埼玉県東部の春日部で、奥州街道の宿場町である。リンダは、地図の粕壁を長い指先でさした。ナースは爪をのばさない。「ここが、第一日目の宿泊地だったのね」

そこですね、とエディは拡大鏡をさしだした。旅程も諳んじたから、彼女は、バードの足どりに自分の行先を重ねあわせていた。翌日、粕壁から栃木をぬけ、今市をへて日光にはいった。その在に、「痛々しい病人の群れと痘痕三〇パーセント」と記述した入町《いりまち》があった。東京から三日たらずの栃木県の郷である。

「でも、おかしいのよ」首をひねりながら、リンダは上機嫌だった。日光は、大将軍を祀る東照宮のある一大名所である。それに入町は、三百戸余の静穏で端正な村であった。たいそう気に入って、バードは、ここに十日間も滞在した。「イザベラは、小佐越か藤野《とうの》と間違えたのではないか、とおもうのよ」リンダは、すっかり自分の世界にひたっている。じつは、関東では、今市から福島県の若松を結ぶ三〇里（約一二〇キロメートル）を会津西街道とよぶ。この間には、宿場駅が十五あった。今市から二時間あまり北上した山間に、小佐越と藤野がならぶ。

入町に近い小佐越は、二五戸たらずの貧しい村で、ここでバードは駄馬をのりかえた。子供たちはひどく汚れひどい皮膚病に罹り、女たちは酷い労働に顔は歪みひどく醜い、とあからさまに記した。小佐越をすぎてまもなく、五〇戸ほどの藤野がある。村一軒の宿屋に泊ったが、バードは、無数の馬蝿とおびただしい蚤《のみ》に責め苛まれた。

彼女の旅行記は、道中に妹へ送った書簡を編んだので、思い違いや書き間違いがある。おそらくバードは、藤野を入町と誤ったのだろう。こめかみを叩きたたき、リンダは独り合点した。「わたし…藤野に逗留《とうりゅう》することになりそうね」

彼女の予感は、的中することになる。地球を半周して極東の島国の、首都東京をはなれて、旧街道を北上する途中にある山間の小村――そこが、リンダがたどりついたピンポイントであった。

エディが口をはさんだ。「おととし、国道ができたんですよ」「あァ、そうなの」と、リンダは軽く受けながした。じつは、一八八四年（明治十七年）に、若松から今市をむすぶ国道が開通した。のちに国道一二一号線となる新道は、旧街道とオーバーラップしていた。ただし、福島側の山峡の樽原から本郷の間は道筋をはずれた。

一向に頓着せずに、リンダの指は、藤野から五十里《いかり》をとおり、川島、大内宿へとうつる。バードのころは人馬往来して栄えた大内宿は、新道にとりのこされて廃れていく。彼女は、大内宿をあとに会津西街道をそれて、越後街道と交わる板下《ばんげ》に直行した。なぜ会津西街道をたどって、若松に立ちよらなかったのか?。若松は、現在の福島県会津若松で、会津盆地にある要衝《ようしょう》の城下町であった。

「それが不可解なのよ」右に左に首をふりながら、リンダは地図の若松を叩いた。「イザベラは、どうして若松に行かなかったのかしら」彼女にひきこまれて、エディは、熱っぽく余燼《よじん》の冷めやらぬ時代を説いた。若松は、一八六八年（明治元年）に新政府軍と旧幕府軍が闘った会津戦争の戦場であった。「当時はまだ内戦後の危険地域だったので、バードは避けたのでしょう」フーンと、史実を知らないリンダは半信半疑だ。熱弁をふるって、エディは拍子ぬけした。とにかく、興味の対象が異なるのだ。

「エディ。わたし、若松によろうとおもうのよ」どうかしら?と賛同をもとめるが、もう彼女は決めている。彼が異をさしはさむ余地はない。半端ではない分、バードを凌《しの》ぐ人かもしれない。リンダの指は、地図の上を飛び石づたいに日本海へむかった。若松から板下にでて、車峠、津川から新潟まで、そこで指がとまった。ひとまず、日本海の新潟を終着と考えているようだ。そのルートで、領事館への旅行許可証を申請する。「旅行の目的は、〝健康・科学的な研究調査〟でよいですね?」

パチンと、リンダは長い指をならした。「バードと同じ目的ね」エディは、バード旅行記を読みなおしている。「新潟までは、何日ほどの予定ですか?」返事につまって、彼女は、わからないわ…とつぶやいた。直行すれば一週間で行ける距離だが、バードは二五日もかけた。病人を看ながらだから、リンダには見当がつかない。「病人しだいねえ」と、余所事《よそごと》のように取りあわない。彼女は、取りこし苦労はしないのだ。相鎚《あいづち》をうつと、エディは、「三ヶ月としておきましょう」とむすんだ。

おりよく、日本人の召使が紅茶をはこんできた。香ばしいイングランド・ティ、それに甘いスコーン。なつかしい故国の味に、リンダは目をほそめた。ティ・タイムなのに、エディは、レクチャアの舌を休めない。この国では、長男が田畑を継ぎ、二男三男は都会にでて軍隊、工場、奉公に雇われる。娘たちは女工、奉公人、遊女になる。都会では、西洋文明が津波のように江戸体制におそいかかり、新旧が烈しくせめぎあう。明治の世は、まさに混沌《こんとん》と渦巻いていた。

時勢を語るエディは、先行する外交官が味わう高揚をおさえきれない。「日本はいま、エキサイティングな時代なんです！」

すっかりリラックスして、リンダは、二杯目の紅茶にご満悦だ。この国の体制や変化には、関心がないらしい。「わたし、チョコレートを溶かして瓶につめてきたの」チョコは、彼女の唯一の楽しみだった。バードはブランディを忍ばせて、血を飲んでいる、と大さわぎされた。アハハ…と、リンダは、その情景に思いだし笑いをした。

拍子ぬけしたまま、エディは、大地図をたたんだ。気分晴らしに、彼女をドライブにさそった。ロシアのニコライ堂が、駿河台に建築中であった。このビザンチン様式の大聖堂も、英国人技術者が指導していた。その巨大なドームが出現したので、見物にいくという。せっかくなのに、荷物の整理があるから、とリンダは素気ない。エディは鼻白《はなじろ》んだが、彼女はあくまでマイペースだ。ニコライ堂も、東京見物も興味がなかった。

四

翌日の午後。リンダは、旅行の荷物のリストをみせた。「足りないものは調達します」財産を処分したので、運動資金は潤沢であった。エディは逐一チェックした。肝心なものを忘れては彼女が難儀する。折り畳み式の簡易ベッド、折り畳み椅子、空気枕、ゴム製の簡易浴槽。ずいぶんそろえましたねぇ、と彼は感心した。リンダは屈託なく肩をすくめた。

「みんな、イザベラの教えよ」

さすがにナースだけに、診療器具や薬品は、事こまかに列挙してある。「追っかけが置いていった簡易蚊帳《かや》がありますから、つかってください」そういえばバードは、藪蚊《やぶか》の襲来に悲鳴をあげていた。ロンドンでも夏、蝿や蚊に悩まされた。

「これだけの荷物では、百ポンド（四五キログラム）にはなりますね」バードの支度は、従者兼通訳の分をあわせて二百ポンドあった。その当時、馬と人夫をつかった交通システムが、要所要所の街道に張りめぐらされていた。一八七二年（明治五年）から、東京に本店をおく陸運会社が、各地の支店に連絡網を敷いて、リレーで旅客や物資を運送した。のちにバードは、「千二百マイル（一九二〇キロメートル）の旅行中、つねに効率的で信頼できた」と称賛した。

彼女は、三台の人力車を雇い、車夫をかえずに九〇マイル（一四四キロ）を三日間で走りとおした。「日光から先は馬なのよ。道がわるくなるのね」とリンダ。二頭の馬に荷物をのせて、馬子にひかせた。バードと従者は、デコボコの泥道をひたすら歩いた。険しい山道や谷間《たにあい》では、三頭四頭にふやして馬上にゆられた。ひどい駄馬で、相当に難渋したらしい。

リンダはバードを真似た。「エディ。まず、人力車で日光まで行こうとおもうの」初日は粕壁に泊まり、つぎは栃木泊、そして日光の入町にはいる。「それから先は、そこで考えるわ」リンダらしい割りきり方だ。それがいいですね、とエディは手がたい行程に賛成した。これなら間違いないだろう。「明日、運送会社に手配しておきましょう」

彼女が安んずるだろうと、彼は気を利かせた。「リンダ。この国では、異国のご婦人が旅しても安心ですからね」欧州では、英国のレディが一人旅するなど正気の沙汰ではない。敬うべきは、日本の治安の良さであった。人指し指をふって、彼女は、そのアドバイスを軽くかわした。「世界中で日本ほど、婦人が危険にも無作法な目にも合わず、まったく安全に旅行できる国はない、と私は信じます──イサベラの言葉よ」

エディは、又々ギャフンとなった。バード旅行の下しらべは万全だ。だが、彼も負けてはいない。「でも、奉仕には、表と裏がありますよ。表はセルフレスネス…」selflessness

は、無私を意味する。「裏は…」と言いかける舌頭に、リンダは「リスク」と口を合わせた。さすがに、女ひとり腹が座っている。「そうです。奉仕に危険は付きものですから」エディは念をおした。彼女は、その忠言を恬淡《てんたん》とうけとめた。「エディ。犠牲は神の思し召しよ」おもわず彼は、〝神の祝福あれ〟と嘆声をあげた。「ゴッド・ブレス!。リンダ」

　彼女の身の安全をガードするのが、従者を兼ねた通訳である。横浜のホテルのロビーで、リンダは数人の応募者を面接した。みな、似た面相だったので、一番若い十八歳の青年に決めた。汽車賃をにぎらせて、三日後の昼に英国公使館で会うと約した。「それが来ていないのよォ」と、彼女は眉をつりあげた。あきらかに、約束をやぶられたと疑っている。エディは名前をたずねた。「ジローよ!。ストーン・ブリッジ・ジローって言ってたわ」

　彼は、召使に〝石橋次郎〟をさがすように命じた。「それがシャイな子なのよォ」リンダは、いかにも不満気に訴えた。英国人にはshyは、臆病や内気という負のイメージしかない。エディは一笑してなだめた。「リンダ。この国の人たちは恥しがり屋ですけれど、正直ですから心配ないですよ」イングランドでは、嘘偽りのないhonestyは、もっとも好まれる品性であった。

　じきに、召使は坊主《ぼうず》刈りの若者をつれてきた。灰色のシャツに黒ズボン、ふるびた靴を履いている。「オー! ジロー」と、リンダは陰口も忘れて歓喜した。彼は、正門前の縁石に坐っていたという。「ホラ。約束どおりでしょ」と、エディはしたり顔だ。「この国の人は、責任感がありますからね」

日本人にしては、大柄なジロー。オドオドして、にきびにうまるノッペリ顔を伏せたままだ。エディはゆっくり発音した。「君は、生まれはどこ？」モジモジするばかりで答えはない。リンダの眉が険しくなった。ホームタウンだよと繰りかえすと、ようやく重い口がボソリともれた。「ニイガタ…」おもわず、彼女は大きな両手を叩いた。「あなたァ。新潟から来たの！」

エディは、ミス・シンプソンは新潟まで行くんだよ、と説明した。生まれ故郷とはいえ、ジローには、裏日本の寂れた港町にすぎない。彼は、両目を白黒させている。いくつか簡単な質問をしたあと、エディは、「波止場英語《ピジン・イングリッシュ》ですね」とリンダの顔色をうかがった。「ヒアリングは、まあまあかなあ」「わかっているわよ。エディ」彼女は彼の気遣いを制した。「ペラペラの通訳なんて、無理な注文よね」赤い唇をとがらせて、「このシャイで無口な子で我慢するわ」と舌うちした。彼は呆れて、「リンダ。彼は、あなたが選んだんですよ」と投げかえした。そのあと顔を見合わせて、二人はプッと吹きだした。頭上を飛び交うネイティブ会話に、ジローは身をちぢめていた。

エディは、素直な若者、と直観した。いわば、リンダは名もない民間親善大使である。

公使館をはなれれば大英帝国の支援はない。従者兼通訳のサポートがなければ、いくら気丈な彼女でも、とうてい長旅はおぼつかない。ジローならば、じきにリンダも気に入るだろう。尻ごみする若者の肩をだきよせると、エディは、廊下にひびく気勢をあげた。

「グッド・ボーイ！　グッド・ボーイ！」

五

二輪の人力車が三台。東京をぬけると、はるか肥沃な水田地帯がひろがる。

一直線につっきって、延々とつづく街道。土手を左右に見おろしながら、俥はつらなって軽やかに走る。稲はまだ苗代《なわしろ》だが、初夏には数百人の男女が、一斉に膝までつかって田植えする。苗代をふきぬける薫風、青々と心地よい…。

一台目にはジロー、二台目にリンダがのり、三台目にはしばりつけた柳行李《こうり》がゆれる。三人の車夫は、いずれも足腰を鍛えたベテランである。革足袋《たび》の草鞋《わらじ》が、軽快なテンポで地面をうつ。

車上のリンダは、グレーのウールの長い身丈のスカートに、膝下までの編みあげの革靴。首に白い絹のマフラーを巻いて、怒り肩にはなめし革のコートをかけている。バードは、米国製の山岳服に、英国の防寒用長靴ウェリントンブーツを履いていた。旅装は、彼女を見ならう気にはならなかった。日除け用の大きな丸い編み笠が目だつ。リンダは、菅《すげ》をあんだ素朴な作りが気に入っていた。どんな装いをしてもバード同様、行く先々で刺すような好奇の目がそそがれる。

街道沿いに、農家の家並みが切れめなくつづく。どの家々もまわりは畑で、小麦、玉葱《たまねぎ》、黍《きび》、蚕豆《そらまめ》、豌豆《えんどう》が手ぎわよく栽培される。ところどころに、大小の蓮池《はすいけ》をながめる。みずみずしい大ぶりの葉が、猛々しく水面をおおいつくす。晩秋には、地下の蓮根を収穫する。

街道ぎわに、茅葺《かやぶ》きの茶屋が点々と商《あきな》う。「御休所」と、白い破れた幟《のぼり》がゆれている。出ばった屋台には、駄菓子や雑貨が所狭しとならぶ。飴、煎餅《せんべい》、餅《もち》、団子《だんご》、刻み煙草、干柿、干魚、漬物、油紙、ちり紙、紐縄…。軒先には、笠、蓑《みの》、草履《ぞうり》、人や馬の草鞋がつるしてある。立て場（休憩場所）らしく、車夫たちは、俥を土手沿いにならべてとめた。慣れない俥をおりて、リンダは、のびのびと背筋をそらした。

ここで、椿事が突発する。

ギャアー！、喉がさけるリンダの悲鳴。茶をはこぶ下女が、盆をとりおとした。ジロー！とさけんで、シャツの胸倉につかみかかった。彼女の指さす先に、放物線をえがきながら光りかがやく三本の水柱が、バシャバシャと蓮の葉にはねていた。彼女の剣幕に、茫然とするジロー。真昼間の大道、大の男の立小便は、英国のレディを仰天させたのだ。

悠々と一物をしまいながら、車夫三人は、怪訝《けげん》そうに取りみだしたリンダを一瞥《いちべつ》した。彼女の憤りをおさめようもなく、ジローはボソリとつぶやいた。「日本ノ習慣デス…」切れ長の目をむいて、リンダは、カスタム!?と彼の胸元をゆさぶった。「日本の男たちはみな、やってるの?。ジロー、あなたもやるの!」逆上した早口は通じない。困惑しきって、彼は棒立ちに固まっていた。

茶屋のまえには人だかりができた。立小便にさわぎたてる西洋女―彼らの目には、彼女は滑稽に映っていた。ハッとわれにかえって、あわててジローをはなした。両腕に鳥肌がたっていた。「ジロー。もう、わたしのまえでは、やらないように話してね」手ぶり身ぶりをまじえて、彼女は頼みこんだ。意に反して、哀願調になっている自分が悔しかった。

手折った蓮の葉を尻に、車夫たちは、のんびり煙管《きせる》をくゆらせる。背をおされて、ジローはオズオズと近よった。嫌悪感は消えず、リンダは鳥肌を擦りさする。バードもエディも、この国では不作法に合うことはない、と断言していたのに…。

憤然と煙管と叩いて、一人が吸いかけの灰をとばした。もう一人が、腹だたしげにジローの肩を小づく。彼には、荷が勝ちすぎる役目だった。リンダに鋭い視線をあびせる車夫たち。ジローがねばっているらしく、交渉はながびいている。彼らをいくら諭《さと》しても、行く先々、男たちの立小便に遭うだろう。リンダは、悔しまぎれに足元の小石をけった。

「イザベラは、一言もいってなかったわ！」

六

栃木を早朝に発って二時間余、今市で人力車を馬二頭にのりかえて、会津西街道にはいった。予定していた名所日光には目もくれず、リンダは先をいそいだ。この街道は山間をたどるので、曲折と起伏がはげしい。国道になったとはいえ、人馬がすれちがえるほどの山路が連綿とつづく。馬子にひかれて、彼女とジローは、馬の背にゆられゆられて幾つもの峠を越えた。

今市から二時間あまり、一行は昼どき、奥深い山里にたどりついた。街道沿いに五〇軒ほどの茅葺き屋根が、山林を背にして点々と沈んでいる。鬱蒼《うっそう》たる樹陰は、関東平野とははるか隔絶していた。長旅の終着点にたって、リンダは、その余情を味う暇もなかった。

馬蹄《ばてい》を聞きつけて、子供たちが十数人、仔犬のように群れてきた。来る道中、村々から子供たちがわきでてきたので別に驚かない。彼らを邪険にはらいながら、馬子二人は、空地の馬留めに手綱をむすんだ。片手で首筋をなでて、轡《くつわ》をならす雌馬をなだめる。ジローにささえられて、リンダは、荷物をよけながら鞍《くら》をずれおりた。手足の節々が痛い。十重二十重に取り巻いて、子供たちは、彼女の足元に喜々とざわめく。英国のJ・スウィフトの『ガリバー旅行記』のガリバーと小人たちだった。

「…ここが藤野ね」

息をはずませながら、リンダは、編笠を無造作にぬいだ。たばねていた金髪がとけて、燦《さん》として両肩に波うった。ヒャアー、年嵩《としかさ》の少年がのけぞり、「オンナダァ、オンナダァ」と奇声をあげた。「ジロー。あの子、なんて言ってるの？」彼の両目が上下におどった。この国には、一七五センチメートルの大女はいない。苦笑しつつ彼女はいいあてた。「女だァ、と言ってるんでしょ」

やにわにリンダは、茶化した彼の首根っこを鷲《わし》づかみにした。ヒィーとすくみあがる少年。彼女は、その鼻面を白いハンカチでゴシゴシとぬぐった。男女年端《としは》の不ぞろいな輪の上に、一陣の驚喜が走った。子供たちの大半は洟垂《はなた》れだった。洟水をぬぐうので皆、袖口がテカテカに光っている。

足元の幼い少女が、リンダの裾をひっぱった。あおぎみながら、無邪気に両の青洟を啜ってみせた。長身をかがむとリンダは、彼女をだきよせてやさしく鼻水をふきとった。すると、四方から我も我もと洟拭きをせがみはじめた。数人でハンカチが汚れたので、やわらかい鼻紙にかえてつぎつぎにふいた。ハンカチも鼻紙も、めずらしい舶来品だった。「洟がでたら、すぐふくのよ。ジロー。教えてあげてね」ふいた子供たちはお河童《かっぱ》をおどらせ、いがぐり頭でとびはねる。「洟たらしていてはダメよ。すぐにふくのよ」彼女をかこむ輪の外から、ジローが諄々と言ってきかせる。

「毛虱《けじらみ》はいないようね」大小の頭をなでながら、リンダは抜かりない。針金のような黒髪には、白雲（白癬《はくせん》）の禿もみられない。ただれ目の子は数人いるが、皮膚病はおもったより少ない。幾人かの右袖をめくって、さり気なく二の腕をさすった。だれにも種痘の二又針の痕が刻まれている――エディの言ったとおりだ。天然痘の予防接種を直々に確認して、しらずにリンダは涙ぐんでいた。微笑みながら少女の肌の痕にやさしく接吻した。

歩みだすと、ワァー、彼女の足元の輪が幾重にも渦巻いた。子供たちは、数十人にふくらんでいた。輪をけちらすように、竹馬にのった少年が追いかけてきた。囃《はや》したてた悪戯《いたづら》ッ子だ。高い足を巧みにあやつって、リンダの背と競い合う。その滑稽な仕種《しぐさ》に、彼女はふきだしていた。「ジロー。ボクのほうが高いって、言ってるんでしょ」

藤野村に着くや否や、白いマフラーをなびかせて、リンダは、舞いおりた女神のように幼な心を魅了した。

屋根に矢形の風見がまわる、村に一軒の宿屋である。戸口から、中年の男がころがりでてきた。コラコラと両手をふって、輪をくずして子供たちをちらした。膝まで額をかがめて、彼は、いくどもお辞儀をくりかえした。宿屋「まるや」の主人、権兵衛である。村の長老格で世話役をつとめていた。リンダは、大仰な挨拶には慣れていた。「ジロー。このひと、東京とイントネーションが違うわね」栃木訛《なま》りは、ジローにも耳慣れない抑揚だった。彼は、「ローカルノ言葉デス」と吃った。

リンダを遠巻きにしたまま、子供たちは、飽きずに雀のようにさえずっている。

七

二階建の「まるや」の馬寄せに面した一階の縁側。

持参した木製椅子に、リンダは、長々と素足をのばしていた。窮屈な作りなので、うごくたびにギシギシと軋む。イングランドでは足を晒すのは破廉恥《はれんち》きわまるので、さすがに躊躇《ちゆちよ》した。思いきると、畳や木目の触感が気に入った。一階は、二〇畳敷きの大部屋である。雨戸は開けはなしなので、奥まで丸見えだ。樹葉の匂う山風が、無数に糸をひくように吹きぬけていく。

午後一時、昼餉《ひるげ》の時刻である。

娘コトが、リンダのまえに客用の箱膳を置いた。絣《かすり》の裾をちらして、外人客にも気後《きおく》れしない。部屋をぬける土間側に、大きな囲炉裏《いろり》が切られている。宿屋の家族の椀や皿は、囲炉裏の四角い枠板にならべる。箱膳をもってリンダは、囲炉裏端にドッシリと横坐りした。主人夫婦がとまどって顔を見合わせる。すぐに、コトが客用の座布団をさしだした。囲炉裏をかこんで一家の顔触れがそろった。みな、一様に神妙に正座している。金髪女に同席されて緊張しているらしい。囲炉裏のむこうから、ジローが、「リンダサン」と小声でうながした。幾度いっても、さん付けをやめない。御主人を呼びすてにするなど、滅相もない。リンダさんと繰りかえされて、彼女は、客が先に箸をつけるのが作法とする。おもむろに胸ポケットから、銀製のスプーンとフォークをとりだした。彼女の所作を横目にしつつ、彼らは、合掌して一斉に箸をとった。

箸は苦手だが、リンダは、賄《まかな》われた食事には文句をいわない。蚕豆《そらまめ》、独活《うど》の和えもの、串刺しの丸干魚。碗に盛った飯は、五分搗《つ》きの玄米である。毎日、玄米を一日分だけ挽臼《ひきうす》で搗いて五分搗きにする。東京で食べた飯は、白米だった。「ジロー。色がちがうわね?。味も…」彼には、その説明はむずかしすぎる。労農は、一日五合（一キログラム弱）の玄米を食する。貧しい出の若者たちは、一日六合の銀シャリ（白い米粒）が食えると、軍隊に勧誘された。米の澱粉が、日本人の栄養源なのだ。ジローと言いかけて、リンダは、つぎの言葉を飲みこんだ——これでは十分な栄養は摂れない。

ふつう飯は、火焚きを節約するために朝に一日分を炊く。だから朝餉は温かいが、昼と夕は冷えた飯だ。煮炊きは朝夕にかぎり昼はやらない。外国婦人は特別の賓客なので、リンダには温《ぬく》い飯がだされた。彼女は、そんな持て成しを知る由もない。献立も客は一品多い。それも今日は、青々しい朴《ほお》の葉にのせた焼いた干鱈《ほしたら》だ。焼魚は西洋人の忌み嫌う調理だったが、彼女は一向に頓着しない。

家族の食器は木製だが、客のは陶製の飯茶碗である。リンダは、愛用のスプーンで飯を頬ばる。彼らは黙々と箸をはこぶ。どうやら、食事中のお喋りは厳禁らしい。陶碗にあたるスプーンの音が不釣合いだ。お河童の少女が、横に坐るジローの耳に身をよせた。「エゲレスッテドコ?」シーと母親サキが、人指し指を唇にあてた。娘は、ペロと赤い舌をだしてうつむいた。リンダは笑い目になった。この国の人は、英国をエゲレスとよぶ。

肩よせあって囲炉裏をかこむ権兵衛の家族は、七人である。祖母ギン五四歳、主人のゴン三七歳、妻サキ三四歳、長男タロ十七歳、長女コト十五歳、三女ハツ七歳、次男ゴロ五歳。祖父、次女、三男は、早くに亡くなった。

利発なコトは、もっぱら客の世話係である。食事中、リンダのそばに居て頭上に飛び交う家蝿を叩きおとす。竹製の団扇《うちわ》が一瞬、小気味よく宙になる。客の二膳目を装うのも彼女の役目だ。空になった飯茶碗に急須《きゅうす》で熱い茶をそそぐ。食後の淡味なドリンク…。「コト。サンキュー」

食事をおえた者から合掌し、土間につながる簾《す》の子をわたって台所へ食器をさげる。食後の団欒《だんらん》も休息もなく散ってしまう。ゴンとタロは山仕事にいく。知恵遅れのタロは、父親の傍をはなれない。サキとギンは、野良仕事にでる。コトは、台所を片付け部屋を掃除する。みな、甲斐甲斐しく働く。ジローは満腹して大欠伸《あくび》をしている。

リンダは縁側の椅子にもどった。

昼下がりの陽光が、椅子の足元まで射しこむ。その陽を背に子供たちは、軒先に鈴生《すずな》りになっている。前列は縁側に頬杖をついて、後列は彼らにかぶさって、リンダの一挙手一投足に雀躍《じゃくやく》する。彼女のほうは、ケジメのない交遊はしないので、もう子供たちには知らんぷりだ。その素気なさが、無性に彼らの夢心地をさそう。

エゲレスから金髪女がきた―情報はまたたく間に村中にひろまった。大人たちも興味津《しん》々《しん》、見世物でもみるように集まってくる。子供たちのうしろ、身動《みじろ》ぎもせずに凝視する男。軒下から天女をあおぎみるような女。道むこうの杉木立に、痘痕面の男が人目をさけて見え隠れする。種痘が手遅れだった悲運な年配者らしい。イジン、イジンとかけこんできた女が、リンダをみてステンと土間に尻餅をついた。

そんな熱い痛い視線をあびながら、リンダは、無人島にいるように寛いでいる。興奮さめやらず、竹馬の少年サブがうかれて闊歩《かっぽ》している。彼の戯《ざ》れ言は耳障りらしく、彼女は、囲炉裏端に坐るジローにたずねた。「なんて言ってるの?」彼は赤面して噎《む》せた。生意気盛りのサブは、〝別嬪《べっぴん》サン、別嬪サン〟とはしゃいでいるのだ。「リンダサンハ奇麗、奇麗ト言ッテマス」フーンと彼女は、満更でもない面持ちだ。「あの子は好い子ねえ」

そこへ、黒い法衣をひるがえして僧侶が走ってきた。息せききって、剃頭に青筋をたてている。子供たちの後から、パンパンとはげしく両手を叩いた。瞬時にして、数十人が蜘《く》蛛《も》の子をちらした。ハツもゴロも土間からかけだした。だれ!?とリンダ。英単語がわからず、ジローは口ごもった。「分かったわ。ボンズね!」bonze は僧侶である。

草履、下駄、ゴム靴の音をみだして、子供たちは村の東方に一目散にかけた。ペタペタと裸足の子もいる。村はずれに、空家を改修した手習所がある。リンダに見蕩れて、彼らは午後の手習いを忘れていた。生徒がだれもこないと、教師はいぶかった。仁王だちに西洋女をにらみつけ、彼は憤然と踵《きびす》をかえした。壮年の僧侶は毎日、日光から藤野を行き来して、五歳から十二歳の児童に読み書き算盤《そろばん》を教える。尋常小学校は、前年の明治十九年に設置されたが、まだ義務教育は行きわたっていない。

「ジロー。あの僧侶は、学校の先生なのね」腰をうかせたまま、彼はハイハイと答えた。面食らったが、リンダは、ボンズの振舞いに得心がいった。厳格な先生なのだ――ロンドンの教師も、いつも細い鞭をならしていた。

八

甲高い声にリンダは、椅子からはねおきた。慣れない馬旅の疲れから、いつのまにか眠りこけていた。愛想笑いしながら、赤銅に日焼けした男が、土間の框《かまち》にドッカと腰かけた。股引に草鞋の旅慣れた行商人である。おもたい両肩をぬいて、背負った大きな風呂敷包みを畳におろした。

台所からお下げのコトが、喜々として小走ってきた。その人懐っこい笑窪《えくぼ》、近しい知り合いらしい。手拭いで首筋をぬぐいながら、男は、コトのさしだす椀の水を飲み干した。それから、彼女の頭に片手を上下させて、コトの背が伸びたとおどけてみせた。……はにかむコト。

彼は、にぎやかに喋りながら風呂敷をとく。使いふるした柳行李がのぞいて、渋い香りが煙るようにただよった。くすり！、リンダは薬品の匂いと直感した。おもわず椅子をけって、柳行李ににじりよっていた。

「ジロー。この人、薬屋ね!?」

あわててうなずいたものの、漢方薬が訳せない。彼は、もどかしさに歯噛みした。彼女が言いあてたとおり、男は、全国各所を巡りあるく薬売りである。得意先に薬を預け置いて、翌年に回収して使用した分だけ代金をうけとる。配置売薬という先用後利の商法だった。辺鄙《へんぴ》な村々にまで足をはこび、病人を底支えしている。昭和になっても庶民は、この置き薬を頼りにした。

興味津々のリンダをまえに、薬売りは、おもむろに柳行李をあけた。内から、一回わり小さい同型の浅い行李をとりだした。その下から相似形の小行李が、つぎつぎと手早く畳にならべられていく。彼女は、まるでトリックをみるように目を見はった。柳行李の中は、五段重ねになっていた。いずれの行李にも、大小多彩な薬袋がギッシリつまる。薬売りは、底ぬけに朗らかで多弁を弄する。熱ざまし、毒消し、目ぐすり、痛み止め、婦人薬、子供の引付け薬、腹下し、万病の薬など多種多様だ。

彼は富山から毎年くると、ジローはタドタドしい。「トヤマってどこ?、遠いの」リンダの質問が矢継ぎ早にとぶ。「毎年、薬を運んでくるの?、毎年?」思いがけない薬屋の来訪に、彼女の興奮はとまらない。

床柱につるした大きな紙袋をはずすと、コトは薬売りに手わたした。紙袋の口から、意匠を凝らした絵柄や色刷の角袋が散乱した。一年分の薬袋をいれておく薬ケースだ。蓋の開いた薬袋を手ぎわよく詰め替えていく。「ああ、ジロー。わかったわ。彼は毎年やってきて、使った薬を新しいのととりかえるのね」

詰め替えをおえると、薬売りは算盤《そろばん》をはじきはじめた。この国の手動の計算器は、エディに教えられた。パチパチと小気味よく玉をならす。その巧みな指さばきに、リンダはしばし見惚れていた。

「これ、なに?」キッとなって、薬売りの手元の薬袋をさした。彼女の読めるローマ字が見えたのだ。「VLOYM VAN MITTR」オランダ語らしく読み解きにくい。痰の薬らしいと、ジローに咳ばらいを演じた。「当タリ!」、薬売りは大仰に拍手した。江戸の時代に、初めて西洋の商品名をつけたウルユスという生薬である。〝痰・留飲・積気《しやつき》の妙薬〟と謳って、昭和の第二次世界大戦まで販売された。

「ジロー。これ買うから、いくらなの?」薬売りは、まことに如才ない。支払いもソコソコに、リンダは、せわしく薬袋の封をやぶった。袋の表裏には、効能が事こまかに記してある。あけると、中包みがでてきた。包み紙に効方《ききかた》と用方《もちいかた》が説明してある。次も内包みで、油紙に使用心得を説く。それをひらくと、小さな板チョコ型の錠剤が十五粒あった。その一粒を欠くと、彼女は、ためらいもなく舌端に放った。アッ、ジローがとめる間もない。ノーノーォと、彼は、吐きだせと手真似した。苦い…土を舐めたような味。リンダは、そのままゴクリと飲みこんだ。アァと観念するジロー。彼女は、漢方薬の味見がしたかった。はたして、効き目があるのか?・試してみたかったのだ。

リンダの猪突猛進には、ジローは、とても追いつけない。君の御主人のビジネスはナース、とスミスに教えられたが、いまだに何の仕事かわからない。いったい、はるかエゲレスから何しにきたのか?。彼には、金髪の御主人は理解しがたい不可思議な存在だった。ところが、ジローのスローペースは、じきにリンダに苦もなく調教されることになる。

九

夕刻、手習いをおえたゴロとハツが、縁先で四角い紙風船をはねている。薬売りの置いていったサービスの景品である。小さい平手でうつたびに、縁側まで薬の香りが舞いちった。三々五々、子供たちが、「まるや」のまえに集まってくる。少年たちは竹トンボをとばし、風車をまわし、面子《めんこ》を競いあう。少女たちはほおづきをふきならし、両手に指人形をあやつって遊ぶ。着物や服はみな、兄姉のお下がりだ。

年長の数人が、おぶい紐で赤子をおぶっている。夕餉どきの子守は、兄や姉の役目だ。縁側から身をのりだして見つめるリンダ。「ジロー。この国では赤ちゃんは背負うのね?・」

質問の意味がわからず、彼は首をかしげる。「イングランドでは、前抱きにするのよ。カンガルー抱きね」そういわれても、ジローは、カンガルーを見たことがない。背をゆすって泣く子をあやす少女…異国の習慣は新鮮な驚きだ。目をほそめながらリンダは、「どっちが良いのかしらねぇ」とつぶやいた。

ゴンとタロが、山仕事からもどってきた。村の青壮年は、季節により数ヶ月から半年間、都会や市場町に出稼ぎにいく。出入りはせわしく、総勢二五〇人あまりの村人が、いつも半数あまりに減っている。ゴン一家は宿屋があるので、客あしらいが専業となる。かたわら裏山で木挽きや炭焼き、椎茸《しいたけ》の栽培に精をだす。サキとギンは、裏手の額ほどの畑を耕し、おりおりの野菜を賄《まかな》う。暮しむきは貧しいが、御先祖様からの稼業なので不満はない。

午後六時頃、客二人とゴン一家の九人が、夕餉の囲炉裏端にそろった。料理上手のサキが賄い、コトがまめまめしく手つだう。献立は、ほうれん草の和えもの、焼いた干鱈《ほしだら》、沢庵《たくわん》、野菜入り味噌汁、玄米飯。塩味が強く、砂糖けがない。昼餉と同じく家族の団欒はなく、箸の音だけが競うようにひびく。汁椀をズルズルと啜る。イングランドでは、食後のゲップと、音をたてて啜る行為は卑しいと蔑まれた。リンダは一向に気にかけない。

一人、また一人と潮がひくように食卓をはなれていく。のこったゴンが、おずおずとジローにささやきかけた。何泊するのか?と通訳する。「ウーン…わからないわねぇ。まだ、この村の様子も知らないから」遠慮しいしいゴン彼女は、ふたたび耳をよせた。おもわず、は、「大声で話したって、どうせわたしには通じないでしょ」おもいきりよく女は笑いを噛み殺した。「ゴンさん。十日間よ」と、両手を一杯にひろげてみせた。ジローを真似て知らずに、さん付けをしていた。長い十本指をはられて、ゴンは喜色満面だ。たいていは一泊だけの過客なので、このうえない長逗留の上客だ。

宿屋の主人なのに、旅行の目的も職業も問わない。天から、青い目の諸国漫遊という先入見があるのだろう、微塵も疑わない。リンダのほうもナースの身分はつたえないし、村の病人のことも聞かない。奉仕の押し売りをするほど、思い上がっていない。必要とされる時がくるまで、待つ──ここまできて焦ることはない。彼女は、コトのそそぐ熱い茶をゆったりと飲んだ、イングランドの食後のケーキが目蓋をよぎる。じつは、甘味に飢えていた。

山間の夕暮は、にわかに速い。

馬寄せには、赤々と篝火《かがりび》が焚かれた。丈のある鉄籠《てつかご》に薪《たきぎ》が威勢よく爆《は》ぜる。暗中に「まるや」をさがす旅客への目印である。鼻歌まじりにゴンが、軒下から縁台を引きずりだした。そのうちに村人が数人、いそいそと集まってくる。みな、酒壷をさげている。どうやら、ささやかな酒盛りがはじまるらしい。椀に濁酒《どぶろく》を酌《く》み交わし、焼味噌をなめ塩豆をかじり、ケラケラと笑いしゃべる。畳に寝そべっていたジローが、いつのまにか宴席にくわわっている。どうやら、女性はオミットらしい。リンダは、まだ日本の酒を味わったことがない。彼女は拗《す》ねて独りつぶやいた。「フン。男だけのパーティね」

階段をけたてて、リンダは二階へあがった。部屋の奥の壁に出ばった階段は、二階の廊下に通じる。廊下づたいに襖《ふすま》で仕切った十畳と六畳の客間がある。奥のほうの六畳が、彼女の部屋である。

煤《すす》けた障子をあけると、四角い木枠の行灯《あんどん》がある。まだ電気は通っていない。手漉《す》き和紙を透けた明りに、座敷が丸窓のように淡くうかんでいる。小さな蝋燭《ろうそく》の灯火は、部屋の四隅まではとどかないのだ。畳の中程にうすい敷布団が敷いてあった。その上に掛布団がわりの毛布が畳んである。枕元には、炭火が銅製の手火鉢に熾《とも》る。新暦四月の中旬だが、山中の夜だ。チロチロと灯る炎にひきよせられて、リンダは冷えた両手を炙《あぶ》った。

荷物は押入れなので狭くはない。スモック（部屋着）に着替えると、ぶあついガラス瓶を小脇にかかえた。人指し指で焦茶色のチョコを一かきし、指ごと舌で嘗めまわした。糖分補給は、彼女にとって至福の時であった。この国の人には、内密にしている味だ。

あとは寝るだけだった。簡易ベッドの支脚を組みたてる。両側の横木に牛革ベルトを鋲《びょう》うちした帯状のハンモックである。蚤《のみ》よけに二フィート（六〇センチメートル）の高さがある。むきだしの膝や腕が痛痒いので、もう蚤は出没している。宿の木枕は合わないので、ゴム製の空気枕に息をふきこむ。空気入れは、かなりしんどい。横木越しに吊床にすべりこむと、ベルトの列がギシギシとゆれた。

手火鉢の炭火が白い灰に絶えた。じきに、行灯の灯心ものこり火を閃かせて消えた。粉炭と短い灯心は、コトの心憎い気配りだ。瞬時に仄暗い部屋が、瞼を閉じたように漆黒《しっこく》の闇に沈んだ。

十

突然、はげしい物音!、リンダはハンモックにはねおきた。

開けはなした障子、その暗い廊下に総髪の大男が室内を睥睨《へいげい》していた。寝入りばなに彼女は、寝惚《ねぼ》け眼《まなこ》を見ひらいた。黒いビロードの洋服に、陣羽織《じんばおり》を羽織った奇抜な風体。さすがのリンダも声がでず、ゆれるハンモックにちぢまっている。燭台をたずさえてコトが、跳ぶようにかけあがってきた。蝋燭《ろうそく》の明りに一瞬、胡散《うさん》臭い眼光炯々《けいけい》の酔顔が映えた。ピシャリと勢いよく障子が閉まる。口早に怒りながら彼女が、大男を手前の十畳間にひきもどしている。レディへの無礼を叱責する声音だが、どうやら馴染みの客らしい。

バイキングみたいな日本人もいると、リンダは胸をなでおろした。彼は、ジローの相客になる。ハンモックに寝がえりながら、彼女は、「ジローが可哀想…」とつぶやいた。

十一

ザーザーと耳慣れない音が、とおく波のように寄せては返す。

隣の部屋には、あの大男の高鼾《たかいびき》がする。窓明りが刻々と白んでいく。波音にさそわれて、リンダは仄暗い廊下にでた。ひくい鴨居《かもい》にお辞儀するのは忘れない。まだ五時まえだろう、ゴン一家の朝は早い。廊下をのぞくと、部屋一杯に敷いた布団をたたんで、一斉に草箒《ほうき》で畳床を掃いている。畳に打ちひびく清々しい音…。

階段の踊り場で膝に頬杖をついたまま、彼女は、彼らのリズミカルな所業に魅入っていた。掃除をすますと、一家は、両側の壁の一角に勢ぞろいした。天井ぎわに簡素な神棚が祀《まつ》ってある。粛々と合掌し、一斉に柏手を打った。大小バラバラだが、家内安全・無病息災の祈祷《きとう》は朝の日課である。これがシントーね！、とリンダは息をつめた。

「ジロー。ここが教会になるのね！」彼がいなくても、ジローとよぶのが口癖になっていた。私宅に置いた神社の分社に毎日、参拝する合理主義に感嘆した。毎日曜日、教会に行かなくても自宅で礼拝できる。神はいずこにも宿る──リンダは、神道の巧まざる知恵に共感した。

愛くるしい笑顔が、階段をならしてリンダに手拭を手わたした。「サンキュー。コトさん」知らずに、さん付けになっている。湯気のたつ手拭で顔をおおうと、おもわず嬌声をあげていた。ベトついた肌の毛穴が、沸騰《ふっとう》するようだった。

着替えてからリンダは、土間にそろえてある客用の下駄をひっかけた。大きな足の踵《かかと》が食《は》みだしている。「この国のサンダルね」鼻緒がきついが、カタカタと路をふむ音が心地よい。高い針葉樹林から山気が、道沿いに冴々と迫ってきた。杉、赤松、檜…。道の両側に、近からず遠からず茅葺きの平屋が立ちならぶ。一見、似ているが、皆それぞれに造りがちがう。

軒先には、雨水を溜める天水桶を置く。防火用水なのだが、村人たちは、竹の柄杓《ひしゃく》で野花や道芝に水をやり、ほこりが舞う道端に水をうつ。リンダの歩く先に、にぎにぎしい噪音が早朝の静寂をやぶる。山懐を平らにした広場に、数十人の女たちがひしめいていた。

山腹の湧き水から、まっすぐ斜面に煉瓦をくんだ樋を延々とひいて、冷い清水を広場奥の水槽にながしこむ。石組みを粘土で固めた輪形の大きな水槽である。ひとまず、そこにたまった水は、丸壁の縁に凹んだ四ヶ所の流し口から、滝のようにながれおちる。その下には、石敷きの一尺幅の水路が、腰高にグルリとかこんで水飲み場となる。その円い縁石を取りまいて、女たちは、水を飲み顔をあらい歯を磨く。片肌ぬいで、糠《ぬか》袋で腕や首筋をこする女もいる。

リンダに気づくと一瞬、姦《かしま》しいお喋りが途ぎれた。みな、西洋婦人の来村を知っている。すぐに人懐っこく彼女を手まねいた。若い女たちは、西洋式の歯ブラシをくわえて威勢よく磨く。牛骨の柄に馬毛を植えたバタ臭い作りだ。年嵩の女たちは、江戸古来の房楊枝《ふさようじ》を手ばなさない。楊柳《やなぎ》の小枝の一端を叩いて、房状にした歯刷子《はぶらし》である。ここでは、まだ房楊枝派が優勢だ。

五、六〇代の老女の大半は、房楊枝で歯を黒く染める御歯黒をしていた。明治初めに、婦人の歯染めと剃眉《ていび》の習慣は差しとめられた。けれど、染みついた日々の慣わしは、一朝一夕には改まらない。黒い歯ならびは、リンダには醜悪に映っていたが口にはしない。

胸のポケットから、彼女は、歯ブラシをとりだした。象牙に金細工を彫刻した長い柄に、黒い馬毛を植えた豪奢《ごうしゃ》な造りだった。期せずして、歯ブラシ派から歓声があがった。彼女を円の列にわりこませて、歯磨粉袋を手わたした。白い房州砂に、龍脳《りゅうのう》や丁子《ちょうじ》の香料をくわえた歯磨き粉である。まだ練り歯磨きはでまわっていない。黒馬毛に歯磨き粉をまぶして、リンダは一気に口にくわえた。灰をまぶしたような舌触りだが、かすかに香ばしい。磨いた歯磨き粉は、水路のそとに嗽《うがい》する。そこに敷いた水捌《は》けのよい砂利には、野菜の濯《すす》ぎ水や米の研《と》ぎ汁もすてられる。

一方、水路の水は、泡だちながら円い壁をまわって、V字型のはけ口から長方形の踝《くるぶし》高のプールにながれおちる。そこは、板石を敷きつめた洗濯場《せんたくば》である。洗い物をあさい流水につけると、女たちは、裾をからげて裸足でふみならし、丸めて木槌《きづち》で叩く。よごれは灰汁《あく》で揉みあらいする。スカートをたくしあげると、リンダも、白いたくましい両足で洗濯物をふみつけた。この国の女にはみられない度外れた迫力だ。彼女の一挙一動に、女たちは屈託なく笑いこける。

ここには、村中の老若の女たちが、盥《たらい》や手桶をかかえて、入れかわり立ちかわりやってくる。一仕事おえると、炊事や飲用の水を手桶にくみ、洗濯物を盥につめて家にもどる。これから朝餉の仕度である。

ところで、洗濯洗いした汚水の用はおわらない。プールの浅いスロープを下って、流し口から板樋《いたとい》をつたって、隣の小屋の給水口にそそぎこまれる。洋式のトタン板を葺いた長屋である。往来の途中、女たちが腰をふりふり立ちよる。ジローと言いかけて、さすがにリンダはテレ笑いした。「…トイレね?」

まさしく厠《かわや》である。昔、川の上に小屋を掛けたことから川屋《かわや》とよばれた。杉皮張りの板戸が十戸ならぶ。素通しの上半分に、使用中の女たちの顔が陽気にゆれている。金髪碧眼《へきがん》のリンダは颯爽として、その振舞いは女たちを惚れぼれとさせた。ためらいなく彼女は、顔のみえない板戸の一つをあけた。方形の板囲いに、一段あげた板敷きの殺風景な便所である。中央の板がぬけていて、真下にはＶ字形の薬研堀《やげんぼり》がとおる。石積みをセメントで塗りかためた堅牢な造りである。リンダは、トイレ？と自問した。糞便の悪臭がない。銀蝿の翅音《はおと》もしない。

女たちを真似て、彼女は、板戸をむいてしゃがんだ。この国の用便の坐り方は、すでに体験済みだった。幾組もの女たちが、リンダの所作を注視している。明けっぴろげで、プライバシーなどおかまいなしだ。板戸ごしに手をふると、彼女らは、囃したてながら逃げ去った。

ふと水音に下をのぞくと、プールの方角から勾配《こうばい》のある側壁をうちながら、幾人もの排《はい》泄物《せつぶつ》を巻きこんだ赤い水が、彼女の真下をながれすぎた。一陣の風圧が、むきだしの尻にふきあげた。彼女は、ハンマーで一撃された思いだった。「水洗トイレね！」

プールの水が、板樋から薬研堀に放流されて汚物を洗いながす。汚濁水は、長屋の反対側の流し口からあらそって吐きだされ、外にある貯水槽に騒然と落下する。貯水槽は、土中ふかく掘った大きな肥溜《こえだ》めである。ここの屎尿《しにょう》を肥桶《こえおけ》に担いで、村人たちは、山腹にひらいた切畑にまく。むろん、人糞肥料はリンダの知るところではない。

帰り道、彼女は、白昼夢をみたような心地であった。女たちは、邪気なく口々に自慢した。三年ほど前に造られたらしい。山の斜面をくだる用水路から水飲み場、洗濯場、水洗便所へと、巧みに造営された上下水道である。山の清水を最大限に活用した、衛生的で利便な共同施設――リンダは心底、感嘆した。ロンドンの有名な下水道は、汚水にあふれ悪臭がただよい溝鼠《どぶねずみ》の巣になっていた。当時、黒死病と恐れられたペストは、この溝鼠に寄生する蚤の媒介《ばいかい》するペスト菌が元凶、とは誰も知らない。小規模な下水道だが、ここには小鼠一匹いない。

十二

手拭を首に巻いて、男たちが、三々五々お辞儀をしいしいすれちがう。年寄りと子供がほとんどだ。「リンダサン、リンダサン」袖で鼻水をぬぐいながら、サブが小おどりしている。女たちと交代して、今度は男たちが広場をつかう時刻なのだ。

御主人が見あたらず、ジローは、軒先をウロウロしていた。顔を火照らせながら、どこへ行ってたのか？と、小砂利をけたてて走りよってきた。彼女を守るのが役目だ――その責任感は一途だ。かまわずリンダは、顔をあらう仕草をして広場の方角を指した。用意万端、彼は、桶を手に首には手拭をまいている。

腹にしみる朝餉の匂いがただよう。

台所の土間にしつらえた大小二つの竈《かまど》に、鉄釜をかけて煮炊きする。かつては、火打ち石だったが、いまでは黄燐《おうりん》マッチでたやすく発火する。火吹き竹で薪を熾すので、煤の混ざったけむたい烟《けむり》がたちこめる。焼物は、軒下に七輪（土製の焜炉《こんろ》）をだして焼く。煮炊には、水場でくんだ水瓶《かめ》の水を大切につかう。炊事はもっぱら女の役目なので、サキ、ギン、コトが独楽《こま》鼠のようにとびまわる。土間は、凹凸に踏みかためられていて歩きにくい。今朝は、十人分を賄わなければならない。

午前七時頃。この国の人々は規律正しい。イングランドは時間にルーズだ。昨夜の大男は囲炉裏の席には居ない。献立は、豆腐、浅葱《あさつき》の味噌和え、沢庵、串刺しの煮干し、玄米飯と代りばえしない。朝餐《ちょうさん》のミルク、バター、チーズの味は、はるか遠い彼方《かなた》であった。それを苦にするリンダではないが、イングランドの食卓が瞼を横ぎる。甘味がたりない…。

午前八時になると、ゴンやサキたちは、早々と仕事にでる。コトが笊《ざる》をかぶせた箱膳を囲炉裏卓に置く。泊り客も出立する時刻なのに、大男は二階からおりてこない、リンダには気がかりな同宿人だ。二日酔いなのか、ジローは、畳にうたた寝している。彼女は、コトに手真似で子供たちの居所をたずねた。二人は、もう以心伝心の仲である。

下駄をならしながら、広場をとおりすぎる。

しばらく歩くと、村の東側の端に手習所がみえた。「…あれがスクールね」茅葺き家の一階が、児童の教場である。あけはなった縁側ごしに、彼らのささめきがもれてくる。部屋の壁一面に習字の墨書が貼ってある。木製の長椅子が十列ほど、子供たちは、男女にわけて背丈の順に座る。まだ足が床にとどかない子もいる。「男と女は、別々なのね…」

指し棒をにぎって、あの僧侶が、黒板にチョークで大きく仮名書きする。一心に手習いをする子、壁にかけた日本地図に見いる子、慣れない手付で算盤をはじく子、折り手本の「いろは」を復唱する子、往来物（教科書）の文章を黙読する子、縁側を往復しながら論語を暗唱する子は、サブだ。彼は十二歳の最年長らしく、兄貴分の顔ばせがみえる。年齢がさまざまなので、一見雑然としているが皆、天真一心である。厳格な教師の目配りが、万端に行きとどいている。エディのつけた日本人の識字率が、リンダの腑におちた。

下駄の歯を忍ばせて、彼女は、その場をはなれた。帰りの広場には、朝方とちがう顔ぶれが相寄っていた。日陰の下に老爺二人が、根株の腰掛に坐って将棋《しょうぎ》を指す。彼らの肩ごしに数人が、手垢にしみた将棋盤をながめる。うすい白い髪、ふかい皺を刻んだ顔、丸く曲った腰、目はしろそこひ（白内障）、耳は遠く鈍く、歯は抜けおち、みな、老残の身である。労は重く、病いは深く、老いは早い。

江戸の時代、武家は四十歳で家督をゆずって隠居した、四十歳は初老、七十歳は古来稀れであったから、数少ないが五十、六十はもはや恍惚の世代であった。リンダがのぞいても、放心の態で駒の上を夢遊している。「…この国のチェスね」とつぶやきながら、静かにその場をはなれた。

リンダは、水飲み場の冷たい水で喉をうるおした。その足元に幼子が、おぼつかない足どりでよってきた。広場の四方に、ヨチヨチ歩きやトタトタと歩む子が四、五人ちっている。そのあとを子守り役の老婆が、両手をさしのべながらホイホイと追っていく。三、四歳になると、勝手気ままに洗濯場で水遊びに興じる。日陰に敷いた蓙《ござ》には、孕《はら》んだ腹をかかえて妊婦が二人、大儀そうに坐りこむ。かたわらに赤子をだいた老女が、頬ずりしいしいあやしている。泣いて乳をほしがれば、乳のはる産婦に貰い乳する。「…ベビーシッターね」

この時間帯の広場は、幼児や老爺の遊び場、老婆や妊婦の憩いの場となる。ここには悠々閑々とした時間が、陽炎《かげろう》のようにゆらめいている。

さそわれるままにリンダは、蓙の隅に坐った。年嵩の妊婦が、ケラケラと彼女に五本指をはって見せた。五人産んだというのだ。一人目を産んで片耳が難聴になった。二人目では爪が紫色になった。三人目は歯が抜けおちた。その後は変わらないよ、と底ぬけに明るい。「六人目、多産系なのね」彼女は、サラ、と名乗った。サラ…幼くして猩紅熱《しょうこうねつ》で亡くしたリンダの妹と同じ名前であった。いとおしく、思わずサラを抱擁《ほうよう》した。

かたわらに、少女のような初々しい妊婦がいる。いくつ?と手真似ると、彼女ユキは、羞じらいながら五指を三回ひろげた。「オー、十五歳!」と、リンダは一驚した。「早婚なのねえ」むろん初産で、もう産み月にはいっているらしい。母体の胎内に宿るのは、およそ十カ月である。古来、十月十日《とつきとおか》と十日間を余分に数える。出産にゆとりをもたせた古人の知恵である。

モーニング・シックネスは?と、リンダは口をおおう仕草をした。〝朝のむかつき〟とは洒落た表現だ。「ツワリ、ツワリ」と、若いユキに教える。サラは毎度、悪阻《おそ》(つわり)がおもく、身ごもると数ヶ月は倒れ伏していた。その苦しさがよみがえったのか、彼女は、ユキの太り肉《じし》の腿をつねった。初産なのにつわりが軽い、とやっかむ。ユキは叱られたように顔を伏せた。彼女の大きな腹をさすりながら、リンダの頬に笑みがこぼれた。「ユキさん。元気なベイビーを産んでね」

この藤野村は、イングランドにはない平穏で和合な共同体であった。はるばる訪れたこの地に、リンダは現世の楽園をみた。「ここはアルカディア?」と、彼女は自問した。Arcadiaは、この世の桃源郷を意味する。バードは、山形県の米沢を〝東洋のアルカディア〟と絶賛した。ここ藤野もまた、まぎれもなく、この世のアルカディアであった。

十三

ジローが、宿の二階の窓にぬれた手拭を干す。下駄にいたむ土踏まずをもみながら、リンダは、廊下の椅子に座った。高い木立の斜面をすべって、春の陽が燦々と山路に射す。米や酒を満載した息たえだえの駄馬の列、籠につんだ養蚕《ようさん》用の桑の葉をはこぶ農夫、両肩に食いこむ荷を背負う行商人たちが、途ぎれ途ぎれに東西を行き交う。関東から東北へつながる街道なので、人の往来は絶えない。軽やかに走りすぎる黒い制服は、郵便屋である。郵便事業は一八七一年（明治四年）にはじまったが、まだ全国津々浦々とはいかない。

おりしも、あの大男が、階段をふみならして下りてきた。ふりむいてリンダは、ハーイと会釈する。彼は不遜《ふそん》にも無視した。ラシャのチョッキのポケットから、おもむろに銀鎖にたらした懐中時計をとりだす。寝ぼけて大男にみえたが、彼女より十センチも低かった。囲炉裏卓の笊をはねのけると、大きな握り飯を鷲づかみに頬ばった。沢庵をそえて、コトが調えた朝飯である。人力車の道中、リンダは、笹折につつんだ握り飯に舌鼓をうった。勝手しったる宿らしく、彼は、わがもの顔に台所を出入りする。

ふと、馬寄せの縁台に五、六人の男女が座っていた。いずれも行儀よく、肩をおとして悄気《しょげ》こんでいる。心細気に手拭で頬をおさえた女もいる。宿の内外が、にわかに忙しくなった。酒壷をかたむけて茶碗にそそぐと、男は、順ぐりに彼らに濁酒をあおらせた。飲み慣れずに噎せる女もいるが、野太い声にちぢみあがって否応もない。

台所からコトが、湯気のたつ銀色のアルミケースをささげてきた。矩型《くけい》のケースの無数の小穴から、勢いよく熱湯がしたたりおちる。おもわず、リンダは目をうばわれた。「煮沸消毒ね！」

縁台脇の根株椅子に置かれたケース。男はその蓋をピンとはねた。外科用の器具セットだ。見慣れない形もあったが、鉄製の鉗子《かんし》や真鍮《しんちゅう》製の挺子《ていし》がならぶ。どれも、歯を抜く器具だった。ジローに問うまでもなく、男はデンティストとわかった。いや、正規の歯科医師ではない。「ジロー。この人はシャーラタンね」

むろん、ジローに通じる言葉ではない。Charlatanとは、十九世紀末までヨーロッパの街々で渡世していた香具師《やし》や藪医者である。その代表格が、歯抜師であった。男は、従来家とよばれる江戸以来の入歯・歯抜・口中療治者である。彼らは、前々年の一八八五年（明治十八年）の取締規則により特例の鑑札をえた。施術と地域を限定して、細々と営業を許された。彼は、栃木県内を旅まわる巡回歯抜師であった。

馬寄せが、仮の歯抜療治所となった。歯抜師は、端に座った四十路《よそじ》の女の奥歯をピンセットで一本一本ゆらした。動揺度を診て彼女に、抜かなければならない歯の数をつげたらしい。彼のうしろからジローが、三本指をたてた。奥歯を一度に三本も抜くのか。「麻酔はしないのよね…」と、リンダの声がしぼんだ。

アルコールでへべれけに酔わせて、手術の痛みをまぎらわす。イングランドでも、安ウイスキーをガブ飲みさせてから、四肢をおさえつけて容赦なくメスをいれた。手術室は阿《あ》鼻《び》叫喚《きようかん》の地獄と化し、執刀する外科医は鬼畜扱いされた。それまでしても、殺菌消毒法が開発されるまでは、患者の大半は術後の感染症で死亡した。

じつは、吸入により中枢神経系を麻痺させる全身麻酔法は、すでに一八四〇年代に米国ボストンのH・ウェルズとW・T・G・モートンが開発していた。一方、薬剤により末梢神経系を麻痺させる局所麻酔法は、一八八四年（明治十七年）まで待たねばならなかった。リンダの出国するころ、ウィーンからつたわったコカインによる局麻に、ロンドン中の病院が沸いていた。この新法が、すみやかに日本に伝来する日を祈るほかない。

麻酔なしで抜歯する——息をひそめてリンダは、歯抜師のパフォーマンスに目を凝らす。チリ紙に酒をぬらすと、彼は上顎《あご》と下顎の腫れた患部を幾度もぬぐった。うしろ手に、ペンチ型のいかつい抜歯鉗子をにぎっている。片手で女の顎をおさえると、次の瞬間、上顎の大臼歯をねじ切るように引きぬいた。痛イ！と、さけぶまもないあざやかな手並みだった。彼女の両目から紅涙がほとばしった。

血まみれた歯を椀に放ると、下顎の小臼歯二本をスポンスポンと抜去した。泣くのも忘れて呆然とする患者――もう荒療治はおわっていた。口内の血を吐きださせたあと、彼は、患部に血止め用の蓬《よもぎ》の葉を噛ませた。彼の腕前にリンダは、拳をにぎって感嘆していた。

隣の枯木のような男は、前歯は無く、耐えがたい口臭を吐く。息づかいは荒いが、抜歯経験はあるらしい。血餅と歯垢をまぜた歯石の塊が、上下の歯茎をビッシリ埋めている。歯周病の末期の歯槽膿漏である。へばりついた歯石は、ピンセットで手ぎわよくはがされていく。その下には、根まで露出した歯が四、五本、血膿の中にゆれていた。歯抜師は悠々と、ほそい鉗子でつぎつぎに抜歯した。そのあと、スプーン状の鋭匙《えいひ》で丁寧にぬけた穴の血膿をかきだす。

ついで、抜歯窩《か》に酒をしみこませた丸い和紙をつめた。脱脂綿代わりだ。彼は、傷口の化膿を防ぐ消毒を心得ている。術後の感染は、患者を重篤におとしいれる二次的な病変である。英国グラスゴーのJ・リスターが、一八六七年（慶応三年）に石炭酸による殺菌法を開発した。イングランドでは、外科手術には石炭酸水を塗布して殺菌消毒する。

つぎの老女は、天から青ざめていた。アルコールに強いのか、痛みをまぎらわす酒も効いていない。彼女のうしろに寄ってリンダは、ふるえる薄い背をやさしく撫でた。風体に似合わずシャイなのか、歯抜師は、彼女のお節介を知らんふりしている。抜歯中、老女は悲鳴もあげず、ただ呆然としていた。

あつまった老若男女八人の治術をおえるのに、さほど時間は要しなかった。日差しをさけて、宿の土間の框にズラリと坐らせた。みな、頬をおさえたまま消沈している。持ちはこんだ根株椅子に腰かけて、歯抜師は術後の様子見をする。

しきりに、ジローが気をもんでいる。男はデンティストではない、と知らせたいのだ。リンダのほうは、まだ興奮さめやらぬ面持ちである。「ジロー、だれひとり、泣きさけばなかったのよ。一人もよ！」彼の技倆は抜群だ、消毒の知識も心得ている。彼女には、シャーラタンでも抵抗はなかった。肝心なのはライセンスより、目のまえの苦しむ病人を救う力量が有るか否かなのだ。

半時ほど、順ぐりに口内の蓬の葉をとりのぞいて、歯抜師は、患部の止血を見とどける。四十路の女には、腫れたら塩水で嗽し水で冷やせと教えた。八人をかえすと、鉗子についた血膿を湯あらいし、和紙で入念にぬぐう。定席の椅子にもどって、リンダは、さり気なく彼を注視していた。ぬぐった鉗子を一本、一本丁寧に木製ケースにおさめる。偏屈で傍若無人だが、案外に所作は几帳面で理に適っている。その仕事ぶりに、彼女は惚れぼれしていた。

それから歯抜師は酒瓢簞《ひょうたん》を肩に、コトの手わたす笹折を牛革バンドにつるした。彼女に見送られて、ついにリンダには見むきもせずに西方へ去った。

この思いがけない一場の出来事に、彼女は気ぬけしていた。ある疑問が泡のようにうかんだ。ひとたび歯を失えば、だれもが柘榴《ざくろ》のわれた無残な口内を晒す。すでに、硬化したゴムを用いた義歯が、一八五五年（安政二年）に米国で開発されていた。イングランドでは、この蒸和ゴム床義歯は、歯の欠損をおぎなって患者の窮状を救っていた。

日本では、従来家の入歯師は、黄楊《つげ》を彫刻した精巧な木床入歯を作った。しかし、咀嚼と審美の回復に浴するのは、一握りの富裕層にかぎられていた。ゴム床義歯は〝西洋入歯〟として明治八年ごろに上陸するが、蒸民にひろまるのは大正時代になる。「ジロー。義歯をいれるデンティストは来るの？」彼は、ノーと一笑した。たしかエディは、歯科医師は全国で一五〇〇人たらずと数えていた。それでは、歯科の医療は皆無に等しい。

「ジロー。抜歯した患者さんには、義歯が必要なのよ」彼女は、椅子のアームを叩いて悲憤した。「あの人たちは、これからずっと歯ぬけでいるの!?」憤懣《ふんまん》やるかたないリンダ。他人のことなのに、なぜ、そんなに心を痛めるのか―ジローには理解しがたい。「ジロー。義歯のシャーラタンが来るんじゃないの？」目を閉じたまま、ジローはノーとくりかえした。

そこへコトが、湯気のたつ小さな笊をさしだした。茹でた莢豌豆《さやえんどう》を一つつまむと、豆をむく食べ方を実演してみせた。「コトさん。サンキュー」とリンダは器用に真似た。はじめて味わう素朴な風味に舌がしびれた。おかげで気息はおさまったが、彼女の気性は易々とはひきさがらない。この小さな山村にも、薬売りがきた、歯抜師がきた。つぎは、入歯師がくるにちがいない。「ジロー。わたしは、義歯のシャーラタンがくると信じるわ」

ジローの朴直は三度、ノーと否定した。リンダの乾いた声がとぶ。「それじゃあ、だれが来るの?」苦しまぎれに、彼の口から意想外の言葉がはねかえった。「…こうのとりデス」

ストーン・ブリッジ・ジローが、ジョークを言った! オーッと椅子をけたてて、リンダは、彼のにきび面に音をたてて接吻した。

十四

夕餉のあと、にわかにゴンが、両袖をぬいて肌脱ぎになった。リンダのまえでも羞恥も非礼もない。彼のあさぐろい背に彼女はギョッとした。背骨の両側に四つずつ、異様な傷跡がならんでいた。あきらかに丸く焦げた火傷《やけど》の痕である。畳にうつ伏せると、サキが、八つの痕に丸めた綿状の屑を置いていく。じつに慣れた手つきだ。蓬《よもぎ》の葉毛を乾した艾《もぐさ》である。その円錐状の艾に、線香の火を順々に付けていった。

青い目を点にして、リンダは、ジローをふりむいた。どうやら漢方の医術らしいと、興趣はつきない。なんなの?と問うているのに、彼の舌は、もどかしく空を噛む。そういえばイザベラは、中世ヨーロッパの瀉血《しゃけつ》療法になぞらえて、日本の焼灼《しょうしゃく》療法を記述していた。moxaで皮膚を加熱して、身体のツボを刺激する。イザベラが奇習と嫌忌し、エディが説明に窮した温灸《おんきゅう》療法であった。漢方の焼灼療法と半解しつつ、リンダは、漢方医は来ないの?と質した。灸を放ってサキは、台所で洗い物をしている。素人が療治して過ちはないのか—リンダの疑問を察して、ジローは、オーケーオーケーと答えた。

「…これが灸ね」ゴンにすりよると、彼女はしげしげと観察した。八つの艾からかすかな煙が背中を這い、肌の焦げる臭いが鼻をつく。畳に顎をたてて彼は、両拳をにぎりしめ固く目蓋を閉じたままだ。艾の芯に赤い炎が仄めく。おもわずリンダは、「熱くないの?」と愚問を発していた。額にふきだした汗が、黒い眉毛からポタポタと畳にしたたりおちる。歯を食いしばってゴンは、ひたすら身をこがす熱さに耐える。なかば呆れつつも苦行を見とどけられず、リンダは早々に退散した。

十五

先刻から、とおく幽かに梟《ふくろう》がないている。

ロンドンでは聞かない裏悲しい声…。上半身が熱っぽい、苛々してたまらない。胸から顔へジンジンとつたう灼熱感…痒い。なんとか身体をおこして、行灯のマッチをする。燈下に、腕回わりの皮膚一面に粒状の出来物がふきでていた。おもわず身震いして、リンダは、ジンマシンと自己診断した。

漆負《うるし》けではない、昨日の漢方薬ウルユスでもない…たぶん、夕餉にでた焼いた干鯖《さば》に当たったのだろう。焼魚は、サキの得意とする一品だった。当時はアレルギーの概念はないが、蕁麻疹《じんましん》は漆や刺草《いらくさ》のかぶれ、魚肉や薬の毒中《あた》りと知っていた。乳房まで粟だつような気色悪い鮫肌《さめはだ》…彼女は、爪をたててかきむしった。

襖ごしに聞こえる寝息をゆりおこす。「ジロー。コトさんをよんで！」今夜は酒盛りはなかったらしく、彼は、うろたえて暗い階段をつたいおりた。入れかわりにコトが、寝ぼけ眼をこすりながら障子をあけた。居たたまれない痒みに身をふるわせ、リンダは、「ミルクをもってきて！」とさけんだ。「ミルクよ！」

コトの背中ごしに、「牛乳ハアリマセン」とジローのかぼそい声がした。ミルクはないの!?、と、リンダの金切声。牛乳をがぶ飲みして、毒を中和したかったのだ。コトは殊の外に落ち着いていて、オーケーオーケーと彼女をなだめた。一階の床柱の薬袋をさぐると、小走りにかけもどる。彼女にいわれてジローは、台所の水甕の水を手桶にくんだ。薄暗い灯りに、薬袋から「紫雪」とある常備薬をとりだす。手さぐりの竹の水椀に粉ぐすりをそそいだ。粉末を指先で混ぜてから、コトは、腕つたいに椀をリンダの手ににぎらせる。ヒイヒイと首筋をかきながら、一気に椀の薬水を飲み干した。もはや、コトの漢方薬にすがるほかない。

じつは、「紫雪」は食中り専用ではなく、〃百薬の長〃と銘うった効能のしれない万病薬であった。彼女のうながすままに、リンダは、次の一杯も喉をならしてうなった。三杯、四杯、コトは、蕁麻疹の病症を知っている。五杯目を飲み乾すと、さすがに息がきれた。

ブツブツの発疹の肌触り、かいても掻いてもおそってくる痛痒《つうよう》。ジンマシンが一過性の皮膚病であることは知っていたが、脂汗に悔し涙がにじんだ。病人のケアにきた自分が…まだ一人も看ていないのに…魚の中毒に倒れてしまった。その不覚が、腹だたしくて情けなくて…リンダには、予期もしない失態だった。突然、肉体をおそう病魔に狼狽し苦悩する哀れな身…それが自分だった。

黙ってコトが、布団の脇に小さな盥《たらい》を置いた。底には和紙が敷きつめてある。間に合わせの尿瓶《しびん》と知った。リンダは、絶えだえに目をつむった。「コトさん。サンキュー」

一階では、二階の騒ぎをよそに雑魚寝《ざこね》のままうごかない。ゴンもサキも、火急ならばコトがよぶだろうと覚めない。あした働くために眠るのだ。月明りを頼りにジローは、手桶をにぎって水飲み場を往復する。清水を飲ませ和紙で汗をすいとり、コトは、甲斐甲斐しく介抱する。病いに抗《あらが》いながら、やがてリンダは、泥のような眠りにおちた。

辺りは、静謐《せいひつ》につつまれていた。

障子に射す朝日が、かすんだ目にまぶしい。ハンモックより畳のほうが心地好い。リンダの病勢は、嘘のように去っていた。昨夜の出来事が、夢幻のごとく浮かんでは消える。障子が一寸ほどひらいて、一息おいてコトのすり足がした。冷たい水が、唇から喉奥にしみとおる。腕や胸元の発疹は消え去り、白い肌に幾筋も赤い爪痕がのこっていた。温かい滋味が木匙で唇にはこばれた。白米をクツクツに炊いた汁粥である。この国の病人食ね！、リンダの空っぽの胃袋がおどった。イングランドでは、砂糖入りミルクにひたしたパンケーキだ。「コトさん。サンキュー」

甘えてリンダは、押入れの洋式浴槽をさした。わがままだったが、汗まみれの身体が耐えられない。いちはやく察して、コトは、オーケーオーケーと承知した。オーケーが、彼女の決まり文句になっていた。裏山側に半刻ほど、コトとジローの作業する物音が断続した。ちょうど皆、ではらっている時間帯である。一階の外壁に、雨戸二枚をたてて三角形の囲いが作られた。その中にシャコ貝型のゴム製の浴槽が、立ちのぼる湯気にゆれていた。急ごしらえのバスルームである。「オー・マイゴオシュ！ Oh, my gosh!」gosh は、God を転化した驚嘆語である。

せまい湯船の縁から長い両足をたらして、リンダは、病み上りの身を弓なりにそらした。杉の木立から、陽光が放射状に降りそそぐ。東京を出立して以来の入浴であり、はじめて体験する露天風呂であった。歓喜して両手に垢のうく湯をすくい、幾度も顔にあびせて嗚咽《おえつ》した。彼女は、むせび泣く自分に感動していた。雨戸がずれてコトのほそい腕が、手桶の追い湯をさしいれた。和製の固い石鹸が、リンダの胸をすべって湯底に沈んだ。陶然として手桶の熱い湯を両肩にそそいだ。「コトさん。サンキュー」

サンキューが、彼女の決まり文句になっていた。

湯浴みをおえて、リンダは、布団の上に爪先まで背のびした。久しぶりに丸い手鏡をのぞいた。片手を頬にあてながら、「コトさん。わたし痩せたわね」とつぶやいた。英国女性の大半は、二十代から肥満体になる。この国の低カロリー食、それに昨夜のジンマシンが減量を加速した。さっき着替えたとき、スカートが振れるので、ベルトがわりに革紐をむすんだ。うたがいなく鏡の中の素顔は、ホッソリと若やいでいた。「コトさん。わたし十ポンドは痩せたわ！」四・五キログラムの体重減少——おもわず、リンダの頬に笑みがこぼれた。「もっと減ってるかもしれないわ」

昼頃、廊下にサブの声がして障子がひらいた。サブのまえに、見覚えのある幼女二人がたっていた。みな、洟をふいてきたらしく揃って鼻下が赤い。恥しがってつつきあいながら、彼女たちは、おずおずとすり足で近づいてくる。布団に半身をおこして、「なぁに?」と不審顔のリンダ。二人は、彼女のまえに小さな花束をさしだした。野に摘んだ濃紫の菫《すみれ》だった。おもいもかけない病中見舞に、リンダは、息を呑んで言葉を失った。

十六

翌日、藤野に着いて四日目の朝。

朝餉のあと、あわただしい片時だった。路むこう、杉木立の静けさをやぶって絶叫が木《こ》霊《だま》した。喉をふりしぼって助けを求めている。何事か!、ゴンが裸足のまま走りでた。熊笹の茂みをわって、男二人が道端にころげ伏した。両膝をついたまま一人は、肩に老人を背負っていた。もう一人は、うしろからグッタリした彼をささえている。血相をかえて走りよるゴン。反対にリンダは、椅子をけって二階にかけあがった。「ジロー。怪我人よ!」

障子ごしに呼びかけながら、押入れの革製の往診バッグと黒檀の薬品箱をかかえた。男たちとゴンは、土間に雪崩《なだれ》込んでかさなりあって框に倒れた。すばやくリンダは、老人の両肩をだきかかえた。老年の男二人は、崩れるように土間にへたりこんだ。怪我した老人をあおむかせて、畳に寝かせようとした。添えようとするゴンの手をぬけて、左の下腿がカラクリ人形のように鋭角にまがった。そのまま、膝から下がブラブラと振れた。手を貸そうとしたジローが瞬間、凍りついた。

膝下の肉がパックリ裂け、折れた白い骨が槍のようにつきだしていた。おもわず顔をそむけるゴン、よろけてジローが土間に吐いた。肺腑《はいふ》をえぐるうめき、老人は、満身をわななかせ引き攣っている。食いしばった口元から泡をふき、欠けた歯がボロボロとこぼれおちた。

泥足でかけこんできたサブが、驚怖のあまり棒立ちになった。

下腿部は、太い脛骨と細い腓骨がよりそって並ぶ。その脛骨が膝に近い個所で骨折したと、リンダは診た。斜めにさけた骨片の鋭い切端が、筋肉と皮膚をつきやぶった。骨折による開放創だ──露出した骨を元に整復しなければならない。到底、手に負える傷ではないと、ゴンは初手からあきらめていた。ところが、リンダが立ちすくむジローを叱咤《しった》する。

「ジロー。彼の両肩をおさえなさい。うしろからよ！」ゴンには、右足にのっておさえこめ、と手真似をとばす。歯噛みする老人の口に、無理矢理に手拭をかませる。血の気を失ったサブには、老人のふるえる片手を固くにぎらせた。

畳に両膝をつくと、リンダは、左手で老人の左膝下をささえ、右手に左足首をにぎりしめた。ジローは、必死で彼の両肩を羽交《はが》いじめにする。右腿に馬乗りになったゴン。「いいわね、いくわよ」彼女は、蒼白のジローにウィンクを送った。その瞬間、力をこめて足首をひっぱり、その勢いでまがった膝下を一気にのばした。パチンと、骨のかちあう異様な音がはねた。老人は、禿鷹のように叫哭《きょうこく》し悶絶《もんぜつ》した。

ジローは、腰がぬけてうしろに尻餅をついた。ゴンは、右足にまたがったまま動けない。オーケーオーケーと、リンダは、乱れた髪をかきあげた。遠巻きにしていた人垣に、言葉にならないどよめきが沸いた。村には、こんな荒療治ができる者はいない。リンダさんはお医者さんだったんだと皆、得心した。

往診バッグから彼女は、聴診器をとりだした。イングランドでは、黒檀や金属製のラッパ型の片耳タイプが多い。聖トーマス病院では、Y字型のゴム製チューブをつないだ最新の両耳タイプを用いた。老人の襟元をひらいて、削げた胸に静かに当てた。しばし沈黙……皆、固唾《かたず》をのんで見守る。両耳のチューブをはずしながら、オーケーと独りうなずいた。

つぎに、止血用のゴム包帯を膝上に巻いて、きつく締めた。意外に出血は少ない。傷口は新鮮だった。薬品箱は引出し式に開閉する。ホルマリン瓶をたらして手指を消毒する。鼻腔をつく刺激臭に噎せた。銅製のトレーにヨードチンキをながすと、歯ブラシの馬毛をひたす。コトが黙って彼女の横に坐る。歯抜師の見様見真似で、両手には酒消毒の匂いがした。「コトさん。サンキュー」

まだ朦朧《もうろう》たるジローとゴンに、太股と足首をおさえこませた。鎮痛麻酔をしていないので、いつ暴れだすかわからない。ためらうことなく身をかがめると、リンダは、馬毛で裂けた創面にたまった血膿を念入りにあらいながす。外皮にたれる血膿をガーゼでぬぐいとるのは、コトの役目だ。辺りにヨードの臭気がただよう。

それから縫合針に絹糸をとおし、そのままトレーにひたす。創面の両サイドを圧迫して、離断した創面を接触させる。表層はダメージをうけているので、メスで切除して新鮮な創面をだす。意識を失ったまま、老人は苦痛に足掻きもだえる。おさえるゴンもジローも、死物狂いだ。

一息継ぐと、リンダは、半円形の彎針《わんしん》を創縁から皮下に刺す。針が、反対側の創縁を貫いてするどい尖端をだす。その針先を把針子で把持し、そのまま引いて糸をとおした。そこで、両側の糸を創縁に密着させて、ゆるめに細結《こま》びにする。慣れない手つきだが、彼女は、大胆につぎつぎと縫合していく。一刻も早く縫合をおえたい。塩気の汗が目にしみるので、コトが手ばやく彼女の額をぬぐう。

傷口の両側の針穴をつないで、絹糸の列が無残にならぶ。その縫合面にヨードをぬり、消毒ガーゼをかぶせてテープでとめる。その上に巻木綿を巻いて包帯した。

「ジロー。おわったわよ」ふりむいたリンダのまえに、サブの泣き顔があった。「サブのお爺さんね?」と問うと、彼は咳きあげるように号泣した。粗暴な手術に耐えた老人―彼女は、その我慢強さに感服していた。「サブ。お爺さんは強い人よ。ほんとうに強い人よ」

泣きじゃくりながら、彼が数本の細い棒をさしだした。薪を削いだ二〇センチほどの板木である。傷口をふさいで安堵していたリンダは、ハッと虚をつかれた。四本の板木をうけとり、彼の機転に感嘆した。「サンキュー。サブが作ったのね！」手術の最中に削ったのだろう、骨折した患部をそとから固定する副木である。イングランドでは、包帯にひたした石膏粉末を患部に巻くギプス包帯が通常だった。ここでは、添え木を患部に緊縛する副木固定しかできない。この板木なら、そのまま使える。

「これでオーケーよ」と、リンダは彼の手をにぎった。「サンキュー。サブ」

ぬれ手拭でコトは、爺の泥足をふいていた。彼女は、小さな頼もしいナースだ。ちょうど腰の革紐をはずして、リンダはナイフで二本に切断する。客用の座布団に、爺の折れた足をそうッとのせた。下腿の上下左右に四本の板木を当てがうと、ゴンとジローに把持させた。膝下から足首まで、ちょうど合う長さだ。その板木に、革紐を順ぐりに巻きつけていく。合致させた骨折線がずれないように位置を固定し、過不足なく革紐をしめてきつく縛る。

これで、やっと患部の安静が保たれる。

再度、リンダは聴診器を当てる。脈うつ心音は乱れていないが、気安めはいえない。彼女の西洋医術に驚嘆し、ゴンは、爺は治ると幾度もリンダに合掌する。先刻まで彼は、老い先みじかい年寄りの大怪我は、仏のお迎えと諦観していた。いまは、彼女の療治は神の魔術と信じて疑わない。リンダは場数をふんでいたが、ここはロンドンの病院ではない。薬品は不足、器具も不備、人手はなく、手技も拙い。だが、だれかが危急の事態に立ちむかわねばならない。彼女が居あわせなければ、急場の手当はできなかった。

患者は負傷後、短時間に外科処置をうけた。それは幸運だったが、問題は術後の破傷風である。爺は、破傷風に感染すれば三日はもたない。発症したら、手の施しようのない死病であった。当時、塵や土中の破傷風菌が、傷口からうつる感染症とは誰も知らない。北里柴三郎が破傷風の抗毒素血清を開発するのは、二年後の一八八九年（明治二二年）になる。

リンダは、盥に血ぬれた両手をあらいながら思案していた。「ジロー。今市まではこぶのに半日はかかるわね」ショックを抜けきれず、彼は疲れはてて框に伏していた。御主人の問いには、シャキッと姿勢を正した。否応なしに修羅場に叩きこまれて、彼は、はじめてリンダの正体を知った。ほんとうに、エゲレスから病人を助けるために来たのだ――彼女の疑念をいだいた生半可な自分を悔やんだ。御主人に仕える身の不実を恥じた。

医者が往診に来たことはないが、ゴンは、急病人を担架ではこんだ経験はあるという。だが、大怪我の爺には黙って首をふった。「馬ハ駄目、戸板モ駄目デス」どちらも道中ゆられて大出血してしまう。東方の若松は、さらに遠い。リンダを支援したいという衝動にかられるが、ジローには手立てはうかばない。「運ブノハ無理デス」彼女にも妙案はない。「そうね」と、リンダの声はかすれていた。彼女が現実とみたアルカディアは、砂上の楼《ろう》閣《かく》のようにもろくも崩れた。

リンダは暗然とつぶやいた。「…ここは、陸の孤島ね」

十七

孤立無援──リンダは腹を据えた。ここで、できるかぎりやるほかない。頭の芯がしびれて足取りはおもい。押入れから、羊皮表紙の分厚いノートをとりだす。真っさらの看護日誌である。羽根ペンにインキ壷は厄介なので、ロンドンから鉛筆数本を持参した。彼女は、第一ページに濃い字で書き記す。

「患者　デン、男、六〇歳、サブの祖父。伐採《ばっさい》中に転落して、左下腿の脛骨上部の開放骨折」日付と場所も忘れない。症状と処置を簡潔に列挙し、大まかに患部の状態を図示した。「破傷風に感染する恐れあり」と、きびしい見通しを記す。

リンダ・シンプソンの日本人患者第一号である。

鉛筆をはさむと、彼女は餓《かつ》えてチョコの指にしゃぶりついた。舌に蕩ける甘さに、しばし陶然となる。休むまもなく、階下からコトがよぶ声…デンが意識を回復したらしい。ジローが呻きあばれる彼を必死におさえていた。爺ィ、爺ィと泣きながらサブも副木をささえる。麻酔のほかには、この激痛をやわらげる手立てはない。

膝上をしめた止血帯をゆるめる。傷口からの出血はとまっていた。ひとまず安堵して、リンダはコトに手真似した。小さいナースは察しがよい。階段簞笥《たんす》をあけて、幾本もの腰紐を手にした。ゴンの両膝の間に、薄い座布団を折りはさんで両足を合わせる。首からマフラーをはずして両足首をグルグル巻きにし、両太股も腰紐で幾重にも縛った。ようように両手をはなして、ジローとサブは畳に倒れ伏した。棒縛りなったまま、デンの肢体の烈しい震えはやまない。

サブをだきよせながら、リンダは、彼のうしろにうずくまっている女に気づいた。打ちひしがれて半身が畳に埋っていた。奥さん?と問うと、ジローは、あわててデンの嫁と返す。おもわず彼女は、ソーリーとうなった。老けていて、とてもサブの母親の年にはみえない。嫁ギンは、舅の大怪我に呆然自失として微動もしない。

彼女の夫をよぶように、ジローにつたえる。ギンにかわってゴンが事情を説明した。東京にいるが、盆と正月しかもどらない。呼びに行っても三日はかかる。それでは間に合わないとは言えず、リンダは唇を噛んだ。このままショック死するか、破傷風に感染するか。

「爺ィハ死ヌノ?」と、サブが彼女をあおぎみた。幾人もの死に遇っていたが、十二歳には過酷な生き死にだった。「リンダサン…爺ィヲ助ケテ」と、彼は泣いてすがる。黙ってリンダは、彼の強《こわ》い黒髪を幾度もなでた。

昼餉はみな、立ったまま中腰のまま、小鰯《こいわし》の丸干しをかじり握り飯を頬ばった。だれもが、骨の髄にひびく呻き声に耐えていた。耳をふさいで逃げだす者はいない。いつのまにかサブとジローは、爺の傍に眠りこんでいた。リンダも椅子に眠りこける。

不意に、デンが鎌首をもたげて見まわした。何事か、うわ言のようにくりかえす。両肩をおさえて、懸命になだめるジロー。「家ニ帰ル、家ニ帰ル」と訴えるのだ。リンダは、老爺の気力に一驚した。熱がでているので、往診ケースから体温計をとりだす。口にくわえた手拭をはずすと、前歯がくだけて口内は血だらけだ。白木の箸をそえて麻糸で体温計を巻くと、用心しながら口角から頬の裏側にさしこんだ。このときはじめて、デンは西洋婦人に気づいたらしい。西洋の女医者にも体温計にも、うろたえて血走った目をむいた。

熱は、一〇〇度を切っていた。ガラス筒の水銀の検温器である。温度目盛は華氏度(°F)で、筒に八〇——一一〇°Fまで刻む。イングランドでは、平均体温は九八・六°Fで、一〇〇°Fを越えると治療を要した。メートル法の摂氏度(℃)に切りかわるのは、一九六〇年(昭和三五年)代後半になる。「熱は高いわよ」と言いながら、リンダは、おもったより発熱は低いと安んじていた。

家に帰りたいと、デンの哀訴はやまない。彼には、他家に寝ているのが理不尽きわまるのだ。奇態な西洋女からも逃げたいらしい。彼の家は広場の前という。「近いのね」と彼女は渋々うなずいた。早速、ゴンが雨戸一枚をはずしてきた。一見、鈍なようだが万事に手堅い。リンダの指示でみな、一斉にデンの老瘦を即製の担架にうつす。男たちが四方を支えもって、そろそろと路へでた。近所の村人たちが、すすんで助勢の手をさしのべた。物々しい一群に、通りすがりの旅人がいそいで路傍に身をよせた。

両手をふってサブが担架を誘導する。一眠りして、もう元気にあふれている。低い生け垣をはいると、辺りに黒褐色の大蝿がブンブン飛び交う。不潔!と、リンダは顔をしかめた。担架は柱をさけながら土間にはこばれ、そのまま昼暗い部屋におろされた。みじかい距離だったが皆、肩で息を継いでいる。それから呼吸を合わせて、十本余の腕がデンの身体を煎餅布団にうつした。両足首をしばった白い絹のマフラーが、手垢にまみれた。

「爺ィ」家に帰ってきたと、サブがよびかける。呻きうめきながらデンは喉笛をあげた。すぐにリンダは、胸骨の間に聴診器をおしあてた。みな、シーと静まりかえった。頼もしい鼓動だ。「丈夫なのねえ」と、彼女はつくづく彼の強健に感服した。デンの唇に水にひたしたガーゼをしぼる。西洋女を忘れて、彼は喉をならして啜った。あとは、ガーゼをサブの手にゆだねる。

土間のすみに、ギンが両脇に三人の子をだきよせたまま震えている。「子供は幾人?」病人のケアには、まず家族構成を知らねばならない。ガーゼをしぼるサブが、黙って四本指をあげた。彼は幼くして母を失ったので、ギンは継母《ままはは》で弟妹たちは腹違いだった。

十八

瞳が慣れてきて、ふと、デンのむこう奥に人の気配がした。だれか、うすい毛布に芋虫のように伏せている。「婆ァ」とサブが口ごもった。彼の祖母でデンの妻トラ。どうやら、重い病いに臥っているようだ。「病気長イ、長イ」と言いかけて、ジローはたじろいだ。小さな毛布の下から、夜鳥のような悲鳴が彼を突きさしたのだ。

看てもいい?と手真似するが、ギンの目は虚ろだ。リンダの手をひいて、サブが、婆を助けてほしいと指した。「トラさん」と声かけながら、彼女は毛布のはしをめくった。老婆が裂かれるように身悶えた。毛布のすれに電流の痛みが走ったらしい。痩せほそった身体が、海老《えび》のようにまがっている。湿って饐《す》えた体臭がただよう。胸元によせた両手の指が、鶏の足のごとくに屈曲していた。リンダは、関節リウマチ、と診断は迷わなかった。

多発性に進行する慢性の関節炎で、疼痛と炎症がつぎつぎに波及し、ながびくと関節を変形し軟骨を溶かす。当時、原因不明で治療法はなかった。「毎日痛イ、痛イ」と、ジローは声をひそめる。ずいぶんと長い間、寝たきりで痛苦に呻吟していたのだろう。トラには、隣の亭主が骨折したのもわからない。病魔に取りつかれた婆に、老骨の怪我人が床をならべる羽目になった。姑の看病に疲れはてた嫁ギンが、喪心したのも無理はない。しかし病人のまえでは、リンダは同情も私情もはさまない。

手はふれられず、脈もとれない。衰弱しきっている…ながくないと診た。彼女の所作をうかがっていたサブは、彼なりに婆の行く末を覚った。土間におりると、リンダは、ギンを框にいざなった。近しい女たちが、子供三人を手習所にもどらせる。横に坐るとリンダは、彼女の細った肩をやさしくだきしめた。ギンは、彫像のように固まっている。病人は家族が自宅で看病する──エディの言葉どおりだった。家族に重くのしかかる負担は、想像を絶する。リンダの豊満な抱擁…蒼白いギンの肌に、ゆるゆると生色がよみがえっていく。

馬の蹄がさわがしい。爺の水やりをおえて、サブは、台所の長簾《すだれ》をはねた。からまりゆれる太い簾から、馬蝿が一斉に翅音をたてて乱れとんだ。台所に馬屋が隣接していて仕切りもない。横木につながれた雌の駄馬が一頭、鼻をならし干草をける。駄馬を養って荷継ぎ用に売るのである。飼葉桶《かいばおけ》を馬の鼻先にさしだすと、彼は慣れた手つきで干し草を食わせた。馬の背腹には馬蝿がたかり、糞尿が異臭を放つ。

　その不衛生にリンダは慄然とした。両手のほこりを叩きながら、サブがもどってきた。

「オー。サブ、サブ」あわてて彼を制し、手桶の水で手洗いを手真似した。このまま患者に触られてはたまらない。石炭酸液をうすめて、リンダは彼のよごれた手指をつけた。彼女の命には素直なサブ、消毒の石炭酸臭に得意顔だ。

　にぶい所作ながら、ギンは、嫁の顔をとりもどして台所にたっていた。炊けていたトロトロの粥汁を二椀に装った。一椀はデンで、飢えていたらしくサブのさしだす木匙にしゃぶりついた。リンダは、彼の強靭《きょうじん》な生命力に舌を巻いた。一方、トラは一匙《さじ》を啜らせるにも難儀する。鼻水のまざった粥汁を少しずつ舌先にたらす。姑の介抱は、ギンには永劫《えいごう》につづく業苦であった。

　ひとまず、リンダとジローは「まるや」にひきあげた。デンのながした血が拭いおとせないらしく、畳のうえに茣《ご》蓙《ざ》が敷いてある。彼女は、ゴンにトラのきびしい病状をつたえた。彼は、長患いだから…と伏し目がちに口ごもった。若いジローは、冷えた玄米飯をかきこむ。食欲はなかったが、リンダも茶漬にして胃袋を満たした。

　看護日誌の二ページ目。

「患者　トラ、女、五八歳、デンの妻・サブの祖母。関節リウマチ。約八年まえより両手の指関節の炎症と疼痛。しだいに手首、膝、肢、足首に罹患。全身の衰弱著しく、心音弱く脈は不整」

リウマチの婆、骨折の爺、出稼ぎの倅、看病疲れの嫁、十二歳を頭《かしら》に四人の子供たち、馬と暮す一家…たった一軒の家内を一見しただけで、リンダは、アルカディア藤野が錯覚であったと実感する。夢みるアルカディアの裏側には、貧しさと病いがあった。看護日誌を閉じると、彼女は、鬱した気分をリセットした。

「そう！　ここが、わたしを必要としていた所なのよ」

リンダにかわってジローが、デン宅を行き来する。彼ら一家には、神頼みしかない。いまや彼女が救いの女神であった。そのリンダも、ひたすら神に祈るのみ…。じつに、病魔との闘いははじまったばかりであった。

十九

夕刻、喘ぎあえぎデンは、孫の粥汁を啜った。一椀では足りなげだった。体温計をさしだすと、口をへの字にして拒んだ。リンダは察して、「治療代はいらないのよ」とつたえた。うめきつつデンは彼女を睨《ね》めた。施こしはうけない、という目だった。プライドの高い老人だ。彼女は障りなく、「だれでもフリーなのよ」と諭す。freeは自由としか訳せないジロー。

「デンさん。みなさんノーマネーよ」だれもが無料としると、彼は、ようやく固い口をあけた。

検温は、一〇〇°F（三七・七℃）を越えていた。やはり、体温は上昇している。ジローをむかいの広場に走らせる。一昨夜の往復よりよっぽど近い。デンの両脇下に手桶にしぼった冷い手拭をはさみこんだ。左太股の付根を冷やすように、サブに教える。ジローが額は？と手をあてたが、彼女は素気なく退けた。

「まるや」をのぞいて、村の家々は茅葺きの平屋である。デンの家は、土間をはさんで東側の台所の裏に小部屋が二つあり、山側にトラとデンが伏せる。路側に寝るギンは一晩中、ヒイヒイという泣哭と骨を削る呻吟にうなされることになる。土間の西側は、路側が馬屋で山側に細ながい中部屋がある。子供たちはうすい壁ごしに、馬の蹄と鼻息を子守歌代わりに雑魚寝する。

五時すぎ、リンダは、あの清々しい竹箒の音に覚める。夜中に叩きおこされることなく、眠りこんでしまった。デンの病状に急変はなかったようだ。顔をふいてからデンの家に出むいた。しぼった手拭をにぎったまま、サブとジローがギンの横に眠りこける。一晩中、交代で冷湿布していたのだろう。呻きはやまないが、デンの顔容はだいぶ安らいでいる。

そっと首筋にふれると、熱はひいていた。

リンダは、ピンセットで患部のガーゼの一端をめくる。信じがたいことに、傷口は化膿せずに癒着している。幸運にも、破傷風はデンの老体をおそわなかった。傷口にヨードをぬり、ガーゼをとりかえる。ジローがモソモソと寝ぼけている。オーケーオーケーと、リンダは彼をいたわった。…爺は、助かる。

朝餉のあと、リンダはジローに説く。骨折は治るのに三ヵ月はかかる。その間、安静にしていないと一生歩けなくなる。深くうなずくと、彼は、御主人の指示を復唱した。彼女に随行して半月余、ジローの英会話は格段に上達していた。いまやリンダは、通訳に不自由していなかった。一見、鈍にみえたが、彼は、呑みこみが早く学習は巧みだ。

リンダサン！、サブが泥足でかけこんできた。爺が急変か、彼女は土間の下駄にとびおりた。「お婆さんです！」とジローが追った。サブの手をつないで走る。下駄を放って枕元に走りこむと、トラは、異形の両拳をあげて仰向いたままだ。うす暗い布団のかげに顔面蒼白、死相が迫っていた。顔をよせて鼻先に手をあてるリンダ…。みじかい吸気を幽かに数度くりかえし、そのあと、スーと鼻腔をなでる長い吐息がした。そうして気管をぬけて、おだやかに気息が絶えた。

目蓋をひらくが、暗くて瞳孔はみえない。鼻口の呼気も、手首の脈もふれない。片方の手で眉をおおって目蓋を閉じると、リンダは胸に十字を切った。

それをみて傍のサブが、両腕で顔をさすって啜り泣く。布団の端にへたりこんだまま、茫然とギン…。平成の世のように緩和ケアも、ターミナル（終末）ケアもない。古来、病人は苦しんで苦しんで、苦しみの果てに絶命した。トラは、もう痛みはない、苦しみもない、安らかな死顔であった。隣に黙していたデンが、天井をあおいだまま痛哭した。四二年間つれそった女房である。

翌朝、死体は腐敗するので早々に埋葬する。検屍の医師はよべず、村長格のゴンが事後に報告する。近所の人たちは心得ていて、葬儀の手配はぬかりない。女たちが、北枕にした婆の身体を清拭し、白い死装束《しにしょうぞく》を着せる。額に白い三角巾を巻いた。「ジロー。あれは？」とささやくと、「悪魔除《よ》けです」と難問をささやき返す。せわしく出入りする黒羽織におられて、死枕の抹香が部屋から土間へただよう。

十時頃、茅屋内に陰々たる読経がつづく。それがやむと、ザワザワと出棺へうつる。右往左往しているようだが、作業はとどこおりなく運ぶ。木の香におう荒削りの早桶の座棺である。寝棺しか知らないリンダには、死者の両膝を折りまげる納棺は想像を絶していた。

彼女に釘を刺されて、デンは、寝たまま冥土へむかう連れ合いを見送る。やっと痛苦から解放されたトラの成仏《じょうぶつ》を悦び、胸に両指をくんで、ひたすら女房の極楽浄土《ごくらくじょうど》を願う。ゴンの合図で、桶にむすんだ太い縄に長柄《ながえ》がとおされる。男たちが腰をかがめて前後を担いだ。重い桶が一ゆれして、縄がギシギシと軋る。

敲《たた》き鉦《かね》を打ちならしながら、僧侶が棺の後を随伴する。なんと、あの手習所の先生だ。数珠をにぎったギンが、僧侶のあとに付きしたがう。長患《ながわずら》いの姑を看取って、心なしか足取りは軽い。土間をでる棺に、デンが堰《せき》をきって慟哭《どうこく》した。「トラ！　楽ニナッタナア…楽ニナッタナア」

広場にいた女たちが、道端にならんでこもごも合掌する。一段とふくらんだ腹をかかえて、ユキも神妙に見送っている。木陰の莚に坐ったまま、サラはとおく手を合わせる。白昼、広場に生と死が幽明境なく交差する。陽炎のようにゆれながら、数十人の葬列が、乾いた一本道を村はずれの共同墓地へつらなる。

二〇

椅子に足をくんで、リンダは、両足の指にヨーチンをぬる。鼻緒ですりむけて痛い。往診用バッグと薬品箱は、手元に置いている。リンダサーン！と、路上に悲鳴が爆《は》ぜた。まっさきに飛びだしたのは、ジローだ。若い母親が、両手に下半身むきだしの幼児をつるしている。縁先に彼をおろすと、涙をちらしてワァワァと訴える。「尻です！尻です！」ジローの指す小さな尻の間に、生白いみみずがたれている。その気色わるさに、さすがのコトも後退りした。オーケーオーケーと、リンダはおびえる母親をなだめる。いくつ?。「四歳です」青白く痩せているのに、腹部だけが異様にふくらんでいる。身の異変もわからず彼は無邪気に笑う。

尻の穴から害虫がでてきたのだ。かぼそい首筋をおさえると、リンダは、手にした和紙で害虫を鷲づかみにする。うしろから静かに引っぱりだすが、ズルズルと細ながくて途ぎれない。さすがに虫酸《むしず》が走って、おもわず力をこめた。引く手が地面にふれた瞬間、スポンとなって鉤《かぎ》状にまがった尾の先端がぬけた。ゆうに三〇センチはある黄色い腹の虫が、和紙の手にヌルリと垂れさがっていた。母親が悲鳴をあげてとびすさった。男児は火がついたように泣きだし、反射的に彼女はわが子にむしゃぶりついた。

人の腸内に寄生する回虫である。衰えていて少しも抗わない。和紙ごとすてると、ジローが憎々しげに下駄の歯でふみつぶした。この大きな害虫が、小さな腹の中に巣くっていたのだ。虫腹《むしばら》（腹痛）にさいなまれて眠れず、癇つよく引付けをおこし、さぞ親を悩ませたことだろう。彼の泣きやむのを待って、リンダは、砂糖水にとかして回虫駆除剤サントニンを一口飲ませた。甘い液に男児は、喉をならして二口、三口とせがんだ。「ジロー。虫下しよ。虫はまだお腹にいるとおもうから、便のときに注意して見るようにね」訥々とジローは、泣きはらした母親クメに説き聞かせる。「あした、また薬をあげるから来てね」

二一

西洋の魔術をつかう女医者――リンダの噂は、たちまち村中につたわった。

翌朝、ジローがおずおずと、ある娘が労咳《ろうがい》で伏っているとつげる。労咳という言葉が通じなかったが、リンダは胸と咳の手真似にピーンときた。薬品箱をかかえたジローのあと、往診バッグをもって下駄をならす。村の西側の端の門口に、女が米搗きバッタのように低頭している。病人の母親らしい。

うす暗い部屋の奥、閉じられた押入れの板戸。その隙間ごしにかすかに咳がもれる。母親キイがあけると、ひとり娘が横臥していた。饐えて湿気った万年床にほそい足が仄白い。青白い幼な顔が無邪気にふりむいた。動作が、いかにもけだるそうだ。のぞきこむ西洋婦人に驚く瞳は、妖しくうるんでいる。いくつ?。「十六です」押入れに両肩をいれて、リンダは、娘マツの額にほつれた髪をなでた。

まず、全身状態を診て、問診、視診、触診、打診をする。聴診器を聞き、体温を測るが、当時、病いは病状から判断するしかなかった。昨年来、夕方になると微熱がでる。ときどき、乾いた咳をする。いまも微熱があるが、聴診では異常音はない。リンダは肺結核と見立てたが、まだ軽症と安堵した。

結核菌によって発病する慢性伝染病である。ドイツのR・コッホが、五年前の一八八二年（明治十五年）に結核菌を発見していた。しかし、抗生物質ストレプトマイシンによる治療は、まだ遠い先のことになる。ロンドンでも、数えきれないほど結核患者を看た。

病原菌の存在は知る由もないが、キイたちは、労咳が伝染する死の病いと知っていた。だから、泣く泣く娘を押入れに閉じこめて家族と隔離した。「ジロー。肺結核よ。でも軽いから、かならず治るわ」彼の通訳に、キイはバネのようにはねた。半身をかがめてリンダは、鶴のようなマツをだきあげた。ジローに、万年床をはこびだすように指示する。畳に寝かせると、ふるえる彼女のながい髪を指でいくども梳いた。「お母さん。温かいタオルで、身体をふいてあげてね」

それからリンダは、玉椿の生垣のうえに万年床の布団をひろげて干した。「ジロー。布団は敷き放しでは駄目よ。毎日、陽にあてて乾かすの。乾いたらほこりを叩く。ねッ、清潔よ。清潔！。それから栄養、栄養よ！」結核患者には、静養と栄養が一番と心得ている。「お母さん。マツさんに毎日いっぱい食べさせてね。美味しいものを一杯食べるの」

ここで、リンダのエンジンが始動する。「ジロー。鶏の卵はない？」一軒だけ、鶏を飼っている家があった。下駄をつっかけて彼をせかす。路からはずれた家の軒先に、大きな丸い竹籠がある。痩せた鶏が五、六羽、竹囲いに羽毛をちらして跳ねている。日々、内職に鶏卵を茹でて旅人に売る。茹玉子は珍食なので常連にかぎられていた。彼女は生卵二個を注文した。それも毎朝と聞いて、同家の女房は呆気にとられる。「ジロー。なぜ鶏を放し飼いにしないの?」せっかくの鶏の運動不足が不満だった。籠から放すと野狐におそわれるのだという。リンダは、「キツネが出るのね」と納得した。

帰りがけ、むかいの家につづく小道が、両側から雑草にうまっている。奥の家の戸口は、長い竹で筋交いにむすばれていた。「住んでいないのね」とつぶやきながら、リンダは、急ぎ足でマツの所にもどる。キイを手まねくと、鉄鍋に水をさして、手にした生卵二個をうかせた。言われるままに彼女は、竈に火をいれる。ジローは、もうリンダの突飛な行動には驚かない。鼻歌まじりに彼女は、湯が煮えたぎるのを待つ。イングランドでは生卵は食さない。「ジロー。茹ですぎてはいけないのよ」頃合よく熱湯を土鍋にうつすと、卵を冷やす。それから慣れた手つきで殻をわった。椀の底に半熟の白身がプルプルとゆれる。「半熟にするのよ。黄身が固まらないようにね」湯気をたててふるえる半熟玉子は、ジローには気色わるい。イングランドでは、朝食に欠かせない大切な滋養食であった。

マツにも半熟は気味わるい。食欲もなかったが、目をつむって素直に白身におおわれた黄身を啜った。素っ頓狂にオイシイと幼な声をはずませる。喜色がリンダの瞳をかがやかせた。「マッさん。おいしいでしょ。これから毎日、朝と晩に食べるのよ」彼女は、マツの小さな両手をにぎりしめた。「病気は、かならず良くなるからね」

キイの掌に夕食の分の卵をにぎらせた。昼にはほこりを叩いて布団をとりこむように、念をおす。「まるや」にもどったのは、十時をまわっていた。男児をだいてクメが、漏斗《じょうご》のように泣きぬれている。土間に両膝をついて手を合わせる。朝方、便にまじって三寸ほどの回虫が五、六匹でた。癇癪《かんしゃく》は消え快活に走り、偏食だったのに今朝は何でも食べた。彼女は、リンダの療治を神の魔術と信じて疑わない。

「あの回虫が悪さをしていたのね」母子をだきよせて「よかったねえ」と、はにかむ男児の頬をなでた。もう一回分、サントニンを飲ませる。甘い味を忘れず彼は、コクコクと喉をならした。

リンダの志気は衰えをしらない。「ジロー。ミルクが欲しいのよ」毎日、牛乳をとどけるよう運送会社に手配を指示する。「ミルクは高いです」と、彼は二の足をふんだ。「大丈夫、お金はあるわ」と歯牙にもかけない。マツに飲ませる高額な牛乳を、彼女が自前で負担するのだ。なぜ?、ジローの思慮分別を越えていた。リンダの思いこみはとめようがない。彼女は、ジローの不服を軽妙にうけながした。「ジロー。わたしも飲みたいのよ」

渋々ゴンにつたえると、今度はハムが欲しいといいだす。豚肉を燻製にした食品だが、ジローは知らない。hamと走り書きして、リンダは図を画いてみせた。首をふりふりゴンは、すぐに注文すると約した。「高い、いくら?」と、ジローは精一杯につっぱる。やはり、彼が目をむくような値段だ。

この国にも〝身銭を切る〟という言葉がある。しかし、いくらエゲレスの金持ちでも、療治代をとらず、病人食まで持ち出しとは…。異国の他人に、なぜ、そこまでしなければならないのか?。彼女は、藤野村の病人を看る責任も義務もない。意を決してジローが、はじめて見せた抵抗であった。框に坐ってコトが、二人のやりとりをみつめている。ジローの不可解なわだかまりは、彼女も同感だった。けれどマツは、一緒に手習いにかよった幼なじみだ。

「ハムの注文は、十日に一回でいいのよ」顔を赤くして「高いです」と、ジローは抗弁する。シャイで無口な彼の成長は嬉しかったが、さすがにリンダは彼を持てあました。ロンドンでも藤野村でも、どこでも病人は同じなのだ。「ジロー。マツさんは栄養をとれば治るのよ」仕方なくリンダは彼の気勢を制した。「…マツさんに、元気になってほしいのよ」元気は、病気の勢いが減弱する〝減気〟に由来するという。ジローは二の句もなく口をつぐんだ。

そのとき、家のうらに悲鳴がした。兄チャン!、コトが裾をからげて土間を走りでた。二の腕をかかえてタロがうずくまっている。ハチ!と彼女は、兄の辺りを血眼でさがす。オイオイと彼は泣きじゃくる。手あらに腕をどかして、コトは、肩下の赤い刺し傷に吸いついた。唇で毒をすいだすと、バッと唾を地面に吐いた。「ジローサン。雀蜂ヨ!」ジローは、空に両手をふりまわして雀蜂をはらう。焦茶色の勇猛な大毒蜂だ。唇をならしてコトは、幾度も吐きすてた。

小皿に重曹を溶いて、リンダは待っていた。腫れた傷口に液をぬりつける。はしたなく痛がるので、ぬらしたガーゼを湿布する。父親の手伝いをサボって、タロは、裏山でひとり遊んでいたらしい。畳に寝かせてもジクジクと泣きやまない。コトは、知恵遅れの兄の大きな背をやさしくさする。兄に溺れもしないし、兄を見はなしもしない。「コトさん。オーケーオーケー」目をほそめてリンダは、彼女の機敏な手当を褒めた。

精神薄弱なのか。後天性の脳炎なのか。「コトさん。タロさんは生まれつきなの?」利発な児だったが、原因不明のまま五、六歳ごろから鈍化していったという。家族の手厚い庇護のもとにあったのだろう。リンダは、胸奥が熱くなった。「…よくここまで育ったわ」

オーイと胴着姿のゴンが、息をはずませて入ってきた。「タロハ、イルカイ?」

二二

翌朝のこと。

軒下の縁台に置いてあったと、コトが、真白い大根三本をさしだした。取りたてらしく黒い土が、根や葉にまみれている。「大きいわねえ」とかえすと、回虫の坊やの母親がとどけたという。「お礼です」と、ジローが口をそえた。オーマイ・ゴオシュ！、おもわずリンダは両頬をおさえた。治療費代わりの素朴な謝礼であった。彼女には、思いもよらない心のこもった謝意である。この国では、礼物《れいもつ》は通常のことだ。涙ぐむリンダを横目にして、コトは、今夕の馳走を台所へはこぶ。

リンダの下駄の音が、マツの門口にひびく。生垣に家中の布団と毛布がならべて干してある。彼らは律義で、几帳面だ。リンダが勢いよく下駄をぬぐので、あとからジローがキチンとそろえる。急に半身をおこしたので、マツは立ち暗みした。両肩をささえて寝かせながら、「マツさん。ゆっくりね」と諭す。半熟玉子は、言われたとおり食したようだ。

「こんどミルクをもってくるから、飲んでね」

牛の乳と聞いて、キイは渋面をかくせない。古来、この国では四つ足は不浄のものであった。今や東京では、ミルク・スタンドやすきやき屋が流行《はや》る御時世である。そのバタ臭い珍味の波は、藤野村までは寄せていない。「マッさん。ミルクは栄養があるの。美味しいのよ」

土間をでようとして、リンダは、そろえてある下駄に目をとめた。黙って、鼻緒に足指をつっかける。むかいの空き家が、シンと静寂に沈んでいる。みょうに気になる佇まいだ。

「ジロー。この家には、だれも住んでいないのねえ」

みな出はらっていて、デンは、ひとり身を持てあましていた。傷口を診て、ガーゼを取りかえる。「デンさん。治りは早いわ」とはげまし、「でも、まだ足を動かしてはダメよ」と釘を刺す。馬の蹄がさわがしい。馬屋のほうが気がかりで、彼はジローの通訳も上の空だ。飼い葉は、昼にサブが手習所からもどるまでお預けである。土間にブンブン飛び交う馬蠅の翅音と気配がする。「不衛生ねえ」とリンダは、露骨に顔をしかめた。ジローは、聞こえないふりを装う。

昼下がり、コトが、やせた胡瓜《きゅうり》をもってきた。お八つは食欲をそそる。リンダは喜々として、赤味噌をつけてバリバリかじる。鬱々としてジローが、聞きこんだ情報をつたえる。

あのマツのむかいの空き家は、三年前に一家離散したという。出稼ぎにでた亭主が、労銀がはいると街の廓《くるわ》に遊んだ。じきに、花柳病《かりゅうびょう》といわれる淋病《りんびょう》（淋疾）に罹った。性病のうち、もっとも凶悪な瘡毒《そうどく》（梅毒）である。三ヶ月後に帰村するころには、肌に暗い薔薇《ばら》色の発疹がでた。久しぶりに女房と交わるうちに、黴菌《ばいきん》が皮膚や粘膜の傷から彼女の肉体にうつる。彼らには、伝染病の知識も感染の認識もない。

ジローのいう和名は通じないので、リンダは、シフィリス?·とくりかえした。syphilisと走り書きしても、医学用語はわからない。彼がもどかしく説く症状は、業病シフィリスと一致する…リンダの皮膚の下が泡だった。

ロンドンでも、梅毒患者は淫侵《いんしん》し蔓延していた。病原菌の感染と知らず、罹患した男女の性交により鼠算式にひろがる。梅毒専門病院にはおびただしい患者があふれ、身の毛もよだつ様相を呈した。病人を見捨てはしないが、リンダには為す術もなく、悶死する患者を看取るのは耐えがたい。

英国スコットランドのA・フレミングは一九二八年（昭和三年）、青カビからペニシリウムを発見する。梅毒の病原菌は、スピロヘータパリダであった。この菌を叩く抗生物質ペニシリンが製産されるのは、半世紀後の一九四三年（昭和十八年）以降になる。

明治政府は、維新後も江戸の公娼《こうしょう》制度を引きついだ。一八七四年（明治七年）には、新吉原（浅草の一大遊廓）で検梅した娼妓《しょうぎ》百二十人中、即日入院が八十人をこえた。明治二十年初めの某郡の徴兵検査では、三分の二が梅毒で不合格になった。ある村では村人の半数が罹病し、患者のいない家はなく数人いる所もあった。一九一二年（明治四五年）になっても、浅草で強制検梅した私娼二百余人のうち、百四十余人が冒されており、末期患者も少なくなかった。

じつはリンダは、この村にはシフィリスの患者が見当たらないと、不審に思っていた。彼女が耳にした、初めての梅毒情報であった。「ジロー。他にもシフィリスに罹った人はいるの？」ノーと弱々しく首をふり、彼は苦渋の表情を伏せた。彼の育った港町新潟にも、公許の大きな遊廓があった。ジローは子供心に、梅毒のおぞましさは知っていた。

ここでは患者がでると、村人がみなで入院費用を出し合って、半ば強制的に東京の梅毒病院に送った。拠出金は、いわば村人の手切金であった。梅毒病院にはいかず、さ迷って行き倒れた者もいた。ジローはリンダとはいえ異人に、この国の恥を晒したくなかった。しかし彼女には、この村のタブーもつげねばならない。空き家の夫婦は、その病院行きを拒んで、村八分にあって裏山で首吊り心中した。その宙づりの足元には、手切金がバラまかれていた。

二三

夜半、裏の樹木が波うつようにさざめく。

「…雨だわ」と、耳だつ藪蚊を叩いた。エディにゆずられた簡易蚊帳をひっぱりだす。

楕円にまげた細い竹に麻布をはった、折り畳み式の覆《おお》い籠《かご》である。その繭《まゆ》のような蚊帳をかぶると、やかましい翅音が消える。窮屈だがリンダは、おもいのほか気にいった。

雨に酒盛りを追われたジローの忍び足…はげしく板戸を叩く音がとおい。にわかに階下がさわがしくなった。リンダをよぶコトの声は、遠慮しない。障子を蹴やぶるように、大きな子供をだいた女が倒れこんできた。うつ伏せた子供の喉が、ヒューヒューと笛のように鳴る。気道がせばまって呼吸ができない喘鳴《ぜいめい》だ。ずぶぬれの母親が、半狂乱になってリンダにすがりついた。母親をつきはなすと、子供をおこして前屈みにさせた。とにかく、呼吸が楽な姿勢にする。小さな爪が彼女の腕に食いこんでいた。

いくつ？。七歳の男児。ゼイゼイと息を吐くが、息を吸えない。今にも窒息しそうな切迫した病状…小児の気管支喘息《ぜんそく》と診た。気道が炎症し狭窄《きょうさく》しているのだ。「お母さん。大丈夫よ。息苦しいけど心配ないわよ」気管支喘息は発作性の呼吸困難で、これで死亡することは稀だ。小児ではほとんどがアトピー性なのだが、アレルギーの概念は一九〇六年（明治三九年）になるまで提唱されない。

いつ運んだのか、コトが木椀をさしだした。「コトさん。サンキュー」硬直した男児の顎をおさえ、木椀の水をゆっくり流しこむ。むせて咳をとばす。ジローが、薬品箱の蓋をあけた。急いでクロロデミンの薬瓶をえらぶ。薬用の小匙で溶液を、彼の舌の奥にたらしこんだ。前歯が小匙をするどく噛むが、やわらかいアルミ製なので歯は欠けない。

クロロデミンは、イングランドでは咳や喘息の治療に用いた。「お母さん。この薬は、よく効くから心配ないですよ」子供の気道狭窄《きょうさく》は、危急感を免れない。母親カヨは、息子の波うつ背を必死にさすりつづける。発作はいつからか?、母子とも、とても問診できる状態ではない。

みなが見守るうちに、次第に喘鳴は消え呼吸がやわらいでいく。男児ケイは、母親の腕に弱々しくもたれかかった。かぼそい喉が精一杯に息を吸い、あおざめた唇に赤味がさしてきた。…気道はひろがっている。手首の脈をとると、ケイの透きとおった声がリンダに話しかけた。「コンナヒドイノハ、初メテデス。…トキドキ、軽イノハアリマシタ」落ち着いて、彼女がたずねたい病歴をつたえる。「クスリ、アリガトウ」と、金髪の女医者に感謝を忘れない。苦しかったろうに…「しっかりした子ねえ」

うす暗い部屋は、突風がすぎたようだった。ジローもコトも、ペタンと畳に坐りこんでいる。彼らは、西洋薬は効く!と驚嘆していた。リンダは名医だ—ジローもコトも、彼女の神通力を信奉してやまない。リンダは、西洋薬に慣れない分この国の人々には著効する、と実感した。カヨは、息子をだきしめたまま離さない。「お母さん。この病気は大きくなると、しぜんに治るからね」

二四

翌朝、リンダは寝坊した。階段をおりると、うれしそうにコトが軒下をさした。縁台にほうれん草が二束、ときおり、風にあおられる小糠雨《こぬかあめ》に青々とぬれていた。彼女は、マツの母親の御礼、と手真似した。あの肺結核の「マツさんの…」と、リンダは神妙だった。他人からプレゼントされるのには、慣れていない。

コトの足元に、大きな乳飲み子がまとわりついている。「あれ、どうしたの赤ちゃん?」するると、台所から旅姿の母親が小走り、框に両手をつき畳に額をすりつけた。東方の隣村の五十里から二時間、赤子をおぶってきたという。じきに三歳になるのに、息子カズはまだ歩けないと訴える。たしかに、赤ん坊とはいえない幼な子だ。リンダをあおぐと、彼は、畳に両手と尻をバタつかせていざりよってくる。キャアキャアと、言葉にならない奇声を発する。言葉もおそく身体も小さいが、動作は活発だ。

「お母さん。這いはいしたことないの?」母親テルは、同い年の近所の子は外を走りまわっている、と悔し泣きする。リンダは、彼の足をやさしくもみながら触診した。彼はくすぐったがって、キャッキャャと暴れる。骨はまがっていないし、筋肉も萎えていない。股関節も膝や足首も正常だ。だきあげると、両足がもつれて畳をふめない。うしろからかかえて這わせようとしても、ペタンとうつ伏してしまう。はなすと、独楽《こま》のように威勢よくいざりまわる。

「伝え歩きもしないのねえ…」リンダは内心、困惑していた。「ご飯は食べるの？」乳ばなれは遅かったが、ふつうに食はある。乳幼児の成長には個人差があるが、それにしても度はずれている。「骨も筋肉も大丈夫だし…」と、リンダは口をにごした。

「お母さん。悪いとこは見当たらないわねえ」テルの両頬に、安堵と失望が交差してにかが一挙に萎んだ。リンダの噂は一瀉千里だった。藤野村に金髪の女医者がいる――秘術と妙薬をつかって難病を治す。その口伝えが山をこえ谷をわたるうちに、医術の女神が舞いおりたと喧伝される。病人をかかえた肉親は、藁をもすがる思いだ。その風聞を頼りに、ひたすら病人を負って山道をかけ枝道をはう。その先着がテルとカズ親子だった。

リンダは、そんな成り行きは知らない。それでも母親の意気消沈は察した。ここで母子を帰すつもりはない。ホイホイあやしながら、はしゃぐカズをコトにわたした。彼女は、妹たちの世話をしてきたので扱い慣れている。「カズちゃん。ここで遊んでいなさいね」

二五

今日は、デンの骨折から七日目、足の抜糸をする日だ。山雨は気まぐれなので、めずらしそうにリンダは、ジローのさしだす菅《すげ》の蓑を着こんだ。「レインコートね！」雨合羽《あまがっぱ》のジローは、桐油《とうゆ》紙につつんだ薬品箱を胸にかかえる。すっかり養生所《ようじょうしょ》（療治所）の書生の振舞いだ。そぼぬれながら二人はよりそって歩く。

框に腰をおろすと、リンダは、ぬいだ下駄をスイと逆向きにしてそろえた。そ知らぬふりをしながら、ジローは、学習するボスに教化された。

「デンさん。すこし痛いですよ」ピンセットで糸の結び目をつまみながら、リンダは、合掌する彼を安んずる。皮膚にうまった糸を鋏で切ると、そのままスーとひきぬいた。傷口は一筋に癒着し、糸の跡も化膿していない。ラッキー！と、彼女は小おどりする思いだった。大怪我を受容してひたすら耐えしのび、生を渇望して気力をふりしぼり、あの痛みを生きのびた患者である。ぬいた糸を数えてから、患部をガーゼでおおった。「デンさん。あなたはグレートよ。グレートよ」

アリガトとくりかえす言葉は、リンダにもわかる。「デンさん」―彼女は、このチャンスを逃さない。「ひとつだけ、お願いがあるんだけれど」仰天してデンは、首が折れんばかりにうなずいた。オーケーねオーケーねと、念をおすリンダ。「デンさん。わたし、蝿が大嫌いなのね。馬の臭いも嫌なの。だから、馬屋を仕切ってほしいの」デンの目玉が裏がえった。彼らには馬は家族同然で、終日、部屋や土間から馬をながめ馬の世話を焼く。あんまりに滅相な！と、デンは、吃って口角泡をとばした。ギンは、おろおろするばかりだ、クスッと笑うと、ジローは、御主人のうしろから彼に引導をわたした。「デンサン、命ノ恩人ノオ願イデスヨ」

夜来の雨はあがっていた。

片手にぬれた蓑をかかえ、リンダは上機嫌である。抜糸は上首尾だったし、頑固なデンを承服させた。愛しい馬とさかれる彼の悲傷より、当然、デン一家の衛生環境のほうが優先する。高い杉木立から、雨粒が煌《きら》めきながらしたたりおちる。その涼風が頬に心地よい。

コトが軒下で両手をふっている。リンダの蓑をうけとると、ミルク！ミルク！と彼女の手をひいた。囲炉裏のそばにブリキ罐《かん》が置いてある。注文して三日目、西方の今市から牛乳がとどいたのだ。長い取手をつけた逆四角形の専用容器だ。ジローが固くしまった螺子《ねじ》蓋《ぶた》をあけると、乳臭があふれて乳白色の液がなめらかにゆれた。「ミルク！」と、一斉に熱い溜め息がもれた。

彼らは、にわかに忙しくなった。「ジロー。マッさんよ」牛乳罐がおもすぎて、見兼ねてリンダが手を貸す。両側から取手をにぎり、二人は、ぬかるみをさけながら歩いた。「ジロー」と、彼女はさり気なく問うた。「いいの?」わたしと一緒に来なくてもいいのよ」ギクッと彼の足がとまって、黙ってリンダをあおいだ。御主人から解雇を言いわたされた、と思ったのだ。彼女は、胸の奥にあった気がかりを口にした。「肺結核はうつるの。あなたは、ここまでしてくれなくてもいいのよ。これは契約外の仕事よね」

ジローは、むきになって反問した。「肺結核は、リンダさんにだってうつります」「そうね。わたしにも、うつる危険性はあるわ」彼は、勝ち誇ったように胸をはった。「それなら、リンダさんもボクも同じです。ボクもマッさんのとこへ行きます」牛乳罐の手を持ちなおしながら、リンダは、長い睫《まつ》毛をしばたたいた。「ジロー。そうね、皆にうつるわけではないから。神がちょっと横をむいたとき、不運な人にうつるのよ」

同行を許されて、ジローは、ウワァーとさけび声をあげた。「首になるのかとおもった…」

リンダには、そんな彼が弟のように映った。

二六

「キイさん。キイさん」リンダは、台所にかけこんだ。呆気にとられる彼女を尻目に、竈に鍋をかけて牛乳罐をかたむける。「熱すぎないほどにね。沸騰させてはダメよ」ジローをむくと、「生のままだと下痢するのよ」と声をひそめた。

台所の騒ぎにちぢこまるマツ。「マツさん。飲んでね」と、温かい椀を彼女の唇にふれる。恐るおそる一口飲んで、マツは、美味しいと声をあげコクコクと干した。リンダの待ち望んだ強壮剤である。豊潤な滋養分が、病いに冒された彼女の肉体にしみわたっていく。踵をかえして「まるや」にもどる。

「ジロー。デンさんに朝昼晩の三回分をとどけてね」牛乳の配達係はジローだ。「回虫の坊やと喘息のケイくんには、コップ一杯でいいわ」

そこまで手配すると、リンダは、ようやく一息ついた。部屋のすみにテルと幼児が、むかいあって握り飯を頬ばっている。忘れてたあ、とリンダ。急いで、コトに牛乳を沸かすように頼む。「コトさん。蜂蜜ある?」直接コトに話しかけても、肩ごしにジローの口訳がとぶので、みなには十分に通じている。「蜂蜜をとかして甘くしてね」

蜂蜜入りミルク椀を母親にみせると、カズをだきよせる。「テルさん。よく効くお薬よ」椀を一口、カズの瞼がパチンとはねた。彼が、生まれて初めて味わう甘さだった。夢中で椀に両手をのばして、ミルクをせがむ。

「カズちゃん。もうすぐ歩けるようになるからね」テルには、リンダのミルクは西洋の妙薬に映った。カズは、ゲップして喉元に白い泡をふいた。「テルさん。もうしばらくしたら、かならず歩けるようになるからね」さり気なくリンダは、母親に暗示をかける。なによりも、彼女に希望をあたえねばならない。「今夜と明日の朝に飲ませてあげてね」コトがさしだす竹水筒をにぎりしめ、テルは、幾重にも畳に額をうった。

昼すぎて、軒先でジローが、見しらぬ女とひそひそ話をしている。病人、とリンダは察した。金髪の女医者は畏れおおくて、まず村人はジローに相談する。どうやら深刻な病気らしい。彼女キンの舅《しゅうと》が、二年前に中風《ちゅうぶ》に倒れて寝た切りという。中風は中気ともいい、脳出血などにより半身不随や手足の麻痺をのこす。ジローの説明は要を得ているが、リンダにはいまだ中風という病名がつかめない。

とにかく、往診にでかける。広場をすぎると、木蔭に寝そべったまま、ユキがヒラヒラと手をふる。「ユキさん。歩いた方がいいわ。すこし運動しなくてはダメよ」薬品箱をかかえたまま、ジローが、ユキに彼女の言付けをつたえる。

往診は、東側のはしの家だった。老人は、生きた木乃伊《イミラ》のように仰臥していた。身体の左側の手足が麻痺し、ウォウォと言葉にならない呻きをもらす。脳卒中と診た。脳出血や脳梗塞により、脳が急激な血縁循環障害をおこす。半年以上もたってしまっては、もう不随も硬直も治らない。右手首を紐でしばって柱につないでいる。リンダの声音がうわずっていた。「どうして縛っているの?」ジローをとおしてキンは、「ヒドク暴レルノデ…」と消えいるように答えた。痴呆もでているようだ。

胸をあけて聴診し、手足から背中の麻痺を念入りに触診する。寝巻や布団はこざっぱりとし、体は垢や汚れもなく、長患いなのに背や腰にただれがない。おもわずリンダは、「床ずれがないわ」とつぶやいた。「だれが看病しているの?」

その問いは、引きさくような怒声にかき消された。髪をふり乱した老女が、血相かえて部屋にかけこんできた。その剣幕にリンダは、壁ぎわに後退りしていた。病人の枕元に仁王立ちになって、老女は、真黒い歯をむきだして罵声をあびせる。あわててジローは、たちはだかってリンダを守る。「勝手ナコトスルナ!」と、女房クマは、両手に草履をつかんだまま喚きちらす。

キンは、裸足で土間の隅に逃れていた。「ダレガ呼ンダ!」クマは、西洋女をよんだ嫁に片方の草履を投げつけた。「ソーリーソーリー」裸足のまま土間にとびおり、リンダは、ふるえあがるキンをかばう。「奥さん。わたし、すぐ帰りますよ」彼女は、鬼面の女房を必死になだめた。「…あなたのケアは素晴しい。グレートです」心ならずも、亭主は自分が看る、というクマの意地を傷つけてしまったのだ。下駄をかかえてリンダは、戸口へ後退りしながら哀願する。「奥さん。わたしがいけなかったの。お嫁さんを叱らないでね」

クマの釣りあがった両眼は、リンダとジローを右に左に睨んだ。このときやっと、若者が異人言葉を矢継《やつ》ぎ早《ばや》に通訳していると気づく。西洋女の言葉と知ると、彼女は、憑きものがおちたように鎮まった。キチンと看病している――その自負がクマの気丈をささえていた。だから、亭主を誰の手にもふれさせたくなかったのだ。クマは、介護をいたわるリンダにほだされて、もう一方の草履をはなした。

二人は、ほうほうの態で退散した。

「ジロー。よけいなお世話だったのね」めずらしくリンダは愚痴をこぼした。舅夫婦を気づかう嫁の求めに軽々におうじた、とジローも悔んでいた。「でも、乞われれば看るのが、わたしの役目なのよ」クヨクヨせず、彼女は恬淡と言った。「ジロー。ミルクは持っていってあげようね」一瞬、呆れて、リンダをみあげた彼の目に涙がにじんだ。

二七

途中、気分晴らしに広場にたちよった。ここは、リンダの好きな憩いの場である。莚のうえにユキの太鼓腹がゆれている。横に坐ると気配に醒めた。「ユキさん。大きいねえ」と微笑むリンダ。羞じらむ面《おもて》に一筋の翳がよぎった。初産のおびえか、オーケーね？とうかがう。ためらいながらユキは、横腹に二本指をあてた。リンダは、「予定日まで、あと二日？」と問いかえす。するとユキは、おもいきって二本指をたてた。

「エェッ。ツインヅなの！」おもわずリンダは、素頓狂な声をあげていた。うなずく彼女の両手をにぎって、ワンダフル！と連発した。「ユキさん。一ぺんに双子のベイビーなんて、神の思し召しよ」十字を切って喜ぶ彼女は、妊婦の憂色に気づかない。

診ていい？と悪戯っぽくねだった。彼女の腹部に聴診器を当て、臍《へそ》まわりから静かに移動させる。胎児の足が、内からはりきった腹をつぎつぎにける。「元気ねえ」まぎれもなく彼らの心音が、別々の方向から聞こえる。かぼそいが、途ぎれることのない鼓動…。遠くに母親のおもたい搏動が波うつ。大小三つの心音は、三方から呼び合うようにひびいている。その精妙なリズムに、リンダは陶然と聞きいった。はからずも、母体の奏でる三重の音色は、彼女をしばし神秘の胎内にさそった。「ユキさん。ほんとに双子ね。素晴しいわ」

水飲み場から、ジローが手まねく。そのしかめっ面に、どうしたの?と問う。

じつは、この国では、双子の誕生は決して愛《め》でたいことではなかった。古来、双子や三つ子は獣腹《けものばら》と称し、不吉で不浄なものと嫌忌された。産後すぎに間引くか、内々に貰い子にだされ、片方は闇から闇へ葬られた。それは貧困ゆえ、口減らしの口実でもあった。ケモノのおなか…リンダは、棒を呑んだように黙りこんだ。あの可愛い赤ん坊を抹殺する…吐き気をもよおし、彼女は、初めてこの国の因習を嫌悪した。

ジローは、御主人のうけたショックにうろたえた。いえ、現在では嬰児の間引きはないと、彼は懸命に弁明する。過去のこととはいえ、日本人のイメージを穢す情報だった。もう間引きはないが双子は喜ばれない、とつたえたかったのだ。彼の拙ない言い訳は、リンダには理解不能だ。悲憤をおさえきれぬまま、彼女は、蓙のユキを小暗い遠方にみた。

ジローは、命に鈍感に育ってきた。人の死は日常茶飯であったから、繊細や軟弱では生きられない。比してリンダは、命にするどいほど敏感であった。「ユキさん」蓙にもどると、つとめて朗らかに話しかけた。「ベイビーは二人とも元気よ。…お産のときは知らせてね」彼女は、双子の命を見守るつもりだ―ジローはリンダの思惑を察した。はたして監視が必要なのか否か、じつのところ彼にもわからない。江戸と明治の逆巻く時世、生まれでた双生児がどう扱われるのか。「かならず呼んでね」掌《てのひら》で腹を愛でつつ、ユキは深々とうなずいた。

二八

朝餉、塩もみした茄子《なす》を食した。朝方、縁台に置いてあった取りたての小茄子だ。だれからの謝礼か、コトは、もう一々言わない。それほど毎朝、縁台ににぎわいはたえない。両脇に簾《すだれ》をかかえて、ゴンが二階にあがってきた。日差しが強くなってきたので、日除け用の葦《よし》を編みつらねた垂れ簾をかかえている。彼は、手ぎわよく窓一面に掛けたらす。葦の香をただよわせた風が、簾の隙間を波のように吹きぬけていく。「ウワォ！」

階下から、「患者さんです」とジローがよぶ。主人に断わりもなく、「まるや」はリンダの仮診療所になっていた。だれも不思議におもわない。

乳離れしてまもない二歳のケイ、昨夜、急に高熱を発した。若い母親フミの両腕にぐづる。うるんだ目、あつい吐息、額や頬も熱っぽい。喉を診るが、風邪か?。体温計はくわえられないので、ジローに脇の下をおさえさせる。彼は、もう欠かせない看護助手だ。検温の間もケイは、母親の膝に太い両足をバタつかせる。一〇〇°Fを越しているが、グッタリしていない。「風邪じゃあないわね…突発性発疹?」リンダは、せかずに自問自答した。

胸元をあけて、熱冷ましのバジリコン軟膏をぬった。くすぐったがって、ケイはキャッキャと笑いこける。「お母さん。冷たい手拭で脇の下を冷やしてね」彼の両足首をにぎると、「ケイちゃん。ちゃんとおネンネしてね」とあやす。夕方に往診すると、母親を安心させる。

江戸の昔から、離乳のころにでる原因不明の発熱は、知恵熱と称された。発育にともなう熱なので、大事に至らないとされていた。高熱がでるわりには元気で、三日ほどで急に熱が下がって、薄い小さな発疹がでる。イングランドでは、突発性発疹と事後に診断した。

昼前、みょうな荷物がとどいたと、コトが不審そうにつげる。麻布をかさねて巻いた太い袋だ。ほどいていく布から匂いたつ燻《いぶ》した肉の香り。「ロースハムよ！」と、リンダは小おどりした。すっかり忘れていたハムだった。注文して四日目に東京から配達された。この国でロースハムが生産されるのは、一九二一年（大正一〇年）なので、まだ希少な輸入品であった。

固紐でグルグルにしばった三〇センチほどの筒状の肉の塊―気味わるがるジローとコト。鼻歌まじりにリンダは、野菜包丁で肉塊を端から切りわけていく。「ハムは、豚肉を燻製にしたものよ。イングランドでは毎日、食べてるわ」〝燻製〟が訳せないでいるジローの口に、うすい一切をおしこんだ。おもわず噎せて彼は、肉片を噛みしめた。生臭い匂いのあと、豊潤な生粋の味わいが口内を満たした。たしかに、彼らは肉食人種だ―ジローは、西洋人の正体を思い知った。鼻紙で包丁の脂をぬぐいながら、リンダはご満悦だ。

「リンダさんは、食べないのですか?」彼女は、ジローの勧めをサラリと受けながした。「これは病人食よ」

「マツさんね」リンダのきるハムを、ジローが三切れずつ笹の葉にくるむ。「これはデンさんね」念のためジローは、クマさんの夫はどうするのかとたずねた。「あァ。あのおっかない奥さんね」と、彼女はしばし思案した。「彼女の名は、熊なんです」と、ジローは微苦笑した。「Bear?。ほんとうなの?」〝コウノトリ〟につづくジローの冗句と、彼女は勘ちがいした。「そう、熊さんでもハムはねえ」半身不随の病人に食べさせるには、難儀な食物だ。

彼らは、足取りかるく病家をめぐる。

母親キイは、舶来の滋養食に涙ぐむ。恐るおそるマツは、丸いハムの切れはしを噛みしめた。よっぽど不味かったらしく、目を白黒させて呑みこんだ。

デンは、所在なげに壁にもたれていた。リンダのさしだす一切をホクホクと食べる。舌なめずりをしながら、彼は、おもむろに台所を指した。ふりむくと、新しい板壁がみえた。ウワォ!と、リンダは歓声をあげた。馬屋の入口に新木の板材がはられ、四隅まで仕切られていた。木こり仲間に手つだってもらったのだろう、馬蝿の翅音は消え馬糞の臭いも薄れている。「早いわねえ。デンさん。ありがとう」

デンさんが約束を守った！、ジローは感奮した。「デンさん。グレート・マンよ！」リンダに褒められて、彼は、剥製のように壁にはりついた。だが、これからは昼も夜も一々、外をまわって反対側の戸口から出入りしなければならない。飼主とはなされて、馬も寂しがってさわぐ。

クマの家には、ジローひとりでミルクと卵をとどけた。バツが悪そうだが、彼女は、亭主が好むと素直にうけとった。五分刈りにのびた孫のようなジローには、逆らわない。台所の奥で、キンが幾度も合掌する。

二九

他愛ないお喋りをしながら、二人は姉弟のように笑う

「まるや」にもどると、旅装の男女がかしこまって畳に平伏した。紺のブレザーに同系統のズボンと、地味なブラウスに厚地のスカート。夫婦とも、バタ臭い洋装がきまっていた。彼らのうしろに、ビロードの膝掛をした少年が臥っている。初老の父親ダイは、折り目正しく正坐して来意をまくしたてた。「ジロー。イントネーションがちがうわねえ」彼らは、若松を発って馬を乗りついだ。抑揚が栃木とは異なる福島弁である。江戸の昔、

〝訛りは国の手形〟といわれた。ジローは、「福島のローカル言葉です」とささやく。

ダイは、元郷士（農民あがりの武士）の出であったが、事業を興して武家の商法なのに財を成した。一人子のジュンが、一ヶ月前から元気がなく、病院で脚気《かっけ》と診断された。若松には脚気が流行し、入院患者はバタバタと死んでいる。原因不明で治療法もないと、医者に匙をなげられた。藤野村の金髪の女医者の評判を耳にし、矢も盾もたまらず三日をかけてきたという。

一気に語りおえると、彼は、畳に片手をすべらせて厚手の袱紗《ふくさ》をさしだした。リンダは事もなげに、「ジュン君が治ったら、もらいます」と断った。見当していたらしく、ダイは、すべるように袱紗をとりさげた。やっぱり治療代は貰わないんだと、ジローは、得心する一方で勿体ないと気落ちした。当然の労賃なのに、彼女は見返りを求めない。

少年は、骨がぬけたように畳に伏せている。「いくつ？」と問うと、かたわらの母親シズが十四歳と五ヶ月と答えた。旅疲れもかさなった、蒼白い繊弱な面立ちが痛々しい。「ジュン君」と舌圧子をよせると、素直に舌をだす。指先でトロンとした目蓋をめくった。とにかく膝から下がだるい、と脇からダイがかさねて訴える。ズボンの裾をあげて、ふくら脛《はぎ》をおすと、ホタン大に白くくぼんだ。浮腫《むくみ》がみられる…じつのところ、リンダには脚気という病気がつかめない。「ジロー。カッケって何なの？」新潟でも風聞は耳にしたが、彼には英訳はわからない。

江戸の時代、江戸表へはいった武家や商人は、まもなく脚気を患い千辛万苦した。帰途、箱根山を越えると平癒したことから、〝江戸煩《わずら》い〟と称した。同じく上方では〝大坂腫れ〟と呼ばれ、大きな都市に必発する奇病であった。

彼女を注視していたダイが、ジローに診察法がたりないと抗議する。いぶかしがるリンダに苛だって、彼は、息子の右膝を左膝の上に組ませた。それから、おもむろに手刀で膝の凹みを叩いた。足はくんだままで反応はない。なに？と、彼女は眉をひそめた。憤然としてダイは、ジローに同じ姿勢をとらせる。軽く手刀をうつと、彼の片足は反射的にビクンとはねた。まるで、宙をけるような勢いだった。

「ホラ！」脚気の診察法も知らないのかと、彼は、腹だたしさを隠さない。リンダは手刀を真似たが、たしかにジュンの足はピクリともしない。ジローをうつと、バネのようにゆれた。…これがカッケの症状。要するに、膝の皿状の膝蓋骨《しつがいこつ》の腱《けん》を叩くと、膝関節が反射的に伸びる。この膝蓋腱反射は、末梢神経を冒された脚気患者にはみられない。いわば、脚気診断のポイントであった。

両親の過大な期待は、一挙に萎んだ。一縷の望みも消えて、シズは深い落胆をかくせない。診察中、患者家族の信頼を失うことは少なくない。だが、リンダは、彼らの不信にひるんではいられない。「ジロー。二階で休ませてね。ミルクをあげてね」

先刻からリンダは、忘れかけていたエディの医療情報をたぐっていた。この国には、べリベリという風土病が多発している。マラリアと同じく一種の病毒による伝染病で、インドから東南アジアの米を主食とする地方に蔓延《はびこ》る。症状まではわからないが、彼女は、いまさらながらエディの才智に深謝した。イングランドにはない病気だが、べリベリが彼らのいうカッケではないか?。ジローに、beriberi とメモを記してもつうじない。

すでに、一八七八年（明治十一年）に、東京本郷に脚気病院が開院していた。その年の五ヶ月間に脚気患者は一〇九六名、入院患者一九九名のうち三一名、十五・六パーセントが死亡した。明治時代をつうじて、患者は百万人を下ることはなかった。死亡率は一～二パーセントだったので、累《るい》年一～二万人、乳児脚気をくわえれば三万人は亡くなった。ゆうに、肺結核による死亡数を超えていた。

じっさい、脚気は都会に多く田舎には稀で、兵士や書生に多く貧乏人や僧侶には稀だった。子供も罹ったが、急死するのは十人中九人は、多血強健で体格雄偉の若者であった。心臓を冒され、旬日にして死亡するケースも少なくなかった。この脚気衝心《しょうしん》は、迅速《じんそく》で激甚《げきじん》と恐れられた。

そんな知識はなかったし、リンダは、藤野村では脚気患者を一人も診ていなかった。東京や若松には多発するのに、なぜ、ここの村人には発病しないのか？……どうにも解《げ》せない。彼女の脳裡に、素朴な疑問が染みのようにひろがっていく。

夕方、難問にいどみながら、リンダは、突発性発疹のケイの往診を忘れない。熱はひかないが、布団に寝そべったまま相変らずキャッキャとあばれている。「ケイちゃん。元気ねえ」彼の乳臭い腹をくすぐりながら、彼女は、母親に見通しをつげた。「フミさん。あさってごろには、熱が下がって小さな吹き出物がでますよ。でも、じきに消えてしまうから、心配ありません」リンダのご託宣《たくせん》！。両手を舞いあげると、フミは、そのまま畳に平伏《ひれふ》した。ふつう突発性発疹は、三日ほどで発疹がでて治癒するので、決して神の予言ではない。彼女をしずめようと、リンダは念をおした。「ミルクはあげてね。十分に水分をあたえてね」

階段箪笥の下で若松の夫妻は、黙々と夕餉の膳をまえにしていた。彼らは明朝、若松にもどる馬の手配をすませた。コトが、シズのまえに盆をさしだした。ミルク、ハム、半熟玉子、沢庵、五分搗きの玄米粥、と豪勢なジュンの夕食だ。病人に精がつく食餌である。一瞥してダイが、吐きすてるようにコトを叱責した。「息子ハ黒米ハ食ベナイ」

ブラック・ライス？と、リンダはジローに目をやる。黒米《くろごめ》に当てた漢字が玄米《げんまい》なので同義語であったが、彼女はブラック・ライスを蔑称と解した。英語では、玄米はブラウン・ライスとよんでいた。

「ジュン君は、白米だけ食べます」ジローは、白米しか食べないと言いなおした。玄米を精白した精米を白米という。「白米ハアリマセン」と、コトが、怖じずに父親の強要を断わった。さすがに、声をあらげたことを恥じて、ダイは目ぶたを伏せた。

そのとき、リンダに神の啓示が閃いた。

本来、裕福な家庭に育つジュンが、栄養失調になるはずがない。しかし、食欲はなく体力が落ちてだるくて疲れる。食欲減退、慢性疲労、全身倦怠感という症状だ。なにかが不足していると、彼女は焦慮した。東京や若松では日々、玄米を精製した白米を飽食し、藤野では五分搗きした玄米を常食する。東京では大工や左官など職人は、一日に五合（約一キログラム）の白米を馬食した。商家の奉公人や書生は、その半分を主食とした。軍隊では三度々々、銀シャリを食べられる。この国の食習慣は知りようもないが、リンダは、彼らの主食のちょっとした違いに刮目《かつもく》した。その些細な差異が、天国と地獄にわけるのではないか。

階段のうしろからリンダは、盆を両手にしたシズをせかす。「お母さん。時間かけてもいいから、御飯ぜんぶ食べさせてね。まず栄養ですよ」シズを追うコトの肩をとめると、「コトさん。夜中に、もう一食だしてね」と耳うちした。そして、目を見はる彼女に追い打ちをかけた。「ブラック・ライスをそのまま炊いてください」

おもわずコトは、ジローに助けを求めた。「黒米ハマズイデスヨ」リンダは、にべもなかった。「まずいのは仕方ないわ」優先順位は、味より滋養だ。米穀の知識はなかったが、彼女の第六感は白米とへだたった黒米を選択した。

夜風にあそばれて酒盛りのざわめきが、窓の簾からふきよせる。ホロ酔い半分にゴンとジローが、ダイの誤解を諭している。囃しながら宴の常連が、リンダを金髪の観世音菩薩《かんぜのんぼさつ》と慕いあがめる。体裁ぶりながらダイは、しきりに酔眼をおよがせた。

リンダの横にシズの布団が敷いてある。彼女は、となりの男部屋の息子によりそう。言葉はわからないが、駄々をこねるジュン、なだめるシズの声がもれてくる。イングランドでは子育てはきびしい。この国の親は甘すぎると、リンダは不機嫌だ。ダイとジローが、もつれながら階段をあがってくる。シズが音もなくリンダの隣に伏せた。天井から闇が静々と畳までおりてきた。

一刻もたたないうちに、コトの忍び足がした。ジュンの夜食である。めざとくシズが、静かに布団をぬけた。リンダは眠っている。愚図るジュンをなだめなだめ、シズとコトは、少しずつ深夜の食事を摂らせる。ダイとジローは、かたわらで白川夜船だ。食欲が不振のうえ、ジュンは夕餉で腹は十分に満たされていた。仄暗い行灯のもと、夜食は遅々としてすすまない。

ようよう夜食をおえる。半眠りのままジュンは、うわ言を口走り両足をバタつかせる。

下腿のだるさ、かったるさ、重み、痺れ…シズとコトは、代わるがわる浮腫《むく》んだふくら脛《はぎ》をすり揉む。息子の苦悶にたえきれず、シズは、ウロウロと廊下を這う。コトは健気に両手を休めない。明け方になるころ、ジュンはようやく眠りに沈んだ。

朝方、リンダは、階段の踊り場に頬杖をつく。階下の草箒と柏手の音を聞くのが、朝の日課になっていた。寝不足に目をはらしたコトが、ジュンの早い朝餉をはこぶ。途中、リンダに碗をのぞかせて、ニコッとした。初めて目にする黒いつややかな粥であった。彼女は、「これがブラック・ライスね」とつぶやいた。はたして、この黒米がベリベリに効くのか――確信はなかったので、自信と不安が交錯した。

じつに、脚気はたわいのない病いであった。病因は、過剰の白米と貧粗な副食にあった。だから、白米を減らし副食をふやせばよかった。一八八四年（明治十七年）、高木兼寛が海軍に脚気予防の兵食改良を断行し、水兵の脚気を激減させた。彼は、脚気の伝染病説を否定し、食物原因説を立証して、米食と脚気の因果関係をつきとめたのだ。しかし、体外摂取する微量な必須の栄養素――ビタミンはいまだ発見されていない。一九一〇年（明治四三年）と翌年にあいついで、米糠《こめぬか》から抽出されたビタミンB_1が発見された。このときまで脚気が、ビタミンB_1欠乏症であることは解明されない。

美味をもとめて玄米を精白し、せっかくの米糠にふくまれたビタミンB_1を除去していた。

玄米の一〇〇グラム中のビタミンB_1含有量は、〇・三六ミリグラムであった。それを精白米にすると、〇・〇九ミリグラムに減った。リンダは、食事に玄米、牛乳、鶏卵、ハムを推したが、おのおのの効能は知る由もない。含有量は、牛乳は〇・〇三ミリグラムにすぎず、鶏卵も〇・一ミリグラムと少ない。豚肉のハムが〇・四―〇・六ミリグラムで、もっとも多かった。

つまり、玄米とハムがジュンの肉体に、欠乏したビタミンB_1を洪水のように補給することになる。まさに、干天の慈雨であった。さらにリンダは、闇雲に一日四食にふやして、ビタミンB_1の大量投与を試みたのだ。

二階の男部屋にあがったきり、コトはおりてこない。シズとともに、懸命に嫌がるジュンの口に木匙をあたえている。

三〇

縁側から手をのばして、リンダは、縁台の枝に実をつけた苺《いちご》をつんだ。紅葉《もみじ》苺という橙《だいだい》色の食用苺である。だれの礼物か知らないが、まだ小粒ながら甘い舌ざわりだ。

路むこうに、怪鳥のような叫びがした。また、急患だ。

女に肩をささえられて、白髪の男―よろめきながら裸足を引きずっている。着物がはだけて、解けた褌《ふんどし》が地べたに尾をひく。外傷はないようだ。やにわに、わめきながら道端にむきだしの男根をつきだした。小便がしたかったのだ。下腹をかきむしり地団太《じだんだ》をふむが、一滴もでない。「ジロー。尿がでないのね？」女房タメが、無理矢理につれてきたらしい。「ハイ。おしっこがでません」亭主テツはリンダに猪突し、框にたつ彼女の足にむしゃぶりついた。その馬鹿力によろけて、ジローにささえられた。「イバリガ出ナイ！、デナイ」畳に寝かせても、ワァワァと手足をはげしくバタつかせる。「苦シイ！、助ケテクレ！」

ジローとゴンが、手ぎわよく四肢をおさえつける。臍下がボールのようにふくれている。尿道がつまって尿が膀胱にたまり、パンパンに膨張しているのだ。「尿はいつからでないの？」オロオロしながらもタメは、昨日の夜から出なくなったと言う。「それまでは良くでていたの？チョロチョロだった？」亭主のイバリのことなどわからないと、彼女は口をへの字にまげた。

むんずとリンダは、彼のちぢまった男根をにぎった。ヒャアとさけぶテツ―かまわず指先でおしながら、尿道に石があるのか感触をさぐる。尿道結石ではないようだ。彼はヒイヒイとわななき、リンダの手をはらおうとする。「イバリガ出ル！、イバリガデル！」小便をさせろと訴えるのだが、リンダはすげない。頻々とはげしい尿意をもよおすが、尿道が閉塞《へいそく》しているので排尿できないのだ。急性尿閉…このままではショック死してしまう。

尿は刻々と膀胱をふくらませる。尿袋が破裂するまえに、排尿させねばならない。

七転八倒する男は、二人ではおさえきれない。若松の夫妻が、階段の途中に固唾を呑んでいた。「ダイさん。手つだって！」リンダによばれて、ダイはころがりおりる。「コトさん。なにか油はある？」往診バッグの止め金をはねる。コトのさしだす盆に、十二インチ（三〇センチメートル）のほそいビニール製のチューブと銀製の細いワイヤーをひたした。盆の菜種油に指がすべる。ワイヤーを軟かいうすいチューブ管にとおして、先端に丸い銀の頭をだす。

「おさえていてね。ジェントルメン」彼らに合図すると、彼女は男根を掌中にした。むきだしの尿道口に、油にぬれたビニール管をソロソロと挿入する。銀の頭がまっすぐに尿道をおしひろげながら、しずかにやわらかに奥へすすんでいく。「男性の尿道は長いのよね」とリンダ。冗談とも本気ともつかない声音だ。さいわい、結石には当たらない。「石はないようね…」

チューブ管が三分の二ほど挿入したあたりで、止まった。かたく閉塞されていて、おしてもすすまない。前立腺が肥大して尿道と膀胱を圧迫し、排尿困難にしているのだ。彼女には、前立腺肥大の医学知識はない。注意ぶかく銀の頭をおしながら、狭窄した尿路を四方にひろげていく。道管を傷つけては感染をまねくので、手加減しながらじょじょに奥へ進入する。

不意に、スポと指の圧がかるくなった。膀胱内へぬけた！…銀頭をおす指に抵抗がない。

「お爺さん。すぐに楽になるわよ」チューブを膀胱内に深々とさしこむと、管内のワイヤーを静かにひきぬいた。これで、膀胱と尿道口が管《くだ》でつながった。リンダの処置は果敢だ。患者の股下に小さな盥を置くと、尿道口からつきでた管の先端を口にふくむ。テツをおさえこんだまま三人は、彼女の行為を信じがたい思いで凝視した。一息、大きく管を吸引するなり、手ばやく導尿するチューブを盥にたらした。空気圧で吸いだされた膀胱内の尿が、管の口からほとばしり、乾いた盥にブルブルととびちった。みるみる赤黄色い尿が、湯気を放ちながら盥の底に渦巻く。

ウワァ！とテツは絶叫し、そのまま腑ぬけたように全身がゆるんだ。その拍子に三人は、のけぞって尻餅をついた。管内を尿が疾走し、魂が消失するような唸りがつづく。辺りに、小便の臭いがムンムンただよう。あおむいたままテツは、喉をふるわせて狂喜した。洗濯板のような胸と腹が波うち、じきに臍下がペチャンと元の皺腹に凹んだ。

次の瞬間、身をひるがえして彼は、畳に板のように這いつくばった。窪んだ眼窩から赤涙をとばし、平蜘蛛《ひらぐも》のように平身低頭する。「アリガトウゴゼエマス！、アリガトウゴゼエマス！」この国の人のお辞儀には慣れたが、さすがにリンダも閉口した。そのあとテツは、着物の両裾をにぎると、男根から管をたらしたまま、祭のように踊りおどりでていった。その滑稽さよりも、わずか数分の豹変にみな、呆気にとられていた。と、小便の盥をかかえこむや、タメが、「洗ッテ返スネ！」と一目散に亭主を追った。ぶざまに恥を晒して、彼らは居たたまれなかったのだ。「お爺さん…名前も聞いてなかったわ」と、リンダは苦笑いした。

ジローは、付け放しのチューブの始末を問う。「またでなくなるけど…垂れながしだから、あとで外しにいきましょう」

先刻から若松の夫妻が、階段下に平伏している。昨夜来の無礼に恐懼《きょうく》し、リンダの医術を目の当りにして心底畏れいっていた。

三一

とんだ急患で、デンの往診が遅くなった。両手をはらいながら、サブが、馬屋の反対側から歩いてくる。手習所の昼休みに、干草をあたえにきたのだ。「遠イ。馬トオイヨ」と、悪戯っぽくリンダに不平をならす。「サブちゃん。ちゃんと手洗うのよ」とリンダ。「オーケーオーケー」と、コトの口真似をする。

山仕事にでたくて、デンはムズムズしていた。「デンさん。じきに杖ついて歩けるわ」壁を背に彼は、うしろ手にもぞもぞと落ち着かない。面白がってサブが茶化した。「爺ィガリンダサンニ、プレゼントダッテサ」彼はときどき、英単語をまぜる。やんちゃな孫を叱りながら、デンは、おずおずと片手をさしだした。一目、香りのにおう桐の下駄だ。原木を削り、太い鼻緒をむすんだ手作りのサンダルである。おもいもかけない老人の贈り物に、彼女は動転した。年に似ずデンは照れて、薄い髪をかきむしった。
桐下駄をさして、サブが笑いこける。「ジロー。わかるわよ」と、リンダは泣き笑いした。「でっかい下駄だって、言ってるんでしょ」たしかに、十二インチ弱（三〇センチメートル）はある。江戸歌舞伎にでる武蔵坊弁慶《むさしぼうべんけい》の下駄だ。恐るおそる彼女は、新調の大下駄に太い指をとおした。歩きやすいように下駄の歯は低くしてある。「かるいわねえ。履きやすいわあ」派手な縞模様の丈夫な鼻緒が目だつ。「エゲレスノ国旗ノ色ダヨ」と、サブが得意げに教える。「エェッ。ユニオン・ジャックなの！」片足をあげて鼻緒をみるリンダ。「ほんとうねえ。赤と青ね」という彼女の声はうるんでいた。エヘと鼻をこすると、サブは、「爺ィニ教エテアゲタ」と自慢する。桐下駄をならしてリンダは、彼の額に大きな音をたてて接吻した。「サブちゃん。サンキュー」

三二

両肩をおとして、コトが階段をおりてきた。小さな唇を噛みしめている。ジュンが、不味《まず》いと玄米粥を食べない。半熟玉子もハムも、飽きたとよせつけない。「聞きわけのない子ねえ」とリンダは舌うちした。あわててコトが、ミルクは飲むとかばいだてする。彼の命の糧だからと、リンダは一歩もひかない。「とにかく食べさせてね」

しばらくしてコトは、台所から両手に椀をささげてきた。温い味噌汁椀と底に一つかみほどの米糠をいれた椀だった。むろんリンダは、米を搗く様子など知らない。円筒のおもい石をかさねた挽臼の間に玄米をながしいれて、臼をまわして搗く。それで、玄米の外皮がとれて精白され、搗かれた外皮は粉になる――これが米糠である。米俵一俵六〇キログラムから、およそ一割の六キロの米糠がとれる。滓《かす》だが、肥料や漬物の糠づけにつかうので、農家では調法する。

めずらしそうにリンダは、黄白色のこまかい粉にふれた。「コトさん。これが黒米についているライス・ブランなのね」rice bran は米糠をいう。するとコトさんが、思わせぶりに椀底の米糠を味噌汁椀にふりそそいだ。一瞬、キョトンとするリンダ。「あァ。食べやすいわね」とうなずく。だがコトは、空の椀をふって真剣に問うた。「ノー・ブラック・ライス?、ノー・ホワイト・ライス?」

あッ!と、リンダは一喝された。玄米と白米のちがいは、米糠がついているか否かである。主体は米ではなく、米糠のほうなのだ。だからコトは、玄米の米も白米の米もいらない?と指摘しているのだ。このとき、栄養素の源は米糠!と、リンダは確信した。もう二度も三度も無理強いして、米を食べさせることはない。米糠の粉末を溶かせば、たやすく滋養分だけ摂取できる。彼女は、コトの発案に舞いあがった。

「コトさん。米糠入り味噌汁は、最高よ!」

三三

興奮冷めやらずリンダは階段をあがる。段々をならして、下りてきたコトと鉢合わせした。不味くて飽腹な玄米粥はやめると聞いて、ジュンは咽び泣いた。よっぽど我慢して、呑みこんでいたのだろう。米糠入り味噌汁を喜んで啜り、米糠がはいって味のかわった、ミルクと茶も飲み干した。もう無理強いすることはないと、コトは涙ぐんでいた。

襖ごしに男部屋の母子の気配を耳にして、リンダは、行灯の蝋燭に火を付けた。その途端、あけはなした窓から黒衣の怪鳥がとびこみ、歯軋りをたてて彼女の耳元をかすめた。

「キャー」、悲鳴をあげてくずれるリンダ。畳の角に霜降りの両翼をひろげて、爛《らん》々たる怪鳥がカァと赤い口をむきだす。障子のひらく音にかさねて摺り足が走った。シズが、片手で茶褐色の怪鳥の背中をむんずとつかんだ。暴れるままに、はずれおちた簾の隙間から闇のむこうに放り投げた。簾を元にかけると、彼女は、ふたたび摺り足で退出した。

腰がぬけたまま、リンダは、シズのあざやかな手並みに呆然としていた。夜に飛翔する山蝙蝠《こうもり》が、蝋燭の明りに迷いこんだのだ。イングランドでは、コウモリは不吉な使者とされている。あの不気味な体毛を、素手でにぎる図太さには敵わない。

この国にきて、悲鳴をあげたのは二度目だ。三度目があるかもしれない。

朝の清々しいひびきが、聞き覚えのある少年のさけびに破られた。デンさんが急変?、そんなはずはない。廊下に走りでるジローの足音。息せききってサブが、手をきって血がながれていると伝える。彼の斜めむかいの家の女ミツが、怪我をしたらしい。コトのさしだす冷い手拭で、寝ぼけ顔を一拭いする。カタカタと、桐下駄の乾いた音が路傍にはねる。怪我人はグッタリと横臥していた。着物の裾も素足も泥まみれだった。肩ごしに白磁のような腕が畳にたれていた。血止めの手拭が肘の手前にしばってある。手首に数ヶ所、大小の浅い切傷が見える。あきらかに刃物による躊躇《ためら》い傷だ。

かたわらに、同年配の女が泣き伏している。明け方、布団が裳《も》ぬけの殻なので、裏山をさがしたら杉の根元に倒れていた。小包丁で自殺を図ったが、死にきれなかったのだ。リンダは、すぐには手をふれない。横むいたままミツは、蝋人形のようにうごかない。自害を果せなかった絶望に声をかけられない。キリスト教では、自死行為は許されざる教戒である。

リンダは奥にまわって、手首を視診した。いずれも血はとまっている。目をうつして、はだけた胸元に愕然とした。左の乳房が紫陽花《あじさい》色に異様に腫れている。下半分は石榴《ざくろ》のようにくずれて、赤黒い腫瘍の塊りが群れていた。思わず彼女は目をそらした…乳癌。

この国では、乳岩と恐れられた死病である。平成の世では、抗生物質や早期治療により、多くの疾病は病状が進行せずに治癒する。ところが古来、病いは療治法がなく、病状は容赦なく進行して典型的な症状を呈した。典型的な症状とは、末期症状を意味する。ただし、癌腫は初期でも末期でも、どのみち、手の施しようはなかった。当時、もとより病人の延命という概念はない。

出稼ぎにでていた夫は三年前、粕壁でねんごろになった女と逐電した。二十五すぎても子宝に恵まれず、ミツは、黙って亭主のかえりを待った。兄を恨みながら、小姑《こじゅうとめ》のマサは、気兼ねしつつ嫂《あによめ》と二人で暮していた。一年ほどまえから体調をくずしたらしいが、ミツは、かたくなに乳房を隠してみせなかった。若いから進行は早い。彼女は極度の欝状態におちいり、自害の願望につきうごかされていた。

綿条の傷口にヨードをぬると、リンダは、裂け目をあわせて絆創膏《ばんそうこう》をはった。その間、ミツは、能面のように身じろぎもしない。しばらくは、ふたたび死の淵ににじる余力はないだろう。リンダはマサを台所に手まねいた。彼女の右足は、跛《びっこ》をひいていた。幼いころに大怪我をし、そのまま不具になった。ミツと同い年だが、嫁の貰い手はなく〝行かず後家《ごけ》〟であった。江戸の時世、ふつう十五、六で嫁にいくので、二〇歳で年増《としま》、三〇すぎれば大年増といわれた。

リンダは、台所の刃物や目につく縄紐をかくすようにマサに教えた。手持ぶさただったサブが、はしこくうごいて手助けする。「ジロー。また死のうとするから、目ははなせないわよ」そうは言ったものの、マサ一人にはおもすぎる役目だ。嫂と小姑の蟻地獄のような境涯に、リンダは暗澹となった。

三四

「まるや」の框に、往診バッグを置いて一息ついた。ハッと、幼児をだいた女が走りよってきた。興奮していて舌がまわらない。「吹き出物ガデタ」と、しきりにくりかえす。あの突発性発疹のフミとケイ母子である。顔や首に小さなうすい発疹があらわれていた。発熱から三日目、熱は下がっている。「吹き出物がでるの早かったわねえ」リンダは、ケイの小さな腹をくすぐった。母親の腕を両手で叩いて、彼は、キャッキャと笑いころげる。

「ケイちゃん。もう大丈夫よ」

子供の病いも治した…土間に膝を折って、ダイが、深々と首《こうべ》をたれた。彼は、ひとまず若松に帰る。リンダのさしだす手を両手で固くにぎりしめた。ジュンが、二階から手をふっている。馬上にふりかえりながら、ダイは、頑張れと幾度も拳をつきあげた。シズは、軒先から気丈に見送っている。

　昼下がり、リンダは、自殺未遂のミツの所にでむいた。どうにも気がかりだったのだ。冷えびえと黙したままだが、朝方より面相はやわらいでいた。ミルクは、トクトクと飲んだという。マサも落ち着きをとりもどしている。彼女は、病人の足元に湯たんぽをさしいれた。かまぼこ型の陶製の足温器である。「足ヲ温メマス」足が冷えて眠れないらしい。頭寒足熱は古来、この国の健康法とされていた。布団の端から、そっと湯たんぽにふれた。「…お湯がはいっているのね」と、リンダは嘆声をあげた。布団まで暖かくなって肌になじむ。熱湯はじょじょに冷めていくので、危なくない。「…温かいわねえ」

　明るい歓声が、陽射しのまぶしい広場に飛び交う。

　大きな盥が二つ、母親と老婆たちが赤子や幼児を行水《ぎょうずい》させている。盥の水は朝から日向《ひなた》に置いているので温かい。はねちる水が燦々とかがやいて、彼らの頭上にふりそそぐ。二つの輪の中には、臨月のユキとサラの姿はみえない。出産が近い…。そのさんざめきは、疲れたリンダの心をふるいたたせた。

　シズが、部屋の片隅で真鍮製の矢立をととのえている。墨壷と筆入れを合わせた携帯用の筆記用具である。姿勢をただして彼女は、綴り和紙に墨色あざやかに日誌をしたためる。

その日の息子の病状と食養生と、リンダは知っている。その横で彼女も看護日誌をひらく。鉛筆を走らせたページがかさなる。新しいページに乳癌のミツを書きこんだ。

昼下がり、椅子にもたれてリンダはご機嫌だった。行商人から買ったのだろう、コトが、めずらしいお八つを椀に盛ってきた。彩りあざやかな金平糖《こんぺいとう》―刺々のある小粒の洋風砂糖菓子である。リンダには、スウィーツ、キャンディ、ハニーが恋しい。糖分がたりないと血糖値が下がる、という知識はない。とにかく甘味に餓えている。一粒、一粒を口中にころがし、したたる甘い唾を喉にのみこむ。金平糖に陶酔しているので、彼女は、戸口の柱に女がはりついているのに気づかない。ジローは、囲炉裏端で午睡《ひるね》している。とにかくリンダの手伝いは、突発的で、衝動的で、緊急で、激甚で…疲労困憊《こんぱい》する。

金平糖を五粒ほどのこして、鼻紙につつんで胸ポケットにいれた。空の椀を台所にもどそうと、リンダは簀の子をわたる。すると柱の女が、ずるずると框伝いに彼女に迫った。その気配に、「あッ。ベアさん…」と驚くリンダ。あの寝たきりの老人の女房クマである。あわてて言いなおそうとするが、邦名がおもいだせない。リンダに擦りよると、彼女は、ピタと巨体の横にはりついた。「なぁに?」と、不安げに見おろす。かまわずクマは、片方の拳で彼女の掌をまさぐる。

目を据えたままクマは、大きな手の平になにやら強引におしこんだ。いぶかしげにリンダは、「なぁに？」と無理矢理ににぎらされた手をひらいた。汗にしめって、小さく折りたたんだ紙片である。重なった紙を折りかえしていくと、十字に畳目のついた横長の紙幣があらわれた。水兵を図柄にした薄橙色の壱円《いち》券である。低額紙幣だが、「まるや」一泊の宿賃に当たる。リンダはポカンとして横をみたが、もうクマの姿はない。

思わず両手に壱円券をかざして、「ジ…」とよびかけ、そのまま絶句した。

三五

早朝、仄暗い二階の廊下にかすかな咽び泣きがする。

廊下の板目にうつ伏して、シズが、細波のように背をふるわせていた。毎朝、床をぬけだして、彼女は息子の様子をみる。男部屋の障子を一寸あけたとき、ジュンの寝息が耳にふれた…安らかな息づかい。一瞬、総毛だってシズは、廊下に崩れおれた。

この一ヶ月、ジュンは一晩中、手足を掻きあばれて、悶々と寝入ることはなかった。うわ言をくりかえし、うなされて跳ねおきた。脚気の下肢の感覚異常が、若い体を苛んでいたのだ。息子が安眠している…彼女には、信じがたい光景だった。

リンダが覚めて、何事かと鴨居にお辞儀する。その足元にシズが両手でからみついた。

膝をつくと、リンダは彼女を抱擁した。迫りくる息子の死に、藁をもすがる思いで金髪の女医者をたずねた。それからわずか寄食四日目の朝であった。食餌は、ちょうど十回を数える。ジュンがおだやかな眠りを恢復した。母親は、彼の肉体から死の影がうすれていくのを目の当たりにした。神仏の加護は色褪せて、彼女には、リンダが菩薩に映った。

思いもおよばない著効に、リンダは夢現《うつつ》であった。やはり、米糠の大量投与が功を奏したのか。不安げにあがってきたコト…シズとリンダが双方からかかえいれる。部屋のジュンは大きく寝がえり、ふたたびスースーとおだやかな寝息をたてた。脚気にさまたげられた深い、長い、心地好い眠りを充足している。となりでジローが木偶《でぐ》のように眠りこける。シズとリンダの腕にだかれて、コトはしゃくりあげていた。大粒の涙が絣の膝にポタポタとしたたった。

急きたてられるようにシズは、巻紙に朗報の筆を走らせた。ダイが、待ちわびる昨日の今日の便りである。毎日、街道を往復する郵便配達人に駄賃をにぎらせる。

久しぶりに、静かな朝餉のあとだった。ジローは、往診バッグの器具を丁寧にふく。薬品箱も、ネーム札のついた薬瓶類をふき、一つ一つガラス蓋をしめなおす。御主人が病いと闘う大切な武器だ。「マツさん、良くなってますか?」めずらしく、ジローから話しかけた。「あの肺結核の娘《こ》ね」と、リンダの口はおもかった。「彼女はまだまだねえ。三ヶ月、半年かかるわ。毎日少しずつ少しずつ…」

古来、この国には、〝薄紙を剥ぐように〟という言葉がある。病い快癒を表現する金言であったが、彼らは知らない。眉をくもらせてジローは、「でも、顔色は良くなったです」と賛意をもとめる。「ジロー。あの娘が好きなのね?」と、リンダは目をほそめて冷やかした。配達をおえた彼が、縁側にマツとならんで坐っているのを幾度が遠見した。首筋まで朱に染めて、ジローは面を伏せた。この日本人のシャイが、リンダにはいまもって理解できない。「そんなに恥ずかしがることではないわ」彼女は、ジローの肩をポンポンと叩いた。

「グッド・カップル! グッド・カップル!」

三六

陽は、簾ごしに明るく射しこむ。

シズは、ジュンの部屋に入りびたりだ。熟睡から覚醒し、彼は、四肢をのばして床にそりかえった。そのままボンヤリと天井をみつめる。グッスリと眠ったことが、彼自身信じられなかった。数ヶ月ぶりののびやかな目覚めであった。ジュンがおきるまで、コトは朝餉をひかえていた。朝餉がすめば、じきに昼餉の時刻だが、食餌の手はぬかない。チョコ瓶を一かきして、リンダは、指をなめまわした。

そのとき、山側の簾をふるわせて、雀が数十羽、はるか杉の梢をぬけて天空にとびちった。山家《やまが》に住む入内雀《にゅうないすずめ》である。次の瞬間、ドーンとリンダの巨体がつきあげられ、二階全体が浪を弄すようにゆれ、天井が吼え柱が軋み床が波うつ。「キャァー!」と悲鳴をあげて、彼女は畳に尻餅をついた。地軸をゆるがす地響きが、西から東へ「まるや」の下をとおりすぎる。

話には聞いていたが、じじつ、足元の大地がゆれる——これが地震!。イングランドにはない自然現象だった。大波は去ったが、リンダは、船酔いのようにゆれやまない。天井からほこりが、粉雪のように舞いちる。腰がぬけたまま、気がつくとチョコ瓶をだきしめていた。

やはり、三度目の悲鳴があった。立小便、コウモリに次ぐのが、地震とは…。

手すりにすがって、ジローが階段をあがってきた。うしろからシズが早口で安んじる。「大きかったけど、もう安心です」余震がガタガタと障子をならす。「もう大きいのはきませんから」階下はざわめいているが、パニックにはなっていない。神棚の供え物が、畳に散乱している。辺り一面のほこりは、まだ床におちない。タロの腕をひっぱって、ゴンが、血相をかえて駈けもどってきた。部屋を一わたり見まわすと、「水ヲ見テクル」とアタフタとでていく。水飲み場は村の命脈だった。

ゴンと入れちがいに、甲高い叫びがとびこんできた。聞きなれたサブだ。「リンダサン。

スズチャン、ヤケドシタ！」「女の子が、火傷《やけど》しました」泣きさけぶ女児を背に、あの僧侶が、僧衣をひるがえしてリンダに迫った。肩にたれた細い左腕が、真赤に腫れている。

「オーケー」僧侶の背から女児を奪いとるや、彼女は、元の方向へかけだした。僧侶とサブが、あわてふためいてあとを追う。「ジロー。あなたは一まわりしてきてね」ふりむきながら、病家の見廻りを命じる。大きな桐下駄が砂利をけり、カタカタと路傍になりひびく。

下駄音は、大股で広場にかけこんだ。水飲み場を点検していたゴンが、手ばやく女児をささえる。リンダは、水槽内にザブンとスズの火傷した腕をつけた。泣きさけぶのもかまわず、つかんだ腕ごと冷たい水中におさえこむ。僧侶は歯噛みし、両拳で自分の腹部を乱打した。教え子に怪我をさせたと、自責の念に苛まれている。かわって、サブが状況を説明する。地震で焜炉の鍋が倒れ、近くにいたスズが熱湯をあびた。先生がわるいのではないと、彼は僧侶をかばう。

「スズちゃん。いくつ？」背後からうごかぬように押えつけたまま、リンダは問う。サブが、手習所の最年少の六歳と教える。腕が冷えてくると、暫時水からあげ、ふたたび浸ける。それをくりかえす。その間、スズは、火が付いたように泣きやまない。「大丈夫、大丈夫よ」と、肩ごしに頬ずりをくりかえす。リンダの服は、胸から膝下までビショぬれだ。両袖をたくしあげて、僧侶は、彼女と交代する仕種を見せる。「サブちゃん。三〇分間、水につけるのよ」彼がジローの代役になる。僧侶がリンダと交替する。慕っている先生なので、スズは嫌がらない。「火傷は、まず冷やすの」まず、炎症をしずめることだ。「冷やすのよ」

様子見していたゴンが、広場を走りでた。村の情報は「まるや」に寄せられるので、非常時には村長役は八面六臂《はちめんろっぴ》の忙しさだ。スズをかかえたまま、僧侶は、一心に念仏を唱える。リンダの耳には、あの葬式の読経の余韻がのこっている。「お祈りね…」

手習所の子供たちが、水槽を遠巻きにしている。

両手に薬品箱をもって、コトがひかえる。彼女もジローの代役だ。「サンキュー。コトさん」でも薬はいらないと、彼女のあけた蓋を閉じた。このころ、漢方では火傷には塗り薬を塗布する。経験則から、リンダは、できるだけ外用軟膏は使わない。彼女は、コトに手真似で説いた。「スズちゃんの火傷は浅いから、十分に冷やして、あとは触らないの。さわらないのよ」スズの泣きさけびが、途ぎれ途ぎれになった。腕をつけたまま、僧侶は、彼女を膝に坐らせる。…三〇分は長い。

汗だくのジローが、両手に水槽の水をあおった。「みんなオーケーです。マツさんも大丈夫です」病家は、いずれも被害はなかったようだ。安堵する一方で、リンダは人使いが荒い。「ジロー。僧侶と交代して」と命ずる。スズは、ジローになついている。僧侶は、固まった両腕の筋肉をほぐす。痛みはじょじょに引いているらしく、啜り泣きにかわっていた。「スズちゃんは、もう大丈夫よ」

子供たちの輪が、一斉にさえずりはじめる。皆、口々に地震の恐さを語る。

スズは、両肩でしゃくり泣きする。小さな片腕は、冷えきっている。指や甲が、白くふやけている。腕の火傷は発赤と赤斑がうすれて、灰褐色に褪色していた。手首の筋に熱湯が留まったのだろう、小さな水膨れが一線にならぶ。リンダは注意ぶかく炎症の具合を診た。「ここは痛い?」切なさが込みあげて、スズは、オイオイと泪をこぼした。さいわい熱湯は、表皮からその下の真皮のあさい層にとまり、それ以上には浸透していない。

リンダは、悄気きった僧侶の痛心をなぐさめる。「二週間ほどで治ります。傷の跡はのこりませんよ」「……」嬉しさに青々した剃頭を染めて、彼は、冷えきった両手を合わせた。無骨で寡黙《かもく》な彼の赤心にふれ、リンダの涙腺がゆるんだ。この国にきて涙もろくなった…。

そこへ、スズの母親がかけこんできた。サブが知らせに走ったらしい。スズが、堰をきって彼女の胸にすがりついた。オロオロする母親シメに、「お母さん。大丈夫よ。まだ痛むけど、心配ないですよ」と安んじる。ふたたび、泣きじゃくるスズ。「まだピリピリするわねえ」赤みは斑《まだら》にひろがっているが、腫れはだいぶひいていた。「スズちゃん。ここをさわってはダメよ」シメにも釘を刺す。「お母さん。ここを掻いたりしては、ダメですよ。皮膚がはげてしまうからね」

両手をふって、僧侶は、子供たちに手習所にもどるようにうながした。リンダは、チャンスを逃さない。「めやにの子がいますね。毎日、ここの水で洗わせてください」僧侶は、痛棒に打たれたように敬礼した。「ハイ。毎日、洗ワセマス！」その格好が可笑しくて、彼女は、「お願いします」と笑いを噛み殺す。さっそくに名指しして、彼は、数人の子をのこした。

囲炉裏をかこむ夕餉が、みょうに賑々しい。肩をよせあって、若松の母子が仲間入りしていた。病人食を頬ばりながら、ジュンが、むかいのコトと夢中でお喋りしている。彼女の笑窪が笑っている。釣られてみなが、雀のように姦しい。ゴン一家が経験したことのない、花やいだ団欒の一刻だ。ジュンは夕方、皆と一緒に食事すると言いだした。立ちあがる気力さえも失くしていた彼が、一歩一歩、自力で階段をおりた。体力が刻々とよみがえって、見ちがえるように生気をとりもどしている。

夕餉をおえても、談笑の輪はやまない。

ジュンがゆっくり立つと、すり足で横坐りのリンダに歩みよった。ふりむいた彼女に、テレながら小さな袋をさしだした。リンダが手にした袋が、辺りに麝香《じゃこう》の芳香を放った。初めて嗅いだ匂いだが、彼女には東洋の香料とわかった。「パーフュムね！」

頬を染めながら、ジュンが、「リンダサン。サンキュー」と唇をふるわせた。支えもなくたつ彼の足元で、シズが、ブラウスの袖に両目をぬぐう。「ジュンさん。サンキュー」

彼の両手をにぎり、リンダは、やさしく少年の両頬に接吻した。麝香の香気が四散し、皆が爆ぜたように離したてた。コトは、両手で顔をおおうと台所へ小走った。

早暁、あわただしくゴンが広場へかける。水飲み場の流水がとまった、とサブが注進したのだ。煉瓦樋が、昨日の地震ではずれたのか。おこされてジローも従いていく。広場のまえの路、マサが片足を引きずりながらうろたえている。ミツの姿がみえない――サブがさがしているうちに、水飲み場の異状に気づいた。隠した刃物類は減っていないという。彼女をなだめながら、ゴンは、ミツと流水をむすびつけていた。

樋に沿って山藪を攀《よ》じのぼる。じきに…途中の樋から、勢いよく飛沫《しぶき》がふきこぼれている。藪をかきわけて、ジローは、一声うめいて棒立ちになった。ミツが、煉瓦樋に顔を浸けてうつ伏せに倒れていた。長い黒い髪が、ながれる清水を塞《せ》きとめている。木立から射しこむ旭が、彼女の上にいくつもの淡い紅を掃く。樋の蓋板をはずして、流水に顔を沈めて力つきたのだ。

筵《むしろ》にくるまれて、ミツは無言で帰宅する。

広場には、村の男女が黙して群れていた。みな、いかなる死も受容するしかないと知っている。マサが、筵につきでた白い裸足に泣きくずれた。死地におもむく余力が、ミツにのこっていた…リンダは、自らの油断を悔んだ。夫に捨てられ、乳房を蝕まれ、末期《まつご》の力をふりしぼって苦悶を絶った。…彼女は、ついに自害を果たしたのだ。

翌日、陽は高く登っている。

土ぼこりをたてながら、黒い葬列が、村外れの共同墓地へむかった。リンダは、路傍で胸に十字を切る。藤野村にきて、二人目の野辺《のべ》送りであった。彼女は、もはやアルカディアは幻覚にすぎないと覚っていた。ここには、至るところに病人がいる、病人がでる。苦しむ者がいる、治る者がいる、死ぬ者がいる。いまさらながらリンダは、「ここは、病いの村なのね」と悟った。

三七

馬留めに一頭が、轡をならしている。

馬子が縁台で煙管をくゆらす。子供たちは昼、広場にあきてリンダのいる「まるや」に集まる。トトトッと前のめりに、幼児がリンダの裾にしがみついた。そのまま、アングリと天たかく彼女をみあげる。「…どこかで見た子ねえ」

満面に笑みをうかべて、見覚えある母親テルが、両頬にツーと涙をながした。「歩いたのねえ！」と、リンダは彼をだきあげた。五十里からきた歩かない子だった。一週間後の朝、唐突に壁づたいに立ちあがると、トタトタと畳の上を歩きだしたという。這いはいもなく、呆気ない二足歩行だったらしい。今では、部屋中を小猿のようにとびまわる。「アノ薬ガ効キマシタ」「そうらしいわねえ」とリンダはとぼける。わざわざ五十里から、リンダに見せにきたのだ。味を忘れないのだろう、幼児がアガアガとせがむ。彼女は、コトにかるくウィンクした。「ミルクをあげてください。蜂蜜もたらしてね」

昼の囲炉裏端もにぎやかである。ジュンが、むかいのコトに快活にしゃべる。青白かった頬に赤みが射し、十六歳の気勢がみなぎる。彼女は喜々と声をはずませる。ジローは、子供たちとワァワァふざけあう。彼は、もう「まるや」の一員だ。

昼餉のあと、病家配達人のジローは、リンダに患者の折々を報告する。かすかに麝香の香りがただよう。気にいったらしくリンダは、匂袋をベルトの革紐につるしている。今朝、四、五人を引きつれて、僧侶が、水飲み場で目を洗わせていた。「そォ。約束はちゃんと守るのね」と、リンダはひとり詠嘆した。肺結核のマツは、縁先で日向ぼっこをするようになった。嫌がったハムも、いまでは大好物だ。亭主がミルクを欲しがると、クマが、ずいぶんと愛想好くなった。「アハハ。ベアさんね」

手持ぶさたのデンが、膝に前掛をひろげて長い棒を削りだした。「杖を作るのね」と、リンダは聡《さと》い。すぐに、鉛筆で和紙にスケッチを画く。「只の棒ではダメよ」とみせたのは、奇妙な絵柄だった。脇の下にはさむY字形の杖である。舶来品だが松葉のような二股から、この国では風雅に松葉杖と名づけられた。彼女は得々と説明するが、ジローはしきりに首をかしげる。「デンさんなら、うまく作れるわよ」彼の腕前は、信用している。和紙をたたむと、ジローは草履をひっかけた。即実行は、リンダが率先垂範している。「二本作るのよ。そうしたら、デンさん歩いていいわ」

三八

出合い頭にジローは、母娘連れとぶつかった。娘は嫌がって軒下をうごこうとしない。母親が、無理矢理にひっぱってきたらしい。彼が合図すると、コトが手をそえて框にとおした。恥ずかしがって娘は、顔をそむけたまま診察を拒む。せかさずリンダは、体温計をくわえさせた。自分の腹を叩いて母親カツが、娘が虫腹だと訴える。痺れをきらして娘の恥じらいを叱責する。

生気はあるが、微熱がある。気をきかしてシズが、彼女を客間用の低い枕屏風《びょうぶ》でかこった。あきらめていいやいや仰臥するのを待って、リンダは、上腹部の鳩尾《みずおち》をふれる。圧すると、重苦しいのか吐き気をもよおした。帯をといて、臍まわりから下腹へ触手をうつす。右の下腹部をかるく押すと、「痛イ」と身をちぢめた。「チクチクするの?」と問うが、通訳がいない。

手真似すると、カツが、はじめ臍上が痛んだが、昼頃から右下腹が痛みだしたと両手でかえす。

娘の左足を折りまげると、リンダは、のしかかるように太股を腹部に押しつけた。腰巻にかさねた蹴出しがはだけて、モモは、かぼそい悲鳴をあげた。かまわずに、今度は右足を折りまげておしつけると、羞恥を忘れて「イタイ!」と身をよじった。

「ゴンさんをよんで」ポーカーフェイスはお手の物だが、リンダの声は、いつになく強ばっていた。コトが、ジローとゴンをよびに走る。じきに、ジローがかけもどってきた。身づくろいをして、患者は不安気に正坐していた。モモ十七歳。これまでときどき痛むことはあったが、今朝から吐き気がして痛みがではじめた。「便秘してる?」リンダに問診は容赦ない。「ウンチでるの、でないの?」目を白黒させてジローが答える。「三日まえからでてません」

リンダは内心、困惑していた。ふつう腹症の診断はむずかしい。右下腹部に痛みを生じる疾患は少なくないが、もっとも多いのは虫垂炎である。盲腸の先端に突出した指状の虫垂が、炎症をおこす。そのまま進行すると、患部が壊死して穿孔し、膿汁や腸液が腹腔内にながれて腹膜炎を併発する。外科手術をして排膿し、患部を切除するほかない。虫垂炎と診ただけに彼女は焦慮していた。…ここでは手立てはない。

今秋の稲刈り後、モモは、栃木の裕福な農家に嫁ぐ。嫁入り前の大切な身体なのだと、カツが語気をつよめた。ゴンがアタフタともどってきた。コトがタロの手をひいている。

ジローはホッとし、コトに通訳の口ぞえを頼む。「ゴンさん。モモさんは手術が必要なの。どこか病院へ送らないと…」リンダは口をつぐんだ。命が危ない、といいかけて言葉を呑みこんだのだ。「ここから一番近い病院はどこ？」自信なげにゴンは、栃木と答える。「栃木なら、西洋の病院があります」今市まで歩いて二時間…「背負っていけない？」今市からは人力車にのせれば、夕方には着く。腕ぐみをしてゴンは、ジローと二人交代ではこべるかを思案する。

察して「そォ！」と、リンダが金切声をあげた。「あの僧侶にお願いして！、三人ではこぶのよ」炎症がひろがらないうちに、病院に送らねばならない。コトが脱兎のように手習所に走った。みな、リンダの焦りを肌に感じている。

すぐに彼女は、和紙に胴体図を画いた。右下腹部に×を印し、appendicitis？と病名を記すと、たたんでジローにわたした。「ジロー。なにも食べさせてはダメよ」と、リンダは絶食を厳命する。「絶対にダメよ」押《お》っ取《とり》刀でかけつけた僧侶は、あたえられた任務に紅潮していた。さいわいにも彼は、モモの嫁ぎ先の農家を知っていた。栃木の町中に白亜の西洋病院があると、土地鑑もある。心づよいとリンダは喜ぶ。

カツが、手甲脚絆《てっこうきゃはん》の出で立ちでもどってきた。娘の身仕舞いを首にむすんでいる。「お母さんも行くの？」とリンダはとまどった。とめても頑として娘からははなれないだろう。

竹水筒を二本にぎらせ、帯をさげて娘の患部をさした。そこにぬれ手拭をあてると、「お母さん。ここを冷やしてね」と教える。

　周りのあわただしい動きに、モモはちぢみあがっていた。彼女の意思にかかわりなく、事態はアレヨアレヨと急転する。薪《たきぎ》を負う背負子《しょいこ》を肩にして、ゴンが框に坐った。一番手は背負い慣れた彼だ。ジローと僧侶が、両方からモモをだいて、太い木枠の板に坐らせる。彼女は、もう観念して抵抗しない。帯紐で背負子に両肩と両太股をしばる。ヨイショ！と、ゴンは、強力《ごうりき》のように立ちあがった。悲鳴をあげてモモが、背負子の背にのけぞる。「軽イ、軽イ」娘の体重は肩に食いこんだが、彼はせいぜい、軽口を叩いた。リンダは、ジローのポケットに紙幣の束をおしこむ。

　モモを囲みながら一行は、西方へ陽と影の入り乱れる街道をふみしめる。急げいそげと、リンダは祈るのみだ。イングランドでの経験から、夜までに手術すれば十分に助かる。とおく見送りながら、彼女は胸に十字を切った。

三九

気ぬけしてリンダは、鯣の吸盤の足をしゃぶっていた。ジローやゴンの居なくなった

「まるや」は、みょうに寂しい。

　片袖を肩までまくったスズが、母親につれられてきた。赤味は褪めつつあるが、肌はまだピリピリ痛い。痛みにたえて彼女は、皮膚を掻かなかったようだ。片手を胸にあてて、感謝をこめて大丈夫という身ぶりをみせる。「我慢づよいのねえ。スズちゃん」赤い目をして母親が、「痛イトキハ、冷ヤシマシタ」と手真似した。うなずきながらリンダは、手首のやぶれた水脹《ぶく》れを消毒する。滲みるのにスズは、健気に我慢して唇を噛む。

　夕刻、ひとり少年が戸口からコトを手まねいている。よびいれられて、彼女の耳元に背のびした。「リンダサン！」階段下からコトは、「オ産デス」と声をあげた。ドタドタとリンダの足が踊り場をふむ。コトが腹布袋《ぼて》の仕草をすると、「どっちの子？」と甲高い。「ユキさん？、サラさん？」、陣痛がはじまったと言付けにきたのは、ユキの弟カイだ。彼女はリンダとの約束を忘れていなかった。桐下駄をならしてリンダはとびだした。その勢いにコトは呆気にとられたが、ジローは、そのわけを知っている。

　長い腕にひっぱられて、カイもつんのめりながら走った。リンダは、ユキの家を知らなかったのだ。近くて広場の数軒先だった。家内は静穏だ。台所の隅に見知らぬ老婆が、椀の茶漬をかきこんでいた。一見して家人ではない。背がへの字にまがって、めっかちのうす気味わるいババである。片手で孕《はら》んだ腹を手ぶりしてみせ、二本指をたててニッと笑った。白濁した隻眼が反転し、黒い口元が洞穴になった。ロンドンにも、魔法使いさながらの老女が徘徊している。

黙ってリンダは、奥の襖障子を静かにあけた。ひとりユキが、腹をかかえて坐っている。心ぼそかったのか、両手を満開にしてリンダをさそいいれた。「ユキさん。はじまったの？」と問うが、通訳が遠慮して近よらない。

ユキの母親はすでに亡いが、近所の女房数人がいそがしく立ちはたらく。出産の準備はととのっているようだ。部屋の真ん中の畳が一枚、はずされていた。ひらいた床板に藁を敷きつめ、その上に莚をはる。そこが妊婦の指定席だ。ここが急ごしらえの産室になる。彼女の前に、天井から二本の太い綱がたれている。長い白布をよじって、梁をとおして二本にした産綱《うぶづな》である。リンダにも、この綱につかまって産むとわかった。イングランドでは、U字型をした木製の分娩《ぶんべん》椅子がつかわれる。洋式トイレと同じに座って産むのだ。産綱にこわごわ触りながら、彼女は、妊婦の身を思いやった。「…どちらが、産みやすいのかしらねえ」

たしかに、陣痛ははじまったばかりらしい。痛みが一過すると、ユキはケロリとして戯れている。まだまだ陣痛の間《ま》は長い。一しきり手真似を交わしたあと、ひとまずリンダはひきあげる。腕ぐみをしたまま、台所の老婆が顎をしゃくった。「ジロー。だれ？」

もう見当はついていたが、用心ぶかくたずねた。助産をする〝産婆〟を訳せず、彼は、赤子をとりあげるテクニシャンと説く。「ミッドワイフね」と、彼女は力んでいた。イングランドには、出産を手助けする midwife がいた。産科に専従するナースは、maternity nurse 助産看護婦とよばれた。

この国では古来、出産は自宅での自然分娩であった。近所のお産を手つだううちに助産が巧みになり、頼られて内職にする女性が産婆になった。じつに、〝取り上げ婆さん〟と賤称されながら、いざ陣痛が近づくと欠かせない存在であった。一見、異様な風体だが、藤野育ちの彼女は、今市で細々と産婆の看板をあげていた。

「ジロー。三人目はコウノトリではなくて、ミッドワイフだったわね」

からかい半分にリンダは、彼の賛同をもとめた。ジローはうかない顔をして応えない。西方から薬売りが来て、東方から歯抜師が来て、つぎに西方から産婆が来た。助産のベテランがいるなら、双子の初産は安心できる。もともと産科の経験は少なかったので、彼女は、出産に立ち会うつもりはなかった。

路地をでたところ、リンダは、旅装の男と鉢合わせした。

彼は、西洋の大女にギョッとたじろいだ。ユキの夫と、リンダは直感した。見るからに純朴な二〇歳まえの若者である。出産の知らせに、出稼ぎ先から急ぎ帰郷したのだろう。ユキの驚喜する顔がうかび、彼女は、双子の行く末を安堵した。

四〇

夕餉の囲炉裏端は、ゴンとジローが欠けていた。ジュンとシズは、もう「まるや」の一員だ。モモたちは栃木へ着いている頃か、とリンダは推しはかっていた。…もう手術をしているかもしれない。サキが丹精した鰊《にしん》の山椒漬《さんしょうづけ》がでた。山椒のピリ辛が病みつきになる。彼女の調理は、リンダの舌を手なずけている。スプーンとフォークはとうに仕舞い、箸に慣れ親しんだ。

早々に、二階にあがって一なめすると、そのまま布団に沈みこんだ。きょうは疲れた―ガバッと、リンダはははねおきた。隣のシズの布団はたたまれている。襖ごしにジローの高鼾がする。寝坊した…彼がもどっている…。ジローをおこさず急いで階段をおりた。もう一階ではらっていた。囲炉裏卓に笊が二つ置いてある。朝寝した二人分の朝餉だ。裏口から山支度《したく》をしたゴンが、タロをつれて歩いてくる。「あッ！　ゴンさん」と、おもわずリンダはうろたえた。「モモさんは？」彼女をみあげると、ゴンは、「モモサン。オーケーオーケー」と破顔一笑した。そして事無げに、取りつく島もなくでていった。詳しいことはジローが話す、というのだ。しかし…リンダは、それがもどかしい。

おりから、コトが小走ってきた。モモは手術をして無事と手真似し、僧侶ももどったとゴンの舌たらずをおぎなう。かさねて、「ユキサンガ双子ヲ産ミマシタ」とつげた。早朝、カイが知らせにきたという。「エェ！　ユキさん産まれたの！　ツインヅ」彼女の甲高い声に、コトは、「オーケーオーケー」と双子の無事出産に念をおす。桐下駄を突っかけて、リンダはつんのめった。彼女に似合わず、ユキ、僧侶、ジローと、気もそぞろだった。

　とにかく僧侶に礼が言いたい――リンダは、広場の先のユキの家を走りすぎる。ユキには夫が付いている、と安んじていた。村外れの手習所をみやると、僧侶が、黒板に白墨で板書している。路から両手をふるリンダ。彼も頭上に丸をつくると、ふたたび黒板をむいた。気勢をそがれて彼女は吐息をついた。ゴンも僧侶もすでに、日常の時間帯にもどっている。モモ救助は村人の相互扶助の一作業であって、ことさらに得意顔することでもないらしい。

　老婆は、框に坐って悠々と茶漬を啜る。土間を行きつ戻りつ、夫タクは夢遊している。晒し木綿にくるまれて、双子は、畳の上に玩具《おもちゃ》のようにならぶ。ユキは、畳にスースーと安眠している。藁や蓙はとりはらわれ産綱もはずされて、産屋《うぶや》は消えていた。リンダが土間からのぞくと、だしぬけに双子がしゃくりあげ、千ぎれるように泣き声を競い合う。父親はオロオロするばかりで、赤子の抱き方もわからない。リンダの頬に微笑みがもれた。天から授かったツインヅ――この国の若い世代には、双子への因習は継がれていない。

産婆は、指を丸めて奇妙な手つきをしてみせる。二人とも男の子と、リンダに教えた。楽々と次男が産まれ、じきに長男も産まれた。安産だったと、産婆は鼻高々だ。この国では古く、双生児は後から産まれた子を兄・姉とする風習があった。一八七四年（明治七年）に、多胎児の先に産まれた子を第一子とするとさだめられた。それは徹底されず、一八九八年（明治三一年）になって再度通達がだされる。イングランドでは出生順であったが、彼らのどちらが兄か弟かリンダは知らない。

当時、この国では産児の四五人に一人は死亡した。二パーセントの死亡率である。母子ともに助からぬケースも、少なくなかった。「グレート！　グレート！」と、リンダは産婆を褒めそやした。彼女のふてぶてしい面構えが一瞬、仄かになごんだ。

江戸の時世、産婆は、望まれない胎児を堕胎する子堕しをひきうけていた。産後の間引きも、もっぱら彼女らの手にゆだねられた。一八九九年（明治三二年）に産婆規則により身分化されたが、陰湿で陰惨なイメージは拭いされない。さいわいリンダは、産婆が赤子を殺す役回りとは知らない。少々気色わるいが、ミッドワイフのテクニシャンと信じて疑わない。

框にチョコンと腰かけたカイをさして、梅干し婆は、「アノ子モ、アタシガ取リアゲタ」と自慢をはじめた。ユキ、カズ、タマ、サブ、ケイ、コト、マツ、モモ、タロ、ミツと指おり数える。タク、スズ、ゴロ、ツル、セン、ゲン、イト、ヒデ、イチ、キイも「皆アタシガ取リアゲタ」と意気軒昂《けんこう》だ。この村の大半の子は、彼女が取り上げたらしい。それでも出産をおえると、物陰に逆さ箒《ほうき》をたてられて早々に退散させられる。じきに彼女は、苦虫をかみつぶして黙りこんだ。リンダには、産婆の暗々たる心底は察しられない。

リンダは、指をくわえたカイのいがぐり頭をなでる。「サンキャュー。カイちゃん」彼女の背に指をつきだし、産婆は、「モウ一人イルヨ」と嗄れ声をあげた。リンダは、晴れやかに突き指をかえす。「こんどは、サラさんね」

「まるや」前。ジュンとコトが、紙風船をとばして笑い興じている。風船がおちると、コトが拾いに走る。ジュンは大儀なく楽しげに歩む。リンダは若いカップルに目をほそめた。シズが寝布団を干しているのだろう、頭上にほこりを叩く音が聞こえる。

リンダは、囲炉裏端に坐って笊をあけた。にわかに空腹におそわれる。さすがに、ジローを叩きおこすのは気がひけた。朝餉をおえるころ、ようやく彼がおりてきた。擦りさすり両目が落ちくぼんでいる。「サンキュー。ジロー」と謝しながら、リンダは焦《じ》れったかった。コトの熱い味噌汁を啜りすすり、彼は、一部始終を語る。

一行は、三時間かかって日光に着いた。食物はとらず背負子にゆられて、モモは憔悴していたが苦しがってはいない、僧侶の寺から健脚を走らせて、病院の手筈をたのむ。人力車にカツがモモをだいて一路、枥木にむかう。待機していた若い医師が、クロロホルムの全身麻酔をかけて、石炭酸の噴霧消毒して緊急手術をした。ジローは彼女に医師のメモをわたす。「appendicitis, operation OK」と、走り書してあった。間に合った…目頭《めがしら》が熱くなって、リンダは心底から安堵した。

一週間の入院を要するという。預かった紙幣はカツにあずけたので、入院が長びいても心配ない。カツは病室に付きそう。三人は洋式の待合室で仮眠した。早朝、人力車で今市にでて、そこから山路を歩いて八時ごろもどった。僧侶やゴンには尋常だが、ジローの足には強行軍であった。「ゆっくり帰ってくればいいのに…」と、リンダは、彼の疲労困憊に声がつまった。さすがに、過重な仕事を強いたと詫びる。「ジロー。ごめんね。ごめんね」

ようよう報告をおえて、囲炉裏卓に彼の首がゆれていた。

不意に、リンダは自責の念におそわれた。われを忘れて、モモの手術やユキの出産にのめりこんだ。まるで、家族のように彼らに感情移入していた。藤野の村人は彼女にとって、家族同然になっていたのだ。リンダは自らの不覚に醒めた。ナースは、けっして患者に過度の心情をよせてはならない—ナイチンゲールのきびしい戒めであった。客観性を失っては、ナースとして失格だ。

彼女の戒めは正しい—椅子にもたれてリンダは、苦々しく忌《いま》々しく自省していた。

四一

朝餉のあと、嫁らしい女房にささえられて患者がきた。

顎をおさえたまま、老人が、アガアガと口から泡をふいている。病人には慣れて、ゴン一家はとりたててさわがない。ジローとコトが介助する。大欠伸をした拍子に顎がはずれた、と嫁が言う。診ると、両下顎が前方に脱臼したまま元にもどらない。顎が痛い、口が閉じない、声はでない、唾は垂れながし、涙がとまらない。

両側性の顎関節脱臼であるから、復位すればよい。「大丈夫よ。すぐ治るから大丈夫」ガーゼで両親指を巻きながら、リンダは、老人テツを畳に正坐させた。うしろからジローの胸に頭部をおさえさせる。彼の左右の下顎部に、ガーゼの親指をふかくさしいれる。両親指に力をこめて、前方へ突出した下顎をグイと下げ、そのまま奥へ強くおしこんだ。上顎の左右の窪みに両側の下顎頭がかちあって、カクンと元どおりにはまった。

とたんに、テツは放たれた鵞鳥《がちょう》のように喋りだした。うなずきながらリンダは、ニコニコ笑う。言葉は通じないが、彼の随喜はつたわる。ジローもコトも、もう彼女の西洋医術に一々驚かない。ガーゼをとくと、リンダは盥で手をあらった。

昼、僧侶が無言ではいってきた。何の用向きかと、ジロー。昨夜、帰りがけに遠まわりして、栃木の病院に立ちよったという。モモは、ベッドで元気に許嫁《いいなずけ》の若者と睦まやかに語らう。笑うと傷口が痛んで、幾度も泣きべそをかいた。カツは、過分なリンダの入院費用の融通に涙ぐむ。病室の場景が瞼《まぶた》にうかび、「よかったわねえ」とリンダの声はうるんでいた。労を惜しまぬ僧侶の思いやりに、つぎの言葉がでなかった。

昼餉のあと、二階へあがるとジュンとシズをよびとめた。畳に寝かせると、彼は、黙ってズボンを膝上まであげる。リンダは、左足の膝裏を右足の膝小僧にのせた。コトもジローもにじりより、これからはじまる儀式に固唾を呑む。薬の調合用の金属棒で、リンダは、ジュンの膝下をコンと叩いた。ピクンと、若鹿のような足首がゆれた。「ハネタア！」と、歓声があがった。あの鈍感だった足が、わずかだが反射的に反応したのだ。一瞬キョトンと、ジュンはむきだしの足をながめる。喜色に頬を染めて、リンダは、もう一度強めに叩いた。今度は、ビクンとふくら脛までゆれた。

足を組みかえさせて、右足の膝下を打った。当て所をつかんだので、バウンドするようにはねて足先が空をけった。「ウワァ！」と、拍手が天井を打つ。疑いなく、病状は回復してきている。「ジュンくん。大丈夫ね！」裏がえる声をおさえて、リンダは冷静をよそおった。リンダ療法をはじめて八日目であった。あおむいたままジュンは呆然自失としていた。あのにぶく重くだるい愚かな両足が、嘘のように…。彼の肩に両手をよせて、咽び泣くコト。「ジュンくん。あと少しね。元のとおり元気になるわ」涙をふりきってシズが、階段にスカートをひるがえした。一刻も早く、若松のダイに朗報をしたためるためだ。黙ってジロ一は、ジュンのズボンを下ろした。

さすがに、未知の病気快復を目の当りにして、リンダは椅子にもたれこんだ。痺れた脳が、蕩けていくような気分だった。

そんなところへ、竹馬に乗ったサブが縁側によってきた。どうやら、手習所をサボったらしい。おとついから爺が、図をにらんで杖作りに根をつめている。松葉杖は一本、ほとんど仕上った。部屋中に削り屑をちらしたデンの風姿がうかぶ。竹馬をあやつりながらサブは、二本できたら歩いていいのかと問う。椅子のリンダのまえに、彼の顔が右に左に大きくふれる。爺にせっつかれたらしいが、リンダの思いは、ジュンからデンには切り替わらない。「…そうねえ」とまだ上の空だ。ツーンと、麝香の香りが竹馬までただよった。

四二

　夕刻、サラが女児を産んだと使いがきた。

「アッ。サラさん」、すっかり忘れていたリンダ。女房たちを真似て、小股で桐下駄をカラコロさせる。框に短い両足をぶらぶらさせて、産婆が、晒し木綿にくるんだ赤子をだいていた。モモのあと待機していたらしい。陣痛が三日つづいて難産だった。サラは泥のように眠っている。

　顎をしゃくると、産婆は産衣の右袖をあげた。小さな小さな指が、固く拳をにぎりしめている。手首をとって、拳をリンダにむける。その仕草にとまどいながら、拳を見る…切ないほどにかぼそい桃色の指。わからないのかと、産婆は、苛だたしげに拳をリンダにつきだした。丸まった指の並びが、どこか妙だ…彼女は、ギクリと心の臓をつかれた。指の数が多い…六本ある！。

　ニヤリと笑って産婆は、声をひそめて「六本ダヨ」と念をおした。ジローは聞きとれず、血の気を失せた御主人の顔をあおいだ。臨床経験豊かなリンダも、初めてみる六本指の先天性奇形である。産衣をかぶせると、産婆は、「サァ。ドウスル？」と彼女を睨めた。答えに窮してリンダは、閉めきったサラの部屋に目をそらした。勝ち誇ったように産婆は、どう形をつける?と問いつめる。聖トーマス病院であれば、局所麻酔をして外科的に切除する。ここでは、麻酔なしの切除手術はできない。半年一年待って、栃木の病院で手術するか…それでは、〝六本指の子〟と不具のレッテルを貼られてしまう。

たじろぐリンダを愉快そうにあおぎながら、産婆は、ぞんざいに赤子を畳に置いた。かたわらの木椀をひきよせると、おもむろに酒にひたした短い麻糸を指につまむ。短小だが、骨ばった器用そうな指だ。赤子の右袖をまくって、小指側から丸まった拳に親指をさしこむ。それから、人差指をちぢんだ六本目の指にあてて、そのまま難なく伸ばした。なにをするのか?と、リンダは、おぞましげに見つめる。にぎられた手を小刻みにふるわせて、赤子は、かぼそくつぼんだ泣き声をあげた。

それに頓着せず、産婆は、のばしきった小指にぬれた麻糸を巻きつける。それを小指の付け根によせると、糸をゆっくり締めて、さらに食いこむほど固くしめた。赤子は泣きさけぶが、かまわず糸を幾重にも巻きつけて締める。くびれた指がみるみる赤黒く染まる。リンダの背筋に虫酸《むしず》が走った。巧みな指づかいで、産婆は、付け根の糸の両端をきつく縛った。産児の余分な指を緊縛し、血流をとめて壊死させる。理には適っているが、こんな野蛮な療法で治るのか——リンダは半信半疑だ。

右手を袖でおおい隠すと、産婆はニンマリと悦に入る。鈍感なのか赤子は、消えいるように泣きやむ。「一日ダヨ」と、彼女は人差指をつきだした。一本指でかえしながら、リンダは、一日で治るのか?と懐疑の念をぬぐえない。

四三

久しぶりに、寝覚めがわるかった。サラは精も根もつきはてて、まだ眠りこんでいる。わが子の六本指は、まだ知らない。あの荒療治で切除できるのか、リンダの気鬱は、一夜明けても晴れない。

病家を一巡りしてジローがもどってきた。七分にのびた髪をぬぐっている。英語には、〝ご苦労様〟〝お疲れ様〟にあたる適当なねぎらいの言葉はない。「サンキュー。ジロー」通り一遍の声音だが、リンダの心情は篤い。彼女の椅子の横に坐ると、ジローは、いそいそと患者の報告をはじめる。

にわかに、馬寄せがにぎやかになった。西方からきた三頭が、さわがしく轡をならす。先頭にのった若者が下りかけて、そのままズルズルと鞍をずれおちていく。二頭目の女が、馬上に悲鳴をあげた。あわてて馬子が両腕をさしのべるが、ドサリと土ぼこりをたてて転落した。土間からジロー、リンダ、コトがかけよる。ジローが、肩を叩いて声がけする。顔面蒼白、泡をふいて失神している。馬からずりおりて、女が若者にとりすがった。

「なかへ運んで」とリンダ。十本余の腕が若者をつかんで、神輿《みこし》のように一斉に畳にはこぶ。「お姉さんです。栃木病院からきました。脚気です」姉タケは、医者に聞いた脚気衝心！と恐れおののいている。首筋に片手を当てて、リンダは、彼の鼻先に顔をよせた。心臓はうごいているが、呼吸がとまっている。

「座布団！」と、リンダは、階段箪笥前にある客用の座布団を指した。コトが小走ってつかむや、輪をなげるように放った。リンダはうけると、「ジロー。背中に当てるわよ」と合図する。両側からぐったりした体をもちあげて、二つ折りにした座布団を背中におしこんだ。弓形《ゆみなり》にそった体…「足をおさえて」とリンダ。タケが、弟シゲの足首にしがみつく。もう一方をコトがおさえる。

患者の頭部に両膝をついて、顎をあおむけにする。長い手をのばすと、リンダは、ダラリとたれた彼の両腕の手首をにぎる。そのまま力一杯に反りかえって、彼の頭部に両腕を挙上させた。その勢いに、弓形の腹部がグウッとふくらんだ。今度は反対に、両腕を彼の両脇に思いきり垂下した。その動作を反復する。肺内に空気を吸入し、つぎに空気を排出させ、人工的に呼吸運動を回復する人工呼吸である。だが当時、イングランドでも人口呼吸法は確立されていない。人工呼吸で救命できたケースは、半々にもおよばなかった。

両腕の挙上と垂下をくりかえしながら、リンダは、おそいくる不安と懸命に闘っていた。一分間に二十回が目安だ—無意識のうちに、反復動作を数えている。十、十一回…手首をにぎった両手に力を込め、挫ける気力をふるいたたせる。何を為すべきか、ジローは、横から座布団をおさえる。十五、十六回…駄目か。

不意に、患者の満面になにか水滴がとびちった。かすかにくしゃみをして、フッと—一瞬、息をふきかえした。リンダは、この瞬間を逃さなかった。

「息を吸って!」若者の両肩をバンバン叩いて、大声で自発呼吸をうながした。「息をすうのよ!」朦朧と首をふり、彼は、無意識に深呼吸する。「そうよ!、もっと吸って、吐いて」叱咤されて、噎せながら深呼吸をくりかえす。

とっさに、上肢挙上・垂下法を採ったが、じつはリンダは、人工呼吸には自信がなかった。呼吸停止に呼気吹込み式人工呼吸、心停止には胸部圧迫心マッサージ—この心肺蘇生法が確立されるのは、今からわずか六〇年前、一九五〇年(昭和二五年)代以降になる。

仮死状態を脱して、じきにシゲの呼吸は安定する。タケが恐れた脚気衝心の発作ではなかった。病軀を馬上にゆられて、疲労の極に達したのだろう。喉をふるわせて、彼はしきりに噎せかえる。顔中がぬれて、強烈な麝香の臭いを放っていた。リンダも噎せて、手や服が染みているのに気づく。

「オーマイ・ゴオシュ！」

人工呼吸の最中、ベルトにむすんだ香水の小瓶がわれて、麝香水が噴散したのだ。イングランドでも、酸味のある薬品類で気道を刺激する法があった。偶発的に麝香水をあびて、患者は、鼻腔ふかく刺激されて一呼吸をうながされた。ラッキーというほかない――リンダは、おもわず神に祈った。弟の足元に泣きくずれるタケ。軒下に棒だちになった馬子三人。階段途中に坐りこんだジュンとシズ。ぬれた匂袋をはずすと、リンダは、高々とジュンにふった。香気が部屋中に舞いちる。彼には、贈った香水瓶がこわれたとしか知りようがない。

コトが、シゲの顔の麝香水をぬぐう。「ドウシタノ？」彼は、意識を失ったという自覚もない。一とおり拭きとると、彼女はせわしく台所に走る。米糠入り番茶を用意するのだ。背中の座布団をぬきだしながら、ジローは五感の震えがとまらない。リンダは、三途《さんず》の川から、また一人、この世に連れもどした…。

咽び泣くタケを助けおこすと、彼女は、ジローの手をにぎりしめた。たじろぎながら、彼は、どこかで会った気がしていた。「栃木カラ来マシタ」と、彼女は声をふりしぼる。「アッ！」あの時の…と、ジローは目を見はった。モモを入院させた栃木病院の待合室に、途方に暮れた姉弟がいた。二五歳の弟が脚気と診断されたが、治療法はないと病院を追いだされたという。ジローたちは、藤野村のリンダを教えずにはいられなかった。

ジローは、小おどりしてタケの手をにぎりかえした。「来タンデスネエ！」

四四

タケたちの藤野行きにさそわれて、近所の脚気を患う三〇歳のツルが同行した。「まるや」の二階客間は、ジロー、ジュン、シゲと、リンダ、シズ、タケの三人ずつ、男女とも満室だ。おりよく、タロが弁当を置き忘れて、ゴンがつれてかえってきた。彼に相談すると、しばらく思案してパチンと指をならした。「マサちゃんのとこがいい」あの嫂を亡くした跛の中年増だ。今は、一人住まいだから部屋は空いている。彼女なら病人の面倒もみてくれる。「ゴンさん。ハウス・ヘルパーで雇いますよ」破顔して彼は、わが事のように喜んだ。

「マサちゃんも助かるなあ」

さっそく、ゴンとジローが走った。むろんマサは異存はない。脚気は、足を切りおとしたい衝動にかられるという。ジローがたしかめると、嫂の死後も刃物類はかくしたままだ。ジュンも手つだって、板戸でシゲをはこぶ。土間の左右の部屋に、シゲとツルを寝かす。にわかの来客にマサは、浮きうきはしゃいでいる。寂れた空間が人いきれするにぎわいだ。

タケが、弟のふくら脛の筋揉みをはじめる。マサも真似てツルの足もみをする。まもなく、コトが夕餉の材料をはこぶ。シゲもツルも、あのあとはじめてリンダ食を口にした。ミルクと茹玉子は知っていたが、ハムの味には初《うぶ》だった。得体のしれない米糠入り番茶は、妙薬と信じて疑わなかった。コトは、マサに調理のコツを教える。あとは、彼女にまかせればよい。ジュンとシズが、三人にリンダ療治を切々と説く。ジュンという実例をまえに、彼らは、目をかがやかせて聞きいっている。

せわしいなかでも、リンダは案じていた。

夕方、桐下駄を忍ばせて、サラの家の土間をふむ。帰り仕度らしく、産婆は、小さな風呂敷包みを首に巻いている。イヒヒと口元をむくと、畳に寝る赤子をさした。恐るおそるリンダは、そうっと右袖をまくる。可憐な握り拳…麻糸をしばった六本目の指は、見えない。数えるまでもなく指は五本なので、昨日の異形感はない。拳の側面の柔肌には、五本目の小指がちぢまっている。皮膚には傷はみられない。

思わずリンダは、喉ふかくうなっていた。麻糸が柔軟に付け根を緊縛して血行を遮断し、一日かけて、じわじわと小さな指を壊死させた。生後すぐなので、まだ柔らかい骨もろともポロリと切断され、傷口はたやすくふさがれたのだ。傷口ものこさない鮮やかな手並みだ。「グレート！　グレート！」と、リンダは三嘆した。

うしろのジローが、キョトンと彼女の背をみあげる。シーと口先に指をたてると、産婆は、母親のサラも知らないと手真似した。リンダをさす指を折りかえして、二人だけの秘密と念をおす。母親にも娘の不具を隠しとおす産婆の心配り！。われを忘れてリンダは、小さな彼女を力一杯に抱擁した。

苦しがってもがきながら、産婆は、「麝香ダネ！」と喜声をあげた。

四五

四頭が、馬留めに横腹をよせてつながれた。

先頭から飛びおりた男が、その場に棒立ちになった。戸口からジュンが、スタスタと歩きでてきたのだ。五メートル先、迎えにきたダイは、滂沱として立ちつくした。父の面容にジュンの足が釘付けになる。顔を伏せたまま、シズが息子の背をおしだす。彼の肩をつかむと、ダイは、そのままのばした片腕に顔をうめた。太い両肩が声もなく、ふるえている。

「なぜ抱きあわないの？・」椅子のリンダが、苛だってジローに訴える。この国の親子の情愛表現、としか言いようがない。彼女には到底、理解しがたいカスタムだった。

あとの馬から、男女三人がおりてきた。男泣きをふりきると、ダイは、たぐるように彼らを手まねいた。満面に笑みをうかべて、「息子ノジュンデス」と紹介する。三人三様、彼らは驚嘆の声をあげた。「ジュンクン！」とずりよって、少年が彼の胸にだきついた。近所の幼友達ワカであった。歓声をあげてジュンは、足元のもつれる彼をだきよせた。若松から連れてきた、とジローにつげるダイ。三人ともジュンと同じに、かなり重傷の脚気患者であった。

ジロー、コト、ジュンがよりそって、マサの家につれていく。

彼らは、左右の部屋に倒れ伏した。コトがミルクを飲ませる間に、マサは米糠入り番茶をいそぐ。土間の簾の子を往復して、ジローは、「皆サン。三日デ楽ニナルヨ」と大声ではげます。「リンダサンガ、カナラズ治シテクレルカラ」ワカから順に、リンダは聴診器を当てた。やはり三人とも、膝蓋腱反射には木偶《でく》のように反応しない。

患者は五人にふえた。明日も来るかもしれない。マサの家は、にわかに〝藤野村脚気養生所〟になっていた。

「まるや」には、ダイが正坐して待っていた。リンダをみるや、嗚咽を噛み殺して平伏した。来村二週間、元気なジュンと一緒に若松にかえれる。革鞄から例の袱紗をとりだすと、彼は、恐懼しつつリンダにさしだす。ニコッと笑って、彼女は、「サンキュー」とうけとった。そのままジローに手わたしながら、「これで黒米をいっぱい買ってね」とウィンクする。ぶあつい包みを両手にして、ジローは内心、小おどりしていた—これで御主人の持ち出しが減る。「ハイ！　たくさん買えます」

いよいよコトは、戸口の柱の陰からジュンを見送る。

彼女の両肩をだきしめるシズ。息子の快癒は、ひとえにコトの献身的な看病に由る。彼女のジュンへの慕情も、シズには痛いほどわかっていた。おろおろしながら、サキは、ふるえる娘の背をさすりつづける。両袖をにぎりしめたまま、コトは身じろぎもしない。藤野をでたことのない彼女には、若松は異国のように遠い地だ。せわしくダイは、馬子たちに出立を命じる。そのかたわらに立ったまま、ジュンは、「まるや」をふりむこうとしない。

「サヨナラはしないの？」と、リンダはしきりに切ながる。彼女も、ジュンとの別れは、十五歳のコトの初恋の終わりと知っている。両肩をゆすってジローは、沈鬱な溜息をついた。「…もうサヨナラはしました」

四六

翌日、栃木から脚気患者が来た。翌々日には、若松から着いた。マサの病家は一杯になった。手分けして大車輪で挽臼をまわすが、玄米の精白は追いつかず米糠がたりない。

「ゴンさん。あの空き家は使えない？」リンダのいうのは、あの夫婦心中した梅毒患者の家だった。御主人がみょうに気にしていた空き家と、ジローは合点した。ちょうど良いと、ゴンは、また指をならした。もはや、持ち主のいないあばら家という。同家の凶事をたどって、縁起にこだわる余裕はない。近所の村人を動員して、空き家の大掃除をした。病家が二カ所になるので、志願する女房たちを三交代で雇いいれた。

昼前、サブがせかせかとよびにきた。壁に立てかけた二本の真新しい松葉杖。術後三週間、デンは、うずうずして待っていた。「デンさん。立派な松葉杖ね」と、リンダは、彼の腕前を褒めた。しかめ面をして彼は喜び勇んでいる。

おもむろにリンダは、副木の革紐の結びを一本一本とく。サブが毎日ふいていたので、副木は汚れていない。上下左右の四本がはずれると、デンは、フワァーと長い息を吐いた。三週間、肉を締めつけていた足枷《あしかせ》と、おさらばだ。老人の骨折の治りはおそいと、リンダは懸念をいだいていた。彼女は、膝上からふくら脛を満遍なくなでる。「デンさん。足まげられる？」両手で膝裏と踵をささえながら、「そうっと、膝を上げてみて」とうながす。生唾を飲みこむと、彼は、殊勝にそろそろと片膝をたてる。足首をゆっくり回しながら、生まれついて頑健な体質なのだと感服する。「今度は、足を延ばしてみて…そう、元にもどすのよ」

壁の松葉杖にチラチラ目をやり、デンは、リンダの顔色をうかがう。「サブちゃん。お爺さんの足を揉んであげてね」サブとギンに、ふくら脛マッサージを実演してみせる。「三日間、やってあげてね」萎えてかたまった筋肉を慣らすのだ。当時、術後のリハビリという概念はない。松葉杖を一瞥して、リンダは、「そのあとね」とすげなく言いわたした。ジローは、しょげかえるデンを慰めようもない。

四七

昼餉のあと、ジローがみなに手紙を披露した。

栃木のモモから、リンダに宛てた平仮名文の書状である。一週間で退院して、許嫁の家に養生しているという。明るい知らせに一斉に拍手がわいた。リンダには読めないが、イングランドでは味わったことのない心温まる便りだった。

そのとき、ジローが素頓狂な声をあげた。「モモサンノトコニ頼モウ！」リンダやジローたちの差し迫った悩みは、米糠の不足だった。あくまで彼女の当て推量なのだが、リンダは、患者には一回に彼女の持参した銀スプーン一杯の米糠をあたえている。一日になると、かなりの量である。もう挽臼で糠落とするのでは間に合わない。といって、米問屋に米糠だけ注文するわけにはいかない。

モモの許嫁の生家は、富裕な農家という。そこに依頼して、糠落としした米糠だけを送ってもらえばよい。「グッド・アイディア！」リンダもゴンも、一も二もなく賛成した。もちろん交渉役は僧侶である。ジローがとぶように手習所へかけた。

翌朝、僧侶が「まるや」にたちよった。大切な嫁の命を救ってくださったリンダ様の頼み―同家の主人は、お易い御用と即答した。毎日、搗きたての新鮮な米糠をとどける―第一便は今日の昼に着くという。アレヨアレヨというスピードに、リンダはもう驚かない。

四八

それから、脚気患者は東方から西方からやってきた。ほとんどが重患であった。

おのずと、マサの病家は女子、元空き家の病家は男子に分けることになる。女子はマサ、男子はジローが担当し、コトが両病家を出入りする。患者たちは、魚河岸《うおがし》の鮪《まぐろ》のようにならんで寝る。恢復の兆しのある者が、重い病人の面倒をみる。ハウス・ヘルパーの女房たちも、独楽鼠のように働く。両病家は、脚気患者の生活共同体になっていた。

リンダの弟子と敬われて、ジローは面映いが、患者の病状や療治には詳しい。ちょくちょく顔をだしては、框に坐って患者たちと雑談する。あのシャイで無口な石橋次郎は、社交性のある逞しい大人に成長していた。気分がわるいらしく、新入りの患者ノブが仏頂面で彼の耳にささやいた。「新潟デころりガ流行シテルラシイヨ」錐で鼓膜をつかれたような痛みが走った。ジローが新潟出身と知ってか、ノブは、死者もでたと得々と喋りだした。会津方面では噂がひろがっており、新潟に近い西会津の住民は戦々恐々としているという。

ジローは、逃げるように病家をはなれた。脳裡には、悪夢のような記憶がよみがえっていた。彼が十歳のとき、新潟にコレラ一揆とよばれた騒擾《そうじよう》事件が勃発した。

一八七九年（明治十二年）八月五日、市民がコレラ死亡者を護送する巡査をおそった。たちまち市民は数百人にふくれあがって暴徒化し、米問屋や米屋敷などを散々に打ちこわした。日頃、米価高騰に苦しむ市民が、防疫行政に鬱憤《うつぷん》をつのらせ、コレラ流行を引金に暴発したのだ。とりわけ、コレラ患者を強制隔離する避病院は、生きる墓場と恐れられ市民の怨嗟《えんさ》の的となっていた。ころりが恐い、避病院も恐い、暴徒も恐い。

その二日後、暴動はジローのすむ沼垂町《ぬったりまち》に飛び火する。七百人の群衆が、つぎつぎに商店や医院を襲撃し避病院や検疫所を破壊し、十三名の死者をだした。ジロー一家は、自宅の押し入れにかくれて恐怖に打ちふるえていた。その恐怖体験が、ジローのトラウマとなっていた。御主人が新潟のコレラ発生を知ったら、どう反応するか恐い—彼は、口がさけても黙っていると決めた。それでも不吉な予感が、影のようによぎって消えない。

四九

昼すぎである。西方から馬蹄を蹴たてて、二頭が馬寄せにかけこんできた。雌の駄馬とは縁遠い大ぶりの雄馬である。白い夏制服の警官二人が、鞍から颯ととびおりた。おもむろに、上着のほこりを払い制帽を正す。さすがにサーベルは帯刀していないが、腰の警棒を手にして辺りを睥睨《へいげい》した。

ただならぬ威勢に、おもわず、リンダは椅子から立ちあがった。彼らは、この国のポリスと知っていた。年長の警官が軒下に近づくと、縁側の背高い彼女を睨みつける。いきなり、「オ前ガ、エゲレス人ノシンプソンカ!?」と一喝した。リンダは、ポカンと二人を見下ろしている。警棒をつきだして若者の警官が、声高に彼女の無礼を叱責した。

戸口からジローが走りでて、彼らのまえに深々と低頭した。リンダではつうじないと、二人は彼に詰めよった。彼らが脚気患者の病家を査察にきたと、リンダも判っていた。エディが日本人のナース観を指摘したが、その不安が的中した。療治所へ案内しろと、彼らはジローに命令する。彼はあわてず、リンダに同行するように合図した。彼女がならぶと、年長の警官が「デカイ女ダナア」と呆れかえった。この背丈の差だけで、警吏の威信も虚《こ》仮威《けおど》しになってしまう。何気なく彼は、リンダの足元に目をおとしてビックリ仰天する。スカートに下駄履きのエゲレス女！

ジローに先導させながら、若者の警官は、警棒で彼の腰を小突きまわす。栃木県警察部に訴えがあったので、遠路はるばる査察にきたと恩着せがましい。エゲレス女は偽医者、療治所もモグリと、無免許と無許可の罪状をあばく。ジローはさからわずに、元空き家の病家に直行した。マサの病家の方向をさすと、「ナニィ、二軒モアルノカ!?」と二人は血相をかえた。覚悟していたので、ジローは、あせらず男子病家と女子病家と説明する。憤懣《ふんまん》やるかたなく彼らは聞く耳をもたない。

ジローが簾戸をあけると、両側の部屋に枕をならべる十数人の病人が一望された。寺の宿坊の趣きだったが、青白く浮腫んだ病相の男たちは、警官二人には異様に映った。いきなり年長が、革靴をけたてて土間にふみこんだ。「オ前ラァ。ココデ何ヲヤットルカ！」怒声をあびて、枕から病弱な顔々がとびはねてつぎつぎに警官を凝視した。古く〝鬼面人を驚かす〟というが、虎の威を借る狐が制服を着ていた。この剣幕では、リンダは国外追放になりかねない。

「エゲレス女ハ偽医者ダ！　ココハ無許可営業ナンダゾ！」せまい土間を闊歩しながら、二人は、病人たちを威丈高に叱呵する。「許サン。オ前ラ早クココカラ出テイケ。残ッタ者ハ監獄ニブチ込ム！」紋切型の威し文句だ。

警吏に威喝されて、悲鳴をあげる者、泣きだす者、黙りこむ者、溜息をつく者。弱気になっている病人たちは皆、沈痛な面持ちで困惑するばかりだ。完治するまでは石にかじりついても、ここを出るわけにはいかない。リンダは戸口に立ちすくんでいた。御上《おかみ》の権威を笠にきた傲慢不遜《ごうまんふそん》な日本人を初めて目にした。イングランドでも、警吏がサーベルをちゃらつかせて市民を威圧していた。

そのとき、左部屋の奥から錆《さび》のある声が下問した。

「貴様ラハ誰カ？　名乗レ」気勢を削がれて二人は、錆声の主に目を凝らす。病臥していた中年の男が、大儀そうにドッカリと框に腰をおろした。寝巻の襟をあわせながら、警官たちを左右に睨める。虚勢をはって年長が肩をいからした。「栃木県警の巡査…」と言いかけて、そのまま、穴のあくほど框の男を見つめる。口をとがらせる若者を制止するや、彼は、卒倒せんばかりにバタンと土間に土下座した。「ケ、警部殿！。失礼シマシタ」若年も狼狽して、警棒を放りすてて平れ伏した。

病人たちも、リンダもジローも、意想外の主客転倒に唖然としていた。まさか、患者のなかに、栃木県警の〝お偉いさん〟がまぎれこんでいたとは…。

警部が手まねくと、肝をつぶしたまま二人は彼の足元にひざまずいた。脚気に苦しみぬいて警部は、数日前に身分をあかさず病家にはいった。昨日あたりから心もち楽になり、恢復の兆がみえはじめたという。同部屋の病人仲間も、暦を日めくるように快方している。「リンダ様ハ看護婦ダヨ」看護婦といわれても、彼らにはつうじない。容疑者シンプソンを様付けされては、もはや抗う余地はない。警部は彼らを諄々と諭す。彼女はエゲレスの看護婦であり、医者ではないことは知っている。彼女は、ここで看護婦としての仕事をしている。また、この病家は病人を治療する療治所ではなく、病人が滋養・静養する養生所である。「シタガッテ、リンダ様ハ偽医者デハナイコトハ明白デアル。ココハ療治所デハナイカラ許可ハイラナイ」

「ソレデモ貴様ラハ、余ニ出テイケト言ウノカネ」上司の叱責にふるえあがって、彼らは、「滅相モゴザイマセン」と平あやまりだ。

巧みに言いくるめたあと、警部は、じんわりと彼らに世の習いを説ききかせる。

戸口をはなれると、リンダとジローは、両手をにぎりあって小おどりした。桐下駄がカタカタと鼓《つづみ》のように地面をうつ。「グッド・タイミング！　グッド・タイミング！」

五〇

昼さがり、ジローはリンダに散歩へさそわれた。

当時、散歩の習慣はなかったので、彼には、take a walk の意味が理解できなかった。御主人と散歩にでるのは初めてだ…どうやら、雲行きが怪しい。

「まるや」の屋根の風見が、風をきって目一杯にまわっている。とおく西方の山頂に、稲妻がいくたびも光った。雷鳴はまだ聞こえないが、新暦六月初旬、梅雨入りが迫っている。広場の手前、頬かぶりした老人が、スーと踵をかえして逃げた。「あのおしっこのお爺さんね」と、リンダはくすくす笑う。照れ臭いのだろう、彼は、みょうに動作が滑稽で憎めない。午後の広場は、幼児と老爺の世界である。水飲み場の円い縁石に腰かけると、リンダは、鼻歌まじりに両足をぶらぶらさせる。ジローも真似るが、もう彼女の思惑は読んでいた。

「新潟にコレラが発生したのね。ジロー」片手でながれる水槽の水をすくいながら、いつもの飾らない口ぶりだ。病家の患者たちが語る〝コロリ〟を耳にしたらしい。エディが教えたコレラをさす言葉である。彼女が、恐ろしい伝染病の情報を聞きもらすはずはなかった。ジローもにごさずに、「えェ。そういう噂です。若松の人から聞きました」とつたえる。当時、伝染病の流言蜚語《ひご》はしばしばあった。いまだ風説なので、その信憑性にはふれない。八年前の新潟のコレラ一揆は、この国の恥、新潟の汚点とかたく口を閉ざす。樹々の木漏れ日が、舞いちる蝶のようにリンダの白い顔にゆれている。彼女はサラリと言ってのけた。「ジロー。わたし、新潟に行こうとおもうの」

幼児の笑いが広場にはじけた。

「ハイ」と、ジローはアッサリかえした。リンダは、彼の同行を前提にしている。御主人には地獄まで付き従うと、とうに腹を据えていた。自分はのこって、彼女を見送るなどありえないことだった。彼女は、ジローが行動を共にすると毫《ごう》も疑わない。それが彼には嬉しかった。「新潟まで四日かかります」

「四日も…かかるの」と、気落ちするリンダを力づける。「新潟にはいったら、大きな川を下りますから」越後の津川から阿賀川の船道をゆく。そういえば、バードも船下りをして一気に新潟市内に着いた。あいかわらず、リンダの切り替えは早い。「そう、ジローのホームタウンだものね」

それより彼は、両病家の患者の身を案じた。

コト、マサ、ゴンに任せればよいと、リンダは事もなげに言う。根が楽観的なので、彼らに後事を託して少しも気に病まない。思いだし笑いをしながら、「サブちゃんも手つだってくれるわよ」と屈託ない。五十日たらずの滞在であったが、彼女は、後髪《うしろがみ》を引かれることはない。というより、リンダの心は、すでに新潟にとんでいるのだ。

藤野村の病人を置いて、命を賭けてコレラ流行の地におもむく。むろん、リンダが罹患しないという保証はない。その向うみずな行動は、火中の栗をひろうに等しい。一体、何が彼女をかりたてるのか―ジローにはいまだに解《げ》せない。吉凶禍福はめぐりくるので、楽観主義だけでは通用しない。たんに、通り一遍の勇気や使命感では片づけられない。自分には何かが欠けていると、彼は省みずにはいられない。…世には、自己と他者を天秤《てんびん》にかけない人間がいる。

「それじゃあ明日の朝、でようね」話はすんだと、リンダは、縁石からポンとはずみおりた。釣られてジローも腰をすべらせながら、早い！とつぶやく。ゆれる木漏れ日のなかに、彼は一瞬、立ちくらみを覚えた。

「ジロー。わたし、もどってくるからね」

その声は、にぶい耳鳴りに消されて、先をゆく桐下駄の跫音《あしおと》が、乱れて、前に後に遠く近くに聞こえた。

一茶哀れ

一

「来た！　きた、きた、きた…」

彼は、童《わらべ》のように両袖をふってとびはねた。春霞《かすみ》にけむる街道の遠くに、人影が二つおぼろにゆれていた。文化十一年（一八一四）四月十一日、鶴首して待ちわびた訪客であった。

北国街道の越後に近い北信濃の宿場、柏原村。ゆるく蛇行する街道沿いに、茅葺きの家々が両肩をよせて立ちならぶ。遅い四月の春風が、狐色に枯れた野面をゆるやかに吹きわたる。はるか妙高、黒姫、戸隠、飯縄、斑尾の北信五岳の山頂は、まだ鋭い白銀にかがやいていた。

すりへった下駄をならして、彼は、踏石伝いに内外《うちそと》をせわしく往来する。小肥りの短軀に、薄い白髪をたばねて髻《もとどり》をむすぶ。地黒の丸い顔には、不釣合いに耳たぶがたれ、額広く頬骨高く目窪み口が大きい。五二歳、すでに老いが処々に寄せていて、肌は染みにくすみ、歯は一本ものこりなく、口元は皺を刻んですぼんでいた。生来のせっかちが、吃音《きつおん》となって口元を卑しくふるわせる。

二人連れは、北方の隣村野尻村の北の端、新田赤川から歩いてきた。五〇町（五キロ余）たらずの道のりなので、昼前には柏原村にはいった。赤川の上農「こくや」、常田久右衛門の娘菊である。叔父の宮沢徳左衛門にともなわれて、彼女は嫁入りにきた。

菊は齢二八、痩せの大柄で、糸瓜《へちま》のように面長く、うらなりと渾名《あだな》されていた。色黒く肌荒れて、世辞にも見目好いとはいえない。当時は十四、五歳で縁付いたので、二〇で年増《とし ま》、二五こえれば大年増だった。

行きそびれた娘の嫁入りに、久右衛門は随喜の涙をこぼした。婿殿は、なにやら遊び事に惚けているが、中農の土地もちなので食うには困らないと聞いた。食い扶持《ぶち》よりも、彼女はただただ、兄夫婦と同居する小姑《こじゅうとめ》の身から逃げたかった。

彼のほうも、五十路《いそじ》をすぎていまさら、色が白いの尻がでかいのと贅沢はいえない。二四も年若い嫁御なら、それだけで申し分なかった。いわば、縁つづきの独居老爺《ろうや》と行かず後家《ごけ》が、たがいに傷をなめあうように娶《めと》り娶られたのだ。

「お出でやす」彼は、小さな髻をゆらして、気忙しく二人を手まねきする。さそわれて徳左衛門は、路の真中に流れる小さな掘割を一飛びした。菊は、そうもいかず家のまえの渡し板をふんだ。掘割の山水は、家並みをぬけると田畑の用水路に流れこむ。

婿殿をまえにして、菊は、日除けた手拭をはずして愛想なく御辞儀した。人妻の結う丸髷が、つやっぽく漆黒に波うった。彼は、年甲斐もなく甲高く声をはずませた。彼女は、婿殿に会うのは二度目であった。嫁ぎ先を訪れるのは、今日が初めてであった。

彼の家は、村の南寄りの街道（現在の国道十八号線）に面する。間口九間（十六・二メートル余）、奥行四間（七・二メートル）のひろい平屋である。踏み石沿いに、菜の花が黄色い四弁を咲かせていた。さすがに婚家の戸口にたつと、菊の足がとまった。パタパタと袖をふって、彼は、ためらう嫁御を招きいれる。「おあがんなして」

彼女は、おずおずと敷居をまたいで、暗い土間に足をふみいれた。そこで菊は、呆然として立ちすくむ。

襖《ふすま》をあけはなして、奥の寝間まで素通しだった。三方の壁が、畳から高い天井の梁《はり》まで斑《まだら》の書物にうまっていた。長い木造りの棚に無造作に横積みされた書物は、乱雑に食《は》みだしてだらしなく枝垂《しなだ》れている。歌書、俳書、経書、史書、雑書、写本の類が三百種余り。彼が読みあさり詰めこんだ書物であったが、彼女は、その来歴を知らない。

窓がふさがれているので、奥は昼間でも薄暗い。部屋の真ん中に使いふるした文机《ふづくえ》がある。その上には、墨汁をためた大きな硯《すずり》、ひらいた和紙の綴り束が数冊もかさなっている。文机の四囲には、円めた紙屑が散乱して足の踏み場もない。畳には雨漏りのようにススけた墨跡が染みて、部屋中に新旧の墨の匂いがふんぷんとただよう。

土間につったったまま、菊は、場ちがいな所にきたと胆をつぶしていた。徳左衛門は、上がり框《かまち》に草鞋《わらじ》をぬぐと、裾をはらって居間に坐った。中央に鉄鍋をつるした囲炉裏が切られ、手前半分は板の間、奥半分は畳になっている。さすがに、こちらの部屋は小奇麗に片づけられていた。仲人の彼は、そ知らぬ顔して奥のごみ溜めには目もくれない。「いろいろと、お世話さんになりやした」と、如才なく低頭した。

婿殿は俳諧師と教えられていたが、菊は、おびただしい紙幅に恐れおののいていた。並みの農家ではない、得体のしれぬ奇人に嫁いだ―踵《きびす》をかえして逃げだしたかったが、両足が棒だちのまま動かない。

菊の動作に気をもみながら、彼は、満面の恵比須《えびす》顔で灰の冷めた炉端に手まねいた。ふッと我にかえって、彼女は、「鏡台はどこ?」と唐突に問うた。数日前に赤川から送った嫁入り道具である。キョトンとする彼に、「箪笥《たんす》は? 長持は?」とたたみかける。バネのようにはねると、彼は、「くら…蔵に…」と頓狂に唾をとばした。嫁御の大切な荷物…すっかり忘れていた。裏手につうじる土間を指して、「うら…裏…」と心ぼそげな菊の袖をひく。彼女は、黙ってその袖をひきもどした。裏の土蔵におさめてあると知って、安堵した。粗雑に扱われたのではない…。

嫁御の機嫌をそこねたかと、うろたえる彼。それにはとりあわず、菊は、ぎこちなく草鞋の紐をとく。三十路をまえに、彼女は、どん詰まりの迷いを吹っきっていた。

徳左衛門は、隣の敷蓙《ござ》をたたいて菊を坐らせる。それを追って、彼は、嫁御の向いにせわしく正坐した。そわそわとして落ち着きない。彼のかたわらに、痩せた三毛の老猫が、猫つぐら（丸い藁籠）に丸まっている。彼は、猫好きらしい。在所では、犬猫を飼う者は少ない。徳左衛門と駄弁を弄しながら、彼は、せっかく迎えた嫁と目をあわせない。彼女のほうも顔を伏せたまま、ときどき上目遣いに白目をむく。向うの書物の壁がいまにも崩れおちそうで、亀のように首をちぢめた。

菊は、まだ俳句を詠んだことはない。業俳という生業《なりわい》があることも聞かない。彼が一端《いっぱし》の俳諧宗匠であることも知らない。彼は、小林弥太郎、俳号小林一茶は、その日の句日記に、「十一晴　妻来ル　徳左エ門泊ル」と記した。

二

昼餉、菊は、実家から持参した生蕎麦《きそば》を馳走した。うど、たらのめ、ふきのとうの天ぷらを添えた。信濃者は三杯目から噛んで食うと、その大食漢を揶揄《やゆ》された。御多分にもれず、一茶は早食い大食いである。「んめ、んめ」と、彼らは、威勢よく盛り蕎麦を啜った。

「お菊は、料理上手でやす」徳左衛門は、そつなく彼女を褒めそやす。大口に頬ばりながら、一茶は、仲人口ではないと幾度もうなずいた。古来、料理の不得手な女房は、百年の不作と貶《おとし》められた。

　土間つづきの台所は、意外にこざっぱりと調《ととの》っている。一茶のながい独り暮しの跡に、大年増の侘しさがかさなった。彼の哀調にほだされて、菊は、気を利かして燗鍋に徳利一本をつけた。真昼間だが、信濃者は酒好きである。一茶は、ほどよい温燗《ぬるかん》に喜色満面、舌なめずりをして猪口《ちよこ》を啜った。晩酌はいつも手酌であったから、独り夢心地であった。照れかくしに額を叩きながら、彼は、菊のまえに空の猪口をさしだした。

　一茶と徳左衛門は、炉端に膝組みして杯を酌みかわす。たがいに緊張の縒《よ》りがほぐれると、酔いのまわりは早い。徳利一本のつもりが、じきにぐい呑みとなり茶碗酒になった。酒壷の底をついても、彼らの酒宴は盛りあがる一方だった。酒屋は、ならびの数軒先にあるという。菊は、仕方なく空の酒壷をかかえた。内心、酒をだした粗忽《そこつ》を悔いていた。赤川では、酒肴《しゆこう》を買いにいくのは下男下女の役目だった。

　一茶は、変人扱いされて近所付合いも少なかった。けれども、彼は酒屋「桂屋」の得意先だった。主人は、丸髷の使いに面食らって、気もそぞろに酒樽の栓をぬく。酒壷に地酒「黒姫」をそそぐ。むっつりしたまま、菊は、おもくなった酒壷をかかえて足早に店をでた。にわかに酒屋の内外は、初見の丸髷に色めきたった。「見ろや！　弥太郎さんは、えれえ若けえ嬶《かかあ》をもらったのう」

その妬《ねた》ましい冷やかしを背に、菊の耳たぶが朱に染まった。まだ契りを結んでいないのに新妻あつかい…大年増の僻《ひが》みは、心中から込みあげてくる嬉しさにうろたえていた。道端に花盛る紫の菫《すみれ》をちらして、彼女は、小娘のようにかけもどった。

それから一時《とき》（二時間）ほどたった。

「茶屋さ行こう！」一茶の歯無し声が唾をとばした。酒壺が空になったのだ。「だいぶ刻《とき》がすぎてやす」徳左衛門も、すっかり酩酊している。「もう帰らねば…」とつぶやきながら、身は一茶の肩にもたれかかる。彼の住いは柏原の新田仁之倉なので、目と鼻の先である。「行こう！　お前《め》さん、行こうな」腑ぬけた奇声をあげながら、一茶は、あとずさる菊のまえに酔眼をおよがせる。五十男が、初めての嫁御をもてあます体たらくだ。幾度も踏石をふみはずしながら、彼らは、路によろめきでる。

掘割に落ちもせず、南へ一町（百メートル余）たらず、茶屋「与助」にころげこむ。鎮守の森がかこむ諏訪神社の脇にある水茶屋（飲食店）である。彼はここの常連で、三日に飽かず飲み食いして、独り身の憂さを晴らした。

柏原村は、中山道（信州）と北陸道《ほくろくどう》（越後）をむすぶ北国街道の中山八宿の一つ、百五十軒、七百人余りの宿場である。旅籠《はたご》屋が十軒、茶屋四軒、酒屋、穀屋、塩屋、小間物屋、鍛冶《かじ》屋があった。穀屋と塩屋は、越後高田と信濃善光寺平を中継する問屋である。茶屋には、葉茶屋（葉茶を売る店）、掛茶屋（道中の休息所）、水茶屋がある。ここには、飯盛《めしもり》女《おんな》はいるが遊女を置く色茶屋はない。

独りのこされて、菊は、所在なく上がり框に坐った。これが思い焦れた嫁入りでやすか、と拍子ぬけていた。父親も大酒食らいだったが、嫁取りの日に深酒する男の性分が解《げ》せない。仲人役を忘れた徳左衛門にも腹がたつ。不意に彼女は、台所の奥にすいよせられた。壁に草箒《ほうき》がつるしてあった。菊は、几帳面な質《たち》で、年下の物臭な嫂《あによめ》と衝突が絶えなかった。ためらいもなく、寝間にちらばる紙屑をひろいはじめる。

根が農家の働き手だから、労をいとわない。紙は高価なので、書きすての皺をのばして一枚一枚かさねた。かさばるから、文机の硯石を重しにした。この「一人艸木用」ときざんだ重しが、のちに一茶愛用の由緒ある硯になるとは菊は知る由もない

墨が染みササくれた畳を丁寧に掃く。襖の陰の一角に、小さな仏壇があった。長男だから先祖の位牌を守るだろうが、書棚に押しつぶされそうだ。位牌も仏具も一々、隅々まで拭ききよめる。菊は、小林家代々に仲間入りしたような、奇妙な気分にさそわれた。まだ、赤川の常田家から乳ばなれしていない。婿殿が取り憑かれた書物には滅多にふれず、叩《はた》きをかけるだけにした。部屋中に、煙るようにほこりが舞いちって沈まない。

一わたり掃除をすませると、菊は、大胆に次の行動にでた。土間をつっきって裏手にぬ

けた。裏庭には太い猿滑《さるなめり》が、瘤をつけた滑らかな枝を大空にくねらせていた。幼いころ、実家の猿滑を登り下りしたつるつるの感触がよみがえった。

幹のむこうに、漆喰に塗った白壁の土蔵が建っていた。間口三間半（六・三メートル）、奥行二間二尺（四・二メートル）の茅葺屋根を置きかぶせた頑丈な造りだ。

さっき、菊は、仏壇の引出しに木札をつけた大きな鍵をみつけた。案の定、蔵の扉は鉄錆《さび》をきしらせて難なくひらいた。後ろめたさをはらって、梱包のまま置いてある荷物三個をなでまわした。鏡台は部屋に持ちこみたかったが、さすがに図々しすぎるとあきらめた。鍵は、そっと仏壇にもどしておく。

ふたたび框に坐ると、両足をぶらぶらゆすりながら婿殿を待つ。いつもどってくるのか、わからない。居間の障子ごしに、耳慣れた越後獅子の鼓《つづみ》の音が聞こえた。小走りでるが、空耳か、道辻に獅子舞親子の姿はない。赤川では輪になって、はじける鼓にあわせて巧みに宙がえる稚児の芸に拍手した。母親の手からお捻《ひね》りの投銭をもらって、地べたの銭籠に放った。

街道筋は、暮色に霞みはじめていた。むこう、火の見櫓《やぐら》が高みに薄れている。

ふりむいて、菊は、あらためて〝我が家〟を一眄《ぼう》した。ひろい家と思ったが、間口が半々に仕切られていた。ひとつ屋根の下、一茶の母屋は北半分の間口四間半（八・一メートル）であった。…隣と壁一重でへだたる近所合壁の家である。この二月、一茶は、長年仲違いしていた十歳下の弟仙六（のち弥兵衛）と、二百坪の敷地にたつ生家を折半にした。親譲りの五石余りの田畑は、農事の一切を小作人にまかせた。漂泊三六年をへて、五〇歳にして帰郷し、一茶が、終《つい》の栖《すみか》とも死所《しにどころ》とも定めた住まいであった。菊はまだ、彼の生い立ちを知らない。

小暗い部屋内に宵が迫ってきた。山気が、裸足の足元に冷えびえと這いあがってくる。油がもったいないのでせいぜい忍ぶが、火点《とも》し頃である。つのる心細さをふりはらって、菊は、居間の行灯《あんどん》に打ち火をつけた。油皿が燃えると一瞬の間、鬱した心中が仄かになごんだ。酔いざめの父親の顔がうかんで、台所のへっつい（竈《かまど》）に火吹竹で楢《なら》の薪を熾《おこ》す。玄米を炊いて、夜食の湯漬を賄うのだ。台所の隅の樽に、野沢菜が漬けてある。婿殿の手並みか、ほどよい塩加減だ。

ビクッと退ると、三毛猫が足首に柔毛をすりよせている。赤川でも、猫を二匹飼っていた。朝と夕に餌をあたえるのは、下女だった。べつに猫好きではないが、ヨシヨシとなでると絶えいるように餌をせがむ。主人に忘れられて餓えて、喉をならして菊のだした残飯を食らう。

陽はとっぷり暮れて、近くの旅籠の淡い灯が仄めいている。手をふきながら炉端に坐ると、いまさらながら粗略にあつかわれた口惜しさに涙がにじんできた。婿の不作法と気分屋は、辛抱するほかないのか。「赤川の久右衛門の娘御とは、弥兵衛さんも幸せ者じゃあ」柏原ではもっぱらの噂と、良縁を言祝《ことほ》ぐ仲人口にのせられた。菊は、両目をすえて爪を噛む。はしたないと、いつも母親に叱られた癖だった。五十路男の偏屈か野暮か気紛れか、兄弟のない彼女には男の性情が見当つかない。…爪は、みるみる鋸《のこぎり》になった。

身ぶるいして、醒めた。いつのまにか、菊は、炉端にもたれて居眠りをむさぼっていた。へっついの火は落ちて、釜も冷えていた。闇路に切れぎれに犬の遠吠えがする。夜ふけても、彼らはもどってこない。にわかにひもじさにおそわれ、敷蓙をけたてた。膝から爪のかけらが、パラパラと畳にちった。ふてくされて彼女は、竹箸で冷えた湯漬を喉奥にかきこんだ。いよいよと腹をすえた女心が、無神経に肩すかしを食らった。もとより心外ではあったが、菊は、はしたなくはだけた袷をあわせて、安んじた…きょうは、初夜はない。

彼女は、白い八重歯をむいて、塩からい野沢菜をバリバリと噛んだ。

三

「捨てたか!?」

襖を蹴倒して、一茶の怒声がころげでた。乱れた髷、引きつった形相—まさに怒髪天をついていた。台所の菊は、両手の洗い茶碗をおとしかけた。「燃やしたのか!?」と、彼は、悲痛な叫びをあびせる。強ばったまま奥をさすと、一茶は、喉笛をならして身をねじった。硯をのせた紙束にうつ伏し、必死で両腕にかかえこんだ。

寝ぼけ眼をひらいて、徳左衛門は呆然としている。夜半、彼らは酔い痴れて、そのまま寝間に倒れこんだ。襖をふるわす高鼾に、菊は、居間の窓ぎわで寝苦しい一夜を明かした。

紙束を胸にだいたまま、さすがに一茶は照れ笑いした。「触らんでくだされや」と、もごもごと口ごもった。いましがたの悪鬼の面相は一変、飄逸《ひょういつ》な恵比須顔にもどっていた。菊は、ぎこちなくうなずいた。彼の剣幕を目の当たりにして、婿殿には女房よりも大切なものがある、と思い知らされた。

そのとき菊は、彼は風狂だが根は好人物、と直感した。すると、背筋に冷たい汗が流れた——紙屑を火にくべていたら、その場で離縁されていただろう。赤川をでた菊には、もう帰る所はない。ここ柏原を我が住まいと、居坐るほかなかった。その空しさを嘆くより、彼女は、彼の宝物を踏みつけてはならぬと自戒した。

酒気を吐きながら、彼らは、炉端で菊のだした湯漬をかきこむ。初夜を台無しにしたと、徳左衛門は、ばつがわるくて菊と目をあわせない。小楊枝をくわえたまま、そさくさと草鞋をひっかける。路先まで仲人を見送ると、いそいで踵をかえした。

そこで菊は、またまた一驚を喫する。一茶は、丸い背をむけて文机に坐っていた。もう書物の壁を睨《ね》めまわしつつ、一心不乱に硯の墨をすっている。もはや没我の境地にひたり、新妻がふみいる余地はない。菊には、その姿は狐に取り憑かれた行者のように映った。一年中部屋にこもって、気が狂れたように句作とやらに耽る婿殿の姿がかさなる。そんな彼の、労農をはずれた奇矯な生き様を受容するほかない。彼女は、ひたすら騒がず妨げず家事にいそしめばよい、とみずからに言いきかせた。

じつに小林一茶は、生涯に二万余の句をのこしたという。松尾芭蕉は三千句、与謝蕪村は一千句というから、膨大な濫作である。句作は四〇年におよぶので、習作や改作をふくめて一年で五百余、一月で四〇余、一日一句余をつくったことになる。おびただしい句屑もあり、秀句は三百ほどと評される。ともかく、ほとばしりでる情念、あふれる着想、おさえきれない創作意欲、千変万化の技量…文字どおり、江戸後期の俳壇を驀進した異才異能であった。

朝まだき、菊は、近所の女房たちが集うまえに水汲みにでた。隣家の路ぎわに、共同の井戸がある。霞が一面にたちこめて、街道筋は白煙の向うにかすむ。くみあげる釣瓶《つるべ》の音が霞を吹きみだし、手桶に冷たい飛沫《しぶき》がとびちる。

掘割の流れ水を杓にくんで、家まわりの草花に水遣りをする。屋根の樋伝いに、雨水が母屋下の天水桶におちる。大事な防火用水なので、その溜り具合をみすごすことはない。

夏には、一面に孑孑《ぼうふら》（蚊の幼虫）がわく。

彼女は、そろそろと昼餉の下ごしらえにかかる。まだ呼び名も知らぬ三毛猫が、早々と喉を鳴らしてすりよってくる。もう餌をくれるのは、菊と心得ている。婿殿は句作に没入していて、台所の物音など耳にさわらぬようだ。髪をかきむしり、ブツブツと独り言をつぶやき、平手で文机を叩き、筆をふりまわして墨汁をはねる。文机のあたりには、丸めた紙屑が散らばっている。まちがいなく狐がのりうつっている——狐憑きがおちるまで施しようはない。

菊は、ここは下男下女のいない家と、いよいよ腹をすえた。新妻は、女房と下女をあわせた働き手なのだ。まだ本物の女房にはなっていないのに…彼女は複雑な思いだ。裏手に、母屋にたてかけた板葺きの厠《かわや》がある。汲取り式の便壷は、暗くて底がみえない。ただよう臭みにたえながら、汚れた板囲いを掃除する。婿殿の臭い、という面妖な気分をはらいのける。

もどると、一茶は、炉端に胡座《あぐら》をかいている。襟に竹の孫の手をつったてたまま、墨にまみれた両手に延べ打ちの鉈豆煙管《なたまめきせる》をにぎる。雁首と吸口をはずして、羅宇《らう》（銅と竹の管）に布切を巻いた竹通しを出入りさせる。手慣れていて、手際よく脂《やに》をぬぐいとる。赤川では、みなの煙管掃除は、下男の役目と決まっていた。脂取り作業にのめりこんでいて、彼は、菊の気配に顔をあげない。煙草好きだが、家では、火の用心に堅く炉端でしか吸わない。

「昼飯、あがりやすか？・」ほどよい頃をみはからって、菊は、框から恐るおそるたずねた。蛸《たこ》のように口をつきだして一服、二服、鼻からながい煙を吐きだす。句作のあと紫煙をくゆらすのが、一茶の至福の一刻だった。暫時、句作の発情が落ち潮のようにひいていく。菊の問いかけには生返事で、まだ上の空だ。彼女はかまわずに、婿殿のまえに早めの箱膳をだした。

山芋の芋粥と、焼豆腐の味噌田楽《でんがく》。その匂いにさそわれて、一茶は、掌《てのひら》をかえすように煙管の雁首を叩いた。吸いかけの刻み煙草が、囲炉裏の灰におちた。その食い意地のはった稚気に、菊は、微苦笑をこらえていた。椀を両手にのせると、彼は、目をほそめて温《ぬく》い粥を一口啜る。せわしなく豆腐田楽の串に食らいつく。にちにち忘我の境から醒めると、飢えて、通いの水茶屋にかけこんだ。今は、ナント据え膳が置かれている。これからは三度、三度、旨い飯が食える！

「んめ！、んめ。堪《こ》てらんね」一茶は、手放しに喜びはしゃぐ。「お菊は、料理上手でやす」昨日の徳左衛門の口べたを剽軽に口真似し、精一杯おどけてみせる。興に乗じて、「ほんにありがとうござんす」とかしこまって両手をあわせた。狐が去ると恵比須が宿る—その変幻は浮世ばなれしていた。「お前《め》さま。褒めすぎでやす」と袖をふって、菊ははにかんだ。それでも彼は、弁財天を拝むように幾度も合掌する。その神妙で剽逸な仕草に、おもわず彼女は、クスッと頬を崩した…あの愛敬なしの菊が笑った。

そのとき、彼女の口元が黒々とつややかに映えた。一茶は、打たれたようにパチンと両目をみはった。嫁御が御歯黒をした！　当時、嫁いだ女は、既婚の証しとして歯を黒く染めた。御歯黒用具一式は、欠くことのない嫁入り道具の一つであった。薄霞にかげる土蔵をあけはなして、菊は、齢二八にして初めて御歯黒を染めた。鏡をのぞきながら、房楊枝で五倍子《ふし》の粉と鉄漿《かね》の液を交互に白い歯面にぬりつける。母親の段取りにならったが、あまりに面倒で一苦労した。

一茶は、脱兎《だっと》のごとく表にとびだした。掘割の縁に膝をつくと、両手の墨汚れを手荒に洗いおとす。息せききってもどると、台所の壁の棚に背のびする。陶の一升瓶の木栓をぬくと、瓶をかたむけてゴクリと一口あおった。フーという深い吐息は、なにやら怪しい一瓢《いっぴょう》（瓢《ひさご》）の飲だ。のちに、菊がたずねたら、彼は、黄精酒とあっさり白状した。

江戸では、強壮・強精剤ブームがやまず、なかでも黄精酒が持てはやされた。黄精酒は、鳴子百合《なるこゆり》の根を刻んで干してから、砂糖をくわえて焼酎に漬けこむ。病後回復の滋養薬、精力減退の妙薬とされ、その効能が喧伝された。赤川の縁談話がもちあがったころ、一茶は、いそいで江戸から黄精酒をとりよせた。日ごと一服、ひたすら精力増強にはげんだ。若い新妻を落胆させ、五十男の衰えを侮蔑されたくなかったのだ。

そのあと一茶は、栗鼠《りす》のように走りまわった。表戸と裏戸に閂《かんぬき》をかけ、三毛猫の丸籠を寝間の襖の陰にうつし、炉端の畳に枕屏風《びょうぶ》をたて、表の窓ぎわに薄蒲団を敷き、半開きの障子窓をピシャリと閉めた。その振る舞いは少々荒っぽいが軽妙酒脱、里神楽《さとかぐら》の田舎舞いをおもわせた。

エエッ、こんな真昼間から…その時がだしぬけにきた。今夜とおもうておりやした…菊は、もどかしかった婿殿のにわかの発情に生唾をのんだ。アレヨアレヨという間に、初夜の支度がととのえられた…お天道さんがみてさっしゃるよ。

まだ午《ひる》（正午）まえである。陽光が、閉めきった障子窓や台所の天井の気ぬけ窓から容赦なく射しこむ。彼女は白昼、近所の姦しい耳目に気後《きおく》れしていた。とりわけ棟割りの隣りは、厚いとはいえ板壁一枚だ。がさつで無神経、情趣を解さず、秘め事のムードを欠く。夜這いはもとより夫婦《めおと》の房事は、夜間の営みと信じて疑わなかった菊である。これが初夜なの？…酔狂にも程があると、彼女はただ憮然としていた。

その日の一茶の句日記には、「十二晴」としか記されていない。

「さあ、早うおいでなされ」彼女の不満には頓着せず、一茶は、炉端にすくむ菊をねんごろにうながした。心と裏腹に彼女は、手繰られるように痴れて、ゆらりと前のめりになった。彼らは、ほろ苦い初婚同士である。生娘とはいえないが、菊は、とにかく身持ちがかたく奥手であった。一茶のほうは、ながらく宿場女郎や江戸深川の娼妓と遊蕩に耽った。

だから玄人筋には遊びなれていたが、素人娘は初物食いだった。

「勿体《もって》ねえ勿体ねえ」

蒲団に正坐するや、一茶は、弁天様の菊殿に両手をあわせて深々と低頭した。その拍子に、背中にさした孫の手が勢いよく襟をはねた。痛たッとあわてて引きぬいて、寝間の暗がりに放りなげる。襖の陰から三毛猫が、ミャアとひしゃげた啼き声をあげた。

それから、彼らは、夜ふけまで六交合した。

四

翌日は、朝方から雨であった。村の知り合いが三々五々、婚礼の祝いにきた。一茶は、午前と午後のほとんど、文机にへばりついて離れない。

やむなく愛想なしの菊が、せいぜい応対した。嫁女を見にきた村人たちは、一しきり雀のようにお喋りし、しごく満悦してかえった。夕方までに、祝い金百六文をいただく。昨日の〝初夜〟と寝不足に、今日の気疲れがかさなって、菊は疲労困憊《こんぱい》していた。夕餉のさなか、睡魔におそわれて箸をとりおとした。飯を頬ばる一茶は、嫁の疲れには無頓着だ。

その夜、彼らは三交合した。

早旦、共寝をぬけるが、五体が無性におもい。炉端に坐ると菊は、力なくはがれた御歯黒を染めなおした。鉄漿の残り水をすてようと、裏戸をあけた途端、猛々しい唸りが眼下を走った。猿滑の根元に野良猫が、ばたつく雀を荒々しく食い千ぎり、またたくまに羽毛をちらして平らげる。彼女は、よろめいて板戸にすがり、喉をふるわせて酸っぱい胃汁を吐いた。惨劇のあとには、雀の砂粒石粒をつめた小さな砂袋（砂肝）だけがのこされた。もう一度、空の酸臭をはく。

薄明、房事のさなか、柱間をふるわす地震がおそう。菊は悲鳴をあげるが、一茶の四肢は彼女の太り肉《じし》をはなさない。初花に胡蝶の戯るゝが如しと、彼は、新婚の明け暮れに有頂天であった。ひたすら句作に没頭し、楽々と旨みを食し、五合の晩酌のあと、若い嫁に耽溺する。五十路をすぎても、飽食、斗酒、好色は疲れをしらず、飽きをしらず、果てをしらない。

十日ほどのち、菊はひとり里帰りした。母親勝は、嫁婿の塩梅《あんばい》はよいと伝えきいていた。彼女は、娘のあまりの痩せ様に寒気だった。聞けば、婿殿は好人物で、しごくやさしいという。菊は、実家の畳に昏々と眠りこんだ。一茶の夜毎の色情をのがれて、しばし安眠する。房内のことは語らず仕舞いのまま、彼女は、足どりおもく婚家へもどった。安息の里帰りは、みじかく切ない。三日ぶりなので、その夜は五交合した。

菊は、一夜《ひとよ》三交合の営みは、いずれの夫婦も同じとおもっていた。だから一茶が、過度で過激とは疑わない。けれど、老境にもかかわらず、じつに一茶の房事は奇狂なほど荒淫であった。黄精酒の効用かさだかではないが、彼自身、尋常でないとわかっていた。道中の飯盛女や江戸本所の遊女を欲情の捌《は》け口にしたが、情火はおさえられず、揚銭をはずんで三交目、四交目を強要して険しく拒絶され、いつも大喧嘩した。

柏原の五月はみな、農作にせわしい。菊はさっそく、仁之倉の徳左衛門の手伝いに狩りだされ、隣の義弟仙六の田植えに精をだす。山間の柏原は、火山灰の黒い痩地なので、水田は少なく大半を陸田が占める。そのうえ寒冷なので、畑には栗、稗、蕎麦の類しか育たない。五月下旬の夕刻、梅雨の走りの白雨。鳴神が雷鳴をひびかせて、地べたに飛沫《しぶき》をあげてふる夕立である。信濃では、〝蚤《のみ》の四月蚊の五月〞というが、白雨のころには家蝿もとびはじめる。皆、不快で嫌悪するものの、追っても追っても切りがない。ところが一茶は、花鳥風月はもとより鳥獣虫魚をいとおしみ、森羅万象、生きとし生けるもの蝿や蚊まで詠んだ。

六月二日朝方、一茶の坐臥はふだんとちがった。居間の小箪笥をあけて、ひとり身支度をはじめた。裾をしぼった袋袴をはき、藍染めの十徳《じつとく》（上衣）を羽織って、おもむろに黒い宗匠頭巾をかぶる。彼が、はじめてみせる俳諧宗匠の風格であった。その装いに面食らう菊

—彼女をまじまじと見、一茶は、「にらめっこじゃ！」と破顔一笑した。一興おどけてみせたあと、「湯田中にいきやす」と一言、片手に脇杖をふりふり飄々とでていく。菊が、雨合羽をもって小走りに追った。ならぶと嫁が婿を見おろすので、彼らは蚤の夫婦である。

湯田中は、夕方にはゆきつく北信濃の東方にある夜間瀬川沿いのひなびた湯治場である。地名は聞くが、菊は知らない所だ。そこには、一茶の門人がいた。江戸帰りの宗匠一茶は、善光寺はじめ北信一帯に門下をひろめつつあった。門人には在郷の名士や素封家が多く、一茶をささえるパトロンとなっていた。彼は、なじみの宿で湯浴みしたあと、門人二人と親しく吟詠した。

早暁、濡れ縁の樹陰に鶯《うぐいす》がやかましくさえずる。谷渡りして、渓谷にこだます美声の主とはおもえない。時鳥《ほとどきす》に卵をすりかえられたのも気づかず、托卵《たくらん》する間ぬけで不憫《ふびん》な鳥と知る。いまは図々しくも騒々しい鳴声に、一茶は、蒲団をはねのけた。

帰途、渓流沿いに山つつじが紅い花を無数に咲かせる。脇杖をふりながら、その群生を愛《め》でるも、じつは一茶は気もそぞろで、とびはねるように柏原にかけもどる。菊は、新筍《にいたけ》飯の夕餉をつくって待つ。一茶は心身とも、一気に十歳も若がえっていた。その夜、彼らは五交合した。

裏の猿滑は老木なので、盛夏にも花を咲かせない。かわりに土蔵の白壁に、太い蔓草《つるくさ》を言わせて、のうぜんかずらの橙花《だいだい》が、爛漫と咲き乱れる。さそうともなく一茶と菊は、団扇《うちわ》片手に縁台にならんで花見をする。橙花は大きな花弁を開ききると、一日で散るという。けれども、今を盛りに次々と花をあざやかに咲かせるので、はかない炎天花には見えない。

天窓《おつむ》（頭）をあおぎながら、一茶は、得意目をほそめて花を愛で菊を慈しむ。女房も板についていて、彼女は、いそいそと笊《ざる》にあふれる茹でた枝豆をさしだす。娶り娶られて四ヶ月たらず、夫婦和合し、仲むつまじい夫婦である。じつは昼餉の一刻は、一茶から狐がはなれているので、彼の情動はおだやかでつつがない。その振幅には慣れたとはいえ、菊は、狐の尾をふんではならないと、いつも気をはっている。

日盛り、表の窓にたれた葦《あし》の簾《すだれ》をやぶって、数匹の油蝉が競いあって猛々しくなく。団扇で蝿をはらいながら、一茶は、酢で和えた胡瓜《きゅうり》揉みを旨そうに食う。旬がどうの塩加減がどうの小言はいわず、ひたすら「んめ、んめ」を連発する。あとは、おもむろに火打ちして煙管を一服、二服とくゆらす。昼下がり、狐がもどってくると、彼は、両目を釣りあげて奥間へ四つん這う。

それからは、筆先が暗むころまで籠りきりだ。茹で蛸のように汗をたらし、苛だたしく蝿を追いはらい、首筋を刺す蚊を叩きたたき、ひとり没我の境にいる。菊が、襖むこうに蚊遣《かや》りを置いても気づかない。筒形の粗い陶にあけた十数箇の穴から、杉の葉を燻した煙が、幾筋もからみあいながら立ちのぼる。四季折々、夕闇が迫ると精気がきれて、一茶はよれよれに凋む。眼にわるいと、行灯《あんどん》の下では句作はしない。

とにかく、句作をさまたげず、三食と夜の交わりを欠かさねばよい。菊は、彼の好みにあわせて夕餉は、「やたら飯と丸茄子の味噌焼きじゃ」とつぶやく。やたら飯とは、いろんな野菜と味噌漬けをきざんだ北信濃の田舎飯だ。一方、夜の交わりのほうは、夫婦だから淫らとは邪推しないが、彼女は、夜毎の交合にいささか不感症になっていた。宵の口から夜通しの五交は、さすがに辛い。麻痺して疲労して、昼中しばしば、炉端や縁台に伏して死んだように眠りこける。

一茶のひと日は、まことに規則正しい。ある日、その決まり事がだしぬけに破られる。八月四日盛夏、彼は、二ヶ月前と同じに俳諧宗匠の身支度をはじめた。とまどう菊に、しかつめらしく「お江戸にいきやす」とつげた。彼女は、否応もない一茶の我流に絶句した。江戸ははるか東方にある遠隔地、という風聞しかない

実際に、江戸は北信濃の名刹《めいさつ》善光寺から六一里（二四一キロメートル）、健脚ならば一日十里（四〇キロ）で五泊六日かかる。一茶は一年前、江戸俳壇をはなれて柏原にひきこもったが、腐れ縁はたちきれない。江戸俳壇への未練と反発、田舎宗匠の自尊と卑屈、柏原の情報不足…複雑な葛藤に苛だち、取りのこされる不安と焦りが彼を江戸へかりたてる。

一茶の江戸と北信濃の往来のはじまりであった。

蜜月の妻ひとり置いて、煩悩《ぼんのう》を脱して心残りはないのか。でがけに一茶は、杓《ひしやく》で台所の水瓶《かめ》の水をあおると、フィフィと無邪気に胡瓜《きゆうり》をねだった。菊は黙って、もぎたてを一本わたす。掘割の水であらうと、彼は、すぼんだ口にくわえて飄々と出立した。菊は、置き忘れた黄楊《つげ》の薬籠《やくろう》（携帯用薬入れ）をもって小走りに追った。掘割際で後姿を見送りながら、菊は、しばらくすれば帰ると高をくっていた。それより、夜のお勤めから解放される嬉しさに痺れ、命の洗濯ができると有難涙がこぼれた。

だが、菊はまだ一茶の本性を知らなかった。彼が柏原にもどるのは…五ヶ月後になる。

五

八月九日、一茶は、江戸谷中の本行寺にはいった。

そのころ、府内では、絵師の葛飾北斎が絵手本『北斎漫画』初編をだし、その奔放奇抜な夥しいデッサンは市井の注目をあつめていた。一方、戯作者の滝沢馬琴の『南総里見八犬伝』の初輯《しよしゆう》が評判をとる。二八年間つづく伝奇読本《よみほん》（小説）は、彼の代表作として巷間をにぎわした。一茶もおりおりに耳にしながら、十一月に板行することになる江戸俳壇引退記念の撰集『三韓人』の準備にかかった。彼の長年の俳友である本行寺の住職、一瓢がかかりきりで手伝う。

一方、菊のほうは、一茶の蚊帳《かや》の外に置かれていた。彼の旅立った日は、早々に宵寝して泥のように寝こみ、朝雲《しののめ》もみずに寝坊した。久方ぶりに爽快な目覚めだった。でがけの一茶を真似て、桶にひたした胡瓜に味噌をつけてかぶりつく。冷やっこい汁が口元にとびちった。

不意に重しがはずれると、いかに一茶の勝手気儘におさえられていたかを知る。いまさらながら、その理不尽に遣り場のない悔しさがこみあげる。ふてくされて菊は、騒々しく部屋を掃く。ちらかった紙屑は、そのまま花嫁道具の空いた小行李に放りこむ。これなら文句あるまいと、両手をはらって清々した。灰汁《あく》袋で洗濯するが、今日は女ものの洗い物しかない。いちばん楽になったのは、三食の支度が半々減したことだ。好きな時に、好きな物を、好きなだけ食すればよい。それから彼女は、のびのびと一人天下を満喫した。

安息の日々がもどると、余計な気がかりが鎌首をもたげはじめる。この四ヶ月あまり、房事が途ぎれることは殆どなかった。その間、月のもの（月経）は四たびあった。当時、月経と妊娠の関連性は解されていないが、月のもののあとに身籠もる、という世俗の伝承があった。

菊は、天から男女が同体になれば身籠もると信じていた。彼の欲情は男盛りに引けをとらないから、男の精励に女体が反応しないのはいぶかしい。一茶との房事には、子作りという意識も、子を欲する願意もなかった。それでも彼女は、夫の種を宿すのは妻の勤めと信じて疑わなかった。

古くは、子を産めぬ女は石女《うまずめ》（生《う》まず女《め》）と卑しめられ、子を生さぬ女房は三行半《みくだりはん》（離縁状）をつきつけられた。いま菊は、石女ではないかという脅えにおそわれていた。ふつう七、八人という子沢山の時代である。赤川の幼なじみたちは、すでに三、四人の坊主やお下げがいる。母親の足元を走りまわる子供たちが、にぎやかに彼女の瞼をよぎる。じつに、生まず女への蔑みは耐えがたいし、離縁されれば路頭をさ迷う…行かず後家の焦心が去ると、つぎは、石女の身をおもいわずらう。

半月たったが、一茶は帰らない。あれほど耽溺していた新妻に、便り一本よこさない。彼の無音を憤りながらも、留守を守るのが女房の勤めと真当に信じる菊である。だから炊事、洗濯、掃除と家事一切は怠りないが、裏庭の手入れをおえると暇をもてあます。

退屈しのぎに三毛猫をからかうが、物憂げに籠にちぢこまる。一茶は、オイオイとしかよばないので、いまだに名は知らないが雄である。仔を産む雌をさけたのだろうが、ふるく三毛猫の雄は数少ないので、福をもたらすという。彼は世事には疎いが、抜け目ないと邪推する。一茶の天然ぼけにだまされてはいけない、とみずからに言いきかせる。

ある日、菊は、隣の仙六・松夫婦に招かれた。昼の陽射しをさけながら、旬の唐きびの甘いもろこし飯を馳走になる。兄とちがって仙六は、根っからの百姓で芯からの好人物だ。兄嫁の一人暮しを気遣いながら、一茶の風狂にはふれずに訥《とつ》々と世間話に汗する。そのはしはしから、一茶は江戸深川の本行寺に寄宿していると知る。深川がどこか見当もつかないが、彼の行先を耳にして、菊は、不覚にも胸奥が熱《ほて》った。居所が寺と聞いて、ひそかに安堵するおのれがいた。

昼下がり、屋根裏から法師蝉の哀調が時雨《しぐれ》のようにふりしきる。息つぐまもない狂騒となって、耳内を痺れさせる。お下げのころ、背丈があるのでせがまれて、鳥もちを巻いた竹竿で高みの蝉をとらえた。不意に、へっついの上の天窓から蝉一匹が迷いこんだ。狂おしく部屋を飛びまわるのに、一声もなかず羽音が空しく壁をうつ。菊の首筋に粘い汗がしたたった。唖蝉《おし》である…雄々しく鳴くのは雄で、雌の蝉はなかない。

一人寝の菊は、鬱々と寝がえりをうつ。半信半疑ながら、いまだ妊娠の兆しはない。「おら知らね。おらの所為《せい》じゃねえ」。精一杯の腹癒《い》せに、彼女は、五十男の子種なしを責めた。空元気をだすのだが、泡《あぶく》のようにもれる独り言がうらさびしい。江戸深川という見知らぬ在所が、夢うつつに回り灯籠《どうろう》のように浮んでは消える。入鉄砲出女《でおんな》の世なので、女の菊がたやすく往来する手立てはない。

早朝、村の伝馬《てんま》（宿継ぎの馬）はやかましく、荷馬が蹄《ひづめ》をけたてて轡《くつわ》をならしてとおりすぎる。舞いあがった土ぼこりが、堀割の流れに涼やかにすわれていく。

ひとり味気なく、万事に張りあいなく、夕暮れてボンヤリ炉端に坐る。なつきもしない三毛猫の老いた鼾《いびき》が、わびしく聞こえる。いたずらに男のエゴにふりまわされて、菊は打ちひしがれていた。四ヶ月間共寝した仲なのに、あまりに冷たい仕打ち…悄然として彼女は、一茶に抗っても敵う相手ではないと覚る。凧《たこ》の糸がきれた俳諧亡者の帰りを、ひたすら待つしかないと思いさだめる。

乞われて、徳左衛門の稲刈りにでる。猫の手もかりたい九月、菊の手も当てにされる。ふつう稲刈は、出穂をみてから二〇日が刈り頃である。畦《あぜ》にたって、手甲《てつこう》（腕覆い）をした手を陽にかざす。一瞬にして、赤蜻蛉《とんぼ》が五本の指先にとまった。手をゆらしても、張りついたように逃げない。もう片方の手をひろげると、たちまち花飾りのように五指に休み、扇にひらいた両手を秋茜《あかね》に染める。

仙六の田にもでかける。刈った稲はたばねて、畦に植えた榛《はん》の木にわたした横木にかける。二股につるして、熟した稲を乾燥させる稲架《はさ》である。

しめじ、舞茸、椎茸の混ぜ御飯を調え、菊は、仙六・松夫婦に馳走する。彼らは、柏原とはちがう赤川の味に舌鼓をうつ。
夕焼けて蝗《いなご》が群れて、火花のように辺りにはねとぶ。稲の害虫なので、子供たちは巧みにとらえて、竹筒にしばった布袋に放りこむ。じきに袋は重たくふくらみ、麻布を気色わるく乱れうつ。炙って食うと甘味で、彼らの空き腹を満たす。蝗の佃煮《つくだに》が姿そのまま膳にでる。村の字《あざ》（一区画）をうめつくした蝗の羽音が、たちまちのうちに、天空をふるわせて隣の字へ群舞する。

紅葉を迎える江戸。十月十三日、一茶は一瓢をともなって、深川長慶寺の芭蕉塚に参詣した。ようやく上梓間近かな『三韓人』の功徳《くどく》を祈願する。じつは松尾芭蕉は、ここ深川の六間堀の草庵に居を構えていたのだ。没後百二〇年、まだ俳聖と崇められてはいない。
一茶と一瓢は帰り道、一膳飯屋で深川めしを食った。歩いたあとなので、浅蜊《あさり》のむき身を炊きこんだどんぶり飯は旨い。一瓢と別れて一茶は、御機嫌でなじみの廓にあそぶ。

ひとり菊は、童歌を口すさみながら実家にかえる。途中、背丈はるかに群生する芒《すすき》が穂をたれ、気まぐれな秋風に逆巻くように波うち波うつ。勝は、娘の好物の栗御飯を山盛りにする。とりたての栗を炊きこんだ飯に、胡麻《ごま》をまぶす。眉をくもらせたまま、勝は、一茶はまだ帰らぬかとは聞かない。しばしば里帰りするので、…婿殿は娘を置き去りにしたままじゃ、と唇を噛む。

はるか山頂に鰯雲をあおぐ。この鱗状の雲がでると、鰯が大漁になると漁夫がつたえる。菊は、藁縄をたばねた束子《たわし》で泥まみれの大根《おおね》をあらう。みるみる真っ白になった根が、堀割の流れにみずみずしく揺れる。裏庭にある架木につるして干す。渋柿の皮をむいて乾していた干柿が、頃合いになっている。冬籠りに、干した棒鱈《ぼうだら》、身欠き鰊《にしん》、山芋、干し数の子、干し大根、干し菜を買いととのえてある。

炉端に横坐りして、ひとり菊は、ずるずるととろろ飯を啜る。山の芋をすりおろした汁を麦飯にかける。一茶であれば、両のほっぺたを叩いて歓喜するはずだ。麦とろの粘り気で唇の両端がかゆくなり、あわてて水瓶の杓をあおる。唇をぬぐいながら、彼女は涙もろくなっている自分が情けない。もっと強《したた》かにならなければ、とおのれを叱咤《しった》する。

初冬の候、寒気は山肌を静かに這いおりて、冷やひやと人里に忍びよる。「いわし召せ～」幼な子を背負って、越後の女鰯売りが塩漬け鰯の行商に歩く。そのかぼそい売り声が、辻の寒風に吹き消される。北信濃に厳しい冬が迫っていた。

「いわし召せ～」

六

陽は、みじかく侘しい。その静寂をやぶって、遠く冬空に雷鳴がする。だしぬけに、表戸が乱打された。「菊さん！　菊さん」と破《わ》れ鐘のような声。用心して門をはずすと、土ぼこりにまみれた座頭坊（盲目の按摩）が立っていた。ふりあげた杖竹をおろすと、水洟《みずばな》を啜りすすり、一茶の幼なじみだとひしゃげた声をしぼる。そういえば、幼いころに麻疹《はしか》に罹って失明した竹馬の友がいる、と聞いたことがある。十二月一日に帰る――一茶の言伝てだ。不意打ちをくらって、菊は、棒を呑んだように立ちすくんだ。

なんとか駄賃をにぎらせ、踏石を叩きたたきする座頭坊を路まで送った。「なんぞ座頭でやすか？」閉じた戸にもたれたまま、菊は一言、血を吐くようにつぶやいた。文箱をかかえた町飛脚は毎日、韋駄天のように往来している。それなのに座頭坊に伝言をたくする無神経…なんで文をよこさねえ！。その腹立ちは、一茶が自分を忘れていなかったという喜悦にたわいなく呑まれた。菊は、彼の初の便りに有頂天になっている自分を叱れない。どんなに意固地になっていても、彼がもどってくれれば、万事帳消しになる。

山襞《ひだ》の秋冷がさがり、木枯しが街道を寒々とふきぬける。吹きさらしの地べたに座して、ぼろをまとった盲瞽女《ごぜ》が、千々に乱れて三味線の撥《ばち》をかきならす。そのつぶれた引き歌が切なくて、菊は耳をふさぐ。哀れな辻唄は、寒天にふきあれる強風に千ぎれとぶ。

大気は冷え冷えと透きとおり、下界はしんと静まり、夜のうちに一面に霜がふる。山間の村里に冬籠りがはじまる。追って、冷気が耳鳴りのようにひびいて、初雪が山並みを淡墨に薄化粧する。家並みは、一様に白雪におおわれる。家の四方を菰《こも》で雪囲いし、窓には板張りし、戸の閂は二重にする。穴蔵になるので、昼間から行灯を灯し囲炉裏の薪を熾す。

菊は、厚い綿入れを着こみ、足首をくくった防寒のもんぺ（股引）をはく。七輪の木炭で一人前の食を煮る。価七厘の炭で煮炊きが足りる。ひとり手焙《てあぶ》り（小火鉢）にかじかんだ両手をかざし、ちろちろと燃える炎を黙念とみつめる。すすけるので手や顔が黒ずみ、眉や髪が白っぽくとがる。囲炉裏にうめた焼栗を、枝木の先で上手にほりだす。座頭坊の言伝てには半信半疑ながら、指折りかぞえてその日を待つ。

のちに、一茶は、古里柏原を「下下の下国の信濃も、しなのおくしなの片すみ」と卑称した。十一月中頃には、村里は雪にうもれる。三、四尺（九〇―一二〇センチメートル）もつもれば、牛馬の往来はぱたりと途絶え、街道筋は橇《そり》（雪車）によらねば通えない。雪に閉じこめられて家々は、春がくるまで長い、暗い、重い、鬱々とした日々をすごす。家のまえを雪かきして堀割の流れにおとし、路は雪踏みをしてかためる。降りつもれば、屋根の雪下ろしを頼む。女一人には、しごく不便で面倒で厄介な作業であった。

　十二月一日朝、菊は暗いうちから、いそいそと馳走の支度にかかる。行商は遠のくので、実家から越後の海の幸、鱈《たら》をとりよせた。荷に、寒掘りの長葱《ねぎ》をそえた勝の喜ぶ顔がうかぶ。春菊、焼豆腐をそろえ、ちり鍋の具を調えた。浮き浮きと、はなやいだ気分になる自分を冷やかに見越すおのれがいる。

　暮れて、屋根をおちる雪が表の踏石にちった。

　案の定、一茶は帰らなかった。座頭坊は真っ当でも、言付けた本人が天から気分屋なのだ。気落ちはしたが、菊は、ひとり気丈にふるまう。鱈ちりの土鍋は箸もつけず、裏の軒下に置きすてた。

　玄冬、土製の行火《あんか》（足温器）をかかえて、早々に冷えた蒲団にもぐりこむ。あかぎれに痛む手指を、行火にあてて温める。籠の猫をよぶが、鱈の切身にたらふくになったのか身じろぎもしない。夜半、ピシッと屋根の雪の重みに柱がひびわれる音、菊は蒲団をかぶってうちふるえる。

　このぶんでは、この冬には一茶は帰らない。深雪は五尺（一メートル半）となり、背丈をこえる。もはや、犬橇でなければたどり着けない。そんな難儀をいとわぬ一茶ではない……雪解けてからになるだろう。この半年間、待ちこがれて菊は、待つ身の辛さに耐えた。もう彼の気紛れには、一喜一憂しない。肌寒い蒲団に海老のように身体をまるめ、彼女は、小刻みにふるえながら我褒めしていた。

昼がもっとも短い冬至である。家内は昼なお暗いので、菊の知覚は相当ににぶっている。みょうな静謐《せいひつ》に覚めると、籠に三毛猫がみえない。手をのばして空籠をさわると、冷っこい。あわてて隅々をさがすが、どこにも見当たらない。ひらく所は、台所の煙出しの気ぬけ窓しかない。麻紐をひいて開けると、小さな氷柱《つらら》がおれてガラス片のように散乱した。詮ないと知りつつ、しめって重たい裏戸をあける。隙間から荒ぶ雪煙がふきこんできて、またたく間に土間を純白に染めた。

家猫が消えるとは、ただならぬことだ。猫の失踪にうろたえて、菊の脳裡に一茶の百面相がおどった。猫は死期を覚ると、自ら死に場所に赴くという。おもわず彼女は、「おらの所為じゃないでやす」と口走っていた。この守りの言葉を吐いたのは、二度目である。手焙りに火を熾すが、小刻みに震えはとまらない。なつかない猫だったが、情はうつっていた。独りきりになったという孤独感が、菊の胸に迫りよってきた。

一茶句日記「十二月二五日　且ッ雪　晴　帰郷」

昼すぎ、遠く犬の吠え声がした。近づいてくる数匹のはげしい息づかい…脱兎のように土間に走り、菊は、二重の閂をはずすのももどかしく表戸をあけた。背丈に凍った雪の両壁のむこうに、引綱に抗う犬たちが、粉雪をふきあげてやかましく乱舞している。犬橇から雪まみれの一茶がころがりでて、犬をさけながら素っ頓狂なさけびをあげた。「お菊どの！　お菊どの！」彼は、雪達磨《だるま》のように雪壁の路にころがりこんできた。

「お菊どの！　いま帰りやした」

七

文化十二年（一八一五）四月一日、一茶と菊は、裏庭で遅咲きの梅を愛でた。雲たなびく天空に、いくつもの喧嘩凧が角立って舞っている。

八月十五日、一茶と菊は、路先で山頂はるか仲秋の名月をながめた。縁台のささやかな宴、一茶の酒杯は一段とピッチがあがる。

九月一日、一茶と菊は終日、近くの里山で茸をとり栗をひろう。萱は、もっぱら菊が手際よく刈りあげた。

翌九月二日、一茶は腰袋に焼栗をさげて早立ちする。江戸行きだが、彼はいつ帰るか言わない、菊も聞かない。

九月四日、庄屋からの帰りがけ、急に吐き気をもよおし、菊は、鶴のように掘割の流れに吐いた。向い側から古女房が、はばかりなく冷やかした。「菊ちゃん。ややができやしたのう」

　弥太郎の嬶《かかあ》の妊娠は、その日のうちに村中にひろまった。初めて身ごもったので、菊は悪阻《おそ》（つわり）にはうとい。このところ食欲不振だったが、暑気中《あた》りと気にかけなかった。みずおちがむかつき、込みあげてくる吐き気に台所へ走る。酸っぱい胃液をぬぐいながら、「おらに、ややができやしたか…」とつぶやいた。そのまま、ワナワナと土間にうずくまる。石女ではなかったという安堵…孕み女（妊婦）の万感が、ふつふつと沸きあがってきた。

　翌日、隣の松が村の産婆をよんだ。「当たりィ」と、老練な取上げ婆は事もなげにつげた。菊は、一茶に知らせねばならないと焦った。嫁いで一年半にして妊娠、彼女は、夫を子種なしとさげすんだ愚かを悔んでいた。

　寄り道して深川の廓に遊んだあと、九月八日、一茶は、何食わぬ顔で本行寺にはいった。早飛脚の文は、彼より先にとどいていた。不審顔で菊のかな文をよむと、雷にうたれたように棒立ちになった。青天の霹靂《へきれき》―思いもよらない事態、滅相もない我が子。次の瞬間、「お菊。でかした！」と一茶は欣喜雀躍する。文をふりまわして、長い廊下を本堂の一瓢のもとにかけた。「ややができやした！　ややができやした！」

　一気呵成に返書をしたため、一茶は、雲をふむように飛脚問屋にたくす。すぐさま帰郷する気は、さらさらない。彼は数日後、下総《しもうさ》（千葉県北部）へ俳諧行脚にでかける。総州各地の門人や同友をめぐり、句会をもよおし吟行する。ほとんど某々（誰だれは知れない）の吟詠だが、宗匠一茶の欠かせない出稼ぎの旅である。

九月十一日、菊は、はじめて一茶の書状をよむ。「御安静に成さるるや、賀し奉る。其方《そなた》には薄着になりて風でも引かぬやうに心がけ、何も働かずともよろしく候間……」せいぜい妊娠した妻をいたわりながらも、はるか江戸の空から彼女の身を案じるのみだ。

もとより菊は、一茶を当てにしていない。流産しやすいころには、実家にもどって安じる。十月の戌《いぬ》の日、勝の手をかりて彼女は、安産を祈願して、ふくらんできた腹に白い岩田帯を巻く。

江戸へ発って四ヶ月たらず、大晦日《みそか》の迫った十二月二八日、一茶は雪達磨になって帰宅した。表戸を半びらきにしたまま、菊は「お帰りやす」とよそよそしく迎える。四股をふんで藁沓《わらぐつ》の雪をおとすと、一茶は、ケロケロと相好をくずした。「大きうなったのう」というほど、まだ腹はふくらんでいない。菊は拗《す》ねたまま、腹に両手をあててそろりと框に坐った。

文化十三年（一八一六）、春まだおそい四月十四日、長男の千太郎が生まれた。

産婆は、安産と気休めを言ったが、勝は、赤子の小ささに胸をつかれた。くるまれた産衣に泣く声は、絶えいるようにかぼそい。陣痛に苦しんだ菊は、これでも安産なのかと恨めしい。いまでいえば、未熟児（二五〇〇キログラム未満の低出生体重児）で、加温・加湿・酸素投与・感染防禦の管理が必要となる。吟行からもどった一茶は、枕元ににじりより恐るおそる赤子をのぞきこむ。小猿に似たこげ茶の顔があった。五四歳にして授かった子…まだ我が子という実感はない。彼はあおざめた菊を見、神妙な声音で「お菊どの。お疲れさまでやした」といたわった。

句日記「四（十四日）晴　上町ニ入ル　菊女生ム男子ヲ」

菊は、産後の肥立ちがわるく伏せていた。乳がでないので、松が知りあいの産婦をつれてきた。その乳母があふれでる乳首をあたえても、赤子はくわえる力もない。いわゆる栄養失調で。日に日に衰弱していった。

五月五日の節句、盥《たらい》の菖蒲湯《しょうぶゆ》を千太郎のかぼそい手足にかけ、邪気をはらう。

五月十一日寅ノ刻（午前四時頃）、千太郎は息絶えた。生後二八日、産衣もかわらぬまま、初子《ういご》を慈しむまもなく、出生を祝う暇もなく、彼は一瞬にして天空に去った。裏庭によろめきでて、一茶は地べたに伏して慟哭《どうこく》する。

句日記「四月十四日生レシ男子寅ノ刻ニ没ス」

七月八日、一茶は、近郷の浅野の俳友文虎宅でおこりを病む。いまにいうマラリアの一種である。一日おきに四たび高熱を発し、ほうほうの態で柏原にたどりつく。

八月二日夕方、洗濯していた菊の姿が忽然《こつぜん》と消えた。日暮れて、一茶はさすがにあわて
て、村外れをながれる古間川をさがす。川辺の灌木をはらううち、一茶の両手は、木瓜《ぼけ》の
刺に刺されて血だらけになった。どうやら、赤川の実家にかくれたらしい。八日夕暮れ、
にわか雨におわれて菊は、泥水をはねながらかけもどった。いまだ一茶には、彼女が行方
をくらました訳がわからない。

十月一日、一茶は谷中の本行寺にはいる。嫁取り後、三度目の江戸行きである。十一月
にはいって、数年来の持病であったひぜん（皮癬）を患う。疥癬虫《かいせん》が寄生して発病する厄
介な皮膚病である。全身にふきでるデキモノに七転八倒する。十一月二十日すぎ、病いを
おして下総布川に吟行中、師友夏目成美の訃報を聞き、ひぜんが悪化する。

じつは、一茶は、この醜いデキモノを黴《ばい》ではないかとおびえていた。二四文（娼婦）と
あそんだ天罰…黴は、今も恐ろしい性病の梅毒である。彼は十二月初め、門人の医者に
『黴癘新書《ばいれいしんしょ》』という医書をもとめる書状を送った。同書には、専売の嗅ぎ薬が瘡癩《そうらい》（梅毒
と癩病）に著効するとあったのだ。だが、書物はとどかなかった。

十二月二二日、一茶は、谷中から下総守谷の西林寺に転地し、そこで年を越す。翌年
（文化十四年）一月二八日に谷中にもどるが、二月八日に親友一瓢が伊豆三島に転じたの
で、ふたたび西林寺をたよる。「造作かけるねえ」

三月三日、菊に、切々とひぜんの症状を訴える文を送る。「何を申すも、疥癬といふ人のいやがるものに出来られたる此度の仕合せ（まわり合わせ）、是も前世の業因ならんと、あきらめ申し候」

のちに「ひぜん状」とよばれる書状の文中、彼は、「長々の留守さぞ〳〵退屈ならんと察し候へども、病には勝たれず候」と、厚かましく無沙汰の言いわけをする。そのうえ、千太郎たちの命日を忘れぬようにと、墓参りの念をおす図々しさだ。

病いは癒えぬのに、一茶は五月二二日、常陸《ひたち》（茨城県北東）の潮来を訪れ、旧家で芭蕉の遺墨をみる。そのあと、上総《かずさ》（千葉県中部）の鹿島、銚子を転々とめぐる。九月末、別れを惜しむように江戸をはなれ、十月四日、九ヶ月ぶりに柏原に帰った。

夏目は逝き、一瓢に去られて、断ちきりがたいが、一茶の江戸行きは止むことになる。

文政元年（一八一八）三月二一日、出産間近か一茶は菊を赤川へつれていく。四月二五日、菊が男児を産む夢をみる。同二七日、彼女が安産する夢をみ、いよいよ待ちこがれた出産が迫る。

立夏の五月四日、長女が生まれる。

一茶五六歳は、孫のような娘に狂喜した。竹植えるころ、憂き節（辛い悲しいこと）の多い浮世に生まれた娘…一茶は願たてて、聡《さと》かれと祈ってさとと名づけた。

八月三日、西方の霊山戸隠の麓を参詣する。真夏の陽射しをさけながら、菊が三ヶ月の産衣のさとをだく。一茶は、その足元にせわしく気を配る。さとの健やかを祈願したあと、宿坊で冷えた蕎麦切りを食す。

九月一日、生まれてから百二十日目、さとの箸とり初《ぞ》めである。一茶は、娘のおつぼ口に汁粥を食べ初めさせた。可愛さのあまり、ようやく首のすわったさとの頬をチュッと吸った。その途端、窓格子に百舌《もず》が一声さけるように鳴いた。思わず菊の笑顔が引いた。百舌は、鋭い嘴《くちばし》でとらえた虫を小枝に串刺しにする。ときには、蛙や小鼠がもがき苦しむ。これを百舌の早贄《はやにえ》という。縁起がわるい、と彼女の芯が冷えていた。

翌年の歳旦（元日）、さとのまえにも雑煮膳を据える。生まれて八ヶ月、無邪気に笑顔をふりまいて目出度く越年した。一茶は歓喜して、〈這へ笑へ二ッになるぞけさからは〉と詠んだ。

雪解《ゆきげ》が消えるころ、さとの誕生日を祝う。一茶は、真桑瓜《まくわうり》を頬ぺたにあてて笑うさとを夢枕にみた。這えば立てとトタトタ歩む子に、手を打ちうち、天窓《おつむ》てんてん、頭《かぶり》をふりふり、彼は尻餅ついて笑いころげる。我が身の老いを忘れて、すくすくと育つ娘に目をほそめる一茶。その子煩悩《こぼんのう》ぶりがおかしくて、菊は、口許をおおって笑いこける。

七夕《たなばた》まじか六月二一日巳《み》ノ刻（午前十時頃）、さとは呆気なく亡くなった。

一茶は、痘《いも》（疱瘡《ほうそう》）の神に取り憑かれたと記したが、彼女は、疱《いも》（麻疹《ましん》）に罹って数日にして逝った。麻疹は、はしかと通称する麻疹ウイルスによる急性感染症で、多く幼児が高熱と特有の発疹を発症する。感染力は強いが今ならば、ワクチン接種や抗生剤による化学療法で治癒する。

一茶が掌中の珠と慈しんだ娘は、一歳二ヶ月の可愛い盛りにはかなく消えた。冷たくなる娘の死顔を両手でなで、菊は、菩薩のように咽び泣いた。かたわらの一茶、呆然自失…句日記「サト女此世ニ居ル事四百日　一茶見親百七十五日　命ナル哉　今巳ノ刻ニ没ス」

初七日をすぎて七月三日、おこりが再発して一茶は倒れ伏す。

八

文政三年紅葉《もみじ》狩りの十月五日、次男の石太郎が生まれる。

切々と、石のように丈夫に育てと一茶の親心。彼は、〈岩《いわほ》には疾くなれさざれ石太郎〉と詠んだ。

十日ほどのちの十六日、浅野へいく途中に転倒し、一茶は半身不随になる。道駕籠《かご》で私宅に担ぎこまれ、五八歳の老体が小さな赤子と枕をならべる。口がへの字にまがって喋れない、右手が痺れてうごかない。一茶は中風《ちゅうぶう》と記したように、古く風気に中《あた》る風邪の病いと考えられた。

多少、民間療法の知識があった彼は、みずから調合した手合わせの薬を呑んだ。それは、大根おろしのしぼり汁である。そのあと、卒中に効能あるという漢方薬『烏犀圓《うさいえん》』を呑む。どちらが効いてか、彼は、ほどなく快方にむかう。つまりは、脳の急激な血液循環障害による脳卒中の発作で、血栓が一時的に脳動脈を閉塞して血流をさまたげたのだ。

病いには勝てず一茶は、泣き泣き陶の尿瓶《しびん》を置いて一の宝とよぶ。石太郎をあやす菊の手をかりて、病臥したまま冷たい尿瓶に泣くなく放尿する。

文政四年歳旦、病いが快癒したわけではないが、還暦の歳、生きかえった悦びに蘇生坊と号する。

それから十日後の一月十一日、鏡開き。鏡餅をわって汁粉にして祝う。その夕刻、石太郎が卒然と横死した。過労な菊が朝方、ねんねこ半纏《はんてん》（綿入れの羽織）を羽織って、石太郎をおんぶしたままうたた寝した。背負い帯がくいこんで、三ヵ月の赤子は母の背で窒息した。

一茶は錯乱して「背負ひ殺し！」と、菊の過失を罵倒し糾弾した。

五月ごろから、菊は腎虚をわずらう。腎虚とは、腎気（精力）欠乏による病いを総称する漢方の病名である。俗には、過淫による衰弱症をさす。病いに冒されながら彼女は、必死に四度目の妊娠をする。

次男の死後一年二ヶ月、文政五年三月十日啓蟄《けいちつ》の候、三男の金三郎が生まれる。ふたたび男児—母親の過失で亡くした石太郎の生まれ代わりであった。「弥太郎さんにソックリでやす」婿の機嫌をとりむすぼうと、勝がお愛想をいう。一茶は、相好をくずして幾度もうなずいた。威勢よく群をなす雀が、冬籠りから這いでた虫をくわえて飛び交う。

「按配がわりィ」産後の肥立ちがわるく、菊は、山里の春がおそいのに綿入れにしみる汗をかき、不穏な動悸と息切れに悩まされる。

六月十七日、菊は痛風におそわれて、手足の関節に激痛をくりかえす。八月二九日に善光寺参詣中、一茶は足元がもつれて、石段に転倒し額に手痛い怪我をする。十一月七日、病人夫婦は、八ヵ月の金三郎を大切にだいて、信濃北東部の湯田中温泉に湯治へいく。

文政六年二月十九日、ついに菊が倒れる。顔面蒼白、目眩《めまい》、動悸、息切れ、倦怠感…心臓に流れる血液量が極度に減少する重い貧血である。一茶は、熊の胆《い》や調合した煎《せん》じ薬を呑ませる。

いそいで善光寺から医者をよびよせる。ふつう、三代つづいた医家でないと信用されない。宗伯家三代目という若い総髪は、落ち着きなく菊の口をひらいて舌を診た。宗匠一茶を耳にしているので、彼は、丁重に心の臓の虚血とささやいた。脈診も腹診もしない。当時、なによりも舌診をおもんじる漢方一派が台頭していた。太鼓医者！と憤って、一茶は、太鼓持ちのように世辞上手な彼を追いかえした。

十数羽の寒雀が、裏の残雪にせわしく餌をついばむ。頃合いをみて、物陰から一茶が鳥網を投げる。数羽をとらえると、猛然と羽根をむしりとる。串焼きにして菊にだすが、彼女は、その臭いに顔をそむける。「お菊。精がつく…」と彼は声を失う。

四月十六日、一茶は、近在の赤渋村の富右衛門に金三郎をあずけ、彼の娘に貰い乳する。翌十七日、痩せほそった菊を駕籠《かご》にのせて赤川へはこび、勝に看病をたのむ。二七日、金三郎の下痢がやまないとの知らせがある。心ならずも俳句を放って、半里（およそ三キロメートル）先の富右衛門宅に足を引きずる。

五月十二日、驟雨《しゅうう》が、実家の病間の明り障子を刷毛《はけ》のようにぬらす。発病三ヵ月たらず、菊は、にわかの心臓発作におそわれて息を引きとった。

三七歳、十年つれそった嫂である。枕元で一茶は、彼女の袖をひいて児戯のようにゆすぶった。「お菊。起きてくだされや…」

句日記「五月十二日　陰《くもり》　時々雨　菊女没」

葬式に金三郎を呼びもどすが、一歳二ヶ月の彼は、腹瀉《くだ》しがやまず骨皮に衰弱している。

野辺送りをおえて夜、赤渋の乳母の乳をのまず蚊の鳴くように泣く。十四日、彼を近在の中島の乳母にあずける。

八月十五日の盂蘭盆《うらぼん》。表の路に、藁をもやして火を焚く。菊の新盆《あらぼん》となる魂迎えである。悪性の下痢が癒えきらない金三郎に、一茶は、亡き母の霊がもどってくると説いた。「母《かか》がくる、母がくる」と、金三郎は、小さな両手を叩いてきゃらきゃらと喜ぶ。一茶は、亡妻と形見子を詠み、夕闇に赤々とゆれる迎え火に絶句する。

〈かたみ子や　母が来るとて　手をたたく〉

十二月二一日、母のあとを追うように金三郎は亡くなる。

一歳九ヶ月、一茶は、あだし野（火葬場）に小さな棺を焼く。

菊に先だたれて一茶は、身辺の世話する者もなく、穴蔵となった家内にひとり閉じこもる。日々、雪は道から軒先までつもる。見舞に訪れた門人が、雪かきをして通り路をつくり、厚くはった天水桶の氷を叩きわる。ときおり、松が差入れにくるほかには、村人は変人にはよりつかない。炉の自在鉤にかけた鉄鍋、彼は、その冷えた芋汁を啜る。もう飽きているが、山芋と干菜で飢えをしのぐ。

文政七年一月六日、男やもめを嘆いて一茶は、越後関川の浄善寺住職で門人の指月に、坊守（後妻）探しを懇願する書状を送る。

早々と、本家柏原の万屋弥市の骨折りが実る。菊の一回忌にあたる五月十二日、一茶は、飯山藩士田中義条の娘雪を娶る。飯山は、斑尾山をこえて東北へ四里ほど（十五キロメートル）の城下町である。後妻は三八歳、武家育ちの女盛りに中風病みの六二歳の老爺では、異様に不釣り合いだ。

八月三日酷暑、犬に鰹節を一本抜きとられたと記し、その日、一茶は雪を離縁する。わずか二ヶ月半の再婚であった。

八月十五日、金三郎の新盆。表に盆提灯を下げ、干藁のはぜる迎え火を焚く。死別した一女三男と妻、いずれも逆縁となる供養である。一茶は、去年の菊の新盆に詠んだ追善の句を想いあわせた。あのときは、無邪気に笑う金三郎をだいていた。

〈亡き子らや　母が行くとて　手をたたく〉

それは、哀切きわまる一句であった。五人とも、一茶とは幽明境を異にする。彼は、棒だちのまま号泣し、墨跡濃い懐ろ紙をずたずたに破りすてた。

一ヶ月ほどのち閏八月一日、善光寺の文路宅に逗留中、一茶は中風を再発する。舌がもつれてまわらず、言葉がしゃべれない。横倉の医者で門人雪里を頼り、一ヶ月ほど養生する。二度目の大病に一茶は、蝿の力もなく布子（綿入れ）も重いと痛嘆する。ついで、湯田中の門人希杖宅に逗入り、右手の震え痺れ、右足のしびれ硬直を湯治する。体力も気力も衰えて自暴自棄にもなれず、ひたすら曲った唇に途ぎれなく連句を唱える。老残の身をさらして門人宅を転々とした末、四ヶ月後の十二月四日、凍えた無人の私宅にもどる。

妻帯の温みと利得を知った一茶は、孤独にたえきれず、逃げるかのように私宅をでる。北信濃の処々に身を引きずり、呂律《ろれつ》のまわらぬままに句会を仕切り吟行をかさねた。憑かれたような彼の奇行は、門人たちを辟易《へきえき》させた。

おりよく、近所の穀屋小升屋《こますや》に奉公していた下女を見初める。仁之倉の徳左衛門の肝煎《きもい》りで、文政九年八月、越後二股村の小作農、宮下所左衛門の娘やをを娶る。彼女は、二歳の連れ子倉吉をつれて後妻にはいった。三二歳、六四歳になった一茶より三二も年下であった。二股村は、柏原から野尻湖のむこうへ一走り、国境いの妙高山麓にある小村だ。

「火事だぁ!」

けたたましく半鐘がなる。文政十年(一八二七)閏六月一日、柏原村に出火し、おり悪しく強風にあおられて延焼、街並み百十三戸のうち九二戸が焼失した。村人の大半が焼けだされて、一面の焼跡は愁嘆場となる。一茶宅も類焼し、かろうじて裏の土蔵が焼けのこる。

母屋の一切を失って、一茶たちは数日、屋根のこげた土蔵に仮住まう。こげくさい蔵内に筵《むしろ》を敷いて寝泊まりする。一茶は、新妻やをの袖にすがりついて離さない。ほかりほかりと温い土には、無数の蚤が乱れてとびはねる。被災は彼の病勢をむしばむが、このとき、やをは老いた夫の種を宿す。

しばらく火事場をはなれて、近在の六川の門人宅に身をよせる。つぎの湯田中に滞留中、盂蘭盆をむかえる。一茶は、我が家に魂棚も祭れず、墓参りも叶わず、寂しい盆を痛嘆する。刻々と仮借なく迫る定命《じょみょう》にふるえながら、彼は、さそわれて菊日和《びより》に菊の節句にでかけ、駕籠で名所旧跡をめぐって句作に呻吟する。

霜ふる十一月八日、帰郷して土蔵にはいる。土中に掘った地炉（囲炉裏）のかたわらに病軀を臥す。顔貌は土気色だが、念仏のように百吟を唱えながら、添い寝するやをの孕んだ腹をなでる。

十九日の明け方、一茶の五体はにわかに悪化し命旦夕《めいたんせき》に迫る。申《さる》ノ刻（午後四時頃）、身重のやをに看取られて没する。行年六五歳、死因はいまでいう脳梗塞である。

一茶は、菊との間に三男一女を儲けたが、無慚にも二歳まで生きた子はいない。だれも、五節句の七五三を祝うことはなかった。江戸の時代、乳幼児の死亡率が高く、平均寿命を三〇歳までに引き下げていた。当時、根っから丈夫でなければ生きのびられなかった。ふつう乳呑み子や幼子の多くは、病いで死ぬものだったから、それをおぎなうために多産であったのだ。だから親子の逆縁は通常で、一茶もそれを免れられなかった。

一茶の没後五ヶ月余、翌年の四月、やをは遺腹の子やたを生んだ。第五子の長生を念じて、一茶は、妻に赤子の名前を遺した。母親八百《やを》（数多いこと）に因んで、娘は、八咫《やた》（長いこと）と名づけられた。

一年三ヵ月で夫を失ったのち、後家やをは七八歳の長寿を全うする。

次女の顔をみることなく逝った一茶――父親を知らないやたは、元気に三歳と七歳の節句を祝う。生滅冥々《しょうめつめいめい》、彼女は、生まれおちてから四六年を生きた。

一口坂下る

一

したたかに腰をうって、そのまま固い地面をすべりおちていく。両手をバタつかせて、無我夢中で指先にふれた小枝をつかむ。泥をけずって急坂の途中に、ようやく止まった。満天が、万華鏡のようにめくるめく廻る。激しいめまいに朦朧《もうろう》としながら、全身が匂いたつ芳香につつまれる。まぎれもなく、あの金木犀《きんもくせい》の花と知る。

どれほどすぎたか、目映い陽がまぶたを射す。まばたくと、両手にほそい灌木の柴をにぎりしめていた。指の間からにじみでた血が、赤黒く凝固した。泥をあびた白いワイシャツが、するどい木枝に幾筋もさかれていた。ワイシャツにしみた金木犀の残り香―気付け薬のように噎《む》せた。

…男児をだいたサクラを追った…牛込濠《ほり》をのぞむ土手堤…桜樹にかげるベンチに倒れこむ…暁天を見あげた瞬間、金木犀の芳香にまかれて天空に吹きあげられた…。

呆然と、群青《ぐんじょう》の空をあおいでいた。つい先きまでいた飯田橋界隈の残像が、走馬燈のようにうら悲しく彩る。時間と空間を超越して、瞬時にして別天地に移動していた。東京は秋だったが、ここはあきらかに陽春だ。青々と繁茂する灌木が、息苦しく視界をさえぎる。

どこなんだろう？……小林は夢現《ゆめうつつ》に問う。

彼には、タイムスリップした自覚はあった。肉体が時空を超えた—そのありえない事態を他人事《ひとごと》のように客観視できた。なぜなら、この十日間の間、飯田橋で三人の江戸時代人の飛来に遭遇した。若い妊婦、斬られた貧乏侍、天然痘に患った子供…彼らと同じ超常現象が、わが身におきたと得心するほかない。

サクラは、どうした!?。

ふいに靄《もや》った脳裏が醒め、うろたえて辺りをみまわした。柴の手が痛み、腰がひどく痺れた。あのタイムホールに呑まれたのだから、同じ時代、同じ場所に移動したのではないか…母子は、この近くにいるかもしれない。

今日は、二〇一一年（平成二三年）の十月九日だ。妊婦サクラは十日前、とおく江戸の時代からタイムスリップし、牛込堤の桜樹の叉《また》に落下した。奇しくも散歩途中の小林は、彼女の第一発見者となったのだ。それから、彼の流転がはじまった。

平成の産院で、サクラは、ぶじ双子を産んだ。十日後のけさ方、女児を置きざり男児をだいて、黙って帰路についた。サクラ母子はぶじ、元きた所へ帰れたのか。万が一、別の時代・別の場所に空転したら、二人は時空の迷い子になってしまう。それは、考えるだに恐ろしいことだ。故郷に帰れなければ、せめて同じ、ここの世に落下していてほしい。

道端にたれた枝をつかみなおし、ようよう斜面に両足をふんばる。血だらけの片手をかざし、「サクラさーん」とさけぶ。喉がかすれて、声が切れぎれになる。耳奥がみょうに静まり、母子の声も気配もない。

もうサクラたちには、会えないかもしれない…暗澹と母子の行く末を案じる。ようやくかがんだ背をそらすと、あッと息を呑んだ。

眼下はるかにかすむ水平線まで、見わたすかぎり野生の低樹林が、一望千里、大海原《おおうなばら》のように茫々とひろがっていた。青臭い微風が、目高の樹上を波うつように下っていく。

ここはどこだ!?。

原始時代の山麓《さんろく》か、人家も人影もない。いや、この急坂は人がふみかためた枝道だ。時代も場所も見当つかないが、目の前にはまぎれもない現世がある。いくらジタバタしても、この不条理な現実は否定しようがない。はからずも、非日常的な事変に巻きこまれながら、なぜか小林には平成と隔絶された恐ろしさはない。

ふらふらと、滑り台のような細い坂をくだる。スニーカーは脱げていないので、なんとか歩ける。とがった小枝が、ピシピシと両脇をうつ。しばらく下ると、樹林が乱れて銀鱗のように照りはえる。新緑の重畳《ちょうじょう》にかくれていたが、その先は川だ…いや池か?ととまどいつつ足早になる。

ゆれる青い水面《みずも》が迫ると、樹林がきれてにわかに赤い陽炎《かげろう》がもえあがった。おもわず足をとめて、目の錯覚と見誤る。庇《ひさし》にとどく真紅の生け垣が、置き石をのせた粗末な茅葺《かやぶ》き屋根の四囲を取りかこむ。

目を凝らすと、丹精された生け垣が厚い壁のようにあばら家を守る。飯田橋でも散見したものの、彼はもえさかる樹葉がカナメモチとは知らない。初夏に若葉が赤くそまり、鮮紅に色づくのをベニカナメとよぶ。まさに荒家は、赫《かく》々たる紅《くれない》の家であった。

おくれて、人がいる!と小おどりした。無人の世でなかった、という言いようのない安堵感。わずかな間なのに、人恋しさに飢えた自分に愕然とする。「だれかいますかあ!」よろけながら、逸《はぐ》れ犬のように喉笛をならした。「だれかあ、いますか!」

呼びさけんでも返事はない。近づくと一軒家、赤い家はしんと沈んでいた。生け垣沿いに竹竿の物干しがたつ。一列にならんだ赤染めの着物が、微風をはらんでゆれている。干し物も真っ赤と怪しみながら、「だれか…」と声をふりしぼる。そのまま倒れこみながら、小林は、耳とおくに透きとおる少女の声を聞いた。

二

京子や谷が、血眼《ちまなこ》になって捜している。

京子は嫁いだ一人娘、谷は虎の門産婦人科病院の看護師長である。彼女は、はこびこまれたサクラの出産を看た。けさ方「あとで電話します」、と言いのこして小林の連絡はとだえた。朝まだき、牛込堤には目撃者はいない。土手下に、自転車が横倒しになっていた。桜樹の根元に、彼のアナログ時計がおちていて、針を刻む。

彼はサクラ母子を追ってタイムスリップしたと、谷は、その不条理を認識していた。京子は、そんな絵空事を信じるはずはない。四年前に定年退職した父は、それ以来携帯電話をもたない。友人も少ないし遊びかよう所もない。

いち早く谷は、三人の江戸時代人をしらべる麹町署の刑事をよぶ。一連の超常事件に翻弄された彼らも、サクラ母子と第一発見者の失踪に半信半疑だ。土手の藪中や中央線の線路沿いを隈なく捜索する。濠に幾艘ものボートをだして、あおみどろの水底をさぐる。八方手をつくしても、三人とも神隠しにあったように忽然と消えた…。

京子や谷の顔が、遠く近く濃く淡く夢幻に浮かんでは消える。娘のさけぶ声は空しく霧散し、答えられないもどかしさに悶える。

「あッ、気がついた！」

頭上に甲高い少女の声がはじけて、ゆるやかにかすんだ意識が醒めていく。じきに、一刻、気を失っていたと知る。せまい視野一杯に、少女の白い顔が迫っていた。「お父ぅ、お父ぅ」と、手毬《まり》がはずむように父親をよぶ。

頭上に、大柄な男の影がかぶさる。「気づきなったか…」野太い声が山だしに降ってきた。抑揚が奇妙にはずれて、聞きづらい。首をもたげようとするが、力なく両肩をおとした。額からぬれ手拭がずれおちて、少女がやさしく手をそえた。

「まだ寝てな」と、彼女のうしろから男がなだめる。手拭を額にあてなおし、少女は「お父ぅ」と安んじた。ふるい呼び方だが、耳慣れたトーンだ。「たまげたなあ」と男は、だれかに奇妙な年寄りの出現を愚痴った。朧気に、もう一人の気配がする。少女の母親…三人家族なんだ、と漠然と安堵する。

丸太の柱がささえる茅葺きの天井をあおぐ。むかし、復元された竪穴住居をのぞいた記憶がよみがえった。あの江戸時代の三人は過去から未来へ順行したが、どうやら自分は未来から過去へ逆行したようだ。たしかに、現在世に在り過去世に在ったが、彼には、今は現在なのか過去なのかさだかでない。だが、ここの世は、けっして仮想のバーチャル空間ではない。

藁《わら》の蓙《ござ》を敷いた板の床に寝かされていた。つっかい棒であけた半びらきの板窓から、べニカナメに映えた赤光が射しこむ。青臭い水藻の匂いが、板間までねっとり漂う。

枕辺に坐って少女が、木椀をさしだして口元におしあてた。口をとがらせて生温い水を啜ると、そのまま一気に飲み干した。時空を超えたとき、身体の水分を失ったらしい。気をきかして二杯目が手わたされた。ありがと…胸元をびしょぬれにして、渇を癒した。…旨い水だ。

少女は、際だつ富士額に切れ長の目を瞠《みは》っていた。麻織りのねずみの小袖着から丸い膝小僧がのぞく。椀をかえしながら、「いくつ?」とやさしく問いかけた。はにかむと思ったが、「七つ」と無心な声音がかえってきた。彼女は凛《りん》とした面立ちで、むかしの美人の瓜実顔《うりざねがお》だ。

土間から父親が、小声で彼女をたしなめた。不意の来訪者…行き倒れの奇妙な年寄りに用心している。いそいで「すいません」と詫びながら、おもたい半身をおこした。かさねて介抱を謝する声が、途ぎれた。

土間には、鼠色の頭巾をかぶった男が立ちはだかっていた。目元だけ開いた頭巾の奥から、血走った両眼が爛《らん》々とにらむ。首まわりには、幾重にも太紐をまいて固くむすぶ。彼のうしろにいる女も、同じ頭巾に顔を隠してかたくなに視線を拒む。その異装に言葉を失って、目をそらした。ふたり共、洗い晒しの野良着をまとい、長い袖が手首までおおう。

大柄に見えたが、男は一・五メートルたらずだ。昭和二〇年生まれの団塊の世代の小林は、一・七メートルある…だいぶ、時代がはなれているようだ。女も小柄で、体つきからみて若い。二人とも二十代前半かとおもう。

「お母ぁ」珍客に人見知りもせず、少女は嬉々としてはねる。胸元で折鶴のように小さな指を折りまげ、爺《じじ》はだれ?と問うたようだ。女は黙って平手で制止したが、少女の手ぶりは拙ない手話のようにみえた。唖か…。女の浅黒い諸手《もろて》に、少女の白い肌がまぶしい。

二人は、スニーカーにシャツとズボン—異様な風体に警戒心をとかない。彼らには、七三にわけた胡麻塩《ごましお》の髪型も風狂だ。いったい何者なのか、いぶかしい。興味津々、無邪気にせがむ少女の問いに答えようがない。

三

おもいきって「ここは、どこですか?」と恐るおそるたずねた。言葉はつうじるようで、男は咳払いでとりつくろう。女は、唖のように黙りこんだままだ。目を合わせず、「私は、小林聖《きよし》といいます」とおだやかに名乗る。「こ、ば、や、し、です」と鼻先を指して、ゆっくりと繰りかえした。「東京の生まれです」東京という地名にも反応はない。さすがに、平成時代からきましたとは言えない。

「いまは、なん年ですか?」

こんどは、遠慮せずに問うた。赤い目がしばたたいて、男の眼光が萎えた。西暦をもちいる時代ではないと知るが、年号がわかれば見当がつく。男の白けた素ぶり…まだ年号のない時代なのか、それとも彼が年号を知らないのか。先史時代にはおもえないが、と途方に暮れる。

すると、「こばやしさん」とくぐもる声で名前をよばれた。男は胸を叩いて「ざぶ」と名乗り、「よね」と女を指し、少女のお河童頭に手をおいて、「きぬ」と教えた。どうやら、この年寄りの大男は、害をなす人物ではないと覚ったらしい。「ホーホー」と両手をうって、ざぶ?、米、絹…と幾度もうなずいた。「キヌちゃん、いい名前だねえ」

床をいざって、土間に泥まみれのスニーカーをぬいだ。それがまちがいなく履物と知ると、キヌは、「お母ァ」とすりへった母親の下駄をさした。目ざとく足をいれて紐でむすぶと理解し、その物珍らしさに小おどりして喜ぶ。彼女は、不思議な老人の一挙手一投足から目をはなさない。

せわしくヨネが、表から紅色の干し物をとりいれる。彼女はだんまりで、まだその声を耳にしていない。かわいた布の匂いが、粉のように舞う。手ぎわよくたたみはじめた着物は、どれも子供用の小袖着である。身頃は大小不揃いで、継ぎを当てたものもある。どうやら、あつめた着古しを赤く色染めしたらしい。二〇枚ほどが、細紐で十文字にたばねられた。むらのある雑な染色をした安手な小袖だが、売り物にするのだろうか。

三日前、市ヶ谷濠の釣堀に落下した三人目の男児は、赤い小袖を着ていたと聞いた。その翌朝、子供は天然痘患者と報じられて、内外を震撼させた。天然痘は一九八〇年、地球上から根絶されたはずであった。ところが彼は、江戸時代に天然痘ウイルスに感染して、そのまま平成の世に到来したのだ。

この発疹性の急性伝染病のあらましを谷に教えられ、定年退職した千代田女子大学の図書館を漁《あさ》った。むかし〝疱瘡《ほうそう》は美面《みめ》定め、麻疹《ましん》は命定め〟と恐れられていた。疱瘡いわゆる天然痘は、麻疹いわゆるはしかより死亡率は低かったが、治療後、死にまさる醜い無残な痘痕《あばた》をのこした。

一命をとりとめた患者は、人里はなれた山奥に隠れ棲み、おりおりに餓鬼《がき》や山姥《やまんば》と化し忌み恐れられた。ふたりの頭巾姿を一見して、小林は、あばた面隠《づら》しと察した。彼らもまた、集落をさけて里山の離れ家にほそぼそと暮らす。あばたは見ずとも、紅花の花弁《はなびら》をしぼって染めた小袖―その赤が、二人のあばた面を一目で証明する。古来、疱瘡の痘鬼は赤い色を嫌うとされ、魔除けを念じて子供たちに赤い着物をまとわせた。

キヌは物怖じせず、小林のかたわらに坐ってひとり御手玉をはじめた。小さな両掌が、詰めた小豆《あずき》をならして三つの小袋を巧みにうちはねる。しばし彼は、久しい女児の遊戯に見惚れた。

その御手玉を追いながら、鬱々と物思いに沈む。大病もせず大過もなく平凡な六四年をすごした。妻に先だたれて一人暮しに悔いも欲もなかった。ところが、十日前に桜樹にサクラを発見して、余生が一変した。おもいもかけぬ超常現象に巻きこまれ、今、余人が体験しえない世界に生きる。平々凡々とすごした人生のツケがまわってきたのか。なぜ私が……この摩訶《まか》不思議。

そのとき「爺ィ」とせくキヌの声、彼は、反射的に目前をよぎる御手玉を掌中に捕えた。

四

きのう川と見えたのは、沼であった。

朝方、濃い靄《もや》がはるか水面を這うように棚引く。晴れていくにつれて、向う岸までゆうに二百メートル、左右は蛇行しながらかぎりなく延びる。泥ぶかい巨大な沼…。水ぎわからみずみずしい蓮《はす》が群生し、大ぶりの葉をかさねて水面をおおう。どんより沈む水面は、ぎらぎらと銀鱗を照りかえす。ふつう、水深五メートル以下を沼といい、泥土に黒藻や房藻が繁茂する。幼時にみた小沼の記憶をくつがえされ、小林は、大自然の凄みに恐れおののく。

　水辺をうつ羽音、さそわれて天をあおいで、「うわァ」と絶句した。上空を、白い大鳥が群をなして悠々と舞っていた。長い首をもたげ、大きな羽根をひろげて静かに優美に飛び交う。白鷺《しらさぎ》だ—彼は知らないが、全長一メートル半もあるサギ科の大鷺《だいさぎ》である。むかしは、無数の大鷺が縦横無尽に大空を飛翔していたのだ。その壮観に驚嘆し昂揚がやまない。平成の世では、佐渡島のトキ数羽の飛翔に一喜一憂していた。

「ご飯よ」下駄をならしながら、小走りでよびにきた。キヌは、家族がふえたと思っている。小林は、水辺に出ばった板組みの汲み場に坐っていた。我にかえって、息をはずませる彼女の手をつないだ。天空の鳥群は、キヌにはありふれた眺めだ。これほど大鳥が群棲するのは相当に古い時代だな?、と彼は自問していた。うれしくてキヌは、つないだ手を振りふり歩む。腰に鉈《なた》をさげてザブが、戸口脇の軒端《のきば》に薪《たきぎ》の束をつみあげる。軒下に、竹の鳥もち竿が一本たてかけてある。鳥もちの虫捕りは昭和時代まであったが、ここではキヌの遊びではないようだ。

朝飯は、湯気のたつ熱い粥だ。

竈《かまど》に焚いた鉄鍋から、ヨネが椀によそってキヌに手わたす。行き先もわからずタイムスリップして、親切な一家に助けられた。この幸運に感謝せねば罰があたる。心中、手を合わせつつ小林は、居候をきめこんだ。世界がかわると、こんなにも図々しくなれるのか。

キヌが、莚上に椀をおくのを待つ。椀を手にしてキヌは、寄りそうように彼の横に坐った。とにかく天性、人懐っこい子だ。

ザブとヨネは、上がり框《かまち》に坐ると、背をむけたまま頭巾の前をさげて粥を啜る。きのうの夕飯も同じだったので、素知らぬふりをする。稗《ひえ》、粟《あわ》、黍《きび》、豆をまぜた粥で、京子が調えた五穀米に似た味だった。木匙であつあつとかきこむと、わらび、ぜんまい、三葉芹《みつばぜり》が刻んである。さり気なく肩ごしにみると、ふたりは、胸元で手真似を交わす。やはり、ヨネは聾唖者らしい。

キヌを手つだわせてヨネは、手ぎわよく朝飯の片付けをした。そのあと、行儀よく坐ったキヌのうしろに膝をたてる。朝の日課なのだろう、ヨネはやさしく娘の髪を梳《す》く。楕円の木櫛が、漆黒《しっこく》のお河童をつややかに透きとうる。おもわず惚れ惚れと、小林は、母娘の優姿を見つめた。幼い娘に頭巾をぬげないヨネ…にわかに、彼女の哀れが目尻にしみた。

「一時間ほどでもどります」一言、ザブに断わって辺りの探索にでる。袖付きの長着を野良着に着替えながらうなずいたが、〝一時間〟が彼につうじたか心許ない。どこかで腕時計を失くしたので、正確な時刻はつかめない。

大沼はとても渡れないので、とにかく、きのう滑りおりた急坂を登る。息を継いで一歩一歩踏みしめると、あとをキヌがついてくる。「おや、キヌちゃん」と親しく声かけした。「案内してくれるの？」〝案内〟がわからないらしく、神妙に口をつぐむ。藁草履《わらぞうり》を履いていて、足取りは軽い。

うしろから、「じィは、いくつ？」と問いかける。ふりむいて「六十四歳だよ」と答えると、キヌは目を見はった。ろくじゅうし、とおうむ返しにつぶやいて、あどけない眉をくもらせた。数えられるが、彼女には途方もない年齢であった。…気立てのやさしい子だ。江戸時代であれば、乳幼児の死亡率が高いので、平均寿命は三〇歳だ。むかし、智歯は〝親知らず〟とよばれた。もっとも萌出の遅い智歯がはえる頃には、親の寿命は尽きていたからだ。

背丈をこす灌木の間をよろけながら、五分ほどあがると、枝道がT字の広めの道にでた。どうやら三〇〇メートルほどの坂道から、平らな高地に登りつめたらしい。幅ひろい踏みかためられた半間《けん》ほどの本道である。薫風が、汗ばんだ頬のあたりをなでてゆく。なじみの道筋らしく、キヌは、手折った小枝をくるくるふりまわす。

ふと右方をみやって、愕然とした。

はるか本道の先、山並みのむこうに、残雪を冠した秀麗な山がクッキリと聳《そび》えていた。一瞬、富士山だ！と総毛だった。「ふじやまよ」と、キヌが無造作に小枝を指した。ここで、富士山を望見しようとは…富士山を望めるエリアにタイムスリップした。不覚にも、小林は動転していた。

ときたま、飯田橋のホテルや大学の最上階から富士山を眺めた。ビルの谷間に、霊峰富士がかすんでいた。ここの世でみる今日の富士山は青天下、山頂から美しい双曲線を描いて裾野へひろがる。その壮麗な全景に懐郷の念が込みあげて、小林は、おろおろと合掌していた。彼は、わが身にふりかかった異変に気丈に対応しようと、腹を据えていた。富士山をあおいだ瞬間、その意地がもろくも崩れさった。

もっと近づきたいと、小林は、富士山にむけて足早に歩いた。じきに、本道が途ぎれて台地が深くくだる。のぞきこむと、くぼんだ底に青暗い沼がよどんでいた。長い大沼の行き止まりだ。

台地の縁にたって、両手をかざして富士山を仰視する。まだ五合目辺りまで白雪がのこる。富士山から東京までおよそ一〇〇キロあるが、飯田橋から見たのとほぼ同じ大きさだ。今みる富士山は西の方角にあって、視界には山頂から右斜めに吉田大沢が望める。大沢崩れにつぐ沢で、北向き斜面なので雪解けが遅い。それは、飯田橋からと同じ眺望であった。散歩の通り道だった九段の法政大学の裏には、西方にまっすぐ富士見坂がある。江戸時代には、ここから富士山の絶景を愛《め》でたという。

「じィ」ふりむくと、キヌが屈託なく彼を見あげていた。

五

茹《う》でた筍《たけのこ》が昼飯だった。

朝方、ザブがとおく竹藪で孟宗竹の若芽を掘った。竹皮を丸ごと真二つにきって、湯気のたつ旬の茎にかぶりついて噛みほぐす。歯ざわりに口内が痺れた…こんな旨い筍は食したことがない。

キヌは、賽子《さいころ》にきった筍をつまみ、口の中で頬がえしする。涼しいまなざしをむけて、「爺ィ、いつしぬの?」と無邪気に問う。ときに、幼児《おさなご》は老人に酷い質問をあびせる。七つと聞いたが、数え年だから満年齢では六つになる。竈から、ヨネが手話をとばして叱った。キヌは、子供心に小林の老い先短い年齢を案じたのだ。うつむく彼女に、「爺は、まだまだ生きてるよ」と笑いをかえした。平成の男性の平均寿命は八〇歳とは、彼らには言えない。

筍の汁が口元にあふれて、味わいが消えない。ズボンのポケットからハンカチをひっぱると、小さなコインがころがりおちた。拾うと、穴のあいた銀色の五〇円玉であった。共にタイムスリップした硬貨…平成十五年の印字があった。「キヌちゃん」彼女の小さな手の平にのせると、やさしく「あげるよ」とにぎらせた。「御縁があったね」

拳をにぎったままキヌは、「これ、しってるよ」とささやいた。えッ?と耳をそばだてたが、聞きちがいか。彼女は小おどりして、ヨネの頭巾のまえに拳をひらいてみせた。

スニーカーの紐をむすぶと、「うみ、いく?」と、キヌの利発は彼の探索先を教える。虚をつかれて、「エッ、海があるの!?」と素頓狂にはりあげていた。周辺の地形をさぐったが、海には考えおよばなかった。この近くに海があるのか—もちろん太平洋だ。あのT字路の左方だろう、と見当はついた。

「じィ」きらきら目を輝かせて胸元をみせる。「くびかざりよ、くびかざりよ」ヨネの工夫だろう、五〇円玉の穴に細紐をとおして首にかけた。「可愛いよ。キヌちゃん」いとしさが込みあげて、彼は、少女の黒い髪を幾度もなでた。首飾りをにぎったまま、キヌは、藁草履をつっかける。ヨネが沼からきりとった蓮の葉を二本、娘の腰帯につるした。

キヌの手をひいて、まえ後ろになって急坂をいそいだ。はやく海が見たい、という子供じみた欲求にかられていた。T字路にたつと、キヌは、「こっち」とやはり左方を指した。本道はふたりならんで歩ける。ここで彼らは、ヨネがもたせた蓮の葉を頭にかざした。太い茎を柄《え》にして強い陽射しを避ける。このいにしえの傘がなければ、まともに日射病だ。

つないだ手をふりながら、彼女は独り喋りをはじめた。「お母ぁは、はなしできないの。でも、みみはきこえるよ」やはり、母親は唖者であった。生まれついての障害か、後天的な疾患か…。「だから、ゆびではなすの」つたない指づかいだが、彼らには通いあう手話なのだ。蓮の傘をまわしまわし、キヌのお喋りは小鳥がさえずるように心地好い。

額に玉の汗があふれ、シャツの脇がしみた。歩きなれているらしい、キヌのまなざしは明るい。二〇分ほど歩いたか、短い急坂をくだる。二股にわかれるが、キヌにひかれて右にまがる。そこから、すれちがう人もなく三〇分あまりを歩む。「キヌちゃん。海遠いねえ」と、つい愚痴をこぼした。毎朝、飯田橋から市ヶ谷をまわり、足には自信があったが、舗装道路とは勝手がちがった。

だしぬけに、茂りあう熊笹をならして、鼻をつく潮風が吹きぬけた。おもわず、海だあ！と奇声をあげて、生いしげる熊笹をかきわけた。「じィ！」キヌの一声にふみとどまると、はるかとおくに打ちよせる潮騒が耳朶《じだ》にひびいた。海だ！…太平洋だ。

にわかに、険しい崖の岩肌を乱打して、白い海鳥が群れをなして急上昇してきた。するどい羽先の束に殴打されて、小林は崖の縁にのけぞった。無数に入りみだれて、ひとしきりギャアギャアと鳴きさわぐと、美しい羽をもみあいながら、切りたつ岩壁を急降下していく。小林の網膜に、群舞する純白に鮮紅が点々とながれ散った。

おびただしい野鳥は、嘴《くちばし》と両足が赤いユリカモメと知る。全長四〇センチほどだが、野生の威勢がある。海岸に群棲し、春にシベリア方面へわたる。ここの世では、ユリカモメの喧騒は尋常ではない。

我にかえると、熊笹のうえに腰をぬかしていた。キヌの小さな両手が、背中のバンドをにぎりしめている。ふたり共、顔から肩へ羽毛と糞《ふん》にまみれていた。喉が嗄れて声にならず、小林は、ひしとキヌをだきよせた。

六

スニーカーをひきずって、来た道をもどる。

あの崖下には、入り江や河口がいりくみ、海岸線は果てしなくつづく。崖上からは紺青の大海もみえないが、悠久の波音が寄せては返す。

くたびれはてて道端にへたりこむ。

「じィ、あまいよ」細腕でへし折ったのか、あおばんだ長い茎をさしだした。ささくれた皮にしゃぶりつくと、甘い汁が唇をこぼれた。「甘い！」まだ熟さないが、幼いころに畑で啜った砂糖黍《さとうきび》だ。面妖な懐旧を忘れて、「甘いねえ。キヌちゃん」と破顔一笑していた。

辺りには起伏はなく、いくら背のびしても地形は一望にはみわたせない。西方に富士山を遠望し東方の太平洋まで、海抜は高いから四方には相当にひろい台地を推測できる。

…ここに来たことがある。先程から漠とした既視観に囚われ、小林は、妖しい幻覚にゆれていた。それは郷愁ではないし、異郷を寂しがるのでもない。心象風景は平成とはまるで異なるのに、この地に奇妙な親近感を憶える。…どこか懐かしい。いま居る場所が、初めて訪れた異境には思えないのだ。彼は、この本道はけっして未知の道筋ではない、と確信した。この道は、まえに歩いたことがある…。

一家は、暮れないうちに早々と夕餉《ゆうげ》をすませる。

夕飯は朝と同じ粥で、冷めている。薪を倹約して朝に一日分を炊くので、温かいのは朝飯だけだ。一品、銀鮒《ふな》の塩焼が空きっ腹にしみる。棒になった両足をいたわりつつ、竹串に刺した厚い身に食らいつく。泥臭さがなく、まことに滋味だ。

暮れなずむ春日影、キヌの興じる御手玉の音がはねる。足をさすりながり、五体の火照りはおさまらない。宵の口には、寝床を敷く。彼らは、莚の板間に川の字に寝る。ふたりは、寝るときも頭巾はぬがない。小林は、竈側の奥によせた細竹の縁台に海老《えび》になる。浮浪者の身、雨露をしのげるだけでも有りがたい。

目が冴えて眠れず、寝返りをうつ。昼間、一帯の佇《たたず》まいになじんだ五感がうすれない。おのれを納得させようと、小林は、恐るおそる自問する。……ここは千代田区ではないか。

彼の脳裏には、新旧の地勢と景観が二重写しになって、一円の地図が描きだされていた。その道筋は、富士山をあおぐ市ヶ谷から、靖国神社に沿う靖国通りをとおる。戦後、大正通りを改名した靖国通りだが、歩き慣れたここ一キロ半が一間幅の本道に合致する。ここは、あの九段界隈の原風景だ。

つぎに、九段下をまがって一ツ橋、大手町をぬけて丸の内に至る。東方の太平洋の海岸は、のちの丸の内あたりだろう。その先は、東京駅の向こうの八重洲になる。八重洲《やよす》とは、入り江が幾重にもつくった砂溜りをいう。むかし、丸の内際まで白浜が迫っていて、海辺の小さな漁村は波にあらわれていた。江戸時代に埋めたてられて、のちに沖合はるか東京湾が造られた。

辺りは古来、ユリカモメの一大棲息地であった。平成の東京湾には、臨海線の「ゆりかもめ号」が快走する。今のここの世は、江戸時代でないことはたしかだった。なぜなら、台地の南にあの江戸城が聳えていないからだ。

昨日は、ビルの立ちならぶ人為の都会だった。今日は、樹林の自生する素《す》の台地である。関東の土壌は、火山灰の堆積したローム層だ。スニーカーの靴底は、新旧時代の土くれにまみれている。昨日と今日についた土砂だから、区別はつかない。

T字路から急坂をくだった大沼のほとり…この辺りは、市ヶ谷、九段、飯田橋界隈ではないか。小林の探索は、時代をたがえて同じ圏内にタイムスリップした、と帰結した。それを決めたのは、彼の土地勘だ。奇しくも、三人の江戸時代人と平成時代の一人が落下した界隈…順行と逆行の違いはあるが、この一帯に謎のタイムホールがあるのではないか。偶然の悪戯《いたづら》か、あの牛込堤から半キロもはなれていない…。

七

一家は、寝るのも早いが、起きるのもはやい。

「小林さん」とザブのひくく野太い声。まだ未明なのに、寝ぼけ眼に物々しい出で立ちが映る。旅にでるのか…時代物の手甲脚絆《てっこうきゃはん》と野良着が手わたされた。「これを着な」うろたえて小林は、「どこへ行くの?・」ととがっていた。

ザブは無口で、支《つか》えつかえの訥《とつ》弁だ。「き、北のほうだ」どうやら、北方へ行商にでかけるらしい。彼は、処々をめぐり歩いて赤小袖着を売る旅商いだ。だから、行く先はさだまらないのか。にわかに武者ぶるいして、「ザブ君。私も一緒に行くんだね」と念をおした。つったったままザブは、暗くつめたく声をひそめた。「おらとヨネは、いもだ…」あとが聞きとれず、「い…?」と問いかえす。ザブは、いとわず繰りかえした。「いもだよ」

小林は、〝いも〟があばたと知っていた。むかし四百四病といわれ、流行《はや》り病いの麻疹や疱瘡がもっとも恐れられた。疱瘡の疱はいも、瘡はかさで、いずれも疱瘡のあとの痘痕—あばたをさす。軽重はあったものの、痘瘡煩《わずら》いのあばた面は醜悪をきわめた。

むこうで、ヨネが娘の髪を梳く。「おらとヨネは、九年前に煩った」ザブは案外、あっさりと患《わずら》いをつげた。「面《つら》は見せられねえ」黙って、小林は言われたとおり洗い晒しの野良着と腰までの肌着に着がえる。手甲と脚絆にとまどうと、ザブが手ぎわよく紐をむすぶ。やはり、魔除けの赤小袖を売り歩くのが、一家の身過ぎ世過ぎなのだ。付近に村々があるとはおもえない…遠路をゆくのか。何日ぐらいめぐるのか…赤小袖が売りきれるまでだろう。

一瞬、たたんでいたズボンの手がとまった。ヨネが、娘の背にあざやかな赤小袖を着せかける。余所《よそ》行きの新調だ—キヌちゃんも連れていくのか！。疱瘡の流行る地にふみいらなくても、道中、感染の危険は絶えない。すでに発病した両親は、生涯免疫をえている。彼らも、ひとたび患えば二度は罹らないと知る。だが、キヌはまだ感染していない身だ。

「キヌちゃんも、行くの?」

つとめておだやかに問うたが、頬がひきつる。その声音に肩をゆすって、ザブは「キヌはいもには罹らね」と言いきった。「そんな…」と喉がつまって、小林は、反射的に声をあらげていた。「ザブ君! キヌちゃんだってうつるよ」移る—この言葉は通じない。病原体が人から人へ伝わるという知識は、ザブにはない。

両手を叩いて、ザブの口下手がまくしたてた。「いもの村に幾度もでかけたさ。キヌは、いも煩いにふれても、平気の平左なんだよ」平気の平左衛門とは、ふるめかしい言葉だ。「キヌには、いもがさ神がついてるから、いもの鬼は逃げる。だから、キヌは決《け》して罹らね」

その剣幕に盾つかず、小林は、唇をむすんで不服をかくさない。うつむいて脱いだズボンとシャツをぞんざいに紐でくくった。天然痘は法定伝染病で、天然痘ウイルスが飛沫や接触により感染し急性に発症する。幼いキヌが免れたのは、たまたま幸運だったにすぎない。感染力が強いから、小児は真っ先に罹りやすい。黙りこんで顔色蒼然、小林は、たばねた平成着に目をすえていた。なんとしても、止めなければ…。

「じィ。あたし、いもにならないよ」

赤小袖のキヌが、土間にたって一心にみあげていた。父親と小林のいさかいをとめようと、円《つぶ》らな瞳をみはって繰りかえす。「あたし、だいじょうぶだよ、じィ。いもにならないよ」

慈心にたじろいで、小林は、幾重にもうなづくばかりだった。キヌの天真に抗する余地はない。彼女のつややかな黒髪をなで、「キヌちゃん。赤、似合うよ」と愛でた。小さな唇が蕾んでキヌは、父親の頭巾の窓をみあげた。目をそらしてザブは、「小林さん。あんたは途中までだ。あとは別々だよ」と断りをいれた。いもの流行《はや》りには連れていかないから、安心しろというのか。いもを恐れると取りちがえされて、小林は、口をへの字にまげた。ザブ、水くさいぞ。

初手からザブは、彼を道連れにするつもりはなかった。ぎゃくに小林は、天から同行する気であった。私は罹らないと言いかえせば、キヌと同じ言いあいになってしまう。昭和時代に種痘の予防接種をした、と説いても通じるはずはない。昭和もワクチンも免疫も、ザブには理解不能なのだ。

暫時、小林は切実な疑問をなげかえす。「ザブ君。君たちと別れて、私はどこへ行けばいいの?」時空をさ迷って一家に身をよせる身、荒寥《こうりょう》たる野天に放りだされては、野垂れ死にするしかない。老人の泣き落としに、こんどはザブが黙りこむ番だった。頭巾の裏には、困惑するさまが透けてみえる。彼の心根は、とにかくシンプルで素朴で善良だ。

「私も連れていってくださいよ」ザブの善意につけこんでも、小林は、彼らと行をともにすると腹をきめていた。キヌは予防接種をしていないから、所詮、ウィルス感染は免れられない。断乎、彼女が疱瘡の渦中に飛びこむのを阻止せねばならない。そのためには、彼らと離れるわけにはいかないのだ。「私、一緒に行きますよ」

小林のかたくなな物言いに、ザブはいらいら両肩をゆする。「小林さん。あんた、いもに罹るよ！」いもの恐ろしさを知らないのか、とザブは地団駄《じだんだ》をふむ。「いも煩いになるぞ」

「じィ」土間にかけおりてキヌが、健気に父親の言い分に加勢する。「じィはいかんよ。いってはダメ」ザブに手をひかれて彼女は、いもに襲われた村々をいくたびも歩いた。幼い瞳は、病人と死体の惨状を明き盲のように凝視した。いもは、所かまわず人を選ばずおそいかかる。爺もあぶない！─唇をとがらせて、キヌは小林をとめる。爺との別れは辛いが、いもに罹れば爺は死ぬ。「じィ。しんじゃうよ。しんじゃうよ」

小走ってヨネが、うしろから彼女をだきよせる。大人しくキヌは、小さな唇をきっと閉じた。双方が、たがいを思いやって懸命に留めたてする。ザブとキヌは、自分たちは罹らないと信じ、ひたすら小林の身を案じる。反して彼は、医学的にみてザブは再感染しないし自分も感染しないが、免疫のないキヌの感染は必至と疑わない。

「うん、うん、キヌちゃん」彼女の健気に目頭を熱くし、小林は、その場をとりつくろう。「わかったよ。爺は途中まで一緒だね。途中までね」母親の手をはなれて、キヌは花咲くようににっこり笑った、手甲の下で小林の両腕が粟だった…天女のような子だ。

八

朝餉は、南天の葉をそえて、赤みをおびた赤米《あかごめ》である。むろん小林は無知だが、稲の原種である野生稲を継ぐ古代米だ。自生の蓬《よもぎ》の若葉を搗《つ》いた草餅がそえられた。紅紫の薊《あざみ》花をまぶして、これも赤い餅である。旅立ちは精一杯、厄払いの赤尽しだ。

キヌと小林は床上、ザブとヨネは框が定席である。みな、黙々と赤飯をかみ、赤餅をなめずる。小林もザブも得心していないものの、キヌの手前、大人気ない物別れは避けた。

沈黙をはらってキヌが、茶目っ気一杯に小林のあごをなでた。「じぃ、ひげ」時空を超えると伸びがはやいのか、野山羊《のやぎ》のようなあごひげだ。あごをさすりながら、「キヌちゃん。白いお髭でしょう」と微苦笑した。この時代、人は白髪がはえる前に亡くなるから、キヌには白髪も白髭もめずらしい。ザブの剃刀を借りたいが、彼のかくれて剃る不憫《ふびん》な姿がうかんだ。

旅なれていてザブは、葛《かずら》であんだ竹籠を両肩一杯に背負う。籠の裏には、無造作に護身用の小型の鉈を仕込む。首にだぶだぶの頭陀袋《ずだぶくろ》をつるし、腰には飲用の竹筒、履きすての草鞋《わらじ》二足をさげる。キヌの背に小さな頭陀袋を負わせると、ヨネは、甲斐甲斐しく編み笠のあご紐をむすぶ。彼女の頭巾の窓に、おろおろと慈母のまなざしがおよぐ。旅支度をしないので、ひとり留守を守るらしい。

あたえられて小林も、肩にくいこむ竹籠を背負う。籠の底には、よごれたズボンとやぶれたシャツを丸めこんだ。両方とも手ばなせない—平成時代の自分を証明する大切な証拠品だから。草鞋では長丁場に耐えられないので、野良着にスニーカーという出で立ちである。

キヌの胸の襟元をめくって、ヨネが裏地の袋に絹織りの御守りをさしいれた。襟元を合わせながら、彼女は、そのままひしと娘をだきしめた。十日か半月か、しばしの別れだ。着なれぬ野良着をずりあげ、小林は、祈りをこめて心底に誓った。かならず二人そろって、ここにもどってくる…。

キヌをはさんで前後に、ザブと小林がならぶ。急坂をくだり、右手におれて台地の端をくだる。下方は大沼のどんづまりで、青黒い淵がよどむ。この辺りが市ヶ谷駅辺りではないか、と第六感が冴える。蓮の群生にさえぎられるが、まちがいなく大沼の遠方は飯田橋方面だ。牛込堤の辺りは、今は大沼に沈んでいると推しはかる。帰ったら、大沼沿いに探索しよう—にわかに胸がおどる。

淵をすぎると急坂になり、登りきるとなだらかな平地がひらける。神楽坂辺りか…このの先は、新宿方面になると疑わない。灌木と雑草の生いしげる雑木林がつづく。ザブは、曲りくねる起伏のある小道を迷わずにすすむ。江戸時代、旅人は一日四〇キロ歩いたというが、本当か。とても、そんな強行軍には付きあえない。早くも弱気になる自分が、情けない。ザブに迷惑はかけられないし、キヌの幼心の手前もある。彼らは一歩一歩、急がず休まず泥道をふみしめる。

一時間ほどして、一間あまりの街道にでる。むかいから、空籠をかついだ農夫らしい男が歩いてくる。ここの世にきて、ザブ一家以外に会った初めての人間だ。働き盛りらしいのに、穴ぼこのように歯欠けている。すれちがっても、うつむいたまま知らんふりである。この辺りには人が住んでいる、と武者ぶるいした。村が近いのか…村人は大勢いるのか。

小林に気づかったのか、ザブは、道端の小陰に少憩をとる。竹籠をおろして、ごそごそとさぐる。さすがに、息をついでキヌも口数少ない。ザブは、キヌと小林にほした無花果《いちじく》を一つずつ手わたす。頭陀袋には、干昆布、干若布《わかめ》、鯣《するめ》、片口鰯の炒《い》り干し、芋の丸干し、大根の丸干し、唐黍《とうきび》、炒り大豆、炒り銀杏、干苺《いちご》、干ぐみの実など。念入りに蓄えた糧食が、それぞれ小袋につめてある。小林にはみな、七福神の宝の袋にみえる。ザブの竹水筒を回し飲みして、渇した喉をうるおす。

　それからまた、土ぼこりをちらして、変哲もない道をテクテク歩く。むかしの旅は、ひたすら脚力しかない。《分け入っても分け入っても青い山》。平成では、小林は俳句教室にかよっていた。ふいに、大正・昭和の漂泊の俳人、種田山頭火の雲水姿が寂しく網膜を遠去かった。出家して彼は、行乞《ぎょうこつ》をしながら自由気ままに放浪した。反して小林は、行商の伴をしながら奇々怪々な流転を慨嘆する。

　どれぐらい歩いたか、たいらな道の両側に黒っぽい耕土がひろがる。畑だ…ひろくはないが、ここの世にきて初めて人手のはいった土地を目にした。まだ灌漑《かんがい》の水田作りはむずかしいのか、麦と同じに畑に植えた陸稲《おかぼ》だ。どうやら、種蒔きをおえたところらしい。五、六人の百姓が、畔《あぜ》にたって苗床の出来映えをみわたす。百姓はもともと、〝ひやくせい〟といって草の根の民をいう。

九

　にわかに、百姓たちが畔道を右往左往はじめた。東のゆるやかな丘陵をさして、口々にさけび金切り声をあげる。何に事か、彼《か》の方をみても静穏な青い野原がひろがる。いきなり、目が暗み船酔いのようにゆらめいた。巨大なうねりが、なだらかな丘の斜面に墨を掃いて、つぎつぎに雪崩《なだれ》のように滑りおちてくる。山が動いている！、驚愕して小林は、夢中でキヌを両手にだきよせた。

千ぎれとぶ百姓たちの悲鳴に、ザブが「はたねずみだッ」とうめいた。ネズミ!?、むかし、屋根裏をあらした家鼠一匹がかすんだ脳裏をよぎった。彼は知る由もないが、胴長十センチほどの山野や田畑に棲む畑鼠―その大群であった。

大群は地滑りのようにくだり、泡たつ波頭が耕した畑にあらそって襲いかかる。地響きが一帯をゆるがし、全身に砂粒のような風圧をあびた。「さがれ！、さがれ！」背中の鉈をぬきながら、ザブがうしろの二人にさけぶ。すくみあがった足裏をずらし、三人は数メートル後退した。

一瞬のうち、チュチュと幾千幾万ものするどい啼き声が耳朶を叩き、轟然《ごうぜん》と鼓膜をつんざいた。一気に、猛烈な獣の悪臭が土煙となって眼球に砕け、刃のように鼻腔ふかく痛撃した。背をむけて小林は、必死にキヌをかかえこむ。

畑を埋めつくした群れは、荒れくるい煮えたぎるように黒土を舞いあげる。先頭の列が一斉に高みの街道に飛びはねて、仁王立つザブの足元に迫る。爪先をかすめて黒い濁流は、まっしぐらに西の畑へ驀進した。

茫然自失…あとには、頭から泥と糞をあびて、百姓たちが畔道に伏してたてない。せっかく種下ろした畑は、完膚《かんぷ》なきまでに蹂躙された。狂騒は去っても、目蓋があかず、鼻腔は痺れ、耳鳴りがやまない。何に事にも動じないキヌも放心状態…ようように小林は、彼女の髪をはらい顔をぬぐう。

足元に野鼠数匹、血まみれてころがる。列からはじきだされたところを、ザブが鉈で叩き殺したのだ。小林は、剛毛につつまれた褐色の死骸に身ぶるいして、目をそむけた。大発生した畑鼠は夜行性なのに真昼間、憑《つ》かれたように狂奔し、一過したあとは跡形もない。ここの世では、鳥や獣は無尽に繁殖し、桁《けた》外れの大群となって暴れまわる。そこでは人間は生きものの一員にすぎず、自然界を支配する存在ではない。街道をよこぎったブルドーザーの跡は、ゆうに一町、百メートルはあった。…凄まじい。

しばらく歩くと、ありがたい！、田の用水路にひきこむ小川があった。笠を放ってキヌと小林は川面に顔を沈め、両手で荒々しくあらった。あくまで頭巾をぬがず、ザブは、両袖を手首上までめくって手をすすぐ。さすがの彼も、野鼠の奇襲に消沈していた。その横、川端に坐ってキヌは、冷い流れに白い両足をたらし、飛沫《しぶき》をはねてたわむれる。

それから、小林は遮二無二に歩いた。昼どきになって、街道筋の木陰に休む。ザブのすすめる芋の丸干しにも、一向に食欲がわかない。ここの世の天地万物に圧倒され、骨の髄まで平成の毒気をぬかれていた。「じィ。つかれたの？」と澄んだ声がする。根方にもたれてザブは、束の間の居眠りをはじめる。つられてキヌも、干苺をにぎったまま父親にもたれて寝いる。昼飯を食うのも昼寝をするのも、旅の心得と知る。

鴇の足をしゃぶりながら、小林はひたすら歩く。街道からとおく田畑の中に、点々と農家をながめやる。幾人も、鋤鍬《すきくわ》をかついだ百姓とすれちがう。顔見知りか、ザブと会釈を交わす者もいる。どの辺りにきたのか見当もつかないが、集落が近い…にわかに、沈んだ胸がさわぐ。

前方に、子供たちの声がはじける。街道際の農家のまえに、兄妹らしい幼な子が笑いたわむれる。俄然、竹籠の肩をゆすってザブは商いにむかう。赤い小袖をふってキヌも、父親のあとを追う。キヌが寄りそっていれば、頭巾の姿をみる目もやわらぐ。

土間の框に坐ると、ザブは、おりよく種蒔きからもどった主《あるじ》と交渉する。青洟《あおばな》を啜りすり兄妹は、指をくわえて行商のひろげる赤小袖をにらむ。百姓には高価らしく、たがいに赤小袖をおしては返す。商売となるとザブはひかず、秘蔵の黒米との物々交換で折りあったようだ。キヌの髪をなでながらザブは、幸先がよいと上機嫌だ。

十

陽はかたむくが、夕暮れにははやい。

慣れた足取りでザブは、街道からちと外れた茅葺《かやぶ》き農家にむかう。なじみらしく板戸をあけて、勝手に暗い土間にふみいる。すると、入れちがいに野良着の嬶《かか》が、足をひきずりながら勢いよくでてきた。「キヌちゃん」と、嬉し声をあげてだきしめた。笠の下から、キヌの笑顔が蕾《つぼみ》のように咲いた。「大きィなった、大きィなった」嬶は、両手でお河童を幾度もなでまわす。染みだらけにみえるが案外、年は寄っていない。

どうやら、一番はじめに泊まる常宿らしい。樹陰のもとに野宿か、古い祠《ほこら》で夜露をしのぐのか、と小林は気がまえていた。江戸時代には賄《まかない》付きの旅籠《はたご》が栄えた。そのまえは木賃宿で、薪《まき》を買って所持した米を自炊した。ここは、安い民宿だなとおもう。

主は初老で、無骨な働き者の好人物だ。江戸時代には初老は四〇歳で、武家は家督をゆずって隠居した。平成では、初老は六〇歳に上がる。彼は、キヌの成長ぶりににごった両目をほそめる。白そこひ、眼の水晶体が灰白色になる老人性の白内障だ。

まえぶれのない投宿なので、大麦を黒米にまぜた麦飯が半々に配られた。みな、大根の丸干しを空き腹の足しにした。ひそひそとザブが、主の耳元に頭巾をよせる。いもの流行りをたずねているらしく、聞きづらい村の名がもれてくる。

五人は雑魚寝《ざこね》し、キヌは嬶にだかれて眠った。旅の夜空、輝く満天の星屑は、東京ではみられない絶景だった。朝から半日歩きとおして、どこまで来たのか…小林は、眠りの底におちた。

朝日が昇る頃、一宿の農家をでる。裏手に早咲きののうぜんかずらが、たれた蔓《つる》の先に競って橙の大花を咲かせる。さそわれて一茎を手折ると、小林は、キヌの頭陀袋に茎をさし耳元に花を差した。五弁をひらく飾り花が、あざやかに映えた。おもわず、「奇麗だよ！」と小林は嘆声をあげていた。可愛らしいというより、初々しい美しさに打たれた。ふりかえってザブも、手ばなしで幾度もうなずいた。ふたりに褒められてキヌは、満面につややかな笑みをひろげた。

二日目も、ひたすらでこぼこ道を歩く。前をゆくキヌが「かかのくち、くさいよ」とひとり喋りする。辛棒したよと、一晩添寝した嬶の口臭をこぼす。歯を磨かないのか、進行した歯周病に罹っていた…平成の世であれば、十分に治療できる。飯田橋の歯科大学病院がよぎり、小林の胸に虚しい悔しさがつのる。たまたま、生まれた時代によって人の禍福が異なる。

田面《たも》のむこうに、際だって大きな農家がみえる。一見して、農夫をやとう土地持ちのようだ。北側には、野分《のわけ》の風をさえぎる榛《はん》の木が一列にならぶ。近づくと、門口の両側には柊《ひいらぎ》がするどい鋸《のこぎり》歯の葉をひろげる。この刺《とげ》で疼《ひいら》ぐ、つまりヒリヒリ痛むので、厄除けの木、魔除けの木とされた。ここの主は信心深いと、ザブは勇みたつ。

庇《ひさし》の下にたって、半障子の内戸をひく。その拍子に大きな布が頭巾にからまり、窓の目先が赤く染った。あわてて身をひくと、鴨居からたらした赤染めの暖簾《のれん》が映えた。江戸時代には商家が屋号を染めぬいたが、あきらかに、いもの悪鬼の侵入をこばむ守り布だ。

行商を怪しみながら、斜視の主は腕ぐみする。奥から、赤子のさくような泣き声がする。いもの流行りを風聞して彼はおびえきっていた。とうに、赤小袖はあかんぼに着せ、枕屏風《びょうぶ》に赤染めした絹の羽二重《はぶたえ》をかけた。せっかくの純白の絹織物が台なしだが、彼は焼けるような焦燥感にかられている。

万般は手筈したと、主は気もそぞろに断る。キヌの背をおしながらザブは、効果覿面《てきめん》の魔除けだと食いさがる。「娘はわしの小袖を着てるから、一度もいもに罹ったことがないんだよ」「あたし、いもにならないの」と、キヌが無邪気に口をそえる。

藁にもすがる思い…主は、赤小袖のキヌを藪にらむ。すると、いきなり膝をおって床にぬかずくと、あふれる涙にむせびながら「菩薩《ぼさつ》様…」と合掌した。とば口にひかえた小林は、憮然となる…ザブは、キヌちゃんを看板娘にしている。「菩薩様、菩薩様…」

十一

額の汗をぬぐいながら、ザブの肩ごしに人影が動いた。乞食姿の若者が、山猿のように道端へよった。いもだ！―小林は、慄然として棒だちになった。顔面から胸にかけて、くぼんだ大小のブツブツのあばた…人を恨み世を怨み、若盛りは醜状をさらけだす。今生《こんじょう》、小林が初めて目にするいも煩いの姿だった。あばたで顔が埋まって、その身の毛がよだつ形相に同情も哀情も憐情も抹殺された。

今さら一目して、小林には、人びとが天然痘を恐れ憎んだ理由がわかった。E・ジェンナーが牛痘法を発見してから、人類は一八〇年かかって、ついに地球上から天然痘ウイルスを撲滅した。この無惨な後遺症が、人類をウィルス根絶にかりたてたのだ。恐ろしい天然痘がないだけでも、平成の世は幸せな時代だ。

すれちがいざま、ザブが袖乞いの若者の手に、草鞋銭代わりに無花果をにぎらせた。キヌは、一向に恐がる風もない。袖口をめくって彼は、嗄《しわが》れた声で前方をさした。まもなく街道が二股に分かれるから、左へ行けと教えた。いよいよ流行地帯に近づくと、小林の胸がざわつく。

「じゃあ、ここで…」

目を合わせずにザブは、ためらいなく右方をさした。キヌのひとり喋りもなく、三人とも道みち沈みきっていたが、教えられた二股道に来たのだ。濡れ色にくもってキヌは、先きから嗚咽《おえつ》をこらえていた。両肩をおとしたまま、立ちどまる小林。キヌの手をひくと、ザブは無言で左方へむかう。

「ザブ君。そっちは、もう遅い！」出立以来の鬱屈した心痛が、怒気をふくんで彼の背にとんだ。「病人に小袖を売っても、手遅れだよね」あくまで、いもの悪鬼から子供を守る魔除けだから、売り歩くのは流行り病《やまい》の囲いの外だ。流行りの只中にのりこんで商売するのか?、ザブよ。

「放っといてくれ」ふりむきざまに、頭巾の奥に舌うちがした。キヌがつないだザブの手をひっぱった。あばた面を逆手にとってザブは、赤い小袖売りを身過ぎとした。貧しい民草は、いもの噂がなければ赤小袖をもとめる余裕はない。赤の御加護を信じない者も、切羽つまれば買いに走る。だから流行地帯の近場をまわって、ぎりぎりの商売をするのだ。人びとの弱みにつけこむのが、ザブの行商のコツであった。

五メートルほどへだてて、小林はふたりの後ろについていく。うしろ手で苛だたしく拒んでいたザブは、もう諦めて知らん顔をよそおう。ふりかえり振りかえり、キヌは紅い唇を噛みしめて爺をみる。

一時間ほどか、前方に道をふさぐ柵がみえた。荒木を雑に組んで通りを遮断する。両端の木に無造作にしばった赤い布…やぶれて色褪せて、むかい風にあおられる。いもの危険区域をしらせる標示だ。立入禁止なのだが、誰も止め立てする者はいない。辺りには人影はなく、みょうに静寂がつつむ。柵の赤布をみれば、いもの囲いと皆ひきかえすのだろう。しばらく思案したあと、ザブは、脇をぬけて柵内にふみいる。小さな両手をはってキヌが、懸命に小林を制する。彼女なりに、ここが爺の同行できる限界と知る。キヌをかきいだいて逃げかえりたい——小林は、つきあげる情動をおさえきれない。

「キヌちゃん！」

一声さけぶと、小林は、靴底をけって走りよった。柵内にはいりかけるキヌの袂《たもと》のない筒袖、その片袖を掴んでひきもどす。いきおい肩先の赤い小袖がやぶれて、白い腕がむきだしになった。あわてて彼は、「ごめん、ごめんね」と詫びる。困惑して、めくれた袖に手をそえて肩先にあてがう。そのとき、彼の老眼に二の腕の小さな跡が映った。瞬間、わァと気道をならす呻き声…小林は、そのまま地べたに尻餅をついた。

愕然と、全身から血の気がひいて虚脱状態におちいった。キヌの右の上腕に、信じがたい傷痕があった。それは、ここの世ではありえない跡だった。

彼女の皮膚には、二ミリほどの十字の切開がクッキリと刻まれていたのだ。まさしく、二又針による種痘の印である。小林の脳中は激しく廻転し、思考回路がさだまらない。

奇しくも、タイムスリップするまえ、小林は天然痘の一部始終を知った。天然痘は、明治四〇年代まで所かまわず時節を問わず散発し、大小の流行は人びとを震撼《しんかん》させた。俗に、〝植え疱瘡〟とよばれた種痘が実施された。種痘、天然痘を予防するため、牛の疱瘡を人体に接種して免疫性をえるワクチンである。

明治四二年に種痘法が公布されてから、強制接種は昭和五一年に任意接種になるまでつづいた。小林は、小学校の保健室でうけた二又針の痛みを記憶する。一九八〇年（昭和五五年）にＷＨＯ（世界保健機関）が天然痘の根絶を宣言し、そのあと予防接種は廃止された。キヌは、明治、大正、昭和の百年余の間に予防接種をうけた。だから、ここの世で流行地帯を歩いても罹患しなかったのだ。

疑いなく、いずれかの時代にいたキヌは、ここの世にタイムスリップした。いたいけな幼子が、いつ落下してきたのか…ザブに問いたださなければならない。はからずも、キヌと私は、運命に翻弄されて同じ境遇にある。共に、時空の迷い子なのだ。同じ憂き目にあうキヌ…小林は、同志のような絆をおぼえた。

腑ぬけたまま彼は、もう一つの苛酷な事実に涙する。キヌは、ザブとヨネの子ではない…今や、その事実は否定しようがない。彼らの拾い子だったのだと、無情な因果を痛嘆する。みるかぎりは、キヌは自分が捨て子とは知らないし、養い親もかたく口を鎖《とざ》している。

十二

心底、小林が安堵したのは、キヌが感染しないという証拠をみとめたことだった。ザブも、私も、そしてキヌも、決していもには罹らない。

黙ってザブが、倒れている小林に竹水筒をさしだした。やにわに、その手首をにぎって「私も、いもには罹らないよ！」とうわずった。「ホラ、ここに印があるだろ」左の袖を腕まくりすると、昂然と二の腕の種痘の跡を指した。歳月をへて刻みがうすれているが、まぎれもなく生涯免疫を証明する。

せいてキヌの腕をとった。「キヌちゃんにも、同じ印があるんだよ」と破れ目をさす。「ザブ君。キヌちゃんがいもに罹らないのは、この印があるからなんだよ。神がくださった魔除けのマークだ」つい、マークと口走ったことに気づかない。「だから、私も大丈夫なのさ」

頭巾の眼が白黒にしばたいて、ふたりの腕をみくらべた。たしかに同じ跡がある…半信半疑とみるや、小林は、バネのようにはねおきた。「三人とも大丈夫だッ。いもにはならない」と断言し、竹水筒をぐびぐびとあおった。

毒気をぬかれてザブは、不承不承、踵《きびす》をかえして柵からはなれた。小林の諌めをうけいれて、遠まわりして脇道から二又道の右の街道にでようとする。キヌも、小林も足どりが軽い。なによりキヌは、自分と同じ魔除けの爺との一緒がうれしい。

やがて、一面に地肌をおおう青葉のうえに、淡紫の小花の群れる花房が咲きみだれる。地味な古代色だが、平成でも好まれる小紫陽花《こあじさい》だ。その自生の花園にうもれかけて、一軒のふるびた農家があった。

門口のまえの縁台に、昼下がりの陽を斜《しゃ》にあびて、小柄な老女が路傍の石仏のようにうごかない。頬かぶりした顔には、三毛の薄いあばたがある。軽症だったらしいが、あばたはけっして消退しない。あばた隠しのザブが、しきりに彼女に低頭する。うしろからキヌが、無邪気に様子見する。ここの世には、あばた持ちはあちこちにいる…小林は、いもの恐怖に晒され、あばたと生きる彼らに哀切をきわめる。

そろそろと縁台をたつと、老女は開けはなした戸口に消える。小柄とみえたが、背が弓なりにまがっていた。カルシウム不足による脊椎彎曲《わんきょく》症だが、むかし、背に虫がすむ病いとみなされ、せむしとよばれた。

　軒下に、木樵《きこり》の背負子《しょいこ》がたてかけてある。連れ合いは近場の里山にでかけたのだろう、老女は、やもめ暮しではないようだ。小林は、どこか心おだやかになる。

　縁台にもどると、老女は、目をほそめてキヌを手まねいた。素直にキヌが横に座ると、ホウホウと皺々の笑みがこぼれた。幼女が自分を恐がらないのが、よほど嬉しかったらしい。頬をよせてキヌは、老女のつくろいの指先をみつめる。おのれの不始末を恥じつつ、小林は、ザブのこまやかな父親ぶりに感服していた。―彼は、ほんものの父親だ。

　キヌに手まねかれて、小林も縁台に腰をおろす。襟元に右手をいれると、彼女は、ヨネがもたせた守り袋をとりだした。五〇円玉の首飾りをゆらして、中身をひきだすと、そっと小林の手ににぎらせた。硬い感触にとまどって、なに?と問いながら手の平に目をおとす。

　凝然と小林は、こわばった五本の指を見すえた。…みなれぬ丸い銀貨が一枚。むろん、ここの世の造りではないから、キヌが前の世界から所持した硬貨だ。たまたま五〇円玉を上げたとき、「これ、しってるよ」とささやいた。彼女は、折れまがらない金属製の硬貨を知っていたのだ。

　銀貨は、桐と菊の花房のなかに、五十銭の字が浮き彫りになっていた。裏がえすと、旭日の周りに、大日本・大正元年・50ＳＥＮとあった。大正時代に発行された銀貨だ…手がふるえて五〇銭をおとしかけた。彼女の母親が願掛けて、娘の守り袋にいれたのだろう。当時、五〇銭あればゆうに米一升は買えた。

　まちがいなく、この子は大正時代からタイムスリップした。霊妙な情感にとらわれて、全身に鳥肌がたった。じつに、キヌは小林より百年も早く生まれたのだ。暗中理外の不可思議、と底しれぬ疑念に葛藤する。時代を逆行してキヌは、ここの世で大正生まれの寿命を全うするのか…縁起でもないと、彼はおのれを戒めた。

　指を唇にあてて、キヌの仕草は愛らしい。硬貨は内緒と、きつく口止めされているらしい。彼女の身の上をザブにたずねたいが、口がさけても喋らないだろう。機会をうかがおうと、ひとまず小林は思いきる。

　ここに宿を乞う、と彼は早とちりした。けれどもザブは、さすがに一見《いちげん》の家には無理押ししない。片袖に手をあてて、幾度もふりかえるキヌ、老女は千ぎれるように手をふる。ここなら泊めてくれるのになあ、と小林は未練がましい。奇しくも、山頭火は晩年、〈暮れても宿がない百舌鳥《もず》が啼く〉と詠んだ。

　しばらく人ひとり会わず、人口の少ない時代、住人の少ない土地と知る。けれども、案内の道石をたどるので、ザブは迷うことはない。だいぶ奥まったが、路面に轍《わだち》の跡がついているので行き止まりではない。やがて、藪に見え隠れして、新造らしい小さな観音堂がみえた。ようよう、近くに村里があると安んじる。

御堂をかこむ濡縁《ぬれえん》に背もたれし、三人は脚絆の土ぼこりをはらう。細木を網代《あじろ》組みにした地蔵格子が斬新だ。その戸をあけてザブが、「空っぽだあ」と拍子ぬけた。土足ではいりこんで、厨子《ずし》の観音開きを左右にひらく。ところが、肝心の地蔵菩薩《ぼさつ》の像が安置されていない。小林は疎いが、地蔵尊は平安時代に盛んに民衆に信仰され、像は各所に建てた地蔵堂に祀られた。

「今夜は、ここに泊る」

肩をもみながらザブが、ひとり濁声《だみごえ》をあげた。一泊目は民宿、二泊目は借り宿と、行き当たりばったりが面白い。宿賃は只のうえに雨露がしのげる。野宿ではキヌは辛い。さすがに疲れはてて彼女は、厨子にもたれてうたた寝する。その小さな手甲と脚絆をぬがすザブの手が、やさしい。萎《しお》れた耳飾りが、掃き跡ののこる床にゆるやかに落ちた。

夕陽影が、堂内に赤々と射しこむ。スニーカーをぬぎすてると、踵の肉刺《まめ》がやぶれて痛む。晩飯は乾いた携帯食だが、空き腹がさわぐ。

十三

朝霞をちらして、籔中に坐りこむ。尻が冷えるが、野糞《のぐそ》は至福の一刻だ。ここの世にきて小林は、これほど爽快な脱糞はないと知った。粗食なので澱粉が減って、力ないと通じがわるい。

藪をかきわけながら御堂にもどる。突然、道のむかい側から静けさをやぶって、騒々しい唸りが地を削りながらころがってくる。おもわず身がまえると、道幅一杯に堅牢な荷車が、車軸をきしらせて現われ出でた。頬かぶりした男が、両足をふんばって息絶えだえに車をひく。顔から腕へかけて、彫りものをしたように豹《ひょう》柄のまだら斑を刻む。

山づみになった荷台には、幾枚も汚れた筵《むしろ》をかぶせ、両側にならぶ支え棒に藁縄をしばる。その筵の端々から幾本もの黄色い手足が食《は》みでて、ぶらぶらゆれながら荷車の脇板を空しくうつ。手足の腫れものから膿《うみ》を垂れながし、はやくもその腐臭に銀蝿が飛び交う。

その惨《むご》たらしさに面をそむけ、小林は御堂にかけあがった。車輪の音に、ザブが戸から半身をだした。「寄るなッ！」と、小林は無我夢中でさけんだ。「でるなッ。さがれ！」。移るうつるぞ」彼の制止にザブは、見えかくれするキヌをうしろ手にだきよせた。

荷車は、御堂のまえを轟然とよこぎる。肩肌ぬいで男二人が、荷台の後ろをおしていた。彼らは、苦役に雇われたいもの非人だ。いもの病人の世話をし、亡くなれば穴を掘って埋める。哀れ…平成の世では、このような悲惨な光景をみることはない。

本来、患者の二メートル以内に近づけば強制隔離だ。死体になれば体内のウイルスも死滅するが、まだ外皮、肌着や着衣には付着している。だから、二日ほどは死体とその着物にふれてはならない。生半可な知識ながら、小林の警告は的外れではなかった。

騒然と、荷車は轍の跡をのこして去った。事なきを得た、と彼は安堵した。

無情にも屍体は、つぎつぎに荒掘りの墓穴になげこまれ、土饅頭《どまんじゅう》もない無縁仏になる。ふつう土饅頭はしばらくは墓標となるが、埋めた木棺や死骸が朽ちると、丸くもりあげた土が沈下して平らな地面にもどる。古来、肉体は土に還る、という土着信仰がある。

濡縁に座って、三人で携帯食をかみしめる。キヌは、甘い干苺が好物だ。唐黍を口に放りこむ小林。さきほどからザブは、腕ぐみして考えこむ—どちらの道へ行くべきか。荷車のきた方は流行りの直中《ただなか》に這入る。ひきかえせば、墓場をよぎって赤い柵止めに行きあたる。赤柵ごえの辺り、御堂の辺りと、いもは、この一帯に飛び火している。

だが、小林は彼とは認識がちがう。さっき〝移る〟とさけんだが、ザブは移るという意味がわからない。細菌やウイルスが、伝染病の病原とは知らない。病原菌が人から人へ伝染することも知らない。ウイルスは、バクテリア（細菌）より小さくて、光学顕微鏡ではみえない微生物である。きわめて微小だから、たやすく遠くまで飛散する。伝染すれば、感染力が強いからあらかた発症する。人類が病原菌の感染という自然の摂理を知ったのは、たかだか平成の一五〇余年まえにすぎない。

ザブは、意外にいもにくわしい小林に一目置く。彼の助言どうりキヌも小林も安全ならば、御堂をよこぎって二股道の街道にでたい。一方、小林は、三人は無事でもウィルスの運び屋になって、行く先々で病原菌をばらまくのを恐れた。

「さあ、でかけるよ」

一声あげてザブは、御堂をあとに荷車のきた方角にむかう。彼らの旅商は妨げられず、もう小林はさからわない。数分たらずで小さな村里にでた。江戸時代には、村落は五〇軒を単位とした。相似る民家が数十軒、両側の道沿いに点々とならぶ。ここの世で初めて集落をみ、小林は、人びとの営みがあると万感胸に迫った。

ところが、人影はなく、どこか荒んで寥《りょう》として沈まる。陽射しは屋並みにあざやかに照りはえ、薫風が乾いた路を吹きぬけていく。

黙りこんで三人は、おずおずと人気《ひとけ》をさがす。近くの門口に、竿にたてた赤い幟《のぼり》がハタハタとゆれる。軒下には枯ればんだ柊が二枝、用済みのまま掛けてある。戸口は閉まっていて、内に人の気配はない。むかいの家も、門口の両側に赤い手拭いをかけ、戸口には横長の赤い幕をむすぶ。どの家も、濃淡はあるものの赤ずくめだ。魔除けの効き目はあったのか？　どこも空き家だ。

家なみの半ばにくると、辺りが赫々と花盛るように燃えたつ。大小の赤小袖が、数本の竹竿に幾枚も重ね干ししてある。たりずに、袖垣や植え込みに放りかぶせた。まさに、病人たちが着た麻や木綿の着物である。

あおざめて小林は、酸《す》いた吐き気をこらえた。葬るまえに屍体からはいだ着物を水洗いして、死出の衣を売り物にすると知る。彼ら非人たちの酷さ浅ましさは、ここの世では尋常なのか。買い付けて継《つ》ぎ接《は》ぎしたボロ着を赤染めするザブ—彼のほうが、よっぽど真っ当な商人《あきんど》だ。

やせた烏《からす》が十数羽、ガアガアと黒羽をはって赤染めの衣のうえを飛び交う。ここの世でも、烏は嫌われ鳥なのか…。古来、烏は遠い熊野の祭神の使いとされ、烏黒と烏鳴きは不吉とされた。

おもいきり酸っぱい唾を吐きだすと、小林は、気分をリセットした。ここの世と平成の世の良し悪しをくらべても、詮ないことだ。

もはや、村には病者も達者もいない—無人だ。

江戸末期まで感染を知らない人々は、麻疹や疱瘡が流行っても、村から逃げることはない。そのため、病原菌は村内に封じこめられた。疱瘡罹患者の四割方は死亡し、六割はあばたを残して治癒した。死亡者の大半は、幼児だった。

なかには、病人を忌み恐れて、早々に村をすてて逃げる者もいた。ときに、その離散が各地に病原菌を拡散した。ここの村民たちは、いちはやく一目散に逃げちった。彼らに危地から避難するという意識があったか、さだかでない。あの空《から》の御堂は、村を見かぎった信者が一切合財《がっさい》もち去ったのだろう。日ならずして、赤い村は廃墟と化した。

無人の村に立ちいった三人は、患者にも死体にも接していないし、着衣にもふれていない。だから私たちが外へウイルスをはこぶことはない、と小林は確信する。

十四

「お母ァ、お母ァ」

ヨネをよびながらキヌは、急坂をかけおりていく。行商をおえて、十二日ぶりに赤い家へもどってきた。朝から夕まで歩きどおしの日々だった。赤むけするほど日焼けし、ひげは伸び放題で水面に映すと仙人のようだ。着たきりの臭い野良着を長着に着がえると、小林は、そのまま縁台に倒れ伏した。

泥ふかい眠りから寝覚めると、だれもいない。どうやら、丸一日、昏《こん》々と眠りこんでいたようだ。枕元に、山盛りの雑穀飯の椀が置いてある。ヨネの心尽しに、小林は餓飢《がき》のように食らいついた。

彼らは毎朝、柳の枝を叩いて房《ふさ》にした楊枝に、炭灰をつけて歯を磨く。江戸時代には、黒文字をけずった房楊枝に房州砂の歯磨粉をまぶした。チューブ入り歯ミガキや電動歯ブラシは望むべくもないが、炭灰では口内に苦汁がべとつく。

ザブは力仕事か、ヨネは海辺か、キヌも働き手だからヨネと一緒なのだろう。ザブもキヌも、昨日の今日なのに骨身をおしまない。彼らの為事《しごと》を手つだわねばと、小林は、甘えぱなしの居候の身を気兼ねする。とりあえず、軒端の薪をたばね、家のまわりを掃除する。

そのあと、界隈の探索にでる。赤い家から東方、飯田橋とおもわれる方向は、大沼と鬱蒼たる繁みにさえぎられて進みようがない。そこで、急坂をあがって左へ折れて、しばらくの二股道を左へいくことにする。先日は右へまがって八重洲の海へでたが、今日は左方の飯田橋の外濠辺りへでたい。濠とは、外敵にそなえて城の周りに掘った堀をいう。大城には、外濠と内濠があった。

平成では、飯田橋駅西口の牛込橋から市ヶ谷へ、ビル群をうつす端麗な濠が静水をたたえる。反対側の水道橋方面は、残念ながら地下にもぐって暗渠《あんきょ》となる。せめて、飯田橋駅西口の、江戸城門の石垣がのこる牛込見附辺りに立ちたい。この方角でまちがいない——当て推量ながら目標をさだめ、小林は前のめりになっていそぐ。

ところが、予想に反して、いくら歩いても左へまがる脇道がない。雑木林に藪が膝上まで生いしげっていて、とても踏みわけられる足まわりではない。今さら、歩ける道のない自然の厳しさを思い知る。打ちひしがれて小林は、すごすごと本道をもどる。

Ｔ字路にたつと、溜息まじりに赤い家へくだる急坂を見おろした。高低差二〇メートルほどあろうか。台地の縁から一気に大沼へおちる枝道である。そのとき、あッ、と霊感が一閃した——ここは一口坂《ひとくちざか》だ！

だしぬけに、毎朝の散歩途中にあった九段の坂が思いうかんだ。忘れていたが、靖国通りから、ＪＲ線路と外濠をまたぐ新見附橋をむすぶ長さ三〇〇メートル、幅五メートルほどのゆるやかな変哲もない坂である。傾斜度と横幅はだいぶ違うが、小林は、まごうかたない一口坂の古道と確信した。

この坂の靖国通りの下り口に、「一口坂」という千代田区の真鍮《しんちゅう》製の標柱がたつ。その側面には、坂の由来が解説されていた。その平易な解説をうろおぼえる。

むかし、京都にある一口という里が、いもあらいと呼ばれたことから、関東でも同じ読み方をしたとされる。いもは疱瘡、あらいは洗うを意味し、疱瘡を療治するという言葉だった。ながらく坂は〝いもあらいざか〟とよばれたが、のちに誤読されたまま〝ひとくちざか〟に改められた。平成の今も、一口（いもあらい）の姓は京都に二〇軒ほどあるが、由緒ある古称は名残もなく忘れ去られていく。

おもいがけない記憶に覚めて小林は、時代色の際だつ一口坂の因縁に感きわまった。この近辺に、疱瘡神を祭る疱瘡神社、また疱瘡の穢れを清める一口稲荷《いなり》があったという伝承も記録もない。

念《おも》うに、坂の下方には霊験あらたかな水場があって、そこにザブ一家の赤い家があった。平成では、新見附橋の手前、坂の止まりの新見附辺りだ。やがて、いもに苦しむ病人たちが、我がちに急坂を這いおりて沼の霊水にひたる。赤い家が、一口坂の起こりだったのではないか…。兎目に涙しながら小林は、まるでいも煩いのように急坂を這いおりていく。

戸口のまえにキヌが待っていて、声をあげず物憂げに手をふった。さり気なく目蓋をぬぐいながら、「キヌちゃん」と笑いかける。それに応えず彼女は、蝋人形のようにつくねんとたつ。肩にふれようとして小林は、茫としたまなざしに吸いよせられる。左の切れ長の目…その長い睫毛《まつげ》に黒ずんだ小蝿が一匹とまっていた。まばたきをしないので、蝿はしきりに手を擦り足をする。ふっと、小林は睫毛の美しいカーブに見惚れた。

うしろからヨネの足音がして、一瞬にして蠅はかき消えた。いつものキヌのあどけない笑みがこぼれた。

十五

夜半、床の慌しさに寝ぼけ眼をこする。

キヌが熱っぽい、とヨネが気づいたという。木綿のぬれ手拭いで額を冷やす。微熱らしいが、キヌは、「お母ァ、お母ァ」と甘えて母親の袖にすがる。顔色を失ってザブは、土間からおろおろと見守る。旅疲れの風邪か、軽い病気とおもいたい。平成の世なら、ここから飯田橋の東都逓信病院までおぶっても五分なのだが…。

ここの世では、ひとたび病いを患ったら、とりわけ内臓疾患は、虫垂炎でもおおかた手の施しようがない。医者はいないし、いても藪井竹庵の類《たぐ》いだから、せいぜい加持祈祷にすがるしかない。はしかでも、虫歯でも、切り傷でも、薬剤はなく手当をしらず重症化して死に至る。だから、生きのびるのは根っから丈夫な者にかぎられた。

ヨネは、やさしく抱きおこして煎じ薬を飲ます。万病に効くという気休めの漢方薬か…。土間をうろうろと歩きまわるザブ、「風邪ひきかな」となぐさめる。彼にうながされて小林は、ヨネの脇ににじりよる。体温計も血圧計もないから、せいぜい首筋に手をあて脈拍をとるしかない。

吐く息は熱い、三八度越え？体中が熱《ほて》っている。脈も早いが、子供だから…と良からぬ容態には目をそらしたい。だが、頼りにされた小林の見立ては甘かった。彼のはりつめた脳裡には、あの恐ろしい予感はうかばなかった。

夜明け前からにわかに、キヌは高熱を発する。薄布団にくるまれてぞくぞくと身ぶるいし、しきりに悪寒を訴える。蒲団を二枚がさねしてヨネは、我しらず両手でその肩口をおさえる。木桶を床に置いてザブは、幾度もぬらした手拭をしぼる。額にあてた冷湿布は、じきにぬくまる。重苦しい不安におびえて小林は、乏しい知識をたぐりよせる…インフルエンザにしては咳をしない。

昼なか、高熱は一向に下がらない。全身の倦怠感におそわれ、キヌは「だるい、だるい」と泣きじゃくる。頭痛にくわえ、腰、背、腕、足が痛み、「いたい、いたい」と身をよじる。椀をはねのけるのでヨネは、両頬をおさえて口移しに水を飲ませる。彼女は、無理矢理でも水分の補給は欠かせないと知る。

かぼそいキヌのうわ言に、小林は耳をふさぎたい。なんの手助けもできない無力が、情けない、腹立たしい、虚しい。娘京子が幼くして罹った病気…躍起になって小林は、淡い記憶をひきだそうとする。突発性発疹で四〇度の高熱をだしたが、数日で回復した。水疱瘡や風疹にも罹ったが、発病時に赤い発疹がでて、じきに診断がついたようにおもう。症状の重さからみても、どうもキヌちゃんの病気とはちがう、と彼の胸にしきりに嫌な予感がよぎる。食べ物はうけつけず、水ものも吐くので、彼女はみるみる衰弱していった。

うちひしがれてザブは、土間に坐りこんでいた。彼の腕をとって小林は、強引に外へつれだした。有無をいわせぬ厳しい口調で、キヌの身の上を問いただす。うつむいたままザブは、ぼそぼそと直《ひた》隠しにしてきた事柄を吐露した。

四年前の春、空から幼子が沼の大きな蓮の葉の上におちてきた。おどろいてよびかけると、円い葉面に坐ったまま、小さな指三本をひろげて、にっこり笑った。彼女は前世のことは物覚えになく、片言にキヌという名を口つたえた。ザブ夫婦には、まさに天からの授かりものであった。彼らの愛娘としてキヌは、玉のように育てられた。

小林は、キヌのいきさつを知らねばならない。やはり、彼より四年はやく、ここの世に遠来した。落下した地点は大沼の川辺りで、彼のおちた急坂の途中とは一〇〇メートルもはなれていない。平成の江戸時代人たちと同じ、市ヶ谷・九段・飯田橋一帯のタイムホール区域内だ。

彼は、やりきれない悔しさと悲しみをおさえられない。キヌは大正時代に居れば、病気の治療をできたかもしれない。ここの世にきて、おもい病いに罹る不幸を背負っていたのか…それは、彼女にとってあまりに苛酷だ。

削げたように肩をおとしてザブは、にぎりしめた両拳をとめどなくふるわせる。「大丈夫だよ」と彼の手をつかむと、小刻む震えが惻《そく》々とつたう。「キヌちゃんは、いもにはならないから…」はげますはずの声がかすれて、途ぎれた。気休めにもならないと、居たたまれない。あのサクラのように、平成の世に連れていけるものなら…はかなむばかりだ。

重苦しい胸さわぎにおびえて、うかつにも小林は、得体がしれない高熱の正体に当を失する。しかし、ヨネとザブは、娘の病状をまえに、胸かきむしる狂おしい不安におののいていた。

十六

三日目の朝方、ようよう悪寒戦慄がおさまり、キヌの高熱がだいぶ下がった。その容態にけわしいザブの瞳が、安らいだようにみえた。だが、ヨネは娘の汗をふきながら、二の腕の内側に小さな赤い点々をみとめていた。キヌは気づかないし、ザブには知らせない。

「お母ァ。あたし、いもなの?…」

ほそい透きとおったキヌの声…一瞬、家内が凍りついた。喉笛がうめいてヨネは、娘の胸元をにぎって狂《ふ》れたように頭巾の頭《かぶり》をふった。両腕をダラリたらして、ザブは呆然と立ちすくむ。

まさか！——一息おくれて、小林の背筋に衝撃が走った。只ならぬ病状と按じたが、キヌが天然痘とは寸毫《すんごう》も考えなかった。予防ワクチンをうっているから感染するはずがない——天から信じて疑わなかったのだ。よろよろと彼は、縁台にへたりこんだ。

頭蓋が石榴《ざくろ》にさけて、脳味噌が飛びちったようだった。まさか…まさかと、痴呆のように繰りかえしていた。天然痘の潜伏期間は、十日から二週間という。あの廃村で感染した…それから帰宅までの間、ウイルスは、キヌの体内にさり気なく潜んでいたのだ。

谷師長が、天然痘の特効薬はないと慨嘆していた。だから、予防接種が励行されたのだ。小林は、時代の較差に歯噛みした。大正時代の種痘が不具合だったのか、種痘医の腕が未熟だったのか。

キヌは、いも頬いの病状を知りつくしていた。両親がいくら否定しても、隠しおおせることではない。二の腕や太腿の内側にでた斑点が消えたあと、本物の吹き出物が顔にあらわれ、全身にひろがる。ヨネとザブの網膜には、その不気味な恐ろしさが焼きついていた。

鼻汁を啜りあげるヨネ…キヌは、もう母親に問わない。よろめきでて小林は、沼の汲み場に坐りこんだ。土気色のザブが追ってきて、小林の片手にかたい袋をねじこんだ。茫として彼をみあげ、それから手元に目をおとした。ビニール・ケースだった……いぶかしげに首をひねりながら、小林はハッと我にかえった。ここの世にはあるはずのないビニールだ！——ごわごわしたケースの中身が透けてみえた。

十七

葉書大の、雑な赤刷りの洋紙であった。

『第一期種痘済證』とあった。両手でケースをつかむと、小林は、食いいるように文面を読み下した。「住所　京都市上京区元三十一組藤の木町　龍介六女　清家絹子　大正三年一二月生」

息を呑んだまま彼は、粗い字面《じづら》を見すえた。「右第一期種痘ヲ完了シタルコトヲ証ス大正四年四月十五日　京都市上京区長　尾形惟昭」…余白に小文字で「此證ハ第二期種痘ヲ受クル迄保存スヘシ」とあった。

こんな証明書があったのだ—小林の目から鱗《うろこ》がおちた。キヌの本名は絹子、大正三年十二月に生まれ、京都に育ったとわかった。生まれた日付は記載していない。六女というから、多産な名家だったのだろう。

　生まれた翌年の大正四年四月に、彼女は第一期の種痘をうけていた。小林は無知だが、明治四二年の種痘法には、第一期種痘は出生翌年の六月までに、第二期は数え十歳に施行するとさだめられた。そういえば、いままで予防接種は二回あったことを忘れていた。第一回目は乳児のときなので、だれも二回目の記憶しかない。大正時代には第一期の接種をすると、きちんと済み証がきた。しかも、その赤紙を十年間保存するよう厳達していた。それだけ当時、天然痘は恐れられた伝染病だったのだ。

　いきなり肩口を鷲づかみにされて、ザブの血走った両眼が迫った。安気にキヌを連れ歩いた…その悔恨に苛まれ、彼の歯軋りはやまない。夫婦は、キヌが首にさげていた奇妙な袋を秘していた。ザブは、いものキヌに役だつものではないか、と一縷《いちる》の望みを託していた。中身はなんだ、と必死に問う。魔除け呪《まじな》いではないのか?。

　彼らは文盲なんだと、小林は合点がいった。いや、読めたとしても解《げ》せない。説明の仕様がなく小林は、赤紙をにぎったまま口ごもった。

　キヌは、たしかに一回目の種痘をうけた。一回目の免疫は、七年から十年のうちに低下するので、十歳時に二回目を接種して生涯免疫となる。六四歳の小林には、まだ二回かさねた免疫が効いている。六歳のキヌは、まだ二回目には十分に間《ま》がある。だから彼女は、二回目をうけなかったために感染したのではない。

種痘は接種後一週間ほどで、接種部位に限局して軽い痘瘡を発症し、免疫を獲得する。第一期では、痘瘡が二顆（粒）以上生じた場合を善感とした。それ以下では不善感とし、翌年までに再度接種する。不善感であれば済み證にその旨が明記され、再接種を指導した。

小林は知らぬことだが、キヌの済み證には不善感の記載はないから、第一回目は善感であったのだ。そうなると、生後まもない接種に不始末があったというより、体質的に免疫の低下・消失が早かったのか。それとも、免疫のうすれた身体に病原ウィルスを多量に浴びたからか。大正の京都にいれば、天然痘の頻度は少ないから、免疫が失われても感染せずに済んだはずだ。彼女は、いもに感染するために、ここの世にタイムスリップしてきたのか…不憫な子だ。

上腕と大腿の前駆の発疹が消失すると、つぎに顔面にうすい平たい発疹が生じ、胸から全身にひろがる。それが一、二日のうちに、みるみる豌豆《えんどう》大にふくらんで丘疹となる。

十八

恐くて憐れで、小林は床上に近づけない。恐ろしくて土間にもふみいれず、軒下にうずくまって一夜を眠りこけた。

ぐわッと、喉笛がさける声にならない叫び—ねぼけ眼のまえを、ヨネが裸足をうって手負い猪《しし》のようによぎった。彼女が突進する先、靄った沼の蓮の間に、うつぶせて水面に顔を沈めて赤小袖がういていた。あッと止めるまもなくヨネは、汲み場からズブズブと蓮をふみわけて、両手をひろげてキヌの細い背におおいかぶさった。そのまま、娘をかきいだいて水面下に吸いこまれていく。

「ヨネさん！」這いずって小林は、汲み場から手をさしのべる。「ヨネさん！」だしぬけに、かがんだ腰が横殴りにけられた。ザブだッと、反射的にそのまがった腕をつかんだ。それを振りきって絶叫をあげ、彼は、踏板をけって、沈むヨネの背にとびこんだ。飛沫が四方にとびちって、靄を吹きちらした。「ザブッ！」

三人は、折りかさなってゆるやかに青い沼に呑まれた。追いかけて小林は、汲み場から沼にふみこんだ。たちまち、膝下まで網のような藻にからまれ、溺れかけて蓮の茎にしがみついた。水深は泥ぶかくて、とても動きがとれない。波紋が蓮の間を不ぞろいにひろがるが、彼らの沈んだ水面は泡《あぶく》もみえず鎮まっていた。

ようよう汲み場にもどると、小林は、精根つきて崩れ伏した。瞬時の、信じがたい出来事…もうキヌも、ヨネも、ザブもいない。皆が寝こんでいる朝方、キヌは家をぬけだして、ひとり冷たい沼に入水した。幼心に、あばたの生より麗しい死を選んだ。ヨネとザブが、後追い心中した。衝動にかられたというより、彼らは、キヌなくしては生きる甲斐はなかったのだ。

ぬれ鼠のような身に打ちふるえ、歯の根があわない。置いていかれたという無念…いまさら、あとを追う勇気もない。彼らと一緒になれぬ悔しさが、とめどなく小林を切りきざむ。地べたを這って家の縁台に伏した。半死半生、生きる気力を失っていた。彼ら三人と一緒なら、この世でも生きていけると思っていた。その彼らの突然の死、今生の別れ…ひとり、ここに取りのこされた。

身も心も鉋《かんな》に削られる数日…。白髪白髭は伸び放題、やせこけて足腰が萎む。飢えて、携帯食の小袋に手をつっこみ、杓《ひしゃく》をのばして瓶《かめ》の水を啜る。不様に這いだして、草露に糞便をする。気がつくと、身の欲求が荒々しく心の痛手を凌駕《りょうが》する。

なんとか食いつないで腹を満たすと、よろめきながら汲み場にひざまずいた。両手の指をくむと、咽び泣きして沼の水面に深々と合掌した。平成では信心うすかった小林が、苦行僧のように拝みつづける。親娘三人は、暗い沼底にうもれて土に還る。土饅頭も、墓標も、卒塔婆も、墓石もない。彼らの死を知るのは、小林だけだ。

十九

涙かれはて汲み場に坐したまま、小林は、茫乎として沼の移ろいをみやる。幾日目か、夕闇、岸辺からたれた繁みに、あわい黄色い蛍光がホッホッと灯り、発光と残光が点々と優美に舞う。精霊をおもわせる源氏蛍である。

梅雨が近いのか、夜風が生あたたかい…。平成のバブル期には、銀座のクラブで籠の蛍を放って興じていた。

朦朧として小林は、淡彩な夕景を錯覚したが、今夜の視界は一変した。天の川のように平たいながい隊列が沼面をすべり、岸の手前であざやかに天女の羽衣をひるがえして滑空する。煌々と輝きながら、羽衣は幾重にも舞いあがりまいおりる。

ここの世では生きものは群れると知るが、闇を切りさく群舞が、あの儚い蛍とは信じがたい。虫ケラも群をなすと、万象を制圧する。顔前を燦々とかがやく羽衣がかすめたとき、おもわず小林は、隊列をやぶろうと両手をつきだしていた。舞う羽衣はなんなく体をかわして、彼の頭上を猛々しく滑走した。つんのめって小林は、辛うじて踏板の上にとどまった。衰弱した体の、どこに気力がひそんでいたのか。

畜生…とひくくうめいて、光かがやく夜空をにらんだ。たかがホタルに負けてたまるか。

翌朝、近場をまわって小林は、まっすぐに伸びた小ぶりの木を物色する。手垢にしみたザブの大鉈をふるって、五寸幅の椚《くぬぎ》を切り倒した。休みやすみ、枝葉をはらった背丈をこえる倒木をひきずる。仙人か乞食の風体だが、彼は、憑かれたように樹皮をはがない黒木にとりつく。

慣れない大鉈をふるって、一端を円錐状に削りおとす。黒っぽい木肌と白い樹皮がとびちって、湿気った匂いがふんぷんとただよう。手を休めず、もう一端を五寸ほどさげて、前面を樹皮ごとザックリと舟底型に削ぎとる。そこで、野良犬のように舌をだし、ゼイゼイと息を吐く。

それから、おもむろに黒木に馬乗りになると、小鉈で乱雑にはげた切り口を削る。鉋などないから、にぶい刃先で辛棒づよく木目をならす。ようやく平らになった面上に、太い文字を刻みはじめる。木目をえぐって縦横の線を掘りぬく。力をふりしぼって、伐りたての生木に漢字の一画、一画を陰刻する。手指の皮がやぶれて鉈が血まみれになる。

刻字は三文字…一口坂。

三日後の朝、刻字に墨をいれる。薪の炭を鳥もちに練りこんだ粗製な黒墨だ。当初、ヨネのつかった茜根《あかね》からとった赤染めと思ったが、迷った末に黒にした。…もう赤はいらない。黒木にかがみこんで、字のくぼみに墨をへらでぬりつける。ねばった墨が、爪先や傷だらけの指にしみて痛い。

昼すぎて、黒木を肩にして急坂をひきずりあげる。途中、幾度もおろしながら奴隷《どれい》のように登る。ようよう、T字路の少し下手の道端に黒木をたてる。たしか平成の真鍮柱はこの辺り、歩道際に立っていた。名称は柱の両側に印してあったが、彼の刻字は一面だけだ。小型の踏鋤《ふみすき》で丸い穴をうがつ。鋤鍬《くわ》をつかったことがないので、難儀する。黒木をたてて、空いた穴に円錐の尖頭を勢いよく落としこむと、両腕両足で黒木にだきついた。その重みで削り面が土中に沈む。

ひとり木樵、工作、百姓の仕事をこなして、ようやく坂上に背丈ほどの丸い黒木の標柱を立てた。名前を刻んだ面は、大沼の赤い家に下る方角をむいていた。今このとき、標柱の墨文字が初めて一口坂を標示した。

キヌもヨネもザブも、日々往来した急坂に名前があるとは知らない。むろん、一口坂は小林の命名ではなく、後世のだれかが名付けた。その名称は平成時代までつづいたので、小林の知るところとなる。そしてタイムスリップした小林によって、ここの世に初めて一口坂と銘うった標柱がたてられた。彼にとっては、ザブ一家を弔うせめてもの供養であった。

二〇

新しい標柱の根元に坐りこむと、小林は、荒い樹肌にもたれた。ここから赤い家はみえないが、今は近よってもみつけにくい。なぜなら、家をかこむベニカナメはすっかり変色して、色あせた緑樹になっていたからだ。彼がザブ一家とすごしたのは、二〇日たらずだったが、季節は刻々とうつろっていた。緑にまぎれて、来年まで赤い家はあらわれない。かわりに、坂上の黒木の柱が〝いもあらい〟を標示する。

「源六郎様！」

突如、頭上から破《わ》れ鐘のような声に叩きおこされた。いつのまにか、標柱にもたれ寝していた。「源六郎様。この辺りがよろしいかと存じます」

仰天して小林は、夢中で這いずって草むらにかくれた。初めて耳にする間違いなく侍の言葉遣いだ！。草いきれに蒸す茂みから、恐るおそる坂上をみあげた。直垂《ひたたれ》（上衣）に野袴の凛々しい若侍の姿が垣間みえた。ここの世には、侍がいたんだ！　ほんものの侍だ――彼は肝をつぶして身をひそめた。下手《へた》に姿をみせたら、たちまち斬り殺されかねない。

まだ幼な顔ののこる若侍は、鷹揚にうなずきながら、「ここでよいぞ」と居丈高に命じた。その一声に数人の家臣が、坂上にながい脚立を組みはじめた。鞭をふりまわして若侍は、気短かに辺りの雑草をうちはらう。「おや?、柱があるぞ」

おもわず小林は、亀の子のように首をちぢめた。せっかちにおりてくると、若侍は、平手で標柱を二、三度叩いた。「新しいのう」と標柱を品定めする。それから、「い、も、あ、ら、い、ざ、か…」と刻字をゆっくり読みあげた。するとトーンがおちて、「いもが流行ったのかのう」と呟きがもれた。

源六郎様と、先ほどの家臣の声に気をとりなおす。坂上にもどると彼は、ひざまずく家臣に腰の前差しの小刀を手わたす。それから、用心ぶかく高く伸びた脚立の段々を登る。四方から、家臣たちが脚立の足をささえる。ゆうに二メートルはある脚立だ。小林が適わなかった鳥瞰ができる。どうやら、一帯の地形を視察しているらしい。

台座にまたがると若侍は、ゆうゆうと小手をかざして下界を睥睨《へいげい》した。望遠鏡はないらしい…。編み笠をゆらして、まず富士山を眺め、台地の方角を見、坐りをかえて、満足気に反対方向の大沼を見下ろす。

「太田様。如何でございましょうか」かしこまって、別の声が脚立上の主《ぬし》に伺いをたてた。

彼、太田左衛門大夫資長《すけなが》、通称源六郎は室町時代の武将である。長禄元年(一四五七年)

に二五歳にして、関東の辺境の地に江戸城の礎となる城郭を築いた。のちに、彼は剃髪して道灌《どうかん》と号した。「うム、大きな沼がみえるな…」

降って湧いたような武士の一行…小林は、ただひたすら土をかみ草に伏す。彼はまだ、ここの世が平成時代を五五〇年もさかのぼるとは知らない。

「ヨォシ、この下を外濠にするぞ！」

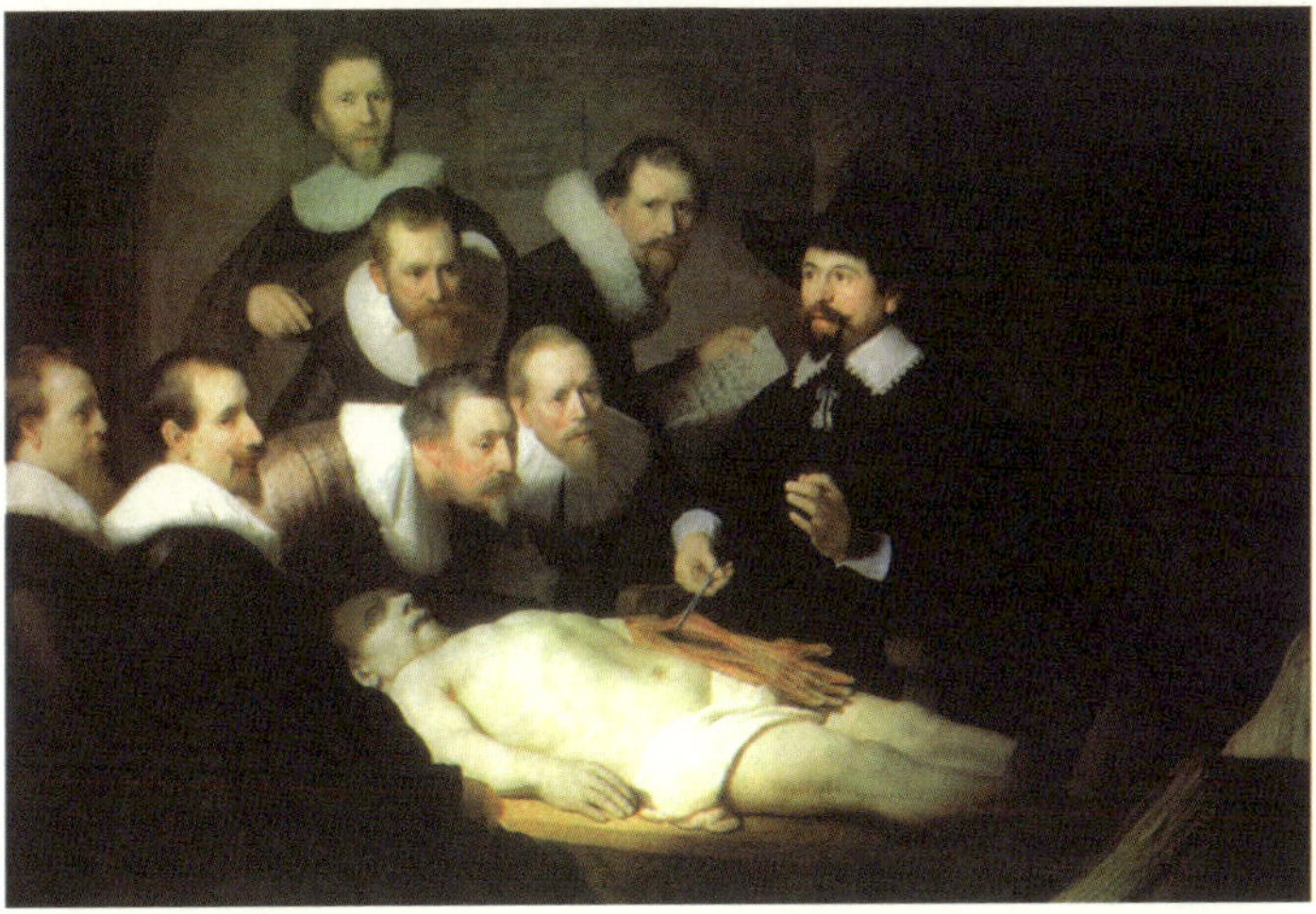

トゥルプ博士の憂鬱

一

「ストップ！」

一転、彼の鋭い声が制止した。トゥルプは、長いメスをにぎったまま硬直した。メスの刃先は、腹部の白い皮膚を刺していた。血はでていない。

ウィレンブルヒが、「どうした!?」とあわててかけよった。「違う、違う」。墨筆をにぎった手をふって、彼は、「腹じゃない」と冷淡に言いすてた。片手で彼を止めながら、ウィレンブルヒは、棒立ちのトゥルプをふりむいた。顧客の顔色をうかがうが、どんぐり眼がおどっていた。

憤然と、かたわらの銅皿に象牙柄のメスを放りこむと、トゥルプは、ガウンをひるがえして室をでた。

呆然とながめていた五人―口々に騒ぎだして、床をふみならした。彼らは、あおむけた屍体をかこんだ見学者である。せっかくの高尚な儀式が、彼の一声で目茶苦茶になった。

一六三二年一月三一日、アムステルダム市の外科医業組合会館の解剖講義室。外科医のニコラース・トゥルプは、名門のライデン大学医学部をでた同組合の主任解剖官である。

彼は、四年前から週二回、若い外科医たちに人体解剖を教授する。このフォールコレッジ（講義）の目玉は、人体解剖の実演であった。

人体解剖は、屍体の腐敗の遅い冬期にかぎられる。それも、解剖する屍体は刑死人なので、提供される時期がさだまらない。ふつう処刑の前日に通報されるから、急拠、順番待ちの見学者に招集がかかる。

今日の屍体は、ライデン生まれのキントとよばれた大柄な若者であった。箱作りの職人だったが、二二歳で絞首刑になった。早朝に処刑された屍体は、昼前に赤レンガ造りの会館三階にはこばれる。トゥルプの指示により、すでに昨夜から各所の見学予定者八人に使いがとんでいた。

定刻の正午、六人があつまった。あと、二人はまだ着かない。皆、トゥルプの外科医仲間と親しい地元名士である。至急の呼び出しにもかかわらず、六人は盛装を凝らしていた。白いリングの襟巻、厚手の羊毛ラシャ服に、毛皮の裏地付のガウン。彼らにとって解剖見学は極上の体験であったが、それにも況《ま》して今日は胸高なる日なのである。

屍体は全裸のまま、長い頑丈な欅《けやき》の台に置かれていた。皮膚は冷えて蒼白く、臀部《でんぶ》やふくら脛《はぎ》に赤紫色の死斑がみえる。目配せしながら六人は、おずおずと台に近よる。労働者らしい胸板の厚い大柄な屍体…彼らは青ざめた顔をそむけ、一様に室の左方に目をうつす。

数メートルはなれた床に大きな白地のカンバスが、三脚にひろげたイーゼルに立てかけてある。オランダ固有の長さの単位で、縦六六×横八四ドイム（一六九×二一六㎝）の油絵用の画布。六人は、その場違いなカンバスの用途を知っていた。

先程から忙しないのは、どんぐり眼の画商H・ファン・ウィレンブルヒだ。太鼓腹をゆすって一々、如才なく六人に会釈する。彼らは、一見《いちげん》のモデルであった。

当時、十七世紀のオランダは欧州一の商業貿易国で、黄金の世紀と謳われた。大小さまざまの団体や家族友人が、画家に写実的な肖像画を画かせて処々に飾り、のちの世にのこした。いわゆるオランダ独特の集団肖像画が、ひろく富裕層に流行していた。

外科医業組合の一階の広間には、早逝したM - ペトルス・ミールヴェルトの「メーア博士の解剖講義」、著名な肖像画家T・カイザルの「エグベルツ博士の解剖講義」と、N・エリアスの「フォンテイン博士の解剖講義」が、壁高くに麗々しく飾られていた。W・メーア、S・エグベルツ、J・フォンテインは、ギルドにおけるトゥルプの先輩解剖官である。現解剖官は彼らに倣《なら》って、「トゥルプ博士の解剖講義」をかかげることを望んだ。

ガイザルやエリアスを選ばず、トゥルプは、若い無名の画家に白羽の矢をたてた。ウィレンブルヒをとおして、その新進画家に油彩画を依頼した。画商は感涙したが、画家の反応は聞こえてこない。

この解剖講義を舞台にした集団肖像画の主役は、注文主のトゥルプ博士である。彼の指名をうけて、八人が脇役の誉れをえた。ギルドの外科医三人、市内在住の名士五人だ。

定刻すこし前、右方のドアから助手二人をしたがえて、長身のトゥルプが悠々とはいってきた。鍔《つば》広の黒い帽子をかぶり、白襟の黒いコートに、膝下までの黒いガウンを着こむ。白をアクセントに、黒一色によそおう。口髭と顎髭をたくわえて、三九歳、貴族の流れをくむ洗練された紳士であった。

彼は助手を尻目に、解剖台の脇テーブルにならべた手術器具を点検する。それから、おもむろに屍体の顔を一見する。太い首には、絞首のロープの跡がどす黒く食いこむ。局部をおおったタオルを一瞥すると、革靴の先で足元の木箱をかるく蹴った。油紙を内張した木箱は、切除した臓器を捨てる屑入れである。

助手たちが壁の滑車をまわし、天井にのびるロープを巻きはじめる。解剖台の真上に天窓がひらいて、陽光が蒼白い冷気ただよう屍体のうえに射しこんだ。冬の外気が冷えびえとおりてきて、人息が白くなった。解剖のある日は、解剖室の暖炉は焚かない。凍える両手をもみながら、トゥルプは、目を細めて天窓からそそぐ光線をあおぐ。

定刻、反対側の左方のドアから、中肉中背の青年が無言ではいってきた。作画の依頼をうけた二六歳の画家である。首に幾重にもマフラーを巻いて、膝下にとどく厚地の色あせた焦茶の作業衣をまとう。面《つら》つきは凡庸だが、どこか太々しさがただよう。

斜《しゃ》にかぶったベレー帽をぬぐと、彼は、後ろの助手アドリアーン・バッカーに無造作に手わたした。毛皮の手袋はぬがない。それから大股で注文主にあゆみよる。その気配に、トゥルプはおもむろにふりむく。

「おー、レンブラント君」

トゥルプは、にこやかに若年の画家を抱擁した。彼は、無愛想に「ドクトル・トゥルプ」とかえした。

レンブラント・ハーメンゾーンは、一六〇六年にライデンに生まれた。粉屋の小倅《こせがれ》だったが、神の思《おぼ》し召しか絵画の才能にめぐまれた。幼くして自己顕示が強く、生涯に百点をこえる自画像を画いた。二十代の彼は、栗色の縮れた巻毛を乱し、額広く、鼻太く、耳大きく、唇は分厚い。角ばった顎には、うっすらと無精髭をはやす。一見して鈍だが、目は知的に鋭い。

とにかく、レンブラントには初めての人体解剖画であった。さきに屍体の下見をしたおり、深くくびれた首のロープ跡に目をそむけた。助手に命じて、長いタオルで局部を隠した。

カンバスにたつと、天窓を見あげて太陽の方向をたしかめる。屍体にふりそそぐ自然光のラインと濃淡を追う。注文画であるから、モチーフはレンブラントの自発ではない。集団肖像画としては、明るい題材ではないし華やいだ彩りもない。もはや物体になった人間を、いかに描写するか…生者と死者の対比が独創をうむ。彼は、広間にある先輩画家の絵を見ていないし、初手から見るつもりもない。

手袋をせわしくさすりながら、彼は、注文主の合図をまつ。集団肖像画の出来映えは、全体のバランスと調和が制する。集団の構図がきまらねば、デッサンにはいれない。

ところが、肝心のトゥルプは、顎髭をしごき目をつぶり、ときおり、ながい溜息をもらす。すでに人物の配置は決めてあるのだが、彼は、一向に立つ所を指示しない。モデルたちは、所在なげに解剖と素描の同時スタートをまつ。トゥルプをせかす者はいない。

二

じつは、モデルが全員そろわないのだ。一人は昨夜来、連絡がとれないと報告がはいっていた。もう一人は、ハーグへ旅行中であったが、いそぎ帰途についたという。馬車を馳せるが、いつ到着するかわからない。トゥルプはだんまりをきめこんで、ひたすら名士をまつ。

ウィレンブルヒは、室の片隅に神妙にひかえる。はなれてチラチラと、画家の顔色をうかがう。レンブラントは、昨秋からウィレンブルヒ宅に寄寓していた。老練な画商は早くから才能を見ぬき、彼を郷里のライデンからよびよせた。終日、小さなアトリエにこもってでてこない。のぞくと、手鏡を片手に一心不乱に自画像を描いている。若い芸術家の奔放は、強力なパトロンにも御《ぎょ》しがたい。

レンブラントは、あきらかに苛だっていた。いつまで遅参者をまつつもりか…冬場の暮れは早いから、一場の光と影は刻々とかげる。同じく、トゥルプもまた焦っていた。真冬とはいえ防腐剤もない時代、死後の硬直と腐敗はすすむ。解体はしづらくなり、実相を供覧しにくくなる。ところが、帰途にあるフランス・ファン・ローネンは、公私ともにトゥルプの有力な後援者なのだ。待つも待たぬも、辛いところだ。

屍体を間にして二人は、気まずく目を合わせない。レンブラントは催促せず、ひたすらカンバスの一点を凝視する。トゥルプはとぼけて、屍体の足元にひろげた大冊の解剖書をなぞる。毎度、彼が解説にもちいる十六世紀のA・ヴェサリウスの二つ折判の図譜である。

オランダでは人体解剖は、十六世紀中頃、およそ八〇年前から官許されていた。もっぱら、外科医が解剖医を兼ねた。トゥルプは、だれよりも人体の内臓に詳しい。

図譜をはなれて、冷えた蒼白い顔を見おろす。かじかむ手を両顎にあてると、頭部がおもたく斜めにゆれた。彼は、このにぶい手触りを首の骨折と知る。絞首刑では、首が締まるより落下する衝撃で頸椎が折れて、ほぼ即死する。

顔面を正すと、下顎から首筋を静かにもむ。死後数時間たつと、まず首や顎に強直がはじまる。五時間あまりすぎているので、死後硬直はすすんでいた。切長の目をつりあげて、トゥルプは、アッサリと待ち人を断念する。

「皆さん。これからはじめますよ」

ただちに彼は、てきぱきと六人に立ち位置を指示する。二人をはずした新たな配置―外科医のM・カルクーンとJ・ウィトは、詳しく観察できるように屍体の頭部側の前列にした。自分の右うしろには、外科医H・ハルトマンツを据えた。学究肌の彼は、四つ折判の解剖学書を持参している。素人は嘔吐や卒倒をするので、名士三人は後列と屍体に遠い右端にした。指さされるままに、彼らは、おのおの居場所に神妙に直立した。

そのあと、トゥルプは屍体の左側の定席にたつ。

レンブラントからみれば、みなが屍体の頭部をかこみ、右端のトゥルプと横をむく左端の名士が、むかいあう構図になる。黒褐色の両目を細めて、彼は、すばやく七人と屍体の緊迫した情景を目測する。

肖像画のモデルなので、いつになく威儀を正すトゥルプ。黒い鍔広のフェルト製の礼装用帽子はぬがず、白襟の映える黒いガウンも羽織ったままだ。もともと人体解剖は、一種の儀式と重んじる。だから、ガウンの下には黒ラシャのダブルの礼服を着こむ。ただし、それは着古したものと決まっている。だから、ためらいもなく血や汚物にまみれるままにし、おわると、そのまま脱ぎすててしまう。

温めていた手袋をはずすと、レンブラントは、短い太指にデッサン用の墨筆をにぎる。屍体は卑しい罪人なので、トゥルプは、胸に十字を切らない。今日は、ダブルの白い両袖は腕まくりしない。長い白い指が、手慣れて研ぎあげたメスをにぎる。細菌感染の知識はないから、素手のままだ。五人は、一斉に生唾を呑みこむ。身をのりだして、食いいるように腹部に迫る鋭い刃先を追う。

ここで、冒頭の一声にフラッシュ・バックする。

憤然とトゥルプが去ると、レンブラントは、平然と左のドアから暗い廊下にでた。さわぎたてる五人を放って、ウィレンブルヒはあとを追う。レンブラントは、腕ぐみして廊下の壁にもたれていた。さすがに、役目は放棄していない。

「はらわたを画けというんですか」

平静をよそおうが、彼の声は裏がえっていた。「それでは、絵になりませんよ」

大きくうなずいてウィレンブルヒは、世事にうとい無骨な画家をなだめる。絵画は美の表現だから、衆人に切りさかれた無惨や醜悪は観せられない――画商は、レンブラントに肩入れした。

腹をゆすってウィレンブルヒは、解剖室をよこぎって右方のドアを平手でおしあける。トゥルプは、同じ階にある狭い個室にこもっていた。とにかく画家の非礼を詫び、ウィレンブルヒは、恐るおそる彼の言い分をつたえる。ソファに深々と座ったトゥルプは、ふだんの謹厳な風格をくずさない。若僧にプライドを傷つけられて、翠《みどり》の目は怒りのやり場をさがしていた。

「へェ…腹部を切開してはいけないって?」呆れて彼は、鼻でせせら笑っていた。「あのドクトル・メーアの絵は、はらわたを画いているじゃないか」せきこんで彼は、ホールに飾ったミールヴェルトの絵柄を指摘した。

ひたすら平身低頭する画商。トゥルプは気をとりなおして、解剖のABCを諄々と説きはじめる。まず、腐りやすい所から剖検するのが、人体解剖の基本である。ふつう初日は腹部と胸部、二日目には頭部、三日目に手足を行う。この手順でいけば、屍臭がではじめる頃におわる。

「だから、腹部からはじめるのですよ」

正論をのべてトゥルプは、丹精した口髭をなでつけた。「ごもっともです」ウィレンブルヒは、「ごもっともです」と繰りかえす。得心はいったが内心、困惑しきっていた。

画商の平身低頭に、ひとまず気はおさまったらしい。トゥルプは、「たしかに内臓は…画きにくいねえ」とひとりつぶやいた。芸術家の美意識からすれば、レンブラントの抵抗は理解できる。世慣れた彼は、苦肉の妥協案をだした。「それなら、切開線だけにしようか」腹部の筋肉層だけ浅く切って、V字型にひらく。「それなら、はらわたはでないよ」

首をふりふりウィレンブルヒは、解剖室を小走る。立ちん坊の六人が、一斉にブーイングをあびせた。

「そんなの、解剖じゃありませんよ」

なんのねぎらいもなく、レンブラントは、にべもなく撥ねつけた。しばし沈黙のあと、ウィレンブルヒのかすれ声が問う。「それじゃあ、どうすればいいの？」その質問をまっていたらしく、レンブラントは嬉々として答えた。「腕、向う側の…左の腕ですよ」

「うで…」と、ウィレンブルヒはおうむ返した。左腕を幾度も叩いて、レンブラントは得意顔をかくさない。腕をきりひらく斬新な構図が、すでにできあがっているらしい。

彼の稚気に、仲介の気力が萎えた。それでも、額の汗を拭いぬぐい室をとおりすぎる。画商の険しい面相に、痺れをきらした六人は口をつぐむ。

「冗談じゃない！」ソファに腰を浮かせて、トゥルプは、尖り声をあげていた。「腕から解剖するなんて、ありえないよ」

今さらながら、芸術家の頑迷さを思いしらされた。トゥルプは、選任をミスったと悔む。新進画家を抜擢したことは、すでに巷の噂になっている。ここで、画家を代えるわけにもいかない。彼は、腹立ちまぎれに吐きすてた。「ウィレンブルヒ君。それでは、物笑いの種になるよ」

ソファの袖に膝をつくすると、ウィレンブルヒはトゥルプをなだめなだめる。絵を鑑賞する人々は解剖の手順など知らないし、知っていても絵画上の技巧と得心する。それに、屍体は場景をととのえる道具にすぎず、あくまで主役はドクトルである、と。その猫なで声は、あの画家は決して妥協しませんよ、と暗につたえていた。

押し問答を繰りかえしても仕方がない。腹の虫はおさまらないが、トゥルプの世知は、奇矯な相手と思いきる。いまに彼奴《きゃつ》の鼻っ柱をへし折ってやると、ひそかに報復を期する。

「皆さーん。」喜色満面、ウィレンブルヒは、頓狂な声をあげて六人の前を走りぬけた。

「…位置についてください！」

三

左右のドアがあいて、トゥルプとレンブラントが、事も無げにはいってきた。威風をただよわせて、トゥルプは、助手に「二一八ページ」と命じる。彼は慣れていて、屍体の足元の図譜を手ばやくめくる。手袋をはずすとレンブラントは、広いカンバスに眼光を走らせる。汗を拭きふきウィレンブルヒは、室の片隅に身をひそめる。

　脇テーブルの助手が、長いメスをしかと手わたす。おもむろにトゥルプは、左手で屍体の左腕の手首をおさえる。軽く咳払いすると、右手ににぎったメスを肘下ふかくに刺す。そのまま一気に、前膊部を手首まで切りおろした。

　あッ、と呻きと悲鳴が棘《とげ》のように屍体にとびちった。外科医三人は腕からの切開に虚をつかれ、名士三人は鋭く切りさかれた人肉に恐怖した。凍りついて六人の眼は、無惨に割れた赤黒い切り口に釘づけになる。露出した血管からたらたらと血が垂れる。すでに血液の循環はとまっているが、凝固するのは半日ほどかかる。

　いつもどうり凄絶な開腹を見せたかったので、トゥルプには不服な切開であった。名士たちは腕の裂傷に胆をつぶしたが、はぐらかされて外科医たちは失望の色をかくせない。それでもトゥルプはためらわず、創面を左右にむきだした。外気にふれて、まだ温もりのある筋肉が仄かな蒸気を放つ。

　このときまで皆、モデルであることを忘れていた。墨筆のこすれる音はするが、カンバスの裏側からは、デッサンする画家の粗大な革靴しかみえない。ときおり、汚れた爪先が床をこすって左右にふれるだけだ。モデルたちは、いそいで視線を屍体にもどす。

カンバスにはみむきもせず、トゥルプは、巧みに筋層を切りわける。そのメスさばきを十二の眼球が凝視する。鉗子で細長い筋をひっぱりあげると、彼は得々とその構造と役割を説きはじめる。—解剖医トゥルプ博士の独壇場である。

「みなさん。おわりました」

カンバスの横から顔をだして、ウィレンブルヒが唐突につげた。えェッ！と、六人は一斉にふりむいた。もう済んだの？まだ十五分も経っていない。一気呵成に墨筆をふるったらしい。トゥルプは、うつむいたままメスの手を休めない…もう驚かされない。彼は幾枚か画家に肖像画を描かせたが、みな下絵には半日がかりであった。大雑把《おおざっぱ》に手ぬきしたのか、彼奴はやる気があるのか！。

呆気にとられる六人を尻目に、早々とイーゼルからカンバスがおろされる。ウィレンブルヒは、太鼓腹で裏側から大きなカンバスをささえる。「ドクトル…」と、横むいて言い渋った。「もう、お腹を切ってもかまいません」聞く耳もたず、トゥルプは冷静をよそおう。メスを銅皿にもどしながら、「電光石火の早技ですねえ」と当てこする。「さすがに、レンブラント君ですねえ」

身をすくめるウィレンブルヒ。その皮肉は、肝心のレンブラントにはつうじない。カンバスの表側では、助手のバッカーが背伸びして白い布をかける。モデルたちは短すぎる素描を垣間みたいが、画家には毛頭、そんなサービス精神はない。

無表情でトゥルプは、解剖の段取りをリセットする。「それではみな皆さん、腹部の切開をはじめます」彼は、ゆっくり脇テーブルの大型メスを取りあげる。助手が、ヴェサリウス図譜のページをもどす。

ここで、また一騒動が突発する。

にわかに、荒れた靴音が廊下を乱れうって、左のドアをはねて長身の男が倒れこんだ。全身泥にまみれて、床に伏してはげしく喘ぐ。馬車にゆられて馳せつけた遅参者のフランス・ファン・ローネンだ。

「フランス!」メスをおとして駆けよると、トゥルプは、片膝ついて友をだきあげた。白布におおったカンバスが、ローネンの目前にあった。面長の彼は、土気色の唇をふるわせた。「…遅かったか」

彼らに目もくれず、レンブラントはイーゼルを折りたたむ。トゥルプは、「まってくれ!」と片手をあげて止めだてした。「ローネンさんを入れてくれ」

カンバスの前後をかかえて立ちすくむウィレンブルヒとバッカー。レンブラントは、顎をしゃくって二人をせかす。片膝をおったままトゥルプは、かさねて若い芸術家に哀訴した。「レンブラント君。ローネンさんも画いてください。ハーグからもどってきたんですよ」

さすがにレンブラントは無視できず、顔をそむけて素っ気なくかえした。「デッサンはすみました。加筆はできません」

ついに、トゥルプの憤怒が歯間をほとばしった。「ご本人がきてるんだから、できるだろう！」立ち位置をはなれて六人は、温厚なトゥルプの怒声に硬直する。かたくなに取りあわず、レンブラントは、もたつくバッカーの踵《かかと》を蹴った。

半月前に弟子入りした彼は、要領がわからない。カンバスをかかえたまま、激しい巻き舌で言いのがれる。師匠は再度、邪険にけりあげた。カンバスの前方をかかえたウィレンブルヒは、察して足早にドアにむけて歩きだす。彼は、レンブラントの天性の画法を知る。

つけあがるな！レンブラント―憤然とたちあがるトゥルプ。せっかく駈けつけたスポンサーへの非礼、注文主への再三の侮辱。それに、後輩や友人に晒した弱腰…思いがけないおのれの不甲斐なさに狼狽《うろた》えていた。「ニコラース」ローネンが、片手をのばして彼の手首をつかんだ。「画はいいよ。解剖をみせてください」

ローネンのおだやかな物言いに、トゥルプの激昂が一瞬にして冷めた。疲労困憊しているのに、一場を察した友…その冷静で鷹揚な紳士の振る舞い。不覚にも、面目丸潰れにされて怒ったおのれを恥じた。床に伏したままローネンは、照れくさそうに髯のほこりをはらう。伏し目がちにトゥルプは、彼の鋭い三白眼に許しを乞うた。

それから威儀を正すと、深呼吸してレンブラントを正視した。思い上がりの凡才か、器の知れぬ英才か、彼の能力はまだ未知数だ。お手並み拝見しよう、とトゥルプは心中に期した。彼は冷やかに、出ていくレンブラントの丸い背に言い放った。

「レンブラント君！。仕上がりを楽しみにしているよ」

イーゼルの足がはさまって、ドアが軋めきながら閉まった。

四

「再デッサンは、まだなのか？」

遅い！と、トゥルプの腹の虫はおさまらない。あの解剖初日以来、何の音沙汰もないのだ。ふつう画家は、念入りにデッサンや下絵描きをかさねる。だからモデルたちは、同じ身形《みなり》をして幾度も招集される。面倒でしんどいが皆、見栄えよく写しとってほしい。

「あした、お届けするそうです」ウィレンブルヒに遣わした助手がつたえる。眉間に皺をよせてトゥルプは、今日明日といわれても、と舌うちした。あわてて助手が、「絵は、できているそうです」と言いたした。

「なにィ！」トゥルプは、ソファの凹みにとびはねていた。「もう仕上がっているって!?」師の剣幕に、助手はあと退りしていた。あの日から三週間たらずだ。デッサンは一回きり、それもわずか十五分ほどだった。それだけで、もう描きあげたというのか…ありえない。パレットに絵具を混ぜあわせ、カンバスに絵筆をふるうレンブラントを一度も見ていない。絵具の下絵描きもなしに、秀作や傑作が画けるわけがない。肩すかしを食らってソファに沈んだまま、トゥルプは、にぎり拳で太股を幾度も叩いた。

信じられない…画きなぐりの駄作ではないのか。街頭の似顔絵描きと同じ、凡庸なスケッチ画ではないのか。別れぎわ、作品を楽しみにしている、と彼に言いわたした。それに違約することは許さない──にわかに、トゥルプの胸中に邪心が燃えた。期待外れの愚作であったら、容赦ない制裁を下す！。それは、彼にそぐわぬ陰険な腹癒《はらい》せであった。その場面を妄想し、トゥルプはしばし陶酔した。

翌日昼まえ。胸に一物をいだいて、トゥルプは、会館の玄関階段をあがる。ガウンの裏にうしろ手した右手には、布にまいた大型のメスをにぎっていた。彼は、絵を切りさくという蛮行を企てた。今度こそ、あの若僧の鼻っ柱をへし折ってやる。レンブラントの虚勢と厚顔は、許しがたかった。

広いホールの中頃に、白布におおったカンバスが立てかけてあった。その両側に、強ばったままウィレンブルヒとバッカーがたつ。高い足音を聞いて、レンブラントがカンバスのうしろから顔をだした。「ドクトル・トゥルプ」と歩みよって、邪気なく彼を抱擁した。めずらしく機嫌がよい。左手で抱擁を交わしながら、トゥルプは噎《む》せるような絵の具の臭いをかいだ。まぎれもなく画家の体臭であった。一瞬、彼の意気込みがひるんだ。

「レンブラント君。早かったねえ」

内心、気後れしながら彼は快闊をよそおう。照れ笑いしながらレンブラントは、トゥルプをカンバスの前方にさそう。ふつう勿体つけて顧客に初見させるのだが、彼はこだわらず両側の二人にうなずいてみせた。

カンバスの角に手をのばすと、二人は、呼吸をそろえて白布を引きおろす。やわらかに波うちながら、白布は幾重にも床に伏した。

その瞬間、「うッ」とトゥルプの喉がうめいた。マントの下から包みがおちて、甲高い響きが床をうった。うしろにいた助手が、すばやく包みを拾いあげる。

忽然と、眼前に現われた一眸《ぼう》の世界─右側にたつ黒衣の英姿が、矢のようにトゥルプの網膜を射た。その視線は、下側の白蝋にはえる屍体に吸いよせられる。一部、前腕から手指まで赤剝けて痛ましい。

トゥルプの右手は鉤で切りさいた腱をもちあげ、左手は指さそうとしながら静止する。

顔をあげたまま、彼の明眸《めいぼう》は前方を正視する。絵の中のトゥルプは、まぎれもなくトゥルプ本人であり、一瞬、観る当人を錯覚におちいらせた。

左側に群れる六人—皆食いいるように覗きこむが、彼らの視線は屍体をみていない。後方のハルトマンツは、解剖書をにぎったまま正面を見つめる。左端の一人は、爽然たるトゥルプの顔を凝視する。あとの四人のまなざしは、一心に屍体の足元の解剖図譜にそそがれる。そのじつ、誰も横たわる屍体も腕の切開部もみていない。

薄暗い壁を背景に、光彩をあびた白蝋の屍体と、赤らむ六人の顔を美化せず個性的にうかびたたせる。彼らの白襟にトゥルプのガウンの黒を対比し、観る目線はおのずと際だつトゥルプにむく。その巧みな構図は、画面の群像を浮きたたせ、鮮やかな躍動感と洗練された情趣をかもしだす。

息を呑んだままたちつくすトゥルプ。吸いこまれそうな臨場感…一度のデッサンで描かれた絵の出来映え。

注文主の感動を目《ま》の当たりにして、ウィレンブルヒは感涙にむせぶ。彼は、二種類の画法があると知る。デッサンと下絵描きを丹念にかさねるタイプと、一度見てあとは記憶を描写するタイプ。レンブラントは後者に属するが、対象をみる彼の目は尋常でない。

カメラのシャッターと同じに、レンブラントは、一瞬をとらえた被写体を脳裡に焼きつける。ひとたび、鮮明にプリントされた場景は消えさらない。だから、遅れかけつけても、撮りなおしは利かないのだ。はじめのデッサンは、画面に構図を決めるだけの作業だった。だから、再度のデッサンも下絵描きも不要なのだ。画面の七人の風貌は、余すところなく当人を活写していた。ウィレンブルヒは、とうにレンブラントの異能をみぬいていた。その彼が、早々と、見事に、傑作を画いた。

トゥルプにも、多少の絵心はある。芸術とサイエンスの違いはあるにしても、到底まともに張りあえる才器ではない。打ちのめされて彼は、レンブラントとの闘いに完敗したと思いしる。天が授けた才能には敵わない…。

「レンブラント君」ありがとうと続けようとするが、口内がかわいて舌が滑らない。手袋をぬいで彼は、レンブラントに握手をもとめた。握りしめる強い指…画家は、注文主の本心をうけとめる。

照れかくしにレンブラントは、「あそこですね？」と右方の壁をさした。ホールの両サイドには、三枚の解剖講義の絵がかけてあり、一枚分が空いていた。陽が直射にあたらなければ、彼は掛け所にはこだわらない。握手をはなさず、トゥルプは幾度もうなずいた。

レンブラントは、その壁際にイーゼルをよせるように合図した。ウィレンブルヒは、ハンカチで勢いよく鼻をかんだ。バッカーは、左方の壁をみあげた。ドクトル・メーアの腹部を切りさいた絵に興味をそそられている。

握手したままレンブラントは、身をよじってバッカーの踵をおもいきり蹴った。はねあがって彼は、ミールヴェルトははらわたを画いている、と巻き舌で反抗する。二歳年少の弟子は、口はばったく師匠の腕の解剖図に批判がましい。白けてレンブラントは、愚作、といいたげに先輩の絵を無視した。彼らのやり取りにトゥルプは、微苦笑しながらにぎった手を解いた。

五

「市長がお見えです」

ナースの声に、ローネンはベッドから青白い顔をあげた。「フランス」と市長は、やせ細った彼の手をやさしくにぎった。嬉しそうに「ニコラース」と、よびかえす声がかすれる。あの鋭かった三白眼が、にぶく弱々しい。

椅子をよせて、トゥルプは、ベッド脇に座る。長年の友人F-ローネンは、胃癌を患い、三ヶ月前から病床に伏せていた。彼は造船業をいとなむ財閥の重鎮で、オランダ財界のリーダーであった。トゥルプは六〇歳にして政界に転じ、ローネンの支援をうけて、一六五三年にアムステルダム市長に当選した。渋々ながら、二五年間つとめた主任解剖官の席を辞した。今では、アムステルダム大学の学長を兼務する。

主治医の内科医に耳うちされて、トゥルプは、親友の腹部を恐るおそる触診した。固いしこりに触れたとき、彼は度を失った。逃げるように病室をでると、廊下を壁づたいに走ってはげしく額を打ちつけた。あわてて付添う秘書が、はがいじめにしてとめた。あの腫瘍の大きさでは、とうてい治る見込みはない。余命は数ヶ月…為す術はなかった。

当時、外科医は人々に畏怖される職業であった。患者に安物の薬用酒ジンをがぶ飲みさせて、ようよう手術にのぞんだ。屈強な助手たちが手術台の四肢をおさえ、泥酔した患者の肌にメスを刺す。まだ麻酔法のない時代、手術室は阿鼻叫喚《あびきょうかん》の地獄と化した。ぶじ手術をおえても、消毒法もなかったので、患者の過半は術後感染で苦悶のうちに死亡した。手術中にショック死する者もあったから、当然、施術は小手術にかぎられた。どのみち、悪性腫瘍では内科医も外科医も無力だった。

市庁舎をぬけだして毎週、トゥルプは日々衰えゆくローネンを見舞った。病床の手をにぎりながら一刻、おだやかに共有する懐旧を語らう。あえぎながら彼は、くりかえし解剖講義にかけつけた〝あの日〟をなつかしむ。「馬車がゆれてねえ、幾度も吐いたよ」二十年もたったのに、あの日の記憶がよみがえるらしい。「ニコラース…君の解剖に間にあってよかったよ」

絵にはふれないが、あの傑作に描かれそこねた彼の無念。うなずきながら、トゥルプの胸は刺すように痛む。

〝あの絵〟は陽春、首都展覧会に出品され、いち早く画壇の注目をあびる。ウィレンブルヒの商才に乗じて、レンブラントの画業は一挙に開花した。〝光の魔術師〟と謳われ、オランダ・フランドル絵画を代表する画匠にのしあがる。今では、レンブラント・ファン・レインと称し、その盛名は欧州世界に鳴りひびいていた。

その天をあおぐようなレンブラントの栄光―住む世界がちがうとはいえ、トゥルプには、国際都市アムステルダムの市政を司るおのれが、卑小にみえた。おもいがけず、あの絵の御蔭で、トゥルプの名も少なからず内外に知られた。それにしても、レンブラントを世にだしたのは、「トゥルプ博士の解剖講義」なのだ。トゥルプの心中には、微妙に屈折した私心がうずく。

凍った石畳を市庁舎にもどる。沈痛に腕ぐみしたまま、車輪の音が耳にとおい。ふいに、轟音をたてて対向車がすれちがった。市の紋章をかざる扉に、くだけた泥水がはねちった。指呼の間に一瞬、白い窓ごしに見覚えある顔がよぎった。

レンブラントだ！―赤いベレー帽の下に、傲然と〝あの顔〟。幾度か展覧会やパーティで会ったが、久しぶりに目にした彼は、不様に肥えて不遜だった。悪夢か、激しい馬蹄がトゥルプの耳介を走りさる。ローネンの残像をけちらされて、棒を呑んだような苦々しさにとらわれた。彼奴は、どこへ行くんだ?。

じつに、レンブラントの馬車は、外科医業組合会館にとまった。一六五六年一月の厳冬、盛装の紳士が雪除けした玄関をかけおりる。真っ白い息が、彼の濃い頬髯に凍った。出迎えたのは、解剖官ヨハネス・デイマンである。

デイマンは市長に転じたトゥルプのあと、その年のうちに主任解剖官の職に就いた。トゥルプと同じライデン大学医学部にはいったが、中退してフランスのアンジェに学ぶ。ようやく医師資格をえたのち、アムステルダムで開業した。その叩きあげが公募に応じ、はからずも大トゥルプの後任ポストを射とめた。

三年もすると、地味な苦労人もまた、「デイマン博士の解剖講義」を欲する。気負って彼の虚栄心は、トゥルプと同じ画家に制作を懇願した。さすがに、絵は三九×五二ドイム(一〇〇×一三四㎝)、トゥルプ画の半分ほどの大きさにした。じつは、浪費癖が嵩じてレンブラントは経済破綻に瀕し、この一六五六年に破産宣告をうけることになる。そのためトゥルプ画の号では、デイマンは、法外な値段に応じきれなかったのだ。

ともあれ、レンブラントは円熟の五〇歳、二四年ぶりの外科医業組合会館であった。再訪を懐かしむ風もなく、靴音をたてて三階解剖室にむかう。解剖台をかこんだ見学者が、驚いて一斉にふりむいた。彼ら八人は、巨人レンブラントの発するオーラに感きわまる。

彼らに頓着せずレンブラントは、ぞんざいに弟子二人にイーゼルをさした。すぐさまイーゼルは、解剖台の脇から屍体の裸足の手前に移動された。屍体は、ヤンという頑強な若者で、強盗の重罪で絞首刑になった。

きょうは解剖の初日で、すでに屍体の内臓は取りのぞかれて、腹部には深い穴が空いていた。段取りを計っていたらしく、レンブラントは、次の胸部を割くまえに到着した。デイマンは、いそいそと中央にあたる屍体の頭部にたつ。それにしたがって、見学者は左右に四人ずつわかれて屍体の横にならぶ。またたく間に、絵の構図は決まった。

六

「ファーダァ！」

引きさくような悲鳴、トゥルプは、病室の戸口で総毛だった。反射的にドアをけって走りこみ、脈をとる内科医をおしのけた。痩せこけたローネンの顔には、死相がただよっていた。ベッド下にひざまずいて、ひとり娘のコルネリアが、父親の細い腕にすがった。あきらかに重い肺炎を併発していたが、当時、危篤状態の患者には手の施しようはない。

虚空をあおいだローネンの顎が、カクンとはずれたように落ちた。苦しくあえいで息を吸いこみ、顎が上がって歯がけわしくかち合った。それから、しまりなくカクンと下がった。末期《まつご》の顎《がく》呼吸である。「ファーダァ」と驚愕して、コルネリアは、父の顎に手をあてて口を閉じた。友の手をにぎったまま、トゥルプは、無惨な顎呼吸に呆然としていた。臨終だった…金髪を乱して父の胸に伏し、コルネリアは、悲痛に嗚咽《おえつ》をもらした。

数分たらず、ローネンの乱れた頭髪から、ポロポロと白い粉がこぼれおちた。白粉は毛髪をつたって、泡だつように次々と這いだしてくる。頭部にぬくぬくと巣くっていた毛虱《けじらみ》である。体温の冷却から、群をなして逃げだすのだ。見慣れた虫の習性だったが…狂ったようにトゥルプは、両手でベッドにちった毛虱を叩きつぶした。

ローネンを埋葬して一ヶ月余、トゥルプは、親友の無念に悶々と悩んだ。あの集団肖像画には、ローネンが欠けている。注文主としては、完成した絵ではない。あのときレンブラントを説得できなかった、言いようのない苦々しさともどかしさ。なんとしても、ローネンの切なる願いを叶えてやりたい。その思いは、日に日につのって彼をかりたてる。あの絵の中にローネンを加えねばならない―ついにトゥルプは、ひそかに意を決した。

芸術を冒瀆する行為と逡巡しつつ、彼は、誰に依頼するか思案する。天下のレンブラント作に手をいれる。そんな鉄面皮な注文をうける画家がいるだろうか。トゥルプの邪《よこしま》な計画は頓挫しかけた。遠い記憶をさ迷って、気にも留めなかったあのときのレンブラントの助手がうかんだ。あの巻き舌の男!、天からの僥倖《ぎょうこう》とトゥルプは雀躍した。彼なら事情を知るから、極秘の役柄を理解できるだろう。あの男はまだ絵描きをつづけているか、心配になった。

あの年から九年間、A・バッカーは、レンブラントのもとで修業した。しかし画才なく、破門同然に追いだされる。それでもアムステルダムをはなれず、肖像の注文画を売って細々と暮らした。五〇歳にとどくのに、いまだしがない貧乏絵描きであった。

市内在住のバッカーを探しだすのは、市長にはた易い。唐突に馬車を仕立てて、市長の使いは初手から慇懃《いんぎん》無礼だった。トゥルプとはたった一度、あの日に会ったきりだ。市長となった彼が、なに用か、かいもく見当がつかない。用向きをたずねても、使いでは埒《らち》があかない。ひたすら、不審と不安が増幅する。

重厚で華麗な市庁舎の、ながい冷えた廊下を連行される。壮重な市長室は、ひろくて暖かい。大きな暖炉に赤々と炎が燃える。

「おー、バッカー君。久しぶりだねえ」いかにもなつかしげに、トゥルプは、彼の肩をだきよせた。にこやかに、威圧感にすくむバッカーに語りかける。「じつは君に、肖像画を一枚画いてほしいんだよ」

まさか！、鳥肌がたってバッカーは縮みあがった。市長が私に絵の注文？、ありえないと、巻き舌がもつれて声にならない。かまわずトゥルプは、アッサリと核心にふれた。

「肖像画といっても、顔を画きたすだけなんだけどね」

一瞬、耳を疑ってバッカーは「画きたす…」と口ごもった。血の気がひいた満面が、みるみるうちに紅潮した。「君ィ、覚えているだろう？。あのとき遅ればせながら、描いてもらえなかった人がいたね。せっかく、間にあったのに」むろんバッカーも、あのときの光景は忘れていない。師匠の傲慢とモデルの無念…。

トゥルプは、口調をかえて勢いこんだ。「造船業のフランス・ファン・ローネンを知っているね？。ローネンがあのときの彼だよ。おぼえてるよね？」念をおされてバッカーの脳裡に、埋もれていた一連の場景がよみがった。あの紳士が、財閥のローネンだったのか。

「彼は先月亡くなった。死ぬまで、あの絵のことを残念がっていたよ」語りながら憤りと悔しさが込みあげて、しばしトゥルプは絶句した。「十時間もかけて…かけつけたんだよ」

一転して今度は、高飛車に威しをかけた。「だからバッカー君。あの絵のなかに彼を画き加えてほしいんだよ」思わず身ぶるいして、バッカーはあと退りしていた。市長の注文は、他人の作品をみだりに損壊する行為だ。ましてや、レンブラントの傑作に筆をいれるなど、天をあざむく所業だった。立ちすくんだまま、バッカーは辛うじてつぶやいた。

「そんな、畏れおおいこと…」

師匠にしられれば、画壇から永久追放される。あの有名な絵に、人物が一人ふえた—それを隠しおおせるわけがない。尻込みする彼を懐柔しようと、トゥルプは得意の弁舌をふるう。「もちろん、だれにもしゃべらないよ。顔一つぐらいふえたって、だれも気づかないさ。万一ばれても、だれかの悪戯《いたずら》としらばくれればいい。知っているのは、君と私だけだよ」

なおも拒絶するバッカー。「あれは、私の絵なんだよ。私の物を私がどうしようと、自由だろう」所有者の権利をふりかざして、トゥルプは、事の正当性を強調する。そのじつ、無理強いしながら、彼もまた後ろめたさをぬぐえない。だから、よけい苛つくのだ。

次は、有無をいわせぬ泣きおとしにでる。「バッカー君。こんな修整は、ほかの絵描きには頼めないからねえ」加筆であって修整ではありません、と彼は言いかえしたい。「君がレンブラントの弟子だからこそ、頼むんだよ」破門された弟子です、と彼は口答えしたい。すっかり怖気づいて、バッカーは、かたくなにだんまりをきめこむ。

「あの絵のどこにローネンをいれるかは、君に任せるよ。君のセンスに期待しているよ」痺れをきらしてトゥルプは、貧乏画家の心底を逆なでした。「それともレンブラントの修整は、君、自信ないのかね？」

不肖の弟子とはいえ、犬猫同然に叩きだされた屈辱は癒えない。バッカーには二十年間、天才レンブラントへの恨み、妬み、卑下、僻《ひが》み、敵意が鬱屈していた。劣等感の裏がえしに、凡才は凡才なりのプライドがあった。これまで、このように制作を懇望されたことはなかった。初めての特注が、大市長からである。

暖炉の薪《たきぎ》がくずれて、炎が烈しく爆《は》ぜた。

レンブラントの傑作に筆をいれる…夢想だにしなかった天恵ではないか。にわかに、バッカーの心底に報復という邪心が鎌首をもたげた。師匠にならぶ筆遣いをみせれば、一矢むくいることができる。また、力量が劣れば傑作に一塗りの汚点をのこすが、それこそレンブラントにくだる天罰だ。ひとり意気込んでバッカーは、かつてない昂揚に火照《ほて》った。

「市長殿」トゥルプをあおぐと、拝承の意中を垣間みせた。「私、ローネン様のお顔をおぼえておりませんが…」

市庁の廊下は寒い。防寒の厚着が、暖炉の炎と冷汗でぐっしょりぬれていた。帰りぎわ、トゥルプは硬貨のつまった麻袋をさしだした。片膝ついてバッカーは、うやうやしく受けとった。袋はズシリと重い。もう逃げられないと、腹をくくるほかなかった。

七

「君ィ。そこで、何してるんだね？」

背後からの詰問に、バッカーは、手にしたブラシをおとしかけた。高い脚立に坐ったまま、ふりむいて頓狂な声をはりあげた。「ハイ！。市長のご命令で、絵の汚れをとっています」ホールのドアを半びらきにしたまま、頬髯濃い壮年の男が、「あー、そう」と無愛想に納得した。トゥルプ画の斜向《はすむ》かいの壁をチラと見、彼は、ガチーンとおもいドアを閉めた。

さそわれてバッカーは、脚立から遠目に反対側の絵を見、アッと息をつめた。その解剖講義画の主役が、今の頬髯の男に酷似していた。バッカーは知らないが、彼は、現主任解剖官のデイマンであった。すでに「デイマン博士の解剖講義」は、ホールの壁を飾っていたのだ。一世一代の注文に気をとられて、バッカーは、ホール内の絵を鑑賞する余裕もなかった。不肖の元弟子は、それがレンブラントの新作とは知らないし、気づかない。

じつは、バッカーは市長から、毎日曜日に人知れず作業するように厳命された。きょうは日曜日なので、外科医業組合会館は無人のはずだった。だから、頬髯には不意打ちを食らった。うしろめたさもあるから、びくつきながら、空巣のように音をたてず密やかにふるまう。

脚立の足元には、ローネンの肖像の小品が立てかけてある。彼は生前、数枚の肖像画を描かせていた。バッカーは、娘コルネリアから一枚を借りうけた。肖像画をみても、あのときのルーネンの顔はおもいだせない。

森閑としたホール内に、陽春の日差しが燦々と射しこむ。トゥルプ画は大きいので、いちいち壁からおろせない。脚立の台に腰をすえて、新調の作業衣を着たバッカーは、高みにある壁の画面にむかう。歯に絵筆をくわえ、右手にパレットをつかみ、利き手で細長い支え棒を額縁にあてた。絵筆を指ににぎりながら、一瞬、目がくらんで平衡感覚を失う。

日曜日の昼下がり、ひとりトゥルプは、静かにホールのドアをあけた。久方ぶりの勝手しったる会館である。半月ほどたって、バッカーから「おわりました」と短い伝言がとどいた。喜憂のまじる複雑な気分であった。トゥルプ画を観るのも久しい。とりわけ今日は、以前とは少しばかり異なるローネンの描かれたトゥルプ画であった。ここまできて、絵の中でフランスと会える、と心がはやった。

大きな絵をあおぐと、しばし視線が画面をさ迷った。フランスは、どこにいる?。七人目のモデルは、画面の左によった奥に茫洋と立っていた。しまった…一見して、トゥルプは唇をかんだ。一打ちに、期待と気力が阻喪した。

トゥルプにも絵の優劣はわかる。屍体をかこむ楕円の構図が、左側にかたむく三角形になってバランスをくずしていた。その楕円からうしろにはずれたローネンは、遠近をみせて暗い背景にボンヤリと浮かぶ。それも、解剖医の手元をみつめる名士の真後ろという、稚拙な立ち位置だった。おまけに、ローネンは屍体をのぞきこまず、その目線は不自然に正面を見すえる。ところが、画面中央奥の解剖書をもつハルトマンツは、巧みに真正面から観る側に目線をむけているのだ。そのため、正面目線の人物が二人になり、せっかくの焦点が定まらなくなった。

絵をあおいだまま、トゥルプは悄然《しょうぜん》とたちつくす。あの凡庸《ぼんよう》に軽々に修整をさせたのが、過ちだった。一方、修整をひきうけたバッカーの身の程しらずは、愚かだ。いまさら悔んでも憤っても取りかえしはつかない。彼に修整を消させても、失敗の上塗りになるだけだ。もう奴の顔は二度とみたくないと、トゥルプはひとり苦虫をかみつぶした。

せめてもの救いは、凡才ながら、ローネンの風貌を写しとっていたことだ。三白眼はみえないが、面長のおだやかな友の温容があった。とにかく、見学者にローネンを加えて、ようやく彼の心のこりを晴らした。不承不承ながらトゥルプは、おのれを納得させようとしていた。ここでいたずらに騒がず、このまま黙って口をぬぐおう。消沈しながら、あいかわらず切りかえは早い。

　おもたい踵を返しかけて、斜向かいの壁の絵が視野をよぎった。見慣れない絵…さそわれて数歩、その小さめの額に歩みよった。そこでトゥルプは、ウッとうめいて棒だちになった。すぐに、後任のデイマン画とわかった。しかも絵は、まぎれもなくレンブラント作だった。

　観る者の眼前に、屍体の大きな裸足の裏が左右にひらいていた。そのむこうに内臓のないグロテスクな黒い穴、ぶ厚い胸はまだ割《さ》いていない。その上に、両肩までたれた伸び放題の金髪、暗くおちこんだ両眼、太い鼻筋、厚い唇の死に顔が、無様に正面をむいていた。折れた首をたたせて、両足裏の間から顔貌をさらした凄み―意表をついた視点、奇抜な構図であった。

　そのうしろ側、フロックコートの頬髯の解剖医が、両手で頭髪をかぶった頭部を剖く。左には若い見学者が、右手に鋸できりとった碗のような頭蓋骨をもつ。解剖医の両側には、見学者が対象に四人ずつたつ。瞬時、刻《とき》をとめて、解剖の一場を大胆に写した一作である。

　このホールでトゥルプが、レンブラントに度肝をぬかれたのは二度目だった。見様によっては、その独創性からデイマン画はトゥルプ画を超えていた。よろけるようにドアにむかうと、足元にプチンと鈍い音がはじけた。みると、靴先に太い皮袋をふみつけている。厚い皮がさけて、赤い油絵具がみがいた床に点々ととびちっていた。

当時、油絵具はソーセージのように豚の腸につめ、鋲で穴をあけて絞りだして使った。絵描きの商売道具…バッカーのおとし物だ。無性に腹たってトゥルプは、おもいきり腸詰めを蹴とばして怒鳴り声をあげていた。

「粗忽《そこつ》者奴！」

八

それから五年後、A・バッカーは一六六一年、五三歳で死んだ。

J・デイマンは一六六六年、四六歳で死んだ。

レンブラントは一六六九年、六三歳で死んだ。

もっとも年長だったN・トゥルプは一六七四年、八一歳で死んだ。

それから半世紀後、一七二三年に外科医業組合会館が延焼し、デイマン画の四分の三が損焼した。加筆を噂されながら、斜向かいの壁にあった「トゥルプ博士の解剖講義」は、焼失を免れた。

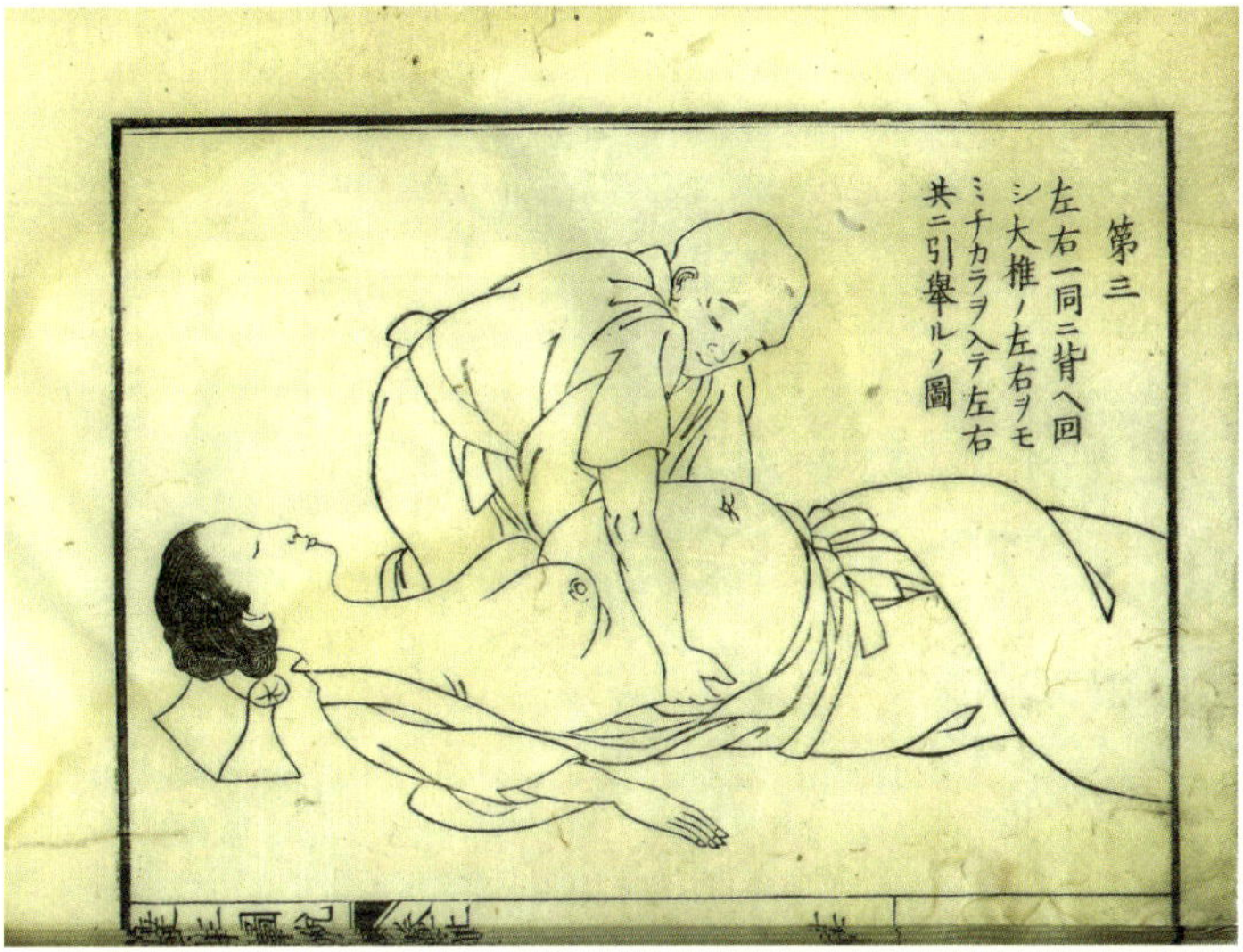

舞う子

一

「奥さん。やっぱり逆子だねえ」

超音波診断装置の粗い画面をみながら、産婦人科医の吉岡は、事もなげに野太い声をあげた。ギクシャクゆれるモノクロ画像に、わが子をみたくない――あおむいたまま、塔子は黙ってうなずいた。目線は、高みの天井をおよいでいた。

プローブでふくらんだ腹部をなでながら、吉岡は、悪戯っぽい笑みをちらせた。「ホーホー、奥さん。別嬪さんだあ…ママ似の別嬪さんだよ」

女の子というのは、知っている。今どき〝べっぴん〟なんて、ふるめかしい。冷かされて塔子は、「そんなこと、わかるんですか？」ととがっていた。その声色に頓着せず、吉岡は、黒縁の太眼鏡をずりあげた。「そりゃあ奥さん。三〇年もエコーみてるんだから、ブスでもわかりますよ」

冗談がすぎる。胎児は発育すると、顔など局部が大きく映る。モニターの精度があがったとはいえ、胎児の器量を品評する厚かましさ。このざっくばらんで無神経な物言いが、あんがい女性患者に受けがいい。笑い目のナースが、腹部にぬったゼリーをふきとる。平たくひろがったへそが、体裁わるい。お腹の子は、母親の体形の崩れなどおかまいなしだ。

腹をさわると、たしかにみぞおちの下方に固い頭がふれる。はじめ胎児は逆子だが、頭がおもくなる妊娠30週頃から、頭を下にした体位（頭位）におちつく。それでも数％は出産時になっても、頭を上にした体位（骨盤位）のままだ。妊婦はだれでも、その数％になりたくない。ふつう胎児は頭からでるので産道がひろがり、でやすくなってスムーズに自然分娩する。逆子では手足が先なので出にくく、産道がせまくて圧迫されたり、臍帯《さいたい》（へその緒）がからまったりするトラブルが起こりやすいのだ。

もう32週をすぎている…搭子は、憮然として腹帯をひっぱりあげた。半月前の検診でも、同じ質問をした。「先生、逆子なおりますか？」

逆子なのに、吉岡は、いっこうに横臥の指導もしない。ふつう30週頃から、胎児の姿勢にあわせて横向きに寝る。すると、子宮内で自然に回転して頭位になるという。この半月間、出産ガイドブックにならって、搭子は、枕をあてて右横向きに寝ていた。その効果もなかった…。

「まあ奥さん。様子をみましょう」

個人差があるからと取りあわない。又はぐらかされて、彼女は口をむすんだ。逆子なら帝王切開すればよいと、吉岡は、天から決めているようだ。たしかに、逆子なら開腹したほうがリスクは減り、母子ともに安全なのだ。受診まえ、この東京麹町病院の産婦人科の手術件数や症例をしらべた。科長の吉岡は腕がよい、とのもっぱらの評判だった。とはいえ、出産までに逆子をなおせば、帝王切開はやらずにすむのだ。

塔子は不承不承、診察室をでる。

「奥さん。順調ですよ。ノープロブレム！」白衣の肥満体をゆすって、吉岡の濁声《だみごえ》が追ってきた。ノープロブレムって…できれば手術は避けたい、という妊婦の心情を意に介さない。

初夏の陽射しがきびしい。

病院のながい廊下をでると、妙にけだるい。日傘を斜にさして、塔子は、中央線沿いの土手堤をゆっくり歩く。上背があり華奢《きゃしゃ》なので、腹部のふくらみが目だつ。片手で下腹をかばう妊婦の仕草が、みょうに卑猥《ひわい》だ。

うなじが暑くて、傘の柄をまわして日差しをはねちらす。吉岡の野暮ったいフレームが、瞼をよぎった。ダサイ…塔子は、奥さん奥さんと連発する医者に苛だっていた、と気づく。

私は、奥さんではない—初診時に、ちゃんと未婚の母とつげてある。もちろん、父親は明かしていないが、余計な気遣いをする医者の浅慮。夫がいないのに奥さん呼ばわりされるのは、気色がわるい。

途中、黒い桜樹の日陰にあるベンチに座る。両足をだらしなくひろげて、木目の手触りが心地よい。小さな肥えたふくら雀が、茂みのなかに十数羽、餌をさがしてはねている。子宮がみぞおち辺りまでふくらんで、胃や心臓を遠慮なくおしあげる。胃がもたれ胸やけに悩まされ、動悸と息切れにあえぐ。そんな母体にかまわず胎児はローリングして、幾度も身体の向きをかえる。

「マーちゃん」

両手ではった腹部をさすりながら、やさしく話しかける。ふつうは、性別はついていても、出産後に命名して子の誕生を祝う。無頓着で不謹慎な塔子は、早々にお腹の子を〃舞〃と名づけ、マーちゃんとよぶ。お腹の子には、へその緒でつながる母親の声しか通じないとおもいこむ。「マーちゃん。まだ頭おもくないのねえ」頭を上にした逆子なのよ、とは舞を責めるようでいえない。「マーちゃんは、きっと小顔なのね」いま流行《はや》りの褒め言葉をつかって、塔子はみずからをなだめる。

すでに平衡感覚器官は働いているので、胎児はみずからの動きにともなう変化は感じとっている。とはいえ、胎内では上も下も方向感覚はないだろう。はじめ胎児は、臍帯につながれて羊水の海を回遊し、やがて窮屈な子宮の袋に丸くなる。いま胎内の娘は、身長四十センチ、体重千五百グラムほどだ。とうに聴覚器官はできていて、同体の母親の声をおぼえる。父親がいれば、じきにその声も聞きわける。

「マーちゃん。きょうは外、暑いのよォ」塔子は、にわかに渇きにおそわれた。舞が水を欲しがっている――食べるのも飲むのも、娘の欲求にせかされる。妊娠して、見事に嗜好《しこう》がかわった。「いまお水、飲むからね。ちょっとまっててね」

となりに座った女子学生が、妊婦の大口の独り言に気味わるそうにはなれていく。とにかく大儀で、人目をはばかる余裕もない。「マーちゃん、飲むよォ」喉をならして塔子は、ペットボトルをあおった。言葉はつうじなくても、声と動きは察知できるはずだ。

あッ、舞が両足で下腹をけった。

水にうるおったのか、小さな足をつっぱって、おもいきり蹴られたような肉感だ。胎児の動きが子宮の外側の腹壁につたわるのが、胎動である。初めて胎動を感じたときは、動いた！と驚喜した。このころは、背のびをし手足をふるので、いささか持てあまし気味だ。

「マーちゃん。そんなにけらないでよ」

たいそう虫の居所がわるい…娘が、逆子を叱られたと怒っているのか、なにか不足を訴えているのか、困惑する。とにかく、気のつよい娘《こ》だ。妊娠の身につぎつぎおそいくる未知の異変に、動揺し畏怖する日々…。腹腔内の別人格が、勝手気ままに初産の母親をおどろかす。ただの生理現象と知りつつ、塔子は、舞の反応に神経過敏になる。母性という動物本能は否応なしに、胎児のはっする圧倒的な営みを甘受するほかない。とにかく胎児は、母体を支配する不可侵の存在なのだ。

ヨイショ、両足をふみしめてベンチをたつ。むくみはでていないが、ポッテリした脂肪太りが気色わるい。できるだけウォーキングするため、病院を往復できる近間《ちかま》に仮住まいした。ところが、せりだした腹部で足元がみえず、歩くのが危なっかしい。半年前には夢想だにしなかった、生身の身体の驚くべき変わり様。妊婦は、こうした肉体の不都合と理不尽をたえしのぶ。

二

「さあ、マーちゃん。帰ってきたよ」

市ヶ谷駅に程ちかい十階建マンション。地震にそなえて二階の、一ＬＤＫを借りた。マタニティの裾をパタパタあおいで、ウェアの内股に風をふきこむ。リビングにある木製のロッキングチェアに沈みこむ。

とりあえず出産までの一年間なので、室内はまことに殺風景である。ただ一つの贅沢品は、マホガニーのオーディオ・セット。「マーちゃん。ジュピターだよ」

軽快なテンポにのって、優美な旋律が淡彩な壁面をなでるように流れる。モーツァルトの交響曲第四一番『ジュピター』。いまはロッキングはとめてあるが、この半年間、チェアにゆれながら朝な夕なに舞に聞かせた。胎教のための音色だが、体調のゆらぐ塔子の癒しでもある。

この年にして…と、妊娠の日から自責する。彼女は三八歳、十月の出産予定日には三九になる。WHO（世界保健機関）は、三五歳以上で初めて出産する女性を高年初産婦という。五〇歳をこえても出産できる時代だが、高齢出産には母体・胎児ともにトラブルのおこる確率が高まる。

だから塔子は、神妙に区の母親学級に参加し、栄養管理のため料理教室にもかよった。吉岡がノープロブレム！と安心させたのは、高年初産婦への気遣いである。彼は、逆産より高年初産のリスクを観察してきたのだ。それはわかっていたから、塔子は、ぐちりつつも吉岡を頼りにする。

ふと、チェアにうたた寝をしていた。寝汗が、汗腺をあふれて脇から腹部までにじむ。舞の小さな足が、たがい違いに下腹をける…食事の時間だ。

「マーちゃん。お休みまえの体操よ」

腹帯のガードルをはずし、薄いナイトウェアに着がえる。リビングの絨毯《じゅうたん》に四ツ這いになる。両膝と両肘をついて尻をつきあげ、そのまま猫が背のびするように柔軟に上下運動する。就寝まえに、半月前からつづける胸腹位法という逆子体操である。

無理な力をかけず、腹を突っぱらない。腹部がおもく垂れるので、この反復運動はかなりシンドイ。休みやすみなのだが、五分もすると汗がふきだす。それでも、効果のほどは五分五分らしい。

舞には、逆子矯正体操とは話していない。逆子の回転は、胎児の能動なのか受動なのかさだかでないからだ。心地よいのか、彼女は、波うつような揺りかえしに逆らうことはない。

十五分ほど、ハアハアとあえぎながら隣室のベッドに伏せる。母体の鼓動は、舞には子守歌代わりだ。

三

「トーコ！　久しぶりィ元気？」

携帯に、桜井美香の朗らかな奇声がはじける。「あのぅ…相談があるのよ」彼女の高音におされて喉がつまる。「相談ってなによ？」と、はしゃぎながら問いかえす桜井。彼女は、大学の同級生だった。親友というわけではないが、陰と陽なのにたいそう馬が合った。

「わたし、コドモができたのよ」

ええッと一驚して、桜井はせきこんだ。「トーコ、いつ結婚したの!?」

「結婚なんか、してないわよ」冷静をよそおう友の声に、おもわず桜井は口ごもる。「そう…妊娠したの？　何ヶ月？」「九ヶ月目なの」

携帯の声がひいて沈黙した。もう核心は明かしたので、塔子は開きなおった。「会える？」

「えッ、トーコ東京にきてるの？」早とちりして桜井は咳きこんでいた。

「ミカ。わたし、東京に住んでいるのよ」桜井は、携帯の遠くで絶句した。さすがに塔子は、旧友をいたく驚かしたと悔んだ。桜井は、在学中に看護士と恋愛結婚し二児の母となり、無難な道のりをあゆむ。

市ヶ谷駅そばの喫茶店ルノアール。下宿が近かったので学生時代、彼女とだべっていたなじみのカフェだ。日曜日の界隈には、思いがけず静謐《せいひつ》な刻がただよう。二階のカフェは空いていて、向こう席に個人レッスンの男女が座っていた。

久々に塔子の切れ長の目が冴える。中年肥りになったが、桜井の相好は学生時代を彷彿させる。開口一番、「トーコ。相手はどういう人？」と単刀直入に質《ただ》した。はねるように、臆面もない返事がかえってきた。「妻子持ちよ」

予期していた不祥事…桜井はひるまずたたみかけた。「相手は、あなたの妊娠してるの？」塔子は、澄まして視線をそらす。「もちろん、知らないわよ」

おもわず、桜井は舌うちしていた。男の浮気か女の不倫か、ストイックな塔子らしくない不始末だ。腹布袋《ぼて》になって、いまさら堕《おろ》す相談ではない。「それでも産むわけね」と、手加減せずに念おしした。そんな愚問には答えない。だれの子？と聞きたいが、口を割る塔子ではない。だまって、ひとりで産んで独りで育てる覚悟を決めている。

いわれのない憤りが込みあげてきて、桜井は、「相談って何よ」とぞんざいに問うた。

「ミカ。この子、逆子なの。あなた、外回転術をやる医者しらない？」すがるような彼女の面持ちに、桜井は真顔になって問いかえした。「セカンド・オピニオン？」「いえ、いまの麹町の先生には黙ってるわ。なにしろ、カイザーすればいいと思ってる医者だから」たしかに国際的には十年前から、逆子の分娩はすべて帝王切開にすべきであるとされている。

桜井は、しばし溜息をついた。外回転術は、医師が腹の上から手をあてて、逆子の体位を回転して頭を下にする処置である。人為的なのでリスクもあり、熟練を要する。首尾よくいくのは、六～七割という。「ウーン。外回転術、最近あまりやらないようよ」「そうなの」と、塔子は窮状を訴えた。「ネットじゃ信用できないし、誰にも聞けないし…さがしてるのよ」

「わかった。産婦人科の先生に聞いてみるわ」駄弁に似あわず、桜井の動きははやい。携帯を片手に喫茶店の外へでた。彼女は、母校の医科大学で皮膚科の講師をつとめている。子をもつと不本意ながら、人に頼り人に乞い、いろいろ世間様に頭を下げねばならない。塔子は、所在なげに珈琲カップをもつが口にしない。カフェインは、舞に障る。英会話のレッスンとおもったが、とぎれとぎれに早口の中国語が聞こえる。

携帯をしまいながら、桜井は、三鷹に外回転術にすぐれた産婦人科医がいるという。「マトモな先生だってよ」と、彼女は受診をすすめた。数少ない外回転術のできる医者―間違いはないらしい。「三鷹は、市ヶ谷から総武線で乗りかえなしだよね」タクシーでは、ながい揺れが心細い。「むかしは産婆さんが半日がかりで直したけど、今はそんなに時間はとらないらしいよ」

いちおう役目をはたして、気分がほぐれたのか、桜井のお節介癖がでる。「トーコ。カイザーは、どうしても嫌なの?」目を伏せながら塔子は、ウーンと思案した。「そうだよねえ、お腹切るのは嫌だよねえ」察して、桜井はせわしなく言葉をにごした。

「ねえ、〝お腹を痛めた子〟っていうけど、帝王切開はほんとうに腹を痛めるんだからね。傷ものこるしね」どうも、具合のわるい茶化しになった。じつは、桜井は二児ともに自然分娩だった。逆子に悩む友…気の好い彼女は、正常に産んだことが申訳ない気がした。

「ミカ…」友の親身にほだされたか、塔子がポロリと本音をもらした。「わたし、高年初産なのよ」だから、よけい逆子が心配と弱音をのぞかせた。二人とも、卵子が老化すると知っている。塔子らしからぬ泣き言だったが、桜井は笑いとばした。「トーコ。いま幼稚園にいってみなさい。三十代の母親だらけ、若い母親なんていないわよ。五十歳で産む人もいるしね。それにみな、一人っ子ばかりよ」

はげますつもりが、軽はずみに舌がすべった。あとの言葉がつづかず桜井の目がおよぐ。塔子は、一人っ子で、しかも父なし子を産むのだ。今では、〝私生児〟は禁句になった。桜井は、さり気なく話題をかえる。

「驚いた、おどろいた…あの仁科塔子がシングルマザーとはねえ」おどけながら桜井は、にわかに饒舌になる。「トーコは、降るほどのプロポーズがあったのに、右に左にバッタバッタとけっちゃって、あゝ勿体ない！　あの同級生の後藤君も、高嶺の花だって泣くなくあきらめたわ。私にまわしてもらいたい男も、いたのよ」桜井は、想いだしても口惜しげに唇をとがらす。苦笑いして塔子は、レッスン中の男女に気兼ねした。「ミカ。大げさなこといわないでよ」

桜井のやっかみは、じきに学生時代の懐旧にかわる。「トーコは男嫌いっていうか、男をバカにしていたね。男のパンツ洗うなんてゴメンよって、よく言ってたよね」そこで、彼女は絶句した。その塔子が身ごもったなんて、未婚の母なんて…信じられない。桜井は、マドンナ塔子の体たらくに幻滅していた。

「トーコ。仕事はどうしたの?」一息継ぐと彼女は、甲高い声をあげた。「甲府の病院、辞めたの! 眼科の医長だったんでしょ」首をふりふり「辞めちゃったの」と、残念そうに繰りかえす。それでも、かろうじて友の事情を推しはかる。「そうか…病院にいられなくなったということね」はしたなく彼女の関心は、塔子と遊んだ男にむく。相手は院内の医者…同じ眼科か。それを問いただしても、口がさけても言うまい。

四

「田宮君。だいぶ酔ってるわよ」

眼科学会の中日、眼科医仲間としたたかに宴遊した。京都の夜は、にぎやかだが暗い。タクシーで送るからと、後輩の田宮をのせた。彼は、塔子のつとめる甲府記念病院の眼科の医員である。聞けば、宿は同じ祇園のホテルだ。

「田宮君。飲めないのにムリするからよ」酒につよい塔子は、後輩の酔態を揶揄《やゆ》した。医学部では卒業の序列はきびしいから、院内では田宮先生だが、外では君付けである。有能でクールで高慢なイメージの塔子―その彼女が年下の男を君付けすると、みょうに艶っぽい。

大丈夫ですと左右にゆれながら、童顔の田宮は甘えてぐちる。「…塔子先生は、恐いからなあ」三十すぎた一児の父にしては、幼い。

「何階？田宮君」塔子は、ほろ酔い機嫌なのでせかさない。ポケットをまさぐると、彼は三階…とつぶやく。「アラ、同じ階ね」彼女は、階数ボタンをポンと叩く。鍵をふりながら田宮は、「塔子先生は、どこのホテルですか？」と問う。彼女が室まで送ってくれていると、勘違いしている。塔子は苦笑して答えず、点滅する階数を追った。

「田宮君。何号室？」

塔子が誘導して、せまい廊下を歩く。たまたま室は近くで、田宮のほうが先だった。

「田宮君は、この室よ」と教える。「キーあけられる？」酔眼をおよがせて彼は、深々とうなずく。「それじゃあ、お休み」と、塔子はあっさり背をむけた。うしろに、鍵を合わせようと躍起になる音…たよりない後輩の体たらくに、仕様がないわねえとひきかえす。

「大丈夫？あくの？」田宮の手元をのぞくと、ちょうどドアが勢いよく開いた。いきなり、男の手が塔子の腕をにぎって荒々しく引きよせた。あッと悲鳴をあげるが、力ずくでは敵わない。二人はもつれあったまま、半びらきのドアをはねて室内に折りかさなって倒れこんだ。ささえを失ったドアが、固い施錠の音をたてて閉じた。

五

「ミカ。はずみだったのよ」

平静をよそおいながら、塔子は裏声になっていた。桜井は、込みあげてくる意地悪い苦言をおさえられない。「みんな、そう言うのよ。トーコ」塔子の弁解など聞きたくない――彼女は、皮肉をこめて難詰した。「トーコ。格好つけてシングルマザーなんていうけど、まやかしよ。独りで育てるなんて意気がったって、子供は父親がいないのよ。それ、母親の身勝手じゃない？　母親のエゴじゃない？」

翌朝、酔いにまかせた一夜の過ちに恐懼《きょうく》し、田宮は、ひとり甲府へ逃げかえった。塔子は、かわりなく翌日の学会にでた。それからの彼は、塔子の問責を恐れ、眼科診療室でも・・・よそよそしく彼女を避け、かたくなに小心を閉ざす。

一方、ゆめゆめ思わせぶりな仕草をみせた覚えはないが、男の誘いにもろくもくずれた塔子である。一度の失敗、と強いてみずからを免罪した。大人の火遊びはあの夜かぎり、つとめて平静に黙して秘する。

そのじつ、彼女はけっして心おだやかではなかった。あの日は、生理をおえて半月あまり経っていた。性交すれば、受精する可能性のある時期である。あのとき、狂おしい情火のさなか、一瞬、ヤバイという一閃が脳裡をかすめた。

「トーコ。堕すという選択肢はなかったの？」

とうとう桜井は、もっとも過酷な問いをなげて、塔子の決断を責めた。彼女のふくよかな頬におびえが走り、血の気がひいた。〝堕胎《だたい》〟はとうに死語だが、〝人工中絶〟もまたおぞましい。両手で腹部をかばって、塔子はとがり声をあげた。「堕すなんて、考えたこともないわ！」

レッスン中の二人が、ギョッとふりむいた。

六

一抹の懸念は日を追って濃くなり、生理から一ヶ月たっても基礎体温が下がらない。まさかという悔恨、ありえないという切望が交錯する。屈辱の買物…大月まで車をとばして、小さな薬局で妊娠判定薬を買う。妊娠すると、特有のホルモンが分泌されて尿にでる。試薬にはアッサリ、陽性マークがでた。便座にすわったまま、塔子は、しばし茫然とした。

ひそかに覚悟していたものの、いざ現実をつきつけられると自失した。

一発必中という信じがたい間の悪さ…神様の悪戯などと、そんな責任転嫁は彼女のプライドが許さない。この私が愚かなエラーを冒した—煮えかえるような自責の念が込みあげてくる。男は射精するだけだが、諾否にかかわらずに、それを受けた女は人生が一変する。ましてて塔子には、夢想だにしない椿事だった。

さすがの塔子も、それから一週間上の空であった。もう妊娠二ヶ月目にはいって、すでに胎児は顔の部分の形成がはじまっている。胎内の命は日々、すさまじい速さで生長して止めようはない。胎児の体温は母体より〇・五度ほど高いが、それだけ激しく燃焼しているのだ。いつも冷静な塔子が浮足だったが、いよいよ腹をくくらねばならない。

決心すれば、うじうじと悩まない。彼女はつわりを覚られるまえに、病院に辞表をだし故郷の甲府を逐電する。

目をすえて、塔子は声をひそめた。「ミカ。わたし、夫はいらないけど、せっかく授った子供は欲しかったのよ」

「うん、わかるよ」もう言いつくしたので、桜井は、彼女の本音に同感した。「やっぱり、子供は天からの授かりものだからね。すっかり母親の顔になっているよ。トーコ」

話をそらして彼女は、共通の記憶をさそう。「そうそう、トーコ覚えてる？　ひとりアメリカに行って、不倫の子を産んだ女優がいたじゃない。男の名はかくしとおして、エライ女がいるって話したよね。ところが、産まれた子が育って、噂された元プロ野球選手に似てきて、バレちゃった、ネ」ここでまた、調子にのってマズイ例をひいた、と桜井は首をちぢめた。

「おとこ?・おんな?・」彼女は、塔子の大きな腹をさしながら話をそらす。「女の子はいいなあ。坊主は生意気！　話し相手にならないしね」おそまきながら塔子は、しきりに羨しがる彼女に「ご主人はお元気？」とたずねた。

ここで、ひとしきり桜井のボヤキを聞かされる羽目になった。夫君は、二年前にカンボジアの医療ボランティアに参加し、いまだに帰ってこないという。「大切な妻子を放りだして、異国の赤の他人の世話をするなんて、どういう神経してるの！　トーコ、亭主なんていらないわよ。うちの子、父親の顔も忘れてるのよ」

「マーちゃん。つかれたねえ」

桜井と別れると、塔子は、ほったらかしていた舞にわびる。「ママ、お友達と長話しちゃって、ごめんネ」娘が下腹をけりはじめたので、攣《つ》る足をひきずって帰りをいそぐ。気の置けない友だったが、話柄がおもすぎた。

じつに塔子は、気ばかりが焦っていた。逆子は32週をすぎると、胎児が大きくなり胎内の羊水がへって、自然に回転しにくくなる。もう就寝まえの逆子体操は、やめにした。明朝、いちばんにアポをとろう。

三鷹駅南口の広場から、野天のエスカレーターをおりる。にぎわう商店通りをぬけると、殺風景な住宅街にでる。道をたずねた学生に案内されて、建てました三階建の産婦人科森医院にたどりつく。ふつう妊婦のウォーキングは、八ヶ月までと指導された。市ヶ谷からJRで三十分あまり、塔子には辛い道中である。

玄関脇には、「森東洋医学研究所」という木彫りの看板がつるしてある。医者同士だから余計、初診患者の身は鬱陶しい。診察を待つ数人が、一斉に彼女をみあげた。

「仁科さん」産婦人科医の森は、丁重に診察台の彼女に声をかけた。五〇歳前後の神経質ぽい痩身の医者である。「ホラ、赤ちゃんがあくびしてますよ」

いわれるままに顔をあげ、塔子は、茶褐色の画面をのぞいた。画面一杯に、立体的な人の幼な顔が陰影をうつして揺れうごいている。麹町の病院とはちがう最新型の三次元モニターである。おもわず彼女は両肘をたてて、「先生、ハッキリ見えるんですね」と一驚した。胎児の目蓋が、明瞭に開いて、閉じて、ひらく。

「ホラ、また大きなあくび」森は、嬉しそうに画面を指さす。「眠たいんでしょうね」目鼻だちが整っていて、吉岡のいうとおり別嬪であった。初めてわが子の人体《にんてい》に対面し、眠っていた塔子の母性が一挙にふきだした。

不覚にも、涙がとめどなくあふれだし、片手で口をおおってむせび泣いた。われながら信じがたいほど、だらしなく涙線がゆるんでいる。森はモニターをはなれて、患者がおちつくのを待った。冷静でしたたかな塔子が、妊娠してから情緒さだまらず涙もろくなった。母性という圧倒的な本能が、彼女を意のままに支配し別人に変えていた。

診察台に坐ったまま塔子は、ティッシュで頬をぬぐい鼻をかんだ。「ごめんなさいね」と、ナースに照れ笑いした。きまりわるくて、もう恥も外聞もない。

「仁科さん。この体位ですと外回転術はできますが、五分五分ですね」森は、おだやかな言いようで説く。鼻汁をすすりながら、「もう32週たってますので…」と途ぎれた。あとを彼がひきとって、塔子の求めにこたえる。「赤ちゃんもまだ小さめですし、お腹のなかの環境もよいですから、なんとか回れるでしょう」患者の情緒不安定は、胎内に影響するから気分をやわらげる。「とにかく急ぎましょうね」

七

「母さん、ここで何してるの!?」

マンションの狭いエントランスにはいるや、塔子は仰天した。両手に荷物をかかえて、定子が、身じろぎもせず椅子に座っていた。

「何してる、はないだろ。アンタ、もうじき十ヶ月になるんでしょ」「まだ九ヶ月よ」おうむ返しに斥けて、彼女は憮然とした。母親が出産の手伝いにくるとは、思ってもみなかったのだ。だから住所は教えたが、室の鍵もわたしていない。

「室はどこ?」とうながされて、塔子は、気まずくエレベーターにのる。定子は、中学校の国語担任の教諭だった。塔子を産んでまもなく離婚し、ひとりで娘を育てた。教頭まででつとめあげて、五年前に退職した。娘のころから母親とは反りがあわず、甲府市内に別居していた。躾にきびしく、しばしば物差しで打擲《ちょうちゃく》された。塔子には、キツイ母親という印象しかない。

「なーンもないのねえ」室内をみまわして、定子は呆れてみせた。三鷹帰りの塔子は、返事をするのも億劫《おっくう》だった。チェアに座りこむと、定子は、「どこへ行ってたの?」と詰問する。「ちょっとウォーキングよ」と物憂い。「もう歩くのはやめたほうが、いいんじゃない」と命令口調だ。その頭ごなしの物言いが、いつも勘にさわる。

黙りこんで塔子は、目をつむる。森は、あさって土曜日の午後と約した。五分五分だが、おそらく回るだろう—そのはげましが嬉しい。

ふと醒めて、爆睡していたと気づく。壁ぎわに、なにやら花やかな新品のグッズがならべてある。瞳を凝らすと、肌着、おくるみ、ベビードレス、布おむつ、おむつカバー、哺乳ビン、粉ミルク…出産には欠かせないベビー用品である。

塔子は、平手うちをくらったようにうめいた。臨月になったらそろえようと、かるく考えていた。哺乳ビンと粉ミルクに虚をつかれた。乳首もある…新生児の授乳まで思いがおよばなかった。

とうに、乳房はふくらみ乳腺がはり、乳首はただれたように黒ずんでいる。舞をだく日、乳を飲ます日は間近い。この九ヶ月、腹中の舞がすべてを占めていたから、出産準備まで気がまわらなかった。あの母親が娘の出産を気遣った、という驚きもあった。相談できる相手は母親だった、といまさら後ろめたさを覚えた。小箪笥や物入れがないので、定子らしく几帳面に床にそろえてある。

牛乳をコップ飲みしながら、ジュピターを聴く。コンビニの袋をかかえて、定子がもどってきた。もう六十代半ば、「東京も暑いねえ」と息ぎれする。塔子は、素直にベビー用品の礼をいう。額に皺《しわ》をよせて、「ベビーベッドとベビーバスはリースだよ」と教える。そのあと定子は、どうせ一人じゃできやしないんだから、とつぶやいた。

嫌みでも咎めでもないのだが…たがいに口喧嘩は避けて、いつも黙りこんだきり会話がとぎれる。学生時代、甲府に遊びにきた桜井が、帰りがけに「お母さんとトーコ、キャラが似てるんだよ」と指摘した。的を射た寸言と、今でも肝に銘じている。体型も、同じく背丈があり細づくりだ。母娘、似すぎるから合わないのだ。

ふしだらな妊娠を告げた時、母親は、顔色もかえずに「好きにすれば」と言いすてた。その言いようがあるだろうと、塔子は逆ぎれしたが…娘の重大事にも、平然としている。その冷淡と気丈には太刀打ちできない。

「塔子。あなた、外回転術をやるの？」

冷蔵庫をあけながら、定子は気軽くたずねる。ベッド脇に置いたネットの検索プリントを読んだらしい。「逆子なの？」

「そうよ…」と、塔子は無愛想に受け答えする。

「あなたも逆子だったのよ」

「…知ってるよ」

「私、帝王切開したのよ」

「…知ってるよ」

「あなた帝王切開、イヤなの？」

「…嫌よ」

「あなたらしくないね」

二人のやりとりは、それだけだった。いつも、定子の余分な一言でおわる。気をはった糸が切れると、欝々と疎ましい空気がよどむ。いつも、それをふりはらうのは塔子である。

「マーちゃん。お婆ちゃまが見えたのよ。ママと声が似てるから、まちがわないでね」気が滅入って、定子への嫌味がこもっていた。「きょうは、お婆ちゃまが御飯つくってくれるのよ。美味しいよォ」包丁をにぎったまま、定子は、いぶかし気に娘をみた。胎児に話する妊婦が、珍妙で道化じみて映った。

八

土曜日の総武線の下り。優先シートに身をゆだねる。でがけに、「一泊するかもしれないからね」とつたえると、「私、歌舞伎みにいくからね」という。その無神経が気に障って、おもいだしては苛々《いら》する。上腹部をなでると丸い頭がふれて、舞はまだ骨盤位と知る。外回転術は、胎盤が剥離したり臍帯がからまるトラブルがあるという。あれやこれやと思いわずらい、なかなか陽性には考えられない。うっかり、三鷹駅で寝すごしそうになった。診療時間外らしく、院内に患者はみえない。森は、律儀に年配の助産師を紹介した。三日前の泣きじゃくりを知るナースもいた。三人のチームプレイを必要とするのかと、塔子は身をかたくした。

「きょうは赤ちゃん、元気でしたか?、ローリングしてました?」問診しながら森は、一とおりモニターの画面をみる。「先生、この子、小顔なんですか?」あおむいたまま塔子は、落ち着きなく取りとめなくたずねる。二度目なのに、森は話しやすい。「だから、頭がおもくないんですね?」われながら他愛がない質問に、自分を叱咤《しった》したい気分だ。

「それでは仁科さん。楽にしていてください。強くはやりませんからね」モニターを観察しながら森は、上腹部に片手をあてて、ていねいに胎児の頭の位置を確認する。ついで、慎重に下腹部の手足の状態をさぐる。いま子宮内でどんな体位でいるか、その姿勢をモニターと触感から推測する。

「痛くありませんね?」相槌をうちながら、塔子は、これはむずかしい処置とほぞをかんだ。

なぜ外回転術というのか? 彼女は事前にしらべた。ふつう胎児は、海老のように前向きに丸まっている。腹部には、胎盤から臍帯がつながる。頭位にするには、下をむいた頭が骨盤の凹みにおさまって、そのまま体位が定まらないとならない。ところが、腹側に内回転すると、半回転してとまらず、球のように一回転して元にもどってしまう。

そこで、背側にのけぞらせて、その勢いで頭を骨盤の凹みにおさめる。だから、バック転でなければ逆子は直らない、と塔子は解釈した。その是非を森に質したかったのだが、そんな余裕はない。

「仁科さん。体を少しこちらに向けてください」身重の妊婦が、仰向けから横向けになるのはシンドイ。「大丈夫ですよ」と、助産師が腰をささえる。「そう、もうちょっと横むきにお願いします」

その斜めの姿勢が、胎児の体位をとらえたらしい。どうやら、即座に回すようだ。「仁科さん。ゆっくり深呼吸してください」モニターのマウスをはなすと、森はスーと椅子から立った。片手の指をひろげて、彼は、上腹部の頭を外からやんわり押さえた。もう一方の手で、大きな腹部の脇をゆるゆると揉みはじめる。指と手の平を強く弱く押しては引いて、たくみに外圧をくわえる。それから、両手で頭部をおさえて下方へぐうっと押しやる。

両拳をにぎりしめて塔子は、その手の圧力に小刻みにふるえた。外回転は、胎児にかなり負担がかかるのではないか。自然な分娩を望んだばかりに、心ならずも不自然な試練に攻めたてられる。得体のしれないストレスに、小さい舞がおびえている…。

「いまのところ、回りませんねえ」

塔子は、汗にまみれた腹部にタオルをあてた。両手をガーゼでふきながら、森は、残念そうに頭をさげた。即座に回らなかった…広い額に汗がにじんでいた。二〇分ほどだったろうか、彼が無理をせずに中止した、と塔子は安堵した。

気落ちしたまま森は、聴診器を耳にして心音を確認する。助産師が、腹の張りと胎児の動きに注意するよう神妙に説く。

ナースにささえられて、ゆっくりタクシーにのる。

「運転手さん。すこし横にならしてね」座席に横座りすると、「お客さん。病院いきますか?」とバックミラーが反射した。「いいえ、まっすぐ市ヶ谷へいってください」気圧がかわったような奇妙な体感にとらわれ、塔子は、疲労困憊《こんぱい》して車にゆられた。

「早かったわねえ」度のつよい眼鏡をあげて、定子は娘を一瞥した。泊まるのかとおもったと、また余計な独り言。ソファのかたわらに、歌舞伎座の豪華弁当の空箱がむすんである。黙ってすり足をして、塔子は寝室のドアを閉めた。スリッパは、つんのめるので履かない。

ベッドに坐って、デジタル血圧計をはかる。さいわい、血圧も脈拍も正常だ。マーちゃん疲れたでしょ…舞に声がけする気力も萎え、そのまま布団に埋まるように伏した。

早朝、ひどく寝覚めがわるい。

腹部がじくじく、うずうずうずく。鈍痛は、きのうの揉み療治からくる筋肉痛だ。腹の張りも胎動も平常である。舞は、ひとりローリングを楽しんでいるようだ。腹をなでると、上腹部に頭がふれた。森は精一杯つくしてくれたが、やはり回っていなかった。舞には上も下もわからないから、さぞかし恐かったろう。可哀想な目にあわせたと、おもいだして塔子は涙ぐんでいた。

おきかけると、「あッ痛う」、右足がこむら返りに痛撃された。ふくら脛《はぎ》をもみながら、踏んだり蹴ったりと泣きべそをかいた。うしろから定子が、体温計をさしだした。「ひどいいびきかいてたよ」教諭時代から彼女は、バッグに体温計、葛根湯とワカモトの錠剤、オロナインの軟膏をしのばせていた。「いやしくも、あなたは医者なんだから、体調管理はキチンとなさいよ」説教はともかく、いやしくも、という枕詞《まくらことば》が勘にさわる。

体温も、正常だった。ようやく塔子は足をひきずって、冷蔵庫にたどりつく。きのう夕食をぬいたので、舞は催促しないが塔子は空き腹だった。

さすがに定子は、外回転術が不首尾におわったことには触れない。歌舞伎のパンフレットをめくりながら、「東京はイヤだねえ、烏が多くて」とぼやく。ゴミ出しにいって、烏に威嚇されたらしい。塔子は甲府生まれ甲府育ちだが、定子は富士登山口の富士吉田に生まれ、富士山麓と厳冬に暮らした。だから、烏など屁《へ》ともおもわぬのに、恩着せがましい言いまわしだ。

九

「トーコ。ミカ。ダメだったよ、きのう行ったんだけど」携帯の荒い音がうろたえて、「ごめんね、ごめんね」とせきこんだ。胎児が大きくなりすぎたか、羊水が減ったか、その両方か、塔子は淡々と分析した。「へその緒がみじかすぎて回らなかったのかも…無理しないで途中でやめたみたい。いい先生だったよ」

不意にありがた涙がでてきて、塔子の声がくぐもった。「ミカ…やっぱりカイザーかねえ」

帝王切開というと大仰だが、腹部の開腹手術の一種である。臍下を縦に切開して、子宮筋をひらいて、胎児を娩出する。手術痕が目だたぬように、陰部の上を横に切開するほうが多い。皇帝シーザーが同手術で産まれたというのは誤説らしいが、邦訳はドイツ語のKaiserschnitt を語源とする。略してカイザーとよぶ。

ふつう帝切手術では、脊髄くも膜下に局所麻酔薬を注入して下半身を麻酔する。腰椎麻酔ともいわれる半身麻酔なので、妊婦は、一時間ほどの手術をはじめからおわりまで見聞きする。その光景がうかぶと、医者ながら塔子は鳥肌がたつ。腹を裂いて胎児を取りだす—

それは分娩ではなく、娩出ではないか！。

桜井の携帯をきってから、塔子は、指先で目尻の涙をはじいた。あの吉岡に、逆子のまま自然分娩させてほしい、とは頼めない。彼にかぎらず産婦人科医ならば、逆子によるリスクを回避できるカイザーを選択する。無理非理を強弁すれば、同業者に恥をさらすだけだ。

「帝王切開、そんなに嫌なの？」

娘の涙を見かねたらしく、定子は、昨日の問いをぞんざいに繰りかえした。「いまは、帝王切開なんて当り前じゃあないの」その一言は、鬱積した塔子の心底を逆なでした。

「母さん。覚えてる？　わたしが幼稚園のときよ。一緒にお風呂にはいって…覚えてる？」

塔子は、両目をつりあげて母親に迫った。幾度も首をかしげる定子。塔子は、「覚えてないのね」と唇をかんだ。娘の剣幕にたじろいで、定子はだまりこむ。

湯船につかって、塔子は、セルロイドの家鴨《あひる》をうかべていた。湯あがりの母の背に、無邪気に問いかけた。「お母さん。トーコは、どこから生まれたの？」

すると、操り人形のようにふりむいて、母親は、むきだしの白い腹を指した。醜いケロイド傷が、臍下から縦一文字にのこっていた。「トーコは、ここから生まれてきたんだよ」

両手に家鴨をにぎったまま、塔子は、凍りついて母の腹部をみあげていた。彼女は誰とはなく、赤ちゃんはお母さんのお腹から生まれる、と教えられた。けれども、あの真白いお腹からでてくるとは、子供心に不思議でならなかった。いきなり母親が、腹を無惨に切り裂く、という証拠をさらけだした。その衝撃は、幼な心に消えない焼き印をおした。ののちのち物心つくまで、塔子は、母親は自分のせいでお腹を切った、と子供心を痛める。

中学生のとき、赤ん坊は子宮から膣をとおって産まれると知る。医学部にはいってから、経膣分娩つまり膣という産道をとおって出産するのが、自然分娩であり通常分娩であると学ぶ。あの母親の腹部にのこる傷痕が、世にいう帝王切開の跡と知る。潔癖な塔子は、わたしは産道からではなく腹中から生まれた、と嫌悪した。

当時、作家の三島由紀夫が、乳歯のぬけはじめた頃、「ボクは産まれた時のこと覚えてるよ」とかたり顰蹙《ひんしゅく》を買った、と読んだ。彼は、顔をしかめる大人たちの狼狽を面白がったという。塔子は、膣からの出産を明察した三島らしい諧謔味《かいぎゃくみ》に、乾いた笑いをもらした。

その後は、定子の不可解な指さしは、たまに思いだす程度だった。ところが、舞の逆子を知ったとき、あの忌わしい記憶が悪夢のようによみがえった。そのトラウマは、日を追うごとに強迫観念となった。

「そんなこと私、言ったかい？」平気でとぼけると、定子は、娘の傷心をしりぞけて取りあわない。彼女の強がりに臆せず、塔子は、心中の一念を吐きすてた。

「わたしは、お産がしたいのよ！　帝切なんて、お産じゃないわ」

でてくる所がちがうだけで、子が生まれることに違いはない—医者らしくない暴言だった…。一呼吸して定子は、本気とも皮肉ともつかない言い方をした。「それじゃあ、なんとしても逆子を直さないとね」なんとしても…いつも、この物言いで巧みにはぐらかされる。そのまま寝室に閉じこもって、塔子は、激した心をしずめようとつとめた。怒りがたかぶると舞に障る。

もう33週目だから、たしかに瀬戸際にたたされている。日に日に、回転の可能性が失われていく。あとは、鍼灸療治ぐらいしかない—東洋医学にすがるのは情けないが、のこされた最後の手段だった。

十

逆子の鍼灸療治は、とっくに調べずみである。整胎術の一つで、灸や鍼により経穴（ツボ）を刺激して療治する。昭和二五年頃、三陰交に灸をすると、逆子が自己回転して正常位になると、その有効性が認められた。それ以降、施灸による骨盤位矯正がひろまった。

三陰交の施灸は、足の内側のくるぶしより指三本上（およそ五センチ）に知熱灸を灸する。一方、足の小指の外側にある至陰穴に、透熱灸を施灸する法もある。おおむね三陰交の施灸が有効とされるが、流派によって経穴の組みあわせや手技が異なるという。それが彼女には不安で、施灸にふみきれない。塔子に似合わず、ここに至ってもいじいじと気おくれする。

深刻に悩んでいるのに、小さな生あくびがでる。舞が眠くて大あくびをしているのだろう。もう寝る時間だ。ゆったりとジュピターを聴くゆとりもない。マーちゃん、ごめんね。

「この治療院にいっといで」定子が、つっけんどんにメモを手わたした。「山口鍼灸治療院」とある…彼女も同じことを考えていたのか。近くの九段下にあるらしい。定子の教え子の鍼灸師にたずねたという。逆子矯正の名人と、その弟子だった同業者は太鼓判をおしたらしい。定子は、得意顔をかくさない。「山口先生に予約しといたからね」

「わたし、お灸は跡がのこるからイヤなのよ」とっさに、塔子は言いのがれた。「いまはモグサの跡なんかのこらないよ。あなた、せんねん灸しらないの?」台座のモグサとシートを組みあわせた、焼け痕ののこらない今風の灸である。業腹なので、「…知らないよ」と塔子はとぼけた。呆れかえって、定子の口から余計な一言がでる。「医者のくせに、そんなことも知らないのかい」

あいかわらず、その行動力は半端でないが、定子の気ままな独り善がりは御《ぎょ》しようがない。とうに彼女は、塔子の迷いを見透かしている。「すぐに回るってさ。ぐずぐずするんじゃないよ」そう言いすてて、定子は鼻歌まじりに買物にでた。ゴミ出しにも身奇麗にするお体裁は、今もかわらない。

一人になると、塔子は、メモをにぎったまま迷走した。とりあえずネットをみるが、治療院のホームページはでていない。今どき、HPもださない鍼灸院…名人という推称が、いかがわしい。だが…さすがに森の手技はすぐれていて、もう筋肉痛は消えている。三鷹ははるか遠くなり、いまは九段下が否応なく迫りくる。

整胎術は、ツボを刺激して血行をよくして、腹腔内の緊張をやわらげる。それによって、胎盤の血流を亢進し胎動をうながすという。鍼灸療治の経験はないし、長いゆるやかな緩解療治としか考えはおよばない。だから塔子には、早々に根治するとは半信半疑であった。骨盤位矯正は難易度が高いと想像はつくが、ほんとうに、その場で回転するなら有りがたい。塔子は、心ならずも〝名人〟にすがりたい。別の鍼灸院に当てはないし、まして名人はさがしようがない。口惜しいが、定子の敷いたレールにのるほかない。

拗《す》ねたように舞が、幾度も下腹をけっている。母親が現れてから、娘とのお喋りがめっきり減った。この半年、話し相手は舞だけ、ひるがえれば独りぼっちの妊娠生活だった。

十一

距離は近いが、歩くには遠い。

殺伐たる首都高速がまたぐ日本橋川に架かる橋、俎橋《まないたばし》をわたる。通りのむかいに、高いビルにはさまれて肩身のせまいふるぼけた低層ビルがある。あまりに古色な佇《たたず》まいに、おもわず後もどりしたくなった。小さなエレベーターが最上階の五階にとまると、すぐ鼻の先に色あせた扉があった。

扉の曇りガラスに、はげかけて「山口象山鍼灸治療院」とあった。その大仰な胡散くさい院名に、塔子の足はすくんでいた。定子の言いなりになったと、迂闊《うかつ》をくやむが、遅い。ちょうど、彼女が勝手にアポイントした時刻である。

「……」

老いた白衣の鍼灸師が、物静かに室の一隅をさした。昔なつかしい灸の残り香がする。四角い室の三方の壁ぎわに、こざっぱりした細長いベッドがならぶ。

うながされるままに、シューズをぬいで窓のある側のベッドによこたわる。患者は、塔子一人である。下半身にうすい毛布をひきよせ、塔子は、知らずしらずに身がまえていた。

受付も助手もいず、鍼灸師が患者の一切を仕切る。ベッドは開放的で隣接するので、猥せつのトラブルはないのだろう。

丸い背をまげると山口は、長い眉毛をたらして見おろした。枯れた風采からみて、七十歳をだいぶすぎている。「九ヶ月ですね」かすれた声で彼は、飄々と言いあてた。「はい。33週です」とみあげるが、目の前が靄《もや》ったようにほの暗い。たいそう無口らしいので、塔子は、かいつまんで主訴をのべる。「逆子なので、足首にお灸する骨盤位矯正をお願いしたいんです」

「あ、逆子でしたねえ」定子の電話をおもいだしたのか、山口は相槌をうつが、あとが途ぎれてしまう。「先生。足首の三陰交のツボにお灸すると、逆子に効くそうですが…」しばし静寂があって、彼はおだやかに息をついた。「ここは、妊婦さんには、灸はすえないんですよ」

「えッ」思わず塔子は、喉をつまらせて首をもたげた。素人に三陰交のツボなどと注文をつけられたので、気分を害したのか。どうやら、温灸は命宿る妊婦には禁じるという流派らしい。むろん、至陰の施灸もしない。まことに、アッサリと断わられて塔子は落胆した。

それでも、山口は、手首の脈をおさえて目をつむる。静かに、彼女の気息がととのうのを待っているらしい。それから、足の毛布をめくると、片手でさすりながら軽くもみはじめる。足のむくみ、熱《ほて》りや冷えを診ている…塔子は、彼の巧みな手技にさそわれる。

そのあと、毛布をかけなおすが、まだ終わりではないらしい。その黙々とした所作は、口をさしはさむのもはばかる。毛布の端をめくって両足首をだすと、右足の小指をおもむろにつまむ。ひどい外反母趾《がいはんぼし》なので、おもわず塔子は足指をちぢめた。拇趾の凸部が、ハイヒールの皮に穴をあけるほどだ。彼は、鷲づかみにまがった足指を摩りさすり、とりわけ小指をやさしく撫でまわす。とかく羞恥心のうすれる妊婦だが、塔子は、外反母趾だけには赤面する。どうやら、至陰のツボをさぐっている…。

つぎに、同じように左足の小指をつまむ。

ひととおり触診すると、山口は、脇をむいたまま嗄《しわが》れた声をつまらせた。「鍼をやっておきますよ」塔子は一瞬、彼の地声とはいえない嗄れ声が気になった。喉頭癌ではないか、という疑いがよぎったのだ。インフォームド・コンセントはないが、灸を据えるのではなく至陰に鍼を打つらしい。とにかく、どちらでもよいから早く回転させてほしい。

「舞いますよ」

まう?…塔子は、老鍼灸師のいう意味が解《げ》しかねた。顔をあげて、腹ごしに彼をみつめた。さすがに舌たらずとおもったらしく、山口は、素気なく繰りかえした。「逆子は、じきに舞いますよ」

一瞬、嗄れた音色が消えて、耳がとおく透けて空っぽになった。回るのではなく、舞うのか…舞姫を想いうかばせる魅力ある表現。逆子が舞う、逆子が舞うと、塔子は取りとめもなく反復した。右足の小指の爪あたりに、ツンツンと鍼を打つかすかな感触をおぼえた。指の腹ではなく、爪の縁に打っている…。至陰のツボに刺したようだが、布袋腹《ほていばら》では足首はみえない。つぎは、左足の小指だ。

ザーと、目のまえに白いカーテンが閉まった。布に仕切られて、ベッドが心地よい個室になった。窓のそとに、山鳩のくぐもった鳴き声がはねる。そのまま睡魔にさそわれて眠りこんだ。

三十分ほどたったろうか、静かにカーテンのあく気配がした。山口が小指にうった鍼をぬいている。両足が、芯からほかほか温かい。心なしか、下腹部の温覚が上昇している。両小指の先に一本ずつ、塔子は、それだけで効きめのある鍼を見直した。しかし、上腹部に両手をおきながら、すぐには回らないと少なからず失望していた。脱脂綿で小指を消毒したらしく、冷やっこい感触がして施鍼はおわった。

エレベーターが閉まると、治療院の明かりが消えた。もう患者はいないらしい。ビルをでると、早々と薄闇が迫った。山口のいう〝じきに〟とは、どのぐらいの時間をさすのか？

いやしくも、仙人の境にある鍼師に問う気分ではなかった。温みがやさしく下半身をつつみ、湯上がりのように心地好い。舞は、無心にローリングしている。

マーちゃん帰るよ。舞への声がけも忘れて、タクシーに手をあげる。

十二

「回ったかい?」

目をむいて定子は、無遠慮に娘の腹部をみた。みずから予約しただけに、「すぐにまわらなかったの?」と不満をかくさない。食卓の匂いに、塔子は吐き気をもよおす。鳥もつを照り煮した甲府料理—塔子の好物であった。久しぶりの鳥もつ煮だが、身重の胃腑をむかつかせる。

顔をそむけながら、塔子は、棘々しく言いかえした。「そんなに早く回らないわよ!」

定子も向きになって、あしざまに娘の傷口をえぐった。「まわらないなら帝王切開、仕方ないね」

チェアによりかかったまま、塔子は、捨てゼリフを吐いていた。

「母さん。わたしは、娘にお腹の傷をみせたくないのよ!」

一瞬、定子の頬が白くなった。塔子は、カイザーの傷痕をのこして、舞に同じおもいをさせたくなかった。だから、逆子矯正をもとめて、医者を転々とさ迷ってきたのだ。

「うッ」

そのとき、塔子はにぶい呻きをもらした。両手で腹をおさえて、棒立ちになる。驚いて、ささえようとする定子の手をはらった。「動かないで！」彼女にではなく、おのれにさけんでいた。そのまま、金縛りにあったように立ちすくんだ。両手をはって、定子は昏倒をとめようとする。寸秒のうち、紅潮した塔子の顔面に脂汗がふきだした。

「舞ったわ！」

眉をつりあげて、彼女が奇声をあげた。前ぶれもなく、胎内の舞がしなやかにゆるやかに反りかえり、頭が上から下へ回転した。その舞うようなやさしい身ごなしは、腹壁をとおして波動となってあざやかに伝ってきた。玉の汗が、額から頬へしたたった。「マーちゃんが、舞った！」

舞った？と、定子が不審げに眉をよせた。母体はたったままで、見事に舞った。「マーちゃんエライ！　エライよ！」歓喜して上腹にふれると、かたい頭の感触がない。上腹部の圧迫感が嘘のように消え、反対に下腹部が重くふくらんでいた。臍帯がからまることなく頭が骨盤におりて、重苦しい圧迫感が下へうつっていた。塔子は、もう元へもどることはないと確信した。舞へのいとおしさが込みあげて、「マーちゃん。ありがとう、ありがとう」と感きわまった。ママは、あなたのおかげでお腹を切らなくて済むのよ。

ソファに座ろうとするが、両足の付け根が突っぱって歩きにくい。あえぎながら搭子は、両手で腹帯をきつめに締めなおす。手をそえながら定子は、「ほんとうに、直ったんだね」と絶えいるようにつぶやいた。さすがの彼女も、あまりに劇的な回転を目の当たりにして肝をつぶしていた。爪先に鍼二本を打っただけ、一時間たらずで舞った—あの鍼師は、噂にたがわず逆子舞いの名人だ。

十三

「ホラ奥さん。逆子なおってる。だから、心配ないといったでしょ」

画面をみながら吉岡は、ひとり悦に入っている。逆子が直らなければ、カイザー手術の説明をする予定だったと、余計な一言をつけたした。

予定の検診日より早いが、塔子は、正常に回転したかをたしかめたかった。舞は、異常もなく舞った…黙って塔子はうなずいていた。施鍼のことは、言えないし言う必要もない。主治医への後ろめたさはあるものの、一方では、医者の浅薄を笑っていた。往々にして医者は、患者から背をむけられるのに気づかない。それだけ患者は切実なのだと、医師塔子は自省する。

吉岡は、例の調子で放言してはばからない。「ますます別嬪さんになってきた…奥さん。楽しみだなあ」さすがに腹にすえかねて、塔子は一矢をむくいた。「先生。それって、セクハラじゃありません？」あわてて彼は、「冗談、冗談」とはぐらかした。

「とにかく、よかったです」と、吉岡は話をそらす。「ギリギリで回転しましたねえ。これ以上大きくなったら無理でしたよ」そう言ってから、ハタと磊落《らいらく》な表情がとまった。32週での切羽つまった自然回転…。「ギリギリでしたねえ」と繰りかえしながら、その目には一抹の疑念がうかんでいた。空とぼけて塔子は、「そうですか、よかったわあ」と嬉し声をあげてみせた。内心、きわどいところで、カイザーを回避した自分が誇らしかった。

もう九ヶ月、娘は、いよいよ産まれる態勢にはいっている。昨日から腹は、下方に大きく垂れさがり下腹部が圧迫される。頭が骨盤におりると、動きは大人しくなる。頭蓋骨はまだ固まっていないが、頭囲は十センチほどになる。いつ出産してもおかしくない。

意気揚々と病院の玄関をでると、塔子は、勢いよく日傘をひらいた。

「マーちゃん。暑いねえ」と、晴れやかによびかける。ママは、あなたを自然分娩で出産するのよ。

その足で九段下へいく。

早く山口鍼灸師に知らせて、礼を言いたい―あなたは逆子舞いの名人です、と。日盛りの俎橋でタクシーをおりた。足元がおぼつかないうえに、両股の付け根がつっぱるので歩きにくい。「マーちゃん。わかる？　ハリの先生のとこよ」と、みずからをはげます。汗をふきながら、蒸し暑いエレベーターをあがる。

ドアがあくと、廊下は薄暗い。五階に人なく、みょうにシンと沈んでいる。治療院には、電灯がついていない。休院日？、一瞬、無駄骨だったかと気落ちする。それでも、おとどい開けた扉に手をかけた。

目の前の曇りガラスに、Ａ４判の白い紙が貼ってある。吸いよせられてみると、ただ一行、墨跡あざやかに短い通告があった。

『このたび、閉院致しました』

あとは、昨日の日付と院名だけだった。唐突に、頭上が抜けたようにポカンと立ちすくむ。

しばらくして、耳奥とおくに嗄れ声が聞こえてきた。喉頭癌をうたぐった山口の寡黙な言葉数…。通告の日付は昨日なので、塔子は、自分が治療院の最後の患者だったと知る。かさねて、あの逆子舞いの名人は何者だったのか、幽静な老翁との巡り合わせがよぎる。

まさに、絶妙な手技で逆子を舞わせて、予告もなく、閉院の一葉をのこして幻のように去った。

その一場の摩訶《まか》不思議…。両手で下腹をかかえたまま、塔子は、無人の扉にむけて一声《ひとこえ》、吼《ほ》えた。

「舞が舞ったわ！」

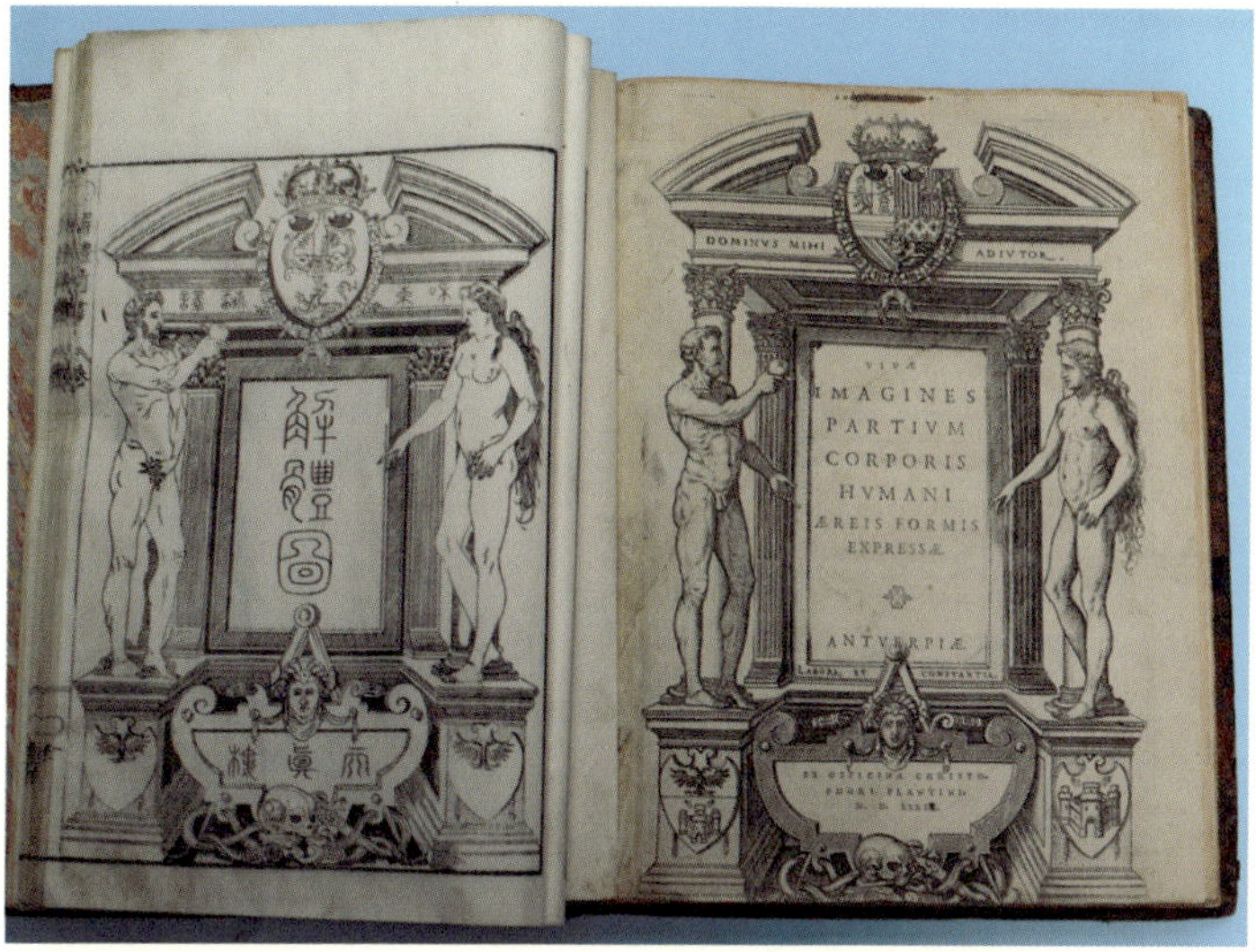
DOMINVS MIHI ADIVTOR
IMAGINES
PARTIVM
CORPORIS
HVMANI
ÆREIS FORMIS
EXPRESSÆ
ANTVERPIÆ

紅毛の解体新書

一

追って昼下がり、神田豊島町の平賀源内から書状がとどいた。神田のとなりの日本橋馬喰町なのに、いつも顔なじみの稚児のような弟子が小走ってくる。

頭頂に髻《もとどり》をむすび、ジュゴンさながらに出っぱった額が目鼻をつぶして、だらりと福耳をたらした魁偉《かいい》な顰面《しかめづら》が網膜にうかぶ。空耳なのに、ガマ口のような唇からほとばしる甲高い早口がなりひびく。蘭画の師なのだが、その異相がよぎると畏縮してしまう。

どうにも気がおもくて、封をきらずに床の間の角に遠ざける。用向きは、無理無体な督促とわかっていた。居間の床の間には、築地鉄砲洲の杉田玄白の書状が十数通、乱雑につみかさねてある。こちらは、三日をおかぬ矢の催促だ。とにかく、床の間をみるのも鬱陶しい、厭《いとわ》しい。

夕暮れて、さすがに師への無礼に気がとがめて、不承不承に封をひらく。おりたたんだ巻紙に、癖のある筆太の墨跡がおどっていた。解体の書の跋《ばつ》を送るから善きに計らえ、という唐突な指図だ。うろたえて、はさまれた別紙をおとしかけた。解体の書のあとがき…もとより玄白から依頼はないし、もとより源内が書くべき文でもない。

跋文は、漢文数行に書きなぐっていた。

「我が友である杉田玄白の訳した解体新書が完成した。私が図の模写をした。この紅毛の画が的を得ているかどうか。私のような才知のない者が、本来このような企てに加わるものではない。そうは言っても、模写を画かないと、怨みは朋友に及んでしまう。嗚呼《ああ》、怨みを同胞に買うよりは、むしろ汚名を千載に流した方がよい。四方の君子たちよ。どうか、このことを思いやって許されよ。

東羽秋田藩　小田野直武」

別紙をにぎったまま、彼、小田野直武は呆然としていた。師には悪気も下心もないと知るが、あまりに一方的で独り善がりな強要だ…。

二

小田野直武は、寛延二年（一七四九）、秋田藩角館に生まれる。幼少より絵筆にいそしみ、十歳で秋田藩に出仕し、かたわら藩絵師の武田円碩に師事して狩野派を学ぶ。十八歳にして、のちに代表作とされる肉筆浮世絵「花下美人画」を画く。

当時、江戸では讃岐《さぬき》高松藩出の平賀源内が、万能の才人と持てはやされていた。本草家（薬学者）を本業としたが、儒学、博物、地質、蘭学、医業、殖産、戯作、浄瑠璃、俳諧、蘭画など、その多才異能は万象におよぶ。ともかく、途方もないスケールの破天荒な奇才であった。

安永二年（一七七三）十月、秋田藩の藩主佐竹義敦（曙山）は、藩財政の立て直しに源内を招聘する。乞われて阿仁銅山の採掘を検分し、その帰途、源内は角館にたちよる。たまたま、宿所にかざられた屏風絵を目にする。彼は、その絵師の天賦の才をみぬく。

そこで源内は、若い絵師に上からみた大小の鏡餅を画かせる。画風さだまらない直武は、その即物的な立体感が描けない。かわって描いた源内の、陰影と遠近を駆使した写実法に驚嘆する。たった一日の手ほどきであったが、二五歳の彼は一朝にして源内に心酔する。

翌月二十日に青天の霹靂《へきれき》、直武は、銅山方産物吟味役として江戸詰の藩命をうける。その彼は〝源内手〟、藩士でもない平賀源内直属という異例の役向きであった。じつに、源内が雅趣を好む藩主曙山に、おのれの蘭画修業を進言したと知る。角館に舞いおりた天狗が、いともたやすく小羊を江戸へさらった…。

妻子をのこして十二月十六日には江戸入りし、あわただしく日本橋馬喰町に居をおく。下谷三味線堀の藩邸上屋敷に出仕したあと、取るものもとりあえず神田豊島町の源内宅にかけつける。

すると、見目好い色白の弟子が応対にでた。声がわりする年頃で、源内のお気に入りらしい。女嫌いで妻帯せず、歌舞伎役者を贔屓《ひいき》にしている…そんな風評が角館にもながれてきていた。角館ではそんな素ぶりはなかったが、今さら衆道《しゅどう》（男色）というおぞましい噂は真《まこと》だったのだ、と芯が萎える。江戸では、歌舞伎の若衆が陰間《かげま》と称して男色を売ると聞く。

直武は、てぜまな玄関先につったつ。

「おー、来たか」とひと声吠えて、源内はせわしく雪駄《せった》をつっかけた。なりふりかまわず、寒風の師走を一目散に走りだす。おどおどしながら直武は中肉中背、大柄な師の背を追った。いきなり何処へつれていくのか?、気おくれして行先も問えない。とにかく、源内のまえでは蛇ににらまれた蛙だった。

四半時（三十分）たらずの道のりだった。のちに知るが、着いた所は築地鉄砲洲である。

「おーィ、たすくどの！　絵師をつれてきたぞォ」

傍若無人、破《わ》れ鐘のような疾呼《しっこ》…廊下をふみならして、玄関口に家人が小顔をだした。たすく殿とよばれたのは、総髪の四十前後の小柄な男だった。「源内どの」と透きとおった声をあげ、彼は、不躾な来客の袂をとる。喜色満面、下にもおかない丁重さで奥へとおす。あれよあれよと、直武はただただ源内のあとにつきしたがう。

案内されるままに、奥の離れの敷居をふみかけて、ギクッと足袋《たび》の足をひっこめた。襖《ふすま》をはらった十二畳間に、大小五、六冊のはなやかな蘭書がきちんと並べてあった。和綴じの和書とはちがう、厳丈な装丁をした迫力ある洋書だった。当時、長崎出島のピンホールに舶来した紅毛（オランダ）や南蛮（ポルトガルやイスパニア）の〝蛮書〟である。

洋書の列を大胆にまたぎながら、源内は、「秋田藩の小田野直武君、名は武助」とあごをしゃくった。「彼が、君の解体の図を画く」

ふりむくと要をえて、「若狭小浜藩の侍医杉田玄白君、字《あざな》は翼《たすく》。蘭方医じゃ」と引き合わせる。

ぶあつい鰐口《わにぐち》から唾をとばして源内は、惘然とする直武に用件をつげる。玄白らの医者グループが、オランダ語の解体書ターヘルアナトミィを漢文に翻訳した。その解体書の解体図を模写せよ——巻き舌が、一方的に早口でまくしたてる。道すがら、前もって耳うちする気配りもない。何にごとも、ぶっつけ本番だ。

単刀直入にいいおえると、源内は、二人をのこしてバタバタと去った。あとは、ふたりで段取りを話しあえというのだ。彼の奇矯に苦笑いもせず、玄白は見送りもしない。彼らが肝胆相照らす仲と知る。

じつは、洋風の絵師を捜しあぐねて、玄白は、蘭画につうじた源内に幾重にも懇望していた。その鶴首した絵師が見つかったのだ。源内が仲立ちした人物なら、信用できる。

「小田野どの」立ちすくむ直武を手まねいて、如才なく彼を上座に坐らせた。置き去りにされて直武は、腰をうかせたまま逃げ腰である。解体図ってなんだ?、ターヘル…ってなんだ?。そんないかがわしい絵は、画けない。

下座に坐った玄白は、目元のすずやかな華奢《きゃしゃ》な秀才タイプだ。直武のもっとも苦手とする人種だ。生来、人見知りする彼の白目がおよぐ。

玄白の目配りは怠りない。色白で面長の田舎武士を品定めし、とうに温和で朴訥で優柔と見透かしていた。与《くみ》しやすいとふんで、彼は、ずばりこの依頼仕事の画料をつげた。金で釣るあざとさはなかったが、下級武士には目がまわる額だった。直武には上座は、よけい居心地のわるい坐り所となった。

はしたなく話の腰を折って、直武は、訥《とつ》々と断りの申し訳をのべはじめる。洋画法は、角館で源内様から一日だけ教えをうけたにすぎない。だから、蘭画を描く力量も自信もない。ましてや、腑分けした臓腑の図など手に負えない、と。

やんわりと受けながして玄白は、畳から一冊の洋書をとりあげた。頁には、白い紙縒《こよ》りが花盛りにはさんである。模写する図のある頁らしい。おもむろに彼は、直武に堅牢なカバーを愛《いと》しげにしめした。判型は八折り判(十九×十二㎝大)、本文二五〇ページで、ぶあつい図譜二五ページを巻末に折りこむ。

玄白は、オランダの人ヨハン・アダン・キュルムスの著した「ターヘル・アナトミィ」と説く。アナトミィは解体、ターヘルは図譜と訳し、「解体図譜」と題する。実際には、ドイツ人のJ・A・クルムスの独語原著をオランダ語訳した蘭訳版なのだが、玄白はその原本の存在を知らない。

解体図譜…聞きなれない言葉を反復しつつ萎縮する直武。かまわず玄白は、無造作に折りこみ紙の一枚をのばした。ギョッとして、直武は目をそむけた。頭から足爪まで骸骨が、妖怪のようにおどっていた。初めて目にした西洋骨格図―その人体の内景という異形に仰天した。

ためらわずに玄白は、次、次と折りこみをめくっていく。用捨なく頭皮をはがれた剥きだしの頭部―たれさがった頭皮の間に、両目をとじた鷲鼻と太髭のバタくさい面相が映じた。奇々怪々な紅毛の図絵に吐気をもよおし、直武は、両膝をよじって後退りしていた。花鳥風月を写す彼には、とうてい解体図は美術画とは思えない。

一方の玄白は、藩絵師の驚きも嫌悪も織り込みずみだ。初手から、包みかくさず有り体に頼みごとを吐露する。明晰な声音が、いかに図譜が大切かを切々と説く。この解体書は、図譜が付かなければ意味をなさないと。事実、上梓された訳書の凡例には、本文と図譜を照らし合わせて読むことを力説した。「解体の書、もっとも図譜を燭《てら》して読むことを重んず」

三

千住小塚原にて腑分を検分した帰途、玄白は、にわかに蘭方の解体書の翻訳を発意する。その大義にふるいたって翻訳グループをあつめ、一番槍の功名心にかられて三年半、翻訳作業を急ぎにいそいだ。

盟友の中津藩侍医前野良沢は、幾度となく彼の性急と野心を諫めた。両者の確執はやまず、ついに前野は訳書に名をつらねることを拒む。

すでに、訳書の本文の訳出はおえて、草稿は版木の彫りにまわっていた。本文は四巻にわけて版刻し、折りこみの図譜は序図として一巻にまとめる段取りだった。玄白は、漢語に慣れた数人の彫師を火急にせかせた。

ところが差しせまっても、肝心の図を画く絵師がみつからなかった。直武には平気をよそおうが、玄白は切羽つまっていたのだ。だから、目の前の新前絵師を逃すわけにはいかなかった。

ひらいた折りこみの束をゆらして、玄白は、直武ににじりより膝詰め談判におよぶ。この仕事は医業を拓く大業であると説き、かならずや絵師は盛名を馳せるとさそう。けれども元々、直武には大望はないし分相応の立身しかない。いくら図譜の値打ちを説かれても、上の空だ。この厄介な注文をいかに断るか、ひたすら考えあぐむ。

丸火鉢に手をかざす寒い部屋…。じわじわと、ねばりづよい説得がつづく。ならべた洋書の一冊をさして、玄白は、コペンハーゲンのトンミュスの解体書と説明する。彼は有り体につぎの一冊を解くのだが、直武にはちんぷんかんぷんである。

どの書にも、数本の紙縒りが挿してある。どうやら模写する図は、「解体図譜」のものだけではないらしい。紙縒りの本数からして、模写図の総数は半端でない。実際、上梓した序図の図譜二〇丁（裏表二頁で一丁）には、大小多種の一五〇図がおさめられた。絵師ならだれでも、尋常ならざる注文数に恐れをなしてしまう。

それをありのまま率直に示す玄白―その直情に気圧《けお》されて、直武は萎えたまま黙りこむ。のちに知るが、キュルムス解体書は、玄白が小塚原に所持したが、たまさか良沢も所蔵していた。ほかに模写した書物として凡例には、幕府官医の桂川甫三蔵のトンミュス解体書、ブランカール解体書、玄白蔵のカスパル解体書、コイテル解体書、良沢蔵のアンブル外科書解体篇の五冊があげられた。

一時《いっとき》（二時間）のち、断りきれぬまま直武はそそくさと玄白宅を辞した。説き伏せられず玄白は、ひとまず矛《ほこ》をおさめる。真冬なのに、ふたりとも額に脂汗をにじませていた。のちに、この屋敷は中津藩の中屋敷の前野良沢の住まいと知る。

翌日昼すぎ、息せききって源内の弟子が、手あらく直武の足元に書状を放った。おどろいて半紙をひらいて、眼が暗んだ。

「このたびの推挙、不承とあれば致し方ない。されば、我が弟子を望む汝の願いは取り下げるべし。」

指図に従わねば弟子にしない…まことに、源内らしいドライな容赦ない言い渡しだ。早々に玄白から不首尾を注進されて、面目を失った師は烈火のごとく怒ったのだろう。精一杯つっぱっていた意地が、直武の背筋を真砂のように崩れさった。弟子入りを拒絶されれば、源内手はとかれて御役御免は免れられない。いまさら、とうてい逆らえる相手ではないと思い知る。

書状を懐におしこむと、直武は悄然と袴をはく。あの奇人の激昂の収めようはわからないが、とにかく平身低頭して許しを乞うほかない。どうにも袴紐の指がふるえて、結べない。

そのとき、廊下をけたたてて「直武くーん」と、源内が禿鷹のように飛びこんできた。師のだしぬけの来訪―のけぞって直武は、喉笛をならして古畳に平伏していた。

膝を正すと源内は、「驚かして悪かったね」と、冷えた掌で直武の両手をつつんだ。あの甲声が、気色わるい猫なで声に裏がえっていた。「其処許《そこもと》は、わが弟子だ」彼の手の甲をねんごろに撫でながら、二度、三度くりかえす。今し方の険しい縁切り状と、追いかけて本人直々の恬《てん》とした許し。その威しと宥めの落差は、尋常でない。

度を失って直武は、おもわず両手をひいて忌避した。逃げ腰をうかせると、右の肩先に荒い息づかいが迫った。彼の横鬢《よこびん》から耳元にぶあつい唇がよって、熱い息が「たすくを頼む」とささやいた。それからガマ口から熱い犬舌をたらして、おもむろに彼の白い耳朶《みみたぶ》から耳介をベロリと一舐めなめあげた。

度胆をぬく好色な手練手管—かさねて一舐め二なめされ、直武の耳から首筋へゾーと鳥肌が粟だち、腰がぬけてヘナヘナと畳に崩れおちた。

四

耳ベロリというきつい仕置の翌日から、直武は、吟味役を放って鉄砲洲にかよいつめる。

鉄砲洲はグループが集まりやすい場所で、中屋敷の離れはつかいやすい仕事場だった。

朝から夕まで連日、穂の細い面相筆をふるって、銅板印刷された解体図を一葉一葉丹念に模写した。もはや、洋風写実を嫌忌する余裕もなかった。玄白がつきっきりで要点を教え細部を説く。直武は、単純化した形体に陰影を施して、立体感の描出に没頭する。敷きつめた油紙には墨汁がとびちり、部屋中に墨の臭いがふんぷんとたちこめる。

鉄砲洲に明け暮れて半年、陰暦六月の初め、玄白の図をさす手がとまった。キュルムス解体書と、付けくわえた五冊の頁が閉じられていた。彼の頬は蒼白くこけ、凛とした眼光がうるんでいた。

じとじとと降りやまぬ梅雨《つゆ》に、傘《からかさ》をさして直武は、すりへった草履をひきずる。掃除を放念した居間の処々に、うっすらと青かびがういていた。当節、物みな黴びるので黴雨《ばいう》ともいう。疲労困憊《こんぱい》、精も根もつきはてて、彼は湿った畳にたおれ伏した。

三日後、長雨が明けて陽射しがまぶしい。黴をふいた重たい畳をあげて、二畳を斜かいにささえあわす。部屋から廊下へ屋形を四ヶ所たてると、さすがに息がとぎれた。怒涛のようにすぎた頼まれ仕事の疲れは、まだ癒えない。

ふと人気をおぼえて瞳をこらすと、薫風の抜ける三角トンネルの向うに小顔が笑っていた。一瞬、棒を呑んだように硬直する直武…何用あって、玄白どの?。模写はすべて済んだし、約束の謝金も頂戴した。

三角トンネルを四つんばいに這って、玄白はにこやかな顔をだした。黙って、小脇にかかえた舶来のビロード包みをとく。丁寧に一冊の蘭書をとりだすと、すずやかに模写の追加注文をした。

「直武くん。あと一枚頼み申す」

おもわず直武は、苦々しく顔をそむけた。玄白にとって宝典だったので、鉄砲洲の作業場から蘭書を持ちだしたことはなかった。その禁を破った一冊は、キュルムス解剖書と同じ判型の、アントワープのヴァルベルダ解剖書であった。蘭書がなじみになった直武も、初めて目にする書物である。

模写の初日、さすがに源内が白羽の矢をたてた絵師、と玄白は感嘆した。渋々だった直武は、たちまち洋風写実を会得して、この半年間、実直に辛抱づよく一五〇葉あまりの解体図を画ききった。いまや彼は、玄白が全幅の信頼をおく解体絵師であった。

洋綴じの堅表紙をひらくと、玄白は、扉ページを直武にかざした。露骨に尻をむけて、直武は、隣の三角トンネルに逃げこんだ。キュルムス解剖書の扉絵は、彼も幾度も目にした。遺体の左右に洋装の女人がたつ絵柄であったが、解剖図譜には似つかわしくない。じつは玄白も、この扉絵が気にいらず心頭を悩ましてきた。はからずも数日前、ヴァルベルダ解体書を入手し、さがしもとめていた扉絵を見いだしたのだ。一目して、この西洋画に魅了され有終の画龍点睛と雀躍した。

「直武くん。これが最後の一枚ゆえに…」たてかけた畳のかたわらをまわって、玄白は、トンネルの反対口にでた彼の鼻先に扉絵をつきつけた。たじろぎながら直武は、その手をはらいのけて斜かいのトンネルに這いずりこむ。

「頼み申す、なにとぞ頼み申す」と追ってくる声。この半年間、毎日聞かされた慇懃《いんぎん》だが、有無をいわせぬ語調に耳だこができた。もううんざりだ…二度と解体図は画きたくない…御免をこうむる！

「平に、平に、お願い申す」トンネル内をのぞいて玄白は、うずくまる直武の尻に頼みこむ。彼は部屋中を逃げまどい、犬潜りのように別のトンネル内に身をかくす。ふたりとも剽軽《ひょうきん》ではないから、本気で珍妙な鬼ごっこに行ずる。

さすがに玄白が痺れをきらして、直武のもぐった畳の斜面をおもいきり蹴りあげた。支えあった畳の片方がずれおち、もう一方が重なって音をたてて一挙に崩れおちた。あッと玄白が声をあげ、畳の下からひしゃげたうめきがもれた。辺り一面に、にごった塵ぼこりがもうもうと舞いちった。

そのあと、倒れた畳に坐って玄白がみせた解体書には、一葉だけ大きな栞《しおり》がはさんであった。直武が表紙をあけると、その扉ページに異人画の扉絵があった。

絵には、コリントス風の神殿の壁に蟹《かに》文字（ローマ字）のタイトルを刻み、その両サイドの台座に裸身の西洋男女が向かいあって立つ。解体図とちがう、その肉感的な姿態と艶やかなポーズに息を呑んだ。むろん、男女が旧約聖書に謳うエデンの園のアダムとエバとは、直武は知る由もない。だが、彼が異人画の美術性に瞠目したのは、一瞬であった。憤然とページを閉じて、そのまま玄白の膝に突っかえした。

じつに、全裸の彼らは陰茎と陰部を露出していた。その穢らわしい異端に仰天し、直武は嫌悪と羞恥に身をふるわせた。自宅でなければ、畳をけたてて退席していただろう。恥部をかくさぬ猥せつは、彼の尊ぶ人倫の道に反した。平然と、その理不尽を強要する玄白に痛憤した。乞われても、とうてい応じられることではない。

一方、玄白はリアルな肉体美に抵抗はなかったが、直武が驚くのは理解できた。とはいえ、江戸の府内では、浮世絵の春画が東土産《あずまみやげ》と称して、諸侯の国表の土産物に珍重された。絵師であれば、その大仰な淫蕩の秘戯画は瞥見しているはずだ。だから彼は、直武が裸像に憤慨したとは察しない。

とにかく、作業は九分九厘までこぎつけ、あと一息なのだ。玄白が一目惚れした華麗な重厚な西洋画―それは、新書の図譜へいざなう極上の扉絵となる。なんとしても直武に、もう一肌脱いでもらわねばならない。玄白は、解体図譜の有終の美を飾ってくれ、と懇願する。

ところが、あの温和な直武がかたくなに拒むばかりで、取りつく島もない。さすがの玄白も、石頭と化した彼の説得に根がつきた。ヴァルベルダ解体書をつつみなおすと、勝手かまわず床の間に置いて辞去した。また源内頼みかと念ったが、もう直武とは、そんな水くさい仲ではない…。

五

ふと我にかえると、夕暮れて、座したまま跋文をにぎりしめていた。ゆるゆると行灯《あんどん》に火をともし、直武は、ゆらめく淡い明かりをみつめる。

跋文には、「解体図譜」ではなく、書題は『解体新書』とある。改題については、玄白から知らされていなかった。図に没入していて失念したのだろう、と彼をおもいやる。図譜より新書のほうが、本書の斬新な気概をしめすと同感する。

そのことより直武が困惑したのは、玄白を〝我が友〟という書きだしである。

この年、直武二五歳、玄白は四二の年長であった。当初の玄白にたいする反感は、旬日にして畏敬の念にかわった。彼の英知と行動力が、未知の難業を牽引《けんいん》していると知る。その玄白を朋友呼ばわりするなど、畏れおおい。

といって、もとより源内の渾身《こんしん》の代筆に朱を入れる勇気はない。書きだしをのぞけば、跋は簡にして要をえて、忸怩《じくじ》たる直武の心情を活写した達文である。源内の目線なので高飛車で高慢な筆致だが、その遠慮ない切り口に直武の胸の閊《つか》えがおりた。もとは源内の無理強いとはいえ、今では師の炯眼《けいがん》に畏れいるばかりだ。

もともと、玄白の不快より源内の癇癪《かんしゃく》のほうが数段も恐ろしい。あの舌ベロリ以来、源内は妖しい気ぶりをみせない。さいわい、好みのタイプではないのだろうと複雑な気分だ。しかし逆らえば、あの仕置きに見舞われると直武のおびえは消えない。だから初手から、跋文は一字一句そのまま拝領すると決めていた。用命もされないのだから、源内の代書と申し開きをすれば、玄白は否応なく了承するだろう。

この一時《いっとき》（二時間）、行きつ戻りつ悩みぬいたのは、紅毛の扉絵の模写である。跋文が、源内のきつい督促であるとわかっていた。扉絵を画かなければ、最終の跋文はわたせないからだ…。だから、迷いまどうことではなく、天から結論はさだまっている。それだけに直武は、おのれの優柔不断が情けなくて、うじうじと滅入るばかりだ。

まなじりを決して翌朝、彼は、玄白がしかと置いた床の間の解体書をとりあげた。文机に扉ページをひろげて、細長い鉄製の文鎮をおく。墨汁がはねないように文机からはなして、半紙を敷く。杉原紙《すぎはらかみ》の手漉き半紙で、横長だが和綴じ本に合わせて二つ折りにしてある。

図譜の版型は、上下六・三寸（約二一㎝）、左右四・四寸（約十五㎝）の枠でかこんだ定型である。ヴァルベルダ解体書の扉絵は、それより縦一寸強、横一寸弱ほど大きい。けれど、絵の方寸の違いは直武の気に障らない。

神殿の中央の壁面にあるオランダ語のタイトルは、彼には読めない。神殿の上段の横柱には王冠を冠した西洋貴族の紋章、下段には貴婦人の顔をうかせた飾りの碑銘。その下には、曝《さ》れ頭《こうべ》の髑髏《どくろ》にまといつく数匹の蛇―西洋では、蛇は医薬のシンボルと貴ばれた。この扉絵は、解体図ではないから玄白の助言はいらない。

大きな硯石に墨をすりながら、なめるように絵面を這う目が据わり、異人画の世界にのめり込んでいく。構図は均整がとれて、造形も込みいっていないので写しやすい。ただし、嫌忌の念はぬぐいさったものの、これまでの解体図にはない色欲をさそう姿態には、どうにもなじまない。画は西洋の銅板刷りと知るが、原図の洋筆の柔らかい曲線は慮外であった。その肉感的な筆づかいは、墨汁をひたした墨筆では描ききれない。

それでも、絵師の負けじ魂が武者ぶるいして、直武は、汗ばむ筒袖をたくしあげた。文机の原画と畳の半紙を交互に睨《ね》め、一気に下絵の素描にいどむ。

だが、彼の印象にたがわず、裸体の線描に難儀する。半紙に重ね画きして試行錯誤するが、筆先はままならずおのれの甘さに臍《ほぞ》をかむ。「畜生！」と見知らぬ西洋絵師を罵り、直武らしからぬ歯噛みをくりかえす。唇から血汐がしたたり落ちて、半紙に赤い花びらをにじませた。

六

四日後の早暁、のびた髭を剃り、汗まみれの身体に井戸水をあびる。ヴァルベルダ解体書を丁寧につつみ、画きあげた扉絵をいれた画帖をかかえた。

通いなれた道のりだが、ずっと遠い日々に想えた。あいにく、版元に出向いていて玄白は留守だった。いまは、版元に日参朝駆けしているのだろう。彫師の座業はあらかたおわって、所せましと版木がつまれているはずだ。作業場は桜の版材の削り屑に埋まり、芳ばしい匂いがむんむんとたちこめる。新書上梓の日は間近い。

版元の場所を知らないので、待つことにして床柱に腰をすえた。部屋には、まだ墨汁の匂いがしみついて鼻白む。半年間、よくぞここへ通いつめた。その間、玄白はこの屋《おく》に寝泊りした。その情念、その粘り、いまさら只者ではない…直武は、追いたてられた三日間の難行に疲労困憊していた。

「直武くん！」だしぬけに、玄白の喜声にはねおきた。勢いこんで、両手をにぎる玄白にのけぞった。此の度ばかりは、易々諾々とはしたがえない。袴をはらって坐りなおすと、直武は、黙って解体書の包みを玄白の膝元によせる。画帖は片膝におさえたまま、せいて前のめりになる彼を制した。

ついで、源内の跋文をわたして事の次第を説く。ウンウンとうなずきながら、玄白は、いよいよ扉絵なのだが、直武は画帖をおさえた片膝を崩さない。模写をわたすには、ひ気もそぞろに画帖に目を走らす。予想どおり、源内の代書には一も二もない。とつ大事な条件があった。彼の重々しい口ぶりに、何事か?と玄白はたじろく。「玄白どの。新書には、この書を挙げないで頂きたい」

一瞬、玄白はキョトンと瞳を見はった。人を焦《じ》らす男ではないから、よけい意味が解《げ》せない。あせって直武は、包みをさして繰りかえした。彼は、新書の凡例に模写した書物の書題を載せると知っていた。たしか五冊があげられていたが、それにヴァルベルダ解体書を追加しないように迫ったのだ。

なァんだと玄白の頬がゆるんで、「直武くん。承知、承知」と高らかに受け答えた。「承知いたした」。几帳面な玄白だから我を張る、と気負いこんだ直武は拍子ぬけした。なぜ、載せてはならぬのか?とたずねもしない。すぐさま画帖をひきよせると、玄白は、いそいそと結び紐をときはじめる。その繊細な指先をみつめながら、直武は釈然としなかった。新書はこの年、安永三年（一七七四）の仲秋（陰暦八月）に上梓されることになる。だから、すでに凡例の頁の版刻はすんでいた。解体図ではないので玄白は、扉絵の原著名を追記するつもりは更々なかった。一行を書きたすためには、三丁（六頁）も版木を彫りなおさねばならないからだ。

そのことは黙ったまま、彼は、生唾を飲みこみながら画帖をひらいた。

七

わが国に蘭学を拓いた『解体新書』に関しては、語りつくされている。ただ、同書の序図の扉絵が、クルムス解剖書の元絵とはまるきり違うのだ。はたして、いずれの西洋解剖書の図柄を模したのか─それは、久しくのこされた謎とされてきた。

昭和十一年（一九三六）、イギリスの歴史学者・陸軍大尉のC・R・ボクサーは、解体新書の扉絵に言及して、一五六六年にアントワープで出版されたラテン語の、『ヴェサリウス＝ヴァルベルダ解剖書』の扉絵を少し改変したものと指摘した。

昭和十三年（一九三八）、洋学史家の岩﨑克己は、ボクサー説にかんし論及した。新書の扉絵がターヘル・アナトミアの扉絵と「全然関係の無いものであることは、両者を見れば直ちに判明する。然るに「解体図」の扉をボクサー大尉の著書の図版第四と比べて見ると、殆んど一致している、従って「解体図」の筆者小田野直武が、此の和蘭文解剖学書の絵標題を模写したであろうとするのは、決して無理な想像ではない。」と賛同し、この発見はボクサー大尉の大手柄と称賛した。

ところが彼は、そのあとにつぎのように記した。「茲に注意すべきは、ボクサー大尉が『解体新書』の原書なりと妄語したヴェサリウス＝ヴァルベルダ解体書が、『解体新書』の凡例中に見えていないことである。仮に絵標題紙のみを利用したにせよ、全然読めもしない解剖学書までが引用されている位だから、事実とすれば甚だ不思議である。仍って思うに小田野が「解体図」の扉に模写した洋書は、必らずしも大尉の云うが如きものではなく、『解体新書』の凡例に掲げられてある解剖学書中の或るものではなかったろうか。」

岩崎は、掌をかえすようにボクサー説を否定し、「併し之れを立証することは、右の引用書の所在が不明であり、且つその悉くが必ずしもidentityし得ない今日、恐らく絶対に不可能であろう」と断言した。

昭和十六年（一九四一）、医学史家の岩熊哲は、先行研究に言及して、「新書附図の扉は、ワルエルダ解剖書の扉絵を翻案したのではあるまいか」と指摘した。ワルエルダとは、ヴァルベルダのラテン語読みである。彼の論旨は明確でないが、同著は、一五七九年にアントワープで出版されたラテン語の最新刊の『ヴァルベルダ解剖書』であろう。

昭和四三年（一九六八）、順天堂大学の小川鼎三は、岩熊説に異を唱え、「アントワープ版のワルエルダ解剖書のほうが、いっそう可能性が大きいとおもう」と主張した。同著は、一六一四年にアントワープで出版されたオランダ語の最新刊の『ヴァルベルダ解剖書』である。

昭和五二年（一九七七）、順天堂大学の酒井シヅは、小川説を支持し、ヴァルベルダ解剖書のオランダ語版は一五六八年にも出版されているとした。さらに「しかし、これらの本の扉絵も解体新書のものと完全に一致していない。そこをこの扉絵を作った小田野直武の独創とするには無理がある。従って、もっと似た扉絵を持つ本が存在すると考えられているが、存在したとしてもそれはワルエルダの異本であろう。それほど解体新書の扉絵とアントワープ版のワルエルダの解剖書のそれは似ている」とし、異本の存在を示唆した。

かくして、扉絵の元絵捜しは一件落着したかにみえた。

平成五年（一九九三）、医の博物館の中原泉は、『解体新書』の扉絵は、小川説の一六一四年のアントワープで出版されたオランダ語の『ヴァルベルダ解剖書』の扉絵を模写した、というごかぬ事実を立証した。

彼は、酷似する両扉絵を詳細に比較検討した。

新書の扉絵は、元絵の複雑な図柄をはぶいて全体に簡略化し、細い線をいかして和洋折衷に改変している。和紙からルネッサンスの様式美を発散しながら、随所に創意工夫を凝らした技巧は、藩絵師小田野の面目躍如である。

元絵の上段の紋章は、新書絵では逆立ちした二匹の鯱《しゃちほこ》の紋様にかわった。上段の横柱には「和束翻訳」とあるが、和束は和蘭（オランダ）の誤略であろう。中央壁面のタイトルは、縦書きに平明な大きい漢字で「解体図」、下段の碑銘には「天真楼」とある。天真楼とは、杉田の庵《いおり》の雅名である。いずれも字体は、秦《しん》代にもちいた篆書《てんしょ》の図形的な小篆《しょうてん》文字で、藩絵師小田野の教養をうかがわせる。

異邦のアダムとエバは、元絵と同様に肉感的だ。けれども、胸や腹の筋肉を消して、細い線で身体の輪郭を写しとっているので、二人のシンプルな体形の白さが際だつ。

右のエバのポーズはそのままだが、左のアダムは奥の左腕の動作が大いに相違する。腕をまっすぐに下げ、手首を曲げて手の甲で局部を隠していた。それはごく自然な所作であったが、手に小さな林檎をもっていて、それを局部に押しあてている。エバにむけた右手には大きな林檎をもっているから、新書絵は、アダムが両手に林檎をもった構図になった。

それは、元絵に忠実な模写を避けて、意表をついた部分改変であった。とにかく、破廉恥《はれんち》な描写を受けいれられず、小田野は、思いきった抵抗をみせたと推量される。

念をいれて中原は、コピーをとって両扉絵を対照した。判型が一まわりほど違うのだが、新書絵は、背景の神殿と人物像のバランスが釣りあわない。元絵にくらべて、人物像が際だって大きい。

何気なく人物像に視点をすえて、二枚のコピーを透かしてアダム像を重ね合わせた。すると、大小異なるはずのアダムの体形のラインが、左腕の位置をのぞいてピッタリと一致した。あわててエバを重ね透かすと、これまた寸分たがわず合致した。透けた二重のアウトラインは、ぶれないエバを写しだしていた。

まぎれもなく、模写にさいし小田野は、元絵の人物像にトレース用の薄い雁皮紙《がんぴし》をあて、その輪郭をなぞって敷き写したと判明した。

その後ろめたさから、彼は、新書の凡例に『ヴァルベルダ解体書』を列ねるのを拒んだと推察される。何びとにも元絵を敷写したと知られるのは、絵師小田野直武の矜持《きょうじ》が許さなかったのだろう。

その彼の秘密が発《あば》かれたのは、『解体新書』上梓の二一八年後のことである。

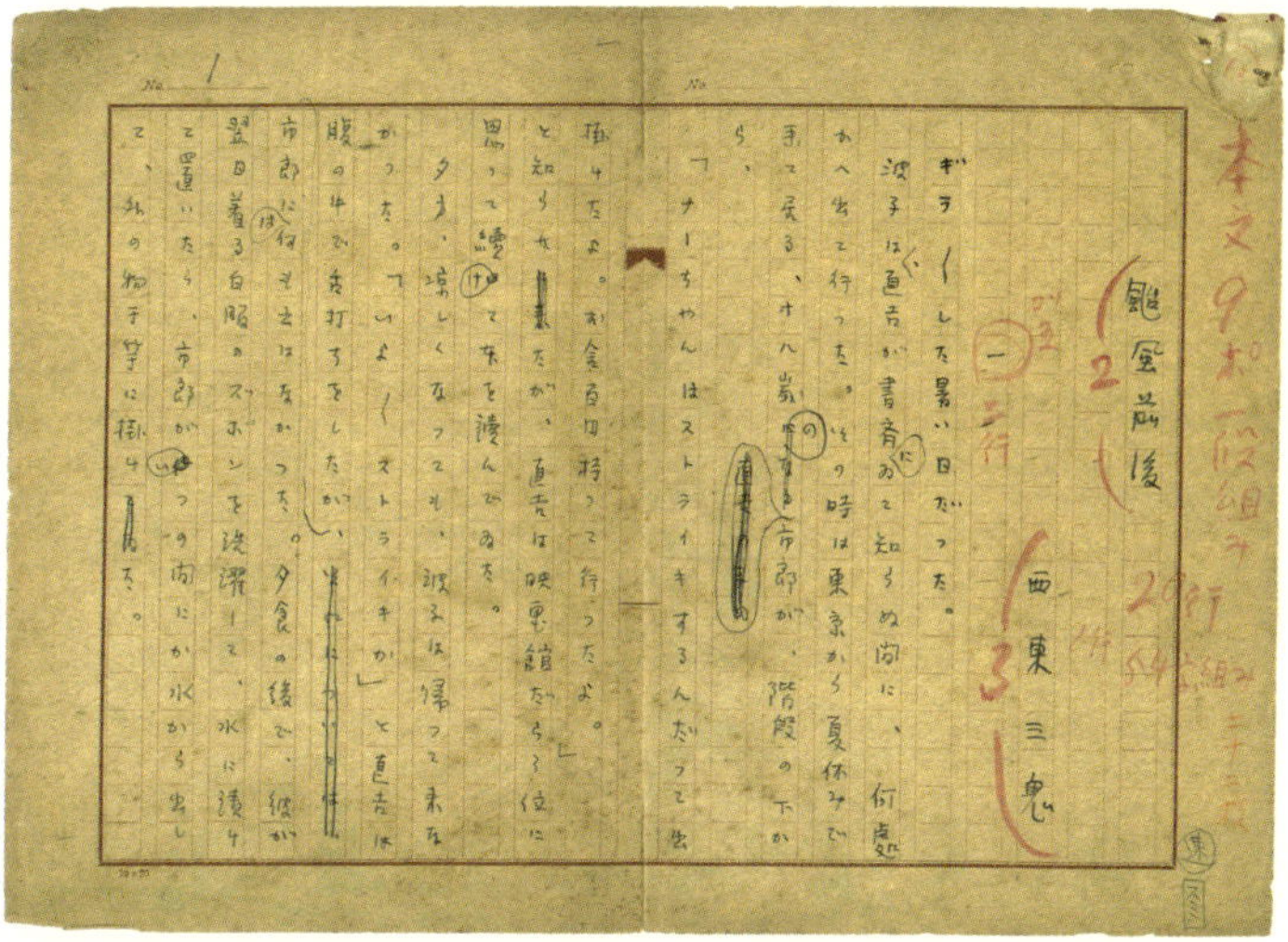

三鬼弾圧異聞

一

作家の小堺昭三は、昭和五十三年（一九七八）十二月、『文藝春秋』誌上に「弾圧と密告者―『昭和俳句事件』の真相―」を掲載した。同文は、昭和十五年に新興俳句運動をおそった特高弾圧事件の〝真相〟をあばいた三〇ページにわたる告発ルポである。

文中、彼は、新興俳句の旗手とされた西東三鬼に関し、つぎのように記述した。

「その男の俳句は天才的な出来ばえであったが、酒と女にだらしなかった。遊興費に窮したかれは、渡辺白泉の両親をたずね『わたしは特高の幹部と親しい。袖の下をつかませれば保釈にしてもらえますよ』と安心させて百円をだましとった。

同人たちのなかには『西東三鬼（本名＝斎藤敬直）は特高のスパイだ。みんなを裏切ったんだ』と疑うものもいた。東京在住の同人でなかったからである。かれには泳がされ、尾行がついていた事実があり、第三次（八月三十一日）で逮捕されたが、京都検事局が三鬼だけはわずか二ヶ月留置したのみで起訴猶予にしたことも、いっそう疑惑を深めた。」

文脈からみて、前段の〝その男〟とは三鬼をさしているが、同ルポで三鬼の事件に言及したのは、この一個所だけである。三鬼は、〝特高スパイに疑われた俳人〟とされ、その他大勢として重きをおかれていない。

昭和初期、花鳥諷詠の有季俳句をおもんじ、俳壇は、高浜虚子を頂点とするホトトギス派が全盛であった。その伝統俳句の師系にとらわれず、「京大俳句」の西東三鬼は、季語と定型にとらわれない自由律無季俳句という尖鋭な新興俳句運動の先頭を疾走していた。

翌五十四年一月十一日、小堺は、ダイヤモンド社から『密告　昭和俳句弾圧事件』を出版した。当時は、まだノンフィクションとはいわず、実録やルポルタージュとよばれた。だから、同著は実録小説としてあつかわれ、著者は社会派作家と称された。

同著のあとがきは、前年の十月二四日と記されているから、小堺は、文藝春秋への寄稿と並行して同著の刊行をすすめていたのである。内容的には文藝春秋ルポは、本著を宣伝する予告的なダイジェスト版であった。

四六版二三三ページの同著には、三鬼は、にわかに準主役級の人物として登場する。

その二八ページには、「西東三鬼は昭和十二年十二月の「京大俳句」誌上で『この強烈な現実こそは、無季俳句本来の面目を輝かせる絶好の機会だ』と仲間たちを叱咤していた。生きるか死ぬかの戦場では花鳥諷詠もハチの頭もあるか。有季定型などと言っておれるか。戦場こそ無季俳句のうってつけの素材だ…と三鬼は言っているのであるが、戦争俳句を大いに推奨したと解釈されて、かれは内務省当局の弾圧をまぬがれる幸運をつかむことになる。」とある。

小堺は、三鬼が戦争俳句を推奨した、と解釈されたことが官憲の心証をよくし、社会運動を取締まる特別高等警察（特高）の弾圧に手心がくわえられたと説く。

けれども、彼は、「三鬼の作品を見れば、当局のいう反戦思想があるかないかは一目瞭然だ」と三鬼の作品を評した。一〇一ページにつぎのように記す。

「三鬼には「戦争」と題する、特異な感覚の戦争俳句がある。

〈機関銃眉間ニ赤キ花ガ咲ク〉

〈砲音に鳥獣魚介冷え曇る〉

〈泥濘の死馬泥濘と噴きあがる〉

戦争俳句は大いに詠むべしと言った三鬼だが、ホトトギス派がつくる戦争讃美俳句と同列のものではない。これらの作品は仁智栄坊の〈戦闘機バラのある野に逆立ち〉や平畑静塔の〈病院船牧牛のごとき笛を鳴らし〉にある反戦思想につながっている。戦争の非人間性を憎悪している。それなのに三鬼は二ヶ月間留置されただけで起訴猶予になり、静塔と栄坊は起訴された。」

小堺は、三鬼の俳句は戦争讃美ではなく、反戦思想を詠んでいると強調する。それなのに、同じ反戦思想をもつ平畑《ひらはた》静塔や仁《に》智《ち》栄坊とは、特高当局の対応と処分がちがうと義憤と疑念をいだく。

平畑も仁智も、三鬼の「京大俳句」の同人仲間である。「京大俳句」は昭和八年（一九三三）一月に京都で創刊され、平畑にさそわれて三鬼は昭和十年四月に同人となった。同グループは、やがて官憲より反戦俳句結社の急先鋒とみなされ、同人たちは危険分子としてマークされる。

大戦前夜といえる昭和十五年（一九四〇）の二月十四日、同グループの京都の平畑静塔、波止《はし》影夫、井上白文地、中村三山、宮崎戎人、神戸の仁智栄坊の六人が、治安維持法違反により京都府警察部に逮捕された。「京大俳句」メンバーの第一次検挙である。

三ヶ月後の五月三日、第二次の検挙で、東京の三谷昭、石橋辰之助、渡邊白泉《はくせん》、杉村聖林子、大阪の和田辺水楼、淡路島の堀内薫の六人が逮捕された。

ついで四ヶ月後の八月三一日、第三次の検挙で、遅まきながら東京の西東三鬼が大森で逮捕され、京都松原署に連行された。

これによって、「京大俳句」のメンバーは半年余の間に一掃され、結社は七年あまりで壊滅した。そのあと、平畑、波止、仁智は起訴され、三谷は半年間勾留されて起訴猶予になったが、三鬼は、はやばやと二ヶ月後の十一月五日に起訴猶予で釈放された。

二

この三鬼の逮捕がもっとも遅かったこと、また起訴猶予の釈放が誰よりも早かったことが、当時、特高に協力した密告者ではないかと、検挙された同人はじめ俳人たちを疑心暗鬼におとしめた。

小堺は八四ページに、「三谷昭は四谷署に連行された。妻が涙を見せず、どこまでも耐える表情で見送ってくれたのが、かれにとってはせめてもの救いであった。同じ時刻、石橋辰之助は大森署に、渡辺白泉は大井署に、杉村聖林子は三田署にというふうに一網打尽になっていたが、一つだけ不可解なことがあった。かれらと同様に逮捕されて当然の、西東三鬼だけはひっぱられていないのである。」と記した。彼は、同時刻に四ヶ所で在京の四人が逮捕された第二次検挙を〝一網打尽〟と表現し、その網をまぬがれた三鬼を不可解とした。

さらに九八ページには、「第二次で検挙されて当然の西東三鬼も、特高当局に協力した一人であった。だから、現在でも旧同人たちの『特高のスパイ』だった三鬼に対する感情には複雑なものがある。」と大胆にふみこむ。文藝春秋ルポの〝特高スパイに疑われた俳人〟が、短絡に〝特高に協力した俳人〟と一変し、三鬼を特高のスパイと断定した。

そのあとすぐに、九九ページではつぎのように補足する。

「三鬼はしかし、自分から特高のスパイになったわけではない。心ならずも特高当局の協力者に仕立てあげられた囮《おとり》であった。当局が第二次検挙者リストからかれだけをはずしたのは、俳壇の社交家でもあったので自由に泳がせておこうとしたからである。そして、かれの大森の自宅附近には刑事を張り込ませ、出入りする俳人たちをチェックさせていた。」

つまり、三鬼は心ならずも特高の協力者に仕立てあげられ、自由に泳がされていた囮であったという。そうならば、彼は、裏切者ではなく思想弾圧の犠牲者であり、囮ならば本人は何も知らされず、本星をさそいだす道具にすぎなかったと解釈できる。

それを証するように小堺は、同じ九九ページにつぎのような齟齬《そご》をみせる。

「三鬼自身は、なぜ自分だけが逮捕されないのかふしぎに思っていた。まわりを見ても仲間らは、囚えられてしまって一人もいない。俳壇の社交家で泳いではいても、仲間らがいなくなってはさびしいばかりでなく、平畑静塔や仁智栄坊や三谷昭らに対してはむろんのこと、かれらの家族にも自分だけがうまく逃げまわっているようなひけ目を感じないわけにはゆかなかった。（中略）そういう腹だたしさもあり、三鬼は女と酒におぼれ、家庭はおもしろくなく心がすさんでいた。そうしているときに特高からの要請があった。」

ところが、そのすぐあとの一〇一ページに、小堺は自家撞着《どうちゃく》をかさねる。

「第二次検挙からおくれること四ヶ月、八月三一日に西東三鬼は逮捕されたが、三谷昭がまとめた自白手記を下敷にさせて書かせただけで京都検事局は、はやばやと十一月五日には起訴猶予にして釈放した。かつて三鬼は「京大俳句」に、戦争俳句は大いに詠むべしと書いているので、これが特高当局の心象《ママ》をよくしたのも事実だが、半分は協力してくれたことへの謝意であった。それがわかっているので三鬼は、はやばやと釈放されても鬱々としていた。かれは放浪の旅へ出た。」

　ここでは、小堺は、はやばやと釈放されたのは、特高に協力したことへの謝意であり、三鬼はそれをわかっていたと言いきる。そのあと、鬱々と放浪の旅へでたのは、特高の協力者と俳壇の裏切者となった彼の自暴自棄な逃避行であったと憶測する。

　弾圧の嵐のなか三鬼は、自分だけが逮捕されないことを不思議に思っていた。またそのことに引け目を感じていたという。それは、三鬼が特高に協力するという意思も、自分が特高スパイであるという意識もなかったことを意味する。したがって、小堺の断定した特高スパイ説とははなはだしく矛盾する。

　ひとり置き去りにされた腹立たしさから、三鬼が女と酒に溺れ心が荒んでいったとするのも、行きすぎたこじつけである。

検挙から二十年後、三鬼は、自伝に後日譚を綴った。

自伝によれば、昭和十五年二月十五日、上京した神戸の仁智栄坊が約束の時間にみえず、三鬼は、異変をおぼえて問合わせた。そこで仁智は、大森で逮捕されて京都に連行されたと知る。あわてて関西同人の安否をしらべ、この（第一次）検挙の事態を東京同人につたえた。

彼らは、三鬼が「京大俳句」への参加をすすめた俳友である。皆一様に、検挙が東京へ波及するのではないかと不安におびえた。三鬼にも、どういう理由で関西同人が逮捕されたのか、皆目わからなかった。

「その夜、私達は打ち揃って、弁護士湊楊一郎（句と評論同人）を訪れ、今回の事態について、法律上の見解をただしたところ、治安維持法以外にはないという答であった。そして、治安維持法にひっかけられれば、国内の緊張情勢もあって、何年たてば釈放されるかわからないことも知った。」

このとき、初めて治安維持法違反と教えられるほど、彼らは法権力に疎かった。

「私達の不安は極度に達した。辰之助夫人は妊娠中の身、聖林子も白泉も、新婚早々、昭は結核性関節炎で踵が腫れ上っており、私は胸の重患から、ようやく回復したばかりである。そして、もし私達が検挙されれば、すべての者は職を失い、家族は忽ち路頭に迷うであろう。」

俳友と家族を案ずるが、三鬼の憂慮にたがわず三ヶ月後、石橋辰之助も、杉村聖林子も、渡邊白泉も、三谷昭も逮捕されることになる。

前後するが、七ヶ月後に逮捕された三鬼は、京都への護送のおり、特高に検挙が遅れた訳有りを聞きただした。

「私が同様に京都に連行された時、最も執拗に特高に食い下がって訊いたのは、私一人を放置した理由であった。そして、それは全国の特高が『赤』の検挙をする時の、常套手段であって、いわゆる網の目をのがれた『同志』の出現を見張るための囮であったことがわかった。それを特高の口から聞いた時、私のはらわたは煮えくりかえった。」

小堺の三鬼囮説は、彼がこの三鬼の自伝の一節にヒントをえて、特高の常套手段を誇張したにすぎない。

さらに、小堺の無理押しは一〇二ページにつづく。この摘発の指揮をとった京都府警特高課の中西という警部が、平畑静塔に「西東三鬼はけしからん、どんなに責めてものらりくらりと尻っぽを出さん」とボヤいたという。

彼が静塔にことさらボヤいてみせたのは、「はじめから起訴する意思はなく、共産党リンチ事件の小畑辰夫の場合を考慮してのことである。小畑は『特高スパイだ』と宮本顕治らに怪しまれ、プロパカトゥルとして粛清される無残な結果になってしまった。西東三鬼もそういう運命にならないとも限らない…と案じた特高は、一応かれも逮捕して厳重に取調べたことに見せかけたのである。」という。

共産党リンチ事件を引き合いにだして、中西某がみせかけに用心ぶかく気配りしたとは、自説を為にする余りにうがった見方ではないか。

第三次にひとり検挙された三鬼は、起訴猶予で釈放されるまで六七日間勾留された。第一次に検挙された平畑静塔、波止影夫、仁智栄坊の三人は、七ヶ月勾留されて起訴された。第二次の三谷昭は、六ヶ月間勾留されて起訴猶予になった。同じく渡邊白泉は、〈戦争が廊下の奥に立ってゐた〉の名句を詠んだが、見すごされたのか、五ヶ月後に起訴猶予になって釈放された。

起訴された平畑、波止、仁智は、京都拘留所送りとなる。彼らは、編み笠をかぶせられ、腰縄をうたれて護送された。拘置所では、色あせた青い獄衣を着せられ青い薄布団に寝かされ、はらわたの煮えくりかえる屈辱と憤りを味わった。さらに当時は有罪判決がでると、こんどは獄衣も夜具も赤色になったという。

翌十六年三月、たった二回の非公開裁判で三人には、治安維持法違反による有罪の判決がくだり、懲役二年・執行猶予三年となった。

三

かく、ほかの同人にくらべれば、たしかに、三鬼の逮捕は遅く釈放は早かった。

この逮捕の遅延と釈放の尚早に関し、小堺がまったく触れなかった事由がある。それは、三鬼と特高との相関を解きあかす真相である。

三鬼は、晩年の昭和三四年（一九五九）から一年間、『俳句』誌上に自伝「俳愚伝」を連載する。彼は、個人的な手記と断りながら、俳句の昭和革新から、戦前戦中の弾圧、戦後の俳壇の流転を淡々と率直に記述した。文中、彼はつぎのように心情を吐露する。

「俳句を始めてからの私は、新興俳句の疾風怒濤の中を、夢遊病者のように彷徨した。職業に専心せず、家庭は棄てて顧みなかった。貧乏に沈んで行ったのは当然であるが、身体までいつのまにか蝕まれていたのである。」

「その翌日、大森の茅屋で、私は病に倒れた。

肺結核の急性症状で、発熱四十度であった。それからの高熱の毎日、毎夜、私は夢現の境をさまよった。

〈水枕ガバリと寒い海がある〉

という句が、その頃のある夜、ひらめきながら私に到来した。この句を得たことで、私は、私なりに、俳句の眼をひらいた。同時に、俳句のおそるべき事に思い到ったのである。」

昭和十年（一九三五）の十一月のことである。

にわかに肺結核を発症し、日々高熱にうなされる。その夢幻の境をさまようなか、あの読み手に迫る名句が閃いて俳句開眼する。遅れてきた三鬼三五歳、悪寒に苦しむ冷えびえとした病床に、神が天降ったのだろうか。

その頃、高浜虚子をはなれて水原秋櫻子の『馬酔木《あしび》』に参加した山口誓子は、三鬼と同い年だが学生時代に肺病を患い、昭和五年、十年、十五年と、いくたびか死に瀕する闘病をつづけていた。

肺結核は結核菌による肺の伝染病で、当時ありふれた病気であった。感染しても毒性が弱く進行も遅いが、まだストレプトマイシンのような抗生剤がなかったので、致死率の高い死病と恐れられた。ひとびとは、〝肺結核〟をはばかって、結核などが胸膜に炎症をおこす〝肋膜炎〟に言いかえたものだ。

俳友が、三鬼宅を毎日のように連れだって見舞った。「彼等は、熱臭のこもった、結核菌の飛び散る部屋で、飽きもしないで俳句の話をつづけた。」

三鬼の職業は歯科医師だったので、自分の胸の病いが、菌を放散しない非開放性のタイプと知っていた。だから平気で、寝床をかこんで侃々諤々《かんかんがくがく》の俳句論に興じていたのだ。彼は、大森の隣の大井町の蕎麦屋で催される句会に、杖をついて足をひきずって参加した。

ところで、三鬼は翌十一年、病いの境涯を詠んだ十数句を「京大俳句」に投句する。

〈降る雪ぞ肺の影像《ヒルム》を幽らく透き〉

〈雪つもる影像《ヒルム》の肋かぞふ間も〉

〈骨の像こゞし男根消えてあはれ〉

掲句は、病床で肺を映したレントゲン写真をみて、病魔に取りつかれた我が身を哀れむ。

〈長病みの足の方向海さぶき〉

〈微熱ありきのふの猫と沖をみる〉

〈肺おもたしぼうぼうとしてただに海〉

〈冬海へ体温計を振り又振り〉

三鬼は海が好きで、しばしば神奈川の葉山海岸にでかけた。特高にふみこまれる前々日も、『鶴』主宰の石田波郷《はきょう》らと葉山に遊んだ。のち波郷は、召集されて肺結核を病み、東京清瀬の結核療養所に療養する。

〈黒き旗を体温表に描きて咳く〉

〈水兵と砲弾の夜を熱たかし〉

〈ダグラス機冬天に消え微熱あり〉

題材は戦争だが、好戦俳句とみるか反戦俳句とみるか、当時は官憲の心証次第だった。

〈熱ひそかなり空中に蝿つるむ〉

のちに三鬼は、この病中句を次のように自註した。

「寝かされた石地蔵のやうな絶対安静。いつもかすかに熱があった。『空中』といふのが大げさだが、動けない者にとっては三尺上も『空中』であった。」

〈熱さらず遠き花火は遠く咲け〉

「いつまで経っても抜けない熱に飽き飽きしてゐた。夏祭りの花火の音が時々聞えて来た。勝手にしろと思ひながらもなつかしかった。」

〈静養期子と来て見れば汽車走る〉

「大分恢復して少しづつ歩いてもよくなった。小学生一年生の子が長患ひの父に汽車を見せたがった。黒い柵の間に顔をはさんで待ってゐると、其頃新製の流線型気罐車がダッシュして通った。その強さはこたへた。」

四

二年二ヶ月後、肺結核が再発して再度倒れる。三鬼は、昭和十三年（一九三八）二月十五日、芝の藤井病院に入院する。

「昭和十三年二月三日、私は再び病に倒れ、腰骨にカリエスが出来て、毎日、朝から四十度の高熱にうなされた。発病十日で、友人の病院に入院すると共に危篤状態になった。そんな事は、病人自身は知らなかったが、わざわざ関西から、平畑静塔や、棟上碧想子、また鹿児島から浜田海光（傘火）が見舞に来てくれたので、その人達の表情から、自分の病状の重いことを知ったのであった。

ある日、病室の外で、声をころした男の泣き声がきこえた。それは、今生の別れを告げに来た清水昇子であった。三谷昭や、その他の新興俳人達も、つぎつぎに来た。彼等はみな『さようなら』といって帰ったが、後から考えると、それは彼等の、死にゆく者への別離の言葉であった。」

詳しくは記されていないが、三鬼の病気は、いわゆる脊椎カリエスの併発を疑える。同病は、結核菌が脊椎骨にうつって骨の慢性炎症であるカリエスをおこす。放置すると骨がとけて膿がでるが、彼も腰骨から排膿したというから間違いないだろう。

さすがに、この昭和十三年の作句は少なく、病中句はのこしていない。

さいわい、慈恵病院で脊椎カリエスの手術をうけ、二ヶ月半後の四月二四日に退院できた。小堺によれば、仁智栄坊が三鬼を「ニヒリストらしい面があるかと思えば、俗っぽい面もあって自分本位のわがままもの」と寸評したという。肺結核と脊椎カリエスの二度の大患で、その偏屈だった人生観がかわる。「人間が時々刻々死に向って歩いていることが痛感されてきた」と、三鬼らしからぬ殊勝な述懐をする。

この退院から逮捕まで二年四ヶ月ほどあるが、この間、特高は「京大俳句」グループの首謀格として三鬼の内偵をつづけていたのだろう。当然、彼の大病の噂は聞きしり、入院した病院や手術した病院を調査し、その病歴は知りつくしていたはずだ。

当時、結核症には食餌栄養と対症療法しかなかったので、ひとびとは、すっかり治癒する病いとはみていない。特高の警察官たちが、こんな感染症の既往をもつ半病人を敬遠したとしてもうなずける。彼らは感染を恐がって接触を嫌がり、また彼を独居監房ではない留置場に閉じこめるのをためらった。とにかく、三鬼は気味わるい厄介な未決囚になるのだ。扱い次第では、あとあとトラブルになりかねない。そうした懸念が、ズルズルと検挙を遅らせたのではないか。

留置してからも、「俳愚伝」の記述から、警察サイドが腫れ物に触るようであったことがうかがえる。

「警部補は、そういう私を毎朝一時間位、散歩に連れ出した。建仁寺境内、祇園、四条大橋東側など、私は小路まで覚えてしまった。」

警部補とは、三鬼担当の高田警部補で、三鬼の体調を気づかってか毎日一時間も散歩につれだした。留置中に万一、三鬼の病気が急変して獄死でもされたら厄介だと恐れたのだろう。

「散歩から帰ると二階の応接間に入り、夕方までノソノソしている。夜は隣の銭湯へ、夜勤の特高が連れてゆく。食事ははじめ三食共、特高室から電話をかけて、自分で注文していたが、食事の度に『今日のオカズ何だんね』といって見物にくるのには弱った。」

三鬼には、豚箱のヒジキや沢庵の〝臭い飯〟ではなく、三食とも自前で仕出し屋に注文させた。獄中、一食十銭の仕出し弁当の差入れを許すのは、思想犯などを懐柔する取調べ側の常套手段であった。その三食のおかずを一々点検したのは、外部との内通を警戒するとともに、いちおう病人の栄養に気配りしていたのだろうか。警察署によっては、十ヶ月間も入浴させてもらえず悪臭ぷんぷんだった俳人もいたというから、銭湯通いさせた高田某らには、それなりの温情があったといえるのか。

このように三鬼の勾留には、当初から彼の肺結核の病歴を恐れ、感染を避けたいという特高当局の心理がはたらいていたのだ。

「京大俳句」の編集長であった獄中の平畑静塔は、罪を独りでかぶろうとして昭和十五年夏に自白調書を書いた。彼は、自分が「京大俳句」で唯一人の共産主義者であり、ほかの被容疑者は自分の煽動にまどわされたにすぎず、三鬼のごときは結核第三期症状で、一時間置きに喀血している等、嘘八百をならべたてた。平畑は医師であったから、彼の威した三鬼の病状は、さぞかし特高当局をあわてさせたことだろう。

なんとしても平畑は、「京大俳句」の中心である三鬼を監獄から助けだしたかったのだ。のちに、彼は三鬼の死去にさいし、〈もう何もするなと死出の薔薇《ば ら》持たす〉と弔った。

早く疫病神を追いだしたい特高は、三谷昭を手本に三鬼に自白調書を書かせようと躍起になった。すでに、七ヶ月勾留された第一次検挙組と、四ヶ月勾留の第二次検挙組は皆、自白調書を書きおえていた。三鬼は、のらりくらりとして応じなかったので、結局、厄介払いするのに二ヶ月もかかったともいえようか。

奇しくも、この年の三鬼勾留中の十月十一日、早逝した尾崎放哉《ほうさい》とともに、自由律俳句に先駆した種田山頭火が、四国松山で行乞《ぎょうこつ》俳人らしいころり往生して没した。四国小豆島の堂守をしていた放哉も晩年、肺結核にむしばまれて〈咳をしても一人〉と九音短律の句を詠んだ。

五

さて、小堺の『密告』出版から三ヶ月後の昭和五四年四月、いち早く旧「京大俳句」同人の三橋《みつはし》敏雄が『俳句研究』に反論を載せた。

彼は、起訴猶予になった同人たちのなかで、三鬼ひとりが他誌の新興俳句の友人たちに、しきりに弾圧波及の危機を説いていたと回想した。「そのこと自体、なお思想犯保護監察法による保護監察をうける身にとっては、すこぶる危険なことであった、と思う。」と三鬼を擁護した。

事実、昭和十六年（一九四一）二月五日には、東京にある四つの俳句グループの嶋田青峰、東京三（のち秋元不死男）、藤田初巳、細谷源二ら、計十三人が一斉に逮捕された。「京大俳句」メンバーにつづく第四次の検挙である。

さらに、三橋は小堺本にふれて、根拠のない人身攻撃であるとつぎのように厳しく指弾した。

「その文脈に窺える、取材対象者の独りからの聞き書きと思われるくだりに関連してのことだ。前記したような、あるいは疑心暗鬼の心情に基づく発言を、その事実の立証がないままに採用したような個所、とくに著者の責任において改めて記された〈『特高スパイ』だった三鬼〉という指摘と、そこからの恣意に類する人身攻撃のすべては、まことに重大な誤まりである。」

つづいて、俳人・俳句評論家の川名大も、同五月に『俳句』に反論をよせた。

彼は、「小堺氏の著作は〝生き証人〟である存命中の被検挙者たちとの面談を通して、事件の真相を究明していくという体裁をとっており、そこには、戦後三十余年を経て、初めて語られたような貴重な証言も少なくない。」としながら、論証や推論は緻密周到な配慮のもとになされなければならないのに、週刊誌のルポ記事に類似した木目のあらい断定的な文体に終始していると酷評した。

彼の指摘どおり、小堺が生き証人の肉声を取材したのは、仁智栄坊、三谷昭、藤田初巳、平畑静塔、嶋田洋一、中島斌雄、中村草田男らである。いずれも遠い日々の後日談であるから、虚実を見きわめるのはむずかしい。

加えて川名は、「疑問の一例をあげれば、三鬼は戦後、『天狼』(山口誓子主催・昭和二三年創刊)を創刊すべく、「京大俳句」の仲間たちの間を奔走しているが、三鬼が事件当時、囮とされたときスパイをしたということであるならば、仲間たちは誰も三鬼に手を貸すはずはないと思うのである。」と指摘した。そのうえで、「ともあれ、小堺氏の三鬼スパイ説は、小堺氏から確証が出されない限り進展しない。一日も早い提出を重ねてお願いしておく。」と、小堺に証拠資料の開示をうながした。

ここで、三鬼の次男の斎藤直樹は、『密告』が出版された昭和五四年（一九七九）一月の、同じ月の二一日に出版元のダイヤモンド社出版局長、翌二二日に著者の小堺昭三に要求書を送付した。

三鬼は時流に迎合せず俳句一筋に生きぬいたとして、斉藤は、彼をスパイとした記述の取消し・訂正、および謝罪広告の新聞掲載をもとめた。だが、両者の返信は、信頼に値する取材にもとづく事実であるとし、なんら誠意はしめされなかった。

かさねて、斎藤は二月二七日に出版社、著者、および代理人弁護士に同様の趣旨の要求書を送った。その回答はかわらず、話し合いによる交渉は一向に進展しなかった。

やむなく彼は、三鬼の弟子の鈴木六林男《むりお》に弁護士の藤田一良を紹介され、気おもな訴訟の手続きをすすめる。鈴木は先年、三鬼の死を〈三鬼亡し湯殿寒くて湯は煮えて〉と悼んだ。

そして斉藤直樹は、昭和五五年（一九八〇）七月三〇日、小堺昭三とダイヤモンド社に対し、虚偽捏造に関し故人と遺族の名誉回復をもとめて、大阪地方裁判所堺支部に提訴した。件名は、昭五五(ワ)第五六四号、謝罪広告等請求事件。

ときに、三鬼弾圧事件から四〇年後、三鬼は昭和三七年（一九六二）四月一日に六十二歳で亡くなったので、没後十八年になる。
裁判は、次のとおり粛々と進められた。
同五五年十月一日、第一回口頭弁論。
〃　十一月五日、第二回口頭弁論。
〃　十二月十七日、第三回口頭弁論。
翌五六年二月四日、第四回口頭弁論。
〃　三月四日、第五回口頭弁論。
〃　五月二十日、原告側証人・平畑静塔（俳人）出廷。
〃　九月九日、被告・小堺昭三出廷。
〃　十一月十一日、被告・小堺昭三、原告・斎藤直樹出廷。
翌五七年一月二七日、原告側証人・湊楊一郎（弁護士・俳人）出廷。
〃　四月二八日、同じく湊楊一郎出廷。
〃　六月三〇日、被告側証人・山下磨（ダイヤモンド社員）出廷。
〃　十月六日、原告側証人・三橋敏雄（俳人）出廷。
〃　十二月十五日、第六回口頭弁論。

とまれ、世情は開戦前夜の昭和十五年、俳壇史上類のない新興俳句弾圧が吹きあれた。その渦中にあった三鬼は、官憲の格好の槍玉にあげられて投獄された。昭和二五年（一九五〇）秋、三鬼が仁智のシベリア抑留の帰還祝いをよびかけた。静塔、波止、仁智は、出獄後九年ぶりに奈良で再会した。彼らは一夜を語りあかしたが、弾圧事件にふれると、三鬼は、「不愉快だ。思いだすのも厭だ。あの事件の話はやめろ」と繰りかえしたという。

さらに、バブルにわく昭和五四年、亡き三鬼は謂れのない中傷をあびて、特高スパイの濡れ衣をきせられて汚名にまみれる。

はからずも彼は、生前と死後に二度の過酷な弾圧をうけた。昭和の新興俳句弾圧事件は、この死者西東三鬼を裁く判決をもって終結する。

六

提訴から二年八ヶ月後の昭和五八年（一九八三）三月二三日、裁判長大須賀欣一より判決が言いわたされた。

判決によれば、原告の斎藤直樹は、『密告』による名誉毀損に関しつぎのように主張した。

「本件文章は被告小堺の無責任な憶測によるものでなんら根拠もなく、真実に反するものであるが、『密告』という題名と相まって、前記俳句弾圧事件の真相を知らない多くの読者に、著名な俳人であった三鬼が、実は親交のあった仲間たちを特高に売渡した、人間として最も卑劣な『特高スパイ』であったとの強烈な衝撃を与え、三鬼に対して強い侮べつの感情を抱かせるに十分な内容をもつものである。」

「『密告』の刊行によって、死者である三鬼の名誉が広く、著しく傷つけられたことはいうまでもないが、三鬼の次男である原告自身の名誉も『スパイ三鬼の息子』として大きく傷つけられ、更に子として父三鬼に対して抱いていた敬愛追慕の情を著しく侵害された。しかも、右侵害は、将来にわたって『密告』が出版され、広く社会に流布される限り継続するものである。」

これに対し、被告の小堺昭らは、『密告』執筆に関しつぎのように主張した。

「被告小堺は、昭和史の知られざる部分を発掘することに情熱を燃やしている社会派作家であるが、たまたま、昭和十五・六年にかけての俳句弾圧事件を知り、このような重大事件が、一般には全く知られていないことに驚き、自らその真相を明らかにしてこれを広く世に問うべく資料の収集にとりかかり、その結果、執筆されたものが『密告』である。

同書は、右の俳句弾圧事件の背後にいた陰謀者小野蕪子に焦点を定めながら、この事件を全体的にとり上げたものであって、特別に三鬼だけを扱ったものではない。

また、三鬼に関する記述も、彼の名声を貶める意図で書いたものではなく、逆に、特高当局に協力させられた特異な犠牲者として描いたものであり、その悲劇を世間に知らしめることが、事件の真相を後世に伝えるうえで必要であるとの考えに基づくものである。」

文中の小野蕪子《ぶし》は、俳句弾圧事件の黒幕といわれた東京のジャーナリストで、文字どおり『密告』の主役である。小堺は、彼を俳人としては二流だが、〃心ならずも囮にされた西東三鬼などよりははるかに恐ろしい大物〃と評した。国家権力をバックに俳壇を牛耳ろうとしたという小野は、戦中の昭和十八年に病死した。

「被告小堺が、三鬼が特高のスパイであるとの説をとったのは、当時の俳句界全般の事情に詳しい嶋田洋一から三鬼が特高のスパイであったと聞き、更に当時の事情を知っている仁智栄坊、三谷昭、藤田初巳、平畑静塔らから取材をするにつれて三鬼スパイ説を確信するに至ったもので、このような確信に達するについては相当の根拠があるのであるから、被告らには責任はない。」

文中の嶋田洋一は、第四次に検挙された東京の嶋田青峰の長男で、新興俳句派の「早稲田俳句」同人で、当時、三鬼とは親交があった。父青峰検挙のすぐあと、彼は、つぎは君が危ないという三鬼の耳うちを過度に曲解したようだ。

両当事者の主張に関し、裁判長はつぎのように認定した。

「三鬼は、同年八月三一日、ようやく特高警察に逮捕されたが、右逮捕が遅れた理由について静塔が質問したところ、担当警察官は、東京方面の新興俳句関係者の交流状況を把握するため泳がせておいたこと、及び三鬼の健康状態（同人には重症の結核の病歴があった）を配慮したためであると説明し、逮捕後三鬼に対しても同趣旨の説明が警察官よりなされた。」

裁判長は、三鬼逮捕の遅れた理由として、重い結核症の病歴をもつ三鬼の健康状態という証言を採用した。

「三鬼は、歯医者としての職業をなげうって俳句にのめり込んだ者で、芸術家にありがちな風狂な面はあったが、文学や芸術を厳粛に考える純粋な人で、友情に厚く他人に尽す人柄であり、自己の利益のために俳句の友人を権力に売り渡すような性格の持主ではなかった。」

「〈証拠〉によれば、嶋田洋一は右取材の際、三鬼スパイ説についてはなんら裏付となる資料又は証拠はないと述べており、更に嶋田洋一が執筆、公刊した『新興俳句弾圧事件体験記』、『俳句弾圧事件余録』、及び前記アンケート等の記述中にも裏付となる具体的根拠又は証拠についてはなんら言及しておらず、むしろ、右各記述内容によれば、嶋田洋一は、父である俳人嶋田青峰が新興俳句弾圧事件によって事実上殺されたことに対する恨みと、青峰が逮捕された当時三鬼が嶋田洋一に対してとった言動に対する個人的反感、及び三鬼が右弾圧事件において他の俳人たちよりも比較的短期間の勾留ですまされたことを短絡させて、憶測に基づき前記のように述べたものであると認めるのが相当である。」

「しかるに、〈証拠〉によれば、被告小堺は、右取材以外には格別三鬼スパイ説の根拠について調査もせず、従来三鬼が特高のスパイであると記述した資料もなかったのに、安易に嶋田洋一の右説明を信用して『密告』を執筆し、本件文章を記述したものであることが認められるから、本件文章は同被告の憶測による根拠のないものであるといわざるをえない。したがって、右主張は採用することができない。」

裁判長は、純粋で友情厚い三鬼の人となりを理会《りかい》したうえで、小堺が曖昧にしていた嶋田洋一を中傷の張本人として洗いだした。彼の発言は、個人的な反感と憶測によるもので、なんら裏付けがなく信憑性がないと仮借なく断じた。そして小堺は、嶋田の談話をそのまま信用し、それを恣意的に解釈して根拠のない記述をしたとし、三鬼スパイ説は小堺の憶測と虚偽である、と断定した。

その結果、裁判長は、次のように判決をくだす。

「被告らは、原告の名誉を回復するための適当な措置として、原告に対し、共同して、別紙㈠記載の謝罪広告を株式会社朝日新聞社（東京本社）発行の朝日新聞、株式会社毎日新聞社（東京本社）発行の毎日新聞の各朝刊全国版社会面に、見出し、記名及び宛名は各一四ポイント活字をもって、その余の部分は各八ポイント活字をもって、各一回掲載するのが相当であると認める。

そして、原告が被った前記精神的苦痛は、右謝罪広告によっても償いきれるものではなく、本件文章等の内容、三鬼の死亡後『密告』が刊行されるまでの時間の経過、その他本件にあらわれた諸般の事情を考慮すると、右精神的苦痛は三〇万円をもって慰謝されるものであると認めるのが相当である。」

七

法廷には、鈴木六林男はじめ新興俳句の俳人約四十名が傍聴した。

判決後、鈴木は毎日新聞の取材に「三鬼がスパイ呼ばわりされ、若い俊英たちの新興俳句運動が危うく抹殺されるところだった。本当にうれしい」と語り、今の心境を問われて〈三鬼勝つ桜前線近づきつつ〉と詠んだ。

翌二四日の毎日新聞朝刊社会面に、五段抜きの大見出しで「西東三鬼氏、特高スパイでなかった」「判決で死者の名誉回復」「遺児に慰謝料と謝罪広告を出せ」「小堺昭三氏の小説「密告―」〝敗訴〟」とでかでかと報じられた。

記事には、斎藤と小堺のつぎの談話が載った。

「ようやく父三鬼と私たち遺族の無念を晴らすことができた。何の反論もできない死者のことを書く時は、より慎重な調査が必要だ。単に小堺氏のみの問題ではなく、物を書く人の最低のモラルだと思う。」

「敗訴はショックだ。西東さんをスパイと主張していた俳人からの取材に基づき『密告』を書いたが、この俳人が提訴前に亡くなり、証人になってくれる人がいなくなり、このため裁判所に認めてもらえなかったもので残念だ。控訴するか、どうかはダイヤモンド社や弁護士と相談して決める。」

同紙の解説欄では、判決は「表現、学問の自由といえども虚偽の事実をもって他人の権利、名誉を侵害する自由まで保障するものではない」と守るべき一線を改めてしめし、文芸関係者の間に反響をよんだと説いた。

俳壇の重鎮の飯田龍太は、取材に応じてつぎのように語る。

「〝死人に口なし〟という言葉があるが、文章にたずさわる者にとっては、〝死人にも口がある〟というのが最低限のモラルである。根拠薄弱なことを、それも本人の人生をくつがえすようなことを軽々しく書くべきではない。小堺昭三氏は訂正文書を書くなど、文筆のことは文筆で解決すべきだった。」

じつは、今回の判決は、死者の名誉権に関し法曹界においても注目をあつめた。

提訴は、三鬼と遺族の名誉が毀損されたとして、両者の名誉回復措置をもとめていた。死者にも名誉を守る権利があるとした城山三郎の小説『落日燃ゆ』事件（昭和五四年）等を引用しながら、裁判長は、死者の名誉や人格権の侵害行為についても、不法行為の成立する可能性はありうるが、救済方法については、現行の実定法上の規定がないとして、三鬼の名誉回復措置については退けた。

その一方で、遺族の名誉回復措置として謝罪広告掲載の請求は認めたので、実質的に死者の名誉回復措置を認めたことになった。これは、死者の名誉権と名誉回復に関する本邦の裁判史上初めての判例であった。

四月八日、被告側は「裁判所が三鬼をスパイでないと積極的に認定したが、歴史上の事実を裁判所で争うのは適当でなく、歴史を書く人が裁判所外で論争すべきであると認識しているので、控訴しないことにした」と控訴を断念し、刑が確定した。

追って四月三〇日、朝日新聞と毎日新聞の朝刊社会面に、つぎのような謝罪広告が囲み二段で掲載された。

謝罪広告

著者小堺昭三、発行所株式会社ダイヤモンド社として刊行した小説『密告』九八頁中俳人故西東三鬼を「特高のスパイ」と断定し、それを前提として九九頁、一〇一頁、一〇二頁にこれを敷衍した文章は、事実に反し、故西東三鬼氏に対する世人の認識を誤らしめるものであり、そのために同氏の子息である貴殿の名誉を毀損致しました。

よって、ここに深く陳謝し、将来再びこのような行為をしないことを誓約致します。

小堺昭三

株式会社ダイヤモンド社

大阪府泉大津市高津町四番一〇号

斎藤直樹殿

中扉のカットの説明

胸部外科病棟の夏……病棟で走り書きした汗まみれの闘病メモ
逃げる……江戸府内のコレラによる死人数台帳（安政五年夏の一ケ月半）
一掬の影……都内千鳥ケ淵の満開の桜樹（千代田区）
空蝉の馬琴……江戸時代の木版刷の入歯引札（チラシ）
生きて還る……術後の麻酔覚醒時に問うたメモの震え
市振の芭蕉……市振の関所趾にたつ看板（糸魚川市）
金木犀の咲く頃……E・ジェンナー『牛痘の原因と作用に関する研究』（一七九八年）の症例図
リンダの跫音……明治初期の英国人旅行家イザベラ・L・バードの肖像
一茶哀れ……安政版『一茶発句集』の一茶の坐像
一口坂下る……都内市ヶ谷の「一口坂」の道標（千代田区）
トゥルプ博士の憂鬱……レンブラント作『トゥルプ博士の解剖講義』（一六三二年）
舞う子……江戸時代の産科医書『達成図説』（嘉永七年）の一頁
紅毛の解体新書……『解体新書』（一七七四年）と『ヴァルベルダ解剖書』（一五七九年）の扉絵
三鬼弾圧異聞……三鬼の短編小説「颱風前後」（昭和二三年）の直筆原稿の第一ページ

中原　泉の世界

医の小説

解説　小谷田　宏

「医の小説集」～独創を支えるもの～

「医の小説集」には、現代と過去の物語が、三巻合わせて十四編収載されている。夫々に個性際立つ作品だが、数的には時代小説が多く九編ある。

中でも、実在した著名人が主役となる小説は、特に作者の力量が問われることになる。万人周知の中から、題材として、どの人物を採り上げ、どのように切り捌いてみせるか、小説の評価は、その一点に集約されがちになるからだ。

あたかも真剣で立会うが如き状況に思えるが、作者には、その緊張感を楽しむ風情がある。恐らく、創作の動機となるモチーフを的確に捉え、太刀筋を選びつつ、確実に捌き切った充足感があるからではないか。

優れた小説には、言葉を支える文体の確かさ、物語を支える構成の力、小説を支える題材の魅力が不可欠だ。それ以上に重要なことは、創作のオリジナリティーであり、それを支える作者の視座と感性だろう。

全十四編の物語は、個々に独自性を担保し、決して定型に陥ることがない。「医の小説集」を標榜するに相応しく、〝病〟を見据えつつ人間を描くことも忘れない。

少し想像すれば分かるが、これら様々な要素を止揚し、矛盾を見せずに具現するのは容易いことではない。

読む度に実感するのは、冴えわたる自在な言葉や無尽の表現だ。作者の骨格にある文体の確かさが、それを可能にしている。

読者は、手練れの技を満喫しつつ、やがて、十四編すべてが異なる色調に彩られた固有な世界であるに止まらず、同じ表現とて見当たらないことに驚くだろう。

作者の文章には、律動感がある。あたかも脈拍や呼吸のように生命と響き合うリズムを想起させる。小説は言語表現だが、旋律音に似た言葉の連なりが、音楽の和声に通じ合う。

無論、題材によっては、不協和音の不安定な揺らぎ、或いは、短調の駆け抜ける悲しみが、全編を覆う。しかし、いずれの場合も、物語に合致した調性が、統一をもたらし効果を倍音する。


「医の小説集」は、作者のオリジナリティーが高次元に発揮された作品群だ。世阿弥の云う〝離見の見〟とは、離れた位置から自己を遠見する眼差しの大切さを説いたものだが、作者は、神韻にしてオリジナルな世界を創作するために、この精神を以って、その境地に到達したように思える。

「空蝉の馬琴」

それぞれに魅力を持ち異彩を放つ五つの小説を、一括して書評することは不遜なことであろう。その中で、歴史小説に注目させて頂いた。


「逃げる」と「空蝉の馬琴」が殊に好きだ。前者は緊迫感と懸命さに満ち、一気呵成に読ませる力がある。後者は洒脱と切なさが横溢として、江戸の世界にタイムスリップさせ、お江戸気分を満喫させてくれる。

両者とも、出だしと結びのフレーズが秀逸で、作品を引き締めていると同時に、読後の印象を高めている。短い期間の中で展開するストーリーという共通点もある。だが、「逃げる」と「空蝉の馬琴」は、全く異なるテイストに仕上がっている。

例えば、前者は時間が切迫して重苦しく過ぎるが、後者はゆったりと軽妙に流れる風情がある。人物や題材により、彩りや味わいが異なるのは当然と思いがちだが、ここにも作者の力量が隠されている。

「空蝉の馬琴」には、興味をそそる仕掛けが多い。

あの曲亭馬琴が歯無しで悩み、入歯を作るという題材が、まず興味深い。神田、九段下、飯田町、神楽坂にかけての馴染みある場所が、舞台であることも嬉しい。江戸時代の風情や情緒、暮らしぶりを味わえるのも楽しい。

冒頭の一文、〝行くぜぇ〟から始まる僅か四行のフレーズで、馬琴の立場がさり気なく語られている。馬琴の悩み、妻の病状と性格、二人の確執までもが、的確に伝わる趣向が施される。この導入の言葉に操られ、読者はこの物語の展開に釘付けとなる。


人物の描写や性格付けも、巧みで自然だ。

功成り名を遂げたといえども、馬琴の〝腑抜けた音速〟が、歯がなく威勢が出ない男の悲哀を醸し出す。入歯師として匠の技が冴える源八は、酒に依存して精一杯虚勢を張る男の弱さを晒す。若くして憂愁が漂うフクは、丙午生まれという宿命を抱え、源八に尽くし切ることを生き甲斐とし、そこに楽天を見る。

愁色に染まっているのは、フクだけではない。濃淡はあるにせよ、三者それぞれが、その彩りを漂わす。

三者が織り成す人間模様は、人間を凝視する洞察力に支えられ、決して作為に傾くことなく、しなやかに描写される。


馬琴は、源八とフクを見おろしながらも、不本意ながら吾身も振り返らざるを得ない。躁鬱を病む妻と暮す、養子の吾身と比べてしまう瞬間がある。

〝とことん女に惚れられたことなどない――彼は、源八を妬んでいる己に愕然とした。この滝沢馬琴が、入歯師風情をやっかむとは！〟

人それぞれの境遇、男女の出会いと機微がある。理性で御し切れない心の屈曲が芽生え、意思に逆らって増殖する。認めたくない現実と隠しようのない掻痒感を突きつけられ、うろたえる馬琴のやるせない心象が、この一文で網羅されている。

馬琴と北斎の交流も興味深い。同時代に生きた二人の巨匠は、名コンビと囃されながら反りが合わない。嫌っている馬琴の振る舞いも無礼だが、訪問して無視された北斎も怒る風情でも無い。

〝滑稽にも結局、二人の間には一言の会話もなかった。馬琴は、肩を落として安堵した。奴は一体、何しに来たんだ?〟

痼癪持ちで夫には構わない妻が、北斎にはお体裁屋で愛想が良いことも、馬琴を意固地にさせるのだろうか。後世に名を残す巨匠同士の奇妙な関係が面白い。

殊に、北斎の風体や性格の描写が印象的だ。富嶽三十六景に観る大胆な構図、独創的な画風、対象を凝視する力、精緻な写生、駄作のない多作は、浮世絵のこの分野で余人の追随を許さず、その巨大な北斎ワールドを形成している。その巨大な北斎の実相が、小柄で貧相で、身なりに構わず、奇人の風評とは……

しかし、僅か数行の描写の中で、それがいかにもと思わせてくれる――なるほど、画狂人の異名をとる北斎か――まるで、独楽鼠のように飄々とした北斎が、チョコンと座り、茶を啜る姿が、そこに見えてくるかのようだ。

我が強く意固地な二人には、饒舌に語り合う場面は無縁である。しかし、微妙な位置関係を解き明かす無言劇の描写が秀逸で、自然に納得させられてしまう。読者の腑にストンと落ちてくる。

この物語を紡ぐ筆遣いは、おしなべて軽妙であるが、時に暗澹と沈殿する。

運命の暗い旋律が、物語のモチーフにあるからだ。

〝その後姿に、馬琴は、哀傷の情に囚われ

た。丙午の女、酒狂の男、彼らの底無しの交情。源八、お前は長生きできないぞ――彼は、ひとり呟いていた。〟

人間の業と執着、甘えと辛苦、生きることの呻吟――誰もが逃れられない命題だが、それが際立つ源八とフクの行方を暗示し、否応の無い遣り切れなさが押し寄せる。

じんわりと心の琴線に触れ、しっとりと浸透して来る。心に残る一文だ。

読者にとって、入歯に関する薀蓄も欠くべからざる魅力だ。

〝紅合わせにはベンガラの顔料を使うが、彼は、紅花を採った小町紅を好む。丸い白陶の手塩皿に容れた濃い紅である。〟

作者は歯科医学の専門家であり、殊の外、その歴史に精通している。従って、専門性に裏打ちされた知識が遺憾なく披露され、その記述は詳細で緻密であり狂いがない。

一連の記述は、源八の入歯師としての卓越した技能を如実に裏付けるだけでなく、入歯作りの工程や難しさを雄弁に解き明かして、読者の興味をそそり知識欲をくすぐる。

その記述は各所に散りばめられ、源八の酒狂と馬琴の焦躁の狭間に程よく配置されることで、作品のアクセントにもなっている。それが、作品の魅力を増し、厚みを加え、豊穣なものにしている。

ぴったり適合する入歯を嵌めて、馬琴は人生も人格も心底救われたと実感する。

〝馬琴はつくづく、神楽坂に通い詰めた甲斐があった、と自得した。（中略）馬琴は、深々と額を下げた。（中略）「曲亭、あんたの耳は、お釈迦さんの耳だなあ」源八にして、精一杯の世辞であった。〟

〝引き分けと言いたい所だが、最後の源八の一言に、馬琴はうっちゃりを食らった。〟

入歯を巡って攻防を繰り返した二人が、互いを認め合う温感が、この文章にこもる。

馬琴が負けを認め、一人ごちて攻防は落着するが、馬琴は負けて幸せであったろう――こんなにも上出来な入歯という分身を得たのだから。

源八は勝って当然と承知したであろうが、喜びも隠せない筈だ――自分が自負する至芸で、あの馬琴に拝礼させたのだから。

〝根付は、生きてないからなあ〟という源八の感慨は、即ち〝入歯は、生きてるからなあ〟だと馬琴は察する。入歯に賭ける源八の矜持は、匠の魂を具現している。

二人の男を繋ぐ心理と情景の描写は、この小説の白眉と言えまいか。

こんなに深く感応し、素直に納得できる一文に触れることは稀であろう。

しかし、この物語は物悲しい結末を迎える。泥酔し溺死した源八の傍らにフクが放心している。馬琴は呆けたように、〝わしの入歯、誰が直してくれるんだい?〟と真顔で問う。

馬琴が抱いた暗い予感は的中した。

人間は、いつかきっと来ると予感したことが、予想外に早く現実となり、その場に遭遇した時に、どんな反応を示すのだろう。衝撃の一瞬が過ぎた後、目の前の現実が、自分にとってどんな影響をもたらすかを、恐らく瞬時に察知するのであろう。

すると、馬琴の反応は正常であった。

人生の救い主が横死して、これからの不安に襲われる。その不安が、呆けた様子になったにしろ、馬琴の問いは切実である。

馬琴はあたかも抜け殻であった。まさに「空蝉の馬琴」である。

「空蝉の馬琴」という表題は、言葉の響きも美しく魅了される。「空蝉」は「虚蝉」とも「現身」とも書くようだ。「現身」は、この世に生きている人の意を持つ。

馬琴は、生きながら抜け殻なのか。否、たとえ今は抜け殻であっても、必ず生き抜かねばならないのだと、馬琴はやがて自得するのだろう。

読者はこう感慨する――粋で洒脱で人生経験豊かなアンタならば心配なかろう。切実であるが、どこか間が抜けた反応をしてしまう馬琴のことだから、と。

源八とフクの行く末は、遠からず暗転する運命であったに違いない。暗い結末だが、それを救う明るさが、馬琴の結語にある。

様々な人間模様と江戸情緒を堪能させてくれた「空蝉の馬琴」に、相応しいエンディングだ。

「生きて還る」

「生きて還る」を読んで、文学における言葉の力を思わずにいられない。

この臨場感は何だろう。現場に立ち会っているかのようだ。

この緊張感は何だろう。リアルタイムで一部始終を目撃しているかのようだ。

「胸部外科病棟の夏」にも共通するが、全編を貫く圧倒的な迫力は、尋常ならざる筆力と確かな文体に支えられ、読者の感性を鷲掴みにする。

何かが表層に向かい浮上していく――決して自覚されることのない浮遊感
――死の淵からの生還、そこに感覚があるとすれば、どんなものなのか？

〃不意に、額にポッと仄暗い明りが灯り、私は静謐の湖底から漆黒の闇を、スーと一直線に浮上していった。はるかに湖面にむけてダイバーのように、息苦しさも水音もしない上昇だった。突然、パカンと水面が花輪のように飛び散り、眩しい視界が満天に開けた。〃

それにしても、何と言う印象的な導入だろ

う。

言葉が言霊に化して、神秘的な静寂に包まれている。でありながら、言葉によってイメージされる光景が、具象的な画像のように眼前に浮んでくる。言葉は投射し、読者の脳裏に映像を結ぶ。

〝ポッ〟〝スー〟〝パカン〟などの擬音も、イメージを象徴的に増幅させる。

臨死の境から覚醒に至る感覚とは、まさにこのようなものなのだろうと、得心するほかない。無自覚から自覚までの無限の距離、目覚めの戸惑いと覚醒の実感。

間違いなく、作者の中で、厖大な語彙が渦巻き、取捨を繰り返したのであろう。

他のいかなる麗句でも為し得ない燦きがあり、言葉の造形美が堪能できる。

この導入には、「生きて還る」ことを表現する言葉の力が凝縮している。

そして、導入の言葉に対比する形で、終末の言葉が配置されている。

作品の終末は、〝甦った記憶〟の再現で締め括られる。死界を臨む鎮静を強いられ、意識消失に至る瞬間を修辞するフレーズは、導入に比しても遜色ない。

読者は、このエンディング、〝あー、想い出した……〟以降で、作者の追体験を迫られる。その感覚は、作者と共に湖底に導かれ、永久に沈下していくかのようだ。

まさに〝冷たい水が一斉に細波のように〟浸潤し、ザワザワと心も身体も粟立ってくる。

既に事の顚末を知り、その恐怖感を共有しているだけに、相乗的な心理効果が作用し、ワシワシと侵略されてしまう。

〝鮮やかなすだれが、ザーザーと鼓膜を響かせて急速に落下する。次の瞬間、視界は、幕が下りたようにバタンと閉じた。〟――決してバーチャルでない実体感が、ここに至って読者を震撼させ硬直させる。

導入と終末が連動し、時の経過が錯綜して、スパイラルのように交わることなく旋回を続ける。この絶妙の対比が、作品の完成度を揺るぎ無いものにしている。

〝蘇る記憶〟からの文章を巻頭に据えることもできた筈だ。敢えて巻末に据えた意図は何か——分断された記憶、断絶された時間を、立体的に際立たせるためではないのか。

時空の隔たり、認識の隔絶が強調され、〝甦る記憶〟は〝終わりのない記憶〟となって、巻末から巻頭に戻り、無限の迷宮に誘い込まれるかのようだ。

「生きて還る」は、様々な意匠に彩られている。

舞台は、病室という閉ざされた空間に限定されている。そこで起きた事件が、病室を劇的な空間へと変容させてゆく。その空間では、激しい葛藤が繰り広げられ、厳しい言葉が飛び交う。

病室での人間模様は「動」そのものであるが、死境を彷徨う巻頭と巻末は「静」を象徴している。始まりと終わりに「静」を対置し、「静」と「動」が相似曲線のように配置されるのだ。「静」と「動」の異同性が、読者を魅了する。

ある時は象徴的な言葉が神秘的に語られ、ある時は速射砲のように言葉が放出される。時として寡黙であり、時として饒舌である。

磨き抜かれた言葉の精緻とその静謐。緊張に満ちた物語の展開とその律動——双方が、綿密な構成のもとに組み立てられ、綻びを見せるところがない。

このことこそ、「生きて還る」の本質ではあるまいか。

この著作集に収録されている作品群は、興味深い題材、確かな文体、刮目すべき筆力に支えられ、読み応えがある。物語の面白さと展開の妙味に溢れ、読みやすい。

しかも五つの小説に、それぞれに違う彩り・味わいがあり、それぞれにマッチした筆遣いが施されている。その様々な意匠は、さり気なくしつらえてあり、読者に違和感を与えないが、五つの小説を通読してみると、作者の並外れた技量が、たちどころに理解できる。

劇的なもの、深遠なもの、軽妙なもの、作品群にはそれぞれの性格が、くっきりと印象づけられているが、そこに共通するものは、作者の人間を視る眼力であり、その視座であろう。その観察眼は、時に冷徹であり、時に慈愛に満ち、時に辛辣である。

時として、激情に身を委ねながら、周囲を見据える激しさを見せるが、基盤にあるのは、自らの視座の客観性を保ち、冷静に捉えんとする観察力だ。

「市振の芭蕉」

「市振の芭蕉」は、夕刻から翌朝までの物語だ。ただの一日にも満たない市振（いちぶり）の宿での描写である。一期一会の人々が桔梗屋で巡り合い、僅かな時間を共有する。その偶有性の中から、後世に残る名句が生まれた。

「一家に遊女もねたり　萩と月」――この句の誕生の由来には巻間諸説あるが、小説の題材として、実に魅力的だ。

作者は、六ヶ月にもわたる「奥の細道」の長い行程から、たった一泊二日に焦点を絞り、ナイフエッジの鋭さで切り取ってみせた。

そこに作者の着眼点（まなざし）があるに違いない。その意図（もくろみ）は、ものの見事に成功している。

「松が見えたぞィ」の出だしから、「そンじゃあ、お先に」の終わりまで、一気呵成に読ませる手練の技は言うまでもない。芭蕉と曽良、遊女、薬売りらの微妙にして奇妙な関係が、さりげなく語られていく。

曽良はかけがえのない弟子だが、その不始末を許せない芭蕉の視線が冷ややかだ。面目なく視線を避ける曽良の憔悴が哀れだ。お伊勢参りに出かける遊女二人と寡黙な無耳症の薬売りがじんわりと絡む——わけありの人物たちが交錯し、物語が紡ぎだされる。

物語は、短い時間の中で揺るぎなく凝縮して描かれ、男女の機微やそれぞれの人生を映し出す。しかも、ほんの半日余りとは思えぬほど、緩やかな時の移ろいとのびやかな情景の奥行きを感じさせる。

これも、作者の構成力と文章力のなせる技だ。

「奥の細道」の旅をひも解くと、三月に江戸を出て、奥州から出羽（今の福島・宮城・山形など）を経て、七月に新潟の市振に辿り着いている。だが、曽良の紀行書に市振での記述が些少なため、後世での詮索がやかましいものになった。

実際のところ、出立して三ヶ月半の長旅に加え、親不知・子不知の難所を越えて、おまけに熱暑に追われ、芭蕉といえども疲労の極み、まして病苦の曽良は書く気力も湧くまい。

その分、作者の想像力は、自由な創造へと羽ばたき天空を駆け巡る——あたかも、一幅の墨蹟をしたためるかの如くに、小説の佇まいを完成させせてゆく。

曽良は痛みに苦吟して部屋にも居られず、遊女は薬売りと隣室でねんごろに枕を交わした。芭蕉は、その業腹を逆手にとって、一ツ家を舞台に昨夜の景色を織り込んでみせた。

この句が完結するまでの推敲の過程が興味深い。誤読を恐れ、遊女もねたりと書き改める姿も面白い——芭蕉の目線は、女と花と月を行きつ戻りつするかのようだ。

朝餉の後まで、十七音を反芻しつつ惑う姿が続いてゆくが、芭蕉は句作の手応えを秘やかに楽しんでいる――〝一句詠めれば鬱は晴れる〟のだ。

このくだりは小説の白眉であり、芭蕉を凝視する作者の眼力と、絶妙にして巧緻な筆さばきが堪能できる。

芭蕉は、連歌を十七音に凝縮し、日本文化に俳句の座標を確立した。俳聖として並ぶ者なき栄誉を得るのは、ずっと後世になってからだが、もとより本人にとっては関心の埒外であろう。

「野ざらし紀行」から「奥の細道」へと続く旅の中で、どんな心の変容が、芭蕉に生まれて消えたのか。「奥の細道」は、西行を偲ぶ旅でもあるという。白河・松島・象潟などを訪ね、漂泊の歌人の足跡を辿っているが、静寂の中で孤高と寄り添う旅はできたのか。

芭蕉を支えた情熱は、風狂の心を抱えたまま、死を賭した旅へと駆り立てたが、さりとて悲壮に陥るでもなく、軽みと俗をも愛し、不易流行を旨とした。自らを風雅の乞食と称した俳人は、「月日は百代の過客にして、行かふ年も又旅人なり」との心境に達していた。

芭蕉は巨人である。対象として申し分ない。願わくは、この傑作に続いて、作者による新たな芭蕉像を描いてほしいものだ。

「リンダの跫音」

『なんと痛快で芳醇な読後感に包まれる小説であることか……』

想うに、小説を産み出す葛藤は並大抵ではないはずだが、恐らく作者は、創作の過程で幾度となく至福の瞬間に浸りながら筆を運んだのではないだろうか。そんな心持を抱かせる作品だ。

読者は、リンダの天真爛漫と体当たりの奮闘に眼を見張り、疲弊を知らない精神に驚く。ジローやコトを始め、藤野村に集う人々との快い交流に共鳴する。

心地よいテンポ、リズミカルな会話に彩られ、軽やかに物語が紡ぎだされる。やがて、解放的なエネルギーに満たされ、読者の心は占領される。

作者の筆遣いは、気どりなく達者な手触りを保ち、しかも通俗に流れない描写の抑揚を存分に示してくれる。

この優れて面白い小説のベースになっているのは、イザベラ・バードの「日本の未踏の地（奥地紀行）」であろう。リンダは、小説の冒頭でイザベラを語り、読者にその偉業を過不足なく伝えている。

明治十一年に東北・北海道を三ヶ月間旅行したイザベラは、日本の良好な治安や日本人の礼儀正しさを絶賛しつつ、一方で貧弱な容姿や生活の困窮を辛辣に指摘した。イザベラの印象記は実に多岐多彩で、日本のみならずアジア近隣諸国や諸外国に及ぶ。

かつて作者は、イザベラの業績について日本歯科ペンクラブの講演会で解説したことがあり、その時の記憶が私に甦る。

作者は当時からこの題材を暖めていたに違いない、と今にして私は想う。イザベラに触発された作者の構想は、医の小説「リンダの跫音」として結実し、豊穣な成果を得た。

「リンダの跫音」は、長編として数々のエピソードが描写され、様々な要素が内包されている。物語の進行に従い、述べてみたい。

『この小説は、まさに医の小説と呼ぶにふさわしい……』

ここに登場する病名だけで二〇にも及び、

その陰にずっと多くの患者が蹲っている。

　脚気・天然痘・コレラ・結核・梅毒・喘息・関節リウマチなど多種多様で、歯科疾患や顎関節脱臼もぬかりなく登場する。

　病気があり、患者がいて、ドラマが形となるが、驚くべきは、多種多様の病苦を扱いながら、各人各様の情景を陰影豊かに鮮明に描き分けていることだ。

　しかも、どの場面も、淀みなくさりげなく、饒舌に過ぎることがない。


　印象的な場面は、枚挙に暇がない――歯抜師が惚れ惚れする仕事ぶりで病人を救って、あっさりと村を離れてゆき、村の産婆が多指症の新生児に荒療治を施す――リンダの目線から視た民間療法が紹介され、読者は想像の翼を広げて、当時に遡ることができる。

　物語の芯柱となるのは、リンダの颯爽とした活動ぶりだ。そのエピソードが、次から次にくっきりと挿入されていく。その一つ一つが、際立つ筆さばきで縦横無尽に展開していく様は、読んでいて実に気持ち良い。ページを括る手がもどかしい程だ。


　作者の筆は、現場に張り付くかのように、読者に向けて盛り込むべき情報は洩れなく供覧し、しかも冗長に陥らず無駄がない。リンダの情感が、時として臨界を超えて噴出しようとするが、作者はこらえて引き戻す。

　だから、リンダの感情移入は程よく抑制され、実態を直視する眼は曇ることがない。


『リンダは、藤野村こそアルカディア（理想郷）であると確信した……』


　何故なら、この村がイングランドにはない平穏で和合な共同体であったからだ。

　かつてイザベラは、山形県米沢の地をアルカディアと賛美した。それは、整然と区画整理された田園風景が西洋の美意識と合致したからだという説がある。人手の入らない野山は美の対象外であり、あるがままは怠惰と映るらしい。

日本人はあるがままを大切にし、自然を畏怖の対象とする。一方、西洋人は自然を科学の対象とし、その現象を解析して普遍的法則を追求するという。自然に向き合う姿勢が、大きく異なるようだ。

偏狭に囚われないリンダの美意識は、理論理屈で解釈するのではなく、日本人の感性の如く、和の精神に導かれた共同体にアルカディアを見ているのだ。私は、リンダの美意識がイザベラを凌駕すると思いたい。作者も、同意するに違いない。

リンダの視線は、日常生活にも注がれる。村の女性たちが使う房楊枝・歯磨粉を見聞し、川屋（厠）を工夫した水洗トイレに驚嘆する。得心がゆく的確な描写のお陰で、当時の生活文化の知恵と水準が垣間見える。

『やがて、リンダは、藤野村が幻想のアルカディアであったと悟る……』

リンダは、この共同体が貧困と病気に色濃く覆われ、人々は為す術を知らないことに気づく。しかし、リンダのプラス思考は、そこにこそ渇望してきた自らの存在意義を見出した——作者は、リンダにリアル（現実）を突きつけ、アイデアル（理想）の追求に導こうと試みる。

リンダは、困惑しても翻弄されることはない。自律と自立を心得え、軋轢に立ち向かう。盲目的な蛮勇でなく、向上のための創意を志す。

この中盤から小説は佳境を迎え、終盤へと疾走する。作者の筆は、いよいよ快活に滑走する。

実は、この小説には、二つの重要な側面が

ある――〝病気と医療〟の側面と、リンダの眼を通した〝比較文化論〟の側面だ。

自然との向き合い方もその一つではあるが、もっと生活に密着した切実な問題がある。

リンダは、水洗トイレに驚嘆し、住居に絶句する。清潔なメカニズムを工夫した水洗トイレが和合な共同体の象徴とすれば、村人の住居はあまりに無造作で不潔であり、健康を害する元凶と化す。

この矛盾した併存、この落差は何なのか、とリンダは嘆息する。リンダの憂いは、作者の問いかけでもある。

考えてみれば、日本の社会は地縁や地域共同体による互助（共助）が基盤となり、その価値体系を共有してきた。対して、中国・韓国は血縁が絶対的に支配する社会であり、欧米は神への帰依と寄付による貢献に支えられた社会と言えよう。明らかに日本とは異質の社会文化である。

日本では地域共同体への帰属と順応がなければ、村八分となった。或いは、滅私奉公の言葉の通り、私を公より優先するのは恥とされた。だから、地域共同体の互助（共助）は発揮され易いが、私事の自助は軽視されがちだ。

現代では、地域共同体そのものが幻想となり、消滅しつつある。ところが、喫緊の超高齢社会に対応する医療・介護のあり方の根本理念が、地域依存型であることは興味深い。

「地域包括ケア」と称する古くて新しいシステムは、喪失しつつある地域共同体への回帰の試みと言えまいか。


『リンダは、体当たりで病気に対峙し、無私の献身を続ける……』


リンダは、未体験の医療分野にも果敢に挑戦し、惜しみなく患者に献身する。

デン老人の骨折とリハビリのエピソードは、臨場感に溢れ秀逸だ。クマさんもそうだが、異邦人への対応の術を知らず、頑なに固まっていた老人の心が氷解するプロセスは、穏やかで微笑ましい描写に誘われて、頬が緩む。

病気の中でも、結核と並んで国民病と言われた脚気には、多くのページが割かれていて、作者の力の入れ様が分かる。ジュンとダイ、シズ親子のエピソードは、一縷の望みと絶望への怖れが錯綜する家族の心情が細やかに描写され、心に溶ける。

権力を振りかざす警官と、それを制する警部の胸がすく一喝も、終盤の見せ場として効果満点だ。

作者の優しさと反骨が、ページから溢れ出る。

文中にある通り、海軍が兵食改良を断行し、脚気を激減させた事実は重要である。陸軍は対策が遅れ、蔓延を防げずに兵力を削いだ。大所高所の判断の是非が、いかに重大な影響を及ぼすことか、この一事を知れば理解できる。

リンダは、一見して残酷な民間療法でも、理解できれば評価し協力する。その姿勢が周囲との絆を深め、更に信頼を深める。困難に立ち向かい、犠牲を厭わない無私の使命感は、どこから来るのか。

ジローは最後に語る――〝世には、自己と他者を天秤に掛けない人間がいる〟のだ。

この使命感は、宗教に依拠するというより、あくまで個人の価値観、またはナースの職業倫理に立脚した妥協なき信念なのだろうか。

まさにリンダは、本来の意味でのボランティア（志願兵）なのだ。求道的に奉仕の心を発揮する精神は、ノブレス・オブリージュにも通底するのか。そこには、偽善や作為を否定し、無私になり切る決意があるようだ。

インディヴィジュアルとは、これ以上細分化できない個を意味する。日本人は個の開発に不馴れであり続けたので、誤解を生みやすいが、無私と滅私とは次元の違う概念である。
敢えて言えば、無私は個の独立であり、滅私は集団への同化であろう。ここにも、比較文化の要素がある。

この小説は、リンダが藤野村を去ることを示唆して終わる。もしも続きがあるならば、リンダの未来に、作者は何を描き込むのだろうか。興味は尽きない。

〝ゴッド・ブレス・ユー〟と静かにリンダの背中に囁きかけたい。リンダはクシャミをするだろうか。

リンダの跫音は止まらない。これからもステップし、スキップし続けるだろう。

理性に裏付けられた抑制のきいた高揚感が、作品の隅々まで浸透し、読者を包み込む。

――作者の優れた知識と豊かな感性を十二分に体感できる良質な作品として完成している。

「トゥルプ博士の憂鬱」

「トゥルプ博士の憂鬱」は、作者の優れた資質が顕著に表出した傑作であり、愛好する作品である。

時代小説は、作者の得意とする分野で、悠揚自在に筆が律動し、人物が奔放に躍動して、独特の迷宮に誘ってくれる。作者は、和物のみならず、洋物でも新たな魅惑の世界を展開してみせた。

この作品には、グラン・クリュ・ワインの愉悦がある。馥郁たる芳香、豊潤な味わい、明晰な輪郭、官能的な余韻、際立つ個性―小説の醍醐味とは、このことかと想わせる一編だ。

まごうことなき巨匠レンブラントの名声を一躍世に広めた絵画が、「トゥルプ博士の解剖講義」である。彼の代表作「夜警」や多くの自画像に伍して、名高い絵画といえるだろう。

読者は、この絵を脳裏にイメージし、そこに描かれたトゥルプ博士の〝憂鬱〟とは一体何だろう、とたちまち想像を掻き立てられてしまう。

〝レンブラントと解剖〟——「医の小説」にうってつけの興味津々な題材だ。

作者は、この小説に読者を惑わす企みを用意している。

〝光の魔術師〟と形容されるレンブラントは、光を演出し、闇に焦点を当て、明暗と神秘を劇的かつ精緻に描き切る稀有の画家だ。〝レンブラント光線〟は深遠で神々しい光彩を放ち、画家はそれを絵画に封じ込めてきた。

光と影から生まれる存在を描写する天才は、他にもフェルメールがいる。二人は、共に十七世紀のオランダを生きた巨匠だが、画風も性格も異なる。フェルメールは静謐で穏和であり、レンブラントのような激情や絶望を感じさせることはない。

「トゥルプ博士の解剖講義」は、従来の集団肖像画の手法を画期的に変えたと言われる。記念写真のような構図は、レンブラント以降、過去の遺物となった。

元来、解剖講義は、創造主たる神を讃える儀式であり、選ばれし者たちの社会的イベントであったようだ。トゥルプが儀式を主宰し、外科医と地元名士が仰々しく見学する。

レンブラントは、特別な時と場を共有する者たちの緊張と高揚を、瞬間に切り取って、絵画に定着させた。この名画の臨場感が、観る者に共振し、目を瞠らせる。

物語は、叱声から始まる。読者は、声の主が誰か分からない。

神聖な儀式の場での在り得ない言動に、トゥルプは憤然と退席するが、じきに大人の振る舞いに戻り、求めに応じる。

だが、容認できない出来事が起きた。遅刻した親友ローネンをデッサンに加えることを拒否されたからだ。トゥルプの心に忘れ得ぬ禍根が住みつく。

意表を突く幕開けからレンブラントとトゥルプのプライドが誘爆し合い、生々しい響きを奏でる——その一部始終が、物語の行く末を暗示する。

「つけあがるな！レンブラント」——読者は、トゥルプの呻きを耳にし、まるで眼前で目撃するかのような眩いヴィジュアル感に包まれる。

「信じられない…画きなぐりの駄作ではないのか」——無作法で生意気なレンブラントが期待外れの愚作を描けば、ようやく溜飲が下がるのに…

「その瞬間、うッとトゥルプの喉が呻いた。忽然と眼前に現れた一眸の世界」——トゥルプは、絵画の巧みな構図、鮮やかな躍動感、そのすべてに脱帽し敬意を表する。だが、御しきれぬ感情の闇は、沈殿したままだ。

このくだりは、前半の山場だ。作者の慧眼が行きわたり、隙を見せることがない。

焦燥と憤怒、晦渋と諦念、内面の葛藤など、あらゆる感覚が効果的に網羅され、言葉の取捨は冴えわたる。

切迫した場面での感情の表出が劇的効果を高め、しかも乱れがない。読者は、言葉の樹海から潤沢に掬い取る、この作者の才能に陶然としつつ、物語を追う。

後半の山場は、トゥルプの邪（よこしま）な計画であり、その帰結だ。

「芸術を冒瀆する行為と逡巡しつつ、彼は、誰に依頼するか思案する」——トゥルプの暗い想いには理由がある。ローネンの死を境に、親友の〝記憶〟を絵画に留めたいという強い願望だ。

「しまった…一見して、トゥルプは唇を噛んだ」――凡庸が加筆したために、絵の構図が崩れ、目線は不自然に焦点を暈している。

「粗忽者奴！」――その怒鳴り声は、偽作者にだけでなく、トゥルプが自身に向けた痛罵であったろう。

斜向かいの壁にある絵画「デイマン博士の解剖講義」は、トゥルプの絵画から三十年を経て、レンブラントが描いた。小説に記述の通り、火事により断片を残すのみだが、肝心の遺体の部分は焼失を免れた。

死後硬直した足の裏から全身を俯瞰する構図は、斬新で衝撃的で、トゥルプの度肝を抜くにふさわしい。レンブラントは更なる高みに達した、とトゥルプは慨嘆したであろう。

作者が仕掛けた企みとは何か？――トゥルプの計画は本当に実行されたか？「トゥルプの解剖講義」は改竄されたのか？邪悪な意思が絵画に埋められ封印されてしまったのか？

小説の絵画では、描き込まれた肖像は七人であった。トゥルプ本人とトゥルプを凝視する一人、解剖図譜を見つめる四人、解剖書を手に正面を見る一人だ。それがトゥルプの奸計で、八人の肖像となった。現存する実物の絵画も八人である。

作者は、巧みにミステリアスな展開をくわだてた。この着想は面白い。

改めて絵画に目を凝らすと、楕円形の構図に収束する七人は、均衡のとれた構図を保っている。しかし、八人となると調和が乱れるようだ。最後方に突っ立っている人物が、違和感を醸している気がする。存在も不自然だし、目線も統一を欠く感がある。

観方によっては、各自の視線の行方が、空間的な広がりを意識させるという評価もできるが、後方に佇む人物の定まらぬ目線が、この場に似つかわしくないと感じるのも確かだ。

何と！さては、作者の目論見に、まんまと嵌まってしまったのか！――だが、ひとたび感知してしまった既視感は、容易に消えそうもない。

まだ私は、絵画の実物を観ていない。是非とも死ぬ前に、二作品とも観たいものだ。この小説に触発され、その想いが強くなった。オランダに行けば、レンブラントだけでなく、ゴッホにもフェルメールにも存分に逢えるだろう。読了後の心は、彼の地へ飛翔している。

本物を目にした時、この小説で感知した既視感に幻惑されてしまうだろうか？――否定する自信はない。いや！むしろ、それを楽しみたいものだ。

「一口坂下る」

まだ完結していないのではないか？―そんな予感を抱かせる小説だ。

「一口坂下る」は、「金木犀の咲く頃」（「リンダの跫音」に収載）の続編であり、〝タイムスリップ〟という共通項を持つユニークな物語である。

但し、「一口坂下る」は、単なる続編として存在するのではない――フォルムとは無関係に、単体として独自性を強く主張し、みずみずしい力感を内在している。

「金木犀の咲く頃」の捲るめくラストは、「一口坂下る」のスタートに連続している。――小林は、〝金木犀の芳香に巻かれて天空に吹き上げられ〟、時空を超える旅人になった。

あたかも、サイエンス・フィクションの趣きであるが、この物語は、そんな泰然悠長な夢想でも、ましてや軽快な冒険譚でもない。

実に「一口坂下る」のテーマは重く深刻だ。一つは、〝隔離された時間とその記憶〟であり、〝江戸時代以前の江戸の光景〟である。もう一つのテーマは、〝疫病〟若しくは〝生と死〟だ。

主人公の小林は、突然に自分の現実を解体され、時空の〝漂流者〟となってしまう。――彼にあるのは、生きてきた時間と記憶の残像だ。

そして、古（いにしえ）の時代の〝目撃者〟となった。――彼は、二つの時代に向き合う客観的視点を与えられつつ、古の時代をキヌと共に生きようとする。

遂に、生きる力を無化する喪失感に覆われ、ザブ一家の生涯を弔う〝証言者〟となる。――彼は、断絶され色褪せる時間と記憶の鼓動を絶やさぬ決意を込めて、墓標を建てる。

この小説には、深遠で洞察に満ちた言葉の響きが脈打っている。作家は、寓意に満ちた小宇宙を造形した。

2

〝タイムスリップ〟を共通項としつつ、二つの物語は、逆転の発想で成り立っている。「金木犀の咲く頃」は、〝時空の迷い子〟が、江戸時代から時間を順行して未来へと向かう。対して、「一口坂下る」は、小林とキヌが、時間を逆行し過去に遡る。

改めて「金木犀が咲く頃」を再読し、ふとした気づきがあった。

この小説では、〝救命〟という必然性がある――江戸時代では助からない命を平成の世で救うという緊急性と蓋然性を感じ取れた。

では、「一口坂下る」でタイムスリップする必然性とは何か?小林とキヌが時間を逆行した理由は何か?――それが明かされていない。続編を予感する所以が、そこにもある。

しかし、こうも考える――〝隔絶した時空に放り込まれた者〟は、その故を自問することはできても、混迷のままに〝漂流者となる不条理〟を甘受しなければならない存在なのであろう――ある意味で、それは〝小説を読む者〟にも通底する。
小林は慟哭する――「いもに感染するために、彼女は、この世にタイムスリップしてきたのか…不憫な子だ」と。小林もキヌも〝謂われなき漂流者〟なのだ。

そして、共通項を〝疫病〟という括りで考えた場合、「逃げる」(『生きて還る』に収載)という小説が符合する。

「一口坂下る」は疱瘡(天然痘)を扱い、「逃げる」は麻疹を扱っているが、どちらも〝疫病〟と人間との〝生と死〟を賭した壮絶な闘いの記録だ。

古の時代では、〝疫病〟とは容赦のない圧倒的な暴力であり、その一撃を喰らったら、人々は為す術なく平伏すしかなかった。

まさに「逃げる」は、おぞましい〝疫病〟から逃げ惑うひたむきな姿を、ドキュメントタッチで堪らないスピード感と共に満喫できる小説だ。

一方、「一口坂下る」は、理詰めで客観的で、尚且つ情緒を失わず、彫琢された精妙な筆致をもって〝疫病〟の激越な暴力性を表現してゆく。

「逃げる」は、疾駆するアレグロの調べが主旋律となり、「一口坂下る」は、清澄なピアニッシモの呟きを副旋律に伴って奏でられる。


更に視座を転じると、別の側面が見えてくる。

「逃げる」は、江戸時代に生きる貧農の女性が、唯ひたすらにやみくもに〝疫病〟から逃亡するが、無知なるが故の危機管理であり、家族を守る緊急避難であり、結果として死に至る病から逃げ切ることができた。

逆に、「一口坂下る」は、平成に生きる中

年男性が、古の時代に迷い込み〝疫病〟と対峙するが、大正時代の種痘の方法に疎かったため、ふとした油断から愛するキヌを失うことになる。知識はあるが、半可通なるが故に奈落に沈んだ。

この比較はアイロニーだが、人は思うほど進化できていないということか——情報は正確でなければ、逆に隘路となる——文明は情報と利便を提供したが、文明の進歩に比例して幸せを獲得できたわけではない。人は人のままであり、時代と共に愚かさを捨てて賢くなれたわけでもない。

文明から遠い世では、悲嘆はしても過酷さを受容できた。それが定めと思い切る覚悟があった。

ところで、「一口坂下る」の舞台は、馴染みの場所だ。「金木犀が咲く頃」もそうだが、飯田橋周辺とくれば、大学時代から庭のような存在である。

それなのに、九段北の一口坂（ひとくちざか）が芋洗坂であり、イモとは疱瘡に由来することを初めて知り、唸ってしまった。疱瘡神に寄り添う坂で、水でイモを洗うことに起源するようだ。他にも、六本木の芋洗坂、駿河台の一口坂（いもあらいざか）が、東京にある。

文献によると、歴史に名を残す著名人も、疱瘡の犠牲者は多く、貴族も武将も芸術家も錚々たる顔ぶれを列挙できる。

この小説のテーマの一つに、〝江戸時代以前の江戸の光景〟がある。

小林が、遮るものなき富士を台地から拝む光景、ここはいつか見た場所と感知する場面は、静謐で温和で、しかも謎解きめいて印象的だ。

かつての江戸は、武蔵野台地の他は湿地ばかりで、東京駅付近は海であったが、やがて太田道灌が着工し、その後に徳川家康が抜本的に土地改良に励んだおかげで、ようやく生活の基盤が造成されたという。

それは物語にある通りだが、見慣れた馴染みの土地が、見渡す限り草茫々たる湿地帯であったと得心するのは案外と難しいものだ。読者は、古の時代の荒涼とした風景に心を奪われ、感慨を持って思い描く他にない。

この歴史を辿る小説には、胸がざわめく呪縛や茫漠たる風景が滔々と描かれているが、同時に、言葉の海から拾われた清浄な貝殻のように美しい語彙が綴られ、救いをもたらしてくれる。

例えば、キヌが入水し、両親が後追い心中した後、失意の底に溺れる小林に連動する描写は、息遣いが静かに木霊する――「親娘三人は、暗い沼底に埋もれて土に還る」～「発光と残光が点々と優美に舞う。精霊をおもわせる源氏蛍である」～「刻字は三文字…一口坂」～「彼にとっては、ザブ一家を弔うせめてもの供養であった」

様々な要因を孕みながら、この小説は、まだまだ見えない先を予感させる。構想は作家の腹の内にあるのだが、これからも物語が重層的に積み上げられていくと期待したい。

「紅毛の解体新書」

〝のっけに平賀源内の名が出る、じきに杉田玄白の名が来る〟……

その次に小田野直武の名が登場する――この人、誰だっけ?と首をひねる。

やがて読者は、かの有名な源内でも玄白でもなく、この直武が主人公だと知る。

巧妙な振り出しにつられて、三人の風変わりな世界にゆるゆると導かれてゆく――作者は、明敏なセンスで、酒落で面妖な人間模様を描き尽くしてゆく。

あえて源内でも玄白でもなく、直武を主役に据えたのは何故か？——作者には、直武の視座が必要だったのだ——小説に固有の世界を創り、読者を驚きの終幕へ導くためにも。


〝直武は、歴史に残る大仕事を僅か半年でやってのけた〟……


物語は、飄逸と変幻を織り交ぜた流麗なタッチで綴られてゆくが、その中味は、解剖学書のオランダ語版「ターヘル・アナトミー」の解体図を模写するという硬質なものだ。

初見では〝奇々怪々な紅毛の図絵〟に仰天した直武だが、時経ずして画風を花鳥風月から洋風写実に変換し、源内と玄白の期待に見事に応えてみせた。

だが、扉絵の仕事を新たに頼まれ、それも「ターヘル・アナトミー」とは別物の「ヴァルベルダの解剖書」にあるアダムとエバを描くこととなった。


〝ここからが、この小説の勘所であり、作者の凄味の真骨頂だ〟……


玄白は、元絵が気に入らず、ようやく別書から絵を探し出して、直武に描けと迫る。

源内のきついお仕置きと玄白の容赦なき強要に晒され、直武は疲労困憊の態だが、逆らうことは許されない。ただ直武にも、渡された裸体画の猥褻と淫蕩の気配は許せない。だから、アダムの手を直して局部を覆い、絵を改変した。

しかも、直武は、改変部以外は元絵をそのまま敷写した。玄白も、凡例ページの版木を刷り直す気はない。つまりは、扉絵の原著名を伏せたい事情は一緒だ。

かくして、二人の思惑が一致し、奇怪な共犯関係が生まれる。


〝秘密は秘密のまま、謎は謎のままに過ぎるのか？〟……

こうして、秘めたからくりの如く、元絵とまるで違う絵が、「解体新書」を飾ることになった。その経緯（いきさつ）と出典（でどころ）を巡り、歴史家の論争の種となったが、謎は謎のまま、時が流れた。

だが、この解けない謎は、作者の探究心を刺激せずにおかない。そして遂に、作者自身が、完璧に解明し立証してみせた。

何と、「解体新書」上梓から二一八年を経ての、真に誇るべき偉業である。

〝いかにして彼らは、安永の世を駆け抜けたのか〟……

この小説は、世に名高い「解体新書」に携わった人々の生きた時代と人間像を、活き活きと柔軟に活写している——誰だって、こんな愉快で等身大の源内や玄白を観たことがないはずだ。何やら吐息が耳にこそばゆく、ゾーと仰け反る感覚まで迫ってくるようだ。

だから、所詮、太刀打ちできる相手ではなかった——英明にして茶目な源内、慇懃にして磊落な玄白、この二人にかかったら、実直で淡白な直武が敵うわけがない。気の毒極まりないが、その代わり、永遠にその名と解体図を残したのだ。

〝「解体新書」は、彼等の研鑽と苦労のお陰で日の目を見た〟……

今日では想像しにくいが、情報も自由も厳しく限定された江戸中期の安永年間に、よくぞ為し得た出版であった。

新時代を創造する魂は、シンボリックな記憶として、後世の我らに刻印されてゆく。

玄白は、蘭学の祖として外科医の正道を歩んだが、多才すぎる源内は、獄死する運命を辿った。異才なるが故の暗転なのか。いずれにせよ、日本の知性を代表する二人であることは間違いない。

この仕事の後、直武は、じきに職を解かれて秋田に帰り、僅か三〇歳で急死したという。

ろうか……

「解体新書」が、彼に何をもたらしたのだ

「三鬼弾圧異聞」

「水枕ガバリと寒い海がある」――西東三鬼の代表句だ。

三鬼は、肺結核の高熱に喘ぎ、夢幻の境をさまよった。水枕の凍えた感触が、闇に沈む寒々しい海を想起させ、そこに迫り来る死の影を見たのだろうか――三五歳の三鬼は「この句を得て俳句の眼をひらいた」と述懐した。

そして作者は、この句を巡り、〝悪感に苦しむ冷え冷えとした病床に、神が天降ったのだろうか〟と感慨をもらす。

……この小説は、三鬼への追憶の記であり、鎮魂の書である。

俳人西東三鬼は、日本歯科医学専門学校（日本歯科大学）の出身である。卒後、歯科医業の合間に始めた俳句にのめり込み、季語に囚われない多くの透徹した秀句を産み出した。まさに気骨ある風狂の徒といえる。

折しも厳しさを増した特高の言論弾圧に連座して拘留されるが、逮捕から四十年近くを経て、実録小説「密告　昭和俳句弾圧事件」の中で、三鬼は特高のスパイと指弾された。

……物語は、作者の沈着な眼と秘めた情熱によって、事件の成り行きと名誉回復までの軌跡を精密にトレースしてゆく。

三鬼にとって、持病の肺結核よりも遥かにおぞましいものは、特高のスパイという烙印であろう。三鬼は、俳人として尖鋭な運動の先頭を疾走し、数奇な運命を辿ったが、昭和三七年に六二歳で逝去した。

それよりずっと遅れて昭和五四年に実録小説が発表されたから、三鬼自身は世上に広まるスパイ説を知る由もない。死者の汚名をそそぐことはできるのか。

……作者は、丁寧に資料を収集し、丹念に知見を得ながら、余す所なく視野を向けて真実を探る。

まず、小説の前半では、実録小説の作家が、三鬼をスパイと告発した過程が分析される。後半になると、三鬼の遺族が起こした裁判を中心に、十分な検証がないままに実録小説が出版された経緯と死者の名誉毀損の顛末が描写される—あたかも、物語の底から、通奏低音の響きのように、心騒ぐ緊迫感が湧き上がる。

最大の関心は、どのように死者の名誉が回復されたか、にある。裁判長は、被告側（作家と出版社）の論証を信憑性なしと断定し、名誉回復措置を申し渡した。

……この作品を貫くのは、魂の声を聴こうとする作者の気魄だ。予断を交えず、論証的にペンを進めるが、それでも抑えがたい熱気が、所々の行間から迸っている。

現実には、死者の名誉権は法の規定がない。そのため、遺族に対する救済措置として行い、実質的に三鬼の復権を果たしたが、これは死者に係る貴重な判例として法曹界を騒がした。

巻末の謝罪広告を読む限り、被告である作家と出版社は、潔く禊（みそぎ）を済ませたようだ。

私見だが、今日のようにグローバルスタンダードを信奉する社会では、個人より組織の価値観が最大化されてしまうので、会社等が次々と防衛策を仕組んで、もっと歯切れの悪い結末になるのではなかろうか。

作者は、新興俳句の旗手として時代を切り拓いた三鬼を、畏敬の念と愛惜の情をもって見詰めている。小説に紹介された数首の俳句の選定にも、作者の細やかな心配りが感じ取れる。

死者を繋ぎとめるものは〝記憶〟である。そして、芸術家は、その作品によって〝永遠に記憶される存在〟なのだ。

傑出した俳人であり、また大学の大先輩である西東三鬼先生に、深甚なる敬意を表したい――「熱さらず遠き花火は遠く咲け」

（こやた　ひろし・歯科医師）

中原　泉文学年譜

昭和16年（一九四一）二月十二日鎌倉に生まれる。東京都下の吉祥寺に育つ。本名は泉（せん）

昭和28年（一九五三）学習院中等科教諭の越智春雄（のち東大教授・漱石研究家）に触発され、文学に目覚める。

昭和35年（一九六〇）日本歯科大学在学中、同人雑誌「泉」を発刊する。

昭和35年（一九六〇）北園克衛（詩人）に試作を称揚される。

昭和36年（一九六一）美馬志朗主催の同人雑誌「文学街」に参加する。

昭和40年（一九六五）日本歯科大学に勤務する。

昭和41年（一九六六）美馬死去により「文学街」は閉刊となる。

昭和41年（一九六六）「文学街」同人の森啓夫（のち復刊「文学街」主宰）らと、同人雑誌「十四人」を発刊する。

昭和46年（一九七一）資金難により「十四人」は閉刊する。己れの創作の非力を覚り、筆を断つ。

昭和47年（一九七二）日本歯科大学新潟歯学部に転勤となる。

平成17年（二〇〇五）三五年の充電期間を経て、ふたたび筆を執る。

平成19年（二〇〇七）医の小説が、テーミスの伊藤寿男に拾われる。

平成20年（二〇〇八）医の小説第一集『生きて還る』を出版する。

平成23年（二〇一一）医の小説第二集『リンダの跫音』を出版する。

平成26年（二〇一四）医の小説第三集『一口坂下る』を出版する。

平成28年（二〇一六）『中原泉全医の小説集』を出版する。

中原　泉（なかはら　いづみ）

1961年―66年　同人雑誌「文学街」同人
1966年―71年　同人雑誌「十四人」同人
2008年　医の小説集『生きて還る』
2011年　医の小説集『リンダの跫音』
2014年　医の小説集『一口坂下る』

中原 泉 全医の小説集

2016年6月1日　初版第1刷発行

著　者　中原　泉
装　丁　八木千香子
発行者　伊藤寿男
発行所　株式会社テーミス
東京都千代田区一番町13-15　一番町KGビル　〒102-0082
電話　03-3222-6001　Fax　03-3222-6715
印刷
製本　株式会社平河工業社

ISBN978-4-901331-29-6